Stephanie Rapp
Die Gehilfin des Buchdruckers

STEPHANIE RAPP

Die Gehilfin des Buchdruckers

SCM
Hänssler

SCM

Stiftung Christliche Medien

Der SCM Verlag ist eine Gesellschaft der Stiftung Christliche Medien,
einer gemeinnützigen Stiftung, die sich für die Förderung und Verbreitung christlicher
Bücher, Zeitschriften, Filme und Musik einsetzt.

SCM-Verlag GmbH & Co. KG · Max-Eyth-Straße 41 · 71088 Holzgerlingen
Internet: www.scmedien.de · E-Mail: info@scm-verlag.de

Umschlaggestaltung: Jan Henkel, www.janhenkel.com
Titelbild: Frau: Elisabeth Ansley / trevillion images; Junge, Rose, Muster: istockphoto.com
Autorenbild: © Fotostudio Fotoinitiative
Abbildung S. 6: Württembergische Landesbibliothek Stuttgart, Signatur: B engl. 1526 01
Satz: Satz & Medien Wieser, Stolberg
Druck und Bindung: CPI books GmbH, Leck
Gedruckt in Deutschland
ISBN 978-3-7751-5514-4
Bestell-Nr. 395.514

für J. C.

The Gospell off Sancte Jhon.

The fyrst Chapter.

IN the begynnynge was that worde/ ād that worde was with god: and god was thatt worde. The same was in the begynnynge wyth god. All thyngꝭ were made by it/ and with out it/ was made noo thīge/ that made was. In it was lyfe/ And lyfe was the light of mē/ And the light shyneth ī darcknes/ ād darcknes cōprehēded it not.

There was a mā sent from god/ whose name was Jhon. The same cā as a witnes/ to beare witnes of the light/ that all men through hī myght beleve. He was nott that light: but to beare witnes of the light. That was a true light/ which lighteneth all men that come īto the worlde. He was in the worlde/ ād the worlde by hī was made: and the worlde knewe hym not.

He cā īto his awne/ ād his receaved hī not. vnto as meny as receaved hī/ gave he power to be the sōnes of god: ī that they beleved ō his name: which were borne not of bloude nor of the will of the flesshe/ nor yet of the will of men: but of god.

And that worde was made flesshe/ and dwelt amonge vs/ and we sawe the glory off yt/ as the glory off the only begotten sonne off the father/

PROLOG

Stuttgart, 1996
Nach einer wahren Begebenheit

Mit einem dumpfen Knall landeten die beiden Bücher auf dem Teppich. »Mist«, murmelte Rebecca und kletterte die Leiter ganz hinunter. Frau Dr. Habermaier streckte den Kopf zur Tür herein. »Alles in Ordnung?« Sie schob ihre Brille hoch und runzelte die Stirn, als sie die beiden Lederbände neben der Leiter liegen sah. »Diese Bibeln sind fünfhundert Jahre alt«, sagte sie.

»Tut mir leid«, erwiderte Rebecca, hob die beiden Bände auf und legte sie vorsichtig auf die Filzmatte neben ihrem Computer. Unter dem Blick ihrer älteren Kollegin streifte sie sich ihre Handschuhe über, öffnete den ersten Band und tippte den Titel in die Softwaremaske ein. Frau Dr. Habermaier sah ihr zu, wie sie eine neue Datei für das Buch anlegte, und verschwand wieder. Rebecca zog das andere Buch heran. Innen im Buchdeckel war etwas handschriftlich eingetragen, es war schon fast verblasst. Sie nahm die Lupe zur Hand und besah sich die Buchstaben.

Gib deine Träume nie auf. Dies Buch gibt Zeugnis.
Für meinen Sohn.
Peter Schöffer, Worms 15 …

Der Rest der Schrift war verlaufen. Sie sah sich das Titelblatt an.

The newe Testament as it was written and caused to be written
by them which had hearde yt.

Rebecca runzelte die Stirn. Das war Englisch. Eine alte englische Bibel. Wie war eine alte englische Bibel im Jahre fünfzehnhundertirgendwas ausgerechnet nach Worms gekommen?

Sie schlug das Buch in der Mitte auf. Ein Holzschnitt eines jungen Mannes, der auf einem Stein sitzend ein Buch vor sich geöffnet hatte, jedoch in den Himmel aufsah, als fände er dort Antworten, war oben links abgebildet.

The Gospell of Sancte Johne

So lautete die Überschrift daneben.

Sie wusste, dass sie sich eigentlich dem Computer zuwenden sollte, aber irgendetwas ließ sie weiterblättern. Fasziniert betrachtete sie die anderen Holzschnitte – ein Mönch in wallender Kutte, der eine Handschrift kopierte; ein Herrscher auf einem Thron, über dem der Heilige Geist schwebte. Der Druck war ein wahres Kunstwerk. Sie schlug mehrere Seiten um und bemerkte beim Römerbrief eine Unregelmäßigkeit, eine Erhöhung unter den Seiten, als hätte jemand weiter hinten ein Lesezeichen hineingelegt. Sie blätterte weiter und fand es. Ein gefaltetes Blatt. Ohne Schutzvorkehrungen durfte sie es eigentlich nicht öffnen. Was, wenn es beim Entfalten auseinanderfiel? Sie sah kurz in Richtung Tür, zögerte, nahm es dann zur Hand und zog es Zentimeter für Zentimeter auseinander. Es war auf der Vorderseite und der Rückseite beschrieben.

Reichskammergericht, Frankfurt 1495:
Wir Maximilian bieten dem Hochwürdigen Kurfürsten der Pfalz unsere freundschaftliche Gnade und alles Gute. Nachdem Lucas Heller an unserem Kaiserlichen Reichskammergericht keine Folge getan und mit Urteil und Recht in des Reiches Acht gefallen, so verkünden wir hier mit diesem Kaiserlichen offenen Brief oder glaubwürdiger Abschrift, dass jeder denselben Lucas Heller – als unsern und des Reichs Geächteten – weder in Fürstentümern, Gebieten, Gerichten, Schlössern, Städ-

ten, Märkten, Dörfern, Höfen, Häusern oder Behausungen einlassen, behausen, bewirten, dulden, schützen oder schirmen – auch nicht Geschäfte mit ihm machen darf, weder heimlich noch öffentlich. Sondern er darf seinen Leib, Hab und Gut aufhalten, angreifen, bekümmern, verhaften. Ihr werdet ersucht, sich keiner auf den anderen zu berufen oder Entschuldigung zu suchen, sondern gegen den Geächteten zu handeln und vorzugehen, wie sich das gegen einen Geächteten gehört, bis er zu unser und des Reichs Gehorsam gebracht wird.

Ein Achtbrief – über eine Person namens Lucas Heller. Warum liegt ein Achtbrief in einer englischen Bibel?

Sie drehte das Blatt vorsichtig um. Jemand hatte auf die Rückseite mit groben Strichen einen Stammbaum gezeichnet. Die Aufzeichnungen waren fast vollständig verblasst. Sie konnte zwei Namen entziffern: Lucas Heller und Gerold von Laubenstein. Sie standen an der Spitze des Stammbaumes. Etwas weiter rechts, auf gleicher Höhe, erschien wieder der Name Peter Schöffer.

Rebecca stand auf, ging in den Nebenraum und griff nach einer Enzyklopädie. Sie suchte nach Lucas Heller, fand aber keinen Eintrag. Dann nahm sie den Band zu *Schö*. Es gab tatsächlich einen Artikel über Peter Schöffer, nein, es gab sogar zwei. Einen über Peter Schöffer den Älteren und einen über seinen Sohn. Peter Schöffer der Jüngere hatte tatsächlich in Worms gelebt. Sie las den Abschnitt und hob überrascht die Augenbrauen. Sie eilte mit dem Lexikon zu ihrem Computer, wählte sich ins Internet ein, tippte *New Testament* und *Worms* in die Suchmaschine und stieß auf eine Liste englischer Zeitungsartikel. Die meisten handelten von Würmern – *worms*. Rebecca lächelte. Doch dann fiel ihr Blick auf einen Artikel aus der *Times*, der über einen Kauf berichtete, den die British Library London vor zwei Jahren getätigt hatte. *Das kann nicht sein*, dachte sie, als sie den Bericht durchgelesen hatte. Mit klopfendem Herzen zog sie den Katalog der internationalen Bibeldrucke zu sich und begann zu suchen. Nach einer Weile lehnte sie sich verblüfft zurück.

Meine Güte, das ist ja unglaublich. Von dieser Bibel waren nur zwei Exemplare bekannt, eines befand sich in der British Library und eines in der Bibliothek der St. Paul's Cathedral in England – und keines war vollständig erhalten. Die British Library hatte ihr Exemplar 1994 aus einem alten Bestand in Großbritannien erworben, und zwar für eine Million Pfund!

Doch wenn sie sich nicht täuschte, dann gab es ein weiteres Exemplar. Von dem kein Mensch wusste. Es war eine Million Pfund wert und lag hier vor ihr auf dem Tisch. Im Archiv der Landesbibliothek Stuttgart.

TEIL I

KAPITEL 1

Laubenheim in der Pfalz, September 1496

Der Atem ihres Vaters ging rasselnd. Er zog scharf die Luft ein und atmete gurgelnd wieder aus. Lisbeth spürte die Kälte des erdigen Bodens unter ihren Knien. Sie streichelte ihrem Vater über den Arm, atmete tief durch, küsste den Rosenkranz in ihrer Hand und ließ ihn in ihre Schürzentasche gleiten. Sie erhob sich vom Krankenlager, zog ihr grobes Wolltuch enger um die Schultern und ging langsam zum Tisch, auf dem in einem kleinen Ölnapf ein brennender Docht schwamm. Mit einem Holzbecher erstickte sie die Flamme. *Das ist der Rest, den werde ich noch brauchen,* dachte sie. Sie stellte sich im Dunkeln vors Feuer, das noch schwach glomm. Doch anstelle von Wärme spürte sie einen eisigen Windhauch: Die Luft fand ihren Weg durch die Spalten des Flechtwerks, mit dem die Fensterluken verschlossen waren, streifte sie und entwich über ihr durch das offene Kaminloch im Dach. Sie zitterte. *Immerhin ein Opfer mehr, das den Heiligen gefällt.*

Ihr Vater schien zu schlafen. Er hatte *das Feuer des heiligen Antonius*, bekam häufig plötzliche Krämpfe, und sein rechter Arm schien seltsam starr.

»Heiliger Quirin, erbarm dich über ihn«, flüsterte sie. Vielleicht sollte sie mehr Vaterunser beten. Womöglich war ihr Bruder deshalb gestorben, weil sie damals nicht genug gebetet hatte. Das durfte ihr nicht noch einmal passieren. *Ich muss morgen nach Bruder Remigius Ausschau halten*, dachte sie, *er kann mir sagen, wie viele nötig sind.* Der Mönch kam ab und zu in die Nähe des Dorfes, um die Beichte abzunehmen.

Unruhig schritt sie umher, bis sie schließlich die Tür der Hütte öffnete. Vielleicht würde der Todesgeruch durch die Öffnung fliehen. Sie blieb im Türrahmen stehen und blickte auf das Dorf. Die Häuser ragten im Mondschein wie schwarze Felsbrocken in den Nachthimmel, als hätte Gott sie dahingewürfelt, in ein grobes Netz von Gassen. In der Mitte des Dorfes erhob sich der Fachwerkturm der kleinen Kirche. Nirgends war Licht zu sehen. Am Ende des breiten Weges, dort, wo die Hütten der armen Häusler knapp aus dem Boden ragten, bewegte sich etwas. Lisbeth sah zwei Gestalten, die langsam näher kamen. Als sie das Haus des Schmieds passierten, zeichneten sich ihre Umrisse ab: Lisbeth erkannte die schmächtigen Schultern und O-Beine der kleineren Gestalt. Es war Joest, ihr Nachbar, der nach Hause kam, nachdem er ein paar Nächte im Gasthof seiner Schwester in Pfeddersheim verbracht hatte, wahrscheinlich, um sich von ihr und ihrem neuen Mann wieder Geld zu leihen oder um seinen Honig zu verkaufen. Obwohl Lisbeth nur die Silhouetten der beiden Männer erkennen konnte, war sie sicher, dass sie den anderen noch nie gesehen hatte – er war nicht aus Laubenheim. Niemand hier war von so großem Wuchs und hatte so breite Schultern wie dieser Schatten. Seine Bewegungen wirkten leicht, der Mann war kein Greis. Eine Weile beobachtete sie die beiden über ihren Kräutergarten hinweg, bis sie hinter Joests großem Haus aus ihrem Blickfeld verschwanden.

Lisbeth horchte. Manchmal knarrte das Tor zu Joests Haus, manchmal nicht. Eine Weile vernahm sie nichts, dann hörte sie ein leises Knarren.

Knarren bringt Unglück.

Durch das riesige Tor betraten die beiden Männer den dunklen Raum. Joest griff nach dem Kienspanhalter, der neben dem Tor auf dem Lehmboden stand, tastete auf einem angenagelten Brett nach der Zunderbüchse und brachte damit den eingespannten Kienspan zum Brennen, bevor er ihn aus dem Halter nahm. Schwarzer Ruß stieg empor. Lucas hatte noch nie eine so große Wohnkammer gesehen, die Wände verloren sich in der Dunkelheit. Das Haus glich einer Scheune, und rechts und links grunzte es hinter Verschlägen. Den Geruch kannte Lucas – in Heidelberg war er in jeder Gasse zu riechen. Er folgte Joest durch den großen freien Raum. *Hier könnte man einen Erntekarren abstellen und daneben noch Getreide dreschen*, dachte Lucas. Sie gingen an den Schweinen vorbei bis zum Ende, wo sich mit jedem Schritt mehr Möbel aus dem Dunkel schälten. Ganz hinten hing ein Topf über dem erloschenen Feuer der Kochstelle. Davor standen ein langer Tisch und zwei Bänke.

»Hier, setz dich einen Moment«, sagte Joest und zog die Bank ein Stück vom Tisch weg. Er wischte sich mit dem Ärmel über die glänzende Stirn. »Ich rufe Veit und Hate, sie werden dir alles zeigen und dir ein Lager richten.« Kraftlos ließ er sich auf den einzigen Schemel im Raum fallen. Lucas ließ sich auf der Bank nieder, unsicher, wie sich ein Knecht verhielt.

Mit schwacher Stimme rief Joest Veit und Hate. Es dauerte eine Weile, bis man es oben poltern hörte. Anscheinend hatten die Magd und der Knecht schon geschlafen. Einen Augenblick später hörte man Schritte, dann betraten zwei Halbwüchsige das Zimmer.

»Das ist der neue Knecht!« Joest deutete auf Lucas. »Ich habe ihn zufällig im Gasthaus eurer Mutter kennengelernt. Er war auf Arbeitssuche. Zeigt ihm alles.« Dann wandte er sich an das dünne Mädchen, das Lucas auf ungefähr dreizehn Jahre schätzte. »Geh, hol mir Wein und einen Eimer Wasser – mein Gesicht glüht.« Joest drehte sich zu Veit um, der Hate ähnlich sah und ungefähr gleich alt war. »Und du zeigst unserem neuen Knecht, wo er sich zum Schlafen legen kann. Ich fühl mich nicht gut, ich geh ins Bett, sobald ich etwas getrunken habe.«

Der schlaksige Junge trug seinen Arm in einer schmutzigen Schlinge. Lucas' Blick fiel auf sein Schulterblatt, das seltsam hervorstand. Er sah in Veits Augen, dass er schlimme Schmerzen hatte.

»Wie geht es der Mutter? Und den Brüdern und Schwestern?«, fragte der Junge, an Joest gewandt. Joest brummte nur, nahm Hate den hölzernen Krug aus der Hand und trank in großen Zügen. Ohne den beiden Kindern zu antworten, erhob er sich, griff nach dem Eimer Wasser, den das Mädchen neben ihn gestellt hatte, und verschwand in einem der beiden angrenzenden Räume. Veit und Hate wechselten Blicke.

»Seid Ihr aus Pfeddersheim?«, fragte das Mädchen Lucas.

Was sollte Lucas sagen? Er hatte sich noch keine Geschichte zurechtgelegt. »Nein«, antwortete er schroff, darauf hoffend, dass die Kinder nicht weiterfragen würden.

»Unsere Mutter ist mit dem Wirt vom ›Wilden Mann‹ in Pfeddersheim verheiratet. Joest ist ihr Bruder«, erklärte das Mädchen.

Lucas überlegte einen Moment lang, wie viel er preisgeben sollte. Die Kinder schienen Nachrichten über ihre Familie zu erwarten. »Im ›Wilden Mann‹ in Pfeddersheim war ich tatsächlich. Eure Mutter habe ich gesehen. Sie sah gesund aus.«

»Und unsere Geschwister, habt Ihr die auch gesehen?«

Lucas schüttelte den Kopf und hoffte, dass die beiden mit ihren Fragen aufhören würden.

»Ich zeig Euch Euer Lager«, sagte Veit und wandte sich zum Gehen. Lucas folgte ihm. Als sie im Dunkeln die enge Stiege hinaufkletterten, hörte Lucas den Jungen heftig atmen. Sie erreichten einen niedrigen Dachboden mit einem Fenster, über dessen obere Hälfte eine Schweinsblase gespannt war. Die Läden standen offen, sodass etwas Licht hereinfiel. Lucas musste unter dem niedrigen Giebel den Kopf einziehen.

»Ihr könnt den Strohsack da nehmen«, sagte Veit, »macht Euch einfach dort in der Ecke Euer Lager. Dort hat Lorenz geschlafen. Er ist vor zwei Wochen gestorben – am Fieber.«

Lucas nickte und trug den Sack in die Ecke, in die der Junge mit seinem gesunden Arm gedeutet hatte. »Du heißt Veit?«, fragte er, während er das Stroh aus dem Sack schüttelte.

Der Junge nickte. Im Mondlicht sah Lucas, dass das Gesicht des Jungen vor Schweiß glänzte.

»Ich heiße Lucas.« Er würde sich noch einen neuen Nachnamen überlegen müssen.

»Fremde sind im Dorf nicht willkommen«, sagte der Junge, »macht Euch auf was gefasst.«

Etwas anderes hatte Lucas nicht erwartet. Er nickte und deutete auf die Schulter des Jungen. »Was ist passiert?«

»Ich bin die Treppe hinuntergestürzt«, antwortete der Junge leise.

»Deine Schulter muss eingerenkt werden. Kennst du niemanden, der das machen kann?«

»Hier gibt es keinen Arzt.«

»Gibt es einen Einrenker? Vielleicht auf dem Markt?«

Veit schüttelte den Kopf, hielt dann aber inne, weil ihn die Kopfbewegung anscheinend schmerzte.

»Ich kann's versuchen, wenn du willst«, sagte Lucas.

Der Junge blickte ihn unsicher an. Er schien abzuwägen, ob er diesem Fremden trauen konnte. Dann spiegelte sich in seinen Augen Mut, schließlich Angst. Diesen Blick hatte Lucas schon Hunderte Male gesehen. Zuerst aus der Ferne, später Auge in Auge. »Es wird kurz wehtun, aber danach wird es besser«, versprach er.

Veit nickte langsam. Lucas trat von hinten an ihn heran, ergriff mit einer Hand den Arm und drückte mit der anderen auf die Schulter. Dann bewegte er den Arm schräg nach oben, drehte ihn und führte ihn zurück. Veit schrie auf, aber Lucas hatte gelernt, Schreie zu überhören, er konzentrierte sich und wartete auf ein bestimmtes Geräusch. Der Junge weinte, das Gelenk knackte, Lucas ließ den Arm vorsichtig ab. Hinter ihnen stürmte das Mädchen in den Raum.

»Was zum Teufel …?«, schrie sie.

Lucas und Veit drehten sich beide zu ihr um. Lucas blickte verblüfft auf den Dreschflegel, den sie drohend erhoben hatte. »Ich habe seine Schulter wieder eingerenkt«, sagte er ruhig.

Mit seinem gesunden Arm wischte sich Veit schnell eine Träne weg und sagte: »Ist schon gut, es hat auch nur ein bisschen wehgetan. Es fühlt sich schon viel besser an.«

Das Mädchen blickte verwirrt von einem zum anderen und ließ dann den Dreschflegel sinken. »Seid Ihr ein Bader oder ein Heiler?«

Lucas schüttelte den Kopf. Die Geschwister schienen auf eine Erklärung zu warten, doch Lucas schwieg.

Eine Weile sagte niemand etwas, dann wandte Lucas den beiden den Rücken zu und schob das Stroh in seiner Ecke zu einem unbequemen Lager zusammen.

Im Nachbarhaus schreckte Lisbeth aus ihrem Psaltergebet auf. Der Schrei aus Joests Haus klang wie ein Ruf direkt aus der Hölle. Ihr Herz pochte gegen ihre Brust.

Der Fremde. Er bedeutet Unglück. Ich habe es gleich gewusst.

Heidelberg

In der kurfürstlichen Residenz zu Heidelberg öffnete sich die schwere Eichentür des Saales. Ein Kanzler betrat den hohen Raum, schritt an den Buntglasfenstern vorbei, verbeugte sich vor Kurfürst Philipp und sagte: »Der Schultheiß wartet in der Halle auf eine Audienz.«

Der Kurfürst saß alleine am großen Konferenztisch. Er hatte den Stuhl und den Tisch nahe an die Öffnung in der Mauer rücken lassen, durch die warme Luft von einem Feuer im Erdgeschoss strömte. Er blickte müde von seinen Papieren auf. »Ich sagte doch, dass ich nicht gestört werden will.«

»Der Schultheiß scheint mir sehr aufgeregt.«

Philipp seufzte laut und wedelte mit der Hand. »Also gut, ruf ihn herein.«

Die Leibwache öffnete die Tür und der Schultheiß betrat den Raum mit kleinen, schnellen Schritten. Er hatte vor Aufregung rote

Flecken an Hals und Wangen, ein Phänomen, das der Kurfürst bisher nur bei Weibsbildern gesehen hatte. Bei den letzten Unterredungen war der Schultheiß immer sehr beherrscht und konzentriert gewesen. Was mochte geschehen sein?

»Hochwürden.« Der Schultheiß verbeugte sich so tief, dass die Glatze auf seinem Haupt aufleuchtete. Reflexartig warf der Kurfürst seine langen Locken über die Schulter – eine Bewegung, die er sich eigentlich abgewöhnen wollte.

Der Schultheiß richtete sich wieder auf. »Ich bin hier wegen Lucas Heller.«

»Was ist mit ihm?«

Die Augen des Schultheißen huschten in dem hohen Raum umher. Sein Blick glitt über die fünf Ministerialen, die wie eine schwarz gewandete Mauer vor den Teppichen am Gemäuer standen. Leise sagte er: »Ich frage mich, ob die Angelegenheit nicht zunächst ganz diskret besprochen werden sollte. Bisher weiß noch kein Heidelberger Bürger, was geschehen ist. Der Vorfall ist brisant, er befleckt die Ehre und Autorität der Stadt und damit auch Euer Ansehen.«

Der Kurfürst runzelte die Stirn und beugte sich vor. »So sprich leise«, sagte er.

»Er ist aus der Stadt verschwunden!«

Der Kurfürst sah ihn fragend an. »Besucht er Verwandte, macht er Einkäufe, was willst du mir damit sagen?«

Der Schultheiß trat einen Schritt näher heran, senkte die Stimme und gab seinen Bericht so leise ab, dass keiner der Anwesenden etwas hören konnte. Die Stirn des Kurfürsten legte sich in tiefe Falten. »Das darf doch nicht wahr sein!«, sagte er verärgert. »Das ist Landfriedensbruch.« Mit einer entschlossenen Bewegung winkte er einen seiner Kanzler herbei, einen hageren Mann in einer langen Robe. »Es muss Klage beim Reichskammergericht eingereicht werden. Über Lucas Heller soll so schnell wie möglich die Acht verhängt werden. Schick mir den Schreiber und kümmere dich dann darum, dass der Brief heute noch nach Frankfurt geht.«

Der Kanzler nickte und verbeugte sich, wandte sich um und eilte mit wehender Robe aus dem Raum.

»Was ist mit dem anderen Verbrecher?«, fragte der Kurfürst.

Der Schultheiß wischte sich mit einem Tuch, das er aus seiner Gürteltasche genommen hatte, über die Stirn. »Wir wissen es nicht. Er scheint ebenfalls aus der Stadt entwischt zu sein. Er war noch sehr jung.«

»Wie jung?«

»Ein Kind. Zwölf Jahre, glaube ich.«

Der Kurfürst stöhnte. »Lasst den Jungen laufen. Aber findet mir Heller! Er hat gegen die Ordnungen Gottes verstoßen. Dafür muss er bezahlen.«

Burg Laubenstein

Gerold von Laubenstein stürmte ins Freie, schlug die Tür des Torhauses hinter sich zu und eilte über den Innenhof zum Wohnturm. Kalter Regen prasselte auf seine pelzverbrämte Schaube und tropfte ihm vom Barett direkt in den Nacken. Er fluchte, als seine Stiefel schmatzend im Schlamm versanken. *Wie hat man diesen Burghof nur so ungeschickt anlegen können? Die Vorväter hätten nur ein leichtes Gefälle in Richtung Süden anzulegen brauchen, und der Regen würde besser ablaufen.* Um ihn herum staksten nassglänzende Hühner durch die Pfützen. Absichtlich trat er auf ein herumliegendes matschverspritztes Ei. Es sank so tief in den Schlamm, dass er es nicht einmal knirschen hörte. Als er die Treppen hinaufstampfte, hinterließen seine Stiefel schleimige Abdrücke. Er stieß die Eingangstür auf, ließ sich auf den abgewetzten Samtschemel im Vorraum fallen und rief nach seinem Knecht.

Während er wartete, stellte er missmutig fest, dass es feucht und schimmlig roch.

Holger eilte herbei und zog seinem Herrn die Stiefel aus.

»Wo ist mein Bruder?«, fragte Gerold.

»Ich glaube, er sitzt im Saal am Feuer.«

»Mach Wasser für ein Bad heiß!«, sagte Gerold und zog sich selbst die Lederschuhe über seine Strümpfe. Über den warmen Holzboden der Kemenate schritt er in Richtung Saal. Sein kleiner Bruder war vor einigen Wochen bei Nacht und Nebel vor dem Tor gestanden, mit der Begründung, er wolle Gerold nach all den Jahren wiedersehen. Nun weilte er bereits die dritte Woche auf der Burg, dabei hätte er schon längst sein Studium in Heidelberg wieder aufnehmen müssen. Gerold hatte den Verdacht, dass Heinrich sich vor irgendetwas versteckte, vielleicht vor einem schwangeren Mädchen. Heute Abend würde er ihn endlich zur Rede stellen. Heinrich sollte nicht der Idee verfallen, dass er sich hier einnisten konnte. Aber vielleicht war Heinrich auch nur deshalb hier, weil ihm das Geld ausgegangen war. Zwanzig bis fünfundzwanzig Gulden im Jahr brauchte ein Student in Heidelberg. Das hatte Gerold gleich nach dem Tod des Vaters in Erfahrung gebracht. Falls seinem kleinen, schlauen Bruder tatsächlich das Geld ausgegangen war, konnte Gerold es ihm nun gewähren oder nicht. Das fühlte sich gut an.

Gerold stieß die Tür zum Saal auf und schritt die Steintreppe hinab. Im Kamin neben dem Kreuzstockfenster flackerte ein Feuer. Die große Tafel war weggeräumt worden, nur noch die Böcke standen verlassen im Raum. Vor dem Kamin saß Heinrich in einem Lehnstuhl, ein Legendenbuch in den feingliedrigen Fingern.

Als Heinrich Gerold hörte, legte er das Buch beiseite und erhob sich. »Du bist nass geworden«, sagte er.

Gerold blickte an sich herunter. Seine teure zweifarbige Strumpfhose war matschverspritzt. »Sobald es regnet, versinkt die ganze Burg im Sumpf. Vater hat mir ein richtiges Dreckloch hinterlassen.«

Heinrich hob die Augenbrauen.

Dieser Gesichtsausdruck hatte Gerold schon geärgert, als sie noch Kinder waren und ihn Heinrich im Unterricht genauso musterte und dann die perfekte Übersetzung der Lateinvokabel, die Gerold nicht gewusst hatte, in den Raum hauchte.

»Freu dich doch, dass sie jetzt dir gehört«, sagte Heinrich. »Das wolltest du doch immer.«

Gerold überlegte, wen er lieber geohrfeigt hätte: seinen neunmalklugen Bruder oder sich selbst, weil er sich ärgerte. Was Gerold am meisten in Unmut versetzte, war die Tatsache, dass sein Bruder ihn so gut kannte: Vor fünfzehn Jahren noch hätte Gerold kein einziges schlechtes Wort über die Burg verloren. Er war stolz darauf gewesen, ein von Laubenstein zu sein. An seinem achten Geburtstag hatte sein Vater ihm einen eigenen Falken überreicht und ihm anschließend eröffnet, dass er bald als Page dienen würde – auf einer der Burgen der Grafen von Leiningen. »Es ist eine große Ehre für uns, dass dich die Leininger ausbilden, zumal sie nicht einmal Lehensnehmer des Kurfürsten sind«, hatte sein Vater in seinen Bart genuschelt. Doch anstelle sich zu freuen, hatte Gerold wochenlang nachts unter der Decke geweint. Und Heinrich war neben ihm gelegen.

Die Leininger hatten ihm den Glanz, den Stolz und den Reichtum des Rittertums vor Augen geführt. Er sah nun klarer. Als er vor ein paar Monaten sein Erbe angetreten hatte, war ihm auf den ersten Blick bewusst geworden, wie die Dinge um Laubenstein standen. Vor allem seit heute, nach dem Gespräch mit seinem Burgvogt, das er gerade geführt hatte. Der erste Schritt, um sein Erbe zu retten, war die Teilnahme an einem Turnier.

»Ich komme gerade von meinem Schreiber«, sagte Gerold. »Weißt du zufällig, ob unser Vater und unser Großvater an Turnieren teilgenommen haben? Du warst die letzten Jahre schließlich hier, anders als ich«, schob er bissig hinterher.

»Turniere? Das hat Vater nie interessiert.«

Gerold lächelte sarkastisch. »Da hast du wohl recht. Unser Vater hätte sich wahrscheinlich nicht einmal einen Augenblick aufrecht im Sattel halten können. Er wäre trunken vom Pferd gestürzt, ehe ihn eine gepolsterte Lanze hinuntergeschubst hätte.«

»Warum willst du das wissen?«, fragte sein Bruder.

»Man will mich nicht zum Turnier in Kaiserslautern zulassen, weil ich nicht nachweisen kann, dass schon vier meiner Ahnen an Turnieren teilgenommen haben.«

»Warum musst du das nachweisen?«

»Weil sich heutzutage so viel Möchtegernadel unter das Rittervolk mischt. Wir müssen uns abgrenzen.«

»Hm«, sagte Heinrich. »Kann man da nichts machen?«

»Du meinst Bestechung?« Heinrich sah aus, als wollte er widersprechen, doch Gerold schnitt ihm das Wort ab. »Soll ich sie etwa mit Eiern bestechen?« Er lachte spöttisch. »Etwas anderes habe ich momentan nicht zu bieten. – Und da wir schon davon sprechen: Ich habe kein Geld für dich. Ich kann dir nichts geben.«

Jetzt war es auf dem Tisch, das Thema, das sein Bruder wahrscheinlich hierhergeführt hatte und das Gerold in den Wahnsinn trieb. Tag und Nacht dachte er über Geld nach. Wie sollte er ein Sumpfloch renovieren, wenn sein Vater alle Rücklagen versoffen hatte? Wie konnte er Geld verdienen, wenn er nichts geerbt hatte, das Gewinn abwarf?

Sein Bruder unterbrach seine Gedanken. »Ich will kein Geld.«

»Warum bist du dann immer noch hier und nicht schon längst wieder in Heidelberg?«

Heinrich lächelte, dann wurde er ernst. »Lass uns reden. Heute Abend.«

»Nein, heute Abend geht nicht. Da kommt der Vogt zum Essen. Wir haben Wichtiges zu besprechen.«

»Wie schon die ganzen Abende zuvor?«, fragte Heinrich.

»Was erlaubst du dir, Heinrich? Wenn du etwas zu bereden hast, dann sag es jetzt!«

»Ich gebe mein Studium auf.«

»Aha. Und darf man fragen, warum?«

»Weil ich Mönch werde.«

Gerold lachte auf.

Heinrich blieb ernst. »Deshalb bin ich hier. Ich wollte es dir persönlich sagen.«

Gerold lachte immer noch. Von den jüngeren Brüdern der Leininger waren einige in den Dienst der Kirche getreten, damit sie weiterhin einen gehobenen Lebensstil führen konnten. Kirche ja, Rom noch besser, ein paar Geliebte hier, ein paar Kinder dort. Es wäre bestimmt auch nicht das erste Mal, dass Heinrich eine Mätresse hätte. Aber ein Kloster – wo man sich den Hintern abfror, Wasser und Brot aß und nachts freiwillig Lieder sang?

»Ich gehe ins Augustiner-Eremiten-Kloster in Worms. Ich werde Bruder Heinrich.«

Sind alle meine Ahnen und Verwandten von Sinnen?, dachte Gerold kopfschüttelnd. »Lass mich raten. Dafür brauchst du Geld. Bestimmt musst du dich ins Kloster einkaufen.«

Heinrich zuckte mit den Schultern. »Nicht wirklich. Nur wenn ich als Mönch weiterstudieren wollte, bräuchte ich Geld.«

Wenn Heinrich sein Studium abschließt, könnte er Jurist werden, dachte Gerold, *er würde gut verdienen und sich in die Dienste eines Herrschers stellen. Das wäre früher oder später auch für mich von Vorteil. Andererseits bräuchte Heinrich noch mindestens zwei Jahre bis zu seinem Abschluss. Und ich bin der Einzige, der ihn finanziell unterstützen könnte.* Besser also, er widersprach nicht. »Wenn das dein Entschluss ist, werde ich dich nicht davon abbringen können.«

Heinrich nickte. »Ich wusste, dass du das sagen würdest.«

Gerold ärgerte sich schon wieder, doch er besann sich. Sein kleiner, arroganter Bruder meinte ihn zu durchschauen. *Unterschätze mich ruhig, du wirst dich noch wundern.*

KAPITEL 2

Laubenheim

Lisbeth deckte den Sack, in den sie ihre Kleider gestopft hatte, mit Laub zu und schlich sich durch das Waldgestrüpp zurück zum Weg. Auf dem Weg war niemand zu sehen. Sie zog die Männerhose zurecht, sprang aus den Büschen und ging den Weg weiter bergauf. Vor ihr lag die letzte Biegung. Dahinter ragte die Burg in den Himmel. Ihr Blick wanderte unsicher nach oben zu den bedrohlichen Türmen. Jetzt war die letzte Möglichkeit umzukehren. Doch das ging nicht. Dieses Theaterstück musste sie jetzt zu Ende spielen. Der neue Burgvogt würde schon keinen Verdacht schöpfen. Lisbeth wusste, dass die Buchführung des alten Vogtes chaotisch gewesen war. Der Ritter Gerold von Laubenstein hatte gründlich auf der Burg aufgeräumt, als er sein Erbe vor ein paar Monaten angetreten hatte. Er hatte auch nicht davor zurückgeschreckt, außer dem alten Burgvogt auch den Koch, den Stallmeister und drei der fünf Knechte zu entlassen. Dabei hatten sie schon jahrelang auf der Burg gedient. Vor diesem Gerold von Laubenstein musste man sich in Acht nehmen. Dummerweise war er der Grundherr der meisten Einwohner des Dorfes; manche Dörfler waren sogar seine Leibeigenen, auch Lisbeth und ihr Vater. Und nun forderte der Leibherr den Frondienst ein.

Dabei hatte sie eigentlich gar keine Zeit, wertvolle Arbeitstage auf der Burg zu vergeuden. Nachdem sie tagelang immer wieder die Arbeit unterbrochen hatte, um nach Bruder Remigius Ausschau zu halten, waren die Felder noch nicht für die Wintersaat vorbereitet. Der Pflug lehnte schon vor dem Haus. Zum Glück lebte die einzige Kuh, die sie besaßen, noch – und gehörte immer noch ihnen. Ohne das Vieh würde sie das Feld nicht pflügen können. Selbst *mit* dem Vieh würde sie es kaum schaffen, denn sie war ganz allein. Ihr Vater siechte in der Hütte, ihr einziger Bruder war im Frühling gestorben. Und Lisbeth hatte das Undenkbare gewagt: Sie hatte den Tod ihres Bruders nicht an die Vogtei gemeldet. Das war riskant, das wusste sie. Aber die Umstände waren günstig gewesen: Der Dorfschultheiß hatte sich das Bein gebrochen und ihr ausrichten lassen, dass sie selbst zur Burg gehen solle, um den Todesfall zu melden. Der alte Ritter war gerade verschieden, die Burg in Aufruhr und der neue Erbe, Gerold, hatte sich direkt nach seiner Ankunft angeschickt, den alten Burgvogt zu entlassen. Lisbeth hatte ihre Chance gewittert und den Todesfall verschwiegen. Hätte sie ihn gemeldet, hätte sie ihre Kuh hergeben müssen – als Todfallabgabe, so schrieb es das Gesetz für Leibeigene vor. Der Betrug war ein Spiel mit dem Feuer. Nicht nur, weil es ein Vergehen gegen den Leibherrn darstellte und, noch schlimmer, ein Vergehen gegen Gott, sondern weil ihr Bruder nun immer noch auf der Liste der Fronarbeiter stand. Deshalb stand sie vor dem Burgtor. Sie würde ihr Bruder sein. Erneut zog sie Johanns Hose zurecht.

Sie äugte kurz hinter sich. An Frontagen herrschte normalerweise ein Kommen und Gehen. Sie hatte sich diesen Tag ausgesucht, weil sie wusste, dass heute nur wenige Leute aus ihrem Dorf auf der Burg eingeteilt waren.

Lisbeth holte tief Luft, schob den Gürtel ihres Hemdes etwas höher, sodass sich das Obergewand vor ihrer umwickelten Brust aufbauschte, tastete ihren Nacken ab, um sicherzugehen, dass sich keine Haarsträhne aus ihrer Mütze gelöst hatte, passierte das Tor und wandte sich dann nach rechts, zum Torhaus, das sich an die Burgmauer anschloss. Der neue Burgvogt, ein dünner Mann mit schwarzen Augen, stand im Torhaus am geöffneten Laden, eine Liste vor sich, bereit, ihren Namen zu hören.

»Johann Mergel«, sagte Lisbeth so lässig wie möglich.

Der Vogt blätterte um und notierte sich etwas. Was, wusste Lisbeth nicht – sie konnte nicht lesen.

»Melde dich dort hinten, bei dem rothaarigen Knecht.« Der Vogt zeigte nach rechts.

Lisbeth nickte und entfernte sich ein paar Schritte. Aus den Augenwinkeln blickte sie sich unauffällig um. In jeder Ecke arbeiteten Männer. Natürlich würde irgendjemand unter ihnen sein, der sie erkennen würde. Sie spürte die Schweißperlen zwischen ihren Schulterblättern. Schnell sprach sie ein Gebet an die heilige Anna, die Mutter Marias, dass niemand sie verraten würde, auch wenn sie durchschaut würde. Sie ging weiter, um nicht aufzufallen. Ihre Stiefel gehörten ihrem Vater und waren viel zu groß. Sie hatte ihre Füße mit Tüchern umwickelt. Die Tücher rieben an ihrer verschwitzten Haut.

Die Männer arbeiteten in Gruppen, einige schoben Holzschubkarren voll Erde heran, andere schaufelten die Erde in ein Loch unter dem Saal. Das musste wohl die alte Zisterne sein, die nun zugeschüttet wurde, weil darüber der Saalboden eingebrochen war.

Ganz hinten in einer Ecke arbeitete ein Mann alleine. Er schien die Balken vorzubereiten. Er war groß und kräftig gebaut – wie ein Schmied. Sie schätzte ihn auf Mitte oder Ende zwanzig. Sie hatte ihn noch nie gesehen, also kannte er sie auch nicht. Bei ihm würde sie einigermaßen sicher sein. Während sie wie selbstverständlich auf den Mann zuging und darauf achtete, mit den Stiefeln sicher aufzutreten, versuchte sie den Eindruck zu erwecken, dass man sie geschickt hatte.

Der Mann sägte einen geschälten Baumstamm, der auf zwei Gestellen lag. Sie stellte sich vor ihn, hielt ihren Rücken gerade und sagte: »Ich bin hier, um Euch zur Hand zu gehen.«

Der Mann blickte auf.

Lisbeth hatte noch nie solche Augen gesehen. Sie waren grünlich dunkelblau wie der Himmel vor einem abendlichen Gewitter, der Ausdruck stechend, als warte er auf einen Angriff, bereit zurückzuschlagen. Sein Blick wurde etwas weicher, als er sah, dass er einen halbwüchsigen Jungen vor sich hatte. Er ließ seinen Blick kurz über sie gleiten, von oben nach unten und wieder zurück zu ihrem Gesicht, wo er eine Weile hängen blieb. Sah er jeden so an oder hatte er Verdacht geschöpft? Lisbeth nestelte an ihrem Gürtel herum und zupfte ihr Obergewand zurecht. Das war ein Fehler, denn sie merkte, dass die Bewegung seinem wachen Blick nicht entging.

»Ich bin Johann Mergel«, sagte sie.

Der Hüne nickte und beugte sich wieder über den Stamm, ohne seinen Namen zu nennen. Er war wohl ein Hintersasse aus einer anderen Gegend – oder ein Knecht eines Lehensnehmers, den sein Herr an seiner statt geschickt hatte.

»Was soll ich tun?«, fragte sie.

»Ich säge Balken zu für einen neuen Hühnerstall. Könnt Ihr mit einer Säge umgehen?«

Reparaturen am Haus und am Pflug hatten immer ihre Brüder übernommen. Lisbeth schickte ein Gebet an den heiligen Dionysios, der einem bei Gewissensbissen half, nickte und setzte ein zuversichtliches Lächeln auf.

Der Mann sagte: »Gut, ich messe währenddessen die Querstreben aus.« Er reichte ihr die Säge. Lisbeth fielen seine großen Hände und kräftigen Unterarme auf, doch sie war sich sicher, dass er weder der Schmied von Molheim noch der von Ottersfeld war.

Er ging hinüber zu den kürzeren Stämmen. Lisbeth setzte wie selbstverständlich die Säge in den Spalt an und schob sie vor und zurück. Das Blatt verkeilte sich und sie musste mit aller Kraft ziehen, um es wieder herauszubekommen. Schnell äugte sie hinüber zu dem Mann. Ihre Blicke trafen sich kurz. Sie konzentrierte sich wieder auf die Säge vor ihr. Der Mann hatte sie beobachtet. Und er musste bemerkt haben, dass sie nicht wusste, wie man mit einer Säge umging. Wortlos wandte er sich wieder dem Maßstock und den Hölzern zu, die vor ihm auf dem Boden lagen, und markierte mit einem Messer die Längen. Lisbeth setzte die Säge erneut an. Vor und zurück. Immer wieder. Doch die Einkerbung im Holz vertiefte sich keinen Deut.

Hoffentlich würde dieser schweigsame Hüne niemandem verraten, dass sie völlig fehl am Platz war. Sie durfte auf keinen Fall Aufsehen erregen.

Der Mann war in der Zwischenzeit mit seinen Markierungen fertig. Er stand auf und kam zu ihr herüber. Offenbar wartete er darauf, dass er die Säge benutzen konnte. Sie sägte weiter. Obwohl er angemessenen Abstand hielt, wurde Lisbeth unter seinem Blick noch nervöser.

Wieder verkeilte sich das Blatt. Ihr Bruder oder ihr Vater hätten jetzt geschimpft und sie ein nichtsnutziges Weib genannt. Frustriert ließ sie los und sagte: »Vielleicht übernehmt Ihr lieber.«

Sie wartete darauf, dass er eine abfällige Bemerkung machte, doch er schien seltsam zurückhaltend, fast kontrolliert. Er streckte seine Hand nach der Säge aus. »In Ordnung. Ihr könnt ja in der Zwischenzeit die Bolzen schnitzen«, hörte sie ihn sagen. Er zeigte auf einen Haufen kleinerer Äste auf dem Boden.

Lisbeth nickte dankbar, wich seinem Blick aus und setzte sich neben den Stöckchen auf den Boden – zunächst auf die Knie, wie es sich für Frauen ziemte, doch dann ließ sie sich schnell auf ihr Hinterteil fallen und verschränkte die Beine wie ein Mann. Sie suchte sich ein Schnitzmesser aus, besah sich den Bolzen, der als Modell diente, griff nach einem der Äste und begann, dicke Späne abzuhobeln.

Die Nachmittagssonne verschwand für einige Zeit hinter dem Wohnturm. Als sie wieder hervorkam, hatte sich an Lisbeths Daumen eine Blase gebildet. Aus den Augenwinkeln sah sie eine Gestalt auf sich zukommen. Sie blickte kurz auf und schaute dann angestrengt wieder auf ihre Arbeit. Ihr wurde übel. Es war der Burgvogt. Hatte er gemerkt, dass sie sich doch nicht bei dem rothaarigen Knecht gemeldet hatte?

»Johann Mergel?«, rief der Vogt, als er in Hörweite war. Lisbeths Messer rutschte ab und glitt tief in ihren linken Zeigefinger. Schnell zog sie die Klinge heraus. Die Wunde klaffte, helles Fleisch leuchtete zwischen dunkelrotem Blut. Ihr wurde noch übler. Das Blut rann den Finger hinunter, sammelte sich an der Fingerkuppe und landete in großen Tropfen auf der Erde. Um kein Aufsehen zu erregen, erhob sie sich und stellte sich aufrecht hin, den linken Arm abgespreizt, damit das Blut nicht ihre Kleidung besudelte.

Vor ihr stand der Vogt, hinter ihr der seltsame Mann. Sie registrierte, dass er aufgehört hatte zu sägen, wahrscheinlich beobachtete er die Szene. Der Vogt blickte auf Lisbeths Finger, dann hob der den Blick und richtete seine dunklen Augen auf ihr Gesicht. »Hast du die Fronabgabe deiner Schwester mitgebracht? Ein neues Hemd für die Burgknechte?«

Lisbeth schluckte. »Nein, mein Herr.« Fast hätte sie vor Erleichterung laut aufgeatmet. Er hatte keinen Verdacht geschöpft. Zumindest noch nicht.

»Sie muss es nachreichen. Und wegen des Versäumnisses zusätzlich einen Tag Waschdienst leisten. In der Woche nach Allerseelen. Richte ihr das aus.«

Lisbeth nickte. Vielleicht ein bisschen zu übereifrig. Sie überschlug, wie viel Zeit ihr noch bis Allerseelen blieb: noch etwas mehr als ein Monat.

Der Vogt musterte sie noch immer. Sein Blick ruhte auf ihren Augen, glitt dann zu ihrem Mund, dann auf die Brust. Kaum merklich runzelte er die Stirn. Sie hielt die Luft an. In seinem Kopf schienen sich die Gedanken zu einem Bild zusammenzusetzen. Sein Mund öffnete sich und schloss sich wieder. Wie versteinert sah sie ihn an, darauf wartend, dass die Falle zuschnappte. Mit fragendem Blick setzte er zum Reden an. Im selben Moment ergriff der Mann hinter ihr das Wort, als hätte er den Moment genau abgepasst: »Johann hat sich verletzt. Wie Ihr seht, blutet die Wunde stark und muss versorgt werden. Ich kümmere mich darum.« Ohne abzuwarten, schob er sie behutsam vom Vogt weg. Lisbeth spürte seine warme Hand auf ihrem Arm und ließ sich von ihm zu einer niedrigen Mauer führen. Ihre Knie fühlten sich an wie ein geknicktes Rohr, und sie war froh, dass sie sich setzen konnte. Während sie langsam auf die Mauer sank, äugte sie an dem Fremden vorbei zum Vogt. Sie war sich sicher, dass der Vogt ihr Spiel durchschaut hatte. Und dieser seltsame Mann hier schon lange.

»Du bist aus Laubenheim, Mergel?«, rief der Vogt von der Stelle aus, an der sie ihn hatten stehen lassen. Bestimmt wollte er jemanden aus Laubenheim über ihren Bruder befragen. Was sollte sie sagen?

Der breitschultrige Mann hatte sich über Lisbeths Hand gebeugt und drehte sich nun zum Vogt um. »Johann wird zu Euch kommen, wenn seine Wunde versorgt ist.«

Der Vogt wandte sich entschlossen um und eilte davon. Er rannte fast. Lisbeth hatte das Gefühl, dass alles Blut aus ihrem Körper wich. Sie würde in der Hölle schmoren für diesen Betrug.

Der Fremde griff in seine Gürteltasche, holte ein Fläschchen hervor und tröpfelte eine braune Flüssigkeit auf die Wunde. Sie roch stark nach Kräutern und Alkohol. »Der Schnitt ist tief. Wir brauchen einen Verband«, sagte er.

Lisbeth versuchte sich zu konzentrieren. Sie sah ihm in die Augen. Das war ein Fehler. Diese Augenfarbe brachte sie ganz durcheinander. Sie riss ihren Blick los und deutete auf ihr Hemd. »Reißt etwas Stoff ab und nehmt das als Verband«, sagte sie leise zu ihm. Wacklig stand sie auf und stellte sich vor ihn. Er ergriff den Saum ihres Hemdes, riss mit einer schnellen Bewegung die Seitennaht ein paar Fingerbreit auf und begann, einen Längsstreifen am Fadenverlauf abzutrennen. Lisbeth drehte sich dabei langsam vor ihm im Kreis. Als sie sich wieder setzte, war ihr schwindlig, heiß und kalt gleichzeitig. Behutsam ergriff er ihre Hand und wickelte dann den Stoff fest um den Finger. »Ihr zittert ja«, sagte er sanft.

Lisbeth räusperte sich. »Ja, mir geht es nicht gut.« Sie konnte nicht sagen, ob sie aus Angst vor dem Vogt zitterte oder weil es sich so eigentümlich anfühlte, diesem Mann so nahe zu sein. Er hatte ihren Finger fertig verbunden, riss das Ende des Stoffs ein und verknotete die zwei Fäden. Der Stoff verfärbte sich dunkelrot.

»Dann hoffen wir mal, dass der Finger bis Allerseelen wieder verheilt ist«, sagte er leise, als er ihre rechte Hand ergriff und ihr aufhalf.

Bis Allerseelen. Er hatte also verstanden. Fast wären ihre Knie eingeknickt. Sie konzentrierte sich aufs Stehen.

Er lächelte sie an. »Und jetzt macht, dass Ihr hier wegkommt, bevor der Vogt mit jemandem aus Laubenheim hier aufkreuzt. Ich werde mir schon eine Geschichte zurechtlegen. Geht jetzt.«

Lisbeth holte tief Luft. Sie nickte ihm zum Dank und Abschied zu und ging auf wackeligen Beinen über den Platz zum Burgtor. Den Kopf hielt sie gesenkt, als wäre sie somit unsichtbar. Zu spät bemerkte sie neben sich die schnelle Bewegung. Sie spürte einen harten Griff um ihren Arm und einen Ruck. Jemand zog sie in Richtung Torhaus und schubste sie in einen dunklen Raum. Sie war zu überrascht, um sich zu wehren. Hinter ihr schloss sich die Tür. Sie blinzelte. Das einzige Licht im Raum fiel durch die Ritzen der geschlossenen Fensterläden. Schnell sah sie sich um und nahm zwei Gestalten wahr, eine vor ihr, eine hinter ihr. Der Mann, der vor ihr stand, riss ihr die Mütze vom Kopf. Ihr Zopf klatschte auf den Rücken.

»*Johann* Mergel.« Die Stimme vor ihr klang rauchig, mit einem spöttischen Unterton.

Lisbeth sah, dass der Mann noch recht jung war und eine glänzende schwarze Jacke trug. Es musste der Leibherr sein. Aus der Nähe hatte sie ihn noch nie gesehen.

»Du kannst gehen, Hilfrich«, sagte er zu dem Mann hinter ihr. Lisbeth traute sich nicht, sich nach dem anderen umzuschauen, ihr Blick war ängstlich auf den Ritter gerichtet.

Als der Mann hinter ihr die Tür öffnete, fiel das Sonnenlicht direkt auf den Leibherrn. Er trug seinen Knebelbart sorgfältig gestutzt, seine Züge waren eigentlich ansprechend, wären da nicht dieser spöttische Blick in seinen Augen und der harte Zug um den Mund gewesen.

»So, Jo-hann Mer-gel«, begann er, den Namen betont langsam sprechend, »da frage ich mich doch, warum Johann Mergel einen Zopf trägt wie ein Weib.«

Lisbeth antwortete nicht, sondern sah den Ritter ängstlich an.

»Zu gerne würde ich ja mal unter dein Hemd schauen.« Er lachte.

Lisbeth senkte den Kopf.

Sie spürte, dass er näher an sie herantrat. Sie wäre gerne ein paar

Schritte zurückgewichen, stand aber wie versteinert da. Er ging langsam um sie herum, dann blieb er seitlich von ihr stehen. »Ich lasse mich nicht für dumm verkaufen. Weder von Johann Mergel noch von einer hübschen Frau.«

Lisbeth atmete tief ein und aus. Es kostete sie eine enorme Anstrengung, nicht zu weinen.

Er ging langsam weiter um sie herum. »Ich nehme an, du hast einen Grund, hier verkleidet zu erscheinen. Lass mich raten.« Wieder trat er an sie heran, diesmal von hinten. Sie spürte, wie er ihren Zopf in die Hand nahm und daran herumspielte, während er fortfuhr: »Johann Mergel ist krank.«

Sie wollte gerade leise ausatmen, als sie ihn sagen hörte: »Oder vielleicht tot?« Gemächlich trat er wieder vor sie. »Hm, wenn ich mich richtig erinnere, hat mir gerade ein Vögelchen aus Laubenheim gezwitschert, dass er nicht mehr unter uns weilt. Und da frage ich mich doch, was denn wohl mit der Todfallabgabe geschehen sein mag? Ob du mir da wohl weiterhelfen könntest?«

Lisbeth hob langsam den Blick. Sein Gesicht kam dem ihren sehr nahe. Sie ekelte sich vor ihm, hielt aber seinem Blick stand.

Er sagte spöttisch: »Ich lege allerdings keinen Wert auf ein altersschwaches Vieh und ein stinkendes Gewand.«

Sie wusste nicht, was für ein Spielchen er mit ihr trieb – was könnte er sonst wollen?

»Aber für den Betrug wirst du bezahlen«, sagte er unvermittelt. »Fünf Gulden.«

Lisbeth stockte der Atem. Noch nie im Leben hatte sie fünf Gulden besessen. »Ich habe keine fünf Gulden«, sagte sie mit heiserer Stimme.

»Hm, was machen wir denn da?« Er hielt kurz inne. »Hast du vielleicht einen Vorschlag?«

Lisbeth schüttelte den Kopf.

»Einen Vorschlag, der mich genauso … befriedigen würde?« Er sah sie herausfordernd an.

Lisbeth wagte kaum zu atmen.

Er streckte seine Hand aus, ergriff eine Strähne, die sich aus ihrer Frisur gelöst hatte, und strich sie ihr hinters Ohr. Sie zuckte zurück, am liebsten hätte sie ihm ins Gesicht gespuckt, doch das wäre ein schlimmer Fehler gewesen. Sie nahm all ihren Mut zusammen, zur heiligen Anna betend. »Ich werde die fünf Gulden bezahlen.«

»Auf die ein oder andere Weise sicher«, sagte er mit einem dünnen Lächeln. »Du kommst nächste Woche am Donnerstagabend wieder her.«

Ein plötzlicher Lichtstrahl traf ihn. Die Tür hatte sich geöffnet. Der Umriss eines Mannes zeichnete sich im Türrahmen ab. Es war der Fremde. Er verschränkte die Arme. »Ich suche meinen Helfer.«

Lisbeth dankte im Stillen der heiligen Anna, griff schnell nach ihrer Mütze, stopfte ihren Zopf darunter und ging mit großen Schritten auf den Mann zu. Er trat zur Seite und sie huschte mit gesenktem Kopf aus dem Torhaus. Während sie sich entfernte, hörte sie den Ritter verärgert sagen: »Ich kann mich nicht erinnern, dich hergebeten zu haben!«

»Ich habe Johann Mergel hier hineingehen sehen und hielt es für notwendig, nach ihm zu schauen.« Den Rest verstand sie nicht mehr, bevor sie mit gesenktem Kopf aus dem Tor huschte.

Eine Stunde später, Lisbeth war noch mitten im Wald und eine gute halbe Stunde vom Dorf entfernt, vernahm sie in der Ferne das Läuten der Kirchenglocken. Das war kein gutes Zeichen. Entweder bedeutete es, dass sich alle Dorfbewohner schnell unter der Linde versammeln mussten – und das wiederum hieß, dass Gefahr im Anzug war –, oder die Glocken verkündeten den Tod eines Bauern. Lisbeth rieb sich mit den Handballen die Tränen von den Wangen und lief schneller.

Die Lumpen an ihren Füßen scheuerten. Sie hielt an, zog die Stiefel aus, wickelte die Lumpen ab und ging barfuß weiter. Als sie nahe genug ans Dorf herangekommen war, konnte sie erkennen, dass alles ruhig war. Niemand rannte aufgeregt nach Hause, nirgends waren Rinder zu sehen, die schnell ins Dorf getrieben wurden. Sie erkannte von Weitem fünf Gestalten, die ruhig ihre Felder düngten.

Es war also keine Versammlung einberufen worden. Es war jemand gestorben. Ihr Puls ging schneller. Sie warf sich ihren Kleidersack über die Schulter und begann zu rennen, in der rechten Hand beide Stiefel haltend.

Sie hätte es wissen müssen. Es war Gottes direkte Strafe für ihren Betrug. Er hatte ihren Vater sterben lassen und nun würde seine Seele ins Fegefeuer geworfen – wo man brannte, schrie und trotzdem bei Bewusstsein blieb. Eine Stunde, einen Tag, ein Jahr, tausend Jahre.

Sie rannte fast fünfzehn Steinwürfe weit, ihre Lunge brannte, ihr verletzter Finger pochte wild, aber das hatte sie verdient. Als sie die Dorfmauer passierte, rief Agnes Wagner etwas in ihre Richtung. Lisbeth verstand es nicht und rannte weiter. Dann sah sie die Leute. Sie hatten sich vor einem Haus versammelt. Nicht ihr Haus, das Haus von Joest. Lisbeth ging langsamer. Ihre Lunge tat immer noch weh. Vorsichtig trat sie an die Gruppe heran. Da standen Joests Onkel, seine Vettern und deren Familien. Niemand beachtete Lisbeth. Die Männer standen betreten im Hof und redeten leise miteinander.

Wortlos blieb sie vor dem Haus stehen. Auch Jorg und Bastian Solbach, die Nachbarn, die rechts von Joest wohnten, waren gekommen und standen vor dem Haus, ihre Mützen in den Händen haltend. Als Lisbeth sich neben sie stellte, machte Jorg einen Schritt zur Seite und musterte sie von oben bis unten. Bastian, dem mehrere Zähne fehlten, nuschelte: »Mädel, was treibst du denn in Männerkleidern? Bist du etwa mit dem Teufel im Bunde?«

Lisbeth hatte ihren Aufzug ganz vergessen. »Sag so etwas nicht, Jorg!«, zischte sie.

Ohne ein weiteres Wort rannte sie in ihren Hof. Schnell öffnete sie die Tür und trat ans Lager ihres Vaters. Er hatte die Augen geschlossen und atmete gleichmäßig. Im Raum war es düster, ein paar Sonnenstrahlen, die ihren Weg durch das Flechtwerk vor dem Fenster fanden, tauchten die schwarz verrußten Wände in Licht- und Schattenstreifen. Im Halbdunkeln riss sie sich die Mütze vom Kopf, streifte das verschwitzte Obergewand vom Körper, griff nach ihrem langärmligen grauen Kleid und schlüpfte hinein. Sie machte sich nicht die Mühe, das Tuch abzuwickeln, das sie eng um ihre Brust gebunden hatte. Mit ihrer Verletzung würde sie dafür sowieso viel zu lange brauchen. Schnell legte sie ihren Gürtel um die Taille, schlüpfte in ihre Lederschuhe und band die Schuhbänder zu. Es dauerte länger, den linken Schuh zu binden, denn als Schnürsenkel hatte Lisbeth einen geschmeidigen Grashalm eingefädelt, weil sie keinen Ersatz gehabt hatte.

Sie trank einen Becher stark verdünnten Wein. Dann trat sie wieder vors Haus. Sie musste sich schnell wieder sehen lassen, ehe Jorg auf dumme Gedanken kam und gefährliche Gerüchte über sie verbreitete.

Von ihrem Hof aus sah sie hinüber in Joests Garten. Jemand trat aus dem Haus. Es war Adam Kumpf, Joests Onkel und nächster Verwandter. Mit gewichtiger Miene schritt Adam in ihre Richtung, doch sie wusste, dass nicht sie sein Ziel war, sondern die Hühner und Ziegen, die auf Joests Seite vor dem Zaun umherstaksten. Was nun kommen würde, hatte sie oft genug erlebt, wenn ein Bauer gestorben war. Adam stellte sich vor das Kleinvieh, die Mütze in den Händen, und verkündete: »Ich melde euch den Tod des Hausherrn.« Dann drehte er sich um und schritt wieder ins Haus zurück.

Lisbeth blieb eine Weile stehen und wartete. Nachdem Adam verschwunden war, erschien Veit, der junge Knecht. Mit schlaksigen Schritten ging er zum Nussbaum und schüttelte ihn heftig, dann begann er, das Werkzeug, das hinter dem Haus lehnte, herumzutragen und an anderer Stelle wieder abzusetzen. Jetzt verschob er die beiden Karren. Lisbeth wusste, dass dies Brauch war, es geschah aus Furcht vor dem Tod eines weiteren Familienmitgliedes. Als Veit alles Bewegliche an eine andere Stelle gerückt hatte, richtete er sich auf, rieb sich den Rücken und sah sich eine Weile suchend um. Offensichtlich wusste er nicht, was er nun tun sollte. Hinter ihm öffnete jemand die

Läden von Joests Schlafzimmer – Joests Seele sollte in die Übergangswelt entweichen können, von wo sie dann ins Fegefeuer kam.

Veit hatte sie entdeckt und kam auf sie zu. Als er nahe genug an sie herangetreten war, fragte Lisbeth: »Was ist geschehen?«

»Der Herr ist tot.«

Es schmerzte sie, die Worte ausgesprochen zu hören. »Woran ist er gestorben?«

»Wahrscheinlich am Schlagfluss. Es geschah ganz plötzlich.« Veit verlagerte sein Gewicht vom einen langen Bein aufs andere. »Wobei es ihm schon die ganze Woche nicht gut ging.«

»Und jetzt?«, fragte sie leise.

»Keine Ahnung, wie es nun weitergeht.«

»Was ist mit dem Hof?«

»Soweit ich weiß, war der Hof nur auf Lebenszeit an Joest verliehen. Gerold von Laubenstein kann nun damit machen, was er will. Er muss ihn nicht innerhalb der Familie weiterverleihen.«

»Könnt du und Hate zu eurer Mutter zurück?«

Veit schüttelte den Kopf.

»Wer ist der Mann, mit dem er letzte Woche im Dunkeln nach Hause kam?«, fragte Lisbeth.

Veit blickte sie plötzlich misstrauisch an. »Meinst du, es liegt an ihm – dem Fremden?«

Lisbeth und er wechselten Blicke. Keiner sagte etwas.

Veit kratzte sich an der Stirn. »Er ist seltsam, der neue Knecht.«

Lisbeth wollte lieber nicht mehr über den Fremden reden. Er machte ihr Angst.

Doch Veit fuhr fort: »Er spricht wenig. Und er hat keine Ahnung von Tieren. Ich glaube, er kann nicht mal melken. Bis jetzt hat er immer eine Ausrede gefunden, wenn's darum ging. Werkzeug reparieren, darin ist er gut. Aber als er die Enten nach Eiern abtasten sollte, wusste er gar nicht, an welche Stelle er fassen muss. Ich sage dir, das ist kein Bauernsohn – obwohl er das behauptet. Und er legt seinen Gürtel nie ab. Er muss einen Haufen Geld darin haben. Da stimmt doch was nicht. Und jetzt, wo ich's mir so überlege … Als er letzte Woche ins Haus kam, hat es angefangen. Seitdem ging es dem Herrn nicht gut.«

»Ist er wieder weg?«, wisperte Lisbeth.

»Er ist heut oben, auf der Burg. Der Herr hat ihn heute Morgen an seiner statt zum Frondienst geschickt. Er sollte einen neuen Hühnerstall bauen.«

Lisbeth atmete ein und langsam wieder aus.

KAPITEL 3

Laubenheim, Oktober 1496

Heinrich hatte Durst, aber er wagte nicht, Bruder Remigius zu fragen, ob sie in ein Wirtshaus einkehren könnten. Seit drei Stunden saßen sie nun schon auf den beiden Baumstümpfen am Waldrand. Fünf Frauen und ein Mann waren bisher gekommen, um bei Bruder Remigius das Sakrament der Beichte zu empfangen. Laubenheim lag im grauen Dunst vor ihnen, davor erstreckten sich die Gemeindewiese und ein paar Felder, über die Bauern ihren Pflug schoben. Die meisten von ihnen hatten einen Ochsen vor den Pflug gespannt, zwei Pflüge jedoch wurden von Pferden gezogen. Heinrich hatte sie beobachtet: Die Pferdebauern legten in derselben Zeit die dreifache Strecke von der zurück, die die Ochsenbauern schafften.

Remigius hatte ihm erzählt, dass er nie näher an Laubenheim heranging, weil der Priester, Pater Bernhard, es nicht gerne sah, wenn seine Schäfchen bei den Mönchen beichteten. Der Pater nannte die Mönche eingebildete Selbstdarsteller. Bruder Remigius hielt alle Priester für faul und ungebildet.

Heinrich kannte die Gegend gut. Wenn er aufstehen und seinen Kopf ein kleines bisschen nach links wenden würde, sähe er die sanften Hügel des Berglandes, die sich an das Plateau schmiegten, auf dem Laubenstein thronte.

Hier und da zerschnitten gelb leuchtende Weinberge das Grün des Waldes. Er wusste nicht, ob es eine gute Entscheidung gewesen war, sich ausgerechnet Bruder Remigius auf seiner Seelsorge-Wanderschaft anzuschließen, denn Bruder Remigius' Weg führte durch das Amt Molheim, über das sein Bruder zum größten Teil als Grundherr verfügte. Aber er liebte diese Gegend, und da er hier schon kein Zuhause mehr hatte, wollte er zumindest in seiner alten Heimat seinen Dienst tun.

Er legte die Unterarme auf die Schenkel und beugte sich vor. Der starre Stoff und der Kapuzenüberwurf seiner Novizenkutte lagen schwer auf seinen Schultern, aber er würde sich daran gewöhnen.

Remigius' Magen knurrte. Heinrich schwieg. Eine Bauersfrau näherte sich ihnen über die Gemeindewiese. Ihr Kleid war an mehreren Stellen geflickt, ihr Schuh mit einem Grashalm zugebunden. Sie war jung, hatte dickes hellbraunes Haar und ein hübsches Gesicht mit Grübchen. *So darf ich die Frauen nicht mehr ansehen*, dachte Heinrich. *Ich werde Mönch.*

Er wollte aus ganzem Herzen gottesfürchtig leben, seit dieser einen Nacht. Er hatte damals diese Furcht an Leib und Seele gespürt, die Gegenwart des heiligen Gottes gefühlt – ausgerechnet im Studentenkarzer in Heidelberg. Als er eine Strafe für lautes Grölen zur Nachtstunde verbüßte, erwachte er in den frühen Morgenstunden in der Zelle aus unruhigem Schlaf. Eine Weile hatte er sich frierend auf seinem Lager herumgewälzt und dann plötzlich wahrgenommen, dass sich die Atmosphäre änderte, die Luft auf einmal greifbar wurde. Sie legte sich auf ihn, hüllte ihn ein, füllte seinen Brustkorb, als durchdränge ihn eine nie gekannte Leichtigkeit. Jede Faser seines Körpers war durchflutet von einer Gegenwart, vor der er nichts anderes tun konnte, als sich zu beugen.

Er wusste, dass niemand ihn verstand. Die meisten anderen Mönche waren nur deshalb einem Orden beigetreten, weil sie keine andere Perspektive hatten. Sie tranken, spielten und hurten weiter. Seit Jahren hielt sich der fast siebzigjährige Papst ein blutjunges, verheiratetes Mädchen als Mätresse, das man in Rom spöttisch »die Braut Christi« nannte. *Kein Wunder, dass alle von den letzten Tagen der Erde sprechen. Gott muss dem Ganzen bald ein Ende setzen.*

Die junge Frau kniete sich vor Bruder Remigius auf den Waldboden.

»Gott zum Gruße, liebe Frau«, sagte der ältere Mönch.

Die Frau lächelte ihn schüchtern an.

»Heinrich ist ein neuer Novize.« Mit seiner sehnigen Hand deutete Remigius auf Heinrich. »Er begleitet mich heute. Stört es dich, wenn er unserem Gespräch beiwohnt? Er möchte lernen. Er wird nichts weitererzählen.«

Die Frau blickte Heinrich kurz an. Sie hatte warme, bernsteinfarbene Augen, aus denen jedoch gleichzeitig eine innere Unruhe sprach. Sie sagte: »Er kann bleiben.«

Wie all die anderen, die heute Morgen hier gewesen waren, hatte auch sie ihn nicht als Sohn des alten Ritters von Laubenstein erkannt. Er war froh darüber.

Die Frau senkte den Blick. Sie sammelte sich kurz, dann begann sie: »Ich habe gesündigt, Bruder. Als mein Bruder im Frühling gestorben ist, habe ich seinen Tod nicht dem Leibherrn gemeldet. Denn ohne Kuh können wir nicht überleben. Und gestern habe ich mich als mein Bruder ausgegeben und mich in seinem Namen beim Ritter Gerold von Laubenstein zum Frondienst gemeldet.«

Heinrich verkniff sich ein Schmunzeln. Doch dann besann er sich. Hier ging es um etwas Ernstes. Um ewiges Leben oder ewige Verdammnis.

Vielleicht war es doch keine so weise Entscheidung gewesen, ausgerechnet in der Gegend von Laubenstein etwas über das Bußsakrament zu lernen. Immerhin hatte diese Frau seinen Bruder betrogen – und er, Heinrich, wusste es nun. Nun denn, in seines Bruders Ställen drängte sich genug Vieh aneinander; Gerold würde es überleben, wenn er eine Kuh weniger zu füttern hatte. Schließlich konnte man es auch so sehen: Durch die Lüge der Frau hatte Gerold einen Frondienstleistenden gewonnen. So groß war sein Schaden nicht.

»Du musst den Tod deines Bruders melden, die Todfallabgabe leisten, dem Leibherrn zusätzlich zwei Hühner schenken und täglich zweihundert Ave-Marias beten, dazu fünfzehn Psalter, unterbrochen durch jeweils ein Vaterunser. Vier Wochen lang.«

Heinrich fand, dass der ältere Bruder ihr eine harte Buße auferlegt hatte. Er fragte sich, ob die Sünde der Frau eine Todsünde oder eine lässliche Sünde war. Die Einteilung war kompliziert. Es gab noch so viel zu lernen.

»Der Ritter will nun fünf Gulden von mir.« Der Blick der Frau war verzweifelt.

»Weib, das ist eine Sache zwischen dir und dem Ritter. Das hat nichts mit Gott zu tun.«

Heinrich runzelte die Stirn. Er fand, dass Bruder Remigius zu schnell über diese Aussage hinweggegangen war. Sah er denn nicht, dass die Frau in Schwierigkeiten steckte? Heinrich blickte auf ihren Gras-Schnürsenkel, hob dann den Blick und fragte: »Hast du das Geld?«

Die Frau schüttelte den Kopf. Bruder Remigius blickte Heinrich tadelnd von der Seite an und begann mit der Lossprechung von der Sünde: »Deus, Pater misericordiarum, qui per mortem et resurrectionem Filii sui mundum sibi reconciliavit et Spiritum Sanctum effudit in remissionem peccatorum, per ministerium Ecclesiae indulgentiam tibi tribuat et pacem. Et ego te absolvo a peccatis tuis in nomine Patris, et Filii, et Spiritus Sancti. Amen. Geh hin in Frieden.«

Die Frau erhob sich vom weichen Boden, machte einen Knicks und sagte: »Danke, Bruder«. Aus ihrer Schürzentasche holte sie eine Zwiebel und ein Ei hervor und reichte sie ihm. »Das Ei ist schon gekocht.«

Bruder Remigius nickte ihr zum Dank zu, gab die Zwiebel Heinrich und begann, das Ei zu schälen. Die Frau wandte sich zum Gehen, hielt dann jedoch inne, drehte sich wieder um, blickte Remigius und Heinrich zögernd an und fragte dann: »Darf ich Euch noch etwas fragen?«

Bruder Remigius blickte von seinem halb geschälten Ei auf.

»Ist damit auch die Strafe für diese Sünde im Fegefeuer getilgt?«

»Nein, Frau. Du kannst jetzt wieder Gemeinschaft mit Gott und der Kirche haben – aber dich erwartet immer noch eine zeitliche Strafe für diese Sünde. Niemand ist so gerecht, dass er alle Strafen auf Erden abbüßen kann. Deshalb kommt jeder ins Fegefeuer – jeder, bis auf ein paar Heilige. Um deine Zeit im Fegefeuer zu verkürzen, brauchst du Verdienste oder Ablass.«

»Der Priester in der Kirche hat auch schon von Ablass gesprochen. Aber ich habe nicht viel davon verstanden. Das meiste, was er sagt, ist auf Lateinisch.«

Remigius sagte: »Ich will dir zunächst erklären, was Verdienste sind: Man sammelt sie durch Leiden für Gott. Christus hat durch sein Leiden Verdienste für uns gesammelt. Auch Märtyrer sammeln Verdienste, denn sie leiden für Gott. Märtyrer kommen direkt in den Himmel, sie umgehen das Fegefeuer. Die meisten von ihnen haben aber über ihren Eigenbedarf hinaus Verdienst angehäuft, sodass sie davon noch etwas übrig haben. Von diesem Überschuss können wir etwas erhalten. Wir nennen das dann Ablass.«

»Ich brauche also Ablass, um das Fegefeuer zu umgehen oder zu verkürzen.«

Der Mönch nickte.

Die Frau runzelte die Stirn. »Und wo befindet sich dieser überschüssige Verdienst, dieser Ablass?«

»Er wird in einer Kiste aufbewahrt, zu der nur der Papst den Schlüssel besitzt. Der Papst kann ihn verteilen. Der Ablass wird dann direkt mit der Zeit im Fegefeuer verrechnet.«

»Das heißt, ich muss nach Rom, um etwas aus der Kiste zu bekommen?«

Der Mönch schien belustigt. »Du brauchst vor allem Geld. Es ist auf jeden Fall für dich günstiger, wenn du dir selbst etwas verdienst, durch Leiden, Spenden, gute Werke, oder indem du zum Beispiel zu Reliquien pilgerst.«

»Ich kann keine Wallfahrt machen. Mein Vater ist sehr krank. Er braucht mich.«

Bruder Remigius lächelte schmallippig. Das Lächeln sollte wohl Trost spenden, wirkte aber eher mitleidig. »Dann bete, mein Kind.«

Heinrich sah, wie sich ein Schatten über die schönen Augen der Frau legte. »Danke, Bruder«, sagte sie leise. Zum Abschied nickte sie Heinrich kurz zu. Heinrich blickte ihr nachdenklich hinterher, als sie über die Wiese zurück zum Dorf rannte.

Er verstand die Verzweiflung der Frau. Warum schuf Gott den Menschen und warf ihn in den Kampf des Lebens, wenn das Schlimmste nach dem Tod erst noch bevorstand?

Was für ein Wesen war dieser geheimnisvolle Gott, der sich ihm in der Nacht im Karzer offenbart hatte?

Lucas stand im Burghof und wartete. Um ihn herum jagten sich Hühner. Sie plusterten sich auf, breiteten ihre Flügel aus, hoben einen Schritt lang ab und landeten wieder auf dem Boden. Ihre Versuche, sich in die Luft zu schwingen, ähnelten den seinen. Er klebte am Boden. Aber er würde das Beste daraus machen.

Er hatte endlich einen Plan. Das war ein gutes Gefühl, denn seine Entscheidung in Heidelberg war spontan gewesen, nicht durchdacht. Seitdem hatte er das Gefühl, als drifte er mit den Wellen dahin, unsicher, wohin die Strömung ihn trieb. Er wollte einen Anker auswerfen. Zumindest vorläufig. Wenn sein Plan nicht aufging, war das auch in Ordnung. Er hatte nichts zu verlieren.

Gerold von Laubenstein ließ ihn warten, aber das gehörte wohl dazu, wenn man um eine Audienz beim Grundherrn bat. Endlich öffnete sich oben am Wohnturm die Tür und der Ritter trat ins Freie. Betont langsam schritt er die Treppe herunter und ging dann mit lockeren Schritten auf Lucas zu. Er trug keinen Hut, sein schulterlanges Haar war nach hinten gekämmt, sein Bart sorgfältig gestutzt.

Lucas deutete eine leichte Verneigung an, als Laubenstein nahe genug an ihn herangekommen war.

»Du schon wieder? Was willst du denn jetzt?«, fragte Laubenstein.

So, er duzt mich also, dachte Lucas. *Und legt gleich fest, wie die*

Machtverhältnisse stehen. Früher war er es gewesen, vor dem die Menschen Angst hatten. »Ich will den Hof von Joest Wirt«, sagte er unverblümt.

Der Ritter senkte das Kinn. Offenbar war er es nicht gewohnt, dass jemand so direkt zur Sache kam und ihm somit die Stirn bot.

Er hob seinen Kopf wieder. »Und warum, bitte, sollte ich gerade dir den Hof leihen? Wer bist du überhaupt?«

»Mein Name ist Lucas Strom. Ich komme aus einem Flecken auf der anderen Seite des Rheins. Ich habe als Knecht für Joest Wirt gearbeitet. Nun ist er tot. Seine Verwandten haben selbst alle einen Hof oder sind Stadtbürger. Seine Magd und sein Knecht sind seine Nichte und sein Neffe. Sie sind zu jung, um den Hof zu übernehmen, und sie haben auch nicht genügend Geld angespart, um die Besitzwechselgebühr zu bezahlen. Deshalb möchte *ich* den Hof übernehmen.«

Die Augen des Ritters funkelten misstrauisch. »Soso. Lucas Strom. Und wer sagt mir, dass du nicht ein flüchtiger Untertan bist?«

»Ich bin ein freier Mann.«

»Und woher soll ich wissen, dass du einen solch großen Hof wie den von Wirt überhaupt bewirtschaften kannst?« Laubenstein kratzte sich am Ellbogen.

»Dieses Risiko besteht bei mir wie bei jedem anderen.«

Der Ritter ging ein paar Schritte auf und ab, während er weitersprach: »Mein Burgvogt hat eine lange Liste mit Häuslern, ehemaligen Knechten, die alle einen Hof geliehen bekommen möchten.« Er blieb vor Lucas stehen. »Man nennt das eine Warteliste«, fügte er langsam hinzu.

Lucas schwieg. Manchmal war es besser, nichts zu sagen. Er sah dem Ritter direkt in die Augen. Er würde den Blick nicht als Erster senken.

Es war der Ritter, der sich schließlich abwandte und wieder begann, vor Lucas auf und ab zu schreiten. Dabei gab er einem Huhn, das ihm in die Quere kam, einen Tritt. »Nenne mir einen guten Grund, warum ich den Hof gerade dir leihen sollte.«

»Die Untertanen auf der Warteliste sind in irgendeiner Form bereits jetzt von Euch abhängig. Ich jedoch bin frei. Wenn Ihr mir den Hof leiht, habt Ihr einen neuen Hintersassen dazugewonnen.« Lucas wusste, worauf der Handel am Ende hinauslaufen würde, warum also lange um den heißen Brei herumreden?

Wieder war der Ritter stehen geblieben und durchbohrte Lucas mit seinem Blick. »Und du würdest einen Lehensbrief mit allen Bedingungen unterzeichnen?«

»Das kommt auf die Bedingungen an«, erwiderte Lucas.

Der Ritter verschränkte die Arme vor der Brust. »Der Hofinhaber muss dem Grundherrn für die Zeit des Leihens gehorsam, gerichtsbar, dienstbar, steuerbar und raisbar sein.«

»Wenn es so sein muss, dann muss es so sein«, sagte Lucas. »Mit einer Ausnahme: Ich werde niemandem raisbar sein.«

»Du willst nicht kämpfen für mich?«

»Ich kämpfe nicht. Für niemanden.«

»Schade, du siehst kräftig aus, als könntest du gut mit Waffen umgehen. – Aber was soll's, ich würde meine Bauern sowieso nie als Heer aufstellen. Was verstehen Bauern schon von Kriegsführung?« Er lachte. Dann wurde er wieder ernst. »Wenn du den Hof willst, musst du mir den Lehensbrief unterschreiben, außerdem wird deine Freizügigkeit beschränkt werden, zusätzlich zu allen Abgaben und Diensten lieferst du jedes Jahr als Anerkennungsgeschenk eine Henne, und bei deinem Tod wird für deine Erben die Todfallabgabe fällig.«

Lucas wusste, dass es jetzt um mehr als um ein Lehen ging. Die letzten Punkte, die der Ritter genannt hatte, definierten den Status der Leibeigenschaft.

Gerold von Laubenstein war nicht höher gewachsen als Lucas – niemand war das –, aber Gerold bemühte sich, von oben herab zu sprechen. »Mein Schreiber wird dir eine genaue Liste von den Gülten, Zinsen und Abgaben geben, die jährlich für Joests Hof fällig sind.«

Lucas hatte im Dorf schon gehört, dass die Gülten und Abgaben zwischen einem Fünftel und knapp der Hälfte von dem betrugen, was die Bauern erwirtschafteten. Veit hatte ihm erzählt, dass der Bauer Mesel gar mit hundertsechzehn Gulden und neununddreißig Malter Roggen im Rückstand lag. Es würde nicht einfach werden.

Der Ritter fuhr fort: »Außerdem wird eine Besitzwechselgebühr fällig, Geld, Naturalien und Vieh. Das muss ich ausrechnen lassen.«

Lucas blickte den Ritter schweigend an. Es ging gegen seinen Stolz, Leibeigener eines anderen Mannes zu werden. Er wog ab: Dass er nicht wegziehen durfte, stand nur auf dem Papier. Er war schon einmal weggelaufen. Er konnte es jederzeit wieder tun. Und seine Gürteltasche war momentan noch gut mit Goldstücken gefüllt, sodass er überall eine neue Existenz aufbauen konnte. Wenn er unterschrieb, würde er Bauer werden. Er hätte einen eigenen Hof, könnte hoffentlich sein Geld zusammenhalten, müsste sich niemandem als Knecht beugen, hätte wenig mit Menschen zu tun und er würde vor allem kein Misstrauen erregen. Wer verdächtigte einen Bauern, der einen Hof in Laubenheim betrieb? Es war seine Chance.

»Über die Besitzwechselgebühr müssten wir noch verhandeln«, sagte Lucas.

Der Ritter nickte.

»Mit dem Rest bin ich einverstanden«, fuhr Lucas fort, »aber ich werde nicht kämpfen.«

»Komm nächste Woche wieder«, sagte der Ritter und ließ Lucas stehen.

Lucas blickte ihm mit düsterem Blick nach und verließ dann schnellen Schrittes den Burghof.

Während er den Berg hinabstieg, hielt er wie gewohnt rechts und links des Weges Ausschau nach kleinen Ästen, die er als Brennholz mitnehmen konnte. Doch auf diesen Gedanken waren vor ihm schon andere gekommen. Als er sich Laubenheim näherte, fragte er sich, wie die Leute wohl die Nachricht aufnehmen würden, dass das Lehen von Joests Hof nun an ihn ging. Der Ritter hatte eine Warteliste erwähnt, es würde viele Neider geben. Er fragte sich, ob er die richtige Entscheidung getroffen hatte.

Lisbeth wickelte den Teig in ein halbwegs sauberes Tuch und setzte ihn auf ein Brettchen. »Ich bringe das Brot zum Ofen, Vater, ich bin gleich wieder da«, rief sie, als sie aus der Tür trat. Ihr Blick fiel auf den Garten ihres verstorbenen Nachbarn. Die Umzäunung seines Kräutergartens war an einer Stelle niedergetrampelt. Zwischen den Pflanzen wühlte ein Schwein. Lisbeth blieb stirnrunzelnd stehen. Das Schwein war dabei, den gesamten Garten zu zerstören. Sie musste etwas unternehmen. Sie ging wieder zurück ins Haus, stellte das Brot ab und eilte hinaus. Aus den Augenwinkeln nahm sie eine Bewegung wahr. Der große Fremde mit der unbeschreiblichen Augenfarbe betrat den Hof. Lisbeth blieb stehen, um ihn zu beobachten. Lucas Strom starrte einen Moment lang auf das Schwein und verschwand dann im Haus. Lisbeth dachte an Veits Worte: Der Fremde hatte keine Ahnung von Tieren. Er erschien wieder in der großen Tür, schlang den Lederriemen, der an der Außenseite des Torflügels angenagelt war, um den Haken an der Wand, sodass das Tor offen stand und er freie Bahn mit dem eingefangenen Schwein haben würde. Dann ging er zum Garten, machte einen großen Schritt über die abgeknickten Latten und Pfähle und näherte sich langsam dem Tier, den Oberkörper leicht vornübergebeugt, die Arme ausgebreitet. Die dünne Sau wühlte unbekümmert weiter und wandte sich gelangweilt von ihm ab. Mit einer schnellen Bewegung warf er sich auf das Tier, doch es entglitt ihm, setzte über den umgeknickten Zaun und galoppierte über den Hof in Richtung Weg davon. Lisbeth schmunzelte. Man bekam eine Sau nicht zu fassen, indem man die Arme um den Bauch des Tieres schlang.

Lucas Strom fluchte leise, sprang auf, rannte los und überholte das Tier, indem er athletisch darüber sprang. Mit einer schnellen Bewegung wirbelte er herum und stellte sich dem Schwein entgegen. Das Schwein schlug einen Haken und wetzte zum Garten zurück. Der Fremde lief ihm nach, machte einen Satz nach vorne und bekam es an den Hinterbeinen zu fassen. Er hob es hoch. Es quiekte wie auf der

Schlachtbank. Dieses zappelnde, borstige Ding war dem Fremden offenbar nicht geheuer, denn er ließ es weit ausgestreckt von sich baumeln. *Gut gemacht, Fremder*, dachte Lisbeth und lachte leise. Der Mann war ihr zwar unheimlich, aber so gefährlich konnte er nicht sein, wenn er erst über ein Schwein springen musste, um es einzufangen. Lucas Strom musste sie wohl gehört haben, denn er blickte zu ihr hinüber. Er hielt die zappelnde Sau immer noch weit von sich gestreckt. Seine dunkelblauen Augen funkelten in der Mittagssonne, als wollte er sagen: *Schau her, ich habe ganz allein ein Schwein eingefangen.*

Wieder musste Lisbeth lachen. Auf einmal wand sich das Schwein, scherte mit seinen Vorderhaxen aus und hieb dem Fremden in den Unterkörper. Ausgerechnet in seine empfindlichen Teile. Er krümmte sich, ließ das Schwein los, es plumpste zu Boden, wand sich, rappelte sich auf und stob in Richtung Weg davon. Lisbeth hielt sich einen Schreckmoment lang die Hand vor den Mund, wusste nicht, ob sie lachen sollte oder nicht, erkannte dann, dass das Schwein aus dem Hof stürmen würde, und rannte ihm entgegen. Sie erreichte die Einfahrt von Joests Hof nur einen Augenblick früher als das Schwein. Sie klatschte laut in die Hände, es machte wieder kehrt und wetzte in den Hof zurück, auf den Fremden zu, der sich mittlerweile wieder gesammelt hatte. Er stürzte sich erneut auf die Hinterbeine des Tiers und bekam sie zu fassen.

Während die Sau verzweifelt mit den Vorderbeinen weiterlaufen wollte, schleifte Lucas Strom sie rückwärts zur Wohnscheune. Die galoppierenden Klauen scharrten im Dreck und warfen kleine Erdhaufen auf seine Füße. Von drinnen hörte sie ihn rufen: »Würdet Ihr mir mal bitte den Verschlag öffnen, damit ich das Viech zu den anderen werfen kann?«

Lisbeth lief zu ihm in die dunkle Scheune, öffnete den Verschlag, auf den er mit einem Kopfnicken deutete, hielt die anderen Tiere in Schach, als er sich mit dem Schwein durch den Spalt schob, und ließ ihn dann wieder hinausschlüpfen. Schnell schloss sie die Tür und schob den Riegel vor. Der Fremde stand direkt vor ihr. Um möglichst viel Abstand zwischen sich und ihn zu bringen, lehnte sie sich mit dem Rücken an den Verschlag. Lucas Strom wischte sich erleichtert mit dem Handrücken den Schweiß von der Stirn.

»Frauenkleider stehen Euch besser«, sagte er. Ein Lächeln umspielte seine Lippen. Er sah unglaublich gut aus, wenn er lächelte. Sie schämte sich für ihren Gedanken und merkte, wie ihr das Blut in den Kopf schoss. Sie wusste nichts Besseres zu tun, als möglichst rasch irgendetwas zu sagen, möglichst etwas Unverfängliches. »Wie ist das Schwein ausgebüxt?«, fragte sie.

»Ich habe keine Ahnung.«

»Wo sind denn Veit und Hate?«

»Das weiß ich auch nicht. Ich bin den ganzen Morgen unterwegs gewesen. Auf den Feldern sind sie wahrscheinlich nicht – die Trauerzeit ist ja noch nicht um.«

Lisbeth registrierte erst jetzt, dass sie sich ganz alleine mit einem Mann, vor dem sie sich fürchtete, in einer halbdunklen Scheune befand. Niemand wusste, dass sie hier war – in diesem Todeshaus, in dem gerade erst der Hausherr gestorben war. Womöglich schwebte sein Geist noch hier. Am Ende hatte Joests Geist das Schwein freigelassen? Sie verlagerte unsicher ihr Gewicht auf den anderen Fuß. »Lasst uns wieder an die frische Luft gehen«, sagte sie.

Lucas nickte.

Als sie wieder ins Freie traten, legte sich Lisbeth den Unterarm über die Brauen, damit die Herbstsonne sie nicht blendete. Vielleicht wollte sie sich mit dieser Bewegung auch vor diesem Mann schützen.

»Danke fürs Helfen.« Sein Lächeln traf Lisbeth wie ein Hieb. Sie bemerkte den Dreckstreifen, den er sich auf die Stirn gewischt hatte.

»Ich habe schon mal Hunde eingefangen«, sagte Lucas, wahrscheinlich um irgendetwas zu sagen. »Das war ein Kinderspiel dagegen. Man wirft einfach ein Netz über sie.«

Lisbeth runzelte die Stirn. Hunde fing man nur dann ein, wenn sie tollwütig waren. Und das machten nur die Schinder. »Wo und wann musstet Ihr denn Hunde einfangen?«, fragte sie misstrauisch.

Er blickte sie einen Moment lang unschlüssig an, dann schüttelte er den Kopf: »Reden wir nicht davon.« Er verschränkte die Arme vor der Brust und wirkte auf einmal wieder genauso verschlossen wie bei ihrer ersten Begegnung. *Welch seltsamer Mann.* »Ich hätte nicht davon anfangen sollen«, sagte er.

Und ich hätte nicht fragen sollen.

»Ist Euer Finger gut verheilt?«

Sie nickte und dachte daran, wie er ihre Hand gehalten hatte.

»Steckt Ihr in Schwierigkeiten, weil Ihr den Todesfall verschwiegen habt?«

Lisbeth blickte ihn überrascht an. Woher wusste er das? Andererseits hatte er ja selbst gesehen, dass ihre Tarnung entlarvt worden war. Sie presste die Lippen aufeinander.

»Was ist es? Was will er von Euch?«

Lisbeth zögerte. Dann flüsterte sie: »Fünf Gulden zusätzlich.«

»Fünf Gulden?«, rief er aus.

»Psst. Das muss nicht das ganze Dorf erfahren.«

»Und wenn Ihr sie nicht bezahlen könnt?«

Lisbeth versuchte lässig mit den Schultern zu zucken. Doch er beobachtete sie genau. Sie wusste, sie würde nicht ohne eine Antwort davonkommen. »Er will, dass ich am Donnerstag zu ihm komme.« Sie warf ihm einen kurzen, flehentlichen Blick zu, um ihm zu bedeuten, dass er aufhören sollte mit seinen Fragen.

»Geht nicht zu ihm.«

»Natürlich nicht«, sagte sie leise.

»Und die Todfallabgabe?«

»Werde ich nächste Woche zur Burg bringen. Unsere einzige Kuh und das beste Gewand. Er wird sich ärgern, wenn er sieht, dass das Hemd unten abgerissen ist. Aber wir haben kein besseres Gewand. Er kann gerne kommen und sich bei uns umsehen.« Sie strengte sich an, kampfeslustig zu klingen.

Jemand rannte hinter ihnen herbei. Sie wandten sich um und erkannten Hate, mit rotem Kopf und verschwitztem Kleid; ihre Zöpfe, deren beide Enden am Hinterkopf zusammengebunden waren, wippten bei jedem Schritt. Sie verlangsamte ihr Tempo, als sie sich näherte.

»Was ist passiert?«, fragte Lucas.

»Das Schwein. Wir haben es verloren.«

»Ihr habt ein Schwein verloren?«

»Es ist erst auf den Weg gelaufen und dann aus dem Dorf hinaus«, sagte Hate schwer atmend.

»Es ist wieder da«, sagte Lucas mit einem triumphierenden Lächeln. »Offensichtlich ist es freiwillig zurückgekehrt.«

Hate blickte ihn erstaunt an.

Lisbeth war froh über die Unterbrechung. »Ich muss mein Brot backen«, sagte sie, bevor dieser Mann sie noch weiter verunsicherte. Als sie aus der Hofeinfahrt auf den Weg ging, fiel ihr Blick auf Barbara Schneider, die vor ihrem Haus auf der anderen Wegseite stand und dem Treiben in Joests Hof zusah, die Lippen zusammengekniffen, die Arme vor der Brust verschränkt. Schnell sah Lisbeth weg und eilte nach Hause. Sie holte den Teig aus der Stube und lief gesenkten Hauptes den Weg entlang bis zum Backhaus. Vor dem Eingang blieb sie kurz stehen und ritzte mit einem Stöckchen L M in das Brot hinein, die einzigen Buchstaben, die sie schreiben konnte. Nachdem sie den Laib Barbara Wagner übergeben hatte, die heute fürs Backhaus zuständig war, rannte sie zurück nach Hause. Es war Melkzeit. Lisbeth wollte gar nicht daran denken, wie sie den Winter ohne Kuh überstehen sollten. Sie ärgerte sich, dass sie das Tier nicht schon längst geschlachtet hatte, dann hätten sie nun wenigstens Fleisch oder Geld vom Verkauf des Fleisches, und sie hätten keine Viehabgabe zu leisten, weil sie kein Vieh mehr besitzen würden. Einen kurzen Augenblick spielte sie mit dem Gedanken, zu Hause zum Schlachtmesser zu greifen und es der Kuh in den Hals zu rammen. Doch das wäre Betrug. Und Gott sah alles.

Sie hatte die Hütte erreicht und öffnete die Tür. Ihr Vater war wach. Er hatte es geschafft, sich trotz seiner verkrampften Glieder aufzurichten, und kauerte nun auf seinem Lager, den krummen Rücken an die Wand gedrückt. Sein graues Haar stand struppig in alle Richtungen. Die knorrige Nase stach wie ein Felsen aus seinem grauen, zerfurchten Gesicht.

»Wie geht es dir?«, fragte Lisbeth, als sie an ihn herantrat.

»Hm«, brummte er. »Gib mir was zu trinken.«

Sie goss etwas verdünnten Wein in einen Holzbecher.

Mit seiner beweglichen Hand führte er den Becher langsam zum Mund. Als er ihn an die Lippen setzte, fiel der Becher zu Boden. Der Wein durchnässte seine Hose und lief ins Stroh. Der Vater fluchte. Lisbeth hob den Becher auf und füllte ihn erneut. Diesmal hielt sie ihn ihrem Vater vorsichtig an die Lippen. Er trank durstig. Als er fertig war, stellte sie den Becher auf den Tisch. Gerade wollte sie das nasse Stroh auswechseln, als er erbost sagte: »Reib mir das Kinn trocken! Siehst du nicht, wie nass ich bin?«

Schnell griff Lisbeth nach dem Tuch, das neben dem Lager auf dem Boden lag, und trocknete ihm das Kinn ab. Er schimpfte. Sie ignorierte seine Worte. »Ich mache uns Hirsebrei.« Sie kniete sich neben die Feuerstelle auf den Boden, schob mit den Händen die restliche Kohle zusammen und zündete ein paar Ästchen an. Qualm stieg auf, sie hustete, beugte sich dann tief zum Feuer hinab, sodass ihre Wange den Boden berührte, und blies von der Seite in den Qualm hinein. Der beißende Rauch erfüllte den ganzen Raum und trieb ihr die Tränen in die Augen. Sie hörte ihren Vater schimpfen, dass sie nie etwas richtig mache.

Vorsichtig legte sie ihre letzten dickeren Äste auf das Feuer. Sie qualmten eine Weile, dann stieg an einer Stelle eine kleine orangefarbene Flamme empor.

»Lisbeth«, hörte sie eine Stimme von draußen rufen. Es war die Stimme ihrer Freundin Agnes. Lisbeth erhob sich, wischte sich ihre verrußten Hände an der Schürze ab und ging zur offenen Tür.

»Hallo, Agnes!« Sie lächelte ihre Freundin an.

»Hast du's schon gehört?«, fragte Agnes, ohne den Gruß zu erwidern.

»Was gehört?« Lisbeth wischte sich immer noch die Hände ab.

»Der Fremde! Er übernimmt den Hof von Joest!«

»Wirklich?«, fragte Lisbeth überrascht.

Agnes nickte bedeutungsvoll. »Aber er wird Probleme bekommen, das kann ich dir sagen. Die Schneider-Barbara und der Solbach-Bastian sind gerade zum Schultheißen gegangen, um ihn anzuklagen.«

»Wessen wollen sie ihn denn anklagen?«

»Gotteslästerung.«

KAPITEL 4

Mainz

Peter Schöffer schnaufte, als er das Haus von Meister Röger erreichte. Hoffentlich war das Treffen der Kannengießer- und Schmiedezunft noch nicht vorbei. Er hämmerte mit der rechten Faust gegen die Tür. In der linken hielt er den Brief, den er gestern bekommen hatte.

Eine Magd mit Kopftuch öffnete die Tür. »Wo ist Röger?«, fragte Schöffer unfreundlich.

»Ihr könnt jetzt nicht zu ihm. Sie halten gerade Morgensprache.«

»Genau deshalb bin ich hier. Führe mich zu ihnen!«

»Aber Ihr gehört doch der Zunft gar nicht an.«

»Die Zunft hat mir aber diesen Brief hier geschickt.« Er wedelte mit dem Schreiben. »Glaube mir, Weib, sie wollen, dass ich darauf antworte! Sie erwarten, dass ich zu ihnen komme.«

Stirnrunzelnd trat sie zur Seite und ließ ihn hinein. Mit einer Kopfbewegung deutete sie den Flur hinab. Seine Schritte hallten auf dem Holzboden, als er auf die Tür zuschritt. Ohne zu klopfen stieß er sie auf.

Elf Köpfe drehten sich überrascht zu ihm. Die Männer saßen um einen großen Tisch herum, jeder hatte einen Becher vor sich stehen. In der Mitte des Tisches stand eine aufwendig geschnitzte Truhe, deren Deckel aufgeklappt war. In dieser Zunftlade befanden sich zwei Bücher, verschiedene zusammengerollte Papiere, Münzen und Silberpokale – der Schatz der Zunft. Schöffer blickte einen Augenblick lang irritiert auf die glänzenden Prachtstücke, während er an den Tisch trat. Mit der flachen Hand knallte er den Brief auf den Tisch, sodass der Deckel der Truhe hüpfte.

Röger, der Zunftmeister, erhob sich. »Was erlaubt Ihr Euch?«

»Ihr werdet Eure Klage zurückziehen!«, sagte Schöffer in scharfem Ton. Seine blauen Augen, die mit den Jahren wässrig geworden waren, blickten auf einmal wieder klar und bedrohlich.

Röger beugte sich vor und stützte sich mit den Händen auf dem Tisch ab. Der Schmied wirkte in dieser Haltung wie ein Stier.

Schöffer sagte mit gepresster Stimme: »Ihr habt keinen Grund, mich vor dem Stadtgericht zu verklagen. Ich habe nichts getan, das gegen das Gesetz verstößt.«

»Das sehen wir anders. Nur wir haben das Recht, Gegenstände aus Metall zu formen oder zu gießen!«

Schöffer hob die Hände. »Das Gießen von Lettern gehört zu meinem Handwerk nun einmal dazu!«

»Nur wir gießen Metall. Was auch immer daraus wird.«

»Ich mache Euch keine Konkurrenz. Lasst mich in Ruhe!«

»Ihr habt versucht, gegossene Gegenstände weiterzuverkaufen.«

Schöffer schlug vor Wut auf den Tisch. Wieder hüpfte der Deckel. »Das waren nicht irgendwelche Gegenstände, das waren gegossene Lettern. Stempel. Buchstaben!«

»Das ist uns gleichgültig.«

Schöffer schloss mühsam beherrscht die Augen. Er öffnete sie wieder und sagte: »Gut, dann will ich es Euch erklären. Um zu drucken, brauche ich Stempel. Die könnt Ihr nicht gießen. Wenn Ihr es könntet, würde ich sie bei Euch kaufen. Da Ihr es aber nicht könnt, muss ich sie selbst herstellen. Ich verspreche, dass ich Euch nicht in die Quere komme.«

Röger nickte. »Gut, dann schließt Euch uns an.«

Schöffer schüttelte den Kopf. »Ich bin nicht verpflichtet, mich einer Zunft anzuschließen.«

»Aber als freier Handwerker dürft Ihr es, wenn Ihr wollt.«

»Ich kann nicht.«

»Warum nicht? In anderen Städten haben sich die Drucker auch freiwillig Zünften angeschlossen.«

»Ich will meine Werkstatt meinem Sohn übergeben. Er ist aber noch jung. Ich kann nicht garantieren, dass er die von der Zunft festgelegte Anzahl der Gesellenjahre abgelegt hat, bis ich sterbe. Dieses Risiko kann ich nicht eingehen.«

»Ihr hättet dann den Vorteil, dass er finanziell durch unsere Hinterbliebenenkasse abgesichert wäre.«

Das stimmte. Peter wäre abgesichert, wenn er einer Zunft angehören würde. Aber gleichzeitig hätte er auch große finanzielle Verpflichtungen der Zunft gegenüber. Er müsste für die Zunft ein Meisterstück auf eigene Rechnung anfertigen. Meisterstücke wurden grundsätzlich bemängelt und mit einer Geldbuße belegt. Er müsste einen teuren Brustpanzer kaufen, um notfalls mit der Zunft in den Krieg zu ziehen. Und er müsste sofort das Bürgergeld bezahlen.

Unterm Strich würde sich das Geben und Nehmen die Waage halten. Und das Risiko, dass Peter nicht genügend Lehrjahre aufweisen würde, war zu groß. Schöffer schüttelte den Kopf. »Nein, darauf lasse ich mich nicht ein. Und auf Euch, die Ihr mich verklagt, schon gar nicht!«

Jonas Schmidt mischte sich ein. Er schien sich absichtlich nur an die Zunftmitglieder zu wenden, als befände sich Schöffer gar nicht im Raum. »Diplomatie war noch nie Schöffers Stärke. Ich bin mir gar nicht sicher, ob wir jemanden wie ihn überhaupt in der Zunft wollen. Er hat damals gegen Gutenberg ausgesagt, als diesem der Schuldnerprozess gemacht wurde. Welcher Geselle sagt gegen seinen eigenen Meister aus?« Schmidt blickte herausfordernd in die Gruppe.

Röger ergriff das Wort, an Schöffer gewandt: »Wir bleiben bei unserer Klage. Für jeden gegossenen Stempel zahlt Ihr ein Bußgeld.«

Schöffer spuckte auf den Brief und ging aus dem Raum. Während er schwer atmend durch die Mainzer Gassen zurück zum Schöfferhof schritt, schenkte er den vielen Bürgern, die ihn freundlich grüßten, keine Beachtung, zu sehr hing er seinen düsteren Gedanken nach. Wenn das Gericht die Klage nicht abwies, könnte das seinen finanziellen Ruin bedeuten. Aber das musste er riskieren. Für seinen Sohn.

Laubenheim

Lisbeth wartete am Brunnen. Es konnte immer nur eine Frau schöpfen, und vor ihr waren Agnes und Maria an der Reihe. Lisbeths Magen knurrte, doch es machte ihr nichts aus. Sie hatte keinen Appetit. Seit sie heute Morgen aufgewacht war, dachte sie an nichts anderes als an die fünf Gulden, die sie dem Leibherrn zahlen musste. Es gab einfach keine Möglichkeit, an so viel Geld zu kommen. Selbst wenn sie alles verkaufte, was sie besaßen.

Und heute Abend sollte sie zu ihm kommen. Was würde geschehen, wenn sie nicht hinging?

»Was ist los mit dir, Lisbeth? Du starrst die ganze Zeit ins Nichts«, sagte Agnes, die fertig geschöpft hatte und ihre zwei vollen Eimer neben Lisbeth auf den Boden stellte, sodass etwas Wasser über den Rand schwappte.

Lisbeth lächelte sie traurig an. »Ach Agnes, ich kann's dir nicht sagen. Aber ich habe schlimme Sorgen.«

»Ist es wegen deinem Vater?« Agnes wischte sich mit dem Ärmel den Schweiß von der Stirn.

Lisbeth schüttelte den Kopf.

»Komm vorbei, wenn du Zeit hast. Reden tut gut!«, erwiderte Agnes mit einem Lächeln.

Ich kann Schulden nicht einfach wegreden, dachte Lisbeth, doch sie sagte nichts.

»Kommst du zur Gerichtsverhandlung?«, fragte Agnes.

Lisbeth zuckte mit den Schultern.

»Sie sagen, er hätte Joest umgebracht.«

»Wer?«

»Na, der Fremde!«

»Das ist mir auch klar! Ich meinte: Wer sagt das?«

Agnes beugte sich zu ihr. »Das ganze Dorf. Er hat ihn umgebracht, damit er den Hof bekommt.«

Lisbeth schüttelte den Kopf. »Nein, das glaube ich nicht. Veit und Hate können doch bezeugen, dass Joest an seiner Krankheit im Bett gestorben ist.«

»Dann hat Strom Joest eben verwünscht!«

»Er ist doch kein Hexer!«

Agnes bedachte sie mit einem zweifelnden Blick und bückte sich nach ihren Eimern. »Wir sehen uns!«, sagte sie und ging davon. Lisbeth trat nachdenklich an den Brunnen und ließ ihren Eimer an der Schnur herab. Wie eine alte Frau musste sie ihre ganze Kraft aufwenden, um den Eimer hochzuziehen und ihn vom Brunnenrand auf den Boden zu hieven. Während sie noch gebückt dastand, fiel ein Schatten auf sie. Sie hob den Kopf, den Körper noch gebeugt, und erblickte Velten, den Schultheißen des Dorfes, der sich gewichtig vor ihr aufbaute. Langsam richtete sich Lisbeth auf. Veltens Wams spannte sich über seinen Bauch, rote Äderchen überzogen seine Nase. Er war der reichste Bauer im Dorf – und der verlängerte Arm des Burgvogts. *Er kommt, um mich zu holen*, dachte Lisbeth.

»Elisabeth Mergel«, hob er an, »ich habe eine Botschaft.«

Sie hielt die Luft an.

»Deine Schulden sind bezahlt.«

Lisbeths Kiefer fiel hinunter. Mit offenem Mund starrte sie den Schultheißen an. Ohne ein weiteres Wort drehte sich Velten um und marschierte davon.

Hatte ihr der Ritter die Schulden erlassen oder hatte jemand für sie bezahlt? Doch wer hätte so etwas tun können? Außer den beiden Mönchen und Lucas Strom wusste doch niemand davon!

»Wartet!«, rief sie dem Schultheißen hinterher. Er blieb stehen und sie rannte ohne ihren Eimer zu ihm. »Wer hat die Schulden bezahlt?«

»Das weiß ich nicht. Ich weiß nur, dass ich eine Nachricht vom Burgvogt bekommen habe. Darin steht, dass deine Schulden bezahlt sind. Mehr nicht.«

Sie atmete tief ein. Dann lachte sie und straffte die Schultern.

Der Schultheiß ging davon.

»Danke, heilige Anna, danke!«, flüsterte sie und hob das Gesicht zum Himmel.

Worms

Die drei Novizen saßen mit Bruder Vinzent in der Bibliothek. Der Mönch hatte ihnen erlaubt, den Tisch und die beiden Bänke näher ans Kaminfeuer zu rücken, sodass Heinrichs Bein von einem Hauch Wärme umschmeichelt wurde. Unauffällig rutschte er an seinem Ende der Bank noch näher ans Feuer. Seit er hier im Kloster lebte, fror er. Morgens, mittags, abends und vor allem nachts, wenn er um zwei Uhr für den Nachtgottesdienst, die Vigilien, aufstand. Dabei war es noch nicht einmal Winter.

Gerade hatten sie den Gottesdienst zur Sext beendet. Nun begann der Theologieunterricht bei Bruder Vinzent. Gerade gestern hatte Heinrich ihn gefragt, ob sie auch einmal in der Heiligen Schrift lesen würden.

»Vielleicht«, hatte Bruder Vinzent geantwortet, »vielleicht auch nicht. Wir werden sehen, wie Ihr Euch entwickelt. Ihr alle wart Studenten. Ihr seid es gewohnt, zu lesen und zu debattieren. Deshalb bekommt Ihr nun Unterricht in Theologie. Wir werden sehen, was daraus wird.«

Bruder Vinzent faltete die Hände vor sich auf dem Tisch. »Heute werden wir die Gottesbilder der beiden philosophischen Schulen näher betrachten. Das Gottesbild der *via moderna* und das der *via antiqua.*«

Heinrich kannte die beiden philosophischen Schulen. Er hatte sie studiert. Doch seit seiner Erfahrung im Karzer hatte sich sein Blick auf die Welt verändert. *Alles im Leben – alles Denken, Philosophieren und Fühlen – speist sich aus Gott und fließt wieder zu ihm zurück. Eigentlich ist es absurd, dass es überhaupt zwei verschiedene Gottesbilder gibt. Es gibt schließlich nur* eine *Kirche,* eine *Heilige Schrift und* einen *Gott.*

Der Lehrer begann: »Wir wollen uns zunächst einmal die unterschiedlichen Schlussfolgerungen der beiden Schulen vor Augen führen. Die Herleitung besprechen wir anschließend.« Er beugte sich leicht vor. »Laut der *via antiqua* hat der Mensch nach dem Sündenfall alle Rechtschaffenheit vor Gott verloren und kann von sich aus nicht zu Gott zurückfinden.«

Der Sündenfall und die Trennung von Gott. So viel verstand Heinrich.

Bruder Vinzent sprach weiter: »Durch das Sakrament der Taufe tilgt Gott jedoch die Erbsünde im Menschen. Nun ist dem Menschen eine neue Qualität geschenkt: Er kann wieder in die ursprüngliche Stellung zu Gott gelangen – und zwar durch die Sakramente der Kirche sowie durch Gebet, ein gottgefälliges Leben und gute Werke.«

Heinrich fragte: »Ob ein Mensch in die ursprüngliche Stellung zu Gott gelangt, hängt also vom Menschen ab?«

»Nicht ganz«, antwortete Bruder Vinzent, der sich offenbar über Heinrichs Frage freute. »Es bedarf auch der Gnade Gottes.«

»Was wiegt schwerer – die Gnade Gottes oder die Leistung des Menschen?«, fragte Heinrich.

»Beides ist gleich wichtig. Die Gnade Gottes und die Mitwirkung des Menschen. Laut der *via antiqua* hat der Mensch großen Einfluss auf die Entscheidung, ob er in den Himmel oder in die Verdammnis kommt.«

»Der Mensch beeinflusst also Gottes Entscheidung?«, fragte der Novize neben ihm, der Konrad hieß.

»Genau!«, antwortete Vinzent eifrig. »Der Mensch beeinflusst Gott. Gott kann den Menschen, der gute Werke vorweist, nicht in die Verdammnis werfen. – Hier haben wir ein bestimmtes Gottesbild: Gott ist nicht frei.«

Ein Gott, der nicht frei ist? Heinrich war skeptisch.

»Die andere Schule ist die *via moderna*«, fuhr Vinzent mit leuchtenden Augen fort. »Genauso wie bei der ersten Schule ist auch hier der Mensch von sich aus in der Lage, seinen verlorenen Zustand vor Gott wiederzufinden; er muss es nur wollen. Der Unterschied zur ersten Schule ist folgender: Gott ist frei. Er kann sich entweder von den Werken beeindrucken lassen oder auch nicht.«

Konrad fragte: »Laut der *via moderna* weiß man also nie, ob Gott von den eigenen Werken beeindruckt ist oder nicht? Man kann sich nie sicher sein, ob man in den Himmel oder in die Hölle kommt?«

Bruder Vinzent nickte. »Der Mensch strebt danach, Gott zu beeindrucken. Doch er kann sich nicht sicher sein, ob er gerettet ist oder nicht, weil Gott nämlich frei ist zu tun, was er will – ungeachtet der Leistung des Menschen.«

Heinrich runzelte die Stirn. Dass sich die beiden Schulen stritten, ob Gott frei war oder nicht, war eine Sache. Eine ganz andere Sache war, dass man sich sein Heil erwirken musste. Und als wäre das nicht schon anstrengend genug, konnte man sich laut der *via moderna* trotz aller frommen Leistungen nie sicher sein, ob man in den Himmel kam. Heinrich seufzte tief. *Du seltsamer Gott*, betete er, *ich weiß nicht, was ich von dir halten soll. Was muss ich tun, um dich zu beeindrucken?*

KAPITEL 5

Laubenheim

In der Dunkelheit wickelte Lisbeth das Schaffell enger um sich. Neben ihr schnarchte ihr Vater. Ein stetiger, kalter Windhauch streifte über sie hinweg. Vom gestampften Erdboden kroch die Kälte durch das Stroh ihres Lagers.

Bald würde der November anbrechen, dann wurde es ernst. In ihrem Inneren beschwor sie seit Wochen die Heiligen, dass sie von Tod und Krankheit verschont bleiben würden. Ihre Gebete stiegen auf, verfingen sich im verrußten Stroh des Daches, schwebten dort einen Augenblick lang und sanken dann langsam wieder zu Boden. Wie eine Last legten sie sich auf Lisbeth, Steine hingen an ihren Armen und Beinen.

Sorgen krochen aus diesen Steinen in ihren Körper, fraßen sich in sie hinein, wie eine Ratte in ein Stück Kohl, bis nur noch Fetzen herumlagen, die der Wind forttrug. Lisbeth hatte das Gefühl, als bliebe auch von ihr bald nichts mehr übrig. Tiefe Einsamkeit legte sich auf sie.

Sie dachte an den Fremden, an seinen Blick, in dem so viel Anteilnahme gelegen hatte. Als wäre sie jemand Wichtiges. Doch alle im Dorf misstrauten ihm. Sie sollte sich lieber vor ihm in Acht nehmen.

Nicht an ihn denken, nicht an ihn denken, flüsterte sie sich in Gedanken zu, während sie sich schlaflos hin und her wälzte und versuchte, die Steine zu vergessen.

Wilenstein

Gerold spürte die dreißig Stein Gewicht auf seinen Schultern, als er in der geliehenen Rüstung über den Turnierplatz stapfte. Leider gehörte sie nicht ihm, aber es war hoffnungslos: Eine passgenau angefertigte Rüstung kostete fünfhundertfünfzig Gulden, das war der Wert von drei großen Bauernhöfen, das konnte er sich nicht leisten. Leihen war schon teuer genug. Immerhin prangte sein Wappen, der schwarze Rabe, auf der Decke seines Pferdes, er kam also nicht ganz so unscheinbar daher wie manch anderer Turniergegner.

Die Metallscheiben über seinen Knien klackerten. Vorsichtig setzte Gerold einen Fuß vor den anderen. Als er noch Knappe gewesen war, hatte er einmal gesehen, wie ein Ritter, der nach einem gewonnenen Turnier stolz seinem Preis entgegenschritt, über einen Stein stolperte und der Länge nach hinschlug. Erst ein Klirren, dann Gelächter. Das würde ihm nicht passieren. Hinter der efeugeschmückten Holzabsperrung standen ein paar Damen und unterhielten sich. Eine Dame sagte etwas und drei Köpfe drehten sich zu ihm herum. Er riss sich den Helm vom Kopf, damit sie das Lächeln des Mannes sehen konnten, der gerade Franz von Hanau besiegt hatte.

Er war zufrieden mit sich. Er war tatsächlich zu dem Turnier zugelassen worden. Geld öffnete doch alle Türen. Es hatte zwar wehgetan, die Besitzwechselgebühr, die ihm Lucas Strom gezahlt hatte, sofort wieder auszugeben, aber dieser Tag war eine wichtige Investition. Hier konnte er sich einen Namen machen. Nicht zuletzt bei den Damen, insbesondere bei denen, die eine reiche Mitgift mitbrachten. Seine Geldtruhe war leer, er musste hier und heute dringend wichtige Kontakte knüpfen.

Er betrat die Burg seines Gastgebers und stieg polternd die Treppe hoch zu den Gastgemächern. Holger wartete schon auf ihn. Es dauerte eine halbe Stunde, bis Holger die Rüstung von ihm abgeschraubt hatte, sodass er noch einmal nach einem Eimer kochenden Wassers für sein erkaltetes Bad schicken musste.

Gut duftend erschien er zwei Stunden später im Saal. Die Tafel war mit matt schimmerndem Zinngeschirr gedeckt. Viele Damen und Herren hatten schon auf Bänken und Schemeln Platz genommen. Die Damen waren in der Minderzahl, zumeist jung, doch die meisten sahen gewöhnlich aus, fand Gerold, jedenfalls war keine Schönheit unter ihnen. Die jüngsten schätzte er auf dreizehn Jahre. Sie waren größtenteils unverheiratete Töchter der teilnehmenden Ritter, deren Väter hofften, hier eine gute Partie zu finden.

Er setzte sich auf einen freien Platz in der Mitte der Tafel – hier würden sich hoffentlich die besten Gespräche ergeben. Während zwei Knechte das Fleisch in großen Töpfen auf den Tisch stellten, teilte ein anderer Brotscheiben aus. Die Gäste griffen mit den Händen nach den Fleischstücken, legten sie auf ihr Brot und begannen, das Fleisch mit dem Messer oder den Fingern zu zerteilen. Gerolds Nachbar reichte ihm einen kurzstieligen Löffel. Gerold schöpfte sich etwas Soße, wischte den Löffel anschließend am Tischtuch ab und gab ihn dann an seinen anderen Nachbarn weiter. Ottokar von Lichtenfels, der schräg gegenüber saß, berichtete gerade von der Jagd, während sein Nachbar erklärte, wie man Vogelnetze aufstellte. Gerold fing den Blick des jungen Mädchens neben Ottokar auf. Sie war mittelmäßig hübsch, ihre Stirn glänzte, ihr Haar war genauso hellblond wie das von Ottokar und sie war nicht mehr blutjung, aber auch nicht alt. Er schätzte sie auf fünfzehn oder sechzehn. Nach der Sitzordnung und ihrer Haarfarbe zu urteilen, musste sie Ottokars Tochter sein. Gerold fragte, an Ottokar gewandt: »Wie viel Wild konntet Ihr denn erlegen?«

»Neunzehn Hirsche und fünfundzwanzig Wildschweine.«

Gerold überschlug schnell, wie viel Morgen Wald man wohl besitzen musste, um so viel Wild in einer Jagd zu erbeuten.

Er lächelte das Mädchen an.

Laubenheim, November 1496

Es war erstaunlich, wie schnell die Dörfler einen Gerichtstermin einberufen hatten, sobald sich herumgesprochen hatte, dass das frei gewordene Lehen an Lucas Strom ging. Normalerweise tagte das Schöffengericht nur dreimal im Jahr. Erst Ende September war es das letzte Mal zusammengekommen.

Die Menge hatte sich neben der Kirche bei der Linde versammelt, dort, wo sich die zwei Hauptwege des Dorfes kreuzten. Lucas stand neben dem Schultheißen Nick Velten. Um sich von seiner Nervosität abzulenken, versuchte er sich auf Details zu konzentrieren. Velten trug ein modisches Hemd mit weit geschnittenen Ärmeln. Der rechte Ärmel war rot, der linke blau. Lucas hatte gehört, dass Velten ein geschickter Geschäftsmann war: Er verkaufte seine Ernteüberschüsse in den Städten Worms, Alzey und Pfeddersheim und legte das Geld in Kreditgeschäfte an, indem er Ochsen, Kühe, Pferde und Saatgut gegen einen Jahreszins in Geld und Getreide an Bauern im Dorf auslieh. Das halbe Dorf war von ihm abhängig – nicht nur wirtschaftlich, denn Velten war auch Schultheiß und Dorfrichter.

Velten wurde flankiert von den zwölf Dorfschöffen, die von der Gemeinde gewählt worden waren. Den Jüngsten schätzte Lucas auf zwanzig, den Ältesten auf vierzig. Die meisten der zwölf Schöffen waren erfahrene Leute. Der Mann direkt neben Velten war für die Sicherung der Gemarkungsgrenzen zuständig, der Breitschultrige war Kontrolleur von Maßen und Gewichten. Lucas hatte sich ihre Namen nicht gemerkt.

Die Bauern des Dorfes bildeten einen großen Kreis. Jeder Hausherr musste anwesend sein, das war Pflicht. Die reichen Bauern, die *Pferdebauern*, saßen auf Steinen, die zu diesem Zweck das ganze Jahr um die Linde herum aufgestellt waren. Es war kalt geworden, und viele der Anwesenden trugen ein Schaffell über der Schulter und braune Kapuzen auf dem Kopf.

Hinter dem Rücken der versammelten Männer standen ein paar

Frauen, auf Zehenspitzen wippend, während einige Kinder umherschlichen, um eine Lücke zu finden und einen Blick auf das Geschehen zu erhaschen. Die Männer machten sich nicht die Mühe, die Kinder und Frauen wegzuschicken, sie rückten einfach enger zusammen, Schulter an Schulter.

Der Schultheiß erhob die Stimme: »Niklas Rode wird nun die Weistümer vorlesen, die seit alter Zeit geltenden Rechte.« Ein ungeduldiges Raunen ging durch die Menge. Lucas hatte gehört, dass die Weistümer bei jeder Versammlung wiederholt wurden. Sicherlich kannten die Dorfbewohner ihre Rechte an der Allmende, die Weideordnung und die Waldordnung mittlerweile besser, als manch Heidelberger Doktor über seine eigenen Rechte Bescheid wusste.

Als Rode fertig war, ergriff der Schultheiß wieder das Wort: »Des Bekker-Gangolfs Magd ist vor drei Tagen ohne Ursache aus dem Dienst getreten. Zeuge ist der Bekker-Gangolf selbst.« Er drehte sich in Richtung eines klein gewachsenen Bauern. Der kleine Mann nickte. Die Geste schien zu genügen. »Die Strafe soll nun festgesetzt werden!«, rief der Richter.

Die arme Magd ist bestimmt nicht ohne Ursache aus dem Dienst getreten, dachte Lucas. Der Hausherr hatte die Gewalt über alle Mitglieder seines Hausstandes: seine Frau, die Kinder, weitere Verwandte, Mägde und Knechte. Mägde waren in diesem System besonders verletzlich. Während die Schöffen in einem Kreis zusammentraten und über die Strafe verhandelten, kreisten Lucas' Gedanken um das Strafmaß, das er selbst zu erwarten hatte. Auf Gotteslästerung standen verschiedene Strafen; die Möglichkeiten reichten von Geldstrafe über Prangerstehen bis Zungen- oder Ohrenabschneiden. Das Urteil hing davon ab, wie schlimm die Schöffen die Lästerung einschätzten. Letztendlich lag es in ihrem Ermessen.

Er hatte sich in der Nacht ernsthaft überlegt, seine Sachen zu packen und weiterzuziehen, zumal Gerüchte über ihn kursierten, er wäre ein Hexer oder ein Mörder. Nach einer schlaflosen Nacht hatte er sich in den Morgenstunden dann doch entschieden zu bleiben. Er konnte nicht einmal genau sagen, warum. Aber eines wusste er: Er würde sich nichts abschneiden lassen. Die Strafe würde nicht sofort vollstreckt werden, denn dazu waren die Dienste eines Henkers nötig. Doch er würde sich zu keinem Henker bringen lassen. Er hatte sich zwar vorgenommen, niemandem Gewalt anzutun, aber notfalls würde er sich wehren. Er wusste, wie man einen Körper brach.

Die Schöffen und der Richter traten wieder auseinander. Velten hob die Brust und verkündete mit gewichtiger Miene: »Die Magd wird zu einer Stunde im Stock verurteilt und hat sofort den Dienst wieder anzutreten!«

Gemurmel erhob sich.

»Und nun kommen wir zum Vorwurf der Gotteslästerung gegen den zugezogenen Lucas Strom«, rief der Schultheiß.

»Gotteslästerung? Er ist ein Mörder. Nennt das Vergehen doch beim Namen!«, rief eine Stimme.

»Er hat sich den Hof erschlichen!«, rief ein anderer.

Der Schultheiß ignorierte die beiden Rufe und fuhr fort: »Die Schneider-Barbara sowie der Solbach-Bastian haben gehört, wie Lucas Strom beim Einfangen einer Sau in Joest Wirts Hof laut ›tausend Sakramenter‹ geflucht hat.«

Wieder ging ein Murmeln durch die Reihen. Lucas schnappte ein paar Wortfetzen auf. »Er behauptet, er wäre ein Bauerssohn.« – »Wer glaubt er, wer er ist?« – »Er soll zur Hölle fahren!«

Die Menschen sind doch überall die gleichen. Fällen gleich ein Urteil, ohne Beweise zu hören.

»Der Solbach-Bastian ist anwesend als Zeuge.« Der Richter wandte sich an einen der Pferdebauern, der rechts von ihm saß. »Bastian Solbach, ich frage dich hiermit: Stimmt es, dass Lucas Strom ›tausend Sakramenter‹ geflucht hat?«

Der Pferdebauer, ein bärtiger, breitschultriger Mittdreißiger, nickte und antwortete: »Ja, das hat er.«

Es stimmte, er hatte geflucht. Er hatte das Schwein »vermaledeites Viech« genannt. Den Fluch »tausend Sakramenter« hatte er noch nie im Leben im Munde geführt. Seine neuen Nachbarn waren falsche Zeugen. Neider. *Normalerweise wird falschen Zeugen die Zunge herausgeschnitten.*

»Gut, damit ist die Tat eindeutig bewiesen«, hörte Lucas den Richter rufen. »Das Gericht tagt nun.«

Die Schöffen steckten die Köpfe zusammen. Lucas hoffte, dass sie sich auf eine Geldstrafe einigen würden, denn er wusste, dass Velten als Richter ein Drittel aller Bußgelder in die eigene Tasche stecken durfte. Kein Wunder, dass er der reichste Bauer im Dorf war. Wahrscheinlich würde Lucas aber zusätzlich noch eine Ehrenstrafe erhalten.

Durch einen Spalt in der Menge sah Lucas seine junge Nachbarin hinter einem alten Bauern stehen. Ihre Blicke trafen sich. Einen Lidschlag lang schien Lisbeths Blick ihn festzuhalten, als spräche sie ihm Mut zu, wohl wissend, dass die Anschuldigungen nicht stimmten, dann rückte der Bauer, hinter dem sie stand, wieder etwas zur Seite und Lisbeth verschwand.

Das Gericht trat wieder auseinander. *Etwas schnell*, dachte Lucas.

Am nächsten Tag feierte das Dorf die Messe. Lisbeth stand in der Kirche, Schulter an Schulter mit ihren Nachbarn. Vor ihnen erhob sich der Altar, behangen mit einem lila Tuch. Darauf thronten der verzierte Weinbecher und der silberne Teller mit der Oblate. Noch waren Wein und Brot nicht verwandelt. Lisbeth hatte gehört, dass sich die Oblate anderswo schon in richtiges, rohes Fleisch verwandelt hatte. Vor dem Altar schritt der Priester auf und ab, während er monoton lateinische Wörter aneinanderreihte. Ab und zu hielt er vor einer Säule inne, in deren Mitte hinter einem Gitter glühende Kohlen glommen. Er geriet ins Stottern, schritt wieder zurück zum Altar, auf dem ein aufgeschlagenes Buch lag, und las daraus ab. Links vom Altar stand Johann Bekker in seiner abgerissenen Kleidung, der Gemeinde zugewandt, behangen mit einem riesigen Rosenkranz. Er war einen

Monat lang unentschuldigt dem Gottesdienst ferngeblieben – das war die Buße.

Lisbeth wechselte von einem Fuß auf den anderen. Langsam wurden ihre Beine schwer. Die lateinischen Wörter hallten in ihrem Kopf. Ihr Blick wanderte zum Altarbild, das auf Bretter genagelt neben dem Altar aufgebaut war. Es stellte das Jüngste Gericht dar, nackte Körper, die direkt aus dem Fegefeuer nach oben fuhren, in glückseliger Erwartung der Ewigkeit. Darunter die verlorenen Seelen, die nicht einmal gut genug fürs Fegefeuer waren und nun in ewiger Verdammnis von Dämonen gefoltert wurden, Augen weit aufgerissen, Münder zu verzweifelten Schreien geöffnet. Lisbeth spürte eine eisige Kälte in sich aufsteigen.

Endlich trat der Priester feierlich an den Altar, den Rücken der Gemeinde zugewandt, und begann, ein Gebet für die Stifter der Kirche zu singen, das Geschlecht der von Laubensteins. Diesmal für den kürzlich verstorbenen Ritter von Laubenstein. Der Gebetsgesang stieg im hohen Kirchenschiff auf und Lisbeths Haut überzog sich mit Gänsehaut, als sie daran dachte, dass genau jetzt die Zeit des Ritters im Fegefeuer verkürzt wurde. Sie fand es schön, dass die Gemeinde für die Seele der Verstorbenen von Laubensteins betete – im Gegenzug hatten diese zu Lebzeiten ins Seelenheil der Dorfbewohner investiert, indem sie das Kirchspiel gegründet hatten. Die Toten und die Lebenden in gegenseitiger Hilfe vereint.

Der Priester sang immer noch. Doch Lisbeth wusste nicht, ob er noch für den Gestorbenen betete und die Gnade somit zum Ritter ins Jenseits floss – oder ob der Gesang schon Teil der Abendmahlsliturgie war und Gott seine Gnade gerade der Gemeinde spendete. Denn beim Abendmahl floss Gnade zu denen, die dem Priester zuschauten – man musste nicht selbst Fleisch und Blut zu sich nehmen. Jetzt hob der Priester den Teller mit dem Leib Christi, damit jeder das Fleisch sehen konnte. »Hoc est corpus meum«, hörte sie ihn singen. Dann setzten die Glocken ein, um im gesamten Dorf zu verkünden, dass nun Gnade ausgegossen wurde für diejenigen, die anwesend waren. Lisbeth wusste, dass der Priester, der mit dem Rücken zur Gemeinde stand, nun leicht die Lippen öffnete, sich den Leib bedächtig auf die Zunge legte, langsam kaute und schluckte. Er reckte die Arme mit dem Kelch in Richtung Himmel, immer noch mit dem Rücken zur Gemeinde stehend, sang und betete. Dann nahm er einen Schluck von dem Blut.

Als der Gottesdienst beendet war, strömten die Menschen aus dem Kirchenschiff hinaus. Heute war Dorffest. Im trüben Herbstlicht verteilten sie sich schwatzend und lachend über den Dorfplatz, standen in Grüppchen beisammen und warteten darauf, dass die Musiker ihre Instrumente herbeiholten und der Wirt ein paar Tische aus dem Wirtshaus trug, um Wein und Fladen zu verkaufen.

Die Freundinnen Agnes, Barbara, Lise und Anna stellten sich zu Lisbeth und unterhielten sich aufgeregt darüber, dass Annas Vetter Jeckel einem Mädchen den Hof machte, das er gar nicht heiraten durfte, weil sie über vier Grade mit ihm verwandt war. Aber diese Regel setzte die Anzahl der Heiratskandidaten in einem Dorf in der Regel auf eins bis null herab, wie Anna seufzend anmerkte. Deshalb hatten auch alle Mädchen den neuen Knecht, Lucas Strom, interessiert in Augenschein genommen, gut aussehend wie er war. Doch nun, da Gerüchte über ihn umherschwirrten, ließen sie lieber die Finger von ihm. Lisbeth hörte nicht richtig zu, mit ihren Augen suchte sie den Platz ab. Dann sah sie ihn. Er wurde herbeigeführt wie ein Verbrecher. Der Dorfknecht leitete ihn durch die Menschenmenge zum Stock, der sich rechts von der Linde befand. Lucas ließ sich nicht ziehen oder schubsen, er ging selbst in zügigem Tempo, als bestimme er selbst, wo es langging. *Er ist stolz*, dachte Lisbeth und lächelte in sich hinein.

Ein paar Grüppchen hörten auf zu schwatzen und wandten ihre Köpfe in seine Richtung. Junge Kerle grölten, als sie ihn sahen. Der Knecht trat an den Stock, eine Holzwand mit drei Löchern. Mit seinem Schlüssel öffnete er das Scharnier und klappte das obere Viertel auf. Lucas stellte sich hinter die Holzwand und legte seinen Hals und seine Handgelenke in die Aussparungen, der Knecht klappte das Brett mit einem Knall wieder herunter. *Bei seiner Statur muss die gebeugte*

Haltung noch unbequemer sein als für andere, dachte Lisbeth. Die Dorfbewohner traten näher heran. Ein Mann begann, Lucas zu beschimpfen, ein paar Kinder kratzten sandige Erde vom Boden auf, stoben auf ihn zu und warfen ihm eine Sandwolke von unten ins Gesicht. Lucas schloss die Augen. Als er sie wieder öffnete, musste er mehrmals blinzeln, Tränen bildeten sich in seinen Augen, rannen herab und hinterließen auf seinen sandigen Wangen braune Spuren. »Er weint, haha, er weint wie ein Weib!«, riefen die Kinder. Ein paar halbwüchsige Kerle ritzten eine Linie in den Boden, stellten sich dahinter auf und begannen in Lucas' Richtung zu spucken.

Hinter Lisbeth stimmten die vier Musiker ihre Flöten und Fideln und begannen mit einer fröhlichen dreistimmigen Melodie. Nun kam Bewegung in die Menge. Die Älteren, die Dreißigjährigen, begannen einen Reigen zu tanzen. Ihre Holzschuhe stampften im Takt auf dem Boden auf, Frauen warfen lachend ihren Kopf zurück und entblößten Zahnlücken. Die Kinder und Halbwüchsigen standen immer noch spottend und spuckend um den Stock herum. Die Gruppe der Zwanzigjährigen, zu der eigentlich auch Lisbeth gehörte, stand schüchtern beieinander und beobachtete abwechselnd die Kinder vor dem Stock und die fröhlichen Tänzer. Niemand in ihrer Gruppe traute sich zu tanzen. Lisbeth kannte das: Gerade auf Dorffesten kontrollierten sich die ledigen Dorfbewohner gegenseitig und schritten ein, wenn sich ein Pärchen zu tief in die Augen sah. Jedes Kind wusste von dieser stillschweigenden Überwachung. Gegenseitiges Beobachten erhielt die Moral im Dorf, vor allem, weil die jungen Leute in der Regel erst spät heiraten konnten. Dennoch hatten Lisbeths Freunde im Schutz der Gruppe meistens viel Spaß, teilten sich übermütig die Tanzpartner zu, kicherten wie kleine Kinder und erkoren eine von ihnen dazu aus, für einen Festnachmittag als Tanzpartnerin versteigert zu werden.

Lisbeth hörte ihren Freundinnen zu und ließ Lucas nicht aus den Augen. Da kam wieder so ein kleiner Rotzlöffel mit einer Handvoll Erde herangeprescht. Er stellte sich vor Lucas und rieb ihm die Erde direkt ins Gesicht. Er bekam Beifall von den anderen kleinen Bengeln und rannte lachend davon. Lucas versuchte, die Erde unter seiner Lippe auszuspucken. Seine Augen tränten wieder. Als er wieder klar sehen konnte, richtete er seinen Blick starr auf die Linde. Spucke traf seine Stirn und floss in seine Augenbrauen, er senkte den Kopf, so tief er konnte, damit die Spucke direkt aus den Brauen auf den Boden tropfte. *Das reicht.* Lisbeth machte ein paar Schritte, um die Rotzlöffel und die Halbstarken zurechtzuweisen. Sie war zwar nur ein Weib, aber sie würden auf sie hören, wenn sie nur zornig genug war.

Sie kam nur wenige Schritte weit, als sie plötzlich einen festen Griff um ihre Taille spürte. Starke Hände umklammerten sie und hoben sie ein Stück hoch. Sie strampelte in der Luft, aber die fremden Arme gaben sie nicht frei. Mehrere Stimmen riefen im Chor: »Lisbeth, Lisbeth.« Sie schloss die Augen. Sie hatten sie auserkoren.

Lisbeth kam es vor, als schare sich auf einmal das ganze Dorf um sie. Matthes, der sie umklammert hielt, ließ sie einen Augenblick lang ab, drehte sie zu sich herum, bückte sich und warf sie sich über die Schulter. Mit großen Schritten trug er sie zu einem der Sitzsteine unter der Linde. Die Musiker folgten ihm wie bei einem Umzug. Seine Schulter drückte Lisbeth bei jedem federnden Schritt in den Bauch. Gleich würde sie sich übergeben müssen. Endlich stellte er sie auf den Stein, und zwei andere Burschen traten heran und klammerten sich an sie. »Nimm mich!«, rief der eine gespielt verzweifelt. Der andere boxte ihm in die Schulter und gab Lisbeth einen Kuss auf die Wange. Sie hasste es, berührt zu werden.

»Lasst mich gehen! Sucht euch eine andere«, rief sie, aber niemand hörte auf sie.

Immer noch hallte es »Lisbeth, Lisbeth!« über den Platz.

Sie hatte das Spiel oft genug mit angesehen: Entweder würde sie nun versteigert oder aber sie durfte sich einen Burschen aussuchen, mit dem sie dann bis zum Abend Zeit verbringen musste. Mehrere junge Männer formierten sich in einer Reihe vor ihr. Sie würden nun alle ein Kunststück vollbringen und ihre Gunst suchen. Lisbeth würde sich am Ende für einen entscheiden müssen.

Der erste junge Mann, Matthes, begann mit einem Lied, vergaß mittendrin den Text, brach ab und lachte. Er hatte ihr vor Jahren den Hof gemacht, aber seine Eltern hatten sich gegen sie ausgesprochen, weil ihre Familie zu den ärmsten des Dorfes zählte. Als Nächstes kam Peter. Er tanzte ein paar Schritte, drehte sich zu ihr und wackelte mit seinem Hinterteil. Die Leute jauchzten und klatschten. Während sie noch applaudierten, teilte sich plötzlich die Menge. Der Applaus ebbte ab.

Durch die Gasse schritt ein junger Mann mit langen Schritten selbstbewusst auf Lisbeth zu. Sein Knebelbart war frisch gestutzt. Seine Jacke war in der Hüfte eng zusammengebunden, stand vorne weit offen und gab den Blick frei auf sein tief ausgeschnittenes, gefälteltes Hemd, unter dem sich seine muskulöse Brust abzeichnete. Die Menge wartete still ab, was geschehen würde. Es war nichts Ungewöhnliches, dass der Grundherr mit seinen Hintersassen auf den Dorffesten feierte, aber der junge Laubenstein hatte sich bisher noch nie auf einem Fest sehen lassen. Sein Vater hatte oft mitgefeiert, hatte sich stets den besten Wein nachschenken lassen und war dann gut gelaunt mit roter Nase am Abend wieder den Berg hinaufgeritten.

Laubenstein ging durch die Gasse, die die Menschen für ihn bildeten, bis er die Reihe der jungen Burschen erreichte. Lisbeth stockte der Atem. Offenbar hielt er das für einen guten Scherz. Wenn er bei diesem albernen Spiel mitspielen wollte, würden natürlich seine Regeln gelten. »Worauf wartet ihr?«, sagte er lässig, »macht weiter!« Thomas Bekker begann zögernd mit einem Gedicht. Lisbeths Blick suchte den des Ritters. Er nickte unmerklich, als wollte er ihr zeigen, dass er sie wiedererkannt hatte. Das war also seine Art und Weise, die offene Rechnung zu begleichen.

In ihrem Kopf hallten die Worte und Lieder wider, die die Burschen der Reihe nach von sich gaben. Sie wollte keine Minute mit diesem Mann verbringen, geschweige denn einen ganzen Tag. Ihre Freunde waren zwar geübt darin, auf die ledigen Frauen des Dorfes aufzupassen. Aber niemand würde sich dem Grundherrn in den Weg stellen.

Nun war der Grundherr an der Reihe. Alle Augen richteten sich auf ihn. Er ließ sich Zeit, kostete den Moment aus und verbeugte sich dann tief vor Lisbeth – eine ritterliche Geste, die mehr aussagte als tausend tölpelhafte Worte aus dem Mund eines Bauernsohns. Stille breitete sich über den Platz. Lisbeths Herz raste. Was sollte sie tun? Aus den Augenwinkeln nahm sie wahr, dass die Musiker ihre Flöten an die Lippen setzten. Gott sei Dank. Die Männer bliesen in ihre Instrumente, die Leute fielen ein und klatschten im Takt, als sei nichts geschehen.

Nervös strich sie sich eine Strähne, die sich aus ihrem Zopf gelöst hatte, hinters Ohr. Nein, um keinen Preis würde sie sich ihm ausliefern.

Als das Lied zu Ende war, richteten sich alle Augen auf Lisbeth.

Sie räusperte sich. »*Muss* der Bursche, den ich wähle, den Tag mit mir verbringen?«

»Natürlich!«, riefen ein paar Männer und Frauen.

»Muss er auch mit mir tanzen?«

»Selbstverständlich!«, echote es. »Nun mach schon, zier dich nicht so!«, rief jemand.

»Gut«, sagte Lisbeth, »dann wähle ich ihn.« Sie drehte sich zur Seite und zeigte auf den Stock.

Die Menge folgte überrascht ihrem Blick.

»Er hat nicht mitgemacht!«, rief Thomas, der immer noch in der Reihe stand.

»Ihr habt gesagt, dass der, den ich wähle, jetzt mit mir tanzen muss.«

Die Burschen vor ihr schimpften. Lisbeth vermied es, den Ritter anzuschauen.

Gemurmel erhob sich, als der Knecht den Stock aufschraubte. Lucas legte einen Augenblick den Kopf in den Nacken. Dann sah er Lisbeth an, sein Gesicht dreckverschmiert. Trotzig und erhobenen Hauptes schritt sie auf ihn zu. Wieder schien es, als verbände sie ein unsichtbares Band. Als sie ihn erreichte, setzte wie auf Kommando die

Musik ein, die Menschen formierten sich in einem Viereck, hüpften im Takt nach rechts, tanzten zwei Schritte nach links und öffneten dabei die Reihe, um Lisbeth und Lucas in ihre Mitte zu lassen. Lisbeth ergriff Lucas' Hand, sie fühlte sich fest und warm an. Durch die Tänzer führte sie ihn in die Mitte des Kreises, ergriff auch seine andere Hand und begann, sich mit ihm im Kreis zu drehen. Sie spürte, dass er sie festhielt, und sie wusste, dass er sie nicht loslassen würde, dass sie bei ihm in Sicherheit war. Sie schaute sich kurz suchend um, aber sie nahm nur ein Gemisch aus Farben und Menschen wahr, die durch ihr Blickfeld flogen.

Als die Musik ausklang, war sie außer Atem. Sie blickte sich um, um festzustellen, ob man sie nun entlassen würde. Ungewollt fing sie den Blick eines Mannes auf, der in zweiter Reihe hinter den Tänzern stand. Laubenstein. Er stand lässig neben den Bauern, die Arme verschränkt, in entspannter Haltung, aber wachsam. Er hatte sie die ganze Zeit beobachtet. Nun, da er ihre Aufmerksamkeit hatte, nickte er ihr langsam zu, als wollte er sagen: *Wir beide sind noch nicht fertig miteinander.*

Lisbeths Wangen glühten, als sie in der Dämmerung nach Hause rannte. Von Weitem sah sie das Licht auf dem Dachboden von Joests Haus. Bis der Trauermonat vorbei war und die Dinge neu geregelt waren, schliefen dort oben immer noch Veit und Lucas. Lucas war kurz nach dem Tanz nach Hause gegangen. Niemand hatte ihn mehr in den Stock legen wollen.

»In einem Moment geächtet, im nächsten beklatscht«, hatte er nach dem Tanz kommentiert, als sie kurze Zeit etwas abseits standen und schweigend dem nächsten Tanz zuschauten. Sie hatte ihm einen unsicheren Blick zugeworfen, weil sie seine Stimmung nicht einschätzen konnte. Er schien seltsam verschlossen, sein Blick finster, bereit, sich zu wehren, wie bei ihrer ersten Begegnung auf der Burg. Alles an ihm war angespannt, als müsste er fliehen. Sie fragte sich, ob er tatsächlich davonlaufen würde, weg aus Laubenheim, weg aus ihrem Leben.

Lisbeth erreichte den Hof, klopfte sich die Schuhe ab und betrat die Hütte. Ihr Vater lag auf seinem Lager. Leise wusch sie sich in einer Schüssel die Hände, in Gedanken noch beim Fest. Als Lucas gegangen war, hatte sie sich in den Reigen eingereiht und mitgetanzt, um sich abzulenken. Von der Erinnerung an Gerold von Laubensteins herausfordernden Blick, aber auch von Lucas. Sie schnaubte. *Hast du schon vergessen, dass das Hoftor geknarrt hat, als er ins Dorf gekommen ist? Und dass er behauptet, er wäre ein Bauernsohn? Sei auf der Hut!*

»Vater, möchtest du etwas essen oder trinken? Oder musst du dich vielleicht erleichtern?«, flüsterte sie, weil sie nicht wusste, ob er wach war.

Ihr Vater antwortete nicht. Sie trank etwas verdünnten Wein und ging im Kopf die Aufgaben durch, die morgen anstanden. Sie musste die getrockneten Erbsen zu Mehl mahlen, damit sie ihr Getreidemehl strecken konnte. Und sie brauchte dringend Äste aus dem Wald.

Sie trat näher an ihren Vater heran. Er lag auf seinem Lager, den Rücken ihr zugewandt. Sie beugte sich über ihn. »Schläfst du?«, flüsterte sie. Er reagierte nicht. Dann sah sie, dass sich sein Brustkorb nicht bewegte. Schnell legte sie ihre Hand auf seine Schulter. Er drehte sich zu ihr um. Sie seufzte erleichtert. Doch dann stutzte sie. Er war ganz entspannt auf die Seite gefallen. Zu entspannt.

Sie spürte, wie sich ihr Hals zusammenschnürte.

Schnell berührte sie seine pergamentartige Wange. Sie war kalt.

Einen Augenblick stand sie nur da. Sie legte eine Hand auf seine kalte Stirn. Dann kniete sie sich auf den Boden und ergriff seine schlaffe linke Hand, die sonst immer verkrampft gewesen war.

Schon einmal hatte sie so neben ihm gesessen, seine Hand, die damals noch gesund war, in ihrer. Sie saßen am Ufer des Neuenweihers. Es war die einzige Wanderung, die sie jemals zum Spaß unternommen hatten. Sie und ihre Brüder tauchten die Beine ins Wasser. Ein kleiner Kahn warf Wellen auf, und das Wasser schwappte über ihre nackten Waden. Sie stritten sich darüber, wie groß eine Welle wohl einer Wasserlaus erscheinen musste.

Nun trieb sie dahin. Schutzlos. Haltlos. Eine Woge baute sich auf, schob sich langsam auf sie zu, bis sie über ihr zusammenschwappte, sie in die Tiefen drückte und ihr die Luft nahm. Nach einer Ewigkeit ebbte die Welle ab und sie blieb zurück. Allein. Im Nichts schwimmend. Tiefe Einsamkeit legte sich auf sie.

Es war spät geworden. Sie stand auf, öffnete die Tür und die Läden, damit die Seele ihres Vaters entweichen konnte, legte sich, wie sie war, auf ihr Lager, schloss die Augen und weinte. Sie wusste nicht, wie lange sie so dalag, spürte den Mond auf ihrem Gesicht. Dann legte sich Dunkelheit auf sie.

Als sie aufwachte, war es finster. Sie hörte einen Hahn krähen und wusste, dass in zwei Stunden die Sonne aufgehen würde. Ein paar Schritte neben ihr lag ihr toter Vater – noch genau so, wie sie ihn am Abend hatte liegen lassen.

Sie schloss die Augen wieder. Die Gedanken hämmerten in ihrem Schädel. Sie spürte ein Ziehen in ihrem Herzen, Trauer darüber, dass sie nicht mehr mit ihm reden konnte. Sie drehte sich zur Wand. Eine Weile starrte sie das Holz an, dessen Maserung sich noch schwach abzeichnete unter dem glänzenden Ruß, der sich auf alles im Raum gelegt hatte.

Nach einer Weile wurde ihr klar, dass dieser Tod nicht nur Trauer bedeuten würde. Er war ihr Ende. Ihr Vater hatte Schulden bei Velten, die nun auf sie übergingen. Es gab keinen männlichen Verwandten mehr. Sie würde das Lehen abgeben müssen. Sie hatte wieder eine Todfallabgabe zu leisten. Nur, dass es diesmal nichts mehr gab. Kein Vieh, kein Gewand – sie würde ihren Vater ganz sicher nackt beerdigen.

Sie würde sich als Magd verdingen müssen. Ihre Chancen auf eine Heirat waren als eine der ärmsten Bauerntöchter im Dorf noch nie gut gewesen. Jetzt waren sie vollständig vergangen. Wer wollte schon ein neues Familienmitglied mit Schulden. Eine Magd verdiente anderthalb Gulden im Jahr. Sie würde Jahre brauchen, um den Grundherrn und Velten auszubezahlen. Ihr Traum von einer eigenen Familie, einem eigenen Hausstand würde sich nie erfüllen. Bis alles abbezahlt war, wäre sie zu alt, um einen Mann zu finden.

Lisbeth blieb mit verquollenen Augen auf ihrem Lager liegen, bis die Sonne hoch am Himmel stand und eine Männerstimme draußen im Hof ihren Namen rief. Sie erkannte die Stimme sofort. Sie richtete sich langsam auf, strich sich die wirren Strähnen hinters Ohr, erhob sich wie eine alte Frau und trat an die offene Tür der Hütte. Vor ihr stand Lucas Strom. Er schien ein Anliegen zu haben, denn er wollte gerade zum Reden ansetzen, stutzte dann aber, als er sie erblickte.

»Seid Ihr krank?«, fragte er stirnrunzelnd.

Lisbeth sah ihn eine Weile an, unfähig, einen klaren Gedanken zu fassen. *Bin ich krank? Vielleicht.* Zumindest fühlte sich ihr Herz krank an. *Reiß dich zusammen.* Sie schüttelte langsam den Kopf.

»Was ist passiert?«, fragte er.

»Mein Vater ist tot.« Ihre Stimme klang heiser.

Lucas sagte nichts. Er schien betroffen. Lisbeth war dankbar, dass er ihr sein Beileid nicht sofort in überschwänglichen Worten bekundete wie manche Dörflerinnen. Eine Weile stand er einfach nur da. Die anderen Männer hätten wieder kehrtgemacht, weil sie sich nicht mit einem trauernden Weib abgeben wollten, doch Lucas blieb stehen.

Warum nimmt er überhaupt Anteil? Wenn er noch länger hier vor mir steht, kann ich mich nicht länger zusammenreißen und heule los.

»Ihr braucht Hilfe«, sagte er. »Habt Ihr heute überhaupt schon etwas gegessen?«

Sie schüttelte den Kopf. »Ich will nichts essen.«

»Aber Ihr müsst etwas trinken. Geht hinüber zu Hate und lasst Euch von ihr etwas Buttermilch oder verdünnten Wein geben.«

»Später«, sagte Lisbeth leise.

»Soll ich Euch helfen, Euren Vater für die Totenwache vorzubereiten?«

Lisbeth wusste nicht, ob sie ein solches Hilfsangebot von einem Fremden annehmen konnte. Sie hatte keine Kraft abzuwägen. Sie nickte und ließ ihn eintreten.

Ohne sich in der Hütte umzuschauen, schritt Lucas direkt zu ihrem Vater. Er blieb eine Weile vor ihm stehen. Wahrscheinlich sprach er ein Gebet. Dann beugte er sich hinab und hob die Hand der Leiche an. »Die Totenstarre hat schon eingesetzt, aber ich werde versuchen, ihm die Hände zu falten, vielleicht geht es ja noch«, sagte er, während er den Arm ihres Vaters bewegte. »Setzt Euch. Ich kümmere mich um ihn. Ich sage auch Pater Bernhard Bescheid. Er soll die Totenglocken läuten.«

Während sich Lisbeth schweigend auf ihr Strohlager setzte, rückte Lucas den Kopf ihres Vaters mit einer gekonnten Bewegung gerade. Sie sah nur Lucas' muskulösen Rücken. Sie schaute nicht nach, ob er es geschafft hatte, die Hände ihres Vaters zu falten. Ihn würdig herzurichten, wäre eigentlich ihre Aufgabe gewesen – gestern Abend, als sie ihn gefunden hatte. Ihr Kopf war immer noch leer. Sie bemerkte verschwommen, wie sich Lucas erhob, den halb gefüllten Eimer aus der Ecke holte und ihrem Vater das Gesicht und die nackten Füße wusch. Nach einer Weile wurde ihr bewusst, dass er sich zielstrebig bewegte, als hätte er das schon sehr oft getan.

Er erhob sich und sagte: »Lasst uns jetzt hinübergehen zu Hate. Ich gehe anschließend zu Pater Bernhard.«

Er trat an sie heran und ließ seinen Blick auf ihr ruhen, als suchte er zu erforschen, ob sie stark genug war, sich zu bewegen, und streckte dann seine Hand nach ihr aus. Sie zögerte kurz und ließ sich schließlich von ihm hochziehen. Sie war einen Kopf kleiner als er und als sie vor ihm stand, befand sich seine Brust direkt vor ihrem Gesicht. Einen kurzen Augenblick verharrten sie so voreinander. Schließlich wandte sie sich ab und ging zur Tür.

KAPITEL 6

Burg Laubenstein

Gerold legte die Armbrust vorsichtig zurück auf den Tisch, an dem Ottokar stand. Er hatte alle Wandfackeln und sogar den gehörnten Leuchter anzünden lassen, damit seine Waffenkammer gut ausgeleuchtet war. Er war zufrieden: Ottokar hatte seine Einladung zur gemeinsamen Jagd angenommen. Allerdings war Ottokars Tochter Ottilia mit den anderen Damen auf der Burg Wilenstein zurückgeblieben. Doch Gerold ließ sich von diesem Rückschlag nicht entmutigen. Er musste die Dinge der Reihe nach angehen. Als Nächstes musste er Ottokar mit seiner Waffensammlung beeindrucken.

Gerold war sich bewusst, dass Laubenstein in Ottokars Augen nicht viel hermachte. Trotzdem rechnete er sich Chancen auf Ottilia aus, denn er wusste, dass es nicht viele heiratsfähige, junge Ritter gab. Eine logische Folge der Kriege. Vielleicht würde sich Ottokar von seinem Ehrgeiz überzeugen lassen, das heruntergekommene Erbe wieder zu alter Pracht zu führen.

Ottokar nahm die Armbrust in die Hände und legte sie spielerisch an, um sie zu prüfen. Anerkennend platzierte er sie wieder auf dem Tisch. »Das ist gute Arbeit. Es gibt nicht viele Waffen mit einem solch glatten Eisenschaft.«

Gerold entnahm dem Waffenschrank zwei weitere Armbrüste – eine mit einem Stahlbogen und eine mit einem Hornbogen. Wieder nickte Ottokar anerkennend. Nachdem er sie ausgiebig begutachtet hatte, gab er seinem Knappen, der in der Ecke stand, ein Zeichen. Der Junge trat heran, eine Hakenbüchse auf beiden Händen balancierend, und übergab sie seinem Herrn.

Gerold hatte noch nie eine Hakenbüchse gesehen. Sofort trat er näher heran und beugte sich über das glänzende Stück.

»Es ist eine reine Freude, was dieses Gerät an Zerstörung anrichtet. Eine Miniaturbombe«, sagte Ottokar, während er sie unter den Leuchter hielt.

»Was wiegt sie?«, fragte Gerold.

»Oh, sie ist leicht! Sehr leicht im Vergleich zum Faustrohr. Sie wiegt nur zehn Stein. Nehmt sie auf!«

Vorsichtig hob Gerold die Waffe vom Tisch. Sie war viel schwerer als seine Eisenarmbrust. »Und damit kann man jagen?«, fragte er.

»Ihr legt den Haken, der hier unten am Rohr ist, auf einen Stamm oder einen Ast. Dann zielt Ihr und schießt.«

Gerold nickte, als könnte er es sich deutlich vorstellen.

»Der Nachteil ist«, fuhr Ottokar fort, »dass die Treffsicherheit nicht so gut ist wie bei einer Armbrust. Und wenn man einen Hirsch erwischt, kann man ihn nicht essen, weil er völlig zerfetzt wird. – Aber Spaß macht es trotzdem. Gerade deswegen«, schob er grinsend hinterher.

Gerold lächelte zurück.

Es klopfte, Holger trat ein und verbeugte sich. »Nick Velten ist hier, Herr.«

Ohne seinen Knecht anzuschauen, legte Gerold die Büchse vorsichtig zurück. »Was will er?«

»Den Tod eines Leibeigenen melden.«

»Er soll eintreten!«

Holger verschwand und kam kurz darauf mit Nick Velten zurück.

»Mein Herr.« Nick Velten verbeugte sich.

»Wie heißt der Tote?«, fragte Gerold, immer noch über die Hakenbüchse gebeugt.

»Endres Mergel.«

Gerold sah auf. »Mergel? Hat er Hinterbliebene?«

»Eine Tochter, Herr. Lisbeth Mergel.«

Lisbeth Mergel. Sieh an, sieh an.

Laubenheim

Lisbeth saß mit Hate in Joests Haus am Tisch in der Stube. Vor ihnen standen drei Becher mit Buttermilch. Die Totenglocken hatten aufgehört zu läuten. Die Endgültigkeit tat weh.

Die Tür öffnete sich und Lucas trat ein, ein gefaltetes Tuch unter den Arm geklemmt.

»Das habe ich gerade beim Schneider gekauft. Wir können nun alles für die Totenwache und die Beerdigung vorbereiten«, sagte er, während er sich gegenüber von Lisbeth niederließ. Hate schob ihm den Becher zu.

»Gibt es etwas zu essen?«, fragte er an sie gewandt. »Der Tag wird noch lang werden.«

Hate erhob sich, ging hinaus zur Kochstelle und kam mit einer Schüssel voll Getreidebrei zurück. Aus ihrer Schürzentasche nahm sie drei hölzerne Löffel und legte jedem einen hin.

Sie beugten die Köpfe und Lucas sprach ein Gebet. Dann begannen er und Hate, mit dem Löffel aus der großen Holzschüssel zu essen. Lisbeth war in sich zusammengesunken, hielt die Hände im Schoß und sah ihnen zu. »Was hat das Tuch gekostet?«, fragte sie.

Lucas richtete seine blaugrünen Augen auf sie. Anstatt zu antworten, sagte er: »Ihr solltet etwas essen.« Er schien Hunger zu haben, denn er aß schnell. »Hate ist eine gute Köchin.« Er lächelte.

Lisbeth versuchte sein Lächeln zu erwidern, aber es misslang ihr. Lediglich ihre Lippen zitterten schwach. Sie dachte an die Totenwache, die nun bevorstand. Ihr graute davor. Ein Toter lag oft drei Tage lang aufgebahrt im Haus, weil die Priester Angst hatten, einen Scheintoten zu beerdigen. Während dieser Zeit wurde neben der Leiche gewacht, um das Haus vor der Gefahr zu beschützen, die von dem Toten ausging. Da der Rest ihrer Familie nicht mehr am Leben war, lag die

Verantwortung bei ihr. Wie gut, dass sie nichts gegessen hatte, denn schon bei dem Gedanken, die nächsten zwei Tage alleine mit der Leiche in einem Raum zu verbringen, damit sein Geist nicht zurückkehrte, verursachte ihr Übelkeit.

Lucas erhob sich. »Nähen wir ihn ein«, sagte er. Offensichtlich wollte er es hinter sich bringen.

Lisbeth erhob sich. Ihre Knie waren weich.

Schweigend gingen sie hinüber zu Lisbeths Haus, traten an das Bett ihres Vaters, und Lucas rollte das Tuch an einer Seite zur Hälfte auf. Lisbeth sah zu, wie er ihren Vater erst auf die linke Schulter drehte, die aufgerollte Seite des Tuches bis zu seinem Rücken schob, dann ihren Vater auf die rechte Schulter lagerte, das Tuch auf der anderen Seite hinter seinem Rücken entrollte und den Vater wieder auf den Rücken legte. Er schlug die Enden über dem Körper zusammen, sodass nur noch das Gesicht zu sehen war. Lisbeth suchte Nadel und Faden aus der Truhe heraus, kniete sich ans Fußende und begann, mit zitternden Händen die Enden zusammenzunähen. Sie war froh, eine Aufgabe zu haben.

»Wir sollten ihn schon morgen beerdigen«, hörte sie Lucas sagen.

Sie blickte von ihrer Arbeit auf.

Lucas sprach weiter. »Ich werde Pater Bernhard davon überzeugen, dass er nicht scheintot ist. Wir lassen das Tuch am Hals offen, dann kann ich ihm zeigen, wie man die Totenflecke wegdrückt. Bei einem lebendigen Menschen würde das nicht gehen.«

Sie sah Lucas schweigend an und fragte sich, woher er über Totenflecke Bescheid wusste. Im Dorf hatte noch nie jemand etwas davon erzählt, dass man sie wegdrücken konnte. Während er die Enden des Tuches einschlug, betrachtete sie zwischen den Stichen sein Gesicht, die kleine, zackenförmige Narbe über seiner rechten Braue, die Ader an seiner Schläfe und den Wirbel an seinem Haaransatz. Sollte sie ihn fragen, woher er sich auskannte?

Was, wenn ich die Antwort gar nicht hören will? Sie konzentrierte sich wieder auf ihre Nadel.

Als sie fertig war, knieten sie eine Weile gemeinsam schweigend auf dem Boden vor der eingenähten Leiche. Von draußen vernahmen sie Schritte. Agnes trat ein, ihr folgte ihre Mutter. Sie bekreuzigten sich und traten hinter Lisbeth und Lucas an den Toten heran. Eine Weile blieben sie so stehen. Lisbeth erhob sich umständlich. Auch Lucas stand auf.

»Ich komme später wieder«, sagte er, lächelte sie an und ging. Sie sah ihm einen Moment lang nach und wandte sich dann an Agnes und ihre Mutter. »Ich habe nichts gekocht. Es tut mir so leid, dass ich euch nichts anbieten kann.«

Agnes' Mutter drehte sich zu ihr um. »Schätzchen, niemand erwartet, dass du etwas vorbereitet hast!« Sie lächelte, griff nach ihrem Korb, den sie am Eingang abgestellt hatte, und kramte ein Brot und mehrere Stücke Dörrfleisch heraus. »Hier ist auch etwas Wein, meine Liebe.«

Agnes trat an Lisbeth heran und nahm sie in den Arm. Eine Weile standen die beiden jungen Frauen so da, bis wieder jemand durch die offene Tür kam. Es waren Lisbeths Nachbarn Peter und Clar Urbe. Ihnen folgten Wolf Kumpf und Maria Solbach. Immer mehr Menschen drängten sich in die kleine Hütte, brachten Wein, erzählten Geschichten über Lisbeths Vater und wandten sich dann an Lisbeth, die sich immer wieder die Tränen aus dem Gesicht wischte.

»Was trieb der Strom hier bei dir?«, fragte Maria Solbach.

»Wir haben gewartet, bis er gegangen ist«, sagte Clar Urbe. »Warum hast du ihn überhaupt hereingelassen?«

»Er hat mir geholfen.«

»Halt dich fern von ihm!«, flüsterte Clar Urbe.

Die Nachbarn redeten, bis es draußen dunkel wurde, leerten dann ihre mitgebrachten Becher, stellten sich eine Weile vor den Toten, umarmten Lisbeth und gingen wieder. Lisbeth lehnte sich in die Tür und blickte ihnen nach, bis die Nacht sie verschluckt hatte, dann trat sie zögernd wieder über die Schwelle zu ihrem toten Vater.

Eine Weile stand sie vor seinem Lager. Seine Wangen waren eingefallen, seine Haut wirkte wie dünnes Papier. Sie wusste, dass sie die

Lampe eigentlich löschen musste, denn sie hatte kein Öl zum Nachfüllen. Vielleicht war es ohnehin besser, wenn sie die Leiche nicht sah. Sie trat zum Tisch, atmete tief ein, als söge sie Mut in sich auf, und stülpte einen Becher über die Lampe.

Nun war sie ganz alleine. Im Dunkeln. Mit einer Leiche.

Sie setzte sich direkt am Türpfosten auf den Boden, so weit weg von der Leiche wie möglich, stellte die Beine auf, schlang die Arme um die Knie und legte den Kopf darauf. Sie wusste nicht, wie lange sie so dasaß. Nach einer Weile spürte sie ihre Glieder nicht mehr. Doch sie blieb still sitzen, denn sie wollte nicht aufblicken. Sie wollte nicht das Innere der Hütte sehen, den harten Umriss ihres toten Vaters, die Schatten. Sie sehnte sich nach Schlaf, der ihren Geist fliehen lassen würde. Doch bei einer Totenwache musste man wach bleiben. Sonst kamen die bösen Geister.

Sie rieb sich die Nase an ihrer Schürze ab und wischte sich mit dem Ärmel die Augen trocken. Wieder legte sie den Kopf auf die Knie.

»Ich werde mit Euch wachen«, sagte eine raue Stimme direkt neben ihr. Sie zuckte zusammen, doch dann fuhr ein Schauer der Erleichterung durch ihre Glieder.

Sie sah Lucas eine Weile schweigend von unten an, dann löste sie die Arme von den Beinen und wischte sich die Augen erneut trocken. »Danke«, flüsterte sie in die Stille hinein. Ihre Glieder waren taub. Sie versuchte sie anzuspannen. Schließlich erhob sie sich ungelenk. Mit steifen Beinen trat sie in den Innenraum und zog die Bank an die Wand. Sie ließ sich darauf nieder, lehnte sich an die schwarzen Holzbretter und schloss die Augen.

Er setzte sich neben sie. Das Holz der Bank knarrte.

»Sollten wir ein Licht entzünden?«, fragte er.

»Ich muss Öl sparen.«

Er erwiderte nichts.

Sie schloss die Augen wieder. Um sie herum war Stille. Sie hörte ihren eigenen Atem. »Ich habe Angst vor seinem Geist«, flüsterte sie nach einer Weile, den Blick starr an die Wand gegenüber gerichtet.

»Ich weiß.«

Sie schwieg.

Nach einer Weile sagte Lucas: »Die Seelen kommen nicht zurück.«

»Woher wollt Ihr das wissen?« Immer noch betrachtete sie die Wand vor ihr.

»Glaubt mir einfach. Es ist noch nie eine zu mir zurückgekommen.«

Warum sollte ein Geist zu Lucas kommen? Sie wandte den Kopf in seine Richtung. Sein dunkles Profil zeichnete sich vor dem schwarzen Hintergrund ab. »Wer seid Ihr?«, fragte sie. Es war nur ein Flüstern.

Er antwortete nicht, sondern blickte starr vor sich hin. Sie ließ ihn nicht aus den Augen.

Sie seufzte und lehnte den Kopf wieder an die Wand. *Es macht keinen Unterschied*, sagte sie sich, *ob ich etwas über diesen Mann erfahre oder nicht. In den nächsten Tagen muss ich das Haus sowieso aufgeben.* Sie würde ihn nie wiedersehen. Besser also, sie lernte ihn nicht zu gut kennen.

Völlige Dunkelheit hatte sich über sie gesenkt. Schweigend saßen sie da. Wieder schloss Lisbeth die Augen. *Ob Vater nun wohl schon im Fegefeuer ist? Oder schwebt sein Geist noch in der Zwischenwelt?* Draußen bewegte sich etwas. Lisbeth öffnete die Augen und straffte ihren Rücken.

Ein niedriger Schatten erschien in der offenen Tür. Sie hörte ein Tapsen, erst schnell, dann langsamer. Etwas schnaufte. Ein Hecheln kam auf sie zu. Gestank wehte an ihr vorüber. Sie hielt die Luft an.

Das Tapsen war nun nahe bei ihnen. »Hallo, alter Freund«, flüsterte Lucas und streckte die Hand aus. Eine kleine, dunkle Gestalt drückte sich an Lucas und ließ sich das schwarze Fell kraulen. Lisbeth atmete auf. Es klang wie ein Schluchzer. *Wie dumm. Einen Hund für einen Geist zu halten.* Alle Anspannung fiel von ihr ab. Tränen brannten in ihren Augen, flossen über und rannen ihre Wange hinab. Ihr entfuhr ein weiterer Schluchzer. Sie beugte sich nach vorne, vergrub ihr Gesicht in ihren Händen und weinte.

Sie spürte, wie sich Lucas' Hand sanft auf ihren Rücken legte. Die Stelle wurde immer wärmer. Die Hitze strahlte sternförmig über ihren Rücken in jede Faser ihres Körpers. Sie wünschte, er würde sie loslassen.

Nach einer Weile versiegten die Tränen. Lucas nahm seine Hand wieder weg. Jetzt tat es fast weh, dass er sie losließ. Sie stellte sich vor, wie es wohl wäre, ihn immer zu spüren. In seiner Nähe zu sein. Würde er ihr anbieten, in seinem Hausstand als Magd zu arbeiten? Aber das war Tagträumerei. Selbst wenn er bereit wäre, sie als Magd anzustellen, könnte sie das Angebot nicht annehmen. Nicht, nachdem sie ihn auf dem Fest ausgewählt und mit ihm getanzt hatte. Die Dorfgemeinschaft würde es nicht erlauben, dass sie beide unter einem Dach lebten. Außerdem war er ihr immer noch unheimlich mit seinem Geld und seinem Wissen über Leichen.

Plötzlich kam ihr ein Gedanke. *Womöglich ist er aus Berechnung so?* Vielleicht wollte er durch seine vielen guten Taten wieder etwas gutmachen? Eine Sünde abbüßen? Womöglich etwas Schlimmes, denn warum verschwieg er, wer er war?

Und hier saß sie, im Dunkeln, mit einem Mann, der vielleicht ein Mörder war. Und sie dachte zu allem Überfluss auch noch darüber nach, wie es wäre, für immer in seiner Nähe zu sein. Sie stand auf. »Ihr müsst gehen«, sagte sie.

Lucas sah verwirrt zu ihr auf. Er benötigte eine Weile, um zu antworten. »Ihr habt recht«, sagte er dann müde. »Es ist spät. Und es wird heute Nacht auch sicherlich keiner mehr kommen, um Abschied zu nehmen. Ich gehe. Aber ich lasse Euch nicht alleine. Ihr kommt mit und schlaft bei Hate.«

»Aber was ist mit der Totenwache? Ich kann ihn doch nicht alleine lassen!«

»Ihr habt lange genug gewacht. Das reicht«, sagte er sanft und ergriff ihre Hand.

Sie hätte widersprechen müssen, aber sie folgte ihm. Zu sehr fürchtete sie sich davor, wieder alleine bei ihrem Vater zurückzubleiben.

Lucas scheuchte den Hund aus der Hütte und führte sie hinaus in die Dunkelheit. Seine Hand war warm und rau, die Berührung sanft. Lisbeth konzentrierte sich darauf, einen Schritt vor den anderen zu setzen. Sie betraten die Wohnscheune, durchquerten sie, ohne ein Licht anzuzünden, und Lucas führte sie zu einer Tür neben der Stube. Er ließ ihre Hand los und klopfte leise. Nach einer Weile streckte Hate den Kopf zur Tür heraus.

»Könnte Lisbeth heute Nacht mit in deiner Kammer schlafen?«, fragte Lucas.

Hate blickte einen Moment von einem zum anderen, nickte dann, öffnete die Tür ganz und verschwand wieder im Raum. Lucas ging zur Truhe an der Wand der Wohnscheune, nahm eine Decke heraus und übergab sie Lisbeth.

»Schlaft gut«, sagte er leise. Seine Worte waren kaum hörbar.

Lisbeth rammte den Spaten in die Erde. Sie grub Löcher für neue Zaunpfähle, denn sie wollte die morschen Pfähle vor der Hausübergabe ersetzen. Für das neue Holz hatte sie sich zwar Geld von Agnes' Familie leihen müssen, doch wenn sie den Hof nicht in einwandfreiem Zustand hinterließ, würde sie das noch teurer zu stehen kommen. Ein genauer Termin für die Übergabe stand noch nicht fest, aber Lisbeth erwartete den Räumungsbefehl täglich.

Der Erdhügel erinnerte sie an den ausgehobenen Friedhofsboden neben dem geöffneten Grab ihres Vaters. Die Beerdigung hatte vor vier Tagen stattgefunden. Weil es keine gesunden Freunde und Verwandte gab, die das Brett mit dem Toten zum Friedhof tragen konnten, hatten sich schließlich Veit und Lucas angeboten. Der Trauerzug sah seltsam aus: Die Nachbarn und Bekannten, die dem Zug folgten, ließen einen Abstand von einem Steinwurf zum Brett. Nicht wegen des Toten, sondern wegen Lucas, dem niemand traute. Auf dem Friedhof kippten Veit und Lucas Lisbeths Vater vom Brett direkt ins

Erdloch. Einen Sarg konnte Lisbeth sich nicht leisten. Lucas zog sich zurück, nachdem die erste Erde auf das Leichentuch geschaufelt war – er spürte, dass er nicht willkommen war. Sie wünschte, er wäre an ihrer Seite stehen geblieben.

Gestern hatte sie bei fünfzehn Höfen im Dorf angeklopft und gefragt, ob sie eine Magd brauchten. Ein paar Hausfrauen hatten sie vertröstet, ein paar hatten sie schroff abgewiesen. Käthe Eberlein hatte ihr sogar ins Gesicht gesagt, dass sie keine Magd wolle, die einen Gotteslästerer aus dem Stock holte und dann auch noch mit ihm tanzte. Da würden sich ja die Heiligen vor Schmerzen krümmen.

Lisbeth hätte gerne geantwortet, dass sie ihren Nachbarn beim Einfangen der Sau beobachtet hatte und sich sicher war, dass er nicht geflucht hatte, aber ihre Worte würden letzten Endes ja doch wieder gegen sie verwendet werden. So hatte sie geschwiegen.

Später würde sie es bei den übrigen Höfen versuchen. Zur Not würde sie auch in die Nachbardörfer Ottersfeld und Molheim gehen, die auch zum Grundbesitz der Laubensteins gehörten. Weiter weg gehen durfte sie als Leibeigene nicht.

Sie hörte Stimmen und blickte auf. Es waren Lucas, Veit und Hate, die mit leeren Säcken auf der Schulter den Hof verließen. Lisbeth ließ den Spaten fallen, klopfte sich die Hände ab, lief zum Weg und rief: »Geht Ihr Äste sammeln?«

Lucas drehte sich um. »Ja, sollen wir Euch welche mitbringen?« Seine Augen funkelten im Licht.

Wie kann man klar denken, wenn einen diese Augen ansehen? Sie räusperte sich, trotzdem klang ihre Stimme unstet. »Nein, ich komme mit, wenn es Euch nichts ausmacht!« Sie strich sich mit der Hand ein Haar von der Wange und fragte sich gleich darauf, ob sie sich nun einen Dreckstreifen ins Gesicht geschmiert hatte.

Sie eilte ins Haus, kramte ihren Kapuzenüberwurf aus der Truhe, suchte sich einen Sack aus einem Haufen neben dem Eingang, schloss die Tür und lief den matschigen Weg entlang zu ihren drei Nachbarn. Zusammen machten sie sich auf den Weg, passierten die Dorfmauer und überquerten die Gemeindewiesen, auf denen die Ziegen, vom Dorfhirten gehütet, wie Tupfer leuchteten. Während sie Steinen und Kuhfladen auswichen, hörte Lisbeth zu, wie Lucas seinem Gesinde Fragen stellte. Er wollte wissen, wie viele Geschwister Veit und Hate hatten und wann sie in den Dienst ihres Onkels getreten waren. Lisbeth war überrascht, wie bereitwillig Veit erzählte. Offenbar hatte er keine Angst mehr vor Lucas. Er wolle so früh wie möglich einen Hof übernehmen, aber auf keinen Fall würde er dafür Leibeigener. Da zöge er doch lieber zurück nach Pfeddersheim, obwohl es in den Städten stank und die Gassen immer im Schatten lagen.

Sie erreichten den Wald. Der Boden am Waldesrand war kahl gesammelt, die dunkle, lockere Erde hier und da durchbrochen von gelbbraunen Gräsern und frisch abgefallenen Tannennadeln. Nebeneinander gehend drangen sie tiefer in den Wald ein, es wurde schattiger, die Erde weicher. Einzelne abgefallene Blätter dämpften ihre Schritte ab. Allmählich verdichtete sich der Blätterteppich. Veit blieb stehen, ließ seinen leeren Sack herab und zog ihn mit den Händen auseinander. Hate begann, gelbes Laub in großen Ladungen zusammenzuraffen und in Veits Sack zu stopfen. »Nimm von da drüben«, sagte Veit. »Das ist trockener. Das hier beginnt schon zu faulen.« Er ging ein paar Schritte weiter und Hate folgte ihm.

»Ihr beide sammelt weiter Laub ein, aber nehmt kein verfaultes«, sagte Lucas zu seinem Gesinde. »Ich werde mit Lisbeth Äste suchen.«

Lucas entfernte sich ein paar Schritte, Lisbeth folgte ihm. Als sie außer Hörweite waren, fragte Lucas leise im Gehen: »Wie viel Sack Laub brauche ich für ein Schwein?«

Lisbeth wäre fast stehen geblieben, so überrascht war sie. *Dieser Mann hat ja wirklich überhaupt keine Ahnung.* »Das kommt darauf an, wann Ihr es schlachten wollt!«

Er antwortete nicht, sondern blickte sie Hilfe suchend an. »Soll ich sie alle gleichzeitig schlachten – oder lieber über den Winter verteilt?«, fragte er, während sie eine Lichtung erreichten und in die Novembersonne traten.

»Je nachdem, ob Ihr das Fleisch selbst essen wollt oder es verkaufen möchtet«, antwortete Lisbeth. Sie blieb am Rande der Lichtung stehen.

Er wandte sich zu ihr. »Sollte ich das Fleisch verkaufen? Würdet *Ihr* das Fleisch denn verkaufen, wenn Ihr zehn Schweine hättet?«

Sie lachte. Dieser starke Mann hatte tatsächlich eine Schwäche. Und er fragte ein Weib um Rat. *In welch seltsamer Welt ist Lucas Strom aufgewachsen?*

Er sprach weiter: »Außerdem weiß ich nicht, wie man sät. Was ist, wenn ich den Samen falsch verteile? Dann ist die ganze Ernte dahin.«

Sie rieb sich lächelnd mit dem Finger über den Nasenrücken. »Lucas, Ihr versteht ja wirklich nichts von der Landwirtschaft.«

»Ja, und ich brauche dringend Hilfe«, sagte er. »Schließlich kann ich doch vor meinem Gesinde nicht zugeben, dass ich alles noch lernen muss.«

»Ihr habt noch nie auf einem Hof gearbeitet. Wie wollt Ihr jemals auf einen grünen Zweig kommen?« Lisbeth verschränkte die Arme vor der Brust. »Warum tut Ihr das? Warum gebt Ihr Euch als Bauer aus? Wer in Gottes Namen seid Ihr?« Ihre Stimme war laut geworden.

Lucas legte den Finger an die Lippen. War es ihm peinlich, dass sie so laut geworden war? Er gab ihr mit den Augen zu verstehen, dass er irgendetwas bemerkt hatte. Sie lauschte. *Pferdegetrappel.* Es waren mindestens zwei Pferde, die heranpreschten.

Unschlüssig sahen sie sich an. Drohte Gefahr? Sollten sie sich verstecken? »Wer kann das sein?«, fragte Lucas leise.

»Wahrscheinlich der Grundherr auf der Jagd. Wir sollten hier stehen bleiben, sonst hält er uns noch für Wilderer – und schießt uns ab.«

Die Hufe jagten dumpf heran, aus dem Waldrand an der Lichtung stürmte ein Hund, gefolgt von zwei Reitern auf hohen Rössern. Den Männern baumelten seltsame Waffen über die Schultern. Auf der Lichtung fielen sie in Galopp. Lisbeth und Lucas rührten sich nicht vom Fleck, vielleicht würden die Reiter sie in ihrer Eile ja nicht bemerken.

Die Reiter galoppierten nach Osten durch das gelbe Gras. Sie schienen kein Wild zu jagen, sondern sich einfach an der Geschwindigkeit zu berauschen. Als sie auf ihrer Höhe waren, riss der Schwarzgekleidete plötzlich sein Pferd grob am Zügel, sodass das Ross vor Schmerzen wieherte, den Kopf zurückwarf und stehen blieb. Der andere Reiter galoppierte bis zum Ende der Lichtung, ehe er merkte, dass sein Begleiter zurückgefallen war. Auch er zügelte sein Pferd und wendete. Der schwarz gekleidete Reiter stand ruhig mitten auf der Lichtung, in Lucas' und Lisbeths Richtung blickend. Lisbeth erkannte den gepflegten Knebelbart. Sie und Lucas bewegten sich nicht. Laubenstein riss am Zügel und lenkte sein Ross zu ihnen.

Lisbeth stand abwartend da. Am liebsten hätte sie Lucas' Hand ergriffen. Als der Leibherr sie erreichte, lächelte er sein herablassendes Siegerlächeln. Seine Augen verengten sich, während er von oben auf Lisbeth hinabblickte.

»Sieh an, sieh an«, sagte er. »Des Endres Mergels Tochter und Lucas Strom. In trauter Zweisamkeit im Wald.«

Im Hintergrund näherte sich der andere Reiter. Unter seinem Hut lugten schulterlange Strähnen von weißblondem Haar hervor.

»Zwei meiner Hintersassen«, sagte Gerold zu seinem Begleiter, »stromern im Wald herum. Was sie wohl aushecken?« Er wandte sich wieder Lisbeth und Lucas zu.

»Wir sammeln Äste, nichts weiter«, sagte Lucas ruhig, »hinter uns im Wald sind irgendwo mein Knecht und meine Magd. Sie sammeln Laub.«

»Soso«, sagte der Ritter. »Ich sehe, Euer Sack ist leer. Wer weiß, vielleicht habt Ihr Eure Beute rechtzeitig ausgeschüttet. Ein paar Hasen zum Beispiel? Oder einen gehackten Baumstamm?« Er blickte sich suchend um. Dann pfiff er nach seinem Hund, der am Ende der Lichtung herumschnüffelte. Der magere Hund fuhr herum und flitzte mit fliegenden Ohren zu seinem Herrn. »Such«, sagte Gerold zu dem hechelnden Tier, das sofort begann, um die beiden Bauern herumzutapsen, mit der Schnauze durchs Laub wühlend.

»Er wird nichts finden«, sagte Lucas.

»Das überlassen wir ihm«, antwortete der Ritter. Dann betrachtete er Lisbeth. »Ich höre, du suchst eine Stellung als Magd.« Er lächelte und fuhr fort: »Zufällig brauche ich eine Magd auf der Burg.«

Lisbeth starrte ihn entsetzt an.

Unbeirrt fuhr der Ritter fort: »Als dein Leibherr befehle ich, dass du für mich arbeitest. Melde dich morgen früh am Tor.«

Lisbeth wusste keine Antwort. Gab es etwas Schlimmeres, als diesem Ritter ausgeliefert zu sein, Tag und Nacht?

»Das geht leider nicht«, hörte sie Lucas gelassen sagen, »denn sie gehört bereits zu einem Hausstand. Sie arbeitet für mich. Ihr habt kein Recht, sie abzubeordern, solange sie oder ihr Hausherr nicht damit einverstanden sind.«

Der Ritter zog die Augenbrauen hoch. Er schien überrascht über den Widerspruch. »Ach ja?« Sein Pferd tänzelte. »Wie ärgerlich. Da war ich wohl zu spät.« Er drückte ein Bein in die Seite seines Pferdes und wendete. »Dieses Mal zumindest«, fügte er langsam hinzu, als wäre er zu einem Kampf aufgefordert worden, auf dessen Sieg er sich freute. »Vergesst nicht, Ihr schuldet mir noch etwas.«

»Nichts schulde ich Euch!«, sagte Lucas verärgert. »Alle Schulden sind bezahlt!«

Der Ritter nickte seinem Begleiter zu, gab seinem Hund ein Zeichen, ihm zu folgen, und sprengte davon. Lisbeth blickte ihm ungläubig nach.

Als die Reiter wieder im Wald verschwunden waren, drehte sie sich zu Lucas. »Was redet Ihr denn da? Wisst Ihr, was Ihr da tut? Ihr lügt den Leibherrn an. Wenn er erfährt, dass Ihr gelogen habt, droht Euch eine harte Strafe!«

Lucas blickte sie amüsiert an. Ihr fiel plötzlich auf, dass es ausgerechnet ihr am wenigsten zustand, ihn über Betrug zu belehren. Sie atmete seufzend aus.

»Und wenn ich die Wahrheit gesagt habe?«, fragte Lucas.

Sie hob das Kinn. »Wie stellt Ihr Euch das vor? Ich kann nicht für

Euch arbeiten – das würden die Dörfler niemals erlauben! Ihr und ich unter einem Dach!«

In die dunklen blaugrünen Augen trat ein seltsamer Ausdruck. War er amüsiert? Verärgert? Nein, etwas anderes lag in seinem Blick, das sie nicht deuten konnte.

Er senkte die Stimme. »Lisbeth, ich brauche Hilfe. Das habt Ihr doch vorhin selbst gemerkt. Wie soll ich einen Hof alleine führen?«

»Holt Euch einen Knecht, der sich auskennt und Entscheidungen trifft.«

»Und Ihr meint, er wird mich als Hausherr respektieren, wenn ich ihn ständig um Rat bitte?«

»Das hättet Ihr Euch vorher überlegen müssen, bevor Ihr auf die dumme Idee gekommen seid, einen Hof zu leihen. – Warum macht Ihr das überhaupt?«

Seine Stimme wurde lauter. »Ein für alle Mal: Ich kann Euch nicht sagen, warum ich das mache! Ist das klar?«

Lisbeth schluckte. Er konnte also auch herrisch sein, wenn er wollte.

Er schien immer noch verärgert, als er weitersprach: »Ich weiß zwar, wie man schlachtet, aber ich weiß nicht, wie man das geschlachtete Fleisch weiterverarbeitet.« Er schwieg einen Augenblick. Dann sagte er: »Helft mir, bitte.«

Erst herrschte er sie an und im nächsten Moment bat er schon wieder um Hilfe? *Dieser Mann ist wirklich seltsam.* Sie senkte den Blick, um ihm nicht in die Augen sehen zu müssen. Vor ihr lag ein Tannenzapfen auf dem Boden. Sie kickte ihn weg und blickte wieder auf. »Ich werde Euch helfen. Mit Ratschlägen. Von meiner neuen Stelle aus. Ich hoffe, sie wird nicht zu weit weg sein.«

Mit verhaltenem Ärger in der Stimme rief er: »Von Eurer neuen Stelle aus? Dann findet mal schnell eine! Wenn Ihr nämlich bis morgen keine vorzuweisen habt, dann ist Euch Euer neuer Platz sicher. Und er liegt schön nah, nämlich auf der Burg! Ihr habt bald keine Ausrede mehr: Ihr seid ohne Vormund, ohne den Schutz eines Hausherrn. Bald wird *er* Euer Hausherr sein, dann hat er die Muntgewalt über Euch!«

»Das Dorf ist doch jetzt schon gegen Euch! Wenn ich als Magd bei Euch arbeite, dann wohnen wir zusammen, wie sieht das denn aus? Die Dörfler werden Euch und mir das Leben zur Hölle machen!«

»Das macht mir nichts aus«, sagte er.

»Mir aber!«, rief Lisbeth.

»Dann werdet meine Frau! Dagegen kann das Dorf nichts sagen«, sagte er unvermittelt.

Lisbeth lachte auf.

Er sah sie überrascht an. Seine Überraschung schien nicht von ihrer Reaktion zu rühren, vielmehr schien er entsetzt über sich selbst. Seine Brust hob und senkte sich. Verwirrt wandte er sich zur Seite, blickte in den Wald. Er drehte sich wieder zu ihr um, blickte sie entschlossen an, öffnete den Mund. »Verzeiht mir«, sagte er leise. »Ich habe zu hastig gesprochen.«

Lisbeth sah ihn verwirrt an. Sie nickte und wandte sich ab.

»Werde meine Magd, Lisbeth.«

Sie hob kurz den Blick. *Warum hat er ein Heiratsangebot gemacht und es dann wieder zurückgezogen? Bin ich nicht gut genug für ihn? Weiß er von meinen Schulden? Hätte ich ihn überhaupt als Ehemann gewollt – mit seinem Geheimnis?* Erregt drehte sie ihm den Rücken zu und ging in die Richtung zurück, aus der sie gekommen waren.

Sie stellte sich vor, wie sie als seine Magd in seinem Haus schlief, die Schweineställe ausmistete, das Feld säte. Er hatte keine Ahnung, welche Wirkung er auf sie ausübte. Er verstand überhaupt nichts. Und es war schon richtig: Sein Angebot war unüberlegt. Er konnte sie nicht heiraten wollen.

Doch war die andere Möglichkeit besser?

Sie strich sich mit zitternden Händen ein paar Haarsträhnen zurück und begann, Zweige aufzusammeln. Er schien froh, dass sie sich abwendete, denn auch er bückte sich schnell nach Ästen. Als seine Arme nicht noch mehr Zweige fassen konnten, kam er auf sie zu. Wortlos hielt sie ihm den Sack auf. Er stopfte die Äste hinein. Seine Hand streifte ihre Finger. Sie wusste, dass es keine Absicht gewesen war, denn er hielt kurz inne und ließ dann die Äste fallen. Sie sahen sich nicht an.

Nach einer Weile hörten sie Veit und Hate rufen. Sie fanden sie und machten sich mit ihren gefüllten Säcken über den Schultern gemeinsam auf den Heimweg. Lisbeth fiel hinter den anderen zurück. Sie brauchte Ruhe, sie musste nachdenken. Mit jedem Schritt wurde das Bild klarer. Ihre beiden Möglichkeiten waren:

Magd des Ritters werden und ihm ausgeliefert sein. *Niemals.*

Magd in Lucas' Haus werden. Sie fürchtete sich vor ihm – immer noch. Gleichzeitig würden seine Nähe und Unerreichbarkeit sie um den Verstand bringen. *Er wird mich tagein tagaus als Magd behandeln, während mein Herz in seiner Nähe jedes Mal stolpert.* Und die Dorfgemeinschaft würde sie es für immer büßen lassen.

KAPITEL 7

Worms

Heinrich kniete auf dem Steinboden seiner Zelle. Es war mitten in der Nacht und seine Knie schmerzten. Er war auf Seelsorgewanderschaft gewesen, hatte deshalb die Gebete im Kloster verpasst und musste sie nun nachholen. Bald würden die Glocken wieder zur Mette läuten.

Sie waren die einzigen in Worms, die erklangen. Der Bischof hatte wieder einmal den Kirchenbann auf die Stadt gelegt und sich mit der gesamten Geistlichkeit aus der Stadt zurückgezogen. Bei ihrem Abzug hatten die Priester alle heiligen Gegenstände mitgenommen und sogar die Schwengel der Glocken.

Kirchenbann bedeutete für die Wormser ewige Verdammnis, ewiges Verlorensein. *Reine, brutale Erpressung. Und das nur wegen eines Streits um Steuern und Mitspracherechte im Rat.* Gott sei Dank war er nicht Priester, sondern Mönch geworden. So konnte er sich aus all dem zermürbenden Krieg um Finanzen und Seelenheil heraushalten. Doch manchmal war er sich unsicher, ob das Kloster wirklich der richtige Platz für ihn war. Immer noch wollte Heinrich mit jeder Faser seines Seins ein Echo für Gott sein. Doch morgens, wenn die Sonne aufging, schien die Wärme alles Mystische wegzuschmelzen, und mit der Morgendämmerung zog sich auch Gott von ihm zurück, verschwand mit den Schatten der Nacht und ließ Heinrich alleine zurück.

Doch jetzt war Nacht. Wenn Gott sich finden ließ, dann jetzt. Heinrich bekreuzigte sich. »Credo in Deum, Patrem omnipotentem, Creatorem caeli et terrae. Ich glaube an Gott, den Vater, den Allmächtigen, den Schöpfer des Himmels und der Erde.« Die Worte wogten zwischen den engen Wänden seiner Zelle hin und her. Er schloss die Augen, wiegte sich vor und zurück, um sich besser konzentrieren zu können. Er musste seine Gedanken bündeln, fesseln, einsperren. Vor und zurück. Das erste Ave-Maria. »Heilige Maria, Mutter Gottes, bitte für uns Sünder jetzt und in der Stunde unseres Todes. – Dass Jesus den Glauben in uns vermehre.« Er schlug sich an die Brust, rezitierte, betete. Immer weiter. Die Zeit vergessend. Das zwölfte Ave-Maria. »Maria, bitte für mich, zeig dich mir, zeig mir deinen Sohn, nur ein Zeichen«, flüsterte er. Das war nicht mehr der richtige Wortlaut; er schweifte ab, und er hatte noch vierhundertachtundachtzig vor sich. Heinrich verstummte.

Wieder schlug er sich gegen die Brust, aber diesmal aus Verzweiflung. Er war ein furchtbarer Mönch. Er schaffte es nicht einmal, seine Ave-Marias zu beenden! Außerdem zählte er mit. Gebete zu zählen, war Sünde.

Er streckte sich auf dem kalten Boden aus und schloss die Augen. Auf dem Boden liegen, das konnte er gut. Als kleiner Junge hatte er sich immer aus Wut auf den Boden geworfen, wenn ihm etwas misslungen war. Danach war er aufgestanden und hatte seine Konstruktion entweder zerstört oder verbissen vervollkommnet.

Eigentlich hatte er gehofft, dass er durch sein Gelübde ein neuer Mensch geworden war, geläuterter, heiliger. Doch er spürte, wie ihn der Trotz schmeichelnd umrundete und ihm einflüsterte, dass all sein Bemühen keinen Zweck hatte, dass er das Kloster ebenso gut verlassen konnte.

Und dann? Er würde auch in einer Spelunke, auf der Straße oder in den Armen einer Frau Gott nicht entkommen können, auch wenn eine solche seine Gedanken schon den ganzen Tag in Beschlag nahm. Er hatte sogar daran gedacht, sich selbst zu geißeln, um sie aus seinem Kopf zu vertreiben. Er hatte sich für seine Schwäche gehasst. Doch jetzt, wo er auf dem Boden lag, fühlte er sich kühn. Vielleicht würde er die Erinnerung an sie vertreiben können, wenn er Fürbitte tat. *Vielleicht sind die Gedanken ja gar keine Versuchung, sondern der Heilige*

Geist, der mich an sie erinnert. Vielleicht braucht die Frau dringend mein Gebet. Heinrich kannte zwar ihren Namen nicht, aber er schloss die Augen und betete für die Bäuerin, die ihren Schuh mit einem Grashalm zuband.

Laubenheim

Der Matsch schmatzte unter Lisbeths Füßen. Ihr Kleid klebte am Körper. Zu ihrer Rechten und Linken kauerten Häuser am Wegesrand, abweisend, ohne Leben. Die Bauern und ihre Familien schliefen alle schon längst. Niemand, der alle Sinne beisammenhatte, trieb sich um diese Zeit und in diesem strömenden Regen draußen herum. Sie hatte versucht zu schlafen, aber die Wände hatten sich auf sie zubewegt und die Hüttendecke sich auf sie gelegt wie ein schweres Totentuch. Sie hatte sich aufgesetzt, an die Wand gekauert und geweint. Dann war sie aufgestanden und hinausgeflüchtet in den Regen.

Sie stakste weiter ohne Ziel. Ein bizarrer Umriss hockte unter einem Dachvorsprung. Kauerte dort ein altes, gebeugtes Weib? Sie blieb stehen. Der Umriss bewegte sich nicht – es war nur ein Sack voll Äste.

Sie zog die Nase hoch. Tränen liefen ihre Wangen hinab. Sie wischte sich mit ihrem Ärmel übers Gesicht. Ihre Füße trugen sie weiter, wohin wusste sie nicht, weiter vorbei an Schatten, die lebendig schienen und nach ihr greifen wollten. Als sie aufblickte, fand sie sich vor einem großen Tor wieder. Es war das Tor, das vor ein paar Monaten geknarrt hatte. Und es hatte ihr tatsächlich Unglück gebracht, denn nun weinte sie wegen ihm.

Wieder wischte sie sich übers nasse Gesicht. *Ich werde nicht seine Magd werden.* Nun erkannte sie, dass sie hier war, um ihm das zu sagen. Sie wusste auch, dass ihr Entschluss nichts mit der Ablehnung des Dorfes zu tun hatte. Sie wollte nicht für ihn arbeiten, weil er am

Ende eine andere heiraten würde, und sie würde seiner Frau jeden Tag ins Gesicht sehen müssen. Ihr blieb nur die Flucht.

Sie klopfte leise an. Das Tor bewegte sich lose einen Fingerbreit vor und schwang dann sachte zurück. Sie wartete. Der Regen prasselte stumpf aufs Strohdach. Sie öffnete den Flügel einen Spaltbreit und ein schwacher Lichtstrahl fiel auf ihre Hand. In der Wohnscheune war jemand. Ein großer Tropfen löste sich vom Dachbarren über dem Tor und tropfte ihr direkt auf die Lippe. Sie öffnete das Tor weiter. Ganz hinten in der Ecke, hinter der Trennwand zu den Ställen, loderte ein Feuer. Vor dem pechschwarzen Hintergrund bildete sein Schein einen warmen Lichtkegel im riesigen Raum. In seinem rötlichen Schimmer saß eine breitschultrige Gestalt auf einem Schemel, den Flammen zugewandt, die Unterarme auf die Schenkel gestützt. Es war Lucas. Nachdenklich starrte er ins Nichts. Sie öffnete das Tor ganz und ging auf ihn zu. Unsicher, als lenkte jemand anders ihre Schritte.

Lucas' Kopf fuhr herum, als er sie hörte. Überrascht starrte er in ihre Richtung, dann erhob er sich langsam. Als sie sich ihm näherte, wurde sie zögernder, blieb fast stehen. Er ließ sie nicht aus den Augen, bis sie verloren vor ihm stand. Ihre Kleider hinterließen eine Pfütze auf dem lehmigen Boden.

»Ich bin gekommen, um mich zu verabschieden. Ich werde nicht als Magd für dich arbeiten.«

Er sah sie an. »Warum nicht?«

Sie antwortete nicht.

Er sagte leise: »Du würdest es gut bei mir haben. Ich verspreche es dir.«

Sie schüttelte den Kopf.

»Du zitterst. Komm, wärm dich am Feuer.« Er schob die Bank vors Feuer und bedeutete ihr, Platz zu nehmen.

Sie blieb stehen. »Ich kann nicht in deinem Haus wohnen.«

Er atmete tief durch: »Hör zu, Lisbeth. Die Dörfler werden sich irgendwann daran gewöhnen, dass du meine Magd bist. Bleib bei mir.

Hier bist du sicher vor dem Leibherrn. In ein paar Jahren wird sich niemand mehr aus dem Dorf daran stören.«

»Doch. Ich.« Sie sah ihm direkt in seine blauen Augen.

Er zögerte. Dann fragte er: »Was ist so schlimm daran, für mich zu arbeiten?«

Sie schwieg, konzentrierte sich aufs Atmen. Sie sah ihn herausfordernd an: »Bist du verheiratet?«

Er lachte. Es war eine Mischung zwischen Belustigung und Überraschung. »Nein.« Er schüttelte den Kopf.

Sie hob das Kinn.

Er sah sie eine Weile an. »Lisbeth, es tut mir leid, dass ich dich mit meinen unbedachten Worten verletzt habe. Es war eine verrückte Idee, nicht ernst gemeint. Ich kann dich nicht zur Frau nehmen.«

»Natürlich nicht. Ich wäre nur eine lästige Notlösung für dich.« Sie fühlte sich wie eine Närrin. Sie schloss die Augen und wappnete sich, in den dunklen Regen zu treten. Sie öffnete die Augen wieder, warf einen letzten Blick auf ihn und konnte sich nicht abwenden. Er schien tausend Dinge sagen zu wollen. Doch er schwieg. Trotzig hob sie wieder das Kinn. »Jetzt, wo ich mich lächerlich gemacht habe, sagst du mir wenigstens zum Abschied, wer du bist?«

»Nein«, sagte er unsicher. »Zu deinem Schutz«, fügte er dann mit fester Stimme hinzu. »Aber du hast meine Frage nicht beantwortet: Warum willst du nicht für mich arbeiten?«

Sie versuchte, sich alles an ihm einzuprägen, die athletische Statur, den Wirbel über der Stirn, das kantige Kinn. »Ist das so schwer zu durchschauen?« Als er nicht antwortete, sprach sie weiter: »Du verstehst es nicht, oder?« Sie schluckte. »Warum sollte ich dir Auskunft geben, wenn du meine Frage nicht beantwortest?« Sie wandte sich um und ging langsam an den Tierverschlägen entlang zum Scheunentor.

»Wenn ich dir deine Frage beantworte und dir sage, wer ich bin, willst du sowieso nicht für mich arbeiten«, sagte er leise. Sie drehte sich nicht um, sondern ging weiter. Es war die weiteste Strecke, die sie jemals zurückgelegt hatte. Als sie ins Freie trat, fegte ihr der Regen ins

Gesicht. Sie schloss das Tor, ging langsam aus dem Hof, hinaus aus dem Dorf. Sie wusste nicht wohin, wusste nur, dass sie weg von ihm musste.

Sie ließ die Dorfmauer hinter sich, überquerte die brachliegenden Felder in Richtung Wald, stemmte sich gegen den Wind und den Regen. Sie zog die Nase hoch und überlegte, wohin sie gehen konnte. Ihre Zähne klapperten und sie zitterte am ganzen Körper. Hatte jemand ihren Namen gerufen? Sie drehte sich um. *Warum folgt er mir? Ich habe mich vor ihm zum Narren gemacht.* Sie wollte kein Mitleid. Sie blieb stehen und beobachtete ihn unsicher. Wollte er sie doch noch überreden, seine Magd zu werden? Fast hoffte sie es. Zitternd schlang sie die Arme um ihren Körper und wartete.

Er hatte sie erreicht und stand nun vor ihr, der Regen tropfte ihm aus den Haaren. »Ich habe gelogen«, sagte er atemlos, »es stimmt nicht. Ich habe mein Angebot sehr wohl ernst gemeint.«

Ihre Verwirrung wurde fast unerträglich. »Ich verstehe nicht«, sagte sie leise.

»Als mir die Worte heute Nachmittag herausgerutscht sind … da habe ich keine Notlösung gesucht. Es stimmt nicht, dass ich dich nicht will. Ich hätte dich sogar sehr gerne zur Frau.« Ein schiefes Lächeln erschien auf seinem Gesicht. »Aber ich kann dich nicht heiraten. Denn wenn du meine Frau wärst, würde das viel Leid für dich bedeuten.«

»Du denkst an die Dörfler?«

»Ja. Aber nicht nur. Auch eine andere Seite, von der du nichts weißt. – Es tut mir leid, ich kann dir ein Schicksal als meine Ehefrau nicht antun.«

»Was genau meinst du?«

Er schien mit sich zu ringen. Dann sagte er: »Verfolgung, Enteignung.«

»Warum sollte dich jemand verfolgen?«

»Das kann ich dir nicht sagen.«

Lisbeth atmete verzweifelt aus. Mit einer fahrigen Bewegung strich sie ihr nasses Haar zurück. Dann sagte sie bitter: »Warum tust du das? Erst fragst du mich aus einer Laune heraus, ob ich dich heirate – weil du meine Hilfe brauchst. Dann fällt dir ein, dass es doch nicht so bequem sein könnte, weil es Schwierigkeiten geben könnte … die du mir jetzt nicht sagen willst!«

»Nein, du versteht nichst. Darum geht es nicht. Ich kann dich nicht heiraten, weil …« Er brach ab und setzte dann erneut an. »Weil du mir zu wertvoll bist. Deshalb habe ich meine Worte wieder zurückgenommen. Um dich zu schützen. Lisbeth, ich bin nicht gut für dich.«

»Nein, *du* verstehst nicht. Du wärst das Beste, was mir passieren könnte!«

»Das siehst du also zwischen uns? Eine Hand wäscht die andere? Du hilfst mir mit deinem Wissen und ich rette dich davor, die Magd des Ritters zu werden?« Er blickte sie herausfordernd an. Aber in seinem Blick lag auch etwas anderes. Etwas Verletzliches.

Sie trat einen Schritt näher an ihn heran. »Ich stehe hier vor dir und habe keine Ahnung, wer du bist und was du getan hast. Ich kann nur vermuten, dass es nichts Harmloses ist. Ich kam heute Abend zu dir, um dir zu sagen, dass ich nicht in deiner Nähe sein will.« Sie lächelte bitter. »Und das hat nichts mit deiner geheimnisvollen Vergangenheit zu tun!«

»Womit dann?«

Sie blickte zu ihm auf. »Der Grund, warum ich nicht als Magd für dich arbeiten kann, ist …« Sie konnte es nicht aussprechen.

»Was?«, fragte er heiser.

Sie blickte an ihm vorbei in die Ferne. Sie flüsterte fast. »Dass ich Tag und Nacht an dich denke, es mir wehtut, wenn du deine Berührung zurückziehst und ich wegen dir nicht mehr schlafen kann.«

Er blickte sie verständnislos an. Einen Augenblick standen sie voreinander im Regen. Dann machte er einen langen Schritt auf sie zu und zog sie in seine Arme. Sein Wams und seine Hemdsärmel waren nass und kalt, aber sie spürte es nicht. Sie spürte nur seine Wärme.

»Bleib, bitte«, flüsterte er ihr ins Ohr.

Sie konnte nichts sagen, klammerte sich an ihn, als gäbe der Boden ihr auf einmal keinen Halt mehr. Nach einer Weile lockerte sie ihre Umarmung, sah vorsichtig zu ihm auf und sagte: »Als was?«

Er blickte liebevoll zu ihr herab. Tropfen lösten sich aus seinem Haar und perlten auf ihre Haut. »Du darfst es dir aussuchen«, sagte er. »Aber ich wüsste schon, als was.«

Sie zog die Nase hoch, ein tiefer Schluchzer kam aus ihrem Innersten. Dann lachte sie.

KAPITEL 8

Mainz, Januar 1497

»Diese Trippelschuhe sind so was von unbequem«, sagte Ottilia, blieb stehen, legte ihre linke Hand auf die Schulter ihres jüngeren Begleiters, um das Gleichgewicht zu halten, hob den Fuß und schnallte sich mit ihrer freien Hand das Holzgestell von ihrem Lederstiefel. Nachdem sie den geschnitzten Überschuh Peter übergeben hatte, band sie auch den zweiten ab. Sie nahm Peter die Trippen wieder ab und schleuderte sie übermütig im Kreis, während sie weiterlief.

»Wir könnten damit Schiffchen spielen. Für immer Adieu«, sagte sie grinsend, als sie den Hafen erreicht hatten. Zufrieden ließ sie ihren Blick über das Mainzer Flussufer gleiten, sah die schaukelnden Kähne, die Stangen, die aus dem Wasser ragten, die Säcke, die von starken Armen auf Stapel gehievt wurden, die Fässer, die sich waghalsig unter dem Holzkran stapelten. Sie beneidete Peter dafür, dass er hier in der Stadt wohnte. Sie, ihr Vater und ihre beiden Brüder lebten auf der Burg, einsam auf einer befestigten Insel, umgeben von einem Meer aus Blättern. Sie stellte sich manchmal vor, sie wären eine Gruppe von gestrandeten Schiffbrüchigen, eine kleine Gruppe von dreiundzwanzig Personen, wenn man die Knechte und Mägde mitzählte – und am Ende der Geschichte verlören sie alle den Verstand. Aber hier in der Stadt war Leben.

Im Geschrei der Arbeiter und Schauerleute wandte sie ihre Aufmerksamkeit wieder Peter zu, der neben ihr stand. Schade, dass er noch ein kleiner Junge war, fünf Jahre jünger als sie. Das dichte schwarze Haar fiel ihm fransig in die blauen Augen. Seine Nase war gleichmäßig, die Lippen weder zu schmal noch zu voll, alle Gesichtszüge perfekt symmetrisch. Regelmäßige Gesichter kamen selten vor, das wusste Ottilia, denn sie studierte Gesichter immer sehr genau. Er war so süß, dass sie ihm am liebsten mit der Hand durchs Haar fahren wollte – was sie natürlich nicht tat, denn man wuschelte den Söhnen von Geschäftspartnern des eigenen Vaters nicht einfach durchs Haar.

Nachdem ihr Vater endlich von diesem Ritter von Laubenstein zurückgekehrt war und angekündigt hatte, dass er zu Peter Schöffer nach Mainz reisen würde, hatte sie ihn beim Abendessen angebettelt, sie mitzunehmen.

»Unmöglich«, hatte ihr Vater gebrummt. »Ich reise zu Pferd. Nicht mit dem Wagen.«

»Warum nicht mit dem Wagen? Dann könntet Ihr auch etwas einkaufen.«

Ihr Vater hatte seinen Becher scheppernd auf den Tisch gestellt. »Hast du nur Einkaufen im Sinne? Weißt du, wie gefährlich es im Moment ist, mit dem Wagen auf den Handelsstraßen zu fahren? Vor Kurzem wurden zehn Frankfurter Bürger entführt und erst gegen Lösegeld wieder freigelassen. Ich brauche unser Geld noch für andere Dinge. Deine Mitgift zum Beispiel.«

»Dann reise ich eben auch zu Pferd.«

»Du würdest uns nur unnötig aufhalten.«

»Selbst im Damentempo schaffe ich die Reise an einem Tag. Ihr wisst, dass ich gut reite. Bitte!« Sie hatte flehend von ihrem Vater zu ihrem Bruder Richard geblickt. Der Vater hatte den Kopf geschüttelt. Doch zwei Tage später hatte er schließlich eingelenkt, wie so oft. Sie kannte ihren Vater, er blieb nicht lange bei einem Nein.

Heute würden sie bei ihren Gastgebern übernachten und morgen früh wieder nach Hause aufbrechen. Der Ritt war anstrengend, aber wenigstens sah sie etwas von der Welt.

»Wohin die Kähne wohl fahren?«, fragte Peter, der seinen Blick sehnsüchtig über das Durcheinander im Wasser gleiten ließ.

Ottilia zuckte mit den Schultern. »Köln, Basel, wer weiß?«

»Ich werde auch einmal auf einen solchen Kahn springen und bis ans Meer fahren. Dann steige ich um auf ein richtiges Schiff. Ich werde Länder entdecken, von denen noch nie jemand etwas gehört hat!«

»Träum weiter, Peterle«, antwortete sie und stieß ihn freundschaftlich in die Seite.

»Nein, ich meine es ernst. Ich werde etwas tun, das die Welt verändert. Etwas Bedeutendes.«

Für seine elf Jahre ist er erstaunlich tiefsinnig, dachte Ottilia. Trotzdem widersprach sie: »Wie willst du das denn anstellen? Solche Träume haben viele und nur für wenige erfüllen sie sich.«

Peter hob einen Stein auf und warf ihn in hohem Bogen ins Wasser. »Ich werde einfach wie dieser Stein. Siehst du die Kreise, die er zieht?«

»Siehst du die Wellen, die darüberschwappen?«

Er grinste. »Wir können ja eine Wette abschließen.«

»Nein, Peterle, mit dir wette ich nicht«, sagte Ottilia und wandte sich zum Gehen. Gemeinsam schlenderten sie an den Hafenarbeitern vorbei. »Anstatt Wetten abzuschließen würde ich lieber mit dir verreisen. Aber wenn du alt genug bist, um wegzusegeln, hat mich mein Vater sicherlich schon verheiratet. Dann bin ich angekettet.« Ottilia seufzte. Sie wusste nicht, wie lange sie ihren Vater mit seinen Heiratsplänen hinhalten konnte. Zwei seiner Auserwählten hatte sie ihm schon ausgeredet. Es hatte sie viel Energie gekostet, aber am Ende war ihr Vater dann doch von seinen Plänen abgerückt. Ihr graute bei dem Gedanken, dass das die nächsten Jahre so weitergehen würde. Und sie wusste, dass sie sich auf dünnem Eis bewegte. Irgendwann würde ihr Vater den Druck erhöhen und sie würde sich beugen müssen. Hoffentlich war dann ein guter Kandidat zur Stelle.

Sie gingen zurück in Richtung Stadt. Vor dem Fischtor kickten sie einen kleinen Stein hin und her, bis die Wächter die Zölle für die drei Karren vor ihnen kassiert hatten. Als sie schließlich durchgewinkt wurden, blickte der Torwächter Ottilia viel zu lange an, aber sie tat so, als merkte sie es nicht. Sie nahmen den Weg am Kaufhaus am Brand entlang. Vor ihnen bog ein Fischkarren in die Straße ein, Ottilia hielt die

Luft an und ließ sich zurückfallen. Ein paar Fische fielen vom ruckelnden Karren, drei kleine Kinder überholten Ottilia, schnappten sich die Fische und rannten davon. Ottilia und Peter bogen in die Korbgasse ein und erreichten den Schöfferhof, das Haus ihrer Gastgeber. In der großen Eingangshalle standen rechts und links Kisten zur Abholung bereit.

»Jetzt wird er mich sofort wieder zum Lateinlernen schicken«, seufzte Peter leise. Ottilia vermutete, dass die Mehrzahl der Manuskripte, die ein Drucker erhielt, auf Latein abgefasst war. Kein Wunder, dass Peters Vater auf häufigem Üben bestand. Sie fragte sich, wie Peter es bewerkstelligen wollte, aus dem Schatten seines berühmten Vaters herauszutreten. Selbst wenn er die Fackel der Schöffers weitertragen würde, das wirklich Bedeutende war schon längst geschehen: Vor fast einem halben Jahrhundert hatte Johannes Gensfleisch, der sich selbst Gutenberg nannte, das Drucken mit beweglichen Lettern erfunden – und sein Geselle damals war niemand anderes gewesen als Peter Schöffer, Peterles Vater. Er hatte in Erfurt und Paris studiert und als junger Mann in Gutenbergs Werkstatt die berühmte Bibel auf Latein gedruckt. Hier saß er nun in der Stube und redete mit ihrem Vater. Neben ihm saßen zwei weitere Männer: Ottilias Bruder Richard und ein athletischer junger Mann. Ottilia erkannte ihn sofort wieder. Es war Gerold von Laubenstein, der neue Freund ihres Vaters.

Laubenstein erhob sich und verbeugte sich vor ihr. Ottilia blickte von oben auf sein braunes Haar, das gepflegt aussah, aber nicht so dick und kräftig wie Peters Haarschopf.

»Peter, geh und lerne deine Lateinvokabeln«, sagte der Hausherr. Peter und Ottilia wechselten einen Blick, Peter verbeugte sich und verließ das Zimmer.

»Bitte, setzt Euch zu uns«, sagte Peter Schöffer an Ottilia gewandt und deutete auf einen gepolsterten Stuhl. Schöffers trübe Augen, die früher sicherlich genauso klar gewesen waren wie die seines Sohnes, wurden von seinen weißen, buschigen Augenbrauen überschattet. Er hätte Peters Großvater sein können. *Schade, dass Peter nicht früher ge-*

boren wurde, dachte Ottilia, dann hätte sie ihren Vater nämlich dazu überredet, Peter als ihren Gemahl auszusuchen, und sie hätte eine Sorge weniger: diesen neuen »Freund« ihres Vaters, der hier im Raum saß und zufällig ledig war.

Ottilia ließ sich auf dem bunt gepolsterten Stuhl in der Nähe des Fensters nieder. Um zu signalisieren, dass sie sich nicht für Laubenstein interessierte, versuchte sie, einen Blick auf die Gasse vor dem Haus zu erhaschen, aber die grünlichen Butzenscheiben waren trüb. Ihr Blick streifte über die Einrichtung. Die Wände zierten Regale, auf denen Silbergeschirr und seltsame Trinkgefäße thronten: ein Becher, der wie ein Apfel geformt war, ein Glas in der Form einer Tulpe.

»Ihr habt Euch immer noch keiner Zunft angeschlossen?«, hörte sie ihren Vater fragen.

Peter Schöffer schüttelte den Kopf.

»Und Ihr zahlt tatsächlich Strafgelder für die Herstellung Eurer Stempel?«

Schöffer nickte. »Das ist ein Nachteil, den ich in Kauf nehme.«

»Aber die Strafgelder verringern Eure Einnahmen doch sicherlich empfindlich!«

Schöffer nickte nachdenklich und murmelte: »Wenn es nur das wäre.«

Die Tür öffnete sich und ein junges Mädchen betrat den Raum. Sie knickste und sagte: »Das Essen steht bereit.« Die Gesellschaft erhob sich und folgte dem Hausherrn ins Nachbarzimmer, wo ein langer Tisch gedeckt war, dessen Tischdecke bis zum Boden reichte. Auf jedem Platz wartete ein quadratischer Teller mit einer Brotscheibe. Die Männer traten der Reihe nach an die Waschgelegenheit, einen aufgehängten Kessel in einer Wandnische, unter dem ein aufwendig geschnitztes Becken das Wasser auffing. Daneben hing ein weißes Handtuch auf einer verzierten Rolle. Als Ottilia sich als Letzte die Hände abtrocknete, war das Handtuch schon ganz feucht.

Sie setzte sich auf den Platz, den ihr der Hausherr zuwies. Gerold von Laubenstein ließ sich ihr gegenüber nieder und warf ihr einen neugierigen Blick zu. Als Peter den Raum betrat und sich leise dafür entschuldigte, dass er zu spät kam, nickte sein Vater nur und bedeutete ihm, sich zu setzen. Die junge Magd trat heran und reichte jedem eine Serviette. Die Männer legten sich ihre Serviette über die Schulter und machten sich über die gebratenen Vögelchen mit Zwetschgen her. Ottilia konzentrierte sich darauf, nicht aufzublicken. Sie wollte nicht schon wieder den Blick des jungen Ritters auffangen. Als zweiter Gang wurde Schweinebraten mit grüner Soße serviert, die nach Ingwer schmeckte – eine Zusammenstellung, die Ottilia nicht kannte. Zu gerne hätte sie in die Runde geblickt, um zu sehen, ob es den anderen genauso wenig schmeckte wie ihr, doch sie nahm sich zusammen und hielt den Blick gesenkt. Sie lauschte den Geräuschen, normalerweise hörte man immer jemanden schmatzen, doch alle schienen den Mund beim Essen geschlossen zu halten. *Sogar der Ritter – was für ihn spricht*, befand Ottilia. Als Nächstes wurde Hammel serviert. Ottilia hasste Hammel und schob das Fleisch mit ihrem Messer von rechts nach links und wieder zurück. Nach dem Nachtisch – Mandeln, eingeweichtes Trockenobst und Aniskuchen – gab Peter ihr ein Zeichen, ihm zu folgen. Froh, dem erwartungsvollen Blick ihres Vaters zu entkommen, schritt sie aus dem Raum und folgte Peter hinab in die Küche im Erdgeschoss.

Der Steinboden der Küche war mit getrockneten Lavendelkörnern ausgestreut, die an ihren Schuhen kleben blieben und durch ihre dünnen Sohlen pikten. Die Köchin und die Küchenmagd waren über Bottiche mit heißem Wasser gebeugt und schrubbten Kessel und Töpfe. Ihre Wangen waren von der Hitze gerötet und die Haarsträhnen, die sich aus ihren Kopftüchern gelöst hatten, kringelten sich im Dampf. Die junge Magd, die vorhin zum Essen gerufen hatte, saß auf einem Schemel und rupfte ein Huhn, wahrscheinlich für morgen. Neben ihr lag eine Hündin auf einer Decke, die ihre Welpen säugte.

»Wie süß«, rief Ottilia und kniete sich vor die Tiere in den pikenden Lavendel.

Peter ging neben ihr in die Hocke. »Den hier werde ich Ottilia nennen«, sagte er. Er hob das Hündchen, das nur so groß war wie eine Männerhandfläche, behutsam hoch und setzte es in seine Armbeuge. Ottilia streichelte dem Tier über den Kopf.

Sie schwiegen eine Weile gedankenverloren. »Wie war Latein?«, fragte sie nach einer Weile.

»Es ging so. Der Text war ein Gedicht. Geschichten sind mir lieber.«

»Ich kann auch ein bisschen Latein.« Sie wechselte abrupt das Thema. »Wie findest du den Ritter?«

»Laubenstein? Keine Ahnung, warum?«

»Meinst du, mein Vater könnte mich mit ihm verheiraten wollen?« Ottilia nahm einen anderen Welpen auf die Hand, damit ihre Frage beiläufig wirkte.

Peter blickte sie an. »Wie kommst du darauf?«

Sie schwieg. Nach einer Weile sagte sie, weiterhin auf den Hund blickend: »Er hat mir schon zwei Männer vorgeführt. Ich fürchte, das ist der dritte.«

»Aber ist das nicht nett von ihm, dass er sie dir überhaupt vorstellt?«

»Ja, da hast du wohl recht.« Sie setzte den Hund ab. »Ich werde mich aber nicht einfach so verheiraten lassen.«

»Setzt du nicht dein Erbe aufs Spiel, wenn du dich weigerst?«

Oder ich werde zu den Nonnen geschickt, dachte Ottilia bitter.

»Möchtest du denn nicht heiraten?«, fragte Peter, während er seinen Welpen ebenfalls vorsichtig zurücksetzte und sie dann ansah.

Das war eine gute Frage. Entweder Heirat oder Kloster. Ins Kloster wollte sie nicht, da wäre sie wieder eingesperrt. Aber diesen eitlen Ritter wollte sie auch nicht! »Nein, ich will nicht heiraten«, flüsterte sie eindringlich. »Stell dir das doch mal vor! Du wirst einfach jemandem zugesprochen, den du gar nicht kennst, und dann …« Sie brach ab.

Peter blickte wieder zu den Welpen. Er sagte nichts. Natürlich nicht, er war zu jung und zu überfordert mit den Sorgen einer Sechzehnjährigen.

Niemand verstand sie. Sie seufzte und erhob sich dann. »Ich muss mal aufs Häuschen verschwinden.« Sie ging durch die Seitentür in den Hof.

Als sie in die Küche zurückkehrte, saß Peter immer noch nachdenklich bei den Welpen. Ihre Blicke trafen sich und er lächelte sie an. Auch wenn er nichts von den Problemen einer Sechzehnjährigen verstand, versuchte er, nett zu sein. Sie wünschte, alle Männer wären wie er.

Als sie am nächsten Morgen aufbrachen, lag die Gasse noch im Schatten der schwindenden Nacht. Das Hufklappern der Pferde, die der Knecht des Hausherrn herbeiführte, hallte bis zum Ende der leeren Straße. Sie befestigten ihre Taschen und Reiseflaschen an den Sätteln und saßen auf. Auch Gerold von Laubenstein schwang sich auf sein Pferd. Er war unerwartet beim Frühstück erschienen. »Ich möchte Euch gerne Begleitschutz geben, wenn Ihr gestattet«, hatte er lächelnd verkündet.

Angeber, hatte Ottilia gedacht, als er ihren Blick gesucht hatte.

Nun saßen sie alle auf ihren Pferden, die ungeduldig schnaubten. Der Knecht band das Lastpferd an das Pferd von Ottilias Bruder, wickelte eine Pelzdecke um Ottilias Beine und reichte ihr die Lederhandschuhe. Sie winkte Peter zu, der mit müden Augen in der Tür erschien, dann ritten sie in Richtung Stadttor.

Als sie die Stadt verlassen hatten, ließen sie ihre Rösser in schnellen Trab fallen, da sie die Strecke an einem Tag zurücklegen wollten. Die Pferde wichen den tiefen Schlaglöchern von selbst aus. Ottilia hasste die schlechten Wege, die niemand ausbesserte, weil der Grundherr alle Waren, die bei einem Achsenbruch vom Wagen fielen, behalten durfte.

Sie ritten bewaldete Hügel hinauf und hinab, wichen herabhängenden Ästen aus und erreichten schließlich eine Furt. Am anderen Ufer ratterte ein Fuhrwerk mit einer Ladung Mist heran. Der Führer brachte den Wagen am Wasser zum Stehen und sah erwartungsvoll zu ihnen herüber, während es hinter ihm im Morgenlicht dampfte. Ihr Bruder und Gerold von Laubenstein sahen sich missgelaunt an und lenkten ihre Pferde zur Seite, um dem Wagenführer zu signalisieren, dass er zuerst die Furt durchqueren solle. Der grobschlächtige Mann saß ab und watete mit seinem Pferd ins Wasser hinein. Das Pferd warf den Kopf zurück, als das Wasser um seine Fesseln schäumte. Ottilia fielen die seltsam geschnittenen braunen Augen des Wagenführers auf. Sie wirkten fast sechseckig. Der Mann bewegte sich ungewöhnlich langsam, als wolle er Zeit schinden. Wartete er auf jemanden? Endlich ging er schneller und trieb sein Pferd auf ihrer Seite aus dem Wasser heraus.

Plötzlich ging alles ganz schnell. Wie aus dem Nichts standen Schatten um sie herum. Das Lastpferd wieherte erschrocken. Ottilia riss den Kopf herum. Fremde Männer schoben sich zwischen sie und ihren Bruder. Er rutschte neben ihr vom Pferd. Alles geschah gleichzeitig: Mit einem dumpfen Laut landete er auf dem Boden, ihr Vater schrie auf. Die Klinge eines Dolches blitzte. Eine Gestalt schlug auf Gerold von Laubenstein ein. Jemand grapschte nach ihrem Bein. Es war der Lenker der Mistfuhre. Verzweifelt hielt sie sich am Sattel fest und versuchte, seinen harten Griff abzuschütteln. Sie rammte ihr anderes Bein in den Bauch ihres Pferdes, damit es sich in Bewegung setzte. Aber der Mann hatte es mit seiner linken Hand am Zaumzeug gepackt. Seine schwielige Hand zog an ihrem Knöchel. Sie konnte sich nicht länger im Sattel halten. Schreiend rutschte sie hinunter. Der Mann fing ihren Sturz ab, riss ihr grob die Arme nach hinten und umklammerte ihre Handgelenke. Sie spürte etwas Kaltes an ihrem Hals. Eine Klinge! Sie riss den Kopf zurück und starrte auf ihr Pferd. Es wurde festgehalten von einem Kerl mit buschigem Bart. Das Pferd schnaubte und tänzelte. Sie spürte nichts außer der kalten Klinge, konnte nicht klar denken und starrte, sodass sie das Gefühl hatte, ihre Augen würden gleich aus dem Kopf springen. Ihr Bruder keuchte, ein Pferd galoppierte davon. Metall schlug aneinander, hell klirrend. Aus den Augenwinkeln nahm sie Bewegungen wahr. Gerold von Laubenstein schlug mit seinem Schwert zu, duckte sich, wich aus und griff wieder an. Klingen kreuzten sich, kratzten übereinander. Der Räuber parierte, machte einen Schritt nach vorn, drängte Gerold von Laubenstein zurück. Er verschwand aus ihrem Gesichtsfeld. Ottilia wagte nicht, sich zu bewegen, hielt ihren Kopf starr und bewegungslos. Männer schnauften, Schritte platschten. War Gerold von Laubenstein ins Wasser gedrängt worden?

Der Dolch an ihrem Hals wurde stärker in ihre Haut gedrückt. Der Mann atmete warm in ihren Nacken. Wieder ein Schnauben, ein unterdrückter Schrei, dann flog von rechts ein Dolch durch die Luft. Wo war ihr Vater? Sie konnte sich nicht bewegen, um nach ihm zu schauen. Ein Stöhnen. *Bitte lass es nicht Vater sein.* Neben ihr ging jemand zu Boden. Sie hörte den dumpfen Aufprall. Schritte entfernten sich. Sie spürte die Kälte der Klinge nicht mehr. Blutete sie? Der Griff um ihre Handgelenke lockerte sich. Sie war frei.

Ottilia keuchte und machte einen Schritt nach vorne, trat auf etwas Hartes. Der Dolch. Schnell drehte sie sich um und fasste sich gleichzeitig an die Kehle. Kein Blut. Sie ließ ihren Blick über das Szenario gleiten. Sie sah nur drei Gestalten. Ihr Bruder lag rücklings auf dem Boden. Ihr Vater saß blass neben seinem Pferd. Gerold von Laubenstein stand schwer atmend vor ihr. Die Räuber waren weg, zwei Pferde fehlten.

Sie sah wieder zu ihrem Bruder und konnte nirgends Blut erkennen. Laubenstein kam auf sie zu und legte ihr die Hand auf die Schulter. »Alles in Ordnung?«, fragte er. Sie konnte nicht antworten, spürte nur, wie sie atmete, viel zu heftig. Ihr Vater rappelte sich umständlich auf und humpelte zu ihrem Bruder. Sie wechselten ein paar aufgeregte Worte, dann half der Vater ihm auf. Ihr Bruder hielt sich allein auf den Beinen. »Beruhigt Euch, Fräulein Ottilia«, hörte sie Laubenstein wie von weit her sagen. Seine Hand lag immer noch auf ihrer Schulter. »Sie sind weg.«

Ihr Bruder und ihr Vater traten zu ihnen. Ihrem Vater war alles Blut aus dem Gesicht gewichen, aber er schaffte es, Laubenstein auf den

Rücken zu schlagen. »Ihr habt gekämpft wie ein wahrer Ritter. Ihr habt sie verjagt – und uns das Leben gerettet. Bravo.« Seine zitternde Stimme passte nicht zu seinen Worten.

»Lasst uns so schnell wie möglich von hier fortreiten«, hörte sie Gerold von Laubenstein sagen.

»Wie denn? Mein Pferd ist weg!«, murrte ihr Bruder.

»Vergiss das Pferd. Hier, du nimmst meins und ich reite mit Fräulein Ottilia gemeinsam auf ihrem«, sagte Laubenstein zu Richard. Er schnallte ihren Sattel und ihre Reiseflasche ab und schleuderte beides zu ihrem Bruder, der es notdürftig an seinem Sattel befestigte. Dann formte Laubenstein die Hände zu einem Steigbügel, Ottilia stieg benommen mit einem Fuß hinein und Laubenstein hob sie aufs Pferd. Er bückte sich nach ihrer Pelzdecke und legte sie ihr über die Beine. Dabei lächelte er sie aufmunternd an. Dann schwang er sich ebenfalls hinauf, setzte sich hinter sie und umklammerte ihre Taille. Nebeneinander lenkten die drei Reiter die Pferde durch die Furt. Niemand sprach ein Wort. Die Lippen ihres Vaters wirkten noch immer blutleer. Ottilia war kalt und sie zitterte. Aber sie spürte die warmen Hände des Ritters um ihre Taille. Als sie in den Galopp fielen, hielt er sie gut fest.

Laubenheim, Februar 1497

Eine Schneedecke hatte sich über Laubenheim gelegt. Obwohl es draußen noch dunkel war, schimmerte es milchig durch die Spalten der Fensterluken des Schlafzimmers. Lucas drehte sich um, vergrub seine Nase im Haar seiner Frau und dankte dem Himmel. Nie hätte er sich träumen lassen, dass er einmal eine solche Gefährtin finden würde. Und hier lag Lisbeth neben ihm, die sanfteste und schönste aller Frauen. Nichts war ihm wichtiger, als sie zu beschützen, doch womöglich hatte er ihr das Schlimmste angetan, was er tun konnte – indem er sie geheiratet hatte.

Er drückte die unheilvollen Gedanken in die Tiefen zurück, deckte Lisbeth gut zu und stand leise auf. Ein kalter Windzug fuhr unter dem Fenster in den Raum hinein. Die Fenster brauchten neue Schweinsblasen. Und das Holz der Rahmen musste erneuert werden. Es war schon morsch, an einer Stelle war es gesplittert. Aber Holz war Mangelware. Nicht nur er, sondern alle Bauern im Dorf brauchten Holz. Er fragte sich, was wohl bei der Versammlung beschlossen würde, die heute stattfinden sollte.

Lucas zog sich seine dicke Hose an, schlüpfte in die fellgefütterten Lederstiefel und in sein Hemd, legte die Fellweste um und schlich in die Stube. Draußen in der Wohnscheune hörte er Hate und Veit. Er nahm seinen Geldbeutel vom Gürtel und leerte ihn auf dem Tisch aus. Als er geflohen war, hatte er alles Bargeld mitgenommen. Zweihundertfünf Gulden. Nun waren noch zwanzig übrig. Das Geld war zerronnen, gleich nachdem er nach Laubenheim gekommen war. Die ersten fünf Gulden waren für Lisbeths Strafgeld verschwunden. Anschließend hatte Laubenstein eine unverschämt hohe Forderung für die Übernahme von Joests Hof gestellt: hundertzwanzig Gulden. Dann war die Gerichtsverhandlung hinzugekommen, im Zuge derer er sieben Gulden an den Richter und das Dorf hatte zahlen müssen. Er hatte Lisbeths Schulden bei Velten beglichen und Schweine, zwei Kühe, Werkzeug, Mehl, Winterkleider und Stiefel für seinen Hausstand gekauft. Er kratzte sich im Nacken. Er brauchte Geld.

Er aß in der Küche etwas Getreidebrei von gestern, teilte Veit und Hate mit, dass er zur Burg ging, und verließ das Haus. Durch den Schnee stapfte er am Friedhof vorbei. Zwei Haufen frisch aufgeschütteter Erde durchbrachen die weiße Decke, Gräber, die erst gestern zugeschaufelt worden waren. In einem lag die zehnjährige Margarete Kumpf, im anderen ihr neunjähriger Bruder Lubbert. Beide Kinder waren viel zu klein und schwach für ihr Alter gewesen und innerhalb von zwei Tagen gestorben. Er sprach im Vorbeigehen ein Gebet für ihre kleinen Seelen, verließ dann das Dorf und stieg den Hügel hinauf. Die Farbe des dunklen Himmels spielte in weißlich gelbes Rosa hinüber. Er erreichte die Burg, klopfte laut ans Tor und wartete. Es polterte, dann öffnete sich das Fenster im Tor, ein blasses Männergesicht erschien.

»Was willst du?«, fragte der Mann.

»Mit dem Burgvogt Geschäfte machen. Ich möchte über Holz verhandeln.«

Die Augen im Fenster musterten Lucas von oben bis unten. Lucas spreizte die Arme vom Körper ab, um zu zeigen, dass er unbewaffnet war. Die Augen sprangen suchend in der Umgebung umher, dann öffnete sich das Tor.

Lucas stand im schneebedeckten Burghof und wartete. Das Leder seiner Stiefel sog sich mit Wasser voll. Endlich trat der kleine Burgvogt aus einer Tür des Gesindehauses und kam auf ihn zu. Seine abstehenden Haare zeigten an, dass er gerade erst aufgestanden war. In den Händen trug er eine Kiste, an der vorne ein Gitter angebracht war. Darin glühten Kohlen. Er bedeutete Lucas, ihm ins Torhaus zu folgen. Auch hier drinnen bildete der Atem kleine Wölkchen. Der Vogt schloss die Tür hinter Lucas, stellte den tragbaren Ofen scheppernd auf den Tisch, öffnete die Fensterluken, rieb sich die Hände und fragte unfreundlich: »Was willst du?«

»Holz kaufen.«

Ehe der kleine Mann etwas erwidern konnte, öffnete sich die Tür und beide wandten sich um. Gerold von Laubenstein trat ein. »Ich habe euch gesehen«, sagte er. »Was gibt es?«

»Er möchte Holz kaufen«, antwortete der Vogt.

»Mein Holz ist unverkäuflich.« Der Ritter verschränkte die Arme.

»Alle Grundbesitzer verkaufen Holz. Davon lebt Ihr doch, oder?«, erwiderte Lucas kühl.

»Lass uns alleine«, sagte der Ritter zum Burgvogt, ohne Lucas dabei aus den Augen zu lassen. Als die Tür hinter dem Vogt zufiel, sagte Gerold: »Ich verkaufe nicht. Nicht an dich.«

»Und wenn ich Euch den gleichen Preis biete wie Eure anderen Abnehmer?«

»Das kannst du nicht.«

»Doch. Wir Bauern könnten als Genossenschaft auftreten. Dann könntet Ihr genauso gute Geschäfte mit uns machen wie mit Euren üblichen Partnern. Es hätte Vorteile für Euch, an Eure eigenen Hintersassen zu verkaufen. Nur wenn Eure Bauern gut versorgt sind und sie gesund bleiben, erwirtschaften sie reichen Ertrag.«

»Es ist nicht mein Problem, was die Bauern erwirtschaften.«

»Unsere Häuser sind baufällig, das Werkzeug kaputt. Ich brauche schon seit dem Sommer eine neue Sense, und ich muss das Dach ausbessern. Den anderen Bauern geht es nicht anders. Wenn wir weiterhin unter so schlechten Umständen arbeiten müssen, wird das auf die Dauer auch Auswirkungen auf Euer Einkommen haben.«

Laubenstein schnaubte. »Ich sage dir was«, sagte er leise, »kein Bauer bekommt mein Holz. Wo kämen wir hin, wenn ich mit euch Geschäfte machen würde, als wärt ihr mir ebenbürtig! Das hättet ihr wohl gern, im Winter faul vor einem Feuer mit Brennholz aus meinen Wäldern hocken. Arbeitet, bewegt euch, dann wird euch schon nicht kalt werden.«

Lucas zog scharf die Luft ein. Beherrscht sagte er: »Darum geht es nicht. Wir schuften. Jeden einzelnen Tag. Aber jetzt ist die Zeit im Jahr, in der wir unsere Häuser ausbessern.«

»Nehmt Stroh und Erde!«

»Wir sind keine Tiere. Wir brauchen Häuser, in denen wir anständig wohnen können.«

»Ihr werdet es überleben. Mit oder ohne Holz.«

»Nein, das werden wir nicht! Vor allem nicht, wenn wir keine Zäune bauen können.«

»Wozu braucht ihr Zäune?«

»Um das Wild von unseren Feldern abzuhalten. Eine Rotte Wildschweine hat neulich das gesamte Gewann durchwühlt. Gott sei Dank war es das brachliegende Gewann. Wenn es das mit der Wintersaat gewesen wäre, wäre jetzt die ganze Ernte dahin. Wir müssen unsere Felder schützen. Dringend.«

»*Eure* Felder? Soweit ich mich erinnere, sind das immer noch *meine* Felder! – Und wenn *mein* Wild Lust hat, über *meine* Felder zu laufen und sich etwas zum Fressen zu suchen, dann darf es das! Und zwar mit kurfürstlicher Erlaubnis!«

Lucas' Stimme wurde lauter. »So, *Euer* Wild also! Aus *Eurem* Wald? Seltsam nur, dass man im Dorf keine Urkunden drüber kennt, wem der Wald und das Wild in Wahrheit gehören!« Er hatte sich eigentlich vorgenommen, nicht mit dem Thema anzufangen, aber er konnte nicht anders. »Seit wann soll der Wald denn Euch Laubensteins gehören? Seit fünfzig Jahren, hundert Jahren? Die Alten erinnern sich, dass die Hälfte des Waldes früher Eigentum des Dorfes war und irgendwann wie von Geisterhand in Euren Besitz überging. Doch wo es keine Urkunde gibt, hat auch nie ein Besitzwechsel stattgefunden!«

Der Ritter wurde erst blass, dann stieg ihm die Zornesröte ins Gesicht. Er trat nah an Lucas heran und sagte wütend: »Der Wald gehört mir, die Felder gehören mir, die ganze verdammte Gegend gehört mir. Solange ihr Bauern dem Gericht keinen Besitznachweis mit Brief und Siegel vorlegt, ist alles, was du behauptest, eine Lüge – und Lügen über mich zu verbreiten, wird dir noch leidtun!«

Lucas hielt seinem Blick stand. Ihm war klar, dass der Ritter recht hatte. Er würde noch bereuen, was er gesagt hatte.

Laubenstein spuckte auf den Boden und ging dann mit langen Schritten aus dem Torhaus. Auch Lucas eilte zornig aus dem Raum, passierte das Tor und schlug den Weg Richtung Laubenheim ein. Seine Wut verhalf ihm zu einem zügigen Tempo. *Dieser Ritter ist ein Narr.* Aber er, Lucas, könnte sich ebenfalls ohrfeigen. Er war nicht geschickt genug vorgegangen. Bis jetzt hatte er Erfolg damit gehabt, Laubenstein direkt zu konfrontieren. Dieses Mal nicht. Er hatte gehofft, heute auf der Versammlung eine gute Nachricht überbringen zu können. Doch mit seinem dämlichen Wutausbruch hatte er alles nur schlimmer gemacht.

Er passierte die Dorfmauer und traf auf Peter und Clas Urbe, die eilig durch den Schnee in Richtung Wirtshaus stapften. Ohne ihn zu grüßen, bedachten sie ihn mit einem mürrischen Blick. Er sagte trotzig »Guten Morgen«, und folgte ihnen. Als einer der Letzten betrat er den Raum. Man hatte alle Tische und Bänke ins Freie getragen und im Schnee aufeinandergestapelt, um drinnen genügend Platz für die vielen Bauern zu schaffen. Die Luken an den Fenstern waren geöffnet, sodass in dem niedrigen Raum die gleiche Temperatur wie draußen herrschte. Ein paar Bauern unterhielten sich, andere brüteten vor sich hin. Die meisten wirkten angespannt.

Holz war ein heikles Thema. Das Dorf besaß zwar einen kleinen Gemeindewald, doch der Baumbestand reichte nicht aus, um alle zu versorgen. Das wenige Holz, das nachgewachsen war, hatte Velten schon im Oktober verteilt. Jeder Hausstand hatte nur einen kurzen Baumstamm erhalten, viel zu wenig, um einen Balken zu ersetzen oder daraus Schuhe zu schnitzen.

Die Weistümer wurden vorgelesen. Der Schmied und der Wagner berichteten, dass sie Holz aus einer anderen Gegend eingekauft hatten. Jemand fragte, wie viel ihre Zulieferer verlangt hatten. Als sie den Preis nannten, ging ein Stöhnen durch die Reihen.

»Bei allem Unmut: Denkt an die neue Rechtslage«, begann Nick Velten, »im kurfürstlichen Erlass heißt es, dass die Wälder geschützt werden müssen!«

»Auf welcher Seite stehst du denn, Velten?«, rief ein bärtiger Bauer.

»Er windet sich. Wie immer«, murmelte der junge Bauer neben Lucas. Weitere spöttische Rufe erklangen.

Velten ignorierte sie und fuhr fort: »Ich habe es euch schon das letzte Mal gesagt: In den letzten Jahrzehnten wurde in der Kurpfalz zu viel Wald abgeholzt. Das kann so nicht weitergehen. Deshalb dürfen seit diesem Jahr nur noch Stämme mit einem Umfang von einer Armlänge gefällt werden. Man muss sich mit seinem rechten Arm beim Umfassen des Stammes ans linke Ohrläppchen fassen können. Und auch fürs Fällen dieser wenigen Bäume gibt es eine Beschränkung. Deshalb habt ihr dieses Jahr so wenig Holz aus dem Allmendwald bekommen. Und aus dem gleichen Grund hat der Grundherr auch nicht viel Holz zum Verkauf.«

»Das ist doch bloß eine billige Ausrede!«, warf Jakob Solbach ein.

»Die Adligen wollen doch nur genügend Wald zum Jagen haben!«, rief eine Stimme aus der letzten Reihe.

»Der Grundherr ist verpflichtet, uns Holz zu verkaufen«, raunte ein dicker Bauer.

»Der schert sich doch nicht um seine Pflichten!«, hob ein Glatzköpfiger an. »Wir brauchen eine andere Quelle.«

»Warum erklären wir ihm nicht den Kampf? Wir holen uns einfach, was uns zusteht!«, rief Adam Kumpf.

Dass uns das Holz zusteht, müssen wir erst einmal beweisen, dachte Lucas. *Wenn wir einfach in den Wald des Grundherrn stürmen und Bäume fällen, kann uns das das Leben kosten.* Er erhob seine Stimme: »Das ist zu gefährlich. Wir riskieren damit unser Leben.«

Auf einen Schlag war die Menge ruhig. Die Männer senkten die Köpfe. Lucas wusste, dass es nicht daran lag, dass er den Nagel auf den Kopf getroffen hatte. Sie ignorierten ihn noch immer. Er hob trotzig das Kinn.

Nick Velten setzte der Stille ein Ende. »Wir müssen versuchen, von einer der umliegenden Reichsstädte Holz zu kaufen«, sagte er, immer noch darauf bedacht, einen Kompromiss zu finden.

»Holz aus einer Stadt! Die kaufen es doch selbst ein. Wenn wir es dort kaufen, zahlen wir das Doppelte!«, rief der Glatzköpfige.

Lucas sah sich unauffällig um und blickte in sorgenvolle Gesichter. So unbarmherzig sie einen Mann aus der Gemeinschaft ausschließen konnten, so verletzlich waren sie. Er wusste, dass viele mit ihren Abgaben und Steuern im Verzug waren. Überteuertes Holz konnte sich keiner leisten, außer wahrscheinlich Nick Velten.

Jemand öffnete die Tür. Lucas war überrascht, als er den Burgvogt erkannte. Der kleine Mann, mit einer schwarzen pelzverbrämten Jacke bekleidet, betrat den Raum. Er zog seine Mütze vom Kopf und strich sich die Haare glatt. Entschlossen ging er auf Velten zu. Der Schultheiß gab den Männern ein Zeichen, ruhig zu sein – eine Geste, die komisch wirkte, weil sie überflüssig war. Die Bauern waren schon längst verstummt, als sie den Burgvogt erkannt hatten.

Velten ging auf den Burgvogt zu. »Ich grüße Euch, Hilfrich Seyboldt. Habt Ihr eine Botschaft für uns?«

Der kleine Mann nickte.

»Ich werde die Botschaft gerne überbringen«, sagte Velten schnell.

Der Vogt schüttelte den Kopf. »Ich werde selbst zu den Versammelten sprechen.« Selbstbewusst stellte er sich vor die Männer. Er war so klein, dass die Bauern in der zweiten Reihe die Köpfe recken mussten, während diejenigen, die in der dritten Reihe standen, erst gar nicht mehr versuchten, einen Blick zu erhaschen.

»Eure Dienste werden fällig«, sagte der Vogt laut.

»Schon wieder?«, rief eine Stimme, während ein verwundertes Murmeln durch die Reihen ging. »Zu Lebzeiten des alten Grundherrn war die Anzahl der Frontage klar geregelt! Warum jetzt nicht mehr?« – »Lasst uns in Ruhe!«, riefen mehrere Stimmen versetzt.

Der Burgvogt ließ sich nicht beirren: »Im Mai wird Gerold von Laubenstein heiraten. Für das Fest benötigt er Schweine. Jeder von euch wird bis dahin vier Jungschweine des Herrn mästen. Außerdem werdet ihr an zehn Tagen auf der Burg arbeiten. Alles muss für das Fest hergerichtet werden. Eure Frauen müssen je ein Hemd oder ein Kleid für die Knechte und Mägde anfertigen. Den Stoff besorgt ihr selbst. Zur Hochzeit muss jede Hausfrau fünf Brote liefern.«

Die Bauern schimpften. Manche waren bleich geworden. Niemand von ihnen war darauf vorbereitet. Niemand hatte im Herbst genügend Eicheln gesammelt. Vier Jungschweine im Februar ungeplant zu mästen, war schlimmer als eine Missernte. Lucas selbst hatte geplant, noch diesen Monat einige seiner eigenen Schweine zu schlachten, um das Futter zu sparen. Und nun das. Dabei ging es ihm im Vergleich zu vielen anderen Bauern im Dorf noch ganz gut. Lucas wusste, dass nun viele Bauern ihre Getreidevorräte würden verfüttern müssen. An

Schweine. Während ihre Kinder danebensaßen und hungerten. Er dachte an die frischen Gräber, die er heute Morgen gesehen hatte. Er blickte zum Vater der Kinder, Markus Kumpf. Seine Augen lagen wie Höhlen in seinem bleichen Gesicht. Er starrte still vor sich hin, mit dunklem Blick.

Der Burgvogt ignorierte alle Zurufe, bahnte sich durch den Tumult einen Weg zum Ausgang und schlug die Tür hinter sich zu. Die Männer blieben wütend zurück. Jemand hieb mit der Faust gegen die Wand. Markus Kumpf blickte ins Leere, mit mahlendem Unterkiefer.

Velten versuchte die Männer zu beruhigen. Beschwichtigend hob er die Hände. Ein Bauer, dessen Namen Lucas noch nicht kannte, stellte sich vor Velten, redete auf ihn ein und deutete mit dem Finger auf Veltens Brust. Velten blickte ihn abwehrend an. Jemand rief: »Wenn wir schon seine Schweine mästen müssen und er sich nimmt, was er will, dann holen wir uns, was uns zusteht!« Zustimmende Rufe hallten durch den Raum. »Gehen wir und fällen seine Bäume!«, rief ein anderer.

»Nein«, rief ein dritter, »wir lassen seine Bäume einfach verrecken, indem wir die Rinde abschälen! Dann können wir sie gleich an seine Ferkel verfüttern!«

Die erhitzte Menge schob sich zur Tür. Lucas wusste, dass das meiste nur halb ernst gemeint war, aber er hatte auch schon erlebt, zu welchen Taten sich aufgebrachte Menschen gegenseitig anstacheln konnten. Er reagierte schnell. Bevor die zornigen Männer den Ausgang erreicht hatten, stand er schon dort, fasste mit seinen Händen rechts und links an den Rahmen und versperrte mit seinen breiten Schultern die Tür.

»He, was soll das?«, raunte der Bauer vor ihm und schubste ihn gegen die Schultern.

Lucas stand fest wie ein Fels. »Niemand verlässt den Raum!«, rief er.

»Hast du den Verstand verloren? Lass uns raus!« – »Wir holen uns Holz!«

»Wisst ihr denn nicht, welche Strafen auf Baumbeschädigung stehen?«, rief Lucas. Er kam kaum gegen die lauten Stimmen der Männer an. Er redete weiter, diesmal viel leiser, denn er wusste, dass er dieses Mal Gehör finden würde. »Wer Brandstiftung im Wald begeht oder die Rinde von lebenden Bäumen schält, wird bestraft. Ich war einmal dabei. Dem Mann wurde der Nabel herausgeschnitten. Der Darm herausgeholt.« Die Menge wurde still. Lucas senkte die Stimme. »Mit dem Darm wurde er an den geschädigten Baum gebunden. Man jagte ihn so oft um den Stamm herum, bis sein herausgezogener Darm die Wunde des Baumes bedeckte.« Es war still geworden. »Das wollt ihr nicht erleben«, fügte Lucas leise hinzu.

Die Männer schwiegen. Diesmal lag es tatsächlich daran, dass sie betroffen waren.

KAPITEL 9

Burg Laubenstein, Mai 1497

Ottilias Brautkleid spannte um ihre Taille, obwohl sie seit gestern nichts gegessen hatte. Sie hoffte, dass keiner bemerkte, dass ihr Kleid nicht richtig saß. In den letzten Wochen war sie so nervös gewesen, dass sie beim Dessert eine zweite und dritte Portion Latwerge oder Marzipan auf ihren Teller gehäuft hatte.

Heute war ihr Hochzeitstag. Sie, ihr Bräutigam und alle Verwandten waren am Morgen den Berg hinuntergeritten und hatten die letzte Wegstrecke zu Fuß in einem feierlichen Zug zur kleinen Fachwerkkirche zurückgelegt. Nun bildeten die Gäste vor dem Portal der Kirche einen Kreis um ihren zukünftigen Gemahl, während alle Augen erwartungsvoll auf sie und ihren Vater gerichtet waren. Ihr Vater ergriff ihre Hand, hakte sie in seinen Arm ein und führte sie langsam in den Kreis hinein.

Als suchte sie die Umgebung nach einem Fluchtweg ab, blickte sie kurz zu den Bäuerinnen hinüber, die aus einiger Entfernung neugierig herübersahen. Ottilia verstand nicht genau, warum der priesterliche Segen nicht in der Burgkapelle gespendet wurde, sondern hier, in dieser einfachen Kirche. Gerold hatte darauf bestanden, den ersten Teil der Zeremonie im Dorf abzuhalten und nicht auf der Burg, weil er sich seinen Hintersassen zeigen wollte: Sie sollten wissen, dass er da war und die Kontrolle hatte. Im Gegenzug erhoffte er sich ihre Verbundenheit, wenn er sie von Weitem Anteil nehmen ließ an seinem Leben. Doch man munkelte, dass viele Hausherren ihren Familien verboten hatten, zur Hochzeitsmesse zu gehen. Es hatte irgendetwas mit dem Mästen von Schweinen zu tun. Ottilia hatte das Problem nicht ganz verstanden, aber sie beschäftigten jetzt sowieso andere Sorgen. In ihrer Brust schienen Hunderte von Dornen zu piken, als hätte der Schneider vergessen, die Nadeln aus dem Gewand zu ziehen. Ihr war schwindlig vor Aufregung. Sie schien jedoch die Einzige zu sein, die aufgewühlt war, denn diese Hochzeit war für die meisten der Anwesenden ein nüchternes Geschäft, bei dem der Brautschatz und die Mitgift abendelang ausgehandelt worden waren.

An der Hand ihres Vaters betrat sie den Kreis. Der Boden unter ihren Füßen schwankte. Unbeteiligt nahm sie wahr, dass ihr Vater sie in der Mitte des Kreises an Gerolds Seite stellte, ihren Arm losließ und sich dann in den Kreis einreihte. Der Priester, der ebenfalls im Kreis stand, erhob seine Stimme. Seine Worte summten wie hundert Fliegen in ihren Ohren, drehten in ihrem Kopf eine Schleife und verließen ihn wieder, ohne sich sinnvoll zusammenzufügen. Sie schloss für einen Augenblick die Augen und hatte das Gefühl, als drehe sie sich auf der Stelle.

Schnell öffnete sie die Augen wieder und konzentrierte sich auf den nächstbesten Punkt in ihrem Blickfeld, eine Pfauenfeder im Hut ihrer Tante. Ihr Vater sagte etwas. Sie schnappte das Wort »Zeugen« auf, versuchte noch andere Wörter einzufangen, bekam das Wort »Besitztümer« zu fassen. Ihr war heiß und kalt gleichzeitig. Sie richtete ihren Blick konzentriert auf die Pfauenfeder am Ende des Tunnels. Die Farben verschwammen ineinander, wie man Tinte in Wasser rührte, sich im Strudel windend, langsam zerfließend. Das Wasser wurde immer dunkler, dann schwarz.

»Weib, wach auf!« Jemand sprach die Worte von weit weg. Sie klangen angespannt, ungeduldig, sie mussten in jemandes Traum gehören, nicht in ihren, denn die verärgerte Stimme passte nicht zu ihrer Gelassenheit. »So kannst du dich nicht drücken!«, zischte es über ihr. Sprach der Mann mit ihr? Warum erhitzte er sich so sehr? Vielleicht stimmte hier doch etwas nicht. Sie zwang sich, die Lider aufzuschlagen. Erde. Stiefel. Sie atmete ein paarmal ein und aus, schloss die Lider wieder, öffnete sie, hob ihren Blick zu einem Gesicht, das über sie gebeugt war. In seinen Augen blitzte ein ungeduldiges Funkeln. »Reiß dich zusammen!«, befahl die Stimme leise, aber eindringlich.

Ihr fiel wieder ein, wo sie war. Vor der Kirche, mit ihrem zukünftigen Gemahl.

Laubenstein richtete sich wieder zu seiner vollen Größe auf. Sie stützte sich mit ihren Händen ab und setzte sich aufrecht hin. Suchend blickte sie sich um. Warum kam ihr denn niemand zu Hilfe? Was war mit ihrem Vater? Doch er stand nur abwartend im Kreis, den Blick missbilligend auf Gerold gerichtet.

Ottilia verstand. Sie unterstand nun ihrem Ehemann, ihr Vater hatte keinen Anspruch mehr auf sie und durfte sich nicht einmischen. Endlich erbarmte sich Gerold, fasste sie grob an der Hand und zog sie hoch. Sie versuchte, sich aufrecht hinzustellen, und strich sich benommen über ihre Frisur. »Der Priester hat dich gefragt, ob du mein Eheweib werden willst«, sagte Gerold angespannt. »Jetzt wäre der geeignete Zeitpunkt, um zu antworten«, schob er hinterher.

Ottilia schluckte. Sie spürte fünfundzwanzig Augenpaare auf sich. Sie zögerte, dann presste sie ein »Ja« hervor. Ihre Stimme zitterte.

»Hiermit erkläre ich euch zu Mann und Eheweib«, hörte sie den Priester feierlich sagen.

Gerold ergriff ihre Hand – als Zeichen, dass sie nun zu ihm gehörte. Ihr Vater hatte diese Geste ausgehandelt und sie war ihm dankbar dafür, denn auf manchen Hochzeiten trat der Ehemann seinem Weib zum Zeichen, dass sie ihm nun untertan war, ans Schienbein. *Wenigstens etwas*, dachte sie.

Der Priester wandte sich feierlich um und betrat die Kirche. Gerold folgte ihm, Ottilia hinter sich an der Hand. Die Schritte der Verwandten hallten im Kirchenschiff.

Wie in Trance stand Ottilia neben Gerold und ließ die Hochzeitsmesse über sich ergehen. Am Ende musste sie sich neben Gerold vor dem Priester niederknien. Sie spürte den Windhauch, als der Priester ein Tuch über Gerold und sie legte und dabei ein Gebet sprach. Sie erhob sich wacklig und Gerold zog sie aus der Kirche hinaus. Draußen warteten die Knechte mit den Pferden. Gerold hatte für diesen Anlass fünfzehn Pferde gemietet, denn er selbst besaß nicht genügend Tiere, um alle Gäste zur Burg zu bringen. Ottilia ging auf ihre Stute zu, neben der Holger bereitstand, um ihr hinaufzuhelfen. Als sie im Sattel saß und Holger ihr die Zügel überreichte, streifte ihr Blick einen Knecht. Der Knecht wandte sich schnell von ihr ab. Ottilia stutzte. *Diese Augen habe ich schon einmal gesehen.* Sie waren fast sechseckig.

Sie fühlte sich, als hätte ihr jemand mit der Faust in den Magen geschlagen. *Der Lenker der Mistfuhre – der Räuber von dem Überfall. Im Dienste des Gerold von Laubenstein?*

Der Zug der Reiter setzte sich in Bewegung, Ottilias Pferd trottete den anderen hinterher, sie musste es nicht einmal lenken. Benommen schaukelte sie den steinigen Waldweg zur Burg hinauf. Sie konnte keinen klaren Gedanken fassen.

Im großen Saal war die lange Tafel aufgebaut. Die Hochzeitsgäste wuschen sich die Hände an einem Lavabo, nahmen Platz und ließen sich die Brotscheiben servieren. Ottilias Magen fühlte sich hart wie ein Stein an. Sie saß wortlos neben ihrem Ehemann, rührte keinen Bissen an, ließ die Platte mit dem dampfenden Schweinebraten an sich vorbeiwandern und konnte an nichts anderes als an den Überfall denken. Welch ein Aufwand es für Gerold gewesen sein musste, alles zu arrangieren. Er hatte seine Knechte irgendwo unterbringen müssen, hatte ihnen genaue Auskunft über die Route gegeben, einen Mistkarren gemietet. Er hatte sogar einen Schwertkampf vorgetäuscht. *Dabei hat alles so echt gewirkt.* Aber was verstand sie schon vom Kämpfen? Sie hatte Gerold anschließend verehrt und bewundert und sich geschmeichelt gefühlt, als er um sie geworben hatte.

Sie presste die Lippen aufeinander. Sie hasste sich selbst für ihre Leichtgläubigkeit. Und sie hasste Gerold für seine Jämmerlichkeit. Wie tief musste man sinken, um einen Kampf vorzutäuschen.

Die Musiker hatten sich in der Ecke aufgestellt und begannen, in ihre Flöten zu blasen. Jemand fasste sie grob am Ellbogen. Es war ihr Gemahl, der neben ihr stand und ihr bedeutete, dass auch sie sich erheben sollte. Sie schüttelte seine Hand ab und stand auf. Sich von ihm abwendend, folgte sie den Musikern und der Gesellschaft nach draußen in den Burghof und stellte sich absichtlich neben Heinrich, den Bruder ihres Mannes, um möglichst großen Abstand zu Gerold zu halten. Ein Knecht teilte Steinkugeln fürs Boulespiel aus.

Ihr Ehemann hob seine Kugel empor, als hätte er das Spiel schon gewonnen, und wandte sich mit einem selbstbewussten Lächeln an seine Gäste. »Der Gewinner bekommt ein Schwein. Schön fett gemästet.«

Das Spiel begann. Die Steinkugeln rollten auf dem Hof umher, stießen aneinander, fielen auf dem unebenen Boden in Vertiefungen. Die Spieler schimpften, lachten und spuckten auf den Boden. Ottilias Bruder Richard gewann das Spiel. Gerold schlug ihm anerkennend auf die Schulter und die Gäste kehrten wieder in den Saal zurück. Sie ließ den anderen den Vortritt. Plötzlich war Gerold neben ihr und fasste sie wieder am Ellbogen. Schnell zog sie ihren Arm zurück.

»Wie nennt sich das Spiel, das du hier mit mir spielst? Willst du dich begehrenswerter machen, indem du dich zierst?«, fragte Gerold.

»Dein Knecht mit den merkwürdigen Augen. Ich habe ihn wiedererkannt.«

Gerold blickte sie erst fragend an, dann grinste er.

Ottilia hätte ihn am liebsten geschlagen, so sehr ärgerte sie sich über sein selbstgefälliges Gebaren. »Ein fingierter Überfall – bist du dir nicht selbst peinlich?«, fragte sie voll Abscheu.

»Ich habe bekommen, was ich wollte. Ich bekomme immer, was ich will.«

»Das denken kleine Kinder auch«, erwiderte sie und stolzierte über den Hof davon. Gerolds Bruder Heinrich erschien auf einmal neben ihr. Schweigend ging er mit ihr zum Haus. Hatte sie womöglich zu laut gesprochen?

Die Dämmerung hatte den Saal in tiefe Schatten getaucht. Die Mägde zündeten die Wandfackeln an und servierten die Schweinepasteten. Nach dem Mahl trugen die Knechte die Tafel weg, räumten den

Saal frei und der Tanz begann. Die Gäste formierten sich im Kreis, Gerold ergriff ihre Hand, die eiskalt war, und führte sie in die Mitte. Die Musik wurde schneller, die Gäste klatschten. Gerold drehte sich und Ottilia im Kreis herum. Ihr wurde übel, als sie daran dachte, was ihr bevorstand. Sie hob den Blick, betrachtete kurz Gerolds Gesicht mit dem gestutzten Bart und den langen Wimpern und fühlte nichts als Verachtung. Dann endete die Musik.

»So, meine Liebe, wir verlassen nun die Gesellschaft.«

Gerold führte sie von den Tänzern weg. Der Priester folgte ihnen. Er würde nun das Ehebett segnen, damit ihm keine bösen Geister nahe kommen würden, dann würde er in den Saal zu den Gästen zurückkehren. Als die drei in Richtung Tür gingen, klatschten die Gäste. Ottilia fing den Blick ihres Vaters auf. Sie suchte darin Ermutigung, Trost, einen Freund und Verbündeten. Doch ihr Vater sah schnell zu Boden.

Mainz, September 1497

Peter stand auf, ging zum Fenster und öffnete die oberen Luken. Die Sonne stand genau im richtigen Winkel: Der Raum war geflutet von Licht. Zufrieden setzte er sich wieder an seinen Setztisch. Matthes, der grauhaarige Geselle, schimpfte. »Was machst du da, Junge? Denkst du, meine Gliederschmerzen werden besser, wenn hier die Luft durchpfeift?«

Peter drehte sich zu ihm um. »Warum machst du nicht eine kurze Pause, Matthes? Wenn du wiederkommst, sind die Fenster wieder zu.«

Dem Alten gefiel es nicht, dass er von einem Jungen Anweisungen bekam. »Wie lange ich arbeite, bestimmt immer noch dein Vater!«

Peter kniff die Lippen zusammen, schob seinen Schemel nach hinten, ging mit großen Schritten zur Fensterreihe und schloss die Luken wieder. Helligkeit wich aus dem Raum und Schwere legte sich wieder auf sein Herz. Er brauchte frische Luft, wollte die Wärme der Sonne unter seinen Härchen am Unterarm spüren. Er schloss die letzte Luke, blickte in den Raum, düster, eng und stickig.

Er ließ sich wieder auf seinen Schemel plumpsen, zog das Manuskript heran und versuchte, die schreckliche Handschrift zu entziffern. *Quidquid agas, prudenter agas et respice finem.* Das müsste doch eigentlich *Quidquid agis* heißen, oder? Sollte er den Fehler verbessern? Er seufzte und beschloss, es laut Autor zu setzen. Er suchte im Setzkasten nach den Lettern, sah sie sich genau an, damit er sie auch richtig herum und spiegelverkehrt auf den Winkelhaken setzte. Die Tür öffnete sich und sein Vater betrat den Raum. Matthes setzte sich aufrechter hin. Peter lehnte sich auf seinem Schemel etwas zurück und betrachtete seinen Vater, während dieser auf ihn zukam. Seine buschigen Augenbrauen standen heute in alle Richtungen, sein Gang war gebeugt, wahrscheinlich wegen seiner Rückenschmerzen. Peter wusste, dass sein Vater in Gutenbergs Werkstatt auch die Presse bedient hatte, schwere körperliche Arbeit. Drucker, die die Presse bedienten, waren kräftig wie Schmiede. Bei seinem Vater waren die Muskeln schon lange verschwunden – nur die Schmerzen waren geblieben. Sein Vater stellte sich neben ihn, zog seine Nietbrille aus seiner Gürteltasche, setzte sie auf seine Nase und versuchte zu erkennen, was sein Sohn gesetzt hatte. Seine Augen waren schlechter geworden und die Brille war längst zu schwach. Sein Vater versuchte es zu überspielen, aber Peter wusste, dass er fast nichts erkennen konnte.

»Wie berechnet man den Satz eines Manuskriptes?«, fragte sein Vater.

Peter hasste diese Verhöre. Sie wurden von Tag zu Tag häufiger. Er sagte: »Als Erstes muss ich das Format des Buches festlegen – die Typen, das Zeilenmaß und den Durchschuss.«

»Gut, worauf ist dabei zu achten?«

»Ich sollte mit möglichst wenigen Lettern möglichst viel drucken, damit ich nicht so viele Lettern herstellen muss. Nach dem Drucken sollte ich die Druckform möglichst schnell wieder auflösen, damit ich die Lettern wieder zur Verfügung habe.«

»Die Form schnell wieder aufzulösen ist aber nicht immer möglich, vor allem dann, wenn der Satz bogenweise angelegt ist«, entgegnete sein Vater.

»Damit für den Setzer trotzdem keine längeren Pausen entstehen, während der Drucker die Presse bedient, sollte eine Werkstatt neben dem Letternmaterial für diese Lage auch noch einmal die gleiche Menge für die nächste Lage zur Verfügung halten. Das Ziel ist, dass man nicht zu viele Lettern auf Vorrat hat, aber immer alle beschäftigt sind: Setzer und Drucker gleichermaßen.«

Peter wusste, dass sein Vater ihn nun gleich fragen würde, wie man errechnen konnte, auf welcher Seite in etwa welche Textpassage zu stehen kam. Und anschließend würde er fragen, was man tun konnte, wenn man sich in einer Zeile verschätzt hatte. Peter wusste, dass er als erster Setzer im Land zu lang geratene Zeilen durch Abkürzungen verkürzt, zu kurz geratene durch Blindmaterial verlängert und notfalls auch Buchstaben einfach verdoppelt hatte. Hauptsache, die Zeilen erschienen immer gleich lang, alles andere sah unprofessionell aus.

»Setze diese Form noch fertig. Danach lernst du Latein, liest noch etwas auf Deutsch und heute Abend üben wir Buchhaltung.«

»Vater, kann ich heute Abend bitte, bitte an den Rhein?«

Der Vater blickte den Sohn mit einem Ausdruck an, in dem sowohl Fürsorglichkeit als auch Strenge lag. Peter hätte früher nicht gedacht, dass man beides gleichzeitig ausdrücken konnte. Er blickte wieder auf seine Setzform, als verberge sich dort die lang gesuchte Antwort eines Rätsels. Es war einfacher, seinem Vater nicht in die Augen zu sehen.

Ihm war klar, warum sein Vater so streng war. Aber er brauchte Freiheit. Er wollte das Glitzern des Rheines sehen, die Kähne zählen und träumen. Sein Vater würde ihm nicht erlauben, herumzustromern, denn ihnen lief die Zeit davon. Sein Vater war alt. Uralt. Er hatte nicht mehr viel Zeit, sein Wissen weiterzugeben. Und Peter war noch nicht einmal zwölf. Seine Ausbildung hatte gerade erst begonnen.

Trotzdem sagte Peter: »Ich tue, was ich kann! Ich bemühe mich! Lasst mich heute Abend an den Rhein gehen! Bitte!«

»Sieh mich an«, sagte sein Vater streng.

Peter hob den Kopf.

Die wässrig blauen Augen des Vaters fixierten ihn. »Ich weiß, wovon du träumst. Aber du darfst nicht gegen dein Schicksal aufbegehren. Gott hat dich zu meinem Sohn gemacht! Dem musst du dich fügen, sonst verstößt du gegen Gottes Ordnungen!«

Peter wandte seinen Kopf wieder in Richtung Setzkasten.

»Komm zu mir in die Stube, wenn du hier fertig bist«, sagte sein Vater und ging.

Peter blickte zum Fenster. Hinter dem die Sonne schien.

Laubenheim

Lisbeth legte einen Steinpilz in ihren Korb, richtete sich auf und rieb sich den schmerzenden Rücken. Das Kind kickte von innen gegen ihren Leib. Jedes Mal, wenn sie ihr Ungeborenes spürte, war ihr, als regnete Sternenstaub auf sie herab. Sie lächelte. Dann bückte sie sich umständlich nach einem weiteren Steinpilz. Sie fühlte sich ungelenk wie eine Kuh. Vielleicht war es doch keine so gute Idee gewesen, Pilze zu sammeln. Zumal es Lucas nicht recht war, dass sie in ihrem Zustand alleine in den Wald ging, aber was sollte schon passieren. Das Kind würde erst in ein paar Wochen geboren werden und außerdem purzelten Kinder nicht einfach so aus dem Leib heraus. Falls die Wehen einsetzten, hätte sie immer noch Zeit, ins Dorf zurückzukehren. Sie lächelte, als sie daran dachte, wie besorgt Lucas um sie und das Kind war.

Normalerweise waren es ja die Frauen, die vor der Geburt des ersten Kindes aufgeregt ihr Nest bauten, aber dazu hatte Lisbeth gar keine Gelegenheit, denn Lucas richtete alles für die Familie her: Er hatte einen Teil des Obergeschosses, durch den der Rauchabzug der Kochstelle führte, zu einer Räucherkammer umgebaut und zwanzig Hühnchen hineingehängt. Außerdem hatte er einen alten Bottich geschrubbt, geölt und mit Fellen und Stoff ausgekleidet. Darin würde ihr Baby tagsüber schlafen. Letzte Woche hatte er zehn Windeltücher gekauft und schon vor Monaten Hate den Auftrag gegeben, keine Holzasche von der Kochstelle mehr in den Garten zu schütten, sondern alle Asche zum Wäschewaschen in Säcken zu sammeln.

Lisbeth legte den letzten Pilz in ihren Korb und richtete sich auf. Hinter ihr raschelte es. Sie wandte sich um. Ihr Herz blieb stehen. Direkt vor ihr stand ein Mann. Wie ein Geist war er aus dem Nichts gekommen. Er war klein, hatte schmächtige Schultern und seine Augen waren fast so schwarz wie seine Pupillen. Der Burgvogt.

»Was wollt Ihr?«, fragte Lisbeth schnell.

»Sehen, was du hier sammelst«, entgegnete der Burgvogt.

Lisbeth legte die Arme um den Korb, weniger, um die Pilze zu verteidigen, als ihr Kind zu schützen. Sie hob das Kinn. »Das hier ist der Gemeindewald. Ich darf hier sammeln, ohne Euch Rechenschaft ablegen zu müssen.« Sie versuchte, selbstbewusst zu klingen, doch ihre Stimme flatterte. Im Hintergrund bewegte sich etwas. In einiger Entfernung, hinter dem Rücken des Burgvogts, erkannte Lisbeth den Weg zur Burg und einen Mann in stolzer Haltung auf einem Pferd, in ihre Richtung blickend. Gerold von Laubenstein.

»Du hast die Grenze zum Wald von Gerold von Laubenstein überschritten!«

Lisbeth blickte unsicher nach Süden. Wann hatte sie den Gemarkungsstein übersehen? Der Burgvogt schien ihre Unsicherheit wahrzunehmen. »Die Pilze gehören dir nicht«, sagte er und streckte die Hand nach dem Korb aus. Im Hintergrund setzte Gerold von Laubenstein sein Pferd in Bewegung und ritt langsam zwischen den dünnen Bäumen auf sie zu. Als er sein Pferd auf der Höhe des Burgvogts zügelte, umklammerte Lisbeth ihren Korb noch fester. Sie blickte vom einen zum anderen. Der Burgvogt hielt seine Hand immer noch ausgestreckt. Zögernd übergab sie den Korb. Der Burgvogt drehte sich fragend zu Gerold von Laubenstein um. »Gib ihn mir«, sagte der Ritter von oben herab. Der Burgvogt hob den Korb zu ihm hinauf, der Ritter griff danach und schleuderte ihn von sich. Die Pilze sprengten wie Hagelkörner in alle Richtungen. Mit einem Rauschen landete der Korb auf einem Busch. Zwei Stunden Arbeit waren dahin. Als hätte das Ungeborene ihre Ungläubigkeit wahrgenommen, kickte es. Sie verspürte ein schmerzhaftes Ziehen im Bauch und legte sich schnell die Hände an den Leib. Der Ritter verfolgte ihre Bewegung, sein Blick ruhte auf ihrem gewölbten Bauch.

»Zur Strafe leistest du mir einen zusätzlichen Frondienst«, sagte er von seinem Ross herab. »Du sammelst jetzt einen weiteren Korb Pilze und lieferst ihn heute noch persönlich auf der Burg ab. – Meine Frau liebt Pilze. Sie wird sich freuen. Wo sie doch in anderen Umständen ist. Da ist es besonders wichtig, dass sie sich gut ernährt und sich schont.« Wieder blickte er auf Lisbeths dicken Bauch. »Bestimmt verstehst du, dass sie es in ihrem Zustand gerne bequem hat. Vor allem mag sie heiße Steine, die sie sich an ihre Füße legen kann. Du sammelst ihr zusätzlich noch einen Sack voll großer Steine. Noch vor der Abendessenszeit will ich dich damit oben auf der Burg sehen.«

Lisbeth starrte ihn an. »Das schaffe ich nicht.«

»Dann strengst du dich eben ein bisschen an! Wer in Männerkleidung herumläuft, kann auch arbeiten wie ein Mann. Oder würdest du dich lieber vor Gericht wiederfinden?«

Lisbeth sammelte allen ihren Mut. »Weil ich die Grenze aus Versehen überschritten habe? Das war keine Absicht!«

»Nein, weil du Männerkleidung getragen hast!«

Lisbeth schwieg. Das war schon so lange her! Dieser Mann vergaß nichts. Es schien, als sammle er Trümpfe, und überlegte sich gut, wann er sie ausspielte.

Ohne ein Wort wendete der Ritter sein Pferd und ritt langsam zurück zum Weg. Der Burgvogt folgte ihm. Lisbeth blickte ihnen nach. Während der Vogt sein Pferd losband, kramte er aus der Satteltasche einen groben Sack hervor und schleuderte ihn in ihre Richtung. Der Sack segelte weich auf den Waldboden. Die beiden Männer saßen auf, der Burgvogt warf ihr einen letzten Blick zu und sie galoppierten davon. Lisbeth sah ihnen nach. Wieder spürte sie ein Ziehen im Unterleib. Am liebsten würde sie zu Lucas aufs Feld rennen. Doch dadurch würde sie zu viel Zeit verlieren. Sie atmete tief ein und blies die Luft aus. Vielleicht wäre es doch das Beste, Lucas, Veit und Hate um Hilfe zu bitten. Doch sie düngten heute das Feld für die Wintersaat – harte körperliche Arbeit, die Lucas ihr in ihrem Zustand verboten hatte, obwohl jede helfende Hand benötigt wurde. Das Düngen war von der Gemeinschaft auf heute festgesetzt worden und alle hatten sich daran zu halten, weil die Felder immer gleichzeitig bearbeitet werden mussten, da es keine Feldwege gab. Wenn sie heute nicht düngten, würden sie es nicht nachholen können.

Sie rieb sich den schmerzenden Rücken, trat an den Busch und zog den Korb heraus. Unter ihren Füßen knackte es. Der Boden duftete nach Pilzen, und zwar nach den geernteten, die aus dem Korb gekullert waren. Sie kniete sich hin und klaubte die Pilze zusammen. Sie musste sich beeilen. Sie wusste nicht, wie spät es war, aber sie würde allein für den Aufstieg zur Burg zwei Stunden brauchen.

Wütend schmiss sie die Pilze in den Korb. Wieder fuhr ein Schmerz durch ihren Leib. Sie atmete heftig ein und aus, wischte sich mit dem Ärmel über die Stirn und erhob sich umständlich. Jeder Schritt tat weh. Sie schleppte sich zum Wegesrand, wo der Sack lag, hob ihn auf und legte ihn über die paar Pilze im Korb. Schwerfällig ging sie den Weg entlang. Wo sollte sie noch mehr frische Pilze finden? Es hatte keinen Sinn, noch mal im Gemeindewald zu suchen. Am besten sammelte sie die Pilze auf dem Weg zur Burg. Und was war mit den Steinen? Große Steine lagen nicht überall im Wald herum. Vielleicht würde sie am Bach Glück haben.

Ich hasse diesen Kerl. Am liebsten hätte sie ihn verflucht, doch ein Fluch bedeutete Jahrzehnte im Fegefeuer, selbst wenn sie bis an ihr Lebensende Tausende von Ave-Marias am Tag aufsagte. Das war Gerold von Laubenstein nicht wert. Wieder hielt sie die Luft an, als sich ihr Leib zusammenzog. Der Schmerz war wie ein Hieb, der in ihren Unterleib fuhr, seine Widerhaken eingrub und dann Fäden in alle Richtungen spannte. *Das sind Wehen.* Sie blieb stehen. Mit der Hand fasste sie an ihr Amulett – eine blaue Wachsscheibe mit dem Bild des Lammes Gottes, das vor dem Tod im Kindsbett schützte. Als das Ziehen abebbte, ging sie langsam weiter, einen Fuß vor den anderen setzend. *Wie weit es wohl noch bis zum Bach ist?* Neben ihr im Unterholz raschelte etwas. Sie konnte nichts sehen, aber es näherte sich und verharrte dann still. Lisbeth lief schneller. Wieder raschelte es. Es verfolgte sie, Gestrüpp bewegte sich. Sie konzentrierte sich auf den Weg, damit sie schnellere Schritte machen konnte. Sie hörte, wie etwas auf den Weg sprang. Schnell drehte sie sich um. Ein schwarzes Knäuel tapste auf sie zu: der Hund von Bastian Solbach. Derselbe Hund, der auch in der Nacht der Totenwache in ihre Hütte getrottet war. Freudig lief er auf sie zu, den Schwanz erhoben.

»Hallo«, begrüßte sie ihn erleichtert. »Ich habe nichts für dich«, sagte sie und lächelte ihn an, als verstünde er ihre Mimik.

Sie drehte sich um und ging weiter. Sie hatte Durst. Das Kind in ihr streckte seine Glieder. Lisbeth spürte die unnatürliche Erhebung an ihrem Bauch – sie konnte mit ihrer Hand eine Faust oder eine Ferse ertasten. Doch sie durfte sich jetzt nicht ablenken lassen. Sie musste zwischen den Wehen so viel Wegstrecke wie möglich zurücklegen und beten, dass sie wieder aufhörten. Hinter ihr trabte der Hund. Wieder schwappte eine Wehe über sie. Sie blieb stehen, betete zum heiligen Norbert und atmete die frische, würzige Luft ein, um die Schmerzen zu verscheuchen.

Endlich vernahm sie das leise Plätschern des Baches. Sie verließ den Weg, machte ein paar vorsichtige Schritte die Uferböschung hinab, kniete sich hin und trank. Neben ihr tapste der schwarze Hund ins

Wasser. Als sie ihren Durst gestillt hatte, sah sie sich nach Steinen um. Hier im Wasser gab es Hunderte. Wenn sie sie gleich hier einsammelte, musste sie sie bis zur Burg schleppen. Wartete sie jedoch damit, bis sie die Burg fast erreicht hatte, ging sie das Risiko ein, keine mehr zu finden. Kurz entschlossen hob sie vier größere Steine aus dem Wasser, wischte sie im Gras ab und ließ sie polternd in den Sack fallen. Sie stand auf, griff nach ihrem Korb, umfasste den Sack mit der anderen Hand und machte einen großen Schritt die Böschung hinauf. Plötzlich sank sie ein und knickte um, ein Schmerz fuhr in ihren Fuß und sie landete mit der rechten Hüfte auf einem spitzen Stein. »Au«, rief sie. Der Knöchel brannte, als triebe jemand Nägel in ihr Gelenk. Tränen traten in ihre Augen. Sie versuchte, auf allen vieren die Böschung hinaufzuklettern. Als sie umständlich aufstand, wäre sie fast wieder umgeknickt. Sie legte sich den schweren Sack über die Schulter, griff nach dem Korb und humpelte zum Weg zurück.

Sie kam nur langsam voran, ihr Magen knurrte, ihr Knöchel brannte, und der Sack mit den Steinen rieb bei jedem Schritt an ihrer Wirbelsäule. Der Hund trabte immer noch hinter ihr. Der Anstieg wurde steiler. Das gleichmäßige Tapsen des Hundes tat ihr gut und ließ sie vergessen, dass die Wehen nun häufiger kamen. Sie blieb keuchend stehen. Zwischen ihren Beinen rann warmes Wasser hinab. Ihr stockte der Atem.

Sie drehte sich zu dem Hund um. Er war immer noch hinter ihr. Wieder blickte er sie an, fast fragend. »Was mache ich denn jetzt?«, flüsterte Lisbeth. Sie versuchte, ruhig zu bleiben, und malte sich aus, wie der heilige Godebert neben ihr stand. Es funktionierte nicht.

Sie war hier alleine mit einem Hund. Ihr Kind kam. Das Dorf war weit weg.

Sie musste zur Burg.

Sie ließ Korb und Sack am Wegesrand stehen und humpelte schwer atmend weiter bergauf. Erst eine Wehe, dann ein paar Schritte. Wieder der Schmerz. Dann noch eine Biegung.

Es war ihr erstes Kind und sie hatte noch nie bei einer Geburt geholfen. Das Kind würde klein und schwach sein, denn es kam zu früh. Sie brauchte Wärme und Decken. Sie musste es noch bis zur Burg schaffen.

Nur noch eine Kurve. Sie versuchte sich abzulenken. Letztes Jahr hätte sie an dieser Stelle fast wieder kehrtgemacht. An jenem Tag – sie blieb stehen, stützte sich gegen einen Baum und konnte einen Augenblick nicht mehr klar denken, bis der Schmerz von ihr abließ – hatte sie Lucas kennengelernt. Lucas. Hier oben würde er niemals nach ihr suchen.

Sie hörte in sich hinein und wagte dann weiterzugehen. Die Burg kam in Sicht. Gott sei Dank! Sie versuchte, schneller zu humpeln, doch sie knickte wieder um. Sie fiel auf die Knie. Während sie noch auf allen vieren kauerte, zog es in ihrem Unterleib, als würde sie gevierteilt. Sie grub die Fingernägel in die Erde. Sie wollte schreien, biss jedoch die Zähne zusammen. Der Hund war immer noch bei ihr und blickte sie aufmerksam an. Sie brauchte Menschen. Sie brauchte den Schutz der Burg.

Der Schmerz fuhr aus ihr aus wie ein flüchtender Dämon, doch sie wusste, er würde wiederkommen. Sie brauchte eine Ewigkeit, um sich aufzurappeln. Mit letzter Kraft erreichte sie das Burgtor. Sie klopfte mit der flachen Hand, zitternd. Einen Augenblick später wurde die Fensterluke in der Tür aufgerissen. Sie lehnte sich mit dem Rücken gegen die Tür neben dem Fenster und keuchte. Durchs Fenster fragte eine Stimme, offenbar auf der Hut: »Was geht hier vor?«

Lisbeth konnte nicht antworten. Die Luke in der Tür schloss sich wieder. Sicherlich war der Türwächter verunsichert. *Ich brauche nur einen Raum und ein warmes Tuch, in das ich mein Kind wickeln kann! Und vielleicht einen Boten, der Lucas und die Medicina holt.* Sie blieb mit dem Rücken zum Tor stehen und hämmerte mit der Faust rückwärts gegen das Holz. »Lasst mich rein. Ich bin in den Wehen. Mein Kind kommt gleich!«

Die Luke öffnete sich erneut, ein Kopf zwängte sich hindurch und blickte nach rechts, an die Stelle, an der sie an das Burgtor lehnte.

»Was wollt Ihr, Weib?«

»Hilfe. – Mein Kind kommt.«

»Wie heißt Ihr?«

»Lisbeth Strom.«

Der Kopf zog sich zurück und die Luke schloss sich. Lisbeth wartete, dass das Tor sich nun öffnen würde, aber nichts geschah. Nachdem sie eine weitere Wehe überlebt hatte, öffnete sich die Luke wieder. »Habt Ihr die Pilze und die Steine?«

»Was?«, keuchte sie. »Nein! Ich bekomme ein Kind!« Das letzte Wort rief sie laut vor Schmerzen. Der Hund, der die ganze Zeit am Waldrand gestanden war, flüchtete. Als die Wehe vorüber war, drehte Lisbeth den Kopf zur Luke. Sie war wieder geschlossen. Wieder zog sich ihr Unterleib zusammen. Wieder schrie sie, sie konnte nicht anders. Sie strich sich die verschwitzen Haare aus der Stirn und drehte sich zur Tür. »Lasst mich rein!« Sie hämmerte erneut gegen das Tor. »Ihr könnt mich das Kind nicht hier draußen gebären lassen!«

»Geht weg!«, hörte sie eine gedämpfte Stimme von der anderen Seite des Tores. »Befehl vom Herrn. Ich darf Euch nicht hineinlassen!«

Sie hatte keine Kraft mehr für Wut. Erschöpft rutschte sie am Tor hinab. Wieder eine Wehe. Als sie abebbte, kroch sie auf allen vieren zum Waldrand. Sie wollte nicht, dass irgendjemand sie so sah. Sie versteckte sich zwischen zwei Büschen und wartete. Als die nächste Wehe sie übermannte, spürte sie, dass sie pressen musste. Sie griff nach einem Stöckchen, biss darauf und presste. Mit einer Hand tastete sie zwischen ihre Beine. Nichts. Vor Schmerzen und Angst weinte sie. Eine neue Wehe. Sie keuchte. Presste. Betete. Wieder Schmerzen, die sie fast zerrissen. War das der Kopf? Ihre Finger ertasteten Haare! Sie hatte keine Zeit, sich zu freuen, denn sie presste wieder, heulte, presste. Der Kopf schien draußen zu sein. Obwohl sie gelähmt war vor Schmerzen, schaffte sie es, die Hände nach dem Kind auszustrecken. Warm und nass glitt es ihr entgegen, voll weißer Schmiere und dunklem Blut. Schwarze Haare klebten am Kopf. Mit geschlossenen Äuglein öffnete es den Mund und schrie.

Lisbeth saß da, mit angewinkelten Beinen, betrachtete ihre Tochter und wusste nicht, ob sie lachen oder weinen sollte. Ein fremdes Wesen. Ein einzigartiger Mensch. Neu auf dieser Welt und unendlich wertvoll. Lisbeth lachte erschöpft und barg ihr Kind vorsichtig in den Armen. Es gab nur dieses kleine Wunder. Der Wald hielt den Atem an, schwieg und sah zu. Ihre Tochter schrie in die Stille, als beschwerte sie sich, dass sie plötzlich in einer anderen Welt war, die Fäustchen geballt, mit den Armen fuchtelnd, auf der Suche nach Grenzen, die plötzlich fehlten. Ihre Bäckchen waren rund – obwohl sie noch so klein war –, die Nase schön geformt wie die von Lucas. Lisbeths Herz tanzte.

Im Sitzen legte sie ihre Tochter auf ihren Bauch und wärmte sie mit den Händen. Dann legte sie sich zurück auf den Waldboden.

Hatte sie überhaupt schon Milch in ihrer Brust? Sie drehte sich vorsichtig mit dem Baby auf die Seite, zog ihr Kleid über ihrer Brust hinunter und versuchte, die Kleine anzulegen. Sie brauchte eine Weile, um eine gute Position für sie beide zu finden. Dabei umfing sie das Baby mit ihren wärmenden Armen. Ihr eigenes Kind. Das Mädchen fand die Brustwarze und begann zu saugen. Lange würde sie es nicht mehr warm halten können. Jetzt, da sie daran dachte, merkte sie auf einmal, dass ihr eiskalt war. Die wärmende Sonne war schon längst verschwunden.

Die Kleine saugte nicht mehr und schien eingeschlafen zu sein. Sie fuhr ihm zärtlich mit dem Finger über die verschmierte Wange, richtete sich dann auf, so gut es ging, und legte sie auf den Waldboden. Sie holte ihr Messer aus der Gürteltasche und griff nach dem Saum ihres Kleides. Sie bekam den Stoff zu fassen und schnitt ein großes Stück heraus. Es dauerte eine Weile, bis sie ein dünnes Band davon abgerissen hatte. Damit band sie die Nabelschnur ab und durchtrennte sie dann mit dem Messer. Vorsichtig hob sie ihr kaltes Baby vom Boden, zupfte die Tannennadeln von seiner Haut ab und wickelte es in den dreckigen Stofffetzen.

Wieder verspürte sie ein Ziehen. Die Nachgeburt. Sie untersuchte sie kurz mit den Augen, fand sie eklig und warf sie in den Wald. Vor

Kälte zitternd legte sie sich der Länge nach auf den stachligen Boden und platzierte das kleine Wesen behutsam auf ihrer Brust, damit es möglichst viel Wärme abbekam. Sie blinzelte über ihre Nasenspitze hinab zum Gesicht ihrer Tochter, ließ ihren Blick über die vollen Lippen gleiten, fuhr mit dem Finger über die verklebten Augenbrauen und streichelte über die nassen Haare. Dann überkam sie tiefe Müdigkeit. Bevor sie sich auf den Weg machen konnte, musste sie Kraft sammeln. Sie würde sich kurz ausruhen und dann ins Dorf laufen.

Sie schloss die Augen. Alles in ihr drehte sich. Zwischendurch hob sie immer wieder den Kopf, um nach ihrem Kind zu sehen. Es atmete zufrieden auf ihrer Brust. Nach einer Weile begann sich ihr Kind zu regen. Benommen schlug Lisbeth die Augen auf. Es war dunkel und sie konnte ihre Glieder vor Kälte kaum bewegen. Sie berührte die Wange ihrer kleinen Tochter. Auch sie war kalt. Lisbeth umklammerte die Fingerchen. Sie waren kälter als ihre eigenen Hände. Lisbeth versuchte, ihre Beine, Arme und ihren Oberkörper zu bewegen. Ein beißender Schmerz durchzuckte sie, als sie ihren Fuß anwinkelte. Sie rappelte sich mühsam auf, erhob sich, auf einem Arm ihr Kind balancierend, mit dem anderen Arm hielt sie sich an einem Baum fest. Als sie sich gesammelt hatte, schwankte sie zum Burgtor und hämmerte dagegen. Nichts regte sich. »Gebt mir eine Decke für mein Kind!«, rief sie. Sie wartete, klopfte wieder, nichts tat sich. Ihr wurde schwindlig. Sie fürchtete, sie könnte auf ihr Kind stürzen. Wenn sie es den Weg hinab bis an die Stelle schaffen würde, an der sie den Sack zurückgelassen hatte, könnte sie ihr Kind da hinein wickeln. Sie wankte nach rechts, fing sich wieder, schaffte es bis zur Biegung, dann begann es in ihrem Kopf zu rauschen. Ihr wurde schwarz vor Augen.

»Lisbeth, Lisbeth!« Die Stimme kam von weit her. Sie klang aufgeregt. Sie klang vertraut. Und sie war direkt neben ihr. Als Erstes spürte sie die Kälte, dann den harten Boden. Ihre Lider flatterten, sie musste sich zwingen, sie zu öffnen.

Benommen blickte sie die breite Gestalt an, die im Mondlicht neben ihr auf dem Boden kniete. Sie erkannte Lucas, Angst stand in seine Augen geschrieben. Er hatte ein Bündel im Arm, das sich nicht bewegte. Ihr Kind! Ihr fiel wieder ein, was geschehen war. Ihre Tochter war da. Vor der Burg. War sie tot? Sie war auf einmal hellwach.

»Lebt sie?«, keuchte sie.

Lucas nickte. »Aber sie ist eiskalt.«

Lucas hatte das Kind in sein Wams gewickelt, während sie noch bewusstlos gewesen war. Schnell sagte sie: »Sie bekommt mehr Wärme, wenn du sie direkt auf deine nackte Haut legst und ihr euch dann beide mit dem Wams zudeckt!«

Lucas nickte, übergab ihr das Kind, streifte sein Hemd ab und legte das ausgekühlte Baby in seine Armbeuge, während er es gleichzeitig an seinen nackten Oberkörper schmiegte. Lisbeth half ihm, sein Hemd wieder so überzuziehen, dass das Kind Luft bekam, dann zog sie ihm sein Wams darüber.

Lucas kniete neben ihr. Tiefe Falten standen auf seiner Stirn. »Ich dachte, du wärst tot«, flüsterte er. Er löste den Blick von ihr, senkte das Kinn und betrachtete seine verhüllte Tochter. Die Angespanntheit verschwand aus seinem Gesicht. Er lächelte auf sie hinab.

»Wie hast du mich gefunden?«, fragte Lisbeth.

»Engel Schreiner – die Magd von der Burg – kam vor einer Stunde ins Dorf gerannt, um mir zu sagen, was passiert ist. Sie hat mitbekommen, dass du in der Burg um Einlass gebeten hast. Sie hat sich bei Anbruch der Nacht rausgeschlichen, traute sich aber nicht, dich zu suchen. Sie hatte Angst, dass du vielleicht gestorben sein könntest und dein Geist sie verfolgte. Ich bin sofort losgerannt. Veit und Hate werden hoffentlich bald hier sein. – Oh Gott, ich wusste nicht, ob du noch lebst!« Seine Stimme brach. Er fuhr ihr zärtlich über die Wange. »Was um alles in der Welt tust du denn hier?«

Lisbeth erzählte ihm alles. Während er zuhörte, wurde sein Blick immer finsterer, sein Unterkiefer mahlte. Während sie noch sprach, stand er auf, das Kind immer noch an seiner Brust, und ging aufgewühlt umher, konzentriert zuhörend. Er wirkte größer als je zuvor. Als sie ihren Bericht beendet hatte, schritt er mit langen Schritten um die Biegung zum Burgtor, trat mit seinem Stiefel dagegen und brüllte Verwünschungen. Schwer atmend kam er zurück zu ihr.

»Was machst du denn da? Du hast ein Kind im Arm!«, sagte Lisbeth.

»Ich bringe ihn um!«, zischte er.

»Hör auf zu fluchen!«, flehte Lisbeth.

»Wenn ich könnte, würde ich diesen Kerl hier und jetzt an seinem hässlichen Bart direkt ins Fegefeuer ziehen!« Sein Atem ging schwer. »Der Henker von Bern kann mit einem Schwerthieb zwei Köpfe abschlagen. Zwei Köpfe! Weißt du, wie schwer das ist? Das würde ich jetzt auch gerne tun. Den Kopf des Ritters und den des Burgvogts!«

»Wie kommst du denn auf den Henker von Bern?«, flüsterte Lisbeth. Hier war ihr Neugeborenes, zu früh geboren, unterkühlt und womöglich verletzt, und ihr Mann sprach über etwas, das Unglück brachte.

Er antwortete nicht, aber Zorn flackerte in seinen Augen. Nach einer Weile sagte er etwas ruhiger: »Wir nennen sie Magdalena – oder Lena. Nach meiner Mutter.«

Er hatte noch nie seine Eltern erwähnt. Lisbeth nickte. Sie war froh, dass er besänftigt war – und dass er endlich etwas von sich preisgab. Wenn es auch nur der Name seiner Mutter war. Sie sagte: »Lena. Das klingt schön.«

Er setzte sich neben sie auf den Boden und legte schützend den Arm um sie. Sie ließ ihren Kopf auf seine Schulter sinken und schloss die Augen. Er umfing ihre Schulter, seine Hand streichelte zärtlich ihr Gesicht. Seine Wärme tat gut. Nach einer Weile flüsterte sie: »Ich glaube, ich kann wieder aufstehen.«

Er erhob sich mit Lena im Arm, sah sie an, sein Blick ruhig und stark, und half ihr vorsichtig auf. Im einen Arm barg er seine Tochter, den anderen Arm legte er fest um seine Frau. Er hielt sie gut fest, als sie langsam Hate und Veit entgegengingen.

TEIL II

KAPITEL 10

Mainz 1502

Warum Peter gerade die Nacht nach seinem Namenstag ausgesucht hatte, wusste er selbst nicht – vielleicht, weil die Feierlichkeit zum Gewicht seiner Entscheidung passte. Er ging nicht zu Bett, aus Angst zu verschlafen. Wie immer sagte er seinem Vater in der Stube Gute Nacht, doch diesmal sah er ihn etwas länger dabei an, prägte sich den Bogen der Augenbrauen ein, schenkte ihm ein Lächeln. Er ging in seine Kammer und las in dem Reisebericht, den sein Vater ihm geschenkt hatte. Als die Sonne unterging, legte er das Buch weg. Im Dunkeln packte er seinen Beutel, stopfte Hosen, Hemden und eine warme Jacke hinein, steckte ein leeres Heft für seine Aufzeichnungen zwischen die Kleider und nähte sein gesamtes Erspartes, einen Gulden und fünfzehn Pfennige, im Mondschein mit groben Stichen in die Innentasche seines Gürtels. Als er müde wurde, streckte er sich auf dem Holzboden aus – ohne Kissen, ohne Decke, damit er nicht lange schlafen würde.

Sein Plan ging auf. Er war vor Sonnenaufgang hellwach. Mit steifen Gliedern trat er ans Fenster. Mainz lag still in der Finsternis. Er zögerte eine Weile, dann verließ er seine Kammer und schlich über die knarrenden Dielen ins Schlafgemach seines Vaters. Dort blieb er in der Tür stehen und horchte auf das gleichmäßige Schnarchen. Er tapste zum Geldkasten und klaubte fünf Gulden heraus. Sein Gesicht glühte dabei vor Scham, doch er schob sein schlechtes Gewissen beiseite. Einen letzten Blick auf seinen Vater werfend, schlich er aus der Kammer, holte seinen Sack, stieg vorsichtig die Treppe hinunter und wartete eine Weile im Flur, bis das Morgengrauen einsetzte. Wie ein

Dieb verließ er das Haus, sich mehrmals umsehend. Im Schatten der Häuser huschte er zum Stadttor, wo er bis zum Sonnenaufgang wartete. Endlich wurde das Tor geöffnet und er eilte zum Hafen. Mit klopfendem Herzen wandte er sich an den erstbesten Treidelknecht, einen stinkenden Kerl mit Lippen, die so schmal waren, dass sie ganz in seinem Mund verschwanden. »Ich suche Arbeit. Reist Ihr flussabwärts?«

Der Mann nickte schroff.

»Nehmt Ihr mich als Hilfsknecht?«

»Hast du schon einmal mit Treidelpferden gearbeitet?«

Peter schüttelte den Kopf. »Aber ich lerne schnell. Und ich kann lesen, schreiben und rechnen.«

»Von mir aus. Dann komm eben mit. Es ist immer gut, in Rotterdam einen Helfer zu haben, der Deutsch spricht«, brummte der Mann. »Von Rotterdam aus ziehen wir dann wieder nach Süden – mit Schiffen im Schlepptau.«

Peter schwieg. Dass er nicht vorhatte, wieder in den Süden zu ziehen, brauchte der Treidelknecht nicht zu wissen. Peter würde ein Schiff besteigen, bunt glänzende Geschöpfe entdecken, Wälder durchstreifen, in denen Gräser höher als ein Mann wuchsen, und mit seinen Reiseberichten berühmt werden. Während er sich auf der Reling eines Schiffes sah, mit wehendem Haar und geschwellter Brust, riss ihn der Treidelknecht aus seinen Träumen: »Den längsten Teil der Wegstrecke nach Rotterdam werden wir zu Fuß gehen. Mit dem Schiff fahren ist zu teuer. Und glaube bloß nicht, dass du irgendetwas von mir bekommst! Kein Essen, nichts.«

Ohne auf eine Reaktion zu warten, bestieg der Treidelknecht eines der kurzbeinigen Pferde und setzte es in Bewegung. Seine Füße streiften dabei den Boden. Das zweite Pferd führte er an einem Seil hinter sich her. Peter schwang sich seinen Sack über die Schulter und folgte dem reiterlosen Pferd zu Fuß.

Auf dem Treidelpfad kamen ihnen Gespanne entgegen. »He, was soll das?«, murrten die entgegenkommenden Knechte, als sie auf ihrer

Höhe waren. »Könnt Ihr nicht auf Straßen oder auf einem Boot nach Norden reisen?«

Der Treidelknecht gab ein missbilligendes Brummen von sich und lenkte seine Pferde zur Seite, um die ziehenden Gespanne durchzulassen.

»Wie heißt Ihr eigentlich?«, rief Peter, während er wie ein drittes Pferd hinterhertrottete.

»Urban.«

»Und warum reisen wir nicht auf den Verkehrsstraßen?«

»Ich mag die Straßen nicht«, knurrte Urban. »Zu viel übles Pack.«

Die erste Bacheinmündung, durch die sie nicht hindurchwaten konnten, erreichten sie schon nach zwei Stunden. Peter begriff, dass die Einmündungen beim Treideln die meiste Zeit kosteten. Bei den entgegenkommenden Pferden beobachtete er, dass die Leinen, an denen das Schiff hing, ausgespannt wurden, das Boot an einer geeigneten Stelle vor Anker ging, während die Pferde den Seitenarm hinaufgetrieben wurden, bis das Wasser irgendwo überquert werden konnte. Dann ging es am anderen Ufer wieder zurück zum Rhein, und ein Helfer warf vom Kahn aus die Leinen hinüber. Die Pferde wurden wieder eingespannt und zogen den Kahn weiter den Strom hinauf.

Sie übernachteten im Freien. Es regnete und Peter ärgerte sich, dass er keine Decke mitgenommen hatte. Er zog alle seine Kleider übereinander und zitterte trotzdem vor Kälte. Doch das war noch nicht das Schlimmste. Bei Wesel mussten sie den Rhein überqueren, weil der Treidelpfad auf der anderen Seite des Stromes weiterführte. Hier befand sich auch eine der vielen Zollstationen, daneben eine windschiefe Treidelstation, ein billiges Gasthaus für die Reisenden. Vier Fähren überquerten an dieser Stelle den Rhein, dicht beladen mit Pferden und Menschen. Peter bestieg einen der überfüllten Kähne. Beim Anlegen stießen mehrere Boote gegeneinander. Er hörte ein Knacken im Bein, gleichzeitig durchfuhr ihn ein brennender Schmerz, sodass er aufschrie. Dann erst wurde ihm bewusst, dass sein Knöchel zwischen zwei Kähnen eingeklemmt worden war. Mit zusammengebissenen Zähnen hopste er auf einem Bein vom Kahn, während er sich an einen jungen, fremden Treidelknecht stützte. Er versuchte aufzutreten, doch der Schmerz setzte sein gesamtes Bein in Brand.

»Das kannst du vergessen«, murmelte Urban. »Das ist gebrochen. Warum habe ich nur immer so ein Pech mit den Hilfskerlen?«

Er findet, dass er Pech hat? Peter schluckte seinen Ärger hinunter. »Bitte, nehmt mich weiter mit. Vielleicht könntet Ihr mich ja reiten lassen?«

Urban lachte nur, drehte sich um und führte seine beiden Pferdchen davon. Peter blickte ihnen nach, zog die Nase hoch, spuckte aus und hüpfte mit brennenden Augen auf einem Bein zur Treidelstation. Er teilte sich dort eine Woche mit wechselnden Gästen ein Zehnerzimmer, schlief in Betttüchern, die nach Schweiß und ungewaschenen Füßen stanken, wurde fast verrückt von den Flohbissen und gab dann zwei Gulden aus, um als Passagier auf einem Lastkahn weiter nach Rotterdam zu fahren.

Peter hatte gehofft, dass Plan B nie zum Tragen kommen würde. Doch er konnte nicht mehr richtig laufen und sein Geld war aufgebraucht, kurz: Er brauchte Hilfe. Er schleppte sich vom Rotterdamer Hafengewirr in die Stadt, stellte sich in den Schatten eines Patrizierhauses und behielt die hohe Tür des Rathauses im Auge. Er wartete auf seinen Onkel Piet Brouwer, den Mann seiner verstorbenen Tante Agnes, ein Ratsherr und Seidenhändler. Der Tag verrann und Peter begann zu zweifeln, ob sein Onkel überhaupt noch Ratsmitglied war. Als es gegen Abend kalt wurde, änderte er seinen Plan, lief ziellos umher und sprach vorbeieilende Passanten auf Deutsch an. Die ersten drei schüttelten nur den Kopf, zwei junge Männer ignorierten ihn. Endlich antwortete ihm ein Mann, dessen Wams über seinem Bauch so spannte, dass Peter Angst hatte, die Knöpfe könnten ihm jeden Moment entgegenspringen. »Jeder hier kennt Piet Brouwer«, sagte der Mann in einem seltsamen Dialekt. Während Peter auf die Knöpfe starrte, beschrieb der Mann ihm den Weg zum Haus seines Onkels. »In der Nähe der neuen Kirche auf der Grotekerkplein. Die Kirche ist eine

Baustelle, aber du siehst sie trotzdem schon von Weitem.« Peter musste sich konzentrieren, um alle Worte zu verstehen.

Als er vor dem Haus seines Onkels stand, klopfte er betreten an. Piet Brouwer empfing ihn stirnrunzelnd in der Stube, stellte ihm zunächst Fragen über seine Tante Agnes, um sich zu vergewissern, dass Peter kein fremder Hochstapler war, und fragte ihn über seine Flucht aus Mainz aus. Er nahm ihm das Versprechen ab, sofort seinem Vater zu schreiben und um Vergebung zu bitten. Dann rief er eine blasse junge Magd herbei und ließ für Peter ein Zimmer lüften.

Als Erstes ertränkte Peter die Flöhe in Essig, schor sich die verlausten Haare ab und schrieb einen reumütigen Brief an seinen Vater, in dem er versprach, nach Mainz zurückzukehren, sobald sein Fuß verheilt war.

Die Zeit verging. Nach drei Monaten Langeweile in Rotterdam war Peters Gelenk immer noch steif. Er begann zu ahnen, dass sein Fuß nie wieder heilen würde. Nächtelang lag er wach in seinem Bett, versuchte, den Fuß kreisen zu lassen, gab es schließlich auf und starrte an den Betthimmel. Ein humpelnder Seefahrer.

Trotz allem würde er es zumindest versuchen. Wenn er jetzt aufgab, würde er sich für immer dafür verachten.

Am nächsten Abend saß Peter mit seinem Onkel und dessen Gästen beim Essen. Weil Peters Holländisch nicht gut war, verstand er nur einen Teil der Unterhaltung. Er wusste aber immerhin, worüber man sich stritt: ob der Mensch von Grund auf verderbt sei, wie es Augustinus behauptet hatte, oder ob zumindest der Geist – im Gegensatz zu Seele und Körper – gut sei, sodass er nach Vervollkommnung streben könne. Es störte Peter nicht, dass er nicht mitreden konnte, seine Gedanken kreisten ohnehin um etwas ganz anderes. Während er appetitlos mit seiner kleinen, vornehmen Gabel in dem gesottenen Aal herumstocherte, dachte er an den vergangenen Morgen.

Er war aus dem Bett gekrochen, zum Hafen gehumpelt und hatte dort stundenlang neben Hübschlerinnen und Matrosen auf leeren Fässern gesessen. Endlich hatte er in der Menge einen wippenden Kapitänshut erkannt. So flink wie möglich hatte er sich an den Schauerleuten vorbeigeboxt, sich dem Kapitän in den Weg gestellt und ihn auf Lateinisch angesprochen. Dieser hatte interessiert innegehalten – sicherlich kam es nicht oft vor, dass man am Hafen auf Lateinisch angesprochen wurde.

»Nein, das geht nicht«, hatte er schließlich auf Holländisch geantwortet. Mit einem kaputten Bein könne Peter auf keinem Schiff anheuern, weder als Matrose noch als Schiffsjunge, nicht als Koch und nicht als Schreiber.

Peter schob den Aal von links nach rechts. Froh um die Ablenkung blickte er auf, als die Magd eintrat und dem Onkel einen Brief mit einem Siegel überbrachte. Peter reckte den Hals, um besser sehen zu können. Sein Vater hatte auf seine Entschuldigung nicht geantwortet. Auch nicht auf den Brief seines Onkels.

Der Onkel hob den Brief hoch. Peter setzte sich kerzengerade hin. Er kannte dieses Siegel. Es war das des Advokaten Schrother, eines Freundes seines Vaters. Er legte sein Besteck beiseite und beobachtete mit angehaltenem Atem das Mienenspiel im Gesicht des Onkels, während dieser den Brief las. Der Onkel runzelte die Stirn. Als er den Brief sinken ließ, sah er Peter mit einem Blick voller Trauer an. Peter wusste, dass es zu spät war. Sein Vater war gestorben.

Laubenheim, Juni 1507

Lena schlenderte am Rand des Gewannes entlang, ein Stück Brot in den Händen. Sie sprang über das hohe Junigras, das den Weg teilte, und landete mit beiden Beinen in der anderen Fahrrille. Sie sprang wieder zurück und machte dabei eine halbe Drehung. Dann blieb sie stehen und biss ein Stück Brot ab, während ihr Blick über die vielen

Feldarbeiter glitt. Ganz hinten, am anderen Ende des Feldes, erkannte sie ihren Vater. Irgendwo in seiner Nähe musste auch ihre Mutter sein – und ihr achtjähriger Bruder.

Dieses Mal hatte er mit Clas gewettet, dass ihr Feld – das Feld der Familie Strom – als erstes abgeerntet sein würde. Auf keinen Fall würde sie ihren Bruder bei seiner dämlichen Wette unterstützen. Solange Mutter und Vater sie nicht dazu aufforderten, würde sie keinen Finger krümmen. Wenn Phillip seine albernen Wettspielchen gewann, war er noch schlimmer als sonst, grinste von morgens bis abends und erzählte ihr, wie schlau er war. Sie kickte einen Stein weg. Er sprang auf der festgetretenen Erde auf und hüpfte seitlich in den hohen Roggen. Sie biss wieder von ihrem Brot ab und ging weiter. Der Stein kam zurückgeflogen, rollte ein paar Ellen in ihre Richtung und blieb vor ihren Füßen liegen. Sie hörte auf zu kauen und blieb stehen. Einen Augenblick lang starrte sie auf den Stein, dann auf die Stelle im Roggenfeld, aus der er gekommen war. Sie bückte sich, hob den Stein auf und trat an das Feld heran. Auf den Zehenspitzen stehend reckte sie den Hals, aber sie konnte im hohen Gras nichts erkennen. »Wer ist da?«, fragte sie. Es blieb still. Lena umschloss mit der rechten Hand den Stein, mit der linken den Rest des Brotes und teilte mit ihren Fäusten das Getreide vor ihr. Sie machte einen Schritt, bog die Halme erneut zur Seite und blieb überrascht stehen.

Im Roggen saß ein Mädchen. Es war ungefähr so alt wie Lena und trug die seltsamsten Kleider, die sie jemals gesehen hatte. Waren das durchsichtige Steine auf ihrem Gürtel? Und warum hatte sie einen weißen Lappen um den Ausschnitt ihres Kleides gelegt?

Die beiden Mädchen musterten sich schweigend. Lena fand, dass das Mädchen wie eine Figur aus einer Geschichte aussah: die vielen Zöpfe, die zu einem hohen Hut geflochten waren, das glänzende Kleid, aber auch die großen runden Augen, die sie musterten. Nachdem die erste Neugier verflogen war, setzte die Fremde einen anderen Gesichtsausdruck auf. Sie wirkte jetzt traurig, aber gleichzeitig auch stolz, *schmollend* war vielleicht das richtige Wort. Wortlos brach Lena ihr Brot entzwei und streckte ihr ein Stück entgegen. Das Mädchen nahm es, hielt es in den Händen und blickte eine Weile darauf, als wäre sie zu traurig, um zu essen.

Lena blies sich ein paar lose Haarsträhnen aus dem Gesicht. »Wie heißt du?«, fragte sie.

Das Mädchen richtete seine großen Augen auf sie. »Sibilla.«

»Ich heiße Lena. Kann ich mich zu dir setzen?«

Sibilla zuckte mit den Schultern. Lena setzte sich im Schneidersitz auf den Boden. Immer wenn sie unbeobachtet war, verschränkte sie beim Sitzen die Beine. Wer würde sich schon aufregen? Dieses Mädchen hier sicher nicht, es sah sie ja nicht einmal an.

»Bist du traurig?«, fragte Lena und biss ein großes Stück von ihrem Brot ab.

Sibilla antwortete nicht.

»Hast du dich verlaufen?«

»Nein, ich bin von zu Hause weggelaufen.«

Lena hörte auf zu kauen. »Du bist weggelaufen? Absichtlich? Hast du keine Angst so alleine?«

Das Mädchen schüttelte den Kopf.

Lena kaute langsam zu Ende, dann sagte sie: »Ich hätte Angst, wenn ich von zu Hause weglaufen würde.«

»Ich habe vor nichts Angst«, sagte Sibilla trotzig.

»Wirklich nicht? Ich schon.«

Die Mädchen schwiegen eine Weile. Lena fragte sich schon, ob sie Sibilla einfach wieder alleine lassen sollte. Wenn sie weiterhin so vor sich hin brütete, konnte Lena ihr auch nicht helfen. Doch da hörte sie sie fragen: »Wovor hast du denn alles Angst?«

»Vor Albträumen. Und vor dem Tod – vor allem vor der Hölle.« Über Lenas Wade krabbelte ein Käfer. Sie stülpte ihre hohle Hand über das Tierchen. Sie wollte nicht mehr über so schreckliche Dinge sprechen. Sie spürte die kitzelnden Beinchen des Käfers, nahm ihre Hand weg, ließ den Käfer davonfliegen und wechselte das Thema. »Wo wohnst du denn?«

Sibilla zeigte mit dem Daumen über ihre linke Schulter nach oben.

»Die Burg? Du wohnst auf der Burg?«

Das Mädchen nickte und nahm einen Bissen von dem Brot. Lena ließ sich nach hinten in den Roggen plumpsen. Sibilla war die Tochter des Leibherrn! Warum war sie nicht gleich darauf gekommen?

Lena hörte ein Knirschen. Sibilla spuckte das Brot wieder aus. »Da sind ja Steine drin!«, rief sie.

»Na klar, da muss man immer aufpassen.«

»Ihr tut Steine in euer Brot?«

»Pfff. Glaubst du, wir kneten sie absichtlich hinein?« Lena setzte sich wieder aufrecht hin. »Diese Steinchen brechen vom Mühlstein ab, wenn das Getreide gemahlen wird. Mein Vater sagt, dass es höchste Zeit für einen besseren Mühlstein ist, aber der Grundherr will ja kein Geld ausgeben.« Lena hielt inne, als ihr einfiel, dass der Grundherr ja Sibillas Vater war. »Habt ihr denn keine Steine im Brot?«, fragte sie, riss drei Halme ab und steckte die Ähren in ihre Rocktasche.

»Nein, bei uns sind nie Steine drin.«

Lena begann, aus den Halmen ein Band zu flechten.

»Darf ich auch mal?«, fragte Sibilla, auf das Band aus Halmen deutend.

Lena blickte auf, riss ein paar Halme ab und sagte: »Wir werden übrigens beide Ärger bekommen, weil wir das Getreide platt getrampelt haben. Aber bis die Erntearbeiter zu diesem Stück hier kommen, dauert es noch mindestens so lange, bis die Sonne ungefähr da steht.« Sie deutete mitsamt den ausgerissenen Halmen auf eine Stelle im Himmel.

Sie sahen sich kurz an, als wäre ihre rechtzeitige Flucht stillschweigend beschlossen.

Lena riss die Ähren ab, steckte sie in ihre Schürzentasche und übergab die Halme dem Mädchen.

»Warum wirfst du die Körner nicht weg?«, fragte Sibilla.

»Spinnst du? Die sind wertvoll.«

Schweigend flochten sie Bänder. Lena half Sibilla, ihres um das

Handgelenk zu binden. Als sie fertig waren, knoteten sie Haarschmuck. Feierlich setzte Lena ihr Grasgeflecht in Sibillas hohe Frisur.

»Lena«, hörten sie ein leises Rufen von weit her. Es war die Stimme ihrer Mutter.

»Wir müssen hier weg, schnell!«, sagte Lena und krabbelte durch die stehenden Halme wieder zum Weg. Sibilla folgte ihr auf allen vieren. Sie standen auf und klopften ihre Kleider ab. »Komm mit!«, sagte Lena und lief in Richtung Wald. Sibilla raffte ihren Saum und rannte hinterher.

Als sie den Waldrand erreichten, fragte Sibilla: »Bekommst du keinen Ärger, wenn du einfach von der Arbeit wegläufst?«

Lena zuckte mit den Schultern. »Wahrscheinlich schon. – Ich sollte eigentlich helfen, die Garben zu bündeln. Aber ich will nicht bei der blöden Wette von meinem kleinen Bruder mithelfen. Er ist anderthalb Jahre jünger als ich und führt sich auf wie der Hausherr. Deshalb helfe ich nicht mit.«

»Ich habe Durst«, sagte Sibilla.

»Ich auch.«

»Wir haben Erdbeersaft auf der Burg.«

»Erdbeersaft? Wirklich?«

»Willst du mal probieren?«

Lenas Augen leuchteten.

Sibilla lächelte mit verhaltenem Stolz, machte eine auffordernde Handbewegung in Richtung Burg und setzte sich in Bewegung.

»Zur Burg? Du willst zur Burg? Das ist aber weit!« Lena stand immer noch auf der Stelle.

»Hast du nun Durst oder nicht?«, rief Sibilla über die Schulter und marschierte weiter.

Lena zögerte. Sie blickte sich um. Ihre Eltern brauchten eigentlich Hilfe. Aber wann bekam sie schon einmal die Möglichkeit, die Burg von innen zu sehen? Sie nahm sich vor, die nächsten zwei Tage besonders fleißig zu arbeiten, und rannte los. Den ersten Teil des Weges machten sie Hüpfspiele, dann wurden sie müde. Sibilla schlug ein

Rätselspiel vor. Aber Lena konnte keine ihrer Fragen beantworten. Schwitzend und erschöpft näherten sich die beiden dem Burgtor. »Ich verdurste gleich«, sagte Sibilla.

»Warum bist du eigentlich weggelaufen?«, fragte Lena.

»Alle sind so blöd geworden, seit mein Bruder auf der Welt ist.«

Das verstand Lena.

»Mein Vater war lange weg«, erklärte Sibilla. »Er hat im Krieg gekämpft. Als er zurückgekommen ist, hat er sich ganz arg gefreut, mich zu sehen. Er hat mir sogar das Reiten beigebracht. Aber seit mein blöder Bruder auf der Welt ist, heißt es nur noch: *Otto hier, Otto da. Ist er nicht süß, eideidei*. Bäh!«

Sie schritt auf das Tor zu, klopfte mit dem Metallring, zu dem sie sich emporstrecken musste, gegen das Holz und trat wieder einen Schritt zurück. Einen Augenblick später öffnete sich über ihr die Luke und ein bleiches Gesicht erschien. »Wo kommt Ihr denn her?«, fragte der Mann, klappte das Fenster wieder zu, ohne die Antwort abzuwarten, und machte sich von innen am Tor zu schaffen. Die Innentür öffnete sich und Sibilla ging hindurch. Lena zögerte und blieb vor der Burg stehen. »Komm schon!«, rief Sibilla.

Lena schlüpfte hinterher.

»Ich habe einen Spaziergang gemacht«, sagte Sibilla im Vorbeigehen zu dem Knecht.

Der Knecht zischte: »Ihr wisst genau, dass Ihr nicht ohne Waffenschutz aus der Burg dürft. Wegen Euch komme ich in Teufels Küche! Das war das letzte Mal, dass Ihr Euch hinausgeschlichen habt!«

Sibilla schritt weiter, als hätte sie ihn nicht gehört. Lena schaute sich im Gehen um. Mauern ragten in die Lüfte, sich den Wolken entgegenstreckend, als wiesen sie den Weg zum Himmel. *Das hier ist ein Himmelreich, dachte sie*. Hühner und Fasane staksten umher und pickten, rechts hörte sie das Muhen von Rindern im Stall. Es gab sogar zwei Fachwerkhäuser mit richtigen Glasfenstern!

Sibilla steuerte auf den Eingang eines langen Steingebäudes zu, Lena trippelte hinterher. »Warte hier«, sagte Sibilla, offenbar gewohnt,

Befehle zu erteilen. Sie verschwand durch die offene Tür. Lena spähte vorsichtig ins Innere.

Der Boden war mit riesigen Steinen gefliest. Auf einem gemauerten Sims befand sich eine Kochstelle, die so lang und breit war, dass man darin einen Ochsen auf dem Spieß hätte drehen können. Darüber war über die gesamte Länge ein Abzug gemauert. Lena merkte, dass ihr Mund offen stand, und klappte ihn wieder zu.

Sibilla erschien mit zwei getöpferten Bechern im Türrahmen und trat wieder ins Freie. Ehrfürchtig nahm Lena einen entgegen. Sibilla trank in großen Zügen. Lena klebte schon die Zunge am Gaumen, und sie hätte die Flüssigkeit am liebsten gierig in sich hineingeschüttet, aber sie nippte nur vorsichtig, benetzte ihre Zunge mit dem Saft und behielt ihn einen Augenblick im Mund. Es schmeckte nach überreifen Erdbeeren, mit Tau benetzt, mit einem prickelnden Nachgeschmack von sauren Äpfeln, bestrichen mit verdünntem Honig. Sie nahm einen weiteren Schluck, kostete ihn aus und schluckte. Sibilla hatte ihren Becher geleert, machte auf dem Absatz kehrt, verschwand in der Küche und kam wieder mit ihrem frisch gefüllten Becher zurück. Lena hatte erst ein Viertel ihres Bechers geleert.

»Trinkst du immer so komisch?«

Lena antwortete nicht, sondern konzentrierte sich auf den Saft. Über ihnen klappte eine Tür auf und zu. Schwere Schritte polterten die Außentreppe hinab, dann verdeckte ein Schatten die Sonne. Lena setzte den Becher ab und wandte sich um. Vor ihnen stand ein Mann in einem farbenprächtigen Sommermantel. Lena starrte auf den Saum, der rundherum aufgeschlitzt war. Sie hatte zu Hause auch eine zerschlissene Schürze, aber diese Risse waren gleichmäßig. Warum um alles in der Welt zerriss man einen so wunderschönen Mantel absichtlich? Sie ließ ihren Blick nach oben ins Gesicht des Mannes gleiten. Eine hässliche Narbe zog sich von seinem Mundwinkel bis zum Ohr. Der tiefe Schlitz erinnerte Lena an die Spurrille eines Wagens im Matsch.

»Wer ist das?«, fragte der Mann Sibilla.

»Ein Mädchen aus dem Dorf«, antwortete Sibilla lächelnd.

»Sie hat hier nichts verloren«, brummte der Mann und schritt über den Burghof davon.

»War das dein Vater?«, fragte Lena mit großen Augen.

Sibilla nickte.

»Er hat ja gar nicht geschimpft, weil du weggelaufen bist!«

»Weil er es nicht gemerkt hat. – Niemand hat es gemerkt.« Sibilla schwieg, dann sagte sie bestimmt: »Komm mit, wir gehen zu meiner Mutter.« Gemeinsam stiegen sie eine Wendeltreppe empor, Sibilla öffnete vorsichtig eine schwere Türe und trat dann ein. Der Boden war mit Papieren übersät. Auf manchen Blättern waren Zeichnungen zu erkennen, zerfurchte Gesichter. Die Burgherrin ruhte halb aufrecht auf einem Lager, unter zwei bunten Decken. Ihre Augen hielt sie geschlossen, ihr Gesicht war weiß wie ihr Haar. Vielleicht war es auch blond. Lena fürchtete sich, doch Sibilla trat wie selbstverständlich an das Bett heran. Die Dame schlug die Augen auf, die seltsam gerötet waren, blinzelte und lächelte.

Eine schlicht gekleidete Frau erschien in der Tür. »Möchtet Ihr Euren Sohn bei Euch haben, Herrin?« Die Burgherrin drehte sich auf die Seite, sah die Frau eine Weile ausdruckslos an, antwortete jedoch nicht.

»Ich bringe ihn Euch.« Die Frau schloss die Tür. Lena fühlte sich unwohl in diesem halb dunklen Raum mit dieser Herrin, die sich so merkwürdig verhielt. Sie schien Lena nicht einmal wahrzunehmen. Lena ging Richtung Tür und blieb dann wartend davor stehen. Sibilla verabschiedete sich von ihrer Mutter. Gemeinsam verließen sie den Raum, rannten die Treppe hinunter und huschten in die Küche. Von dort stiegen sie in den Keller hinunter. Lenas Herz klopfte bis zum Hals. Im Halbdunkeln glitt ihr Blick über Dörrfleisch von mindestens zwei Ochsen. Sie zählte zwanzig geräucherte Hühner an Haken und dreißig Käseräder, die in der Ecke aufeinandergestapelt waren.

»Was ist da drinnen?«, fragte Lena, als sie vor einer Reihe von großen getöpferten Bottichen standen.

»Keine Ahnung.« Sibilla zuckte gleichgültig mit den Schultern.

Wie konnte man nicht wissen, was in der Speisekammer war? Lena hob vorsichtig den Deckel. Ein scharfer Geruch aus Essig, Salz und Gewürzen schlug ihr entgegen. »Puh«, sagte sie und wandte den Kopf ab, hob dann aber den Deckel noch höher. Gerupfte große Vögel schwammen darin herum. »Sind die haltbar, wenn man sie so aufbewahrt?«, fragte Lena.

Wieder zuckte Sibilla mit den Schultern.

Lena drehte sich um und ihr Mund stand offen, als sie die vierzig Schock Eier sah, die sich bis zur Decke stapelten. »Das gibt's doch nicht!«, flüsterte sie.

»Eier, Eier und nochmals Eier. Mein Vater hasst sie – also hasse ich sie auch. Einmal hat mein Vater gesagt: ›Den nächsten Bauern, der seine Eier abliefert, drücke ich mit dem Gesicht in einen Eimer voll Dotter!‹«

Sibilla fand die Vorstellung offenbar komisch, denn sie hielt sich kichernd die Hand vor den Mund, aber Lena kniff die Lippen zusammen. Ihr Vater würde sich sicher nicht in einen Eimer Eier drücken lassen.

Vater. Er würde böse sein, dass sie weggelaufen war.

»Wie spät ist es?«, fragte Lena.

Sibilla zuckte zum dritten Mal mit den Schultern.

»Ich muss gehen!« Lena rannte die Treppe hinauf, rief von oben: »Danke für den Saft!«, und lief über den Burghof zum Tor. Der Knecht von vorhin bedachte sie mit einem tadelnden Blick und öffnete ihr wortlos. Leichtfüßig rannte sie den Weg hinab. Ihr Magen knurrte. Sie hatte zum letzten Mal heute Mittag etwas gegessen, das Stück Brot, das sie mit Sibilla im Feld geteilt hatte. Sie blieb auf dem Weg stehen, fischte in ihrer Schürzentasche nach den Körnern, die sie heute Mittag aus den Ähren gepult hatte, und warf sie sich in den Mund. Sie waren hart und fühlten sich auf der Zunge an wie kleine geschliffene Steinchen. Um ihre Zähne nicht kaputt zu machen, lutschte sie darauf herum, vielleicht würde die Spucke die Körner mit der Zeit aufweichen. Dummerweise war die Abendessenszeit längst vorbei. Zwar hatte die Dämmerung noch nicht eingesetzt, aber eigentlich sollte sie jetzt schon im Bett liegen.

Sie musste an Sibillas Mutter denken, die am helllichten Tag schlief. Vielleicht schliefen Mutter und Vater ja auch schon. Und vielleicht wäre das sogar gut, denn dann hätten sie morgen früh womöglich schon wieder vergessen, dass sie eigentlich böse auf Lena sein sollten, weil sie weggelaufen war. *Warum handle ich nur immer wieder so unbedacht?* Gleichzeitig wusste sie, dass die Bestrafung nicht allzu schlimm ausfallen würde. Ihr Vater prügelte seine Kinder nicht, im Gegensatz zu den anderen Hausherren im Dorf.

Als das Dorf in Sichtweite kam, lief sie noch schneller.

Schwer atmend betrat sie den Hof. Beide Flügel des Tores standen offen. Sie huschte hinein. Einen Moment lang sah sie nichts. Dann nahm wie wahr, dass jemand auf sie zuschritt. Ihre Mutter. Die Schritte hallten auf dem festgetretenen Lehmboden, dann war ihre Mutter auch schon bei ihr und schloss sie in die Arme. Lena atmete ihren Geruch ein, den Duft von Geborgenheit. Doch im nächsten Augenblick stemmte ihre Mutter sie von sich weg und grub schmerzhaft die Finger in ihre Schulter. Lena hielt die Luft an. Sie hatte ihre Mutter noch nie so verärgert gesehen.

»Wo um alles in der Welt warst du?«

»Äh, also, da war ein Mädchen, das sich verlaufen hatte, und ich habe sie nach Hause begleitet, weil sie Durst hatte.«

»Erzähl mir keine Märchen«, sagte ihre Mutter zornig. »Ich bin fast verrückt geworden vor Sorge! Eine Tracht Prügel solltest du bekommen.«

Lena senkte den Kopf. »Es tut mir leid«, sagte sie leise. »Ich verspreche, dass ich euch die nächsten Tage dafür umso mehr helfen werde.«

Sie hörten Stimmen vor der Tür, dann traten ihr Vater und ihr Bruder ein. Die beiden blieben im Eingang stehen und blickten sie an. »Gott sei Dank, sie ist da«, hörte sie ihren Vater sagen.

Ihre Mutter hatte sie immer noch nicht losgelassen. »Dein Vater und dein Bruder haben dich stundenlang gesucht!«, sagte sie vorwurfsvoll.

Lena wandte sich ihrem Vater zu, so gut sie konnte. »Es tut mir wirklich leid.«

»Wo warst du?« Ihr Vater trat an sie heran, aufrecht und breitbeinig, und blickte sie mit seinen blaugrünen Augen streng an. Sie wusste, dass sie ihm nichts vormachen konnte, sie musste ihm die Wahrheit sagen. »Auf der Burg«, sagte sie kaum hörbar. Sie stolperte nach hinten. Ihre Mutter hatte sie losgelassen.

»Auf der Burg?«, sagte ihre Mutter tonlos. »Du warst auf der Burg? Was hattest du da verloren?«

Lena hob den Blick und sah ihrer Mutter direkt in die Augen. »Das Mädchen, von dem ich erzählt habe, das war die Tochter vom Leibherrn.«

Sie spürte, wie sich die Hand ihres Vaters schwer auf ihre Schulter legte. Er drehte sie zu sich um und beugte sich mit einem bedrohlichen Funkeln in den Augen zu ihr hinab. »Niemals, niemals wirst du mehr auf die Burg gehen, ist das klar?« Seine Augen brannten auf ihr. Lena nickte gehorsam, war aber verwirrt. Was war so schlimm an der Burg? Ihr Vater ließ sie los. »Geh sofort zu Bett«, sagte er in einem Ton zu ihr, der keinen Widerspruch duldete, während er neben ihre Mutter trat. Lena nickte und wandte sich zum Gehen.

»Sie verdient eine Tracht Prügel!«, rief ihr Bruder. »Anstelle die Garben zu bündeln, mussten wir im Wald rumrennen und sie suchen! Und ich habe die Wette verloren. Nur wegen ihr! Los, verprügle sie.«

»Wen oder wie ich züchtige, ist immer noch meine Entscheidung«, hörte sie ihren Vater verärgert sagen.

Sie schlüpfte durch die Tür in ihre Kammer. Es war wunderbar, ihn als Vater zu haben. Er konnte zwar zornig werden, aber er verlor nie die Fassung. Wenn sich Phillip mit einem anderen Jungen prügelte, ging ihr Vater dazwischen, schimpfte und trennte die Kinder. Lena hatte ihn dabei beobachtet und seinen dunklen Blick voller Erinnerungen gesehen. Als sie noch klein war, dachte sie, es sei normal, dass man nicht über die Vergangenheit sprach, dass Vater und Mutter auf manche Fragen keine Antwort gaben, dass es keinerlei Verwandte gab. Doch irgendwann war Lena klar geworden, dass ihre Familie sich von den anderen unterschied.

KAPITEL 11

Lisbeth berührte vorsichtig die Blätter des Maiglöckchens, das zwischen den Grashalmen wuchs. Sie hatte die Blume vor ein paar Tagen am Wegesrand ausgegraben und hier am Grab eingepflanzt. Für ihr zweites totes Baby, das hier unter der Erde lag.

Der schlimmste Moment war gewesen, als sie es aus dem Arm gegeben hatte. Das verschwitzte Köpfchen hatte noch nach Baby gerochen, der kleine Junge hatte ausgesehen, als schliefe er. Sie wollte ihn an die Brust legen, ihm Wärme geben, seinen Atem an ihrer Stirn spüren, gleichmäßig und warm, wie jede Nacht.

Als ihr Sohn schutzlos in die Totenwelt glitt, als fremde Hände ihn einwickelten und aufbahrten, in diesem Moment war sie mit ihm gestorben.

Agnes hatte das verstanden. Sie hatte ihr zugeflüstert, dass nun Lisbeths Mutter ihre beiden Enkel im Himmel behütete. Lisbeth hatte nicht geantwortet. Ihre Mutter war erst siebzehn Jahre tot, sie konnte noch gar nicht im Himmel sein.

Lucas hatte ihr gesagt, sie müsse auch dieses Kind loslassen. Es ginge ihm jetzt gut. Dabei hatte er selbst immer einen Kloß im Hals, wenn jemand auf das Baby zu sprechen kam.

Lisbeth selbst erwähnte ihre kleinen Söhne nie. Nur in ihren Gebeten. Doch die Gebete waren stets begleitet von Trauer und Wut.

Sie erhob sich, klopfte sich den Dreck vom Kleid und lief schnellen Schrittes an den Gräbern vorbei, weg von den Toten. Sie fühlte sich schuldig, weil sie zwar Ave-Marias gebetet hatte, aber trotzdem immer wieder die falschen Gedanken ihr Netz spannen.

Sie musste diese Schuld loswerden.

Sie hatte gehört, dass Bruder Heinrich heute wieder am Waldrand wartete. Seit Barbara Wagner vor einigen Jahren behauptet hatte, dass er der Bruder des Grundherrn sei, hielten sich viele Bauern von ihm fern. Lisbeth spürte, dass er darunter litt – obwohl er es nie erwähnte. Sie schätzte ihn nach wie vor, aber ihre Beichte hatte sich geändert. Alles, was mit dem Leibherrn zu tun hatte, bekannte sie vor Pater Bernhard, alle anderen Sünden gestand sie Bruder Heinrich. Diese Aufteilung war anstrengend, weil sie so keinen Augenblick frei von allen Sünden war.

Schon von Weitem sah sie, dass Bruder Heinrich alleine war. Wie immer saß er auf einem Baumstumpf am Waldrand. Sie lief schneller. Als er sie erkannte, hob er lächelnd die Hand. Leicht außer Atem stand sie vor ihm.

»Gott zum Gruße, Lisbeth«, sagte er und blinzelte gegen die Sonne. Mit den Jahren hatte sich ein Gewirr von Fältchen um seine Augen gelegt, und wenn er lächelte, lachten sie mit. »Wie geht es deiner Familie?«, fragte er.

Lisbeth erzählte ihm kurz von Lenas Ausflug auf die Burg und von Phillips Ehrgeiz.

»Es freut mich, dass sie gesund sind«, antwortete er. Sie plauderten einen Augenblick lang über die Ernte, dann sagte Lisbeth: »Es tut mir leid, ich muss mich beeilen. Ich war schon zu lange weg.«

Er nickte.

Lisbeth kniete sich ins Gras, bekreuzigte sich und sagte: »Im Namen des Vaters und des Sohnes und des Heiligen Geistes. Amen.«

»Gott, der unser Herz erleuchtet, schenke dir wahre Erkenntnis deiner Sünden und Seiner Barmherzigkeit.«

»Amen«, flüsterte Lisbeth. Sie sammelte kurz ihre Gedanken und holte dann Luft. »Ich habe gesündigt – in meinen Gedanken.« Sie hielt inne, dann sprudelten plötzlich die Worte aus ihr hervor, als müsse sie alles auf einmal bekennen: »Ich ärgere mich täglich über meinen Mann, weil er mir nach all den Jahren immer noch nichts von seiner Vergangenheit erzählt hat. Manchmal sehe ich ihn beim Essen an, will aufspringen und ihn kräftig durchschütteln. Stattdessen werde ich zänkisch und gereizt.« Lisbeth atmete tief durch und wechselte dann das Thema: »Und ich habe ein paar Dörfler in Gedanken beschimpft.« Sie brach ab.

»Warum?«

»Weil sie wieder Gerüchte über meine Familie verbreiten. Nach all den Jahren! Sie behaupten, Lucas wäre ein Räuber, der sich hier versteckt. Auf den Dorffesten lassen sie ihn immer noch stehen. Wenn er sich im Wirtshaus zu ihnen setzt, gehen sie an einen anderen Tisch. Er sagt, es störe ihn nicht. Aber ich rege mich fürchterlich darüber auf. – Und ich habe mich in Gedanken über meine Freundin Agnes erhoben. Ich fand, sie redete dummes Zeug.«

Als Lisbeth nicht fortfuhr, fragte Bruder Heinrich: »Du weißt, dass ich dich noch fragen muss, ob du gegen Gott aufbegehrt hast wegen Wetter, Krankheit, Armut, Tod eines Kindes oder eines Freundes?«

Hier war sie, die Frage, wegen der sie eigentlich hier war und die sie gefürchtet hatte. Und sie hasste die Antwort, weil sie jedes Mal dieselbe war. »Ja, das habe ich«, flüsterte sie.

Bruder Heinrich schwieg. Dann fragte er leise: »Machst du dir Gedanken darüber, wo dein Sohn jetzt ist?«

Lisbeth hob den Blick und sah ihm direkt in die Augen.

Bruder Heinrich beugte sich leicht vor zu ihr. »Dein Sohn war getauft. Er ist also nicht in der Vorhölle für ungetaufte Säuglinge. Und er war noch so klein, dass er noch nicht sündigen konnte, also ist er auch nicht in der normalen Hölle oder im Fegefeuer.«

»Das heißt, er ist im Himmel.«

Bruder Heinrich nickte.

Lisbeth rang sich ein Lächeln ab.

»Hast du noch mehr auf dem Herzen, das du bekennen möchtest?«

Sie schüttelte den Kopf.

»Bereust du deine Sünden?«

»Ja, ich bereue.«

»So spreche ich dich los von deinen Sünden im Namen des Vaters und des Sohnes und des Heiligen Geistes.«

»Amen. Welche Buße muss ich tun?«

»Nimm eine Schnur mit fünf Perlen. Jede Perle steht für eine Szene der Passion Christi. Versenke dich in den Mysterien der Passion. Eine Woche lang.«

Lisbeth schluckte. War ihm klar, wie lange so eine Übung dauerte? Wann sollte sie das denn machen? Sie fiel abends todmüde ins Bett. Sie erhob sich. »Ich danke Euch, Bruder Heinrich.«

Er lächelte sie an. »Gott befohlen.«

Nachdenklich nahm sie den direkten Weg zurück. *Kann ich mich jetzt gleich in ein Mysterium versenken, um Zeit zu sparen? Oder gilt das als halbherzig und zählt als eine weitere Sünde?* Sie seufzte.

Sie ließ den Wald hinter sich und ging quer über das Gewann auf das Dorf zu. Die Felder waren vor ein paar Generationen wie eine Ecke aus dem Wald geschnitten worden. Zu ihrer Rechten erstreckten sich drei weitere große Gewanne mit der Sommersaat. Hellgrüne Pflänzlein schoben sich aus dem lockeren Boden. Vor ihr lag das Dorf mit seinen ein- und zweistöckigen Häusern, in der Mitte der Kirchturm und die Linde. Auf der Mauer, die das Dorf umgab, sah sie ein paar Kinder balancieren. Plötzlich hallte ein Knall aus dem Waldstück links von ihr – als fiele ein Stern vom Himmel. So mussten sich Kanonen anhören.

Nachdem sich ihr Herz wieder beruhigt hatte, blieb sie stehen und beobachtete die Bäume. Das konnte nur ein Schuss des Grundherrn auf der Jagd gewesen sein. Sie wartete eine Weile. Nichts rührte sich. Als sie gerade weitergehen wollte, bewegte sich etwas am Waldrand. Sie legte die Hand über die Augen: Ein paar Rehe huschten ins Freie und sprangen auf das brachliegende Gewann. Dann hörte sie Pferde. Im nächsten Moment galoppierten sechs Reiter aus dem Wald.

Sie kniff die Augen zusammen. Die Rehe hatten einen großen Vorsprung und erreichten das Gewann mit der Sommersaat. Panisch sprengten sie darüber. Lisbeth sah, dass selbst diese Leichtgewichte tiefe Spuren in der lockeren Erde hinterließen. Und die Reiter holten auf. Wenn sie nicht sofort die Richtung änderten, würden sich die

Hufe ihrer Rösser tief in die Erde bohren, die Pflanzen entwurzeln und große Ballen Erde aufwerfen. Sechs Pferde würden die Hälfte der gesamten Saat zertrampeln. Auch ihr Feld lag in direkter Linie.

Rechts von ihr sah sie eine Bewegung. Eines der Kinder, die zuvor auf der Dorfmauer balanciert hatten, rannte fuchtelnd auf die heranpreschenden Reiter zu. Der Junge hatte dieselbe Statur wie Phillip. Er bewegte sich auch wie Phillip. Ihr Sohn war verrückt geworden!

Die Pferde galoppierten mit lautem Hufdonnern heran, den Rehen hinterher. Phillip rannte mit rudernden Armen auf die Reiter zu. Lisbeth stürmte los.

Die Reiter machten keine Anstalten abzudrehen. Sahen sie Phillip denn nicht? »Phillip!«, schrie sie. »Zurück!«

Lisbeth spürte das Donnern durch ihre Schuhsohlen hindurch. Phillip hatte die Bahn der Reiter fast erreicht. Wenn er weiterhin seinen Kurs hielt, würde er direkt vor sie laufen, sie hätten keine Zeit mehr zu reagieren. Lisbeth schrie.

Er kreuzte ihren Weg von links. Die zwei Pferde am Rand sahen ihn und wichen ihm knapp aus. Ihr Sohn stolperte und fiel der Länge nach vor das nächste Pferd. Der Schimmel scheute, stieg direkt vor Phillip auf, die Mähne flog, die Vorderhufe schwebten über ihrem Sohn. Der Reiter stürzte. Die drei anderen Pferde galoppierten haarscharf an Kind und Mann vorbei. Die Vorderhufe des Pferdes verharrten über Phillip, dann senkten sie sich. Lisbeth schrie. Phillip drehte sich weg. Ein Huf landete auf seinem Unterarm und glitt ab. Phillip schrie auf und rollte sich zur Seite. Der gestürzte Reiter sprang auf die Beine. Ihr Sohn stand wimmernd auf, sein Unterarm war seltsam verdreht. Lisbeth erreichte ihn, packte ihn an der anderen Schulter und zog ihn weg. Er weinte. Sie suchte ihn nach anderen Verletzungen ab. Die fünf anderen Reiter hatten angehalten. Sie wendeten und trabten zu dem gestürzten Reiter zurück. Lisbeth erkannte Gerold von Laubenstein. Zornesfalten waren in seine Stirn gegraben. Er ritt auf Phillip zu und riss sein Ross scharf am Zügel. »Was zum Teufel fällt dir ein?«, schrie er mit rotem Kopf. Lisbeth stellte sich vor ihren weinenden

Sohn und zog ihn eng an ihren Rücken. Sie spürte die glühende Hitze, die von ihm ausging, das schnelle Heben und Senken seines Brustkorbes. Laubenstein blickte kurz zu dem gestürzten Reiter. Der Mann humpelte steif und leicht gebeugt zu seinem Pferd. Laubenstein wandte sich wieder zu Lisbeth und Phillip. Sein Gesicht glühte, sein Blick stach. »Was fällt dem Bengel ein!«, schrie er erneut. »Er gehört ausgepeitscht!«

»Was fällt *Euch* ein!«, schrie Phillip zurück und wand sich aus Lisbeths Griff. Sie hatte Mühe, ihn festzuhalten.

Der Ritter wurde bleich, dann wieder rot. Er lenkte sein Pferd noch näher an Lisbeth und Phillip heran, blieb einen Augenblick lang sitzen, stieg dann ab, holte aus und schlug Phillip mit seiner behandschuhten Hand ins Gesicht. Aus Phillips Nase schoss Blut. »Nie wieder«, zischte der Ritter, »nie wieder redest du so mit mir. Sonst lasse ich dir die Zunge herausschneiden!« Lisbeth grub warnend die Finger in die Schultern ihres Sohnes.

Rot tropfte es auf Phillips nackten Fuß. Der Ritter stand immer noch dicht vor ihnen, schwer atmend. Einer der anderen Reiter rief: »Gerold, wir verlieren das Wild.« Laubenstein durchbohrte Phillip mit seinem Blick. Ihr Sohn hielt ihm stand, sein Brustkorb bebte. Einer der Reiter war abgestiegen und kam nun von hinten auf Laubenstein zu. Er legte ihm die Hand auf die Schulter. »Lass gut sein, Gerold. Der Junge wollte nur seine Felder retten.«

Am Waldrand erschienen zwei weitere Reiter im Trab, vier Hunde im Gefolge. Der Mann nahm seine Hand wieder von der Schulter des Grundherrn und beide drehten sich zu den Knechten um, die sich näherten. Sie ritten langsam, die Hunde schienen erschöpft. Laubenstein wartete, bis die beiden die Gruppe erreicht hatten. Drei der Tiere waren jung, fast noch Welpen. Ihre Zungen hingen heraus, ihre Köpfe hielten sie geduckt. Gerold von Laubenstein schien auf einmal viel ruhiger, als habe er einen Plan gefasst. Er rief zwei der jungen Hunde zu sich, hob sie auf und warf sie Phillip vor die blutverspritzten Füße. »Deinem Vater werde ich den Prozess machen. Und du ziehst diese Hunde für mich auf. Es sollen meine besten Jagdhunde werden. Wenn sie nichts taugen, bezahlst du dafür.«

Ohne ein weiteres Wort saß er auf. Sein Pferd tänzelte, während er Lisbeth mit kaltem Blick bedachte. Lisbeth starrte stumm zurück. Er gab seinem Pferd die Sporen und sprengte davon, sein Gefolge mit ihm.

Kaum stürmten die Pferde davon, setzten sich die beiden Welpen in Bewegung und hechelten der Gruppe hinterher. »Nein! Hierher!«, schrie Lisbeth den Hunden nach. Ihr Sohn riss sich von ihr los und verfolgte weinend die Welpen, seinen rechten Arm stützte er mit dem linken.

Lisbeth holte ihn ein. »Du bleibst weg«, rief sie, riss Phillip zurück und drückte ihn zu Boden. Er heulte laut auf vor Schmerz und Wut. Sie hob ihren Rock und rannte los. Die Hunde hatten einen großen Vorsprung, aber sie waren klein und müde. »Hierher«, rief Lisbeth. Ihre Lunge brannte. Die Reiter hatten tatsächlich einen Bogen um die Felder gemacht, doch die beiden Hunde nahmen den direkten Weg – quer durch die Saat. Lisbeth überlegte kurz und rannte dann ins Feld. Sie bemühte sich, große Schritte zu machen. Der Abstand verkleinerte sich. »Hierher«, rief sie.

Einer der Hunde blieb stehen und drehte sich zu ihr um. Sie verlangsamte ihre Schritte. Das Tier duckte sich, dann tapste es weiter. Verunsichert hielt es erneut inne, drehte den Kopf in ihre Richtung, zögerte, sah wieder zu der verschwindenden Gruppe und folgte den Reitern. »Sitz!«, rief sie. Der Hund verharrte, hechelte heftig und sah sie an. Lisbeth blieb stehen. »Komm hierher«, rief sie so freundlich, wie sie konnte. Der Hund blickte sie regungslos an. Dann setzte er sich. Ganz langsam kam Lisbeth auf ihn zu, während sie freundlich flüsterte. Als sie ihn fast erreicht hatte, klopfte sie sich mit der flachen Hand verhalten auf den Schenkel. »Komm!« Der Hund steuerte auf sie zu. Sie passte den richtigen Moment ab und bekam ihn am Halsband zu fassen. Sie streichelte ihm über das glatte Fell und redete mit ihm. Der andere Hund war in einiger Entfernung stehen geblieben und beobachtete sie aufmerksam. Er zögerte eine Weile und kam schließlich ebenfalls auf sie zu. Sie fasste beide Hunde. Gebeugt und keuchend stand sie da und blickte zu ihrem Sohn, der in einiger Entfernung weinend auf dem Boden saß.

Bruder Heinrich saß neben ihm, den Arm tröstend um ihn gelegt.

Mainz

Draußen hatte die Dämmerung eingesetzt, aber Peter durfte nicht müde werden. Sein Geselle hatte sich beim Einbruch der Dunkelheit zurückgezogen, wie es bei den Handwerkern üblich war. Doch er musste an diesen besonderen Patrizen arbeiten und endlich genügend Lettern herstellen. Er lehnte sich für einen Moment zurück, fuhr sich mit den Händen durchs Haar, kniff kurz die Augen zusammen und zog dann die beiden Öllampen näher zu sich. Johann Scherbels Gesicht tauchte in seinen Gedanken auf. Gestern um diese Zeit hatte Scherbel an seine Tür geklopft. Peter hatte im Flur kein Licht entzündet und im Dunkeln die Tür geöffnet. Im Schein von Scherbels Lampe sahen sie sich an, bis Scherbel sagte: »Peter, es tut mir leid. Du hast die Frist verstreichen lassen. Wenzel und ich werden handeln.«

»Wie handeln?«, fragte Peter heiser, ohne Scherbel hereinzubitten.

»Das Haus wird verkauft.«

Kümmere dich um deine eigenen Angelegenheiten, wollte Peter erwidern. Sein Gläubiger Scherbel stand vor ihm, die Nase ein Schatten mit ausgeleuchteten Nasenlöchern. Er wartete. Doch Peter schwieg, bis Scherbel ohne Abschiedsgruß ging. Peter warf die Tür zu. Es war ihm gleichgültig, ob jemand den Krach hörte. *Es ist immer noch mein Haus, in dem ich tun und lassen kann, was ich will.* Doch er wusste, dass das nicht stimmte. Der Schöfferhof war nur noch zum Teil in seinem Besitz. Sein Vater hatte den größten Teil des Hauses verpfändet, als er die hohen Bußgelder der Zunft nicht mehr zahlen konnte. So hatte Peter zwar eine funktionierende Werkstatt und einen gut ausgebildeten Gesellen geerbt, aber kein Dach, um beides unterzubringen.

Peter schüttelte die Gedanken an die Begegnung ab, nahm den nächsten Letternstempel zur Hand und schlug mit einer geübten Bewegung den Gusszapfen ab. Kritisch betrachtete er die kleine Musiknote, die sich im Blei abzeichnete. Auf ihr ruhte seine ganze Hoffnung: Wenn er und Matthes es schafften, vor allen anderen Druckern einen Letternsatz an Musiknoten herzustellen, wären sein Haus und seine Werkstatt gerettet.

Doch Peter musste auch aus einem anderen Grund erfolgreich sein. Er hatte seinen Vater damals bei Nacht und Nebel verlassen, ihn bestohlen. Ausgerechnet er, auf den sein Vater so stolz gewesen war, hatte ihn verraten und die Ordnungen Gottes gebrochen. Das Herz seines Vaters dazu.

Als ihn damals in Rotterdam die Nachricht des Anwalts erreicht hatte, war er am nächsten Morgen aufgebrochen, hatte ein Schiff bestiegen, war in Mainz von Bord gegangen und direkt zum Friedhof geeilt. Die aufgeschüttete Erde war noch dunkel. Er betrat das leere Haus, durchstreifte die Räume, halb erwartend, dass sein Vater jeden Augenblick aus einem der Zimmer treten würde. Im Schlafzimmer fiel sein Blick auf einen ungeöffneten Brief. Er nahm ihn langsam vom Nachttisch, wendete ihn und erkannte die Handschrift. Es war seine eigene. Der Brief, in dem er seinen Vater um Verzeihung gebeten hatte, war ungeöffnet. Schwer wie Blei lag er in seiner Hand.

Nachdem er den Brief endlich aufs kalte Bett gelegt hatte, schlich er die Treppe hinunter und setzte sich in die dunkle Werkstatt. Die ganze Nacht lang fragte er sich, ob der Vater zu krank gewesen war, um den Brief zu öffnen, oder ob er ihn absichtlich nicht gelesen hatte. In den frühen Morgenstunden schlief Peter vor Erschöpfung über dem Setzpult ein. Als die Sonne ihn am Morgen weckte, hatte er einen Entschluss gefasst. Der Staub tanzte in der kalten Morgensonne, während er die Pulte verschob, die Setzkästen neu sortierte und die Hälfte des alten Werkzeuges in den Hof warf. Es war eine symbolische Handlung, seine Initiation. Bis zum Nachmittag hatte er alle Regale und Pulte da stehen, wo er sie haben wollte, und das Holz der beiden Druckerpressen glänzte frisch poliert im trüben Herbstlicht. Der Raum war *seine* Werkstatt geworden.

All das war Jahre her. Seit Wochen experimentierte er nun schon neben dem Tagesgeschäft mit zwei verschiedenen Techniken des Musiknotendrucks. Er kannte keine Druckerei außerhalb von Paris und Venedig, die diesen beherrschte. Er hatte versucht, erst ein Blatt mit leeren Notenlinien zu bedrucken und dann in einem zweiten Durchgang die Noten auf das linierte Papier zu pressen. Von fünfzig Versuchen waren fünfzig fehlgeschlagen. Es war ein Ding der Unmöglichkeit, die einzelnen Lettern so haargenau zu setzen und dann das Papier so exakt in die Druckerpresse zu legen, dass die Noten am Schluss perfekt auf den Linien saßen.

Gerade versuchte er es mit einer anderen Technik. Er goss neue Stempel, auf denen die einzelne Note schon in die Linie eingebettet war. Im Druckbild würden die Linien dann als durchgängige Striche erscheinen. Die Herausforderung bestand darin, dass die Notenlinien der einzelnen Stempel perfekt aneinanderstießen, ohne Lücken oder Abweichungen nach oben oder unten. Dazu musste jeder Stempel eine absolut identische Schrift- und Kegelhöhe besitzen, jede hauchdünne Linie immer auf der gleichen Höhe schweben.

Vorsichtig schraubte er das Handgießinstrument auseinander und holte einen letzten frisch gegossenen Stempel heraus. Er klopfte mit dem Fingernagel an das Metall. Der Stempel fühlte sich gut an – hart, aber nicht zu spröde. Es war wichtig, dass die Zusammensetzung – eine Legierung aus Zinn, Blei und Antimon – genau stimmte, sonst zerbarst der Stempel unter dem Druck der Presse.

Peter schliff die Ecken, ging zum Setzpult und setzte den Stempel als letztes Teil auf den langen Winkelhaken. Er überführte die komplette Zeile vorsichtig aus dem Winkelhaken ins Setzschiff, die Druckform. Die Seite war nun fertig. Er stand eine Weile vor der Form und rieb sich im Nacken. Dann schob er die Rahmenstäbe zusammen und verklemmte sie miteinander, sodass die Stempel fest eingeschlossen waren. Er trug den schweren Rahmen humpelnd hinüber zur Presse und legte ihn vorsichtig auf den fahrbaren Tisch, der wie eine Schublade auf Schienen in die Druckerpresse integriert war. Mit einem Lederballen trug er die Schwärze auf die Lettern auf und klappte den dünnen Holzdeckel, in dem das Papier festgeklemmt war, direkt auf die eingefärbten Lettern. Dann schob er die Druckform unter die Presse, ergriff den Hebel und kurbelte das Brett von oben auf den Deckel. Behutsam ließ er das Brett wieder nach oben schweben.

Es klopfte an der Tür. Er blickte auf und rief: »Herein!«

In der Tür stand sein Freund Franz Mezger, ein Ratsmitglied.

»Ich habe gar niemanden an der Haustür klopfen hören! Komm herein, Franz!«

»Deine Magd hat mich hineingelassen«, sagte Franz, trat etwas zögernd ein paar Schritte in die Werkstatt und rieb sich dabei nervös die Hände.

»Ich stehe kurz vor dem Durchbruch!«, sagte Peter lächelnd und machte eine Handbewegung in Richtung Presse. Doch als er den besorgten Blick seines Freundes wahrnahm, verschwand sein Lächeln.

Franz trat von einem Bein aufs andere. »Peter, ich habe leider schlechte Neuigkeiten. Das hier ging heute beim Rat ein.« Er streckte Peter zwei beschriebene Blätter hin.

Peter runzelte die Stirn und nahm seinem Freund die Blätter ab. »Was ist das?«

»Ein Gesuch an den Rat. Von deinen Gläubigern.«

Peter überflog den Text und streckte ihm die Seiten wieder entgegen. Franz nahm sie und rollte sie zusammen.

»Scherbel war gestern auch schon da. Was mache ich jetzt?«, fragte Peter.

Franz kratzte sich an der Stirn. »Da die Gläubiger dir eine Frist gesetzt hatten und diese nun verstrichen ist, kannst du recht wenig machen.«

»Aber das Stadtgericht kann doch nicht einfach mein Haus versteigern!«

»Es gehört zu siebzig Prozent deinen Gläubigern. Wenn sie es versteigern wollen, dürfen sie das – wenn der Rat zustimmt.«

Peter hatte große Lust, die Faust gegen die Wand zu schlagen. »Sag dem Rat, dass ich meine Schulden zurückzahlen werde. Schon bald.«

Sein Freund nickte. »Das werde ich. Ich hoffe für dich, dass du Erfolg haben wirst mit deiner neuen Technik. – Ich muss gehen. Es ist schon spät. Ich wollte nur, dass du von dem Gesuch von mir erfährst.«

Peter nickte. »Danke.« Er klopfte seinem Freund zum Abschied auf die Schulter und schloss die Tür hinter ihm. Für einen Moment lehnte er sich mit dem Rücken dagegen, als könnte er die Welt aussperren. Dann humpelte er mit großen Schritten zur Druckerpresse, zog den Karren mit dem Druck heraus und klappte den Deckel auf. Ungeduldig riss er den Bogen heraus und ging damit zu den Öllampen.

Es fühlte sich an, als hätte ihm jemand in die Magengrube geschlagen. Zwischen den Notenlinien klafften Lücken. Die Seite grinste ihn an wie ein schiefes Gebiss mit fehlenden Zähnen. Peter zerknüllte das Papier, warf es an die Wand, ging zurück zur Druckerpresse, nahm die Form mit den Lettern heraus und schleuderte sie zu Boden. Die Lettern hüpften in alle Richtungen und verspotteten ihn klirrend. Er starrte auf das Durcheinander und fuhr sich mit der Hand übers Gesicht. Dann humpelte er aus dem Raum und schlug die Tür zu.

KAPITEL 12

Laubenheim, Juli 1512

Erbsen! Wir haben doch kaum Erbsen! Die schwere Luft stand im Raum wie eine Wand. Phillip saß im Schneidersitz auf dem Lehmboden in der Wohnscheune und ärgerte sich. Vor ihm lagen ein grob gewebtes Netz aus Flachs und ein paar Stöcke. Sein Vater hatte sie ihm heute Morgen in die Hand gedrückt und ihm aufgetragen, einen Trockenrahmen für die Erbsen zu bauen. Dann hatte er ihm die Haare verwuschelt und ihn allein gelassen.

Und das bei dieser schlechten Ernte. Warum sollte er hier Zeit verschwenden, wenn draußen eine Welt darauf wartete, gerettet zu werden? Wenn niemand etwas unternahm und alle weiterhin tatenlos in der Hitze herumsaßen, würden sie die gesamte Ernte verlieren.

Ich bin dreizehn! Ich bin kein Kind mehr und kann richtige Arbeit tun. Viel lieber wäre er jetzt draußen im Hof, bei seinem Vater, der hinter dem Haus im Schatten an einem ausrangierten Pflug herumbastelte. Stattdessen hockte er hier drinnen neben seiner Mutter. Sie stand am Tisch und stieß Milch zu Butter. Bei jedem Stoß hüpfte das Gefäß zur Seite. Auf ihrem grauen Kleid hatten sich dunkle Schweißflecken gebildet. Ein paar Haarsträhnen klebten an ihrer Stirn.

Er kratzte sich an seinen Mückenstichen am Arm und blickte ratlos auf die Stöcke. Er hatte keine Ahnung, wie er das Netz so fest in den Rahmen spannen konnte, dass es in der Mitte nicht durchhing. Vielleicht war diese Aufgabe ja doch eine Herausforderung. Neben ihm murmelte seine Mutter vor sich hin. Sie betete. Wie immer. Bei der Aussaat hatte sie wie jedes Jahr den heiligen Vitus beschworen. Anfangs hatten die Gebete Wirkung gezeigt: Die Samen waren gut aufgegangen. Doch dann war der Regen ausgeblieben. Vor drei Tagen hatten sich die Spitzen des Getreides bräunlich verfärbt. Jeder wusste, was das bedeutete: Wenn das Getreide bis übermorgen kein Wasser bekam, war es zu spät. Sie würden alles verlieren.

Das Dorf war wie betäubt.

Das Wasser war rationiert, der Dorfbrunnen vom Dorfknecht bewacht. Sie konnten nur beten. Am Sonntag hatte der Priester ihnen ausnahmsweise auf Deutsch eine Geschichte aus der Bibel erzählt. Eine kleine Wolke am Horizont hatte sich zu einer großen Regenfront aufgetürmt – weil die Menschen genügend Gebete geleistet hatten. Seit Sonntag murmelten die Bauern noch mehr Beschwörungen vor sich hin.

Aber sie schienen Gott nicht zu genügen.

Sein Vater trat durch das Tor. Schwerfällig durchschritt er den langen Vorraum und kam auf sie zu. Seine Mutter blickte von ihrer Arbeit auf und schenkte ihm ein flüchtiges Lächeln. Der Vater trat an die Wasserschüssel und benetzte sein verschwitztes Gesicht mit ein paar Tropfen. Mit einem Tuch trocknete er sich ab und ging dann zu seiner Frau, die sich inzwischen ihre Hände an der Schürze abgerieben hatte. Sie sah zu ihm auf, er neigte seinen Kopf herab und legte seine Stirn an ihre. So standen sie einen Moment lang da. Eine stille Umarmung ohne Arme.

Schließlich löste sich sein Vater von seiner Mutter, setzte sich an den Tisch und goss sich verdünnten Wein ein. Seine Mutter nahm ihre Arbeit wieder auf. »Bist du vorangekommen mit dem Pflug?«, fragte sie.

»Es könnte funktionieren. Ich muss es nur noch ausprobieren.«

Eine Weile schwiegen sie. Seine Mutter arbeitete weiter. Sein Vater stützte den Kopf in die Hände. Auch auf Phillip hatte sich eine Schwere gelegt. Er starrte vor sich und klopfte dabei leise mit einem Holzstab auf den anderen. Schließlich brach sein Vater das Schweigen. »Markus Kumpf ist mit seiner Familie weggezogen.«

Seine Mutter sah von ihrer Arbeit auf. »Wohin?«, fragte sie.

»Er wollte in irgendeine Stadt. Er sagte, es könne nur besser werden. Schlechter gehe nicht.«

Die Kumpfs waren nicht die Ersten, die gegangen waren. Und viele Familien würden sofort ihr Bündel schnüren, wenn sie die Freiheit dazu hätten. Doch sie durften nicht gehen. Sie waren Leibeigene, genauso wie die Stroms. Zum ersten Mal im Leben war Phillip froh, Leibeigener zu sein. Denn es bewahrte ihn davor, dass seine Eltern ebenfalls auf die Idee kamen, Laubenheim zu verlassen. Er wollte hierbleiben, auf diesem Hof, in diesem Dorf mit diesen Feldern.

Er war sich sicher, dass seine Eltern schon längst mit dem Gedanken gespielt hatten wegzugehen. Die Speisekammer war leer. Er konnte sich an Zeiten erinnern, in denen sie vier Kühe und zehn Schweine gehabt hatten. Jetzt standen nur noch zwei dünne Schweine hinter den Verschlägen, ihre drei mageren Ziegen befanden sich in der Obhut des Dorfhirten. Sein Vater hatte sein Vorhaben, Ochsen zu kaufen, schon längst aufgegeben.

Seine Eltern konnten nichts für ihre verzweifelte Situation. Vor vier Jahren war die Ernte einer Mäuseplage zum Opfer gefallen, im Jahr darauf hatte es in den Wintermonaten zu viel geregnet und große Teile der Ernte waren verfault. Dummerweise war anschließend die Gerichtsverhandlung hinzugekommen, bei der sein Vater zu einer Geldstrafe von zwölf Gulden verurteilt worden war – wegen ihm, Phillip. ›Beleidigung des Leibherrn‹ hatte der Vorwurf gelautet. Vor und nach der Verhandlung war sein Vater tagelang schlecht auf ihn zu sprechen gewesen – kein Wunder, zwölf Gulden waren ein Vermögen.

Doch dann hatte sein Vater Worte gesprochen, die er nie vergessen würde. Es war, als sie zu zweit Garben bündelten. Sein Vater hatte sich aufgerichtet, ihm in die Augen geschaut, ruhig und direkt, und ihm gesagt, dass er stolz auf ihn sei. Niemand, den er kannte, habe genügend Mut, dem Leibherrn die Meinung zu sagen. Damals war Phillip mitten auf dem Feld eine halbe Elle gewachsen. Als hätten die Jagdhunde die Worte verstanden, waren sie schwanzwedelnd um Phillip herumgesprungen. Doch während sein Blick auf die Hunde gefallen war, hatte er gedacht: *Man kann es Mut nennen oder auch Dummheit.* Denn die beiden großen Hunde hatten mittlerweile eine ganze Herde Schweine verschlungen.

Phillip versuchte sich daran zu erinnern, wann seine Familie das letzte Mal Wurst oder ein Stück Fleisch gegessen hatte. Er konnte es nicht sagen.

Und wenn er hier noch weiter tatenlos herumsaß, während ihnen das Getreide vor der Nase vertrocknete, würde er noch mehr Schuld auf sich laden.

Er erhob sich. »Ich sehe nach den Feldern«, sagte er und ging. Seine Eltern ließen ihn gewähren, wahrscheinlich dachten sie, dass das seine Art war, mit den Sorgen umzugehen. Vielleicht hoffte seine Mutter auch, dass er aufs Feld ging, um zu beten.

Seltsam, dass sie mich einfach gehen lassen. Normalerweise gluckte seine Mutter stets über ihren Kindern, und auch sein Vater hatte immer ein Auge auf Lena und ihn, vor allem seit seine dumme Schwester alleine zur Burg gegangen war. Sein Vater hatte nicht einmal gefragt, wie er mit dem Bau des Trockenrahmens vorankam. Er wusste nicht, was er davon halten sollte. *Trauen sie mir vielleicht nichts zu?*

Er blickte in den Himmel. Keine Wolken. Er sah sich nach den Hunden um und fand sie hinterm Haus, zusammengerollt im Schatten. »Hey«, flüsterte er und setzte sich zu ihnen, mit dem Rücken an die Hauswand gelehnt. Der größere der beiden – Phillip hatte ihn Falk genannt – hob den Kopf und begann, seine Hand zu lecken. Phillip schlang die Arme um ihn und drückte die Nase ins kurze Fell.

»Komm, wir gehen zum Bach«, flüsterte er dem Hund zu. »*Wir* tun etwas.« Phillip erhob sich. Sofort stand Falk bereit. Im Gehen griff Phillip nach zwei Eimern. Falk trottete neben ihm her, stets bei Fuß, wie immer. Fero, der andere Hund, hob gelangweilt den Kopf, sah ihnen kurz nach und legte den Kopf wieder auf die Vorderpfoten.

Sie verließen das Dorf. Die Luft flimmerte über dem brachliegenden Gewann. Endlich erreichten sie den Bach. Phillip stellte sich mitsamt seinen Holzschuhen hinein. Das kalte Wasser umspülte seine

Zehen, zog in den Schuhen blubbernde Kreise und kitzelte ihn. Falk trank und stromerte dann mit wedelndem Schwanz durch das seichte Wasser. Phillip kniete sich in den Bach und ließ sich grinsend rücklings ins Wasser gleiten. Er schloss die Augen und lächelte. Das Wasser spielte mit seinen Haaren und floss gurgelnd in seine Ohren.

Nach einer Weile stand er auf, freute sich darüber, dass sein Hemd und seine kurze Hose kalt an seiner Haut klebten, tauchte dann die Eimer an einer tiefen Stelle ins Wasser und stellte sie ans Ufer. »Ein Bewässerungsgraben, das wär's«, sagte er zu Falk, der sich nicht um ihn kümmerte, sondern weiter durchs Wasser strolchte. »Doch wenn der Leibherr sieht, zu welchen Feldern er führt – dann …«, er zeigte mit dem Finger auf Falk, »… gibt's Ärger.«

Phillip griff nach den Eimern und lief schnell auf den Weg. Seit dem Unfall mit den Jägern schmerzte manchmal sein Unterarm, doch heute würde er die Schmerzen ignorieren. Zügig steuerte er auf den Waldrand zu, stapfte einen halben Steinwurf ins Dickicht hinein und schritt dann durchs Gestrüpp im Schatten der Bäume, parallel zum Weg in Richtung ihrer Felder. Er entwendete Wasser des Grundherrn: Das war Diebstahl. Doch Phillip wollte darüber lieber nicht weiter nachdenken. Trotzdem blieb er kurz stehen und drehte sich zu Falk um. »Wenn du irgendjemanden bemerkst, dann belle!« Der Hund blickte ihn hechelnd an.

Phillip ging weiter über den trockenen Waldboden. Auf Höhe der stromschen Felder schlich er sich leise zum Waldrand und blickte sich eine Weile um. Es war niemand zu sehen. Er drehte sich zu Falk um. »Los!«, sagte er und rannte aus dem Gestrüpp heraus. Er kam nicht so schnell voran, wie er gehofft hatte, denn das Wasser schwappte in den Eimern gefährlich hin und her. Mit kleinen, schnellen Schritten näherte er sich ihrem Feld. Einen Augenblick lang überlegte er, ob es nicht vernünftiger wäre, in ganz normalem Tempo zu laufen. Wenn er hier in der Hitze herumrannte, wirkte das verdächtig. Ehe er zu einem Entschluss kam, war er schon da. Er duckte sich und verschwand mit den Eimern im Feld. Ganz hinten in der Ecke goss er die beiden Eimer langsam auf die staubige, feste Erde. Das Wasser kroch langsam über die Oberfläche, wurde von Staub umfangen und zusammengehalten. Phillip wartete, bis die Pfütze versickert war. »Komm, auf geht's«, sagte Phillip zu Falk und ging geduckt zurück bis zum Feldrand. Dann rannte er, die beiden leeren Eimer weit schleudernd, zurück zum Wald. Sie erreichten den Bach, er schöpfte wieder, huschte erneut in den Wald und kämpfte sich durch die Bäume auf die Höhe des Gewanns vor. Wieder war niemand zu sehen, wieder rannte er, so schnell er konnte, zum Feld. Er goss das Wasser vorsichtig auf den Boden und machte sich halb geduckt auf den Rückweg zum Wald. Falk blieb stehen. Mit gespitzten Ohren richtete er sich nach Westen aus. Dann begann er zu bellen.

»Scht! Still!« Phillip blieb stehen und starrte ebenfalls nach Westen. Er sah niemanden. Er horchte angestrengt. Vielleicht hatte Falk ja eine Maus oder einen Hasen gewittert. »Komm, schnell weg hier«, sagte er und rannte so schnell er konnte in den Wald, blieb immer wieder stehen und horchte. Falk schien unruhig. Er bellte wieder. »Scht!« Leise schlich Phillip Richtung Norden, weiter weg vom Feld. Er würde einen Umweg machen und das Wasser an einer Stelle schöpfen, wo der Bach durch Büsche besser vor Blicken geschützt war. Er hörte ein Knacken, blieb stehen, horchte, aber sein Herz schlug zu laut. Er kratzte an seinen Mückenstichen. Zögernd setzte er sich wieder in Bewegung. Einen Moment lang war er unsicher, ob er die richtige Himmelsrichtung eingeschlagen hatte, doch dann hörte er das Plätschern. Er fand den Bach, kniete sich neben Falk ins Wasser und trank wie ein Hund. Er wischte sich den Mund ab.

Auf einmal sprang Falk mit einem großen Satz ans andere Ufer, stellte sich auf und knurrte. »Was ist?«, fragte Phillip, erhob sich, blieb im Wasser stehen und blickte sich beklommen um. Hinter ihm knackte ein Ast. Er schoss herum. Vor ihm fiel Falk in wildes Bellen. Schnell drehte sich Phillip wieder zu ihm um. Der Hund sprang aufgeregt auf und ab, den Mann wild verbellend, der sich ihnen näherte. Es war der Burgvogt. Mit einer Schusswaffe!

Phillip hatte noch nie eine Schusswaffe gesehen. Er stand immer noch im Wasser. Phillip rannte los. Doch in seinen Holzpantoffeln fand er auf den Steinen keinen Halt. Er sprang auf die andere Uferseite und stürmte los, tiefer in den Wald. Er hastete über Äste, keuchte, stolperte, fing sich wieder, rannte und sprang. Er wagte nicht, sich umzudrehen, lief immer weiter, hörte nur sein eigenes Keuchen.

Er riss sich an einem Ast den Arm blutig. Es war unwichtig, er rannte, bahnte sich einen Weg durch die dünnen Bäume hindurch. War das ein Pferd hinter ihm? Er blickte sich einen kurzen Augenblick um. Der Burgvogt ritt hinter ihm her. Wo war der Wald niedrig und dicht? Ihm fiel nichts ein. Sein Kopf war leer. Jetzt hörte er die Hufschläge deutlich. Das Ross schnaubte direkt hinter ihm. Ein Schmerz zuckte durch seinen Kopf, er taumelte und sank in die Bewusstlosigkeit.

Etwas Warmes, Raues fuhr ihm durchs Gesicht. Wo war er? Sein Kopf schmerzte. Er hörte ein Hecheln, dann roch er Hundeatem. Falk war da. Er schleckte ihm übers Gesicht. War er in Sicherheit? Er schlug die Augen auf, bewegte sich nicht. Über ihm flirrten Blätter in Baumkronen. Es war ein Sommertag. Aber etwas stimmte nicht. Sie waren nicht alleine. Ein Pferd schnaubte, davor stand ein Mann, sah zu ihm herüber und kam dann auf ihn zu. Phillip setzte sich auf, sein Schädel brummte. Selbst das Blinzeln tat weh.

»Ich war gerade in Ottersfeld, als ich den Hinweis bekam, auf der Laubenheimer Gemarkung nach dem Rechten zu sehen. Und siehe da. – Du bist der Sohn von Lucas Strom?«, fragte der Burgvogt unfreundlich.

Sollte er einen falschen Namen angeben? Behaupten, er komme aus Molheim?

»Hat es dir die Sprache verschlagen?«, brummte der Vogt. »Du bist der Bengel, der den Leibherrn beleidigt hat. Dieser Hund hier gehört ihm«, sagte er, »er hat ihn dir zur Aufzucht gegeben.«

»Die Strafe dafür ist abgegolten«, sagte Phillip.

»Aha, immer noch eine kesse Lippe«, erwiderte der Vogt.

Er nickte zu Falk, ließ dabei den Blick aber nicht von Phillip ab. »Der Ritter will bestimmt sehen, was er kann.«

Phillip rieb sich den Hinterkopf. »Wie meint Ihr das?«

»Du solltest ihn ausbilden, ihn abrichten. Jetzt kannst du zeigen, was er kann.«

»Jetzt?«

Der Mann nickte langsam.

»Und wie soll ich Euch das zeigen?« Phillip tastete immer noch seinen Kopf ab.

»Oben, auf der Burg. In einer Stunde. Wir erwarten dich.« Der Vogt ging zu seinem Pferd, saß auf und lenkte es langsam durchs Gebüsch davon. Phillip blickte ihm nach. Sein Denken setzte langsam wieder ein. *Heilige Mutter Gottes, ich habe helfen wollen und stattdessen alles verschlimmert.*

Am liebsten würde er nach Hause rennen und sich ausheulen. *Doch was werden meine Eltern dann tun? Werden sie an meiner statt zur Burg gehen, um die Hunde vorzuführen?* Hatte er ihnen nicht schon genügend Kummer bereitet?

Und welche Folgen hatte der Wasserdiebstahl? Offenbar hatte der Vogt ihn ja mit den Eimern auf dem Feld gesehen und ihn dann verfolgt. *Kann ich einen Prozess abwenden, wenn ich Laubenstein den Hund vorführe? Aber warum sollte er mich laufen lassen? Das ergibt alles keinen Sinn.*

Außerdem wusste er gar nicht, ob der Ritter beide Hunde sehen wollte oder nur Falk.

Tränen schossen ihm in die Augen. Er wischte sie schnell weg. Falk saß direkt neben ihm, als wolle er ihn beschützen. Phillips Nase lief. Er wischte den Rotz an seinen Unterarm. Eine Weile sahen sie sich an, der Junge und das Tier.

Phillip fühlte sich unsicherer denn je – und erniedrigt. Ohne zu wissen, was der Leibherr eigentlich von ihm wollte, würde er sich jetzt auf den Weg zu ihm machen.

Er stützte sich auf alle viere, unterdrückte einen Würgereiz, atmete dann tief durch und stand auf. Langsam schleppte er sich durch den Wald. Sein Kopf hämmerte bei jedem Herzschlag. Der Anstieg wurde steiler. Sein Herz schlug schneller, das Pochen im Kopf wurde heftiger.

Er blieb stehen und blickte den Hund eindringlich an. »Falk, du musst zeigen, was du kannst. – Wenn ich rufe: ›Fass!‹, dann musst du zubeißen, verstehst du?« Er hob einen Stock auf, hielt ihn dem Hund hin und sagte: »Fass!«

Der Hund sah ihn mit großen Augen an.

»Fass!«

Falk reagierte nicht.

Phillip sah ihn verzweifelt an. »Schau! So!« Er biss mit den Zähnen auf den Stock. »Und jetzt du!« Er hielt ihm den Stock vors Maul.

Der Hund biss hinein.

»Gut gemacht!« Phillip streichelte das Tier. »So, und jetzt nochmal! Fass!« Phillip hielt ihm den Stock hin.

Falk nahm ihn vorsichtig zwischen die Zähne.

»Gut.« Phillip zog den Stock weg und rief gleichzeitig: »Fass!«

Falk hielt den Stock zwischen den Zähnen fest, obwohl Phillip an dem Stock zog.

»Sehr gut!« Phillip tätschelte ihm das Fell.

Sie erreichten die Burg. Phillips Kleider waren von Schweiß durchtränkt. Falk ließ hechelnd die Zunge aus dem Maul hängen.

Phillip klopfte und wurde eingelassen. Obwohl es hier oben kühler war als unten in der Ebene, stand im Burghof die heiße Luft. Selbst die vielen Hühner und Fasane bewegten sich kaum. Phillips Kopf dröhnte, er hatte Mühe, seinen Blick zu fokussieren. Aus einem Nebel kam der Leibherr auf ihn zu.

»Da, stell dich da hin!« Er zeigte auf einen Mauervorsprung.

Phillip ging langsam zur Mauer und stellte sich mit hochgezogenen Schultern auf. Der Hund stand neben ihm. Der Ritter verschwand in einem Erdgeschosseingang. Mit einer langen Schusswaffe in beiden

Händen kam er langsam auf sie zu. »Sag dem Hund, dass er eines der Hühner reißen soll.«

»Was?«, fragte Phillip.

»Er soll eines der Hühner reißen. Er ist ein Jagdhund.«

Phillip starrte ihn an. Zu Hause hatten sie auch Hühner. Falk hatte noch nie eines davon angerührt. Der Hund würde gar nicht wissen, was Phillip von ihm wollte.

»Das habe ich ihm noch nicht beigebracht«, antwortete Phillip.

»Dein Auftrag lautete, ihn zum Jagdhund auszubilden!«

Phillip wurde rot. Dann senkte er den Blick.

»Er reißt jetzt ein Huhn, oder er stirbt.« Phillip konnte die Schadenfreude in der Stimme des Ritters hören. Er hob den Kopf.

Der Ritter stand breitbeinig vor ihm und verschränkte die Arme. »Ich warte.«

Phillip schluckte, ging vor Falk in die Hocke und blickte ihm in die Augen. »Du tötest jetzt ein Huhn. Gaack, gaack, gaack. Die schmecken sehr gut. – Töte. Das. Huhn.«

Er stellte sich neben dem Hund auf und versuchte, seine Fassung wiederzugewinnen, damit der Hund ihm auch gehorchte.

Ein Huhn kam vorbei. Jetzt. »Fass!«, rief Phillip bestimmt und deutete auf das Huhn. Der Hund machte einen Schritt vorwärts, zog den Schwanz ein und blickte unsicher zu Phillip. Phillip starrte ihn mit zusammengezogenen Brauen an und rief: »Fass!«

Der Hund blickte auf das Huhn und dann wieder zu Phillip.

Phillip brach der Schweiß aus.

Der Ritter stand immer noch breitbeinig vor ihnen. »Das war wohl nichts«, sagte er.

»Bitte, gebt mir noch einen Tag. Ich bringe es ihm bei. Er ist ein guter Hund!«

»Tja, mag schon sein, dass er ein guter Hund ist, aber du bist kein guter Lehrer!«

Phillips Atem ging schnell. »Bitte. Noch eine Chance. Morgen.«

»Knie dich hin.«

Phillip lief eine Träne die Wange hinab. Langsam kniete er sich hin.

»Der Hund soll sich hinlegen.«

»Sitz!«, sagte Phillip mit zitternder Stimme.

»Halte ihn fest.«

Phillip fasste Falk am Halsband und legte einen Arm um ihn. Er spürte den warmen, festen Körper, in dem das Herz zweimal so schnell schlug wie in seinem.

Der Ritter hob seine Waffe vom Boden auf und lud sie. Dann setzte er sie dem Hund von oben auf den Kopf.

»Nein«, flüsterte Phillip.

Der Ritter drückte ab. Blut und Fleisch explodierten in alle Richtungen. Phillip rollte sich zur Seite, zog die Beine an und legte sich die blutverspritzen Hände vors Gesicht. Er zitterte am ganzen Leib. Er hörte, wie sich der Ritter mit großen Schritten entfernte. Er wagte nicht, ihm nachzuschauen. Er spürte nichts. Im Sand lagen Fleischfetzen verstreut. Er schloss die Augen und erbrach sich in den Staub.

KAPITEL 13

Heidelberg

»Wohnen in Heidelberg keine Kinder?«, fragte Lisbeth. Nirgends waren welche zu sehen. Mussten sie denn keine Botengänge übernehmen, nicht Wasser holen? Eine Magd mit zwei Körben rempelte sie an.

Lisbeth hatte sich die Stadt anders vorgestellt. Beschaulicher, ruhiger, sauberer. Die engen Mauern, rötlich und verrußt, schienen sie einzusperren. Die Dächer versteckten den Himmel, und sie fragte sich, woher die Stadtbürger wussten, ob es morgens, mittags oder abends war. Sie drückte sich an Lucas, als sich zwei voll beladene Karren auf ihrer Höhe aneinander vorbeischoben.

»Sie sind jetzt in der Schule«, antwortete Lucas. »Die meisten Stadtbürger schicken ihre Kinder zur Schule. Der Unterricht beginnt früh und endet erst spät am Abend.«

Er hatte nie zugegeben, dass er aus einer Stadt stammte, doch Lisbeth hatte es von Anfang an geahnt. Irgendetwas sagte ihr, dass es Heidelberg war. Vielleicht weil er sich den Bart hatte stehen lassen, gleich nachdem Gerold von Laubenstein angekündigt hatte, dass er Phillips Wasserdiebstahl vor ein höheres Gericht tragen würde.

Lisbeth seufzte. Die Dörfler hatten sich nach Phillips Tat zum ersten Mal auf Lucas' Seite geschlagen. Hinter vorgehaltener Hand munkelten sie, dass Phillip das einzig Vernünftige getan habe. »Wir alle haben doch schon einmal daran gedacht, den Bach anzuzapfen«, raunten sie sich zu. Sie entschieden den Fall trotzig gegen den Grundherrn und sprachen Lucas frei.

Doch als Antwort hatte der Leibherr Nick Velten vorbeigeschickt. Velten stand breitbeinig vor Lucas und verkündete betreten, dass der

Fall gleich zwei Instanzen weiter getragen werde, vor ein Gericht in Heidelberg. Als er Lucas' Gesichtsausdruck sah, sagte er: »Glaub mir, du bist nicht der Einzige im Dorf, der sich darüber ärgert, dass das Gericht im Amt Molheim einfach übersprungen wird. Wir alle heißen diese Hinwegsetzung über die Rechtsgepflogenheiten nicht gut.«

Die Verhandlung war auf heute Vormittag angesetzt. Am Ende der Straße kam das Rathaus in Sicht, in dessen Saal ein Heidelberger Doktor der Rechtswissenschaften über den Fall entscheiden würde.

Lisbeth konzentrierte sich auf ihre Schritte. Die Pflastersteine waren uneben. Ihre Blasen an den Füßen brannten. Drei Tage lang waren sie von Laubenheim nach Heidelberg gewandert. Eine Nacht hatten sie in einem Gasthaus verbracht, danach hatten sie zweimal im Freien übernachtet, unter einer Decke eng aneinandergeschmiegt. Lucas hatte seine starken Arme um sie geschlungen und sie hatten sich gegenseitig gewärmt. Lisbeth mochte es, wenn er sie berührte. Wenn er sich zu Hause schwer neben sie legte und beim Einschlafen ihre Hand hielt, trieb ihr Herz auch nach all den Jahren jedes Mal aus den Tiefen an die Oberfläche, um Luft zu holen.

Als sie sich heute in aller Frühe der Stadt genähert hatten, war Lucas immer schweigsamer geworden und hatte ihre Hand fester umklammert.

Auch jetzt hielt er ihre Hand. Lisbeth verstand nicht genau, warum er sie mit auf die Reise genommen hatte, doch sie hütete sich davor, ihn darauf anzusprechen. *Vielleicht hat er Angst und braucht mich an seiner Seite? Will er mir zeigen, wo er herkommt? Oder will er sich einfach nicht von mir trennen?* Die vierte Möglichkeit gefiel ihr weniger: Er wollte nicht erkannt werden und reiste in Begleitung, weil das unverdächtiger wirkte.

Er war angespannt, das konnte Lisbeth deutlich fühlen, doch seltsamerweise hielt er den Kopf gesenkt. Sie hatte Mühe, mit seinem Tempo mitzuhalten.

»Lucas«, sagte sie leise, »da ist eine Turmuhr. Kannst du die Uhrzeit lesen?« Er blieb stehen und legte den Kopf in den Nacken. »Bald neun«, sagte er, »wenn sie denn ausnahmsweise richtig geht.« *Er kennt diese Uhr.* Sie schwieg.

Lucas ging nicht weiter, sondern wandte sich zu ihr. »Da vorne ist das Rathaus. Ich gehe alleine in den Saal, so ist es vorgeschrieben. Wenn ich richtig informiert bin, wird der Richter den Fall vorlesen, wie er ihm eingereicht wurde, dann dürfen die beiden Parteien kurz Stellung nehmen. Danach fällt er ein Urteil.«

»Meinst du, Gerold von Laubenstein kommt persönlich?«, fragte Lisbeth und sah sich dabei suchend um.

»Nein, er schickt sicherlich einen Vertreter.« Der Ausdruck seiner Augen wurde plötzlich weich und er wirkte verletzlich. »Bete für mich.«

Lisbeth blickte zu ihm auf und legte ihre Hand an seine Wange. »Was können sie dir schlimmstenfalls antun? Sie werden dir nicht die Hand abhacken, du hast das Unrecht ja nicht persönlich begangen.«

Lucas blickte sie seltsam an. Fast verzweifelt. Plötzlich verstand sie. »Du hast vor etwas anderem Angst«, sagte sie leise.

Er antwortete nicht. Die Sonne kämpfte sich zwischen zwei Dächern hervor. Nach einer Weile fragte er: »Wirst du mich lieben, gleichgültig, was geschieht?« Er sah aus, als hätte ihn diese Frage große Anstrengung gekostet.

»Was hast du getan, Lucas Strom?«

Seine blaugrünen Augen glänzten im Licht. Sie wartete. Fast unmerklich schüttelte er den Kopf.

»Ich werde dir beistehen. Bei allem.« Lisbeth stellte sich auf die Zehenspitzen und küsste ihn auf den Mund. Er nahm ihr Gesicht in seine Hände und erwiderte ihren Kuss. Dann löste er sich von ihr. Er drehte sich um und ging schwerfällig davon. Lisbeth blieb vor der Kirche stehen und blickte ihrem großen, breitschultrigen Mann nach.

Sie wartete, bis er hinter der zweiflügeligen Tür verschwunden war. Dann begann sie, nervös auf und ab zu gehen. Sie betete, dass niemand ihren Mann erkannte – welche Schuld er auch immer auf sich geladen haben mochte. *Mit wem bin ich verheiratet? Mit einem Betrüger? Einem Dieb? Einem Mörder?*

Lucas stieg die breite Holztreppe empor und sah sich kurz um. Auf dem langen Flur links von der Treppe standen Männer, einzeln und in Grüppchen. Die Wand war bemalt mit der Szene einer Ratsversammlung, das Rot und das Gelb waren schon verblasst. Ein Pedell trat aus einem der Zimmer am Ende des Flurs und rief einen Namen. Das Gemurmel verstummte, ein dunkel gekleideter Edelmann löste sich aus der Gruppe und folgte dem Gerichtsdiener in den Saal.

In der Vorladung hatte es geheißen, er solle sich ab neun Uhr im Rathaus einfinden. Lucas hoffte, dass er nicht zu spät gekommen war, zu viel stand auf dem Spiel. In einigem Abstand zu den Männern blieb er am Treppenaufgang stehen. Er versuchte, auf seinen Herzschlag zu hören, um sich zu beruhigen. Das hatte ihm schon früher geholfen, wenn seine Hände bei der Arbeit gezittert hatten. Sein Blick wanderte am geschnitzten Geländer des Treppenaufgangs hinab und streifte die Buntglasfenster über der Treppe. Er drehte sich um und betrachtete den rechten Teil des Flurs, wo niemand wartete. An den Wänden hingen festgenagelte Papiere in einer Reihe. Lucas zählte zwölf. Er trat näher an das erste Papier heran. Es bereitete ihm einige Mühe, die Schrift zu entziffern.

Reichskammergericht, Frankfurt 1496
Wir Maximilian bieten dem Hochwürdigen Kurfürsten der Pfalz unsere freundschaftliche Gnade und alles Gute. Nachdem Peter Vocht an unserem Kaiserlichen Reichskammergericht keine Folge getan und mit Urteil und Recht in des Reiches Acht gefallen, …

Ein Achtbrief. Waren das alles Achtbriefe? Schnell ging er zum nächsten. Der gleiche Wortlaut. Hinter den einzelnen Briefen hingen weitere Papiere, wahrscheinlich Kopien. Die gesuchten Personen waren sicherlich Heidelberger Bürger oder Angeklagte, die auf Heidelberger Ersuch vom Reichskammergericht geächtet worden waren. Er trat zum nächsten und suchte den Namen. Werner Schefer. Der nächste: Lucas Heller.

Als hätte er etwas Unreines berührt, machte er einen Schritt zurück. Sein Herz pochte in jeder Faser seines Körpers. Fahrig blickte er sich um. Hatte jemand seine Reaktion bemerkt? Die Männer schienen mit sich selbst beschäftigt. Flach atmend las er weiter.

Er blieb eine Weile vor dem Brief stehen und rang um Fassung. Sollte er einfach alle Kopien abreißen und mitnehmen?

»Gerold von Laubenstein und Lucas Strom!«

Lucas schreckte aus seinen Gedanken auf. Er atmete tief durch und schritt dann den Flur hinab an den wartenden Männern vorbei. Aufrecht ging er auf den Pedell zu. Jetzt kam es darauf an, dass er sich so unverdächtig wie möglich benahm. Er betete seit vier Wochen, dass der Doktor, der die Verhandlung führte, kein alter Bekannter war. Er schloss kurz die Augen und betrat dann nach dem Gerichtsdiener den holzgetäfelten Saal. Sofort suchte er den Raum nach vertrauten Gesichtern ab. Er blickte zu den beiden Schreibern und dann zum Richter, der sich hinter einem schweren Eichentisch verschanzt hatte, die Buntglasfenster im Rücken. Vor Schreck hielt er die Luft an. Der Richter war Doktor Thomas Waltmann.

Er fing sich wieder, verbeugte sich leicht vor Waltmann und stellte sich mit pochendem Herzen auf den Platz, den ihm der Diener zuwies.

»Was ist mit dem Kläger?«, fragte der Richter den Pedell ungeduldig.

»Er war nicht da.«

»Ruft ihn noch einmal aus!«

Der Pedell trat erneut an die Tür. »Gerold von Laubenstein.«

Während sie warteten, richtete Doktor Waltmann seinen Blick auf Lucas. »Ihr seid Lucas Strom?«

»Ja«, sagte Lucas mit fester Stimme und blickte Waltmann in die Augen.

Der Richter musterte ihn von oben bis unten und ließ seinen skeptischen Blick dann auf Lucas' Augen ruhen. Lucas wusste, dass ihn seine Augenfarbe am ehesten verraten konnte.

»Ich bin der Vertreter von Gerold von Laubenstein!«, sagte eine hohe Männerstimme hinter seinem Rücken. Lucas wandte sich um. Der Burgvogt betrat den Raum. Lucas drehte sich wieder zum Richter um und kniff missbilligend die Lippen zusammen. Der Richter sah ihn immer noch an. Er hatte ihn die ganze Zeit beobachtet und sich nicht ablenken lassen.

Doch dann löste Waltmann seinen Blick von Lucas und verlas die Anklage. »Der Sohn des Lucas Strom wurde im Juli vom Burgvogt des Klägers Gerold von Laubenstein dabei ertappt, als er aus dem Kesselbach, einem Gewässer im Besitz des Klägers, mit Eimern das Wasser schöpfte, um es davonzutragen.« Der Richter blickte von seinem Papier auf und Lucas meinte, Gereiztheit in seiner Miene zu erkennen. »Entspricht das der Wahrheit?«, fragte der Richter ausdruckslos. Er blickte zunächst Lucas an.

»Ich war nicht dabei. Aber so hat es mir mein Sohn berichtet.«

»Was wollte Euer Sohn mit dem Wasser?«

»Es hatte wochenlang zu wenig geregnet. Mein Sohn wollte die Ernte mit dem Wasser retten.«

Der Richter stützte seine Ellbogen auf und rieb sich mit dem Zeigefinger über die Nasenwurzel. Er fragte: »Mit Wasser aus einem Bach, der zwar Gerold von Laubenstein gehört, der aber trotz der Dürre Wasser führte?«

Lucas wurde von einem Sonnenstrahl geblendet, der plötzlich durchs Fenster direkt in sein Gesicht schien. Er kniff die Augen zusammen. *Es ist geschickt,* dachte er, *Kläger und Angeklagten genau an dieser Stelle zu positionieren.* Ihnen schien die Sonne ins Gesicht, als Erinnerung, dass früher oder später alles ans Licht kommen würde, während sich der Richter und seine Schreiber als bedrohliche Schatten abzeichneten.

»Ich weiß nicht, aus welcher Quelle sich der Bach speist«, sagte Lucas mit fester Stimme, »er fließt meines Wissens immer.«

»Was habt Ihr dazu zu sagen?«, fragte der Richter den Burgvogt.

»Es geht dem Grundherrn nicht um das Wasser, sondern um die

Fische. Das Schöpfen von Wasser schadet dem Bestand. Der Sohn des Lucas Strom hat die Fischereirechte verletzt.«

»Hat er nun Wasser geschöpft oder Fische gefangen?«, fragte der Richter.

»Das läuft aufs Selbe hinaus«, erwiderte der Vogt.

»Ihr habt ihn aber nicht mit Netzen oder einer Angel gesehen, sondern mit Eimern?«, fragte der Richter.

Der Burgvogt nickte.

»Während die Ernte vertrocknete?«

»Das kann ich nicht beurteilen. Ich bin kein Bauer.«

»*Ist* die Ernte dieses Jahr vertrocknet?«, fragte der Richter, diesmal an Lucas gewandt.

»Ja«, sagte Lucas. »Alles.« Die Sonne verschwand wieder.

»Wie groß ist denn der Fischbestand im Kesselbach?«, fragte der Richter Lucas.

»Das weiß ich nicht. Da ich nicht fischen darf, kümmere ich mich nicht darum.«

»Dann frage ich Euch«, sagte der Richter zu dem Burgvogt.

»Der Fischbestand im Kesselbach ist kritisch. Jeder kleine Fisch, jeder Laich ist wichtig. Wenn irgend so ein Bauernlümmel seine Eimer in den Bach taucht, dann fängt er bestimmt die eine oder andere Forelle darin. Das ist gegen das Gesetz.«

Der Richter erwiderte: »Aber wenn Ihr selbst sagt, dass der Fischbestand kritisch sei, ist die Wahrscheinlichkeit, dass der Bauernsohn einen Fisch erwischt, doch eher gering, oder nicht?«

»Ich wiederhole nur: Jeder Fisch ist wichtig.«

Der Richter verdrehte unmerklich die Augen. Dann beugte er sich leicht zum Schreiber hinüber und flüsterte ihm etwas zu. »Ich verkünde nun das Urteil«, sagte er laut. »Der verantwortliche Hausherr Lucas Strom wird zu einer Geldstrafe von fünf Gulden verurteilt. Die Geldstrafe ist vom Kläger einzutreiben«, der Richter blickte den Burgvogt kühl an und diktierte dann ganz langsam weiter, »und in *voller* Höhe an das Gericht der Stadt Heidelberg weiterzuleiten.« Er wedelte mit der Hand und sagte zu dem Vogt: »Und das nächste Mal belästigt Ihr mein Gericht nicht mehr mit so einer Lappalie. Die Sitzung ist geschlossen!« Der Richter wandte sich an den anderen Schreiber und nahm das Papier des nächsten Falles entgegen.

Lucas atmete durch und ging zur Tür. Er und der Vogt erreichten sie gleichzeitig. Lucas gab vor, den kleinen Mann nicht zu sehen, ging weiter und schubste ihn aus dem Weg. Der Burgvogt stolperte in den Flur. Mit langen Schritten ging Lucas in Richtung Treppe. Wie von selbst fanden seine Augen den dritten Achtbrief. Der Brief bedeutete seinen Tod. Lisbeth wäre eine Witwe ohne Hof. Lena und Phillip wären schutzlos. Wenn er *alle* Briefe abriss, würde er keinen Verdacht erregen. Aber dann blieben immer noch die Abschriften. Er konnte doch nicht von jedem Brief eine Kopie mitnehmen und von seinem Brief alle Exemplare. Er erreichte die Treppe. Hinter ihm hörte er die Schritte des Burgvogts.

Lucas wandte ihm den Rücken zu und ließ ihn vorbei. Er hörte ihn die Treppe hinabsteigen. Lucas blickte sich um. Er trat an seinen Achtbrief heran, griff danach, hielt inne. Er ließ los, wandte sich um und eilte die Treppe hinab, ohne den Brief.

Als er auf den Marktplatz hinaustrat, sah er sich nach Lisbeth um. Mit ihrem Sack in der Hand rannte sie leichtfüßig auf ihn zu. Sie fiel ihm um den Hals, dann ließ sie ihn los und fragte: »Und?«

»Fünf Gulden Strafe.«

»Oh nein«, flüsterte sie.

»Wir werden das Geld irgendwie auftreiben. Komm, lass uns gehen.« Er nahm ihr den Sack ab, hängte ihn sich über die Schulter, ergriff ihre Hand und setzte sich zielstrebig in Bewegung. Er wusste, dass ihm seine langen Beine ein schnelles Tempo erlaubten und dass Lisbeth doppelt so viele Schritte machen musste wie er, aber er durfte jetzt keine Zeit verlieren. Das Brückentor kam in Sicht. Plötzlich ertönte hinter ihnen ein Trompetensignal.

Die Menschen, die ihnen entgegenkamen, eilten zur Seite und stellten sich mit dem Rücken an die Hauswände. Lucas sah sich verwirrt um und erblickte hinter sich zwei Dutzend Reiter, die in schnellem Trab herannahten. Die Pferde waren mit roten Decken und Kopfschmuck behangen.

»Komm«, sagte Lucas und zog Lisbeth zur nächsten Hauswand. Schon waren die Reiter auf ihrer Höhe. Dem Herold folgten zwei Soldaten, dann ein Kanzler in einer langen schwarzen Robe. Und dann geschah es. Der majestätisch gewandete Reiter, der folgte, blickte in Lucas' Richtung, an dem Soldat vorbei, der neben ihm ritt. Einen kurzen Moment lang sahen sie sich in die Augen. Sofort wandte Lucas den Kopf ab. Sein Herz pochte wild in seiner Brust. Er war es. Ludwig. Er hatte ihn direkt angesehen. Und ein Ausdruck des Erkennens war in seinen Augen aufgeflackert.

Die Reiter zogen vorbei und erreichten das Brückentor. Gleich würden sie über die überdachte Holzbrücke auf die andere Seite des Neckars reiten.

Es war zwar Jahre her, und sie beide, Ludwig und er, waren damals halbwüchsig gewesen, aber Ludwig hatte sich kaum verändert. Lucas hätte ihn auch erkannt, wenn dieser nicht die Gewandung eines Kurfürsten getragen hätte. Das hieß, dass der Kurfürst sich womöglich auch an ihn erinnerte. War nicht ein Ausdruck der Verwunderung in seinen Augen gestanden? *Vielleicht überlegt er gerade auf der Brücke, woher er mich kennt, warum ihm meine Augenfarbe so bekannt vorkommt – und warum sie ihn beunruhigt.* Er durfte kein Risiko eingehen.

Lucas ergriff Lisbeths Hand und zog sie unsanft die Straße hinunter in Richtung Judentor.

»War das der Kurfürst?«, fragte Lisbeth atemlos.

»Wahrscheinlich schon«, sagte Lucas knapp. Er zog sie weiter.

»Warum nehmen wir nicht dieses Tor?«, fragte sie, auf das Brückentor deutend.

»Das ist zu gefährlich«, antwortete Lucas. Ein paar Passanten drehten sich nach ihnen um. Das Judentor kam in Sicht. »Grüß die Wache«, sagte Lucas, als sie sich näherten. Er ging langsamer. Mit aufgesetzter Gemächlichkeit passierten sie das kleine Stadttor. Lisbeth nickte und grüßte, der Mann lächelte zurück. Lucas hatte er nicht weiter beachtet.

»Deine Hand ist schweißnass«, sagte sie, als sie außerhalb der Stadtmauer an den armseligen Hütten, die sich an die Mauer lehnten, am Neckar entlanggingen. Er ließ sie los, wischte sich seine Handflächen an der Hose ab und eilte weiter.

»Lucas, dieses Tempo kann ich nicht drei Tage lang durchhalten«, sagte Lisbeth.

Er erwachte aus seinen sorgenvollen Gedanken und sah sie an. »Ja, natürlich. Entschuldige, wir gehen langsamer. Komm, lass uns hier abbiegen.«

Sie bogen auf einen Trampelpfad ab, weg von der Hauptstraße. Lucas ließ Lisbeth vorangehen. Während er sich immer wieder umsah, betete er. *Wenn sich Ludwig an mich erinnert, dann lass ihn nicht nach mir suchen. Und lass ihn nicht auf die Idee kommen, dass ich heute in Heidelberg eine Vorladung hatte. Denn dann erführe er meinen Namen und meinen Wohnort.*

Laubenheim, eine Woche später

Als Lena ihren Hirsefladen in die Schale mit Erbsenbrei tauchte, klopfte es am Scheunentor. Ihr Vater blickte auf. Die ganze Mahlzeit über hatten er und ihre Mutter geschwiegen, wie jeden Tag, seit sie aus Heidelberg zurückgekehrt waren.

Lena hielt inne und drehte sich um. Der Burgvogt stand im Tor. Ihr Vater erhob sich. Sein Blick war düster. Während er zu seiner vollen Größe aufgerichtet auf den Vogt zuging, fragte er barsch: »Was wollt Ihr?«

»Die fünf Gulden Strafgeld!«

Ihre Mutter und Phillip wechselten Blicke.

Ihr Vater baute sich bedrohlich vor dem Burgvogt auf. Eigentlich ein lustiges Bild: ein Riese vor einem Zwerg.

Ihr Vater sagte spöttisch: »Welch ein Aufwand für Euch. Hättet Ihr den Fall nicht vors Heidelberger Gericht getragen, dann müsstet Ihr jetzt das Geld nicht einfordern und ... weiterleiten!«

»Fünf Gulden«, erwiderte der Vogt.

»Kommt ein anderes Mal wieder.«

»Ich komme *jetzt*.«

»Und ich gebe euch *jetzt* keine fünf Gulden«, sagte ihr Vater kalt.

»Weil Ihr das Geld nicht habt?«

»So ist es.«

»Das ist nicht mein Problem.«

»Doch, das ist es«, antwortete ihr Vater gereizt. Er machte einen Schritt auf den Zwerg zu. Der Vogt wich zurück. Ihr Vater sagte mit schneidender Stimme: »Unsere gesamte Ernte ist kaputt, weil wir kein Wasser hatten. Obwohl ein Bach direkt an den Feldern vorbeifließt! Es *ist* verdammt noch mal Euer Problem! Wir Bauern erwarten, dass der Grundherr uns dieses Jahr die Abgaben und Gülten erlässt. Richtet das dem hochwohlgeborenen Ritter aus. Dann bekommt Ihr vielleicht Eure fünf Gulden.«

Der Burgvogt straffte seinen Rücken. »Wir werden ab jetzt Zinsen verlangen. Ich komme wieder.«

»Ihr habt kein Recht, Zinsen zu verlangen, Ihr seid nur die Eintreiber des Strafgeldes!«

»Nun, dann müssen wir wohl die Frontage neu festsetzen«, sagte der Vogt.

Ihr Vater antwortete nicht, sondern schloss das Scheunentor direkt vor seiner Nase. Drinnen wurde es dunkel. Lena beobachtete, wie sein Schatten zu ihnen ans andere Ende der Scheune zurückkehrte.

Ihr Vater setzte sich, stützte die Ellenbogen auf den Tisch und legte den Kopf in die Hände.

»Wir sollten uns das nicht bieten lassen«, sagte Phillip.

Ihr Vater sah auf und schlug mit der Faust auf den Tisch, dass die Holzteller hüpften. Alle blickten ihn erschrocken an. »Du bist still!«, rief er. Lena hatte ihn noch nie so aufgebracht erlebt.

Und sie hatte Phillip noch nie so erlebt: Ihr Bruder schlug ebenfalls mit der Hand auf den Tisch. »Nein, ich bin nicht still! Ich werde nicht wie alle im Dorf schweigend zusehen, wie der Leibherr uns zugrunde richtet!«

»Nichts wirst du tun! Sieh an, wohin du uns gebracht hast!«

»Wenigstens sitze ich nicht nur rum und ergebe mich in mein Schicksal!«

»Oh nein, das tust du nicht! Du brockst uns die Hunde ein und eine Strafe von siebzehn Gulden, wenn man alles zusammenzählt!«

Phillip biss die Zähne zusammen. Er starrte auf seinen Fladen. Lena sah, wie sich sein Brustkorb hob und senkte. Niemand sagte etwas. Ihre Mutter blickte auf ihre Hände. Lena hörte Phillip murmeln: »Irgendwann bringe ich ihn um. Das verspreche ich euch.«

Mit einem Satz sprang ihr Vater auf. Er eilte um den Tisch herum, packte seinen Sohn am Kragen und zog ihn von der Bank hoch. »Nichts wirst du tun, hörst du?«, sagte er mit bebender Stimme.

Phillip hing in seinem Hemd wie ein Kätzchen, das man in einem Sack an die Leine gehängt hatte. Doch er hielt dem bedrohlichen Blick des Vaters stand – und traute sich tatsächlich zu widersprechen: »Eines Tages, Vater, eines Tages bringe ich ihn um. Egal ob ich dazu die Erlaubnis habe oder nicht.«

»Du bist mein Sohn und du gehorchst mir gefälligst. Niemand aus meinem Haushalt wird irgendjemandem Gewalt antun. Niemand. Niemals. Ist das klar?«

Phillip blickte trotzig zurück und antwortete nicht. Der Vater ließ in abrupt los, sodass Phillip auf die Bank sank. Er schritt um den Tisch herum und blieb an seinem Platz stehen. »Habe ich mich klar und verständlich ausgedrückt?«, fragte er und seine grünblauen Augen blickten der Reihe nach jeden am Tisch an, ihre Mutter, Veit, Hate und sie. Lena nickte. Als wäre nichts geschehen, setzte sich ihr Vater wieder auf seinen Platz und aß weiter. Die anderen starrten benommen vor sich aufs Essen. Veit schien sich als Erster wieder gefangen zu haben, denn er griff nach seinem Fladen und biss kräftig hinein.

Lena überlegte. *Jetzt oder nie.* Ihre Worte durchbrachen die Stille: »Letzte Woche auf dem Dorffest habe ich mit Irmela geredet. Ihr wisst ja, sie arbeitet in der Küche auf der Burg.« Lena blickte sich am Tisch um, aber alle hielten den Blick gesenkt. Sie faltete die Hände im Schoß, räusperte sich und sprach weiter: »Sie sagte, dass oben auf der Burg eine Stelle als Küchenmagd frei ist.« Ihr Vater hob den Blick. Schnell sah Lena auf ihren Teller, um nicht den Mut zu verlieren. »Und da unsere Vorräte aufgebraucht sind, dachte ich, wäre es doch eine gute Idee, wenn ihr einen Mund weniger zu füttern hättet.« … *Und ich in der Burgküche arbeiten könnte*, schob sie in Gedanken hinterher.

Manchmal stellte sie sich heimlich vor, sie wäre die Burgköchin. Sie liebte es, Speisen zuzubereiten, verschiedene Kräuter auszuprobieren, aus Rahm Butter zu stoßen und ihr Gefühl für die verschiedenen Garzeiten zu perfektionieren. Im Geiste gab sie den Mägden Anweisungen und stellte atemberaubende Gerichte zusammen. Doch das war nur ein Traum.

»Du willst auf der Burg arbeiten?«, fragte ihr Vater.

Lena schlug die Wimpern auf und sah ihm direkt in die Augen. Sie wusste, dass diese Geste manchmal wirkte.

Ihre Mutter lachte bitter. »Nur über meine Leiche«, sagte sie.

»Aber warum denn nicht? Ihr habt doch selbst gesagt, dass wir den Winter zu sechst nicht durchstehen!«

Ihr Vater lehnte sich zurück, beugte sich dann vor und legte die Unterarme auf den Tisch. »Magdalena Strom, nach allem, was bisher vorgefallen ist, schlägst du allen Ernstes vor, für Gerold von Laubenstein zu arbeiten?«

»Ich versuche nur, das Beste für uns herauszuholen. Soll *er* doch *uns* einmal Geld zahlen! Immerhin bekäme ich freie Kost und anderthalb Gulden im Jahr. Man muss bei Kleinigkeiten anfangen, um große

Schritte zu machen! Das habt ihr mir doch selbst immer wieder beigebracht!«

»Nein, Lena, das kommt nicht infrage! Ich wundere mich, wie du überhaupt auf so eine verrückte Idee kommst«, sagte ihr Vater kopfschüttelnd und tauchte seinen Löffel in die große Schüssel.

Lena verschränkte die Arme vor der Brust. »Dann schickt Hate zur Burg«, sagte sie.

»Mich?«, rief Hate erschrocken.

Lena zuckte mit den Schultern. »Wir haben kaum noch Vorräte«, sagte sie.

Natürlich wollte sie nicht, dass Hate auf der Burg arbeitete. Dieser Vorschlag war nur ein Manöver.

»Ich bin zu alt für eine neue Stelle. Ich werde bald dreißig!«, sagte Hate und blickte verunsichert vom einen zum anderen.

»Keine Angst, Hate. Lena meint das nicht ernst«, sagte ihr Vater und nahm sich einen weiteren Löffel Grütze.

Veit fragte unsicher: »Wollt ihr, dass Hate und ich weggehen?«

»Niemand geht. Wir werden den Winter überleben. Auch ohne Getreide«, antwortete ihr Vater.

»Und wie?«, fragte Lena. »Das wenige Fleisch müssen wir verkaufen, etwas anderes haben wir nicht.«

Ihre Mutter legte ihren Löffel mit einem Knall auf den Tisch. »Es reicht jetzt, Lena! Wir verbieten dir, in die Nähe dieses Mannes zu kommen. Schluss jetzt.«

»Aber ich wäre gar nicht in seiner Nähe!«, hob Lena noch einmal an, »Irmela sagt, er ist erstens sowieso dauernd unterwegs, um sich mit irgendwelchen anderen Rittern zu verbünden, und zweitens kommt nie jemand aus der Familie in die Küche. Irmela hat ihn in den zwei Jahren, die sie nun schon auf der Burg arbeitet, nur ein paarmal aus der Ferne gesehen. Wirklich, das sind zwei getrennte Welten. Die Mägde schlafen alle zusammen in einem Raum direkt neben der Küche und halten sich den ganzen Tag nur dort auf. Das Essen müssen sie auch nicht servieren.«

»Ja, Vater, lass sie dort arbeiten. Je näher man seinem Feind ist, desto verletzlicher ist er.«

»Du hältst dich raus!«

»Bitte, Vater«, sagte Lena, »vielleicht könnte ich sogar Essensreste ins Dorf bringen?«

Wieder hieb der Vater mit der Hand auf den Tisch. Wieder zuckten alle zusammen. »Habt ihr alle den Verstand verloren? Wie oft muss ich es noch sagen? Wir halten uns alle, jeder von uns, fern von diesem Mann. Niemand nimmt irgendetwas an sich, das ihm gehört.«

»Ich lege mich nicht mit ihm an. Ich will ihm ja aus dem Weg gehen. Ich will uns die Burg nur zunutze machen. Bleibe ich hier, koste ich Geld. Gehe ich auf die Burg, bekomme ich Geld. So einfach ist die Rechnung. Ich will, dass *er uns* bezahlt«, sagte Lena.

KAPITEL 14

Worms

Heinrich betrat das kalte Studierzimmer des Priors. Bruder Markus stand an einem Schreibpult, eine Feder in der sehnigen Hand. Er legte das Schreibzeug beiseite und drehte sich lächelnd um. Heinrich verbeugte sich. »Ihr habt mich rufen lassen«, sagte er.

»Ja, ich möchte gerne mit dir reden, Bruder Heinrich.« Der ältere Mann machte eine Handbewegung zu den Butzenfenstern. Seine Miene wirkte besorgt. »Ich fürchte, unser Kloster wird baufällig. Gestern hat es reingeregnet. Das Wasser lief an der Wand hinunter auf die Holzdielen. Sie sind ganz aufgequollen. Wenn sie wieder trocknen, werden sie spröde. Wie ärgerlich.« Der Prior ging zur Mauer und trat mit einem Fuß auf die aufgequollene Stelle. Heinrich fragte sich, was er damit zu tun hatte. »Ich fürchte, wir benötigen Holz. Ich frage mich, ob dein Bruder uns vielleicht welches verkaufen könnte? Er besitzt doch Wald, oder nicht?«

»Ich bin mir nicht sicher, ob mein Bruder mit Klöstern Handel treibt, aber ich kann ihm schreiben.«

Der Prior nickte. »Danke, Heinrich.« Er legte die Fingerspitzen aneinander, während er sprach. »Ich habe noch ein anderes Anliegen.«

Heinrich sah ihn neugierig an.

»Ich frage mich, wie es dir geht.«

»Gut. Warum? Mache ich einen unzufriedenen Eindruck?«

Der Prior überlegte kurz. »Nein, du machst eher einen nachdenklichen Eindruck. Fühlst du dich dem Herrn nahe?«

»Mal mehr, mal weniger.«

Markus ging darüber hinweg. »Ich habe dich beobachtet, Heinrich. Du betest viel, liebst das Studium von theologischen Schriften und meldest dich am häufigsten von allen zur Seelsorgewanderschaft. Ich habe den Eindruck, dass du von einer besonderen Kraft getrieben bist.«

Heinrich fragte sich, worauf der Prior hinauswollte.

»Ich möchte dich gerne fördern.« Bruder Markus ließ den Satz im Raum schweben und wartete gespannt auf Heinrichs Reaktion.

»Inwiefern fördern?«

Der Prior begann, langsam durch den Raum zu schreiten, die Fingerspitzen immer noch aneinandergelegt. »Einige ausgewählte Brüder aus unserem und dem Heidelberger Kloster werden eine Pilgerreise nach Rom unternehmen. Ich erlaube dir, daran teilzunehmen.«

»Rom? Wirklich?«, fragte Heinrich, weil ihm vor Überraschung nichts Intelligenteres einfiel.

Der Prior nickte. »Du wirst die Gräber der Apostel sehen, und wenn du und die anderen Brüder Glück habt, werdet ihr vielleicht sogar in die Nähe des Papstes gelangen.«

Bruder Heinrich presste die Lippen aufeinander.

»Du freust dich nicht?«, fragte der Prior.

»Ich bin Euch dankbar, dass Ihr an mich denkt. Aber ich möchte dem Papst nicht begegnen.«

Der Prior hob die Augenbrauen. »Warum denn das?«

Ich mache einen Fehler, dachte Heinrich, aber die Worte kamen von selbst, bevor er sich zur Vernunft rufen konnte. »Wie Ihr vielleicht wisst, halte ich nicht viel vom Lebenswandel der Päpste. Von den Mätressen und politischen Machenschaften.«

Bruder Markus war vor Heinrich stehen geblieben. Beschwichtigend sagte er: »Wir wissen alle, wie es um die Päpste bestellt ist, doch es gebührt uns nicht, uns über sie zu erheben.«

Heinrich sagte so demütig, wie er konnte: »Ich bitte Euch, gebt einem anderen Bruder die Gelegenheit.«

Der Prior sah ihn an, als hätte er gerade behauptet, er wäre dem Erzengel Gabriel auf dem Flur begegnet. »Aber eine Pilgerreise nach

Rom ist eine einmalige Gelegenheit. Gerade jetzt, wo der Petersdom neu aufgebaut wird.«

»Und zu wessen Ehre wird gebaut? Ein prunkvolles Bauwerk, in dessen Mittelpunkt das Grab des Papstes liegt?«, erwiderte Heinrich trocken.

»Pass auf deine Worte auf, Bruder Heinrich, du bist kurz davor, dich zu versündigen.«

Heinrich blickte dem Prior direkt in die Augen. »Bitte, nehmt einen anderen.«

»Ich begreife dich nicht! – Muss ich dich erst darauf hinweisen: Wer eine solche Pilgerfahrt unternommen hat, dem kann mehr Verantwortung innerhalb des Klosters übertragen werden.«

Heinrich überlegte. *Was, wenn ich Stellvertreter des Priors werden könnte. Könnte ich etwas verändern, dem Kloster etwas Gutes bringen? Wenn Jesus tatsächlich bald wiederkehrt, weiß ich, was ich mit der restlichen Zeit anfangen will. Mönche haben den ganzen Tag Zeit zu beten und zu beichten. Bauern nicht.*

»Ich würde mich lieber um die Menschen in den Dörfern kümmern«, sagte er mit fester Stimme.

»Die ungebildeten Bauern sind dir wirklich wichtiger als eine Pilgerfahrt in die Heilige Stadt, wichtiger als eine verantwortungsvolle Position?«

Da ist sie wieder, die Arroganz Roms. Heinrich schluckte und atmete tief durch. »Jeder Knecht da draußen ist Gott genauso wertvoll wie ein römischer Bischof!«

Die Lippen des Priors wurden schmal. »Ich habe mich wohl in dir geirrt.« Heinrich antwortete nicht. Er erwiderte den Blick des Priors, bis dieser sich schließlich abwandte und nach seiner Feder griff. »Du kannst gehen.«

Heinrich verbeugte sich, doch der Prior hatte ihm schon den Rücken zugewandt.

Lena strich sich über ihr verschwitztes Gesicht. Jetzt verstand sie, warum das neue Dach der Burgküche fast so hoch in den Himmel ragte wie der Wohnturm der Burg. Gerold von Laubenstein hatte mit dem Neubau des Südflügels nicht nur prahlen wollen, er hatte sich dabei auch etwas gedacht: Die Hitze der drei Feuer, die hier gleichzeitig brannten, konnte nach oben entweichen. *Ich will nicht wissen, wie heiß es dort oben unter dem Dach ist. Verirrt sich einmal eine Taube durch die Belüftungsspalten ins Innere, fällt sie sicherlich gegart von der Decke.*

Seit drei Tagen arbeitete sie hier. Sie hätte nie zu träumen gewagt, dass ihre Eltern sich darauf einlassen würden. Wochenlang hatten sie zu dem Thema geschwiegen. Nach dem Streit beim Mittagsmahl hatte ihr Vater tagelang dreingeschaut, als würde er gleich seinen Pflug zerschmettern, und ihre Mutter hatte die Schultern hängen lassen. Lena wusste, dass ihre Eltern ihr letztes Hemd gegeben hätten, um zu verhindern, dass ihre Tochter ausgerechnet für Gerold von Laubenstein arbeitete. Das Problem war nur: Ihre Eltern hatten kein letztes Hemd mehr.

Der Vogt hatte ihnen als Antwort auf das Streitgespräch einen neuen Jagdhund zur Aufzucht vor die Tür gesetzt. Das hässliche Tier verschlang Fleisch und Knochen, und die fünf Gulden Strafgeld hatte ihre Familie immer noch nicht bezahlt. Jeden Abend hatte Lena wie beiläufig etwas von Irmela erzählt und dabei die Burgküche erwähnt. Nach einer Woche hatte sie fallen lassen, dass sie, seit sie als kleines Mädchen die Küche gesehen hatte, davon träumte, dort zu arbeiten. Ihre Hartnäckigkeit, die sich leerende Speisekammer und die Erwähnung ihres Traums schienen ihre Eltern ins Wanken gebracht zu haben. Nach weiteren zwei Wochen hatten ihre Eltern ihre Erlaubnis ausgesprochen. Allerdings nur vorläufig. Sie konnten ihr jederzeit wieder befehlen, nach Hause zurückzukehren, und sie würde gehorchen müssen.

Bevor Lena aufgebrochen war, hatte ihre Mutter sie alleine in die Stube gerufen. Sie hatte die Tür geschlossen und Lena eine Weile angeblickt. »Wenn dir irgendjemand zu nahe kommt, sei es der Ritter oder ein anderer Knecht, kommst du sofort zu uns. Ohne zu zögern. Auf der Stelle.« Lena hatte genickt. Ihre Mutter hatte sie in den Arm genommen und sie unter den Schutz der heiligen Anna gestellt.

»He, aufwachen, Träumerin!«, sagte eine männliche Stimme neben ihr. Lena bedachte Horst, den jungen Küchenchef, der gerade eine Tonschale mit Rohrzucker vor ihr abstellte, mit einem nervösen Seitenblick und konzentrierte sich dann auf die Quitte auf dem Schneidebrett vor ihr. Sie rammte das Messer in die harte Frucht. Neben ihr stand Irmela mit ihrem sorglos geknoteten Kopftuch und plapperte vom letzten Dorffest. Lena spürte den prüfenden Blick des Küchenchefs auf ihren Händen, ehe er sich umwandte und zum Rost davoneilte. Ob er wohl zufrieden war mit ihrer Fingerfertigkeit? Ihr fiel ein, dass sie heute Nacht von ihm geträumt hatte: Er hatte sie ausgewählt, ihn zum Einkauf auf einen großen Markt zu begleiten, und sie hatte ihn zwischen all den Menschen verloren.

Vor einer Stunde hatte er die Aufgaben verteilt: Irmela sollte Quitten schneiden und die Birnen schälen, Barbara, die eigentlich keine Küchenmagd war, sondern Putzmagd, sollte von den halb getrockneten Trauben die verdorbenen aussortieren, und Lena sollte Kräuter besorgen und sie für den Hauptgang hacken und mischen. Doch Lena fand die Einteilung unpraktisch, denn Barbara war die Kräuterexpertin. Sie hatte die Kräuter angepflanzt und im Sommer zum Trocknen aufgehängt, denn sie wurden auch zum Ausstreuen der Böden benötigt. Sollte *sie* doch Salbei, Thymian und Kerbel heranschaffen. Kurzerhand hatte Lena die Aufgaben neu verteilt.

»Meine dreijährige Schwester hat das ganze Beet selbst bepflanzt«, plapperte Irmela neben ihr unbeirrt, während sie die Trauben einzeln in die Hand nahm, »und aus jedem Samen ist ein fetter runder Kohlkopf geworden. Man sollte meinen, sie hat bei den Erdgeistern einen Stein im Brett. Die Saat von den anderen Familien ist nämlich überhaupt nicht aufgegangen. Ist das nicht seltsam? Das muss mit der Konstellation der Sterne zu tun haben. Ich sage dir, es stimmt, was alle sagen. Das Ende der Welt ist nahe.«

»Ruhe jetzt«, rief Horst in ihre Richtung. »Ihr seid mit dem Nachtisch im Verzug! Macht voran, sonst bricht tatsächlich bald das Ende der Welt über euch herein!«

Während Lena weiter Quitten in Würfel schnitt, beobachtete sie aus den Augenwinkeln, wie Irmela den Zucker großzügig in die Schale mit den Trauben schüttete. Sie hielt inne und blickte ungläubig auf den Zuckerberg.

»Was ist?«, fragte Irmela.

»Den ganzen Zucker?«, flüsterte Lena, »weißt du, was der wert ist?«

Irmela zuckte mit den Schultern. »Scheinen ziemlich wichtige Gäste zu sein, die der Herr bewirtet. Heute wird besonders geprahlt.«

»Wo bleiben die geschälten Birnen?«, rief die Magd, die für die rechte Kochstelle zuständig war. »Der Rotwein blubbert schon längst!«

Lena blickte sich suchend um. Ihr stockte das Herz, als sie den Holzeimer mit ungeschälten Birnen in der Ecke entdeckte. Die Birnen mussten spätestens jetzt zum Rotwein in den Topf. Bis sie geschält waren, würde eine Ewigkeit vergehen. »Irmela!«, flüsterte sie erschrocken. »Wer sollte die Birnen vorbereiten?«

Irmela blickte sie mit hochgezogenen Augenbrauen an.

»Das darf doch nicht wahr sein!« Horst stand wieder hinter ihnen. »Irmela! Du solltest die Birnen schälen. Was hast du denn bei den Trauben verloren? Wo sind die Birnen?« Sein Kopf war rot, vor Hitze oder Ärger. Wahrscheinlich beides, dachte Lena. Irmela sackte in sich zusammen. *Am einfachsten wäre jetzt zu schweigen. Dann wäre alles Irmelas Schuld. Sie hätte ja nicht auf mich hören brauchen.*

Lena legte das Messer auf das Brett und stellte sich vor Irmela. »Die Birnen wollte ich vorbereiten. Sie sind immer noch dort drüben.« Sie machte mit ihrem Kinn eine Bewegung in Richtung Tür. Horsts Augen folgten ihrem Wink, dann schnellte sein Blick zu ihr zurück. Er griff Lena am Oberarm und schob sie in Richtung des Holzeimers.

»Ich zähle bis zehn und dann sind fünfzig Birnen aussortiert, geschält und schmoren im Wein! Und wenn das erledigt ist, sitzt du ein Jahr lang neben allen drei Feuern gleichzeitig und legst Holz und Kohle nach. Sonst nichts! Und wehe, eines der Feuer hat die falsche Temperatur!«

Laubenheim, Dezember 1512

Lisbeth und Veit misteten die Ställe aus, als Hufgeklapper durch das offene Tor drang. Sie hielten inne und blickten sich an. »Ich sehe nach, wer das ist«, sagte Lisbeth. Sie lehnte die Mistgabel gegen die Wand, rückte sich ihr Kopftuch zurecht, trat hinaus und stand vor zwei bewaffneten Männern auf Pferden. Lisbeth hatte nur einmal in ihrem Leben Soldaten gesehen, im Krieg vor sieben Jahren. Damals waren sie in der Ferne an Laubenheim vorbeigezogen. Diese beiden hier waren gekleidet, wie Lisbeth sich erinnerte. Sie trugen eng anliegende Lederhosen, rote Hemden, Brustpanzer und hohe Eisenhelme.

Zögernd ging sie auf die beiden zu. »Was wollt Ihr?«, fragte sie.

»Wohnt hier der Lucas Strom, der im Herbst vor Gericht in Heidelberg geladen war?«, sagte der Größere der beiden. Er blickte starr über seine Nasenspitze auf sie hinab, als könnte er seinen Kopf nicht neigen.

Lisbeths Gedanken rasten. Lucas war mit Phillip Zweige sammeln. *Gott sei Dank.* »Was wollt Ihr von ihm?«

»Mit ihm reden.«

»Aber das Gerichtsverfahren ist doch abgeschlossen, oder nicht? Die Strafe ist bezahlt.« *Durch Schulden,* fügte sie in Gedanken bitter hinzu.

»Wir wollen überprüfen, ob er wirklich Lucas Strom ist.«

Lisbeth blickte vom einen zum anderen. *Wie wollen sie das überprüfen?*

»Wer schickt Euch?«

»Der Kurfürst«, sagte der Soldat hölzern, ohne sich zu bewegen. Er schien tatsächlich einen steifen Nacken zu haben.

»Und warum interessiert sich der Kurfürst für ihn?«

»Das können wir Euch nicht sagen.«

»Ihr könnt nicht oder Ihr wollt nicht?«

»Weib, Ihr sprecht mit Gesandten des Kurfürsten. Haltet Eure Zunge im Zaum. Wir haben einen klaren Auftrag. Also: Wohnt hier nun Lucas Strom oder nicht?«

»Wartet einen Moment!«, sagte Lisbeth und verschwand in der Wohnscheune. Sie schloss das Tor, blieb einen Augenblick stehen, atmete tief durch und kniff sich dann in den linken Oberarm, um sich selbst anzutreiben. Mit langen Schritten ging sie zur Stallbox und zog Veit am Ärmel heraus.

»Was ist?«, fragte er verunsichert.

»Komm mit«, flüsterte sie. »Antworte auf ihre Fragen. Aber nur dann, wenn *ich* nichts sage.« Sie führte Veit am Ärmel hinaus, hakte sich bei ihm unter und stellte sich mit ihm vor den Soldaten auf.

Der zweite Soldat hatte sich aufrecht hingesetzt, als er Lisbeth und Veit kommen sah, der erste verharrte immer noch in seiner steifen Haltung. Lisbeth hatte den Eindruck, dass die beiden Veits Gesicht sehr aufmerksam studierten. »Seid Ihr Lucas Strom?«, fragte der Bewegliche.

Ehe Veit etwas erwidern konnte, hob Lisbeth schnell an: »Was wollt Ihr von meinem Mann?«

Die beiden Soldaten sahen sich an. »Er ist es nicht«, sagte der Unbewegliche. Der andere nickte.

Trotz der Dezemberkälte rann Lisbeth der Schweiß zwischen den Schulterblättern hinab.

»Ich möchte Euch trotzdem ein paar Fragen stellen«, sagte der erste Soldat, an Veit gewandt. »Woher stammt Ihr?«

Lisbeth überlegte in Sekundenschnelle. Sie musste jetzt schweigen. Wenn sie jetzt für Veit redete, würde sie Misstrauen erregen. Veit blickte erst den einen Soldaten, dann den anderen, dann Lisbeth an. Lisbeth stöhnte innerlich.

»Aus Pfeddersheim«, antwortete er zögernd.

»Wer ist Euer Vater?«

Heilige Mutter Gottes. Veit darf auf keinen Fall diesen Namen nennen. Sie sagte schnell: »Das ist eine heikle Frage. Bitte stellt sie ihm nicht.«

Veit blickte sie verwundert an. Die Soldaten wechselten einen Blick. »So, Ihr seid also unehelich. Deshalb seid Ihr aufs Land gezogen«, sagte der Unbewegliche.

Lisbeth atmete unhörbar aus.

»Und seit wann lebt Ihr hier?«, fragte der Zweite.

»Mit zehn Jahren habe ich als Knecht hier in Laubenheim angefangen.«

»Kann dafür jemand bürgen?«

Veit nickte. »Ja. Das ganze Dorf kennt mich. Meine Schwester lebt auch hier mit mir im Haus.«

Der Zweite wandte sich an seinen Kameraden: »Komm, das reicht. Das ist nicht Lucas Heller.« Sie wendeten ihre Pferde.

Lisbeth trat an ihre Seite. »Warum sucht Ihr diesen … Heller? … ausgerechnet hier in Laubenheim?«

Der Unbewegliche zügelte sein Pferd. »Der Kurfürst hatte Grund zur Annahme, dass Lucas Strom der geächtete Lucas Heller sein könnte.«

»Ein Geächteter. Ihr sucht in unserem Dorf einen Geächteten?«

»Ja, hier ist der Achtbrief.« Der zweite Soldat nahm ein zusammengerolltes Papier aus seiner Satteltasche. »Die Stadt Heidelberg hat ein Kopfgeld auf Heller ausgesetzt. Fünfhundert Gulden.«

»So viel Geld?« Lisbeth strich sich über die Wange. »Und wie sieht der Geächtete aus?«

»Er ist ein Riese mit dunkelblau-grünen Augen.«

Lisbeth nickte. »Deshalb wusstet Ihr auch gleich, dass er nicht Heller ist«, sagte sie und machte eine Kopfbewegung in Veits Richtung.

Der Soldat nickte. »Hier, Weib«, er streckte ihr den zusammengerollten Brief hin, »wir haben nicht nur den Auftrag, die am fraglichen Tag vor Gericht Geladenen aufzusuchen, sondern wir sollen auch den Achtbrief auf unserer Reise verteilen. – Ich gebe Euch gleich noch eine weitere Abschrift. Gebt sie weiter.«

Sie zögerte kurz, nahm die beiden Papiere dann aber entgegen. »Ich kann nicht lesen, aber ich kann sie ja an den Schultheißen weiterleiten«, sagte sie. Die Soldaten nickten und setzten ihre Rösser in Bewegung. Lisbeth trat hinter ihnen auf den Weg, der schnurgerade aus dem Dorf in Richtung Wald führte, und blickte ihnen nach. Sie legte sich die Hände vor Mund und Nase und hielt den Atem an. *Heilige Anna, bitte lass Lucas nicht jetzt gerade aus dem Wald kommen.* Die Reiter schienen eine Ewigkeit zu brauchen, bis sie den Weg erreichten und dem Wald den Rücken zukehrten. Endlich verschwanden sie als kleine Punkte in Richtung Westen. Zitternd betrachtete sie die zusammengerollten Briefe in ihren Händen. Sie hatte gar nicht gefragt, was Lucas Heller verbrochen hatte. Das Zittern wurde stärker. Sie hielt die Briefe fest umklammert und atmete tief durch. Nach einer Weile wandte sie sich um und ging langsam zurück in den Hof. Veit kam aus der Scheune, blieb stehen, als er sie sah, und blickte sie anklagend an. *Er hat allen Grund, mir Vorwürfe zu machen. Ich habe ihn heute um ein Haar für meinen Mann geopfert. Welcher Teufel hat mich geritten?*

Und das alles für einen Geächteten, der mir nichts erzählt.

Burg Laubenstein

Nachts schlief Lena mit zehn anderen Mägden in einem engen Raum neben der Küche auf einer Matte, auf die sie wegen der Kälte ein Schaffell legte. Die Essensrationen waren für alle genau festgelegt: Für das Gesinde bestand das Frühstück aus einer Schale ungewürztem

Gerstenbrei, zum Trinken bekam jeder einen Becher Wasser mit vergorenem Honig. Die herrschaftliche Familie bekam frische Salzfladen mit geräuchertem Speck, Käse und Eiern, dazu gesüßte Buttermilch.

Die Mägde standen um vier Uhr morgens auf, molken die Kühe und die Ziegen, füllten die Körbe in der Küche mit Kohle und Brennholz für den Tag, fachten die Feuer an und begannen vor sechs Uhr, das Essen für den Tag vorzubereiten: Sie weichten Getreide ein, rupften Hühner und Fasane, legten getrocknetes Obst zum Quellen in Wein, kneteten Teig und kochten Kohl und Äpfel zu Mus. Freitags und an den kirchlich festgelegten Fastentagen – die ungefähr ein Drittel des Jahres ausmachten – gab es Fisch.

Zu diesem Zweck hatte Horst Karpfen im Burggraben ausgesetzt. Da der Ritter und seine Gemahlin ihren Fisch stets frisch zubereitet verlangten, musste Lena an den Fastentagen vor Sonnenaufgang den Torwächter wecken, damit er sie aus der Burg ließ und sie die Netze aus dem Burggraben einholen konnte. Mit spitzen Fingern zog sie die zappelnden Tiere aus den Netzen, schlug ihnen den Kopf ein, nahm sie aus und wusch sie.

Obwohl die Mägde genauso lange arbeiteten wie die Knechte, erhielten sie zwei Drittel weniger Lohn als die Männer. Freie Zeit gab es kaum. Einmal in zwei Monaten hatte das Gesinde einen halben Tag frei. Um Zeit zu sparen, rannte Lena an ihrem ersten freien Nachmittag den ganzen Weg nach Laubenheim. Verschwitzt trat sie durchs Scheunentor und freute sich, als ihre Mutter einen überraschten Schrei ausstieß. An ihrem zweiten freien Nachmittag entdeckte sie ihre Eltern und Phillip von Weitem auf dem Feld. Sie half ihnen beim Unkrautjäten, obwohl sie dringend eine Pause gebraucht hätte. Völlig erschöpft kam sie bei Anbruch der Dämmerung wieder oben an der Burg an und stand am nächsten Morgen um vier Uhr auf.

An diesem Tag war sie an der Reihe, heißes Wasser für die wöchentliche Kleiderwäsche aufzusetzen und anschließend bis in die Abendstunden vor Dreck und Schweiß starrende Unterwäsche zu kochen, zu rubbeln und zu scheuern. Schon am Vormittag waren ihre

Finger aufgedunsen. Als sie die Wäsche am nächsten Tag in der Sonne zum Bleichen ausbreitete, platzten die Risse an ihren Händen wieder auf und sie schmierte aus Versehen Blut an ein Untergewand.

Sibilla, die Tochter des Ritters, sah Lena meistens nur in der Ferne. Das änderte sich jedoch eines Tages, denn die Burgherrin beschloss, dass das Burgfräulein das Kochen lernen sollte. Diesen Nachmittag, als Lena gerade die Fischnetze flickte, wurde sie von Horst in die Küche gerufen. In der Mitte des riesigen Raumes standen sich Horst und Sibilla an dem großen Tisch gegenüber, auf dem verschiedene Kräuter, Obst und eine gerupfte Gans ausgebreitet waren. Lena wusch sich die Hände und trat zu den beiden. Horst war gerade dabei, Sibilla zu erklären, woher die Zutaten stammten. Sibilla stand zwar mit geradem Rücken und ineinandergelegten Händen vor Horst, aber in ihrem Gesicht spiegelte sich Langeweile.

Lena dachte, *wenn ich an Sibillas Stelle wäre, eine Lehrstunde übers Kochen bekäme und dabei auch noch Horsts volle Aufmerksamkeit hätte, dann würde ich zuhören.* Sie wusste, wie Horsts Augen leuchten konnten, wenn er von etwas schwärmte. Sie beobachtete ihn manchmal, wenn er der Burgherrin ein neues Rezept vorschlug oder mit dem Küchenjungen Witze machte.

Ihre Gedanken wurden unterbrochen, als die Burgherrin mit erhobenem Kinn die Küche betrat. Ihre Bewegungen muteten an, als schwebe sie.

Horst wandte sich kurz an Lena. »Mach ein Feuer. Wir rösten eine Gans.« Er deutete selbstbewusst eine Verbeugung vor der Herrin an, während diese sich neben ihn stellte. Beide wandten Lena den Rücken zu. Lena trat an den breiten Abzug an der Wand, legte Holzscheite auf die Feuerstelle, stopfte Stroh dazwischen und zündete mit dem Schlageisen das Feuer an. Sie blieb an der Feuerstelle stehen, sodass sie sowohl die Flamme als auch Sibilla im Blick hatte.

»Wir bereiten heute eine gefüllte Gans mit Sauce Madame vor«, erklärte Horst. »Dazu brauchen wir …«, er deutete auf eines der Kräuterbüschel auf dem Tisch und sah dabei Sibilla erwartungsvoll an.

»Salbei?«, sagte Sibilla unsicher.

»Wofür ist das gut?«, wollte ihre Mutter wissen. Sibilla blickte hilfesuchend an Horst und ihrer Mutter vorbei zu Lena, die im Hintergrund stand. Lena machte eine Bewegung, als schnitte sie sich in den Arm, und deutete dann an, dass etwas herunterlief.

»Für das Blut«, sagte Sibilla schnell.

»Und was macht Salbei mit dem Blut?«

Wieder suchte Sibillas Blick Lena. Lena machte eine Bewegung, als putzte sie den Rand der Feuerstelle.

»Er reinigt das Blut!«, sagte Sibilla. Lena und sie lächelten sich verschwörerisch an.

»Gut. Außerdem schenkt er Weisheit«, sagte ihre Mutter und wandte sich dann herablassend an Horst. »So stelle ich mir das vor. Stelle ihr Fragen. Sie soll ein breites Wissen vermittelt bekommen, nicht nur Handfertigkeit.«

Horst nickte. Frau Ottilia rauschte aus der Küche.

»Was ist das?« Horst deutete auf das Josefskraut und blickte seine Schülerin fragend an. Sibilla zuckte mit den Schultern, dann suchten ihre Augen wieder Lena. Lena stellte sich auf wie eine Marienstatue. Dann trat sie einen Schritt zur Seite, drückte die Brust raus und ließ die Arme protzig baumeln. Sibilla kicherte und hob sich die Hand vor den Mund. Horst drehte sich zu Lena um.

»Was machst du da?«, fragte er. Es sollte wohl streng wirken, klang aber eher irritiert.

Lena sah ihn unschuldig an. »Das Feuer.«

Horst trat ein paar Schritte auf sie zu. Er stellte sich dicht vor sie, wohl um sie einzuschüchtern. Lena konnte deutlich die kleinen Lachfältchen um seine Augen erkennen und nahm seinen Duft wahr. *Er riecht gut, nach Kräutern und irgendwie männlich*, dachte sie.

»Lass die Faxen, ist das klar?«, sagte er und richtete seine dunklen, warmen Augen auf sie. Lena nickte, hielt seinem Blick aber stand. Ihr Puls beschleunigte sich. Nach einer Weile wandte er sich wieder um und ging zurück an den Tisch.

»Das ist Josefskraut. Es reinigt die Seele«, sagte er.

Sibilla blickte wieder zu Lena und kicherte. Lena presste die Lippen zusammen, damit sie nicht auch lachen musste.

Horst fuhr fort: »Das ist Petersilie – für einen wohlriechenden Atem, das ist Bohnenkraut – gegen Winde.«

Sibilla prustete los, sich die Hand vor den Mund haltend, und auch Lena musste lachen.

Horst trat zur Seite und blickte die beiden verärgert an. »Das ist mir jetzt zu dumm mit euch. Macht doch einfach, was ihr wollt!«, sagte er und ging.

Sibilla und Lena blickten ihm mit einem unterdrückten Kichern nach. Dann sahen sie sich eine Weile an und begannen wieder zu lachen.

»Komm, ich zeig's dir. Ich hab mindestens einmal zugeschaut«, sagte Lena, legte zwei Scheite nach und kam an den Tisch.

»Knoblauch brennt das Fett weg, das um das Herz herumwächst.« Lena schnipste mit dem Finger die Knoblauchknolle an, sodass sie über den Tisch kullerte. »Diese Früchte hier kennst du ja: Himbeeren und Zwetschgen. Jetzt hacken wir die Kräuter und schneiden die Früchte klein, vermengen alles und stopfen die Mischung in die Gans. Hier, das sind dein Messer und dein Brett.«

Sie arbeiteten Seite an Seite, zerkleinerten die Früchte, schnitten die Kräuter und vermengten alles mit den Händen. Dabei unterhielten sie sich flüsternd über Horst. Lena erfuhr, dass er schon seit zehn Jahren auf der Burg arbeitete, dass alle jungen Mädchen zu irgendeinem Zeitpunkt in ihn verliebt gewesen waren und dass er einmal beim Einholen der Netze in den Burggraben gefallen war. Bei der Vorstellung stützten sich beide mit den Händen auf den Tisch und lachten erneut.

Als sie die Füllung in die Gans gestopft hatten, nähte Lena die Öffnung mit einem Flachsfaden zu. »Das ist so eklig«, sagte Sibilla und kräuselte die Nase. »Man näht einer Gans den Hintern zu.«

Lena grinste und sagte dann: »Jetzt wird es schwierig. Wir müssen sie nun so auf einen Spieß stecken, dass die Füllung nicht heraustropfen kann.«

Sie nestelten zusammen eine Weile an dem Tier herum.

»Tja, und jetzt muss eine von uns die Gans vier Stunden lang über dem Feuer drehen«, sagte Lena.

»Tja, das dürftest dann wohl du sein«, sagte Sibilla im gleichen Tonfall.

»Es gibt Schlimmeres«, erwiderte Lena und setzte sich vors Feuer. Horst würde stolz auf sie sein.

»Danke fürs Helfen«, sagte Sibilla und lief fröhlich davon.

KAPITEL 15

Burg Laubenstein, 1516

»Bist du sicher?«, fragte Lena und spähte ihrer Freundin über die Schulter.

Sibilla nickte. »Ja, hier steht es: ›Eigelb und Rosenöl verrühren‹.« Sie deutete mit dem Finger auf das Buch, das aufgeschlagen auf dem großen Arbeitstisch in der Küche lag.

»Ja, ich glaub's dir schon.« Eigentlich wusste Sibilla, dass Lena nicht lesen konnte, sie vergaß es nur immer wieder. »Das Öl steht da vorne am Fenster«, sagte Lena und ging darauf zu. »Ich habe es so gemacht, wie du gesagt hast: Rosenblätter in den Krug gefüllt und mit Öl bedeckt. Seit genau sieben Tagen steht er in der Sonne.«

Sibilla beugte sich noch einmal über das Buch. »Ja, das ist richtig. – Schade, dass es gelbe Rosenblätter sind. Bei roten hätte sich das Öl vielleicht schon genau so verfärbt, wie wir es brauchen.«

Während Lena den Krug mit dem Öl auf dem Tisch absetzte, fragte sie: »Was ist, wenn es nichts wird? Dann haben wir all die teuren Zutaten verschwendet.«

»Lass das mal meine Sorge sein. Es wird schon klappen. Und wenn wir dann am Ende noch fein geriebene Rosenblätter hinzufügen, können wir es auch als Rouge verwenden. Und vielleicht funktioniert es ja auch auf den Lippen.« Während sie sprach, fischte sie mit einem Sieblöffel die Rosenblätter aus dem Öl.

»Also gut, auf deine Verantwortung!« Lena trennte drei Eier und goss das Eigelb zum Öl.

Sibilla verrührte beides. Sie rümpfte die Nase. »Es sieht eklig aus.«

»Es wird noch ekliger werden!«, erwiderte Lena.

»Du holst Speck, ich suche Bienenwachs.«

Lena schüttelte den Kopf. »Ich darf nichts aus der Speisekammer nehmen.«

»Also gut. Ich hole beides. Du wartest hier.«

Während Sibilla aus der Küche eilte, rührte Lena gedankenverloren weiter. Ihr Blick ging zum Buch, das aufgeschlagen neben ihr lag. Dieser eine Buchstabe hier kam ziemlich oft vor. Als Sibilla zurückkam und triumphierend ihre Beute auf den Tisch legte, fragte Lena: »Welcher Buchstabe ist das?« Sie deutete auf eine Stelle im Buch.

»Ein kleines e.«

Lena versuchte, sich die Form für die Zukunft einzuprägen.

Sibilla las weiter vor: »Jetzt Speck und Bienenwachs zusammen schmelzen.«

»Gut, ich mache Feuer«, sagte Lena. Während sie an der Kochstelle herumhantierte, lehnte sich Sibilla mit dem Gesäß an die Tischkante, das Buch in den Händen. Sie blätterte ziellos darin umher. »Hör mal, hier ist ein Rezept für geschmeidiges, festes Haar: Eigelb mit Bier.«

Lena warf den Speck und das Wachs in einen Kessel und hängte ihn an einen der höheren Metallzähne, sodass er nicht zu heiß wurde und das Wachs nur langsam schmolz.

Sibilla rief aus: »Hier steht das Rezept für eine Schminkfarbe aus Brombeeröl! Damit hätten wir anfangen sollen! Wie konnte ich das nur übersehen?«

»Eins nach dem andern«, sagte Lena und rührte konzentriert. »Bäh, Bienenwachs und Speck. Das passt nicht zusammen. Es stinkt. Ich hoffe, der Duft des Rosenöls übertüncht das. Ich werde mir ganz sicher keinen geschmolzenen Speck auf die Wangen schmieren.«

Sibilla blickte auf. »Komm schon, um Horst zu gefallen, nimmst du auch Speck.«

Lena lächelte. Nach einer Weile sagte sie: »Ich glaube, die Mischung ist jetzt so weit.« Mit einer Stange nahm sie den Topf vom Haken und setzte ihn auf die Steinplatte neben der Feuerstelle. »Ich rühre, und du gießt das Öl mit Eigelb hinein.«

Vorsichtig ließ Sibilla den gelblichen Schleim in das flüssige Fett fließen. Die klare Wachs-Speck-Flüssigkeit wurde zähflüssiger und färbte sich gelblich weiß. Nach einer Weile wurde das Rühren anstrengender. »Denkst du, das ist jetzt gut so?«, fragte Lena.

Sibilla warf einen prüfenden Blick auf die glänzende Masse. Dann nickte sie, als wäre sie eine Expertin.

»Wo ist die Farbe?«, fragte Lena.

Sibilla schlug sich die Hand vor den Mund. »Die haben wir vergessen!«

»Oh nein!«, stöhnte Lena.

»Naja, gemahlene Rosenblätter können wir vielleicht auch später noch unterrühren«, sagte Sibilla unbekümmert. »Jetzt lassen wir das Ganze erst mal abkühlen.«

Als Lena zwei Stunden später mit einem Korb voller Holzscheite in die Küche trat, waren alle Mägde und der Küchenjunge mit der Vorbereitung des Abendessens beschäftigt. Als Erstes suchten Lenas Augen nach Horst. Er stand an der Feuerstelle, den Rücken ihr zugewandt. Als hätte er gespürt, dass jemand eingetreten war, drehte er sich um. Ihre Blicke trafen sich. Lena lächelte kurz und blickte dann auf die Feuerstellen, um zu sehen, wo sie zuerst Holz nachlegen musste, denn heute war sie für die Feuer zuständig. Hatte er zurückgelächelt? Sie glaubte, ein Funkeln in seinem Gesicht erkannt zu haben.

Mit federnden Schritten ging sie zur linken Feuerstelle und schichtete die Scheite aus dem Korb neben dem Sims auf. Sie sah Käthe über die Schulter, die Wachteln briet. Lena wollte gerade zum nächsten Feuer gehen, als sie stutzte. Sie blieb stehen und besah sich das Fleisch. Es roch seltsam, und es glänzte auch anders als sonst. Der Geruch erinnerte sie an … *Wachs!*

Ihr Blick ging zur Fensterbank. *Oh nein, der Topf mit der Hautcreme ist weg.* Einen Augenblick stand sie unschlüssig auf der Stelle. Dann eilte sie zur zweiten Feuerstelle, knallte die Holzscheite davor, schmiss ein paar Scheite ins Feuer, richtete sich dann auf und suchte mit den Augen nach dem verschwundenen Topf. Sie entdeckte ihn mitten auf dem großen Arbeitstisch zwischen Rüben, Speck und rohem Fleisch. Sie trat an den Tisch. Jemand hatte etwas aus dem Gemisch herausgelöffelt, denn zwei tiefe Löcher klafften in der starren Substanz. Sie eilte zu Käthe. »Was für Fett hast du genommen?«

»Irmela hat alles vorbereitet. Ich hab die Vögel gerade erst von ihr übernommen«, gab Käthe gelangweilt zurück. »Wieso?«

Lenas Gedanken rotierten. *Irmela hat den Inhalt des Topfes sicherlich für Schmalz gehalten und die Vögel darin angebraten. Selbst wenn wir das Fett weggießen, hat sich die Haut der Vögel bestimmt schon mit dem Wachs vollgesogen.* Beim Essen würde das Wachs an der Zunge kleben. Mit dem Ritter war nicht zu spaßen. *Wir kommen alle in Teufels Küche.* Irmela könnte sogar ihre Stelle verlieren. Und auch Horst bekäme große Schwierigkeiten. *Was soll ich tun?* Sie könnte Sibilla einweihen und sie bitten, die Vögel als Erste zu probieren und dann ihre Eltern davon überzeugen, dass sie nicht schmeckten. Nein, das würde ein ebenso schlechtes Licht auf die Küche werfen.

Sie könnte heute ausnahmsweise das Essen servieren. Sie müsste sich irgendeine plausible Erklärung für den Rollentausch einfallen lassen. Und auf dem Weg zu den Herrschaften würde sie die Vögel einfach verschwinden lassen. Allerdings bräuchte sie einen Ersatz, anderes Fleisch, angerichtet auf einem Tablett, das auf dem Weg bereitstand.

Woher bekomme ich auf die Schnelle anderes Fleisch? Ohne dass es jemand merkt.

Wieder blickte sie sich um, dann schlenderte sie in Richtung Spülküche. Da Horst während des Kochens mehrmals in den Keller hinabstieg, war der Vorratskeller um diese Zeit manchmal unverschlossen. Alle hatten ihr den Rücken zugewandt. Sie verließ die Küche, rannte durch die Spülküche und drückte leise die Tür zum Vorratskeller auf. Sie schlüpfte hindurch, ließ die Tür halb offen stehen, damit wenigstens etwas Licht nach unten drang, und hastete die Treppe hinab.

Nach und nach erkannte sie in der Dunkelheit eine Reihe von Fässern und Regalen. Geräucherte Hühner, Fasane und Schinken hingen als dunkle Schatten über den Fässern. Ganz hinten auf dem Boden lagerten drei Käseräder neben einer offenen Kiste mit Rüben. Unschlüssig schritt sie an den Regalen vorbei, ihr Blick über die vielen gedeckelten Tonkrüge gleitend, die auf den Brettern aufgereiht standen. Sie erstarrte. *Sind das Schritte?* Sie hielt die Luft an. Jemand ging mit Holzschuhen über die Steinfliesen der Spülküche und die ersten Treppenstufen hinab zum Vorratskeller. Sie blickte sich nach einem Versteck um. Jede Ecke war vollgestellt. Auf den Treppenstufen erschienen Füße. Sie wusste, wer kam, sie hatte ihn schon an den Schritten erkannt.

Atemlos stand sie am Ende der Kammer, während Horsts Schatten vor ihr auftauchte. Er blieb erschrocken stehen und hob schnell sein Licht. Einen Augenblick stand er da. Seinen Gesichtsausdruck konnte sie nicht erkennen. Endlich senkte er sein Licht und blickte sie stirnrunzelnd an. »Darf ich fragen, was du hier machst?«

Sein enttäuschter Blick tat weh.

»Es ist nicht, was du denkst. Ich …«

Er schnitt ihr das Wort ab. »Du hast besser eine gute Erklärung parat.«

»Ich gebe zu, dass ich etwas nehmen wollte. Aber nicht für mich. Für den Herrn und seine Familie!«

»Soweit ich mich erinnere, bin immer noch *ich* derjenige, der bestimmt, was auf den Tisch kommt.«

Sie rang ihre Hände. Sie konnte nicht klar denken, wusste nur, dass sie nicht wollte, dass er schlecht von ihr dachte. »Alles hat damit angefangen, dass Sibilla und ich eine Hautcreme hergestellt haben. Ich weiß, es war nicht richtig, dass wir die Zutaten einfach genommen haben. Aber Sibilla sagte, dass es in Ordnung ginge. Wir haben Bienenwachs, Speck und Öl zusammengerührt und den Topf ans Fenster gestellt. Heute hat das jemand für Schmalz gehalten und die Vögelchen darin angebraten. Und ich dachte, wenn die Herrschaften das Wachs schmecken, das wäre doch eine Katastrophe und da …«

Er kam einen Schritt auf sie zu. »Und da dachtest du, du bereitest auf die Schnelle ein neues Gericht zu und ersetzt damit die Vögel?«

Lena nickte. Ihre Nase lief. »Ich weiß, dass es falsch war, hierherzukommen. Und dass es dumm war, das Ganze heimlich zu tun.«

Er antwortete nicht, sondern betrachtete sie nur. Sein Blick war weich.

Lena wischte sich eine Träne von der Wange. »Ich wollte nicht, dass Irmela, oder wer auch immer es war, Ärger bekommt, weil sie den Topf nicht überprüft hat. Und ich wollte nicht, dass die gesamte Küche Ärger bekommt, wenn die Vögel nach Wachs schmecken und deshalb …«

»Warum müsst ihr jungen Dinger nur immer weinen?«, fragte er leise.

Lena lächelte unter Tränen und wischte sich mit dem Ärmel die Wangen trocken.

»Das war wirklich dumm von dir. Du hättest es mir sagen müssen!«

Lena nickte.

»Ich hätte es wirklich bedauert, wenn ich dich hätte entlassen müssen.«

Lenas Herz setzte einen Moment aus. Sie versuchte, tapfer zu lächeln.

»Gut, dass ich es jetzt weiß«, sagte er. »Und das nächste Mal will ich keine Heimlichkeiten mehr, ist das klar?« Er lächelte immer noch. »Komm, wir schauen, was wir statt der Vögel servieren können. Es muss etwas sein, das nicht zubereitet werden muss. Wie wär's mit geräucherten Schinkenscheiben?« Er ergriff ihre Hand und ging mit ihr zu den großen Schinken, die an der Wand hingen.

Lena stockte der Atem. Nicht nur, weil er sie für würdig befand, das Menü mit ihr zu besprechen, sondern weil er ihre Hand ergriffen hatte. Sie spürte seine Wärme, und ihr Herz tat einen Sprung. Er ließ sie wieder los und nahm einen Tonkrug aus dem Regal. Er öffnete ihn und hielt ihn Lena unter die Nase.

»Ist das grüner Pfeffer?«, fragte sie heiser. »So viel Pfeffer? Diese Menge kostet doch mindestens einen Gulden.«

»Was weißt du über Pfeffer?« Er blickte sie interessiert an.

»Man kann ihm nicht trauen. Manchmal mischen die Händler unreife Wacholderbeeren oder gekochte schwarze Wicken darunter. Irmela sagte, dass sogar schon einmal Mäusedreck im Pfeffer war.«

»Der hier ist gut. Ich habe ihn genau geprüft.«

»Ich weiß nicht. Ich würde lieber Pfefferkraut nehmen. Da weiß man, was man hat.«

Er nickte. »Gut, dann bereitest du jetzt Schinken mit Pfefferkrautsoße zu. Aber beeile dich! Das Essen muss raus.« Er nahm das Fleischstück vom Haken und ließ es schwer in ihre Arme fallen. Sie lächelte ihn glücklich an, wandte sich um und rannte die Stufen hinauf.

Fünf Monate später

»Vater!« Lena hob den Saum ihres Kleides an, lief über den Burghof und fiel Lucas um den Hals. Er nahm sie in den Arm. Dann hielt er sie liebevoll von sich und betrachtete sie mit einem stolzen Lächeln. *Sie ist so hübsch wie ihre Mutter, ihr Gesicht etwas voller als das von Lisbeth, das Haar glatter.*

»Ich freue mich, dass du gekommen bist!«, plapperte sie aufgeregt. »Eigentlich hätte es sich ja gehört, dass Horst zu dir kommt, aber er bekommt die nächste Zeit nicht frei. Der Herr hat dauernd wichtigen Besuch, und das kündigt er immer sehr kurzfristig an. Niemand darf den Dienst unterbrechen, und der Küchenchef schon gar nicht. Horst ist schon ganz nervös.« Sie kicherte.

Lucas rang sich ein Lächeln ab. *Wenn ich nur ein schlechtes Haar an diesem Horst finde, gibt es keine Hochzeit.* Er lächelte über sich selbst. *Sind alle Väter so eifersüchtig, wenn es um ihre Töchter geht?*

»Er hat leider heute Nachmittag viel zu tun. Ihr beide müsst euch also kurz fassen. Es wäre mir unangenehm, wenn er wegen mir Ärger bekommt«, redete Lena weiter, während sie sich bei Lucas einhängte und ihn in die Küche führte. Beim Eintreten legte Lucas den Kopf in den Nacken und ließ die Decke auf sich wirken.

»Diese Küche ist eine Kathedrale«, sagte er.

Horst trat aus der Spülküche in den Raum, die Hände an einem Tuch abtrocknend. Lena lief ihm strahlend entgegen. *Es fehlt nicht viel und sie hüpft wie ein fünfjähriges Mädchen,* dachte Lucas. *Wie früher, als sie mit Phillip Sackhüpfen gespielt hat.* Und hier stellte sie ihm einen jungen Mann vor, der um sie warb.

Lena trat an Horsts Seite und verkündete stolz: »Das ist mein Vater.«

Horst legte das Tuch beiseite, die beiden Männer gingen aufeinander zu und gaben sich die Hand. Lucas sagte: »Es freut mich, Euch kennenzulernen.«

»Danke, dass Ihr gekommen seid! Ich weiß, dass eigentlich ich derjenige sein sollte, der Euch aufsucht«, erwiderte Horst.

Er war zehn Jahre älter als Lena, also achtundzwanzig, hatte eine gesunde, gebräunte Hautfarbe, dichtes dunkles Haar und aufgeweckte braune Augen. *Die Augen sind immer besonders wichtig*, dachte Lucas. Er suchte in Horsts Blick nach etwas, das ihm missfiel, Argwohn, Stolz oder Verschlagenheit. Doch Horst erwiderte seinen Blick aufrichtig. Lucas entschied, dass er ihn mochte.

»Ihr seid also der Koch?«

Horst nickte. »Ich habe als Küchenjunge hier angefangen. Seit acht Jahren habe ich die Verantwortung für die Küche.«

»Und Ihr möchtet meine Tochter heiraten?«

»Mit Eurem Einverständnis.«

»Und Ihr beide würdet hier auf der Burg wohnen?«, fragte Lucas.

»Ja, in einem gemeinsamen Gemach im Gesindehaus.« Horst machte eine Kopfbewegung nach rechts zum Gesindeflügel.

»Lena, lass uns einen Augenblick allein«, sagte Lucas freundlich. Lena nickte. Lucas wartete, bis sie verschwunden war, und fragte dann: »Woran konnte man gerade erkennen, dass es Lena nicht gepasst hat, hinausgeschickt zu werden?«

Horst schmunzelte. »Sie hat keine Miene verzogen, aber man sieht es an ihren Kieferknochen. Sie treten ganz leicht hervor, wenn sie sich ärgert.«

Lucas nickte. »Was gefällt Euch an ihr?«, fragte er weiter.

Wieder lachte Horst. »Fragen Brautväter normalerweise nicht nach der Herkunft, der Verwandtschaft und finanziellen Sicherheiten?«

»Du hast also Erfahrung als angehender Schwiegersohn?«

Horst hob schnell die Hände. »Nein, nein! Solche Dinge weiß man einfach.«

»Ihr wisst, dass Lena Leibeigene ist und dass Eure Kinder das gleiche Schicksal tragen werden?«

Er nickte. »Meine Eltern waren leibeigene Bauern. Ich bin selbst einer.«

»Wie lange macht Ihr Lena schon den Hof?«

»Schon eine Weile.«

»Und Ihr habt keine anderen Liebschaften?«

»Schon lange nicht mehr. Ihr könnt die anderen Mägde und Knechte fragen.«

»Nein, ich glaube Euch. Und was genau gefällt Euch an Lena?«

Horst überlegte kurz. »Sie ist sanft und hat ein großes Herz. Sie meint es gut mit anderen. Oft geht deshalb auch etwas schief: Vor lauter guten Absichten handelt sie manchmal unbedacht. Aber man kann ihr nie böse sein. – Ich weiß nicht, wie ich es sagen soll, aber ich will sie einfach beschützen.« Er lächelte unbeholfen, als befürchtete er, sich lächerlich zu machen.

Etwas Besseres hätte er nicht sagen können, dachte Lucas. Es widerstrebte ihm, seine Tochter einem anderen Mann zu geben. Aber gleichzeitig war ihm klar, dass Lena Schutz brauchte.

Zwei Mägde betraten die Küche und stellten einen Korb mit Fischen auf den Tisch. Horst sagte zu ihnen: »Nehmt sie dort hinten an dem anderen Tisch aus.«

»Ich lasse Euch nun in Ruhe«, sagte Lucas. »Ich brauche noch etwas Bedenkzeit. Falls Ihr in der nächsten Zeit doch noch einen freien

Nachmittag habt, seid Ihr uns herzlich willkommen. Schickt eine Nachricht, damit wir alles für Euren Besuch vorbereiten können.«

»Wollt Ihr denn gar nichts über meine Herkunft und mein Vermögen wissen?«

Lucas lächelte. »Doch, natürlich – bei der nächsten Begegnung. Fürs Erste wollte ich mir nur ein Bild von Euch als Mensch machen und mich nicht von äußerlichen Dingen beeinflussen lassen. Ich gehe, damit Ihr weiterarbeiten könnt.«

Die beiden Männer nickten sich zum Abschied zu, und Lucas trat aus der Küche in den Burghof. Er blickte sich suchend nach seiner Tochter um, und sein Blick streifte den Mauervorsprung, auf dem er vor zwanzig Jahren Lisbeths blutenden Finger versorgt hatte. Er lächelte in sich hinein, als er daran dachte, wie auffällig ihre Verkleidung gewesen war.

Er sah Lena neben einer anderen jungen Frau auf der Bank unter dem einzigen Baum im Burghof sitzen. Lena hatte den Arm tröstend um die Schulter der anderen Frau gelegt, die vornübergebeugt dasaß. Es musste wohl die Tochter des Ritters sein, denn sie trug einen pelzbesetzten schwarzen Mantel, und in ihrer Flechtfrisur prangten Perlen. Er ging auf die beiden zu. Sie schienen ihn nicht zu bemerken, so sehr waren sie ins Gespräch vertieft.

Als er sich in Hörweite befand, richtete sich die Ritterstochter auf und sagte ärgerlich: »Aber er ist alt, Lena!«

Lena sprach beruhigend auf sie ein. Ihre Worte konnte er nicht verstehen. Die beiden schienen sich nahezustehen, denn Sibilla ließ ihren Kopf auf Lenas Schulter sinken. Er räusperte sich. Die Ritterstochter schreckte auf, drehte sich nach ihm um und erhob sich schnell. Sie hob den Saum ihres Kleides und rannte davon.

Lena stand ebenfalls auf, ihre Wangen gerötet vor Aufregung. »Und, wie findest du ihn?«, fragte sie atemlos.

»Er scheint ein guter Mann zu sein«, sagte Lucas. »Aber ich möchte ein zweites Treffen.«

Lena grinste. »Ich wusste, du würdest ihn mögen!«

Lucas wandte den Kopf in die Richtung, in die Sibilla davongeeilt war. »Gibt es Probleme?«, fragte er.

»Sie hat heute erfahren, dass sie verheiratet werden soll. Sie hat den Mann noch nie gesehen. Er ist Stadtbürger und Handwerker – Drucker. Wohl ein alter Freund ihrer Mutter. Sibilla sagt, dass er sein Haus in Mainz verkaufen musste und nach Worms gezogen ist. Ich schätze, er braucht Geld. Ihre Mitgift ist bestimmt nicht schlecht.«

»Ist er denn sehr alt?«

»Nein, nur zwölf Jahre älter als sie. Ich habe ihr gesagt, dass Horst ja auch zehn Jahre älter ist als ich. Aber das hat sie nicht getröstet.«

»Warum verheiratet ein Ritter seine Tochter mit einem Handwerker?«

Lena zuckte mit den Schultern. »Das habe ich sie auch gefragt. Sie meinte, viele Ritter verheirateten ihre Töchter mit Stadtbürgern, weil Adlige oft eine zu hohe Mitgift für die Bräute verlangen. Bürger verlangen weniger. Aber wahrscheinlich hatte ihre Mutter bei dieser Sache die Hände mit im Spiel. Sie will unbedingt, dass Sibilla diesen Mann heiratet. Ihn und keinen anderen.«

KAPITEL 16

Laubenheim, Mai 1517

Lena und Horst heirateten an einem sonnigen Sonntag in Lenas Elternhaus. Lisbeth hatte das große Tor der Wohnscheune weit offen gelassen, und die einfallenden Sonnenstrahlen zeichneten ein riesiges Schattenspielbrett auf den Lehmboden, über dem Staub im Sonnenlicht tanzte. Vor dem Tor saßen die Spatzen auf dem Gartenzaun wie neugierige Nachbarn. *Wenigstens die Vögel sind gekommen*, dachte Lisbeth traurig. *Sie fürchten sich nicht vor Lucas.*

Sie tröstete sich damit, dass immerhin ihre Freundin Agnes mit ihren Töchtern mit ihnen feierte. Außerdem standen vier Kindheitsfreundinnen von Lena Hand in Hand mit im Kreis, bunte Blüten in den langen Zöpfen. Die Ritterstochter hatte ihre Mutter überredet, den Knechten und Mägden für den Tag freizugeben, sodass heute Morgen der Hund wild gebellt hatte, als vier Burgknechte und sechs Burgmägde verschwitzt vor der Tür gestanden hatten. Sibilla selbst hatte natürlich nicht kommen dürfen.

In der Mitte des Kreises stand das Brautpaar.

Es betrübte Lisbeth, dass das Hochzeitsfest ihrer Tochter so bescheiden ausfiel. Und das alles nur wegen Laubenstein. Für die Vermählung seiner hochwohlgeborenen Tochter mussten sie und Lucas wieder einmal drei Ferkel mästen. Horst hatte kurzerhand Dörrfleisch, Käse und Brot auf eigene Rechnung bestellt und an seine zukünftigen Schwiegereltern liefern lassen.

Aber Lena schien sich nicht darum zu scheren, ob ihre Hochzeit prunkvoll war oder nicht. Glanz lag in ihren Augen. Sie trug ein neues, hellgraues Kleid und neue Schuhe, beides Geschenke von Horsts Onkel aus Straßburg; in ihren braunen Zöpfen glitzerten weiße Perlen, die Sibilla ihr heimlich geliehen hatte; und in ihren Augen lag eine nie gekannte Tiefe.

»Wir sind hier versammelt als Zeugen«, sagte Lucas zum Brautpaar. Lisbeths Herz quoll über vor Freude und Stolz. Lucas war immer noch so attraktiv wie vor zwanzig Jahren, mit seinem Grübchen, seinen schimmernden Augen und seiner athletischen Statur. Auf seine Aufforderung hin wandten Lena und Horst sich einander zu.

»Ich verspreche, dir ein guter und treuer Ehemann zu sein, dich zu schützen und für dich zu sorgen«, sagte Horst.

Lena räusperte sich. »Ich verspreche, dir ein gutes und gehorsames Eheweib zu sein.«

Horst öffnete seine Hand, in der ein Silberring im Licht glitzerte. »Dies ist mein Geschenk an dich zum Zeugnis«, sagte er feierlich und nahm Lenas Hand.

Die Gäste lachten und klatschten, als er ihr den Ring ansteckte. Lisbeth putzte sich die Nase.

Lucas hielt eine kurze Rede, und Lisbeth versuchte die Tränen zurückzuhalten. Ihr gegenüber stand Phillip, der Blickkontakt zu Franziska, Lenas Kindheitsfreundin, suchte. Die Knechte und Mägde äugten immer wieder zu den beiden gedeckten Tischen.

Bis tief in die Nacht hinein aßen und lachten sie und tanzten zu Franziskas Flötenspiel. Als die letzten Laubenheimer nach Hause gegangen waren, zogen sich Horst und Lena in Lenas Kammer zurück, und die Knechte und Mägde von der Burg breiteten mitten in der Scheune ihre Matten aus. Lisbeth trug das Geschirr zum Bottich und stapelte alles auf dem Boden. Sie konnte kaum noch die Augen offen halten. Sie kuschelte sich im Bett an Lucas und schlief, bis es hell war. Als sie erwachte, waren alle Knechte und Mägde – auch Horst und Lena – bereits zur Burg hinaufgezogen, um ihren Dienst anzutreten.

Juni 1517

Lisbeth hörte, wie Lucas nach ihr rief. Seine Schritte hallten durch die Stube. Sie antwortete nicht. Sie saß auf der Bettkante, nach vorne gebeugt, den Kopf in die Hände gestützt. Seine Schritte näherten sich. Er öffnete die Tür und steckte den Kopf in die Schlafkammer.

»Was ist?«, fragte er besorgt, als er sie erblickte. »Bist du krank?« Stirnrunzelnd trat er ein, schloss die Tür und setzte sich neben sie auf die Bettkante.

Sie hob den Kopf und blickte ihn reumütig an.

»Was ist passiert?«, fragte er.

Sie schwieg. Dann sagte sie tonlos: »Ich habe heute unser letztes Geld aus dem Kasten genommen.«

»Das letzte Geld? Du hast die letzten Pfennige ausgegeben?«

Sie nickte und stützte wieder den Kopf in die Hände.

»Wofür?«

»Für einen Ablassbrief.« Sie ließ sich nach hinten aufs Bett fallen und starrte an die Decke.

Lucas blieb sitzen. Er sagte nichts. Sein muskulöses Kreuz bildete einen seltsamen Kontrast zu seiner zusammengesunkenen Haltung. *Widersprüchlich wie alles an diesem Mann*, dachte sie. »Es tut mir leid«, sagte sie leise. »Es war unbedacht. Außerdem hätte ich dich um Erlaubnis fragen sollen.«

Er rührte sich nicht. Sie wartete darauf, dass er sich nach ihr umdrehte, sie zurechtwies, sie beschimpfte – wie jeder andere Mann es tun würde –, weil sie nicht das Recht hatte, ohne seine Erlaubnis Geld auszugeben. Noch dazu den letzten halben Gulden. Aber er schwieg. Sie wusste nicht, was schlimmer war. Nach einer Ewigkeit stand er wortlos auf und verließ den Raum, ohne sich noch einmal nach ihr umzudrehen. Lisbeth blieb zurück, immer noch quer auf dem Bett liegend. Sie starrte an die Holzdecke. Schließlich erhob sie sich, ging langsam in die Küche und stellte die Rüben fürs Abendessen aufs Feuer.

Lucas schwieg beim Essen. Sie suchte seinen Blick, doch er ignorierte sie, blickte starr auf die Schüssel. Als sie abräumte, ging er wortlos hinaus, um im letzten Tageslicht am Pflug zu arbeiten. Lisbeth begann, Flachsfasern auf der Hechel auszukämmen. Selbst als es draußen dunkel wurde, kam er nicht. Hate und sie packten alle Fasern in Säcke und gingen zu Bett.

Sie lag mit offenen Augen im Dunkeln, als sich die Tür öffnete und Lucas mit einem Licht hereinkam. Während er zur Wand ging, um die Lampe an den Haken zu hängen, wuchs sein Schatten an der gegenüberliegenden Wand, baute sich vor ihr auf, als drohe er ihr.

Er sah, dass sie noch wach war. Er trat ans Bett, legte sich angekleidet neben sie und drehte sich dann zu ihr. »Sieh mich an«, sagte er.

Sie wandte sich ihm zu. Ihr Gesicht war dem Seinen ganz nahe. Sie konnte die grauen Haare an seinen Schläfen sehen und die tiefe Falte, die sich zwischen Mund und Ohren einzugraben begann. Seine Augen waren umrahmt von einem feinen Netz von Fältchen. »Du hättest vorher mit mir reden sollen«, sagte er.

»Ich weiß.«

Er drehte sich auf den Rücken und blickte an die niedrige Decke, als er weitersprach. »Wie um alles auf der Welt kommst du auf die Idee, einen Ablassbrief zu kaufen? Vor allem du, die du sowieso Tag und Nacht betest! Deine Gebete reichen doch für die ganze Familie, oder etwa nicht?«

»Sie sagten, Gebete alleine reichen nicht.«

»Aha, und wer sagte das?« Er drehte sich wieder zu ihr.

»Der Priester lief umher und rief alle in die Kirche. Du warst auf dem Feld. Die meisten anderen Männer auch. Es kamen fast nur Frauen. Vor dem Altar stand eine schwere Holzkiste, am Seiteneingang war ein Tisch aufgebaut. Dahinter saß ein junger Mönch. Er füllte vorgedruckte Papiere aus. Ein anderer Mann stand vorne neben Pater Johannes. Er war nicht aus der Gegend, er sprach die Worte anders aus als wir. Er sagte, dass man schon für ganz wenig Geld zwanzig Jahre

Straferlass vom Fegefeuer bekommt und für einen halben Gulden eine Seele ganz freikaufen kann.«

»Und da habt ihr Frauen euch nicht lange bitten lassen«, sagte Lucas. Ärger schwang in seiner Stimme mit.

Lisbeth schloss die Augen.

»Und welche Seele hast du freigekauft?«, fragte er.

Sie ließ sich Zeit mit der Antwort. Sie atmete aus und drehte sich ebenfalls auf den Rücken. »Die Seele von Lucas Heller.«

Lucas setzte sich mit einem Satz im Bett auf. Mit großen Augen sah er sie an. »Was weißt du über Lucas Heller?«

»Auch nicht viel mehr als über Lucas Strom«, sagte sie müde. Sie stand auf, öffnete die Truhe und legte Decken und Kissen beiseite. Vom Boden der Truhe nahm sie eines der beiden zusammengefalteten Papiere und überreichte es ihm. »Auf dich ist ein Kopfgeld ausgesetzt. Von der Stadt Heidelberg. Fünfhundert Gulden.«

Lucas hatte sich auf die Bettkante gesetzt. Er riss ihr den Achtbrief aus der Hand, faltete ihn mit hektischen Bewegungen auf und begann zu lesen. Er ließ das Blatt sinken. »Woher hast du das?«, fragte er.

»Von Soldaten, die dich hier gesucht haben.« Sie setzte sich neben ihn aufs Bett.

»Wann?« Alle Farbe war aus seinem Gesicht gewichen.

»Ein paar Monate nachdem wir aus Heidelberg zurückgekommen sind.«

Seine Augen waren immer noch groß. »Was hast du ihnen gesagt?«

»Ich habe so getan, als wäre Veit der Hausherr. Sie wussten offenbar, wie du aussiehst, denn als sie ihn sahen, schüttelten sie den Kopf.«

»Du hast Veit als mich ausgegeben?« Er blickte sie an, als verstünde er nicht.

Lisbeth rieb ihre feuchten Handflächen an ihrem Nachthemd ab und stand auf. »Es war nicht richtig, dass ich Veit das angetan habe. Sie hätten ihn auch mitnehmen und foltern können.« Sie legte die Kissen und Decken zurück in die Truhe. »Letztendlich habe ich dadurch die ganze Familie in Gefahr gebracht.«

Lucas stöhnte. Er ließ den Achtbrief sinken. Sie stand immer noch vor ihm.

»Warum hast du so lange damit gewartet, mir den Achtbrief zu zeigen?«

»Ich schätze, ich hatte Angst.« Sie rieb sich über den Nasenrücken. »Angst vor deiner Reaktion, Angst vor der Wahrheit.« Sie schnaubte. »Ehrlich gesagt, ich weiß es nicht. Vielleicht dachte ich, ich könnte das Thema einfach totschweigen. Mir einfach einreden, dass du ein ganz normaler Mann bist.«

Er schnaubte ebenfalls, hob den Blick zu ihr und sagte bitter: »Achtbrief. Ablassbrief. – Mich kann nichts retten.«

Sie schwieg und wartete darauf, dass er fortfuhr.

Doch er sprach nicht weiter. Stattdessen stand er auf und begann, mit großen Schritten in dem kleinen Raum auf und ab zu gehen. Sie beobachtete ihn genau. Er ging die paar Schritte bis zur Tür, machte kehrt, ging zum Fenster, drehte um, schritt zur Tür zurück. Sie konnte ihm nicht länger zusehen. »Lucas, rede endlich! Sag mir endlich, wer du bist!«

Er antwortete nicht.

»Lucas Heller!«

Er blieb stehen und sah sie an, aufgewühlt und angespannt. Er drehte sich weg von ihr, ging zum Fenster, dessen Läden geschlossen waren. Er stand dort eine Ewigkeit. Sie gab schon die Hoffnung auf, als er endlich sprach: »Damals, als du im Regen zu mir kamst, wollte ich dich wieder wegschicken, weißt du noch? Ich wusste, dass ich nicht gut bin für dich.« Er zögerte, dann wandte er sich zu ihr und sah sie eine Weile an. »Es hat sich nichts geändert, ich bin ein Risiko für dich. Denn ich habe Menschen getötet. Ich sehe sie nachts im Traum. Und das ist nicht einmal das Unrecht, wegen dem ich gesucht werde.« Er hielt inne, senkte den Kopf, hob ihn wieder. »Mir werden andere Verstöße gegen Gottes Ordnungen zur Last gelegt. Gott ist ein Gott der Ordnungen.« Seine Augen glänzten bitter. »Er wird nicht wegen eines halben Guldens seine Meinung über mich ändern, Lisbeth.«

Das war es also. Er hatte Menschen getötet.

Er hatte gegen die Ordnungen Gottes verstoßen.

Er hatte Angst vor Gott. Und das berechtigt.

Sie seufzte. Dann ging sie langsam auf ihn zu, als wäre er ein scheues Tier, das jeden Moment fliehen könnte. Sie streckte die Hand nach ihm aus, zögerte, berührte dann seinen Unterarm. »Du brauchst Vergebung. Nicht von mir. Von Gott.«

Sein Kopf schnellte einen Daumenbreit zurück. »Das ist es? Das ist alles, was du dazu zu sagen hast?«

»Was soll ich sonst sagen? Ich wusste, dass du etwas Schlimmes getan hast, dass du auf der Flucht bist. Ich wusste es und ich habe dich trotzdem geheiratet. Natürlich habe ich mir immer gewünscht, dass du kein Mörder bist. Und ja, natürlich bin ich erschrocken.«

»Du fühlst dich nicht von mir abgestoßen?«

»Ich sage dir etwas, Lucas Heller. Die Zukunft ist wichtiger als die Vergangenheit.«

Er sah sie prüfend an.

»Gegen die Ordnungen Gottes zu verstoßen, ist keine Kleinigkeit. Du musst Buße tun. Bitte! Nicht nur für dich.«

Er schnaubte leise.

»Tu es für mich.« Sie überlegte kurz. »Wir treffen eine Abmachung: Ich werde dir keine weiteren Fragen stellen, und du rettest dein Seelenheil. Ich will nicht in der Ewigkeit von dir getrennt sein.«

Bitterkeit spiegelte sich in seinen Augen. Schließlich blickte er auf seine Hände, in denen er immer noch den Achtbrief hielt. »Und was machen wir damit? Es ist riskant, ihn aufzubewahren.«

Sie nahm ihm den Brief aus der Hand und legte ihn unter die Decke in die Truhe zu dem anderen. »Niemand weiß, dass du Heller bist. Es ist einfach irgendein Achtbrief. Außerdem kann hier sowieso niemand lesen.«

Sie sahen sich an. So viele unausgesprochene Worte standen zwischen ihnen. Doch der Moment war vorbei. Wie ein alter Mann ging er zum Licht am Haken und löschte es. Im Dunkeln schloss Lisbeth den Deckel der Truhe. Sie sah, wie sich sein Schatten schwer aufs Bett setzte. Während er sich auskleidete, tastete sie sich zu ihrer Seite des Bettes und legte sich schließlich hin.

Nebeneinander lagen sie wach in der Dunkelheit. Keiner sprach ein Wort. Sie wusste, dass er nicht schlief. Sie dachte über seine Worte nach. Er hatte Menschen getötet und gegen Gottes Ordnungen verstoßen. Warum legte man ihm das Töten nicht zur Last? War er Soldat? Vielleicht ein fahnenflüchtiger Soldat? *Das wäre eine Erklärung.* Und hier lag er neben ihr. Der Vater ihrer vier Kinder, von denen schon zwei kleine im Himmel waren. Er war und blieb ein Fremder. Ein Fremder, den sie trotz allem liebte.

Nach einer Weile drehte sie sich zu ihm. Auch er wandte sich ihr zu. Stirn an Stirn lagen sie im Dunkeln da. Sie spürte seinen Atem. Sie schloss die Augen und betete still, dass der Ablassbrief vor Gott etwas galt.

Burg Laubenstein

Schon seit Tagen herrschte geschäftiges Treiben. Getreideberge wurden abgeladen, Schweine zum Schlachten durchs Burgtor getrieben, Wein herangekarrt. Mägde polterten Treppen hinauf, schrubbten Böden und klopften Teppiche und Felle aus. In der Küche stapelten sich Kisten mit Obst, Weinfässer und Säcke voll Mehl. Neunzig geladene Gäste wurden erwartet.

Lena und Horst hatten keine Zeit füreinander. Sie standen um drei Uhr in der Frühe auf und sanken um elf Uhr nachts ins Bett. Sie wohnten nun in einer großen Kammer im Gesindeflügel, etwas weiter weg von der Küche, neben den drei Kriegsknechten.

Die ersten adeligen Gäste trafen schon drei Tage vor dem großen Fest ein. Nachdem Lena den ganzen Tag über am Feuer gestanden, geschwitzt und in Töpfen gerührt hatte, servierte sie an diesem Abend im Saal den Wein. Ihre Beine schmerzten, als sie mit dem Weinkrug in der Ecke stand. Der Herr saß am Kopf der langen Tafel, Frau Ottilia – als einzige Frau – in der Mitte. Sibilla hatte ihr Essen in ihrem Gemach eingenommen. Sie brauchte Ruhe. Während Lena leise den Tisch umrundete und nachschenkte, fragte sie sich, wie oft sie diese Herren wohl schon bekocht hatte. Von Horst wusste sie, dass Laubenstein schon seit Jahren versuchte, einen neuen Ritterbund zu gründen, um seinen Lehensherrn, den Kurfürsten der Pfalz, zu beeindrucken. Das war der Grund für die vielen kostspieligen Mahlzeiten, die stets genau nach der täglichen Messe dampfend auf dem Tisch stehen mussten.

Um sich von ihren schmerzenden Beinen abzulenken, versuchte sie, sich auf die Gäste zu konzentrieren. Einer der Ritter war frisch rasiert: Um seinen Mund herum leuchtete die Haut ganz hell. Er winkte ab, als sie ihm Wein nachschenken wollte, und mischte sich in die Diskussion über Franz von Sickingen ein. »Er findet immer einen Grund zur Fehde, da kann man machen, was man will«, sagte er gerade kopfschüttelnd.

Lena hörte aufmerksam zu: Dieser Franz von Sickingen entführte Stadtbürger, erpresste Lösegelder und belagerte Städte. Nun wollte sich sogar der Kaiser mit ihm treffen, obwohl über Sickingen die Reichsacht verhängt worden war. »Sollte man sich durch Bündnisse vor ihm schützen – oder sich lieber auf seine Seite schlagen?«, fragte der Scheckige.

»Sicherlich macht der Kaiser ihm den Prozess«, sagte ein junger Ritter mit pockennarbigem Gesicht.

Die Tür flog auf, Irmela und Barbara betraten den Raum und trugen Platten mit Schweinsköpfen und Gurken herein. Sie stellten sie auf einen kleinen Tisch an der Wand, schnitten die Köpfe auf und trugen die Platten von einem Gast zum nächsten. Die Gäste bedienten sich mit ihren Gabeln, während ein grauhaariger Ritter ein neues Thema anschnitt: Er fragte Ottilia, ob sie die neue lateinische Bibelübersetzung kenne, die irgendein Herr aus Rotterdam geschrieben habe. Lena hatte den Namen nicht ganz verstanden.

Die Herrin begann ihr Fleisch zu zerteilen. »Ich habe diese Übersetzung hier«, sagte sie. »Erasmus hat den griechischen Originaltext in einer Spalte daneben gedruckt – als Legitimation seiner lateinischen Übersetzung. Dabei ist doch fast niemand unter den Gelehrten des Griechischen mächtig.«

Lena reimte sich zusammen, was wohl ein *Originaltext* sein könnte. Sie ärgerte sich, dass sie das andere schwierige Wort schon wieder vergessen hatte. Einen Augenblick lang stellte sie sich vor, wie es sich wohl anfühlen mochte, Bescheid zu wissen wie Frau Ottilia und den Männern widersprechen zu können. Der Herr saß schweigend am Kopfende, den Kopf leicht zur Seite gewandt, vermutlich um seine Narbe zu verstecken. Er blickte verdrießlich in seinen Becher. Als seine Gemahlin weitersprach, verzog er abfällig den Mund, leerte seinen Becher in einem Zug und suchte dann Lenas Blick. Sie trat von rechts – seiner Narbenseite – an ihn heran, damit er weiterhin den Kopf von seinen Gästen abwenden konnte. Der Wein ergoss sich in den Zinnbecher und sprudelte bis zum Rand hoch. »Vorsicht«, zischte er.

»Verzeihung«, flüsterte Lena, während sie weiterhin der Herrin zuhörte. Frau Ottilia schien heute guter Dinge. Gestern noch hatte Lena sie weinen sehen. Lena stellte sich wieder in ihre Ecke, doch der Herr gab ihr einen erneuten Wink. Diesmal schenkte sie ihm vorsichtiger nach. Auf seiner rechten Stirnseite trat eine Ader hervor, wie eine Schlange, die unter seiner Haut mit klopfendem Herzen lauerte. *Wenn er sich so sehr über seine Gemahlin ärgert, warum schickt er sie dann nicht weg?*

Lena beobachtete die anderen Männer. Alle hörten der Herrin zu, die lebhaft erzählte. Ihre beringten Hände malten dabei runde Bewegungen in der Luft. Die Mienen der Männer wirkten entspannt und leicht amüsiert. Wahrscheinlich merkte der Herr, dass seine Gäste Gefallen an seiner Frau hatten, und verwies Frau Ottilia deshalb nicht in ihre Schranken.

Nach einer Weile erhob sich der Scheckige, verbeugte sich und wünschte allen eine gute Nacht. Dies war das Zeichen für die anderen Gäste, sich ebenfalls für die Nacht zu verabschieden. Lena und Barbara räumten den Tisch ab. Obwohl der direkte Weg zur Spülküche quer über den Burghof führte, entschied sich Lena für den Weg durch die Gebäude, da es regnete. Mit dem Fuß stieß sie die Tür zur Kemenate auf, ein großes Tablett und eine Laterne in den Händen. Aus dem Nebenraum drangen Stimmen an ihr Ohr. Es waren der Herr und die Herrin.

»Du machst mich vor allen Gästen lächerlich«, hörte Lena den Herrn rufen.

Die Antwort verstand sie nicht. Sie trug das Tablett in die Spülküche, kehrte dann in den Saal zurück, schüttelte das Tischtuch aus und faltete es für die Wäsche zusammen. Die Stimmen waren mittlerweile so laut, dass man sie durch die Kemenate bis in den Saal hörte. Worum es ging, verstand sie nicht, doch der gehässige Ton war beklemmend. Sie kehrte die Dreckhaufen auf die hölzerne Kehrschaufel, öffnete das Fenster und warf den Dreck in den Burggraben. Dann verriegelte sie alle Fenster, löschte die Fackeln und verließ den Saal mit dem Tischtuch und einer Laterne. Sie betrat die Kemenate.

»Verhalte dich gefälligst wie ein Weib! Ich bin es leid, dass du meinen Namen durch den Schmutz ziehst. Redest wie eine Gelehrte! Nicht alles Geld deines Vaters wiegt das auf, was ich mit dir ertragen muss.«

War dem Herrn denn nicht klar, dass das Gesinde ihn hören konnte?

Der Herr schrie weiter: »Und nicht nur ich! Auch die Gäste schämen sich für dich in Grund und Boden und wissen gar nicht, wie sie auf deine Eitelkeit reagieren sollen.«

Lena wusste, dass sich das nicht gehörte, aber sie blieb stehen. Würde sich die Herrin gegen ihren Ehemann wehren?

Die Herrin erwiderte halblaut: »Es stört dich doch nur, dass du das Niveau der Konversation nicht halten kannst.«

»Du bildest dir noch etwas auf dein peinliches Verhalten ein und merkst gar nicht, wie du dich zur Närrin machst!«

»Ach wirklich? Dann sei doch froh! Denn so wirkst du neben mir umso intelligenter. Ich erfülle dann schon zwei Funktionen: Ich bringe deine Brillanz zur Geltung, und du musst außerdem nicht verhungern!«

»Du meinst also, ich lebe immer noch von deiner Mitgift, ja? Du meinst, all mein Reichtum kommt nur von dir?« Sie hörte ihn ein paar Schritte gehen und dann leise und schneidend weitersprechen. »Was glaubst du wohl, warum ich im Krieg gegen die Bayern so viel verdient habe? Weil ich als Vasall des Kurfürsten gekämpft habe? Nein, als Vasall zu kämpfen lohnt sich nicht.«

»Stimmt. Kämpfen konntest du ja noch nie. Du musst immer vorher klären, wer siegt.«

Lena vernahm ein Klatschen. Hatte der Ritter die Herrin gerade geschlagen?

»Deine Kriege«, sagte die Herrin ruhig, »langweilen mich.«

Lena war fasziniert. Obwohl die Herrin gerade geschlagen worden war, schien sie sich völlig unter Kontrolle zu haben.

»Meine Kriege sollten dich aber interessieren«, sagte der Ritter langsam, jedes einzelne Wort betonend. »Denn sie zeigen dir, dass meine Loyalität Grenzen hat. Sieh dich besser vor.«

Lena hatte das Gefühl, dass jetzt der richtige Zeitpunkt war zu flüchten. Flink schlich sie sich aus der Vordertür in Richtung Turm und lief dann mit schwankender Laterne durch die schattigen Korridore. Die Küche war hell erleuchtet, Lachen drang aus der Spülküche herüber. Horst sammelte den herumliegenden Küchenabfall für die Schweine, zwei Mägde säuberten die Feuerstellen. Lena trug das Tischtuch in die Spülküche und legte es auf den Stapel Dreckwäsche, kehrte zurück in die Küche, ging auf Horst zu und umarmte ihn. »Moment, mein Schatz«, sagte er, löste sich aus der Umarmung, warf die Zwiebelschalen, die er noch in den Händen hielt, in den Korb, grinste sie an und schloss sie in seine Arme.

Zwei Monate später

Lena und Horst verließen Hand in Hand das Haus ihrer Eltern. Die Dämmerung hatte eingesetzt. Lena genoss den Moment, den sie mit ihrem Mann alleine hatte. Sie kickte einen Stein fort und umklammerte Horsts Hand fester. Sie freute sich, dass acht Wochen nach dem großen Hochzeitsfest nun endlich etwas Ruhe eingekehrt war. Die leeren Mehlsäcke, Obstkisten und der Berg Knochenabfälle waren letzte Woche erst abgeholt worden und die Küche sah wieder ordentlicher aus. Nun mussten sie und Horst erst um sechs Uhr morgens aufstehen und konnten schon um neun Uhr zu Bett gehen. Heute hatten sie sogar einen freien halben Tag. Als sie in der Stube ihrer Eltern auf der Bank gesessen hatten, war Lena bewusst geworden, wie blass Horst aussah. Seine Augen wirkten stumpf. *Kein Wunder*, dachte Lena, *nach all den Hunderten von Gerichten, die er in den letzten Monaten hat zubereiten müssen.*

»Ich vermisse Sibilla«, sagte sie leise.

»Ob sie wohl bald ihre Eltern besucht?«, fragte Horst.

»Weißt du, dass ich ihren Mann noch nie gesehen habe? Ich konnte keinen einzigen Blick auf das Brautpaar werfen. Dabei haben Sibilla und ich uns früher immer ausgemalt, in welchen Kleidern sie einmal heiraten würde. Wir haben sogar einmal vor ihrem Spiegel ihre Hochzeitsfrisur geübt! Und nun weiß ich gar nicht, ob sie diese Frisur auch tatsächlich getragen hat.«

»Ich habe ihren Mann auch nicht gesehen«, sagte Horst.

Lena schüttelte den Kopf. »Schon komisch. Jetzt ist sie weg, in einer Stadt. Ich war noch nie in einer Stadt. Ich kann mir ihr Leben gar nicht vorstellen.«

Sie erreichten den Wald. Lena legte sich Horsts Arm um die Taille und schlang ihren Arm um seine Hüfte.

Horst hustete. Es war nicht das erste Mal. Schon bei ihren Eltern hatte er gehustet. Er blieb stehen. Er schnaufte, als bekäme er keine Luft. Sie klopfte ihm auf den Rücken.

»Dein Husten gefällt mir nicht.«

»Das wird schon wieder«, sagte Horst, griff nach ihrer Hand und ging weiter. »Deine Mutter hat dich den ganzen Nachmittag so seltsam angeschaut.«

»Ja, ist dir das auch aufgefallen?«, fragte Lena schnell.

»Was war los mit ihr?«

Wieder schlang Lena ihren Arm um Horst. Sie verloren das Gleichgewicht und schwankten leicht. »Ich glaube, sie ahnt etwas«, sagte Lena.

Er drehte den Kopf zu ihr und fragte schließlich gedehnt: »Was sollte sie denn ahnen?«

Lena begann zu grinsen.

Er blieb stehen, stellte sich vor sie und legte den Kopf schief. »Gibt es etwas, das du mir sagen willst?«

Lena strich gespielt gelangweilt über das hohe Gras am Wegesrand.

»Lena?«

Sie sah auf und strahlte ihn an. »Wir bekommen ein Kind!«

»Was?« Horst machte einen Schritt auf sie zu und umarmte sie. Er ließ sie wieder los. »Und warum sagst du das erst jetzt?«

»Weil ich es dir sagen wollte, wenn wir alleine sind.«

Er legte die Hände auf ihre Schultern. »Auf dem Hinweg hättest du es doch sagen können!« Er klang beleidigt.

Sie lächelte ihn an. »Nein, dann hätten wir beide bei meinen Eltern um die Wette gestrahlt und sie hätten es gleich erraten. Ich will, dass wir beide die Nachricht erst alleine genießen.«

Er ließ sie los und lachte. Das Lachen ging in ein Husten über. Nach vorn gebeugt, mit angezogenen Schultern stand er hustend da. Lena klopfte ihm erneut auf den Rücken. Dann befühlte sie seine Stirn. »Ist dir warm?«

»Es geht mir gut«, sagte er. »Komm, lass uns weitergehen.«

Schweigend gingen sie weiter. »Ich finde, du solltest dich ein paar Tage ins Bett legen und dich schonen«, sagte Lena.

»Ach wo, ich habe schon nicht die Pest!«

»Die Pest? Horst, sag doch nicht so was!«

»Das habe ich nur so dahergeredet. Aber Laubenstein hat erzählt, dass es Fälle in Straßburg gibt.«

»Wie weit ist das entfernt?«, fragte Lena und legte sich die Hand auf den Bauch.

KAPITEL 17

Burg Laubenstein, Oktober 1517

Ottilia schloss die Augen, legte ihre Hand auf den Hals ihrer Stute Juno und versuchte zu spüren, ob es dem Pferd besser ging. Ihr Blick ging durchs offene Fenster in den Burghof. Horst und Lena traten aus der Küche. Horst ging gebeugt, als fühlte er sich nicht wohl. Seine Frau hatte ihren Arm um ihn gelegt und redete leise auf ihn ein. Ottilia fühlte sich jedes Mal beklommen, wenn sie die beiden sah. Aber trotzdem hielt sie der Anblick der beiden gefangen. Sie nahm behutsam die Hand von Juno und trat ans Fenster. Horst hustete. Lena wandte sich im Gehen zu ihm und verdeckte die Sicht auf ihn; Ottilia konnte nur ihren Hinterkopf sehen. Sie versuchte sich den Ausdruck im Gesicht der jungen Frau vorzustellen. *Liebe und Sorge.* Vielleicht könnte sie später versuchen, ein Gesicht zu malen, das beides ausdrückte. Sie schloss einen Moment die Augen. *Wie sieht eine Frau aus, die sich um ihren Mann sorgt?*

Die beiden waren aus ihrem Gesichtsfeld verschwunden. Nachdenklich ging Ottilia zu Juno zurück. Sie sah der Stute in die Augen. Das Tier litt, sie konnte es deutlich erkennen.

Draußen waren Huftritte von zwei Pferden zu hören. Einen Augenblick später flog das Tor mit einem Schwung auf und ihr elfjähriger Sohn Otto führte seinen Rappen herein. Hinter ihm folgte sein Knecht.

Otto deutete eine leichte Verbeugung an, als er sie sah.

Ottilia lächelte ihn an. »Wie geht es dir, mein Sohn?«

»Ich war jagen«, sagte er, während er sein Pferd zu seinem Platz führte. Er hatte ihr zwar geantwortet, sie dabei aber keines Blickes gewürdigt. »Abreiben«, sagte er zu seinem Knecht. »Beeil dich. Danach bereitest du mir ein Bad.«

Ottilia sagte: »Komm mal zu mir.«

Otto ging auf sie zu. Sein Haar war hell wie ihres, es leuchtete auf, als er am offenen Fenster vorbeiging. »Ihr wünscht?«, fragte er. Sein Blick glitt einmal kurz über ihr Gesicht, dann sah er gelangweilt zu Juno, die hinter ihr stand. Ottilia tat so, als störte sie es nicht.

»Sieh mal hier«, sie legte ihre Hand auf Junos Hals. »Es geht ihr nicht gut. Man kann ihre Schmerzen fühlen.«

Sie ergriff die Hand ihres Sohnes. Sie fühlte sich jung und warm an. Sie legte seine Hand auf Junos Fell und bedeckte seine Hand mit ihren Fingern. Otto zog seine Hand weg. »So etwas kann man nicht spüren«, sagte er und äugte zu Ewalt, der begonnen hatte, den Rappen abzureiben.

»Sie hat seit Tagen nichts gefressen, nur getrunken. Was meinst du, was ihr fehlt?«

Otto zuckte ungeduldig mit den Schultern. »Keine Ahnung. Bin ich ein Tiermedikus?«

Ottilia trat einen Schritt zurück. Ihr Blick heftete sich herausfordernd auf ihren Sohn. »Als Ritter musst du dich auch mit Pferden auskennen. Wie willst du sonst in die Schlacht ziehen? Jeder bewundert einen Ritter, der sich gut um sein Pferd kümmert. Also?«

»Erschieß sie. Dann kauf dir ein neues Pferd.«

Ottilia verzog keine Miene. Sie richtete ihren Blick weiterhin auf ihn. Ihr Sohn schob das Kinn vor wie ein Dreijähriger. Er ging ein paar Schritte rückwärts, drehte sich dann um und sagte zu Ewalt: »Vergiss das Bad nicht.«

Ein zweiter Gerold.

Gerold hatte gewonnen. Zumindest, wenn sie jetzt nichts unternahm.

»Warte«, sagte sie. »Komm noch mal her.«

Otto kam widerstrebend zurück. Sie sah in seine Kinderaugen, aus denen so viel unwissende Arroganz sprach. »Man erschießt nicht einfach aus einer Laune heraus ein Lebewesen. Leben ist wertvoll. – Und teuer. Was glaubst du, was so ein Pferd kostet?«

Er zuckte mit den Schultern.

»Geh und finde es heraus. Dann kommst du nach deinem Bad zu mir.«

»Um Euch die Antwort zu geben?«

»Wenn du sie bis dahin schon herausgefunden hast. Aber ich habe noch etwas anderes mit dir vor.«

»Latein lernen?«

»Ich habe mir überlegt, ob Juno wohl Würmer hat. Und da musste ich an eine Geschichte denken, die du dir früher ausgedacht hast. Die mit dem Falken und dem Wurm. Weißt du noch, welche ich meine?«

»Natürlich weiß ich das. Ich vergesse nichts.«

»Vielleicht sollte man die Geschichten bei Gelegenheit aufschreiben.«

»Hm, das könnten wir tun«, sagte er. War da ein kindliches Leuchten in seinen Augen? »Aber nur, wenn Ihr sie schreibt und ich diktiere.«

»Wir wechseln uns mit dem Schreiben ab«, sagte Ottilia.

»Können wir sie auch drucken lassen? Bei Sibillas Mann? Unter meinem Namen?«

Jetzt sah er wirklich aus wie das Kind, das er war. Ottilia lächelte.

Worms, Dezember 1517

Bruder Heinrich blickte von seinem Buch auf. Vor ihm stand Bruder Andreas. »Am Tor ist jemand für dich. Ich glaube, es ist der Drucker. Peter Schöffer, oder wie er heißt.«

Heinrich erhob sich. »Danke.« Er trat aus dem Tor in die Wintersonne und begrüßte Sibillas Mann. Er freute sich, Peter zu sehen. Es war schon ein paar Wochen her, seit er ihn und Sibilla das letzte Mal besucht hatte. »Wie geht es dir und meiner Nichte?«

»Sie schickt dir Grüße und fragt, wann du uns wieder zum Abendessen besuchst.«

Heinrich suchte in Peters Augen nach einem Hinweis, wie es ihm und Sibilla wirklich ging, aber Peters Augen waren wie ein verschlossenes Fenster.

Peter streckte ihm zwei Papiere entgegen. »Könntest du mir helfen? Wer ist dieser Dr. Martinus Luther?«

Heinrich nahm die Blätter entgegen und warf einen Blick darauf. »Möchtest du mit mir in die Bibliothek kommen? Dort ist es wärmer.«

»Nein, ich habe nur kurz Zeit. Balthasar Weber, der Buchführer, hat mir das vorbeigebracht. Das Papier kommt direkt aus Mainz. Er meinte, diese 95 Thesen würden jetzt von Druckern in ganz Deutschland verbreitet werden. Ich solle mich beeilen, wenn ich auch etwas von dem Kuchen abhaben wolle. Die ganze Stadt spricht von nichts anderem.«

»Ja, wir haben hier auch eine Kopie dieser Thesen. Aber unsere ist handschriftlich, und auf Latein. Hat man sie also übersetzt unters Volk gebracht?« Heinrich gab Peter die Papiere wieder zurück.

»Warum regen sich nur alle so über diese Schrift auf?«, fragte Peter. »Sie ist nur eine Kritik am Ablasshandel und an billiger Gnade. Nichts weiter. Warum erregt sie so ein Aufsehen?«

»Deine Beschreibung trifft es gut. Es ist nicht so, dass Bruder Martinus behaupten würde, der Papst sei der Antichrist.« Heinrich lächelte. »Er kritisiert nur, dass der Ablasshandel die Gnade Jesu zu billig macht.«

»Warum schlägt der Text dann so hohe Wellen?«

»Weil Martinus diese Thesen einem Schreiben an den Erzbischof von Mainz beigelegt hat. Und der wiederum hat Alarm in Rom geschlagen, weil er den Ablasshandel in Gefahr sieht. Der Erzbischof braucht das Geld aus dem Ablasshandel jedoch dringend, um seine Schulden bei den Fuggers abzubezahlen. Zur gleichen Zeit haben die

Wittenberger Studenten und Professoren ihrem Kurfürsten ein Schreiben präsentiert, in dem sie Luther verteidigen.«

»Dieser Dr. Luther hat sich also mit den Mächtigen angelegt.«

Bruder Heinrich nickte. »Entweder dachte Bruder Martinus, dass der Erzbischof von dem Missbrauch des Ablasshandels nichts wusste, und wollte ihn informieren – oder aber er wollte ihn bewusst kritisieren. Wenn er das Schreiben nicht an den Erzbischof geschickt hätte, wären seine Thesen wahrscheinlich nur an der Universität diskutiert worden – und nicht weiter. Ich bezweifle, dass dann so ein Aufsehen darüber entstanden wäre.«

»Und woher weißt du das alles?«

»Von unserem Prior. Martinus' Studenten haben die Thesen für alle Augustiner-Eremiten-Klöster handschriftlich kopiert und verschickt.«

»Kennst du Bruder Martinus persönlich?«

Bruder Heinrich schüttelte den Kopf. »Nein. – Vielleicht habe ich ihn einmal auf einem Konvent gesehen, ohne es zu wissen. Bisher ist er jedenfalls nicht groß in Erscheinung getreten.«

Peter Schöffer blickte nachdenklich auf die Papiere, die er in den Händen hielt. »Soll ich diese Thesen nun drucken oder nicht? Ich müsste dafür einen Auftrag von Sibillas Mutter unterbrechen. Was, wenn die Nachfrage für diese Thesen schon längst befriedigt ist? Glaubst du denn, diese Sache mit Luther wird noch weitere Kreise ziehen?«

»Schwer zu sagen. Soweit ich weiß, findet bald ein Kapitel der Dominikaner statt, bei dem sie die Sache Luther diskutieren wollen. Die Dominikaner sind direkt betroffen, weil der Ablasskommissar, über den sich Luther namentlich beschwert, einer von ihnen ist. Tetzel heißt er. Wahrscheinlich werden sie Luther als Ketzer denunzieren. Wie es dann weitergeht, weiß nur Gott.«

Peter seufzte. Seine Experimente im Musiknotendruck waren gescheitert, während man diese Kunst in Venedig und Paris in der Zwischenzeit perfektioniert hatte. Nun druckte er zweitklassige Partituren – mithilfe eines primitiveren Notationssystems. Und nun das. Kaum hatte er aus Mainz wegziehen müssen, blickte alle Welt auf den Erzbischof von Mainz und seinen Streit mit einem kleinen Mönch.

Burg Laubenstein, Anfang 1518

Alle paar Tage schöpfte Lena neue Hoffnung, denn dann schien es Horst besser zu gehen. Er hustete seltener und hatte sogar Kraft, mit den Küchenmägden zu schimpfen. Doch diese Tage wurden immer wieder abgelöst von schlechten Zeiten, in denen Horsts Augen fiebrig glänzten und er in der Küche erschöpft auf einem Schemel saß, während Lena sich darum kümmerte, dass die Arbeit erledigt wurde.

Niemand sprach mehr von der Pest. Auch bei den Frontagen, wenn Lena die Bauern der Umgebung auf der Burg sah, verlor niemand ein Wort darüber. Bei einem der Frontage sah Lena Phillip. Sie stellte sich zu ihm, während er bis zu den Knien im Wasser des Burggrabens stand und Ladungen voll nasser Erde aushob. Er erzählte ihr, dass ihr Vater und er den Wendepflug fertiggestellt hatten.

»Und – funktioniert er?«

Sie warf ihm heimlich ein Stückchen Aniskuchen zu. Er fing es auf, steckte es schnell in den Mund und nickte. Als er geschluckt hatte, sagte er: »Ich kann es kaum erwarten, ihn den anderen vorzuführen. Die werden Augen machen! – Mutter will übrigens wissen, wie es dir geht – und dem Kind. Und ob sie dich besuchen kann?«

»Natürlich.« Sie sah sich um und warf ihm ein weiteres Stück zu. Er steckte es ein.

Eine Woche später war ihre Mutter gekommen, hatte ihr eines ihrer alten Schwangerschaftskleider gebracht, ein blaues Wachsbild geschenkt und ein Säckchen Thymian auf den Tisch gelegt. »Du musst euer Gemach mit Thymian ausräuchern. Vor allem nachts«, sagte sie. »Und Horst soll immer welchen bei sich tragen, das hilft gegen Husten – und gegen Unglück.«

Seitdem war Lenas Bauch weitergewachsen, trotzdem arbeitete sie bis spätabends in der Küche, auch um Horst zu entlasten. Immer wieder verließ er die Küche wegen eines Hustenanfalls. Jedes Mal hielt Lena in ihrer Arbeit inne und schickte ein Gebet an die Heiligen, während sie durch die offene Tür zusah, wie sein Rücken unter dem Hustenanfall erbebte. Immer öfter wischte er sich übers verschwitzte Gesicht. Wenn Lena ihm sagte, er solle sich hinlegen, winkte er ab und schob alles auf die Hitze des Feuers. Doch seine dunklen Augen wirkten trüb und müde.

Dann blieben die guten Tage ganz aus. Horst glühte vor Fieber und saß die meiste Zeit auf seinem Schemel, den Kopf in die Hände gestützt. Wenn er aufstand, um eine Anweisung zu geben, schwankte er. Lena drückte ihn dann auf den Schemel und übernahm die Anweisungen.

Eines Abends band sie sich die dreckige Schürze von ihrem gewölbten Leib, erklomm die Wendeltreppe zu den herrschaftlichen Gemächern und klopfte ans Zimmer der Burgherrin. Die Herrin öffnete die Tür einen Spaltbreit und musterte Lena.

»Horst ist krank. Ich bitte Euch, ihn freizustellen, bis er wieder gesund ist.«

Die Herrin runzelte die Stirn und nickte dann. »Jemand muss aber seine Arbeit verrichten. Macht einen Plan. Alle sollen mehr arbeiten.«

Lena kehrte in die Küche zurück und flüsterte Horst zu, dass er freigestellt war. Dass sie selbst den Großteil seiner Arbeit übernehmen würde, verschwieg sie ihm. Nach kurzem Zögern zog er seine Schürze aus, trank einen großen Becher verdünnten Wein und ging in ihr Gemach.

Der Geruch des Lauchs, des Kohls und der Kräuter verursachten Lena Übelkeit. Am liebsten hätte sie sich auch hingelegt. Doch sie riss sich zusammen, gab den Mägden Befehle und versuchte, sich an die genauen Rezepte zu erinnern. Das Kochbuch schlug sie zu und verstaute es auf dem Regal. Außer Horst konnte in der Küche niemand lesen.

Am Abend stieg sie mit geschwollenen Beinen die Treppe zu ihrer Kammer hinauf und trat ans Bett. Horst schlief. Sie legte ihre Hand auf seine Stirn. Er glühte. Sie versuchte, die Furcht, die sie umklammerte, abzuschütteln, stellte etwas verdünnten Wein für ihn bereit, schüttete einen Teil des Thymians in eine Tonschale, entzündete eine Kerze am Kienspan und brachte damit die Kräuter zum Brennen. Die Flamme wurde kleiner und die Kräuter kokelten vor sich hin. Lena hustete. Sie wedelte mit den Händen durch den Rauch. Dann wusch sie sich und legte sich neben ihren Mann in den fiebrigen Dunst.

Am nächsten Morgen hörte sie, wie sein Atem rasselte. Sie weckte ihn auf, sprach kurz mit ihm, gab ihm zu trinken und ließ ihn wieder schlafen. Sie zündete neuen Thymian an, streifte sich ihr Kleid über und ging in die Küche, um Irmela zu sagen, dass sie heute nicht arbeiten würde.

Den ganzen Tag saß sie an Horsts Bett, legte immer wieder ihre Hand auf seine Brust und schritt mit der rauchenden Tonschale im Raum umher. Am Nachmittag erschien ein Knecht. »Der Herr verlangt, dass du wieder in der Küche arbeitest, er kann sich den Ausfall von gleich zwei Bediensteten nicht leisten.«

»Sag ihm, ich bleibe bei meinem Mann.«

»Wie du willst. Gefallen wird ihm das nicht.« Er wandte sich um.

»Warte! Kann ich irgendjemanden nach einem Arzt schicken?«

»Bastian hat heute frei. Wenn du ihn für seinen Dienst bezahlst, holt er dir sicherlich einen Arzt.«

»Schickst du ihn zu mir?«

Der Knecht nickte. Kurz darauf erschien Bastian. Lena erklärte ihm alles. »Ich kenne jemanden, der sich auskennt«, sagte Bastian.

Der Arzt kam erst am übernächsten Tag. Er beugte sich über Horst, hob dessen schlaffen Arm an und ritzte kleine Schnitte in die Haut. Er ließ Horsts Blut in Schalen tropfen, kassierte und verschwand.

Lena legte Horst weiter kühle Tücher auf den Körper und redete mit ihm, obwohl er immer nur schlief.

Es klopfte. Lena zuckte zusammen. Sie öffnete die Tür und erblickte Irmela. »Von meiner Mutter weiß ich«, sagte Irmela verschwörerisch, »dass man einer schwarzen Katze ins Ohr schneiden und ihr Blut auf ein Stückchen Brot tropfen lassen muss. Wenn man das Brot isst, wird man vom Fieber geheilt.«

»Ach, Irmela. Er hat doch schon seit Tagen nichts gegessen. Ich bin froh, wenn er die Tropfen Flüssigkeit schluckt, die ich ihm in den Mund träufle.«

»Oh.« Betreten wandte sich Irmela um und ging.

Lena schloss die Tür, lehnte sich an die Wand und sah Horst lange an. Dann schlüpfte sie zu ihm ins Bett. »Horst, bleib bei mir und bei unserem Kind«, flüsterte sie immer wieder in sein Ohr. Die Sonne verschwand, Dunkelheit umklammerte sie. Sie konnte nicht mehr beten. Sie konnte nicht mehr weinen. Erschöpft schlief sie ein. Auch den ganzen nächsten Tag blieb sie an seiner Seite liegen, spürte die Hitze, die von ihm ausging, vergaß zu essen. Sie flüsterte ihm Worte zu. Er hörte sie nicht.

Der kalte Thymianrauch hing im Zimmer. Sie hatte alle Kräuter aufgebraucht.

Als die Sonne sie weckte, lag Horst still neben ihr, zu still, umrahmt von leuchtendem Staub. Eine furchtbare Ahnung überkam sie. Sie legte ihre Hand auf seine. Sie war kalt. Ein Klagelaut entfuhr ihr, von dem sie nie gedacht hätte, dass er in ihr wohnte. Sie kniete sich neben ihren Mann, rüttelte ihn, rief seinen Namen, schrie und klagte, setzte sich auf die Bettkante und rüttelte weiter an ihm.

Als sie keine Kraft mehr hatte, legte sie sich still auf seine Brust. Nach einer Ewigkeit versiegten die Tränen, alles Leben, alle Hoffnung floss mit ihnen aus ihr heraus. Durch ihre geschwollenen Lider sah sie ihn lange an, denn sie wusste, irgendwann würde er fortgebracht. Sie hatte nur noch diese kurze Zeit, in der sie sich alles einprägen konnte, den kleinen dunklen Fleck über seiner Braue, die kleinen Verbrennungsnarben auf seiner Hand, die frischen Schnitte an seinen Armen.

Laubenheim

Phillip stemmte sein Gewicht gegen den Wendepflug, den er an Urbes Ochsen gespannt hatte. Vier Männer standen gestikulierend am Rand von Urbes Feld, ihre Augen kritisch auf Phillip gerichtet. Zwei weitere eilten herbei. Phillip musste sich ein stolzes Lächeln verkneifen. Er freute sich, dass sein Vater ihn ganz alleine aufs Feld geschickt hatte, um mit seiner Erfindung das erste Mal die Erde zu pflügen.

Und er war stolz auf seinen Vater. Dieser hatte ein Problem gelöst, das alle Bauern nur zu gut kannten: Die Pflugschar warf die Erde immer nach rechts. Das bedeutete, dass man das Feld immer nur in eine Richtung pflügen konnte. Pflügte man es parallel zurück, schüttete man mit dem neuen Aufwurf die gerade entstandene Furche wieder zu. Sein Vater hatte eine einfache Lösung gefunden: Er hatte eine zusätzliche Schneide angebracht, die die Erde in die andere Richtung warf. Während die eine Schneide furchte, stand die andere in die Luft. Man konnte entscheiden, ob man die Erde nach links oder rechts werfen wollte.

Die Zuschauer standen lässig da, die Fäuste in die Hüften gestemmt, breitbeinig, ausspuckend. Einer deutete auf Phillip und sagte etwas. Alle lachten. Als er ans Ende des Feldes gelangte und in ihre Nähe kam, traten sie schweigend ein paar Schritte zur Seite, sodass Phillip den Ochsen wenden lassen konnte. Jetzt kam der Höhepunkt der Vorführung. Phillip kippte einen Griff am Rahmen des Pfluges herab, die zweite Schneide neigte sich nach unten und die erste hob sich gleichzeitig aus der Erde. Während Phillip die neue Schar in die Erde setzte, spürte er die staunenden Blicke im Rücken. Der Ochse setzte sich in Bewegung und Phillip pflügte parallel zur ersten Furche zurück. Er merkte, dass zwei Männer halb versetzt hinter ihm hergingen. »Und du kannst damit immer hin- und herpflügen?«, fragte Peter, einer der beiden Männer.

»Ja, ich spare mir die Leerfahrten!«, erwiderte Phillip stolz.

»Kann dein Vater für mich auch so einen Pflug bauen?«, fragte Peter.

»Frag ihn«, sagte Phillip und verkniff sich ein triumphierendes Lächeln.

»Phillip!«, rief eine Frauenstimme von weit her.

Er schob weiter, sah sich aber dabei suchend um. Vom Waldrand her lief eine schwangere Frau in seine Richtung. Lena. Hatte sie heute ihren freien halben Tag? Sie lief gebeugt, als hätte sie Schmerzen. Er brachte den Ochsen zum Stehen. *Etwas stimmt nicht mit ihr.*

Er ließ Ochsen und Pflug bei den Männern stehen und entfernte sich zögernd, um ihr entgegenzugehen. Als er näher kam, sah er, dass sie weinte.

Sie fiel ihm um den Hals.

»Was ist passiert?«, fragte er.

»Horst ist tot!«

»Oh nein«, flüsterte er und drückte sie an sich. Es war seltsam, seine große Schwester zu umarmen, aber in einem solchen Fall war es nicht weibisch, entschied Phillip. Lena löste sich wieder von ihm und putzte sich die Nase.

»Wann ist er gestorben?«

»Heute Nacht.«

»Woran?«

»Fieber.«

»Das tut mir leid, Lena.«

Lena weinte wieder. Dann fragte sie heiser: »Wo sind Vater und Mutter?«

»Zu Hause. Soll ich dich zu ihnen bringen?«

Lena schüttelte den Kopf. »Nein, ich schaffe es alleine.«

»Bist du sicher?« Er blickte sie besorgt an. Ihre Augen waren zugeschwollen, der Blick trüb und verzweifelt.

»Ja, ich schaffe das schon.«

Ihre Mutter setzte sich mit ihr in die Stube und wiegte sie im Arm. Auch sie weinte. Ihr Vater saß still bei ihnen am Tisch. Außer Veit und Hate aß niemand etwas zum Abendbrot.

»Er liegt noch in unserer Kammer. Ich wusste nicht, was ich tun sollte.« Lena wischte sich mit dem Handrücken über die Augen.

»Ich kümmere mich darum, dass er beerdigt wird«, sagte ihr Vater.

Ihre Mutter richtete Lenas Bett in ihrer alten, kleinen Kammer und brachte ihr einen Kräuteraufguss. »Wirst du schlafen können?«, fragte sie. Lena lag mit geschlossenen Augen auf dem Bett und antwortete nicht.

In der Nacht glitt Lena immer wieder in den Schlaf, schreckte wieder auf, weinte. Gegen Morgen schlief sie endlich tief ein.

Ihr Vater kam an ihr Bett und fragte, ob Horst in Laubenheim beerdigt werden sollte. Lena nickte. »Können wir ihn neben die beiden Kleinen legen?«, fragte sie.

Ihr Vater sah sie liebevoll an und nickte. »Ich kümmere mich darum.«

In den folgenden Tagen verließ Lena ihre Kammer nur, um ihre Notdurft zu verrichten und etwas zu trinken. Ob sie auf der Burg vermisst wurde, war ihr gleichgültig. Als am Abend nach der Beerdigung Blutungen auftraten, eilte Lisbeth noch in der Nacht zur jungen Medicina Marta Wagner. Marta verordnete Lena Bettruhe und gab ihr ein Kräutergebräu zu trinken, das nach bitterer Minze schmeckte. »Du musst essen«, sagte Marta. »Für dein Kind.«

Lisbeth brachte Lena Fladen und Fleisch ans Bett und Lena würgte beides hinunter. Fast hätte sie es wieder erbrochen. Nach zwei Tagen hörten die Blutungen auf und nach einer Woche setzte sich Lena sogar zu den Mahlzeiten zu ihrer Familie, obwohl sie ihr Essen dabei kaum anrührte. »Lena, du weißt, dass ich nun wieder die Muntgewalt über dich habe«, sagte ihr Vater. »Ich möchte, dass du bei uns bleibst. Wir kommen auch ohne den Lohn aus. Geh nicht mehr zurück zur Burg.«

Sie blickte auf und nickte. Es war ihr ohnehin recht.

KAPITEL 18

Laubenheim, April 1518

Adam Velten, der neue Schultheiß, klopfte ans Tor, als Lena gebeugt in der Wohnscheune Teig knetete. Lena sah auf. Velten trug bunte Kleidung, die in der Frühlingssonne grell leuchtete, weit ausgestellte Ärmel und ein Barett. Sie zog ihre Hände aus dem Teig, wischte sie sich an einem Tuch ab, stemmte sich die Faust in den Rücken und ging neugierig auf Velten zu.

»Guten Morgen, Lena«, sagte er freundlich.

Lena grüßte zurück und musterte ihn. Vielleicht wollte er – wie so viele im Dorf – einen Wendepflug von ihrem Vater kaufen. *Gäbe es genügend Holz, wäre Vater schon reich.*

»Ich komme gerade von der Burg und habe einen Brief für dich. Von Sibilla.«

Lena wischte sich erneut ihre Finger an ihrer Schürze ab und nahm zögernd das Papier entgegen, auf dem ein Wachssiegel prangte. »Ich kann nicht lesen. Das weiß sie doch. – Würdest du mir den Brief vorlesen?« Sie brach das Siegel und streckte ihm das geöffnete Papier hin.

Er nickte und begann: »Liebe Lena. Ich bin wieder zu Hause, um auf Laubenstein mein Kind zu gebären. Bitte komme und leiste mir Gesellschaft! Mir ist furchtbar langweilig.«

»Sie bekommt auch ein Kind!«, sagte Lena erfreut.

Der Schultheiß fragte: »Soll ich morgen, wenn ich wieder hinauf zur Burg reite, eine Botschaft überbringen?«

»Sag ihr, ich komme!«, sagte Lena freudig.

Als Lena am nächsten Tag schwer atmend an der Burg anklopfte, ließ der Wächter sie sofort ein.

»Herrin Sibilla hat mich eingeladen«, sagte Lena.

»Ja, ich weiß, folge mir.«

Er führte sie zum herrschaftlichen Wohnhaus. »Warte hier.« Er verschwand im Haus.

Kurz darauf erschien der Grundherr persönlich. Lena hatte keine Zeit, sich zu wundern, warum ausgerechnet Sibillas Vater sie in Empfang nahm, denn er sagte schnell: »Gut, dass du da bist. Komm mit.«

Ehe sie etwas sagen konnte, hatte er sich schon in Bewegung gesetzt. Verwundert hastete sie hinterher. »Wo ist Sibilla denn? Ich kann doch selbst zu ihr gehen!«

Doch der Burgherr antwortete nicht.

Zögernd folgte sie ihm über den Burghof – vorbei an den Schweineställen, an der Getreidescheune und am Gesindehaus – und stieg hinter ihm die Außentreppe des Nordturms hinauf. Er öffnete die schwere Eingangstür. Beißender Rauch quoll ihnen entgegen. »Brennt da etwas?«, fragte Lena. Der Leibherr schwieg und verschwand zielstrebig in den Qualm. »Aber … Was …?«, rief sie ihm nach.

»Der Rauch ist Absicht. Es brennen nur heilsame Kräuter«, rief er ihr von innen zu. Lena zögerte kurz, trat dann aber ein. Sie wusste, dass sich unter dem Dach des Turms zwei Gästezimmer befanden. Sicherlich logierte Sibilla in einem von ihnen. Die Außentür ließ sie sicherheitshalber offen stehen, zu seltsam mutete alles an. Vorsichtig tastete sie sich die Wendeltreppe nach oben. Ihre Augen tränten. Oben angekommen, erkannte Lena durch den Qualm, wie ihr der Grundherr die linke Tür einen Spaltbreit aufhielt. Er ließ sie eintreten. Sofort schloss sich die Tür hinter ihrem Rücken wieder.

Sie war erleichtert, dass in dem Raum kein Qualm war. Sie wischte sich ihre tränenden Augen ab, während ihr Blick auf Sibilla fiel, die auf einem breiten Bett ruhte, beschirmt von einem roten Samthimmel. Sibilla schien zu schlafen. *Sie ist ziemlich blass. Da stimmt doch was nicht.*

Lena wandte sich um. Die Tür war geschlossen, der Ritter verschwunden. Sie schlich vorsichtig zum Bett. »Sibilla?«

Ihre Freundin schlug die Augen auf, betrachtete sie eine Weile mit leerem Blick und schien sie schließlich zu erkennen. Ein verhaltenes Lächeln flog auf ihr Gesicht. »Lena«, sagte sie leise.

»Wie geht es dir? Bist du krank?«

»Weißt du das denn nicht? Alle denken, ich habe die Pest«, sagte Sibilla schwerfällig.

»Die Pest?« Keuchend machte Lena einen Schritt zurück. Fast wäre sie rückwärts über das Kuhfell auf dem Boden gestolpert.

»Peter hat mich sofort weggeschickt«, flüsterte Sibilla. »Und jetzt fühle ich mich schwach und fiebrig.« Ihre Stimme klang monoton. Sie machte eine Pause und fuhr dann fort: »Warum hat man dich zu mir gelassen? Wenn du die Dämpfe der Krankheit einatmest, kannst du auch krank werden.«

»Du hast mir doch geschrieben, dass ich kommen sollte!«

Sibilla schloss die Augen und sagte dann schwach: »Nein, ich habe dich nicht rufen lassen.«

»Aber dein Brief!«

»Welcher Brief?«

Vielleicht war Sibilla nicht ganz bei Sinnen. Lena fragte nicht weiter. Langsam begriff sie, dass alles zu spät war für sie. Wenn Sibilla wirklich die Pest hatte, dann war in dem Moment, als sie den Raum betreten hatte, das Urteil über sie gesprochen worden. »Hast du wirklich die Pest? Bist du ganz sicher?«

»Nein. Ich weiß auch nicht, was aus den Verdachtsfällen in Worms geworden ist.«

»Werden wir jetzt sterben?«

»Ich weiß es nicht.« Sibilla schloss wieder die Augen.

Der Leibherr. Er hat den Brief selbst geschrieben, um mich herzulocken! Weil sich niemand hier um Sibilla kümmern will. Nicht mal ihr Ehemann! Lena lief zur Tür und drückte die Türklinke herunter. Die Tür bewegte sich nicht. Natürlich, Laubenstein hatte sie eingeschlossen. Wut durchströmte sie, erhitzte jede Faser ihres Körpers. Sie kickte, dann begann sie, mit beiden Händen gegen das Holz zu trommeln. »Lasst mich sofort hier raus!«, schrie sie. Sie hämmerte weiter, bis ihre Hände brannten.

Weinend hielt sie inne und ließ sich mit dem Rücken gegen die Tür fallen. Sie und ihr Kind würden sterben. Gleichzeitig schämte sie sich, weil sie gar nicht an ihre Freundin dachte. Sibilla brauchte jemanden, der ihr half. Aber Lena hatte ja nicht nur ihr eigenes Leben zu schützen, sondern auch das ihres Kindes. Horsts Kind. Vielleicht waren sie alle drei bald vereinigt. Vielleicht wollte Gott es so.

Während Lena an der Tür lehnte und leise schluchzte, schien Sibilla eingeschlafen zu sein. Durch die Tränen hindurch musterte Lena ihre Freundin eine Weile. *Woran erkennt man die Pest? Ich weiß es nicht. Vielleicht ist Sibillas Krankheit ja doch etwas ganz anderes. Etwas Harmloses.* Vielleicht würden Sibilla, sie und ihre beiden ungeborenen Kinder mit dem Leben davonkommen. *Ich darf meine Hoffnung nicht aufgeben. Hoffnung und Wut.* Diese beiden Gefühle würden ihr Kraft geben.

Sie ging zum Fenster. Es war nur mit einem hölzernen Laden versehen. Sie öffnete den Laden und schrie durch die Öffnung in den Hof hinab: »Komm wieder und schau mir ins Gesicht!« Dann schlug sie mit der flachen Hand gegen die Wand. Sie blieb eine Weile am Fenster stehen und atmete heftig.

Sie brauchte eine Toilette. Schon auf dem Weg zum Turm hatte sie gemerkt, dass sie austreten musste. Unter dem Bett entdeckte sie einen Nachttopf und benutzte ihn. *Wenn der Ritter sich wieder blicken lässt, schütte ich ihm den Inhalt ins Gesicht.* Sie stellte den Nachttopf neben die Tür, ging zur Truhe neben dem Bett, fand darin vier Kissen und schmiss sie auf den Boden neben das Fell. Erst jetzt wurde ihr klar, wie erschöpft sie war. Umständlich setzte sie sich auf die Kissen und legte sich dann hin, mit offenen Augen an die geweißte Decke starrend. *Wie geht die Rechnung, mit der man die Todeswahrscheinlichkeit ausrechnen kann? Man muss die Tage vom 26. Juni bis zum Tag des*

Krankheitsbeginns abzählen. Dann teilt man die Anzahl der Tage durch was? Drei? Ging die Teilung auf, würde der Kranke sterben. Jetzt war April. Sie würde für diese Rechnung eine Ewigkeit brauchen. *Vielleicht bin ich schon tot, bevor ich das Ergebnis habe*, dachte sie bitter.

Außerdem wusste sie gar nicht, wann Sibilla krank geworden war. Sie konnte nichts tun außer beten.

Als es draußen schon längst dunkel war und sie mit dem Zunderschwamm die Öllampe angezündet hatte, hörte sie Schritte und Husten. Lena erhob sich und stellte sich direkt vor die Tür. Als sie den Schlüssel im Schloss hörte, riss sie die Tür auf, in der Erwartung, den Leibherrn zu sehen. Sie wollte ihm ins Gesicht spucken, damit auch er sterben musste. Rauch schlug ihr entgegen. Sie erkannte ein kleines zitterndes Mädchen von ungefähr acht Jahren. Das Mädchen riss die Augen auf, als sie Lena erblickte, drückte ihr ein Tablett in die Hand und zog hektisch die Tür wieder zu. Lena lauschte einen Augenblick dem Geräusch des Schlüssels, das Tablett in den Händen.

Dieser Bastard hätte doch wenigstens die Courage haben können, das Essen für seine Tochter persönlich abzuliefern. Stattdessen opfert er eine Kindsmagd!

Lena weckte Sibilla auf und gab ihr etwas verdünnten Wein zu trinken. Sie fühlte Sibillas Stirn. Sie war heiß. Lena aß und trank etwas, nahm sich eine der vielen Decken vom Bettende und versuchte, auf den Kissen eine bequeme Schlafposition zu finden. *Ob meine Eltern mich schon suchen?* Erschöpft von Angst und Wut schlief sie ein.

Sie wachte auf, als sich jemand am Türschloss zu schaffen machte. Es war noch dunkel draußen. Schemenhaft sah Lena von ihrem Lager aus, wie die Tür aufgestoßen wurde und kleine Kinderarme einen Eimer Wasser, einen Krug und einen Laib Brot direkt neben der Tür an die Wand stellten. Sofort schloss sich die Tür wieder. Lena machte die Augen zu und presste sich wütend die Handballen in die Augenhöhlen, bis Sternchen vor ihr tanzten.

Als sie das zweite Mal erwachte, fiel Tageslicht durch das kleine Fenster. Das Kind in ihrem Leib kickte und sie wälzte sich auf die andere Seite. Nach einer Weile stand sie auf und ging zu Sibilla. Sie glühte nicht mehr.

Als Sibilla erwachte, versorgte Lena sie mit dem Nötigsten, gab ihr zu trinken und einen Bissen Brot, half ihr, sich auf dem Nachttopf zu erleichtern, und fragte sie, ob sie spüre, wie es ihrem Kind im Leib ginge. »Es hat sich gerade bewegt«, sagte Sibilla.

»Wann soll es geboren werden?«, fragte Lena.

»Diese Woche. – Und dein Kind?«

Lena antwortete nicht, sie starrte nur. *Diese Woche?* Sie versuchte, ihre Bestürzung zu überspielen. »Nächsten Monat!«, sagte sie mit fester Stimme.

Sie lächelten sich an.

»Was machen wir denn jetzt mit dem Nachttopf?«, fragte Lena.

»Aus dem Fenster schütten können wir den Inhalt nicht«, sagte Sibilla. »Dafür ist die Fensteröffnung zu klein.« Sie einigten sich darauf, den Nachttopf in der Truhe zu verstauen. Als sie den Deckel öffnete, fand sie darin ein Päckchen. Sie nahm es heraus.

»Das sollte eigentlich ein Geschenk für meine Mutter sein«, sagte Sibilla. »Es ist ein besonderer Stein, ein Chrysolith. Er vertreibt die Melancholie. Aber er ist ja jetzt voller Krankheitsdämpfe.«

»Vielleicht sollten *wir* ihn tragen«, sagte Lena bitter. »Dann sterben wir wenigstens frohen Herzens.«

Sibilla lächelte. Ihr schien es besser zu gehen. Hoffnung keimte in Lena auf. »Vielleicht hattest du einfach nur Fieber und sonst nichts«, sagte sie zuversichtlich. Sie klopfte Sibillas Kissen aus.

Sibilla wirkte noch matt, konnte aber reden, wenn auch nicht mit der gewohnten Lebendigkeit. Stockend erzählte sie von ihrem neuen

Leben in Worms. »Er ist unerträglich«, sagte sie. »Ehrgeizig, kurz angebunden und verbissen.« Sie hielt einen Moment inne, Lena schwieg. »Den ganzen Tag verbringt er in seiner Werkstatt.« Wieder machte sie eine Pause. »Wenn ich ihn denn mal zu Gesicht bekomme, hat er schlechte Laune. Außerdem humpelt er.«

»Was ist so schlimm daran, wenn jemand humpelt?«

»Naja, als Stadtbürger macht es wohl nicht so viel aus. Er ist ja kein Ritter.« Sibilla atmete ein paarmal tief ein und aus.

Lena sagte: »Komm, wir reden später weiter. Du musst dich schonen.«

»Nein. Ich will reden.«

»Wie ist die Stadt denn so?«

»Verrückt. Entweder prügeln sich die Bürger mit dem Rat … oder der Rat protestiert gegen den Bischof.« Sibilla erholte sich wieder kurz und redete dann weiter. »Dann mischt sich noch ein Raubritter mit seinem Heer ein. Gräbt das Wasser ab und erpresst fünfzehntausend Gulden.«

»Wirklich?«

»Das war aber vor meiner Zeit in Worms.« Sibilla schwieg wieder eine Weile. »Es gibt klare Kleiderordnungen, doch niemand hält sich daran. Die Männer schmücken ihren Schritt mit Schleifen und Federn … stopfen sich ihn zusätzlich aus, sodass die Beulen die Größe von Kindsköpfen haben.« Sie lächelte und verschnaufte. »Und sie tragen parfümierte Handschuhe … und legen ihre Haare mit heißen Eisen in Locken.«

Lena kicherte. »Macht dein Ehemann das auch?«

»Peter schert sich nicht um Mode. Leider …«, Sibilla hielt wieder inne. »Ich wünschte, er würde etwas mehr auf sein Äußeres achten.«

Als es dunkel war, hörten sie wieder Schritte im Turm. Diesmal klangen sie schwerer, es musste ein Erwachsener sein. Die Schritte kamen näher und hielten inne. »Sibilla?«, sagte eine verhaltene Frauenstimme, die Lena gleich erkannte.

»Mutter!«

»Wie geht es dir?«, erklang die gedämpfte Stimme.

»Etwas besser«. Sibillas Worte klangen keuchend. »Ich glaube nicht, dass es die Pest ist.«

Ihre Stimme war zu dünn. Ihre Mutter hatte sie nicht verstanden. Lena wiederholte den Satz laut und fügte hinzu: »Wenn es die Pest wäre, würde es ihr jetzt sicherlich schlechter gehen.«

»Braucht ihr etwas?«

»Wie wär's mit Freiheit?«, sagte Lena.

Die Herrin schwieg kurz. »Wir dürfen nichts riskieren. Die Dämpfe sind immer noch ansteckend. Nachts, wenn es dunkel ist, koagulieren sie zwar. Trotzdem müssen wir euch noch eine Weile meiden.«

»Was ist denn ›koagulieren‹?«

»Die Miasmen legen sich auf alle Materialien nieder, sodass sie gebunden sind und die Ansteckungsgefahr nicht so hoch ist wie am Tag. – Braucht ihr etwas?«

»Vielleicht bald eine Hebamme? Was habt Ihr Schlaues für die Geburt geplant? Sollen wir Sibillas Kind hier etwa ganz alleine entbinden?«, rief Lena.

»Wenn sie eine Hebamme braucht, dann ruft uns. Irgendeine Medicina werden wir schon finden. Für genügend Geld tun Leute alles.« Die Herrin hustete. »Ich bete für euch!«

Lena hörte, wie Ottilia die Treppe hinabstieg. Lena ging zu ihrer Freundin, half ihr, sich aufzurichten, gab ihr etwas zu trinken, wusch ihr das bleiche Gesicht und die lila Lippen und sprach ein Gebet.

Am nächsten Vormittag wimmerte Sibilla plötzlich. Lena beobachtete sie scharf. Sibilla drehte sich verkrampft zur Seite, dann entspannte sie sich wieder. Nach einer Weile schien der Krampf wiederzukommen.

»Hast du Wehen?«, fragte Lena.

»Ich glaube schon. Es tut richtig weh«, sagte Sibilla heiser.

Lena erhob sich, so schnell es ihr in ihrem Zustand möglich war, trat zu Sibilla, hielt ihre Hand und versuchte, Zuversicht auszustrahlen, obwohl sie innerlich vor Panik wie ein aufgescheuchter Vogel flatterte. *Heilige Mutter Gottes, steh uns bei!*, betete sie wortlos. *Sibilla ist zu schwach für eine Geburt.* Dann sprach sie ein lautes, ruhiges Gebet, um Sibilla zu besänftigen. Anschließend ging sie zum Fenster. »Bei Sibilla haben die Wehen eingesetzt!«, rief sie, so laut sie konnte.

Niemand antwortete.

»Hallo? Hat mich jemand gehört?«

Eine Stimme schrie zurück: »Ich sage Vater Bescheid!«

Das war wohl Sibillas jüngerer Bruder. Lena schürzte die Lippen. *Es ist nicht gerade beruhigend, wenn ich nicht weiß, mit wem ich rede. Kann ich mich auf Otto verlassen?* In ein paar Augenblicken würde sie noch mal rufen.

Die Zeit verstrich unendlich langsam. Sibilla lag mit geschlossenen Augen auf ihrem Himmelbett. Lena ging in dem kleinen Raum auf und ab. *Welche Gegenstände benötigt man für eine Geburt? Werden sie eine Hebamme finden, die bereit ist, einer Kranken beizustehen?*

Lena stellte sich wieder ans Fenster. »Was ist? Hilft uns jemand?«

Keine Antwort.

Sie wartete wieder eine Weile, versuchte es noch einmal und lauschte. Eine Jungenstimme rief: »Vater ist losgeritten, um eine Hebamme zu holen. – Sag Sibilla, sie muss bis heute Abend durchhalten.«

»Nein, wir brauchen die Hilfe jetzt!«

Keine Antwort.

Wieder durchmaß Lena den kleinen Raum. Sibilla hielt die Augen geschlossen. Womöglich schlief sie sogar.

Vielleicht ist es nur falscher Alarm?

Als die Dämmerung einsetzte, keuchte Sibilla jedoch stärker. Lena stand neben ihrem Bett und hielt ihre Hand. Sie sprachen nicht viel. Lena hatte sich den ganzen Tag lang Gedanken gemacht: *Falls keine*

Hebamme kommt, brauche ich viele Tücher, um all das Blut aufzufangen, Wasser, um das Kind zu waschen, und Decken, um das Neugeborene einzuwickeln. Wird Sibilla genügend Muttermilch haben? Wird denn irgendeine Amme bereit sein, einen Säugling, der aus einer Pestkammer kommt, zu stillen?

Die Gedanken drehten sich im Kreis, begannen von vorne, wirbelten herum, machten sie schwindlig. Sie merkte, dass sie viel zu flach atmete. Tief sog sie die Luft ein.

In ihr zog sich etwas zusammen.

Als es schon dunkel war, machte sich wieder jemand am Schloss zu schaffen. Ein riesiger Vogel betrat den Raum und schloss die Tür wieder. Lena wusste nicht, ob sie schreien oder lachen sollte: Die Vogelgestalt war eine Frau, doch von ihrem Gesicht konnte man nichts erkennen, weil eine eiserne Schnabelmaske nur zwei klaffende Löcher für die Augen offen ließ.

Die Frau band sich ihr Kopftuch ab und stellte ihre große Tasche auf den Boden, ohne ihre Maske abzulegen. Lenas Blick ging zur Tür. Der Vogel hatte vergessen, die Tür wieder zu verriegeln. Jetzt wäre ihre Chance. Sie könnte fliehen.

Und dann? Wohin sollte ich gehen? Nach Hause? Um meine Eltern anzustecken?

Das Band, mit dem die Frau ihre Schnabelmaske zusammengebunden hatte, schob ihr Haar am Hinterkopf in die Höhe. *Ein aufgeplusterter Vogel,* dachte Lena. Das bisschen Haut, das man von ihrem Hals erkennen konnte, wirkte sehr jung. Bestimmt war die Frau nicht älter als sie und Sibilla. *Wahrscheinlich ist sie nur die Gehilfin einer Hebamme. Sicherlich haben sich alle anderen Medicinas geweigert zu kommen.*

Da die Hebamme keine Notiz von Lena nahm, verhielt sie sich still und beobachtete aus ihrer Ecke, wie die Frau die wimmernde Sibilla untersuchte. Ihre eigenen Schmerzen versuchte sie zu ignorieren. Immer wieder ging ihr Blick zur Tür. Doch es wäre unvernünftig, jetzt die Flucht zu ergreifen. In ihr zog sich schon wieder etwas zusammen. Sie hatte versucht, den Schmerz zu vergessen, sich einzureden, dass sie einfach nur Hunger hatte. Doch sie musste aufhören, sich etwas vorzuspielen. *Die Wehen haben eingesetzt. Wahrscheinlich vor Aufregung oder Angst. Der Grund spielt keine Rolle. Der Zeitpunkt ist zu früh.*

Sie lehnte sich gegen die kalte Wand. Die Schmerzen wurden stärker, forderten ihre volle Aufmerksamkeit, sodass alles andere verblasste. Wie von weit her nahm sie wahr, wie die junge Hebamme etwas in ihren Pestschnabel nuschelte. Es klang blechern und dumpf, Lena verstand kein Wort. Aber sie war ohnehin zu keinem klaren Gedanken fähig.

Als die Wehe wieder abebbte, beobachtete Lena die Medicina wieder. Ihre Bewegungen wirkten unbeholfen. Als sie ihre große Tasche näher an Sibillas Bettstätte geholt hatte, war sie sogar gestolpert. Doch wer wollte ihr verübeln, dass sie nervös war? Immerhin war sie zu zwei Kranken geeilt, die unter Pest-Quarantäne standen. Außerdem sah sie wahrscheinlich kaum etwas.

Lena beobachtete stirnrunzelnd, wie die Hebamme mit beiden Händen auf Sibillas Bauch drückte. Sibilla sah aus, als schliefe sie. War sie überhaupt bei Bewusstsein? Lena wäre gerne aufgestanden, hätte sich zu ihr ans Bett gesetzt, ihr gut zugeredet und sie gestreichelt, aber sie konnte sich nicht vom Fleck rühren, weil die nächste Wehe wie eine Welle über sie schwappte. Sie hielt die Luft an. Als sie sich wieder etwas entspannen konnte, verfolgte sie mit großen Augen, wie die Medicina ein Tuch zu einem Schal wickelte und den Schal unter Sibillas Rücken hindurchschob. Sie beugte sich über Sibilla, zog beide Enden über dem gewölbten Bauch zusammen, wickelte beide mehrmals um die Hand, schloss sie zur Faust und drückte mit dem Unterarm auf Sibillas Bauch, als könnte sie so das Kind aus dem Bauch herausdrücken. Lena schloss wieder die Augen, weil sich alles in ihr zusammenzog.

Als sie wieder denken konnte, beobachtete sie, wie die Medicina eine Zange, einen kleinen Spiegel, Nadeln, Garn, mehrere Fläschchen und ein langes Behältnis aus dem Korb nahm. Am Ende des langen Metallgefäßes war ein Schlauch befestigt. Aus einem der Fläschchen goss sie Wasser in den länglichen Behälter. Mit großen Augen beobachtete Lena, wie sie den Schlauch in Sibillas Gebärmutter einführte.

»Was macht Ihr da?«, fragte Lena.

Die Frau wandte ihr den Schnabel zu. Durch die Augenlöcher blickten sie dunkle, unruhige Augen an. Sie murmelte etwas.

»Ich kann Euch kaum verstehen.«

»Taufspritze!«, hörte Lena undeutlich.

»Ihr tauft das Kind im Mutterleib?«

Die Hebamme wandte ihre Aufmerksamkeit wieder Sibilla zu. Sibillas Lippen waren grau. *Vielleicht ist es ganz gut*, dachte Lena, *dass sie nicht ganz bei Bewusstsein ist und nicht versteht, dass ihr Kind in Lebensgefahr ist – und womöglich auch sie selbst.*

Lena krümmte sich wieder vor Schmerzen. Sie keuchte. Erst nach einer Ewigkeit sah sie wieder klar. Hier stand sie vor ihrer Freundin, deren Kind gerade das Taufsakrament im Mutterleib empfangen hatte. Eine nervöse Medicina mit einem wippenden Schnabel drückte verzweifelt auf Sibillas Bauch, und ihr eigenes Kind schien sich ebenfalls entschlossen haben, zur Welt zu kommen. Es war alles zu viel. Sie wollte alleine sein. Während sich die Medicina auf Sibillas Bauch lehnte, schlich sich Lena zwischen zwei Wehen zur Tür und tastete sich im Dunkeln an der Wand entlang zum zweiten Turmzimmer. Sie verharrte kurz, als ihr eine Wehe den Atem raubte, fand dann die Türklinke und stellte zu ihrer Überraschung fest, dass die Tür unverschlossen war.

Der Raum war kalt, feucht und roch nach Qualm und muffigem Fell. Sie tastete sich langsam vor. Mit ihrer linken Hand streifte sie an der rauen Wand entlang, während sie sich in den Raum schleppte. Mit dem Zeh stieß sie an etwas Hartes. Eine Truhe. Sie stützte sich mit den Händen darauf ab. So ließ sich die nächste Wehe besser ertragen.

Die Zeit verging. Sie wusste nicht, wie spät es war. Sie hörte Sibilla brüllen. Immer wieder. *Immerhin ist sie nicht tot,* dachte Lena. Sie selbst weinte, schrie aber nicht. Kündigte sich draußen bereits der Morgen an? Es war ihr gleichgültig. Sie wollte nur, dass dieses Kind endlich aus ihr glitt. Sie stöhnte, schnaufte, wischte sich die Stirn ab. Dann presste sie.

Alleine im Dunkeln brachte sie ihr erstes Kind zur Welt, wie schon ihre Mutter vor ihr. Sie weinte, als sie ihren Sohn in die Arme nahm. Er schrie kurz, dann verstummte er. Schmiere bedeckte seine Haut, seine Haare standen klebrig in alle Richtungen, aber er war warm und er roch gut. Sie lehnte ihren Kopf an die Wand, halb sitzend, halb liegend, und legte das Köpfchen ihres Sohnes an ihren Hals. Ihre rechte Hand lag auf seinem winzigen Rücken und ihre linke Hand auf seinen dünnen Beinchen. Draußen verfärbte sich der Himmel. Sie schaute ihn an. Sah er Horst ähnlich? Sie konnte keine Ähnlichkeit erkennen. Sein Gesicht war fragil und schmal, die Augen zusammengekniffen. *Er ist wunderschön, ein Vögelchen.* Der Mund erinnerte sie an ihren Vater. Sein Haar schien voll und dunkel. *Vielleicht hat er wenigstens das von seinem Vater geerbt.* Er bewegte seine kleinen Finger. *Er soll Horst heißen.* Sie lächelte und küsste ihn auf die Nase.

Die Tür öffnete sich und ein Lichtstrahl fiel auf sie und das Kind. Der Hebammenvogel stand in der Tür, eine Lampe in der Hand. Er sagte irgendetwas. Als Lena fragend zurückblickte, trat die Medicina ein, schloss die Tür, kniete sich neben sie und tastete ihren Bauch ab. Dann band sie eine Schnur um die Nabelschnur und durchtrennte sie mit einem Messer. Sie wischte das Kind mit einem Lappen ab, verband den Nabel, legte ein Windeltuch um den Unterleib des Kleinen und wickelte ihn fest in ein dickes Tuch ein. Sie holte einen Tiegel mit Honig aus ihrer Tasche, tunkte ihren Finger hinein und strich damit über Gaumen und Zahnfleisch des Kleinen. Anschließend wischte sie sich den Finger an ihrer Schürze ab und legte das Bündel feierlich an Lenas linke Seite. Horst nuckelte kurz an Lenas Brust und schlief dann ein.

»Wie geht es Sibilla?«, fragte Lena. Die Antwort verstand sie nicht. Sie war schwach, trotzdem hätte sie der Medicina gerne dieses groteske Ding vom Gesicht gerissen. Wieder sagte die Hebamme etwas, gestikulierte mit den Händen, deutete erst in Richtung Fenster, durch das der dunkle Morgenhimmel schimmerte, dann zeigte sie nach links zur Wand, die an den anderen Raum angrenzte. Sie streckte ihre Hände nach Lena und dem Baby aus. Ihre linke Hand war verschmiert. Lena zögerte kurz, hielt ihr dann aber ihren Sohn hin. Die Hebamme nahm Horst in den linken Arm, half Lena mit der rechten Hand auf und führte sie aus dem Raum. Lenas Beine zitterten, und sie war froh, dass sie sich beim Gehen auf die Hebamme stützen konnte. Sie betraten Sibillas Zimmer. Sibilla lag mit geschlossenen Augen auf dem Bett, neben ihr ein Bündel. War sie tot? Lena ließ die Hebamme los und schwankte zu ihrer Freundin, während sie aus den Augenwinkeln wahrnahm, wie die Frau ihren Sohn auf ein Kissen auf dem Boden bettete. Lena legte Sibilla die Hand auf die Stirn. Sie war warm. Aber ihre Haut wirkte wie graues Papier. Erst jetzt bemerkte Lena das viele Blut im Bett. Sie drehte sich zur Hebamme um. Diese machte eine abwägende Handbewegung, als wollte sie sagen, dass sie nicht wisse, wie es mit Sibilla weiterging.

»Ist die Blutung gestillt?«, fragte Lena.

Die Medicina schüttelte den Kopf. Der Schnabel wippte hin und her.

»Könnt Ihr nichts dagegen tun?«

Wieder streckte die Medicina die Hände aus, mit den Handflächen nach oben. Sie hatte alles getan, was sie konnte, sollte das wohl heißen. Die Frau sammelte ihr Werkzeug ein. Ihrem Korb entnahm sie ein paar Stoffballen und legte sie neben das Bett. Außerdem ließ sie Windeln da. Und drei Säuglingsdecken.

»Nein, Ihr könnt jetzt nicht gehen!«, sagte Lena schnell.

Die Medicina suchte weiter ihre Sachen zusammen, als hätte sie Lena nicht gehört. Lena packte die Frau am Arm. Die Hebamme hielt inne. Ihre Blicke trafen sich. *Ich kann nichts mehr tun*, schienen die

Augen der Frau zu sagen. Dann wandte sie ihren Blick zum Fenster. Lena verstand. Die ansteckenden Dämpfe würden mit dem ersten Sonnenlicht wieder aufsteigen. Trotzdem sagte sie eindringlich: »Ihr könnt Sibilla jetzt nicht alleine hier lassen! Sie verblutet! Wir brauchen Hilfe.«

Die Medicina senkte den Blick, griff nach ihrer Tasche, wandte sich um, rauschte aus dem Raum und schloss die Tür von außen ab.

Lena starrte fassungslos auf die Bretter der Holztür. Hinter ihr maunzte ein Neugeborenes. Sie drehte sich um und blickte von ihrem schlafenden Sohn zu Sibillas Baby. Sie hatte es noch gar nicht beachtet. Sie schlich ans Bett. Sibillas Kind hatte die Augen geöffnet und schien sie direkt anzusehen. Es hatte lange Wimpern und Pausbäckchen. Sie betrachtete das zarte Gesicht und strich ihm dann vorsichtig die Haare aus der Stirn. »Hallo du. Bist du ein Junge oder ein Mädchen?« Das Kind gab einen krächzenden Laut von sich und war dann still. »Ich bete zu Gott, dass deine Mutter überlebt«, flüsterte sie.

Gott muss uns einfach helfen. Sicherlich trifft jeden Moment ein Arzt ein, der Sibilla rettet. Die Medicina hat bestimmt draußen Bescheid gegeben, dass Sibilla schnell Hilfe braucht. Tränen fluteten ihre Augen, sie blinzelte sie weg, fuhr sich mit der Hand über die Wangen, legte sich schwerfällig neben ihr schlafendes Kind und weinte leise.

Sie erwachte, weil beide Babys schrien. Ihr Kopf pochte. Sie sammelte sich kurz, krabbelte dann auf allen vieren zum Wasserkrug und trank zwei Becher. *Was soll ich jetzt tun?* Sie war allein mit zwei Neugeborenen und einer blutenden Wöchnerin. Sibilla brauchte etwas zu trinken. Die beiden Kinder hatten Hunger. Sie stand auf, trat ans Bett und befühlte Sibillas graue Stirn. Sie war lauwarm. Sie hob die Decke an. Alles war voller Blut, es versickerte schon nicht mehr in der Matratze, sondern stand als tiefrote Pfütze auf dem Laken.

»Sibilla!«, flüsterte sie heiser.

Sibilla regte sich nicht. Lenas Tränen tropften auf das Kissen ihrer Freundin. »Nicht sterben, Sibilla, bleib bei mir! Bitte!« Sie rüttelte an ihr. »Du musst etwas trinken! Komm, wach auf!«

Sibillas Kind schrie laut und kräftig. Lena nahm das Bündel hoch. »Es wird alles gut!«, flüsterte sie schluchzend.

Sie setzte sich mit den beiden Kindern vors Bett, lehnte sich an, zog ihr Kleid über den Schultern herab, legte sich ein Kissen auf den Schoß und versuchte, beide Babys gleichzeitig anzulegen. Sie hatte schon oft stillende Mütter gesehen, so schwierig konnte das ja wohl nicht sein. Sibillas Kind fand die Brustwarze und sog kräftig. Horst war jedoch schon wieder eingeschlafen. »Komm, du musst etwas trinken!«, flüsterte sie.

Als beide Babys wieder schliefen, beugte sie sich über Sibilla. Mit jeder Minute schien mehr Leben aus ihr zu sickern. Entschlossen ging sie zum Fenster. »Sibilla verblutet! Wir brauchen Hilfe!«, schrie sie in den Hof.

Keine Antwort.

»Sibilla verblutet!«, rief sie. Ihre Stimme überschlug sich. Sie wartete eine Weile. »Hört mich jemand?«

»Ja, ich habe dich gehört«, rief eine Stimme.

»Irmela?«

»Ja, ich bin's! Wie geht es dir?«

Ein tiefer Schluchzer kam aus Lenas Kehle. Sie räusperte sich. Dann rief sie: »Wir haben unsere Kinder bekommen – falls es jemanden interessiert. Aber Sibilla liegt im Sterben! Sie braucht einen Arzt. Irmela, du musst einen Arzt holen, hörst du? Und sage meinen Eltern, dass sie für meinen Sohn beten sollen.«

Irmela antwortete etwas, das Lena nicht verstand. Dann schien sie verschwunden. Lena wartete eine Weile. Als sie nichts mehr hörte, legte sie sich auf den Boden vors Bett und hielt Sibillas kalte Hand.

Nach einer Weile stand sie auf und wickelte Sibillas Baby aus der Verschnürung. Es war ein Junge. »Wie sie dich wohl nennen werden?«, flüsterte sie. Der Kleine blinzelte sie neugierig an, öffnete und schloss seine Händchen. Sie streichelte über seinen Bauch und wickelte ihn wieder ein. Draußen rief jemand etwas. Sie stand wieder auf und ging zum Fenster. Es war die Herrin.

»Was ist mit Sibilla?«, rief Ottilia.

»Sibilla verblutet. Wir brauchen einen Arzt!«

»Der Herr ist schon losgeritten, um jemanden zu finden! Ich werde jetzt ebenfalls losreiten!«

Lena war überrascht, antwortete jedoch nicht. Nachdenklich blickte sie auf ihren kleinen Sohn, der auf dem Boden auf einem Kissen lag. Sie erkannte, dass sie die Angst genau nachfühlen konnte, die Sibillas Mutter jetzt empfand. Natürlich würde sie sich persönlich darum kümmern, dass ihrer Tochter geholfen wurde. Lena ging zu Horst und versuchte ihn wieder an ihre Brust anzulegen. Doch er wachte nicht auf. Langsam begann sie sich Sorgen zu machen. Die Sonne kroch hinter den Fensterrahmen. Die Zeit verging. Niemand kam. Kümmerte sich überhaupt jemand um sie? Sie war erschöpft, trank wieder etwas und legte sich auf den Boden. Als sie aufwachte, schliefen die Babys friedlich. Doch irgendetwas war anders. Eine Ahnung überkam sie. Unendlich langsam erhob sie sich und trat vorsichtig an Sibillas Bett.

Sie sah es auf den ersten Blick. Sie musste Sibilla nicht erst berühren. Reglos stand sie am Bett. Nach einer Ewigkeit ließ sie sich auf die Bettkante sinken. Starr saß sie da, ihre tote Freundin betrachtend. Sie streckte die Hand nach ihr aus, zögerte kurz, berührte dann die spröde, graue Haut und streichelte sie sanft.

Frau Ottilia rief wieder etwas vom Hof herauf. Lena wusste, dass sie nicht aufstehen und über den Hof brüllen konnte. Nicht einmal flüstern konnte sie die Worte.

Sie schwieg bis zum nächsten Morgen. In der Nacht kam niemand.

Als die Sonne schon längst hoch am Himmel stand, wurde Lena klar, dass mit ihrem Sohn etwas nicht stimmte. Er trank nicht, er dämmerte nur vor sich hin, öffnete seine Äuglein nicht. Sie nahm ihn in den Arm, streichelte ihn und weinte, bis keine Tränen mehr kamen. Ihr

Kopf war leer. Nicht einmal ein Gebet konnte sie sprechen. Sie versuchte, ihm die Brustwarze in den Mund zu schieben, aber er regte sich nicht.

Als auch die tiefen Schluchzer verebbten, stillte sie Sibillas Sohn, ging mit Horst im Arm wieder ans Fenster und schrie mit belegter Stimme: »Ihr habt es geschafft. Nicht die Pest hat Sibilla getötet, sondern ihr! Und jetzt lasst mich gehen!«

Ich will nach Hause, ich will zu meiner Mutter, will um Sibilla weinen und hören, wie mir Vater versichert, dass mein Sohn leben wird.

Sie drehte sich vom Fenster weg und stand unschlüssig im Raum. *Horst muss getauft werden! Jetzt. Sofort. Bevor es zu spät ist.* Sie drehte sich um und brüllte in den Hof: »Wir brauchen einen Priester! Jetzt! Schließt sofort das Zimmer auf und lasst mich gehen! Wir haben nicht die Pest!«

Niemand antwortete. Sie lehnte sich mit der Stirn an die Wand neben dem Fenster und schloss die Augen. Mit einer Faust hämmerte sie gegen die Steine. Sibillas Sohn begann zu schreien. Sie trat zu ihm, wechselte den Kindern die Windeln, legte die verdreckten Tücher in die stinkende Truhe und ließ vor Erschöpfung den Deckel zufallen, sodass Sibillas Sohn wieder zu schreien begann. Sie nahm beide Kinder auf und lief wie ein Tier im Käfig auf und ab. Sie musste Horst fürs ewige Leben retten. Wenn Gott ihn schon nicht für dieses Leben auf der Erde rettete.

»Lass ihn trinken, lass ihn zu Kräften kommen.« Sie sprach die Worte verzweifelt, aber sie glaubte nicht mehr. Sie fühlte, dass Gott oder die Heiligen ihren Sohn nicht retten würden, entweder weil Gott nicht so mächtig war oder weil er sich nicht für sie und ihr Kind interessierte. Der Grund machte keinen Unterschied.

Während Sibillas Sohn die Fäuste ballte, atmete ihr Kleiner immer flacher.

Wieder ging sie zum Fenster. »Bitte, einen Priester!« Ihre Stimme brach. Ihr wurde plötzlich bewusst, dass Sibilla keine Gelegenheit gehabt hatte, sich nach der Geburt mit der Kirche auszusöhnen. »Und falls es jemanden interessiert: Eure Tochter ist tot!« Sie hatte keine Kraft mehr zu rufen.

Das ist allein die Schuld des Burgherrn. Und die der Hebamme. Die nervöse junge Frau hatte die Situation völlig falsch eingeschätzt: Sie hatte Sibillas Sohn, den Stärksten hier im Raum, im Mutterleib mit Weihwasser bespritzt – und dann nicht einmal einen Priester für die Sterbende rufen lassen.

Es wird alles gut. Beruhige dich. Es wird alles gut. Horst begann, unregelmäßig zu atmen. Die Abstände, in denen er Luft holte, wurden immer länger. *Das ist normal, oder? Oder nicht? Es wird alles gut. Es wird alles gut.*

Lena drückte Horst an sich, setzte sich mit ihm an den Bettpfosten und starrte an die Wand. »Komm, atme! Trinke! Es wird alles gut.« Ihre Stimme brach. *Es wird alles gut.*

Seine Brust hob sich kaum noch. Sie biss sich auf die Lippen, um irgendetwas anderes zu spüren. Auch wenn es wieder ein Schmerz war. Sie starrte an die Wand, um ihm nicht beim Sterben zusehen zu müssen. Ihre Finger lagen auf seiner winzigen Brust. *Atme. Atme.* Nach jedem seiner Schnaufer hielt sie den Atem an, bis er wieder Luft holte. Dann lagen ihre Finger still.

Zurück blieb eine Mutter ohne Kind, ein ausgehöhltes Wesen, ohne Geist. Dachte nichts. Fühlte nichts. Die Zeit verrann.

Reglos saß Lena vor dem Bett, ihren toten Sohn im Arm. Hinter ihr gluckste ein Kind. Sie drehte sich um und sah Sibillas Sohn lange an. Er schien ihre Augen zu suchen, öffnete und schloss den Mund. Sie streckte die Hand aus, spürte den Herzschlag des Kleinen, doppelt so schnell wie ihr Puls. Sie schloss die Augen und konzentrierte sich auf den Rhythmus seines Herzens, während ihr Sohn in ihren Armen immer kälter wurde.

Als draußen die Dämmerung einsetzte, drang ein Rufen in ihr Bewusstsein: »Lena! Lena, hörst du mich?«

Ihre Augen öffneten sich. *Vater!* Sie fuhr sich mit dem Ärmel übers Gesicht, strich die zerzausten Haare zurück, lief zum Fenster: »Hier! Ich bin hier! Wir haben nicht die Pest, Vater!«

»Ich komme hoch!«, rief er.

Sie hörte, wie er die Treppe heraufrannte, den Schlüssel im Schloss drehte. Atemlos erschien er im Türrahmen. »Er hat behauptet, ihr hättet die Pest. Ich bin so froh, dass du lebst!«

Sie fiel ihm um den Hals. Er drückte sie behutsam an sich. Eine Weile standen sie so da, während ihre Tränen sein Hemd durchnässten. Sie löste sich von ihm.

Er sah sie liebevoll an, dann richtete er sein Augenmerk auf Sibilla. »Ist sie tot?«, fragte er.

Lena nickte.

»Was ist mit deinem Sohn?«

In diesem Moment polterten Schritte auf der Treppe. »Das ist der Arzt«, sagte ihr Vater.

Ein blonder Mann, Pestmaske vor dem Gesicht, betrat den Raum. Er ging zu Lena und besah sich ihr Gesicht. Sie machte einen kleinen Schritt zurück. Der Arzt trat an ihre Seite und bog ihr Ohr nach vorn. »Habt Ihr Beschwerden? Hautveränderungen am Körper?«, hallte seine Stimme blechern.

Lena schüttelte seine Hand von ihrem Kopf ab. »Nein«, sagte sie laut.

Er ließ von ihr ab, trat ans Bett der Toten, hob die Decke, untersuchte Sibillas Haut, ihre Achseln und ihre Leisten. Er nahm sich die Maske vom Gesicht. »Das ist nicht die Pest. – Das hätte mich auch gewundert, denn auch in Worms gibt es keine Pest.« Er ging zur Tür und rief: »Es ist nicht die Pest!«

Stimmen auf der Treppe. Lena erkannte den Ritter, seine Frau und eine fremde, sonore Männerstimme.

»Der Priester kommt«, sagte ihr Vater.

Sie kniff die Lippen zusammen. »Ich will hier weg, Vater«, sagte Lena.

»Nimm deinen Sohn. Wir gehen.«

Lena schaute zu Horst. Der Priester kam zu spät. Sie schob die Frage, wo seine ungetaufte Seele jetzt war, von sich, denn sie wusste, die Antwort würde sie in die Dunkelheit reißen. Sibillas Baby begann wieder zu schreien. Sie hatte das Kind nicht wieder eingeschnürt und es hob beim Schreien die kleinen Fäustchen. Ihr Blick ging von Sibillas Kind zu ihrem Sohn und wieder zurück. Sie schob ihr Kinn vor. Ihr Herz schlug ihr bis zum Hals, als sie Horst vom Kissen hob und ihn ein letztes Mal auf die Stirn küsste. Wie einen wertvollen Schatz bettete sie ihn an Sibillas Seite. Dann hob sie den schreienden Säugling vom Boden auf, wiegte ihn im Arm und sagte zu ihrem Vater: »Lass uns gehen.«

In diesem Moment betraten der Burgherr, Ottilia und der Priester den Raum. Mit erhobenem Kinn trug Lena Sibillas Sohn an seinen Großeltern vorbei. »Ihr könnt Mutter und Kind gemeinsam vor der Friedhofsmauer beerdigen«, sagte sie kalt, als sie an ihnen vorbei zur Tür schritt. »Und in der Truhe da hinten sind die Fäkalien von vier Personen!« Sie nahm die Hand ihres Vaters, umklammerte Sibillas Sohn fester und verließ den Raum. »Sibilla ist nicht an der Pest gestorben«, rief sie im Gehen, »Ihr und ihr Ehemann habt sie auf dem Gewissen und das tote Baby an ihrer Seite ebenso!«

KAPITEL 19

Heidelberg

Heinrich saß im Saal der Artistenfakultät der Universität Heidelberg, umgeben von Ordensbrüdern. Weiter vorne saß der Mönch, nach dem alle Anwesenden die Köpfe reckten. Bruder Martinus.

Heinrich freute sich darauf, Martinus beim Streitgespräch zuzuhören, seiner Kritik am Ablasshandel und der Verteidigung seiner fünfundneunzig Thesen.

Die Ordensbrüder, die Bruder Martinus von früheren Konventen persönlich kannten, hatten ihn als unscheinbar beschrieben. Ruhig, intelligent, blass, eifernd nach Gott.

Als sich Bruder Martinus erhob, verstummten alle. Der Pedell der Universität klopfte mit dem Zepter, der Generalvikar Johannes von Staupitz sprach ein paar Worte zur Begrüßung. Die Atmosphäre war gefüllt von gespannter Erwartung. Martinus trat neben den Generalvikar. *Ich finde ihn weder in sich gekehrt noch blass*, dachte Heinrich. Breitbeinig stellte sich Martinus vor seine Zuhörer – Ordensbrüder, Mönche anderer Orden, Doktoren und Studenten der Theologie und der Artistenfakultät. Mit klarer Stimme und einem streitlustigen Funkeln in den Augen begann er, seine Thesen vorzutragen. Es waren nicht die fünfundneunzig Thesen, die er in Wittenberg angeschlagen hatte. Er erwähnte den Ablasshandel mit keinem Wort.

»Wenn man durch eigene Kraft zur Gnade zu gelangen versucht, häuft man noch mehr Sünde an«, rief Martinus. Überraschte Zwischenrufe ertönten. Er ging nicht auf sie ein, sondern sprach weiter.

»Nicht, wer viel Werke tut, ist gerecht, sondern wer ohne Werk viel an Christus glaubt.« Heinrich stockte der Atem. Jemand lachte.

Rufe wurden laut, doch die Worte entgingen Heinrich, weil er nicht glauben konnte, was Martinus da gerade gesagt hatte. Die beiden jüngeren Studenten neben ihm, die sich ihm als Martin Bucer und Johannes Brenz vorgestellt hatten, hielten mit dem Schreiben inne. Ein junger Doktor aus der letzten Reihe rief: »Wenn das die Bauern hören, steinigen sie Euch!«

Luther lachte und erwiderte: »Und wenn das die Priester hören, fallen sie vor Schreck um und bleiben für immer liegen! Weil sie nichts mehr zu tun haben!«

Tumult brach aus. Heinrich blieb sitzen. *Es kann doch nicht sein, dass Werke nichts zählen. Ob der Orden Martinus nun exkommunizieren wird?* Andererseits war der Generalvikar sicherlich schon länger in Bruder Martinus' Gedankengänge eingeweiht. Bemerkenswerterweise hatte er Martinus trotzdem den Vorsitz über diese Disputation gegeben. Heinrich lehnte sich stirnrunzelnd auf der Bank zurück. Er wusste nicht, was er davon halten sollte. Fast sein ganzes Erwachsenenleben hatte er dieser Institution, diesem Orden, diesen Brüdern vertraut. Und plötzlich ließen sie zu, dass Martinus so etwas verkündete?

Am Abend, als die Disputation längst beendet war und Heinrich aus dem Universitätsgebäude auf die Gasse trat, erblickte er im Vorbeigehen Bruder Martinus durchs offene Fenster in einem der kleineren Hörsäle. Im Schein einer Lampe redete er mit einem Dutzend junger Mönche, darunter auch sein Sitznachbar, der Dominikaner. Er musste lächeln, als er die Konzentration in ihren jungen Gesichtern sah. *Ich wünschte, ich wäre noch einmal so jung wie sie. Dann müsste ich jetzt nicht darüber nachsinnen, ob ich mich mein ganzes Leben lang geirrt habe.*

Laubenheim, Mai 1518

»Bist du sicher, dass das eine gute Idee ist?«, fragte Bruder Heinrich, als sie sich dem Haus der Stroms näherten.

Lisbeth nickte. »Ja, sie braucht Beistand und Euer Gebet. Selbst wenn sie heute vielleicht nicht mit Euch reden will, tut es ihr dennoch gut, wenn sie Euch sieht.«

Heinrich war immer noch skeptisch. Lisbeth hatte ihn am Waldrand abgepasst und ihn überredet, mit ihr ins Dorf zu kommen – auf die Wöchnerinnenfeier ihrer Tochter. »Ich mache mir Sorgen um Lena«, hatte sie gesagt, »seit der Geburt des Kleinen redet sie kaum noch. Sie ist melancholisch. Bitte sprecht mir ihr.«

»Jetzt?«, hatte er gefragt.

»Der Zeitpunkt ist nicht ideal. Aber Ihr seid so selten hier, wenn nicht jetzt, wann dann?«

Sie hatte ihn angesehen, nicht bettelnd, sondern eher beunruhigt. Ihr Blick hatte ihn schon immer berührt. Er hatte geseufzt und sich überreden lassen – und bereute es bereits.

Sie bogen auf den Weg, der zum Haus der Stroms führte. Heinrich ging langsamer. Er hatte keine Lust, sich unter ausgelassene Frauen zu mischen, und ärgerte sich bereits, dass er nicht Nein gesagt hatte. *Liegt wahrscheinlich daran, dass ich seit Heidelberg nicht mehr weiß, was ich glauben soll.* Dabei musste er sich jetzt auf die Menschen konzentrieren, die ihn brauchten.

Lisbeth ließ ihn zuerst eintreten. Lautes Reden, Lachen und Musik tönten ihm entgegen. In der Wohnscheune und in den angrenzenden Räumen, deren Türen weit offen standen, tummelten sich sicherlich an die zweihundert Frauen und Kinder. Während Lisbeth ihn durch die Grüppchen schob, musterten ihn die Frauen überrascht. Ein Kind stürmte vorbei und verfing sich in seiner Kutte.

Lena saß auf einer Bank in der Ecke, das Kind im Arm. Rechts und links von ihr hatten zwei junge Frauen Platz genommen, die sich lachend über sie hinweg unterhielten.

»Ich hole Euch etwas zu essen«, sagte Lisbeth und verschwand im Getümmel.

Er schritt auf Lena zu, blieb vor ihr stehen und lächelte. »Ich gratuliere dir zu deinem Sohn!«

Lena hob den Blick. Unter ihren Augen lagen braune Halbmonde, ihre Pupillen musterten ihn stumpf. »Danke«, sagte sie tonlos.

»Wann ist die Taufe?«

»Er wurde schon getauft – im Mutterleib«, antwortete Lena.

»Erhält er den Namen des Heiligen oder den seines Vaters?«

»Ich nenne ihn Ivo, nach dem Heiligen des 24. Aprils, seines Tauftages.«

Der 24 April. An diesem Tag hat Luther seine Disputation in Heidelberg gehalten. Immer wieder kehrten seine Gedanken zu Bruder Martinus' Worten zurück – zu ungeheuerlich war diese neue Lehre. Doch jetzt musste er sich konzentrieren. Die Menschen brauchten ihn. »Darf ich mich zu dir setzen?«, fragte er.

Lena nickte und rutschte zur Seite. Ihre Freundinnen standen auf und ließen sie allein.

Lena und er saßen eine Weile nebeneinander und blickten durch die Menge hindurch zu den drei Frauen, die in der gegenüberliegenden Ecke auf ihren Flöten spielten. »Was bedrückt dich, Lena?«

Sie antwortete nicht gleich, sondern senkte den Blick und betrachtete das Kind.

Er schwieg. Das war er gewohnt. Endlich wandte ihm Lena den Kopf zu. Der Ausdruck ihrer Augen hatte sich verändert. Sie waren nicht mehr stumpf, sondern voller Gefühle, die er nicht einzuordnen wusste. »Dieses Kind hier ist nicht mein Kind.«

»Lena, viele Frauen empfinden ihr Kind zunächst als fremd.« Er lächelte sie an. »Glaub mir, sie geben es nicht zu, sie sagen, dass sie sich sofort mit ihrem Kleinen verbunden fühlten, aber sie sagen nicht die Wahrheit. Manche lehnen ihr Kind sogar offen ab.«

»Nein. Das ist es nicht. Er ist wirklich nicht mein Sohn.«

»Mach dir keine Sorgen. Womöglich fühlte selbst Maria genau so, wie du fühlst. Warte ab, es wird sich alles fügen.« Ein Schatten fiel auf ihn. Es war Lisbeth, die ihm ein großes Stück Brot und eine Wurst hinstreckte.

Er wollte nicht unhöflich sein und wandte sich ihr dankend zu. Im gleichen Moment stürmte Lena mit dem Kind davon. Stirnrunzelnd blickte er ihr nach.

Lisbeth sah ihn fragend an.

»Ich muss wohl etwas Falsches gesagt haben.« Ratlos blickte er sie an. »Es ist sicher nicht einfach für sie, nach allem, was sie erlebt hat.«

Jemand rief nach Lisbeth und sie ließ ihn alleine.

Er seufzte. Es bedrückte ihn, dass das Gespräch eine falsche Wendung genommen hatte. *Ich rede später noch einmal mit ihr.* Nachdenklich lehnte er den Hinterkopf an die Wand und betrachtete die schwatzenden und lachenden Frauen. Sie feierten heute trotzig das Leben, mit vom Munde abgespartem Essen. Ihre Gesichter waren vom Leben gezeichnet, ihre Haut faltig, ihre Münder zahnlos, obwohl sie noch nicht alt waren, ihr Auftreten stolz und zäh. »Erzählt das mal den Bauern!«, hatte der junge Doktor in Heidelberg gerufen. *Ja, was würde geschehen, wenn man es den Bauern erzählte?*

Lena dachte an Horst und ihr Kind, wenn sie morgens die Augen aufschlug, wenn sie zum Brunnen ging, wenn sie Feuer machte, wenn sie sich abends das Haar kämmte. Sie bat ihre Mutter, ihr andere Aufgaben als Kochen zuzuteilen.

Während sie Ivo stillte, streichelte sie sein Köpfchen, fuhr durch sein flaumiges Haar. Er wandte den Blick zu ihr und sah sie mit großen Augen an, während er weitersaugte. Sie dachte an ihr totes Kind, stellte sich vor, wie es wohl mit sechs Monaten ausgesehen hätte. Manchmal ließ sie die Tränen zu, manchmal versuchte sie, sie wegzublinzeln. Wenn eine Träne auf Ivo tropfte, hörte er auf zu saugen, sah sie an, dann suchte er wieder nach ihrer Brustwarze. Sie verließ das

Haus nie ohne ihn, band ihn sich auf den Rücken, wenn sie die Ziegen auf die Weide trieb oder im Wald Stöcke sammelte. Ihre Mutter sagte, sie benehme sich schlimmer als eine Glucke, und Lena zwang sich dazu, Ivo ab und zu in seiner Wiege zu lassen, wenn sie Wasser holte. Sobald sie mit den Eimern das Haus betrat, stellte sie sie ab und lief zu ihm. Wenn er wach war, lachte er sie mit seinen vier Zähnen an. Als er zu krabbeln begann, beaufsichtigte Lena ihn von morgens bis abends, um ihn vom Feuer fernzuhalten. Sie sang ihm Lieder vor und gab ihm Buttermilch mit teurem Honig zu trinken. Ihre Mutter war der Meinung, dass sie Ivo verwöhne. »Er wird einmal ein Bauer werden, da muss er auch Unangenehmes aushalten können.« Lena wollte diese Worte nicht hören, aber abends im Bett gestand sie sich ein, dass ihre Mutter recht hatte. Lena war klar, dass sie ihn verwöhnte, weil sie ein schlechtes Gewissen hatte.

Die Jahreszeiten kamen und gingen, Ivo begann zu laufen, verfolgte auf seinen krummen Beinchen im Hof die Hühner, fiel hin und weinte. Sie tröstete ihn, küsste ihn und stellte ihn wieder auf die Füße. Jauchzend rannte er weiter.

Jeden Abend dachte sie vor dem Einschlafen an Horst, stellte sich seine warmen, braunen Augen vor, sein Lachen, die besondere Art und Weise, wie er das Messer gehalten hatte.

Nach einer Weile stand sie auch wieder in der Küche, zerrieb getrocknete Erbsen und knetete neue Kräutermischungen in den Fladenteig. Sie nutzte die Zeiten, in denen der anderthalbjährige Ivo Mittagsschlaf hielt, um Fleisch zum Trocknen vorzubereiten oder neue Soßen mit Färberdistel und Kalmuswurzel auszuprobieren.

Eines Mittags hängte sie gerade Hühner auf die Leine in der Räucherkammer, als es hinter ihr polterte. Etwas rumpelte die Treppe hinunter. Sie eilte zur Stiege. Unten lag Ivo leblos vor dem Treppenabsatz. Sie hastete mit einem Schrei hinunter, ließ sich neben ihm auf die Knie fallen und hob ihn hoch. Schnell legte sie ihre Hand auf seine Brust. Sein Herz schlug. Gott sei Dank! Seinen Körper hatte sie auf ihre Knie gelegt, der kleine Kopf ruhte in ihrer Armbeuge. Sie klopfte ihm auf die Bäckchen. »Wach auf, mein Schatz, bitte wach auf.« Ivos Lider flatterten, er öffnete die Augen einen Spaltbreit, schloss sie wieder, öffnete sie, sah Lena benommen an, atmete schneller und begann dann zu schreien.

Sie wiegte ihn in den Armen und streichelte ihn, während sie mühsam versuchte, die Tränen zurückzuhalten, um ihn nicht noch mehr zu ängstigen. Er schrie und begann um sich zu schlagen. Sie trug ihn umher, versuchte sein wildes Schreien mit sanften Worten zu beruhigen, doch er hörte sie nicht. Sie wiegte ihn, küsste ihn, redete mit ihm. Nach einer Ewigkeit ging sein Weinen in Wimmern über. Sie bot ihm etwas Buttermilch an und er trank. Dann legte sie sich mit ihm ins Bett.

Sein Kopf war rot, er war erschöpft vom Schreien. Sie zog ihn vorsichtig aus und untersuchte seine Arme und Beine. Seine Glieder schienen in Ordnung. Auf einmal schrie er wieder, stützte sich auf und erbrach sich auf das Leintuch. Er keuchte und begann wieder zu weinen. Sie wusch ihn, wickelte eine Decke um ihn und trug ihn in die Stube, wo sie sich mit ihm auf den Boden setzte und sich an die Wand lehnte. Sein Weinen ging in ein erschöpftes Jammern über.

Er hätte tot sein können, dachte sie. *Ich hätte ihn nicht alleine in seinem Bettchen lassen dürfen. Wenn er jetzt tot wäre, wäre es meine Schuld. Vielleicht hat er es bei mir wirklich nicht besser als bei seinem Vater oder seinem Großvater.* Sie streichelte über seinen verschwitzten Kopf. *Ich bin eine schlechte Mutter. Und ich verdiene dieses Kind nicht.*

Natürlich nicht, es gehört mir nicht.

Burg Laubenstein, Oktober 1520

Gerold von Laubenstein saß am großen Eichentisch in der Kemenate, ein dünnes Heftlein in den Händen. Er hatte es heute von Richard von

Hagen geschickt bekommen, mit den Worten: »Schau dir das an, lieber Freund!«

Auf dem Heftchen stand in großer Schrift: *An den christlichen Adel deutscher Nation.*

Gerold las eigentlich nicht gern. Aber da Richard von Hagen ihm diese Lektüre ausdrücklich ans Herz gelegt hatte, schien sie wohl wichtig zu sein.

Die Schrift war zwar an den Adel gerichtet, doch Gerold war nicht so naiv zu glauben, dass er und seinesgleichen zu den Adressaten zählten. Dieser Luther wandte sich an die höchsten weltlichen Stellen, den Kaiser und die Fürsten, diejenigen, die Politik machten. War der Kerl mittlerweile so verzweifelt, dass er Hilfe von oben suchte, weil ihn von unten keiner unterstützte? Gerold begann zu lesen.

Der Text war gar nicht so langweilig, wie er gedacht hatte. Dieser Doktor Luther schrieb prägnant und herausfordernd und … mutig! Gerold hob die Augenbrauen.

> *Man hat's erfunden, dass Papst, Bischöfe, Priester und Klostervolk der geistliche Stand genannt wird, Fürsten, Herrn, Handwerks- und Ackerleute der weltliche Stand. Das ist eine sehr feine Erdichtung und Trug. Doch soll niemand deswegen schüchtern werden, und das aus dem Grund: Alle Christen sind wahrhaftig geistlichen Standes und ist unter ihnen kein Unterschied.*

»Hol mich doch der Kuckuck«, sagte Gerold halblaut. Dieses Doktorlein wollte doch tatsächlich die Ständegesellschaft durcheinanderwerfen. Alle seien gleichen Standes, stand hier schwarz auf weiß. Die Priester hätten kein Recht auf Sonderbehandlungen, hieß es weiter.

Wohin wollte dieses Doktorlein? Die Welt war schließlich klar aufgeteilt: An der Spitze der Gesellschaft stand der Klerus, unfehlbar, unantastbar. Der Adel eine Stufe darunter, die Basis bildeten die Bauern. Noch nie hatte jemand diese göttliche Ordnung hinterfragt.

Gerold lehnte sich zurück und fuhr sich durch sein langes Haar, das mit den Jahren dünner geworden war. *Das Rad der Fortuna dreht sich also weiter,* dachte er zufrieden. *Mit etwas Glück werden die Ritter auf dem Rad wieder nach oben getragen werden, wie in alten Zeiten.*

Man musste das Ganze eventuell etwas antreiben. Vielleicht, indem man diesem Luther unter die Arme griff?

Gerold las die Schrift zu Ende. Sein Freund Richard hatte handschriftlich etwas hinzugefügt. *Sickingen schmiedet Pläne, den Reformisten zu unterstützen.*

Gerold lehnte sich zurück und legte die Fingerspitzen aneinander. War es ratsam, sich mit Sickingen in Verbindung bringen zu lassen? Immerhin war dieser Kerl überall gefürchtet, auch beim Kurfürsten. Oder war es besser, erst einmal die Reaktion des Kurfürsten auf Luthers Schrift abzuwarten? Er trommelte eine Weile mit den Fingern auf den Tisch. Dann stand er auf. Er würde schon eine gute Lösung finden und für sich selbst das Beste aus diesem Luther herausschlagen.

Worms

Es regnete schon seit mindestens einer Stunde, und trotzdem musste sich Peter Schöffer seinen Weg durch die Menge auf dem Neumarkt bahnen. Das war ungewöhnlich, doch nichts ging im Moment mehr seinen gewohnten Gang, seit die Städter wussten, dass in einem Monat der Kaiser eintreffen würde. Es mussten Unterkünfte und Stallungen für viertausend Besucher und ihre Pferde vorbereitet werden. Sie alle würden sich ab Januar zum Reichstag in eine Stadt zwängen, die selbst nur siebentausend Bewohner zählte.

Eine junge, blonde Frau mit einem weinenden Kleinkind auf dem Arm kam ihm entgegen. Das Kind barg sein Gesicht an ihrer Schulter, sie hatte ihren Arm tröstend an seinen Hinterkopf gelegt. Wenn sein Sohn noch leben würde, wäre er jetzt ungefähr so alt wie dieser Kleine.

Er konzentrierte sich wieder auf die Pflastersteine, um den Pferdeäpfeln auszuweichen.

Von Weitem hörte er eine erhobene Stimme. Als er sich dem Friedhof von St. Johannis näherte, sah er auch, wem sie gehörte. Ein Mönch stand vor der Kirche auf einem Karren und predigte lauthals zu einer Gruppe von Menschen. Einige Passanten, die auf dem Weg zum benachbarten Dom waren, drehten im Vorbeigehen den Kopf, eilten jedoch weiter. Peter wunderte sich, dass überhaupt jemand stehen blieb – bei dem Wetter, und bei der Botschaft. Weiter hinten beschimpfte jemand den Redner und ging dann weiter. Der Mönch ließ sich nicht beirren. »Hört ihr nicht die Stimmen eurer klagenden Eltern? Hier hinter mir liegen sie begraben. Aber ihre Seelen sind schon lange im Fegefeuer! Zu lange. Sie sagen: Habt Erbarmen, wir erleiden schlimme Strafen! Davon könnt ihr uns erlösen mit einer kleinen Gabe!«

Jemand warf einen Apfel nach dem Mönch. »Niemand will Euer Geschwätz hören!«, rief eine Stimme. Der Apfel traf den Mönch am linken Arm, sprang dann auf den Boden und kullerte vor Peters Füße. Er machte einen großen Schritt darüber. Ein kleines Mädchen mit schwarzen Dreckstreifen im Gesicht hob den Apfel auf und flitzte davon.

Kurz darauf erreichte Peter das Haus von Balthasar Weber in der Kleinen Wollgasse. Webers junge Tochter öffnete die Tür. Ihr Haar war vorne gescheitelt und am Hinterkopf zu einem riesigen Turm frisiert. An ihrem perlenbesetzten Haarnetz, das sie über das Flechtwerk gestülpt hatte, baumelten Stofffransen, die ihren langen, weißen Nacken streichelten. So hatte er sie noch nie gesehen. Sie lächelte ihn an und senkte dann sittsam den Blick.

Er trat in die Stube. Am Tisch lasen Balthasar Weber und ein weiterer Gast in einem Heftlein. Der Gast war Bruder Heinrich – Sibillas Onkel. Peter freute sich. *Das wird ein interessanter Abend.* Vor allem, da die beiden über Luthers Schrift *An den christlichen Adel* gebeugt waren. Er hatte sie auf den ersten Blick erkannt. Der Anblick dieser

Schrift versetzte ihm immer wieder einen Stich, obwohl er sich das nicht gerne eingestand. Das unbehagliche Gefühl hatte nichts mit dem Inhalt zu tun – es war das Unglaublichste, Spannendste, Mutigste, was er jemals gelesen hatte. Was ihn umtrieb, war der Gedanke daran, wie sich wohl Luthers Drucker gefühlt haben musste, als er die ersten viertausend Exemplare zusammengebunden hatte. Er ärgerte sich immer noch, dass er damals nicht die fünfundneunzig Thesen nachgedruckt hatte.

Er begrüßte die Männer herzlich und setzte sich zu ihnen. Bruder Heinrichs Wangen glühten, seine Augen funkelten.

»Hört euch das an«, sagte Balthasar Weber:

»›Hat man die Papisten mit der Heiligen Schrift tadeln wollen, setzen sie dagegen, es gebühre niemandem, die Schrift auszulegen, als dem Papst. Sie wollen allein Meister der Schrift sein, ob sie schon ihr Lebelang nichts drinnen lernen.‹

Während des Lesens fuhr er mit dem Finger über das Papier.

›Sie gaukeln uns mit unverschämten Worten vor, der Papst könne nicht im Glauben irren, können aber nicht einen Buchstaben des Beweises dafür vorzeigen.‹

Er sah auf und blickte Peter und Heinrich erwartungsvoll an. »Anscheinend steht nirgends in der Bibel, dass der Papst nicht irren kann. Wusstet ihr das?«

Peter antwortete: »Ich bin gerade dabei, das Neue Testament von Erasmus von vorne bis hinten durchzulesen. – Ich will selbst nachsehen, ob Luthers Aussagen richtig sind.«

Bruder Heinrich blätterte vor und las:

»Wie sollten wir denn nicht auch Macht haben, zu spüren und zu urteilen, was da Recht oder Unrecht im Glauben wäre?«

Peter nickte. »Wir sollen uns selbst ein Bild machen. Selbst urteilen. Und uns dabei allein auf die Schrift beziehen. Nicht auf irgendwelche Beschlüsse von Päpsten oder Hinzufügungen, die auf irgendwelchen Konzilien getroffen wurden.«

»Die unglaublichste Aussage steht hier«, sagte Bruder Heinrich, während seine Wangen sich noch röter färbten. »Hört euch das an:

›*Und damit ichs noch klarer sage: wenn ein Häuflein frommer Christenlaien gefangen und in eine Wüstenei gesetzt würden, die nicht einen von einem Bischof geweihten Priester bei sich hätten, und würden allda der Sache eins, erwählten einen unter sich, er wäre verheiratet oder nicht, und beföhlen ihm das Amt; zu taufen, Messe zu halten, zu absolvieren und zu predigen, der wäre wahrhaftig ein Priester, als ob ihn alle Bischöfe und Päpste geweiht hätten. Daher kommts, daß in der Not ein jeglicher taufen und absolvieren kann, was nicht möglich wäre, wenn wir nicht alle Priester wären.*‹«

Heinrich lachte ungläubig. »Wir sollen alle Priester sein? Mit diesem Martinus würde ich weiß Gott gerne einmal persönlich reden.«

Weber stieß ihm freundschaftlich mit dem Ellenbogen in die Seite. »Und hast du's auch genau gelesen: ›... er wäre unverheiratet oder nicht‹«?

»Priester und Mönche, die heiraten.« Heinrich schüttelte den Kopf.

»Wer weiß, wie sich die Dinge entwickeln«, sagte Peter, »eine Idee gibt der nächsten die Hand. Erst rufen alle Gelehrten: Zurück zu den Quellen! Luther geht an die Quelle, die Bibel, und findet beim Studium prompt seine neue Lehre. Nun fordert er, dass wir alle die wichtigste Quelle selbst studieren sollen.«

Heinrich schüttelte den Kopf: »Du magst ja schon recht haben, Peter, aber verheiratete Priester, das geht zu weit. Das wird es niemals geben! Egal, welche Idee der nächsten die Hand gibt.«

Peter grinste. »Laut Luther ist das doch schon längst gang und gäbe, wir sind doch alle Priester!«

»Ich weiß nicht«, sagte Heinrich skeptisch. »Das ist mir alles zu verrückt. Darüber muss ich erst nachdenken.«

»Tu das«, sagte Peter in freundschaftlichem Ton, »Luther wird sich freuen, wenn er das hört. Dass die Leute tatsächlich nachdenken und in der Bibel lesen, hat er wahrscheinlich mit seinen Schriften bezweckt.«

»Dazu brauchen sie aber erst einmal eine Bibel«, sagte Balthasar Weber.

Laubenheim

Lena musste lachen, als sie die Scheune betrat und ihre Mutter am Waschzuber sah, die Ärmel hochgekrempelt, die Hände tief eingetaucht, während der zweijährige Ivo den Zuber laut singend umrundete. Ihre Mutter blickte auf und versuchte, sich mit der Schulter eine Strähne von der Wange zu wischen.

»Mama!«, krakeelte Ivo mit leuchtenden Augen. Er änderte seinen Kurs, stolperte dabei fast über seine Beine und schmiss sich in Lenas Arme. Sie konnte ihn gerade noch rechtzeitig auffangen. Sie hob ihn hoch, küsste ihn auf die Stirn, fragte, wie es ihm gehe, setzte ihn auf ihre Hüfte und streichelte dann ihrer Mutter über die Wange, sodass die lästige Strähne hinterm Ohr verschwand.

»Wie war euer Tag?«, fragte sie ihre Mutter.

»Ivo hat alle geschnittenen Äpfel in den Waschzuber geworfen«, sagte ihre Mutter.

»Oh nein!«

»Hier sind sogar noch welche!« Ihre Mutter fischte mit spitzen Fingern ein paar schwimmende Apfelstücke, die sich mittlerweile aufgelöst hatten, aus dem Wasser. »Naja, nehmen wir's mit Humor. So gut hat unsere Wäsche noch nie geduftet.«

Lena lachte und setzte Ivo ab. Er hob einen Stock auf und begann, damit gegen die Tierverschläge zu trommeln.

»Leise, Ivo!«, rief Lena.

Ivo schlug weiter.

»Wann kommen dein Vater und Phillip?«, fragte ihre Mutter.

»Gleich. Sie kommen mit dem Wagen, ich bin schon mal vorausgegangen.«

»Ivo hat schon gegessen, du kannst ihn dann ins Bett bringen.«

Lena stellte ihren Becher ab, schnappte sich den Kleinen, der immer noch fasziniert gegen das Holz trommelte, und hob ihn hoch.

»Nein!«, rief er und strampelte. »Ivo klopf.«

»Nein, du gehst jetzt ins Bett!«

Sie schleppte den zappelnden Jungen in ihre Stube, legte ihn auf den Boden, zog ihn aus und wusch ihn mit kaltem Wasser.

»Kalt!«, rief er halb lachend, halb eine Grimasse ziehend.

Sie küsste ihn auf den nackten Bauch und zog ihm ein leichtes Stoffhemd über. Dann putzte sie ihm mit einer kleinen Bürste die Zähne, setzte ihn ein paar Minuten auf den Nachttopf und legte ihn auf die harte Matratze ihres Bettes.

Sie wusste, er würde nicht liegen bleiben, wenn sie nun wieder zu den anderen in die Wohnscheune zurückkehrte. Sie konnte ihn entweder durch Schläge dazu erziehen, alleine im Zimmer zu bleiben, oder sie konnte sich zu ihm legen, bis er eingeschlafen war. Sie entschied sich jeden Abend für die zweite Möglichkeit.

Sie schloss die Läden, sodass die kleine Kammer in Halbdunkel getaucht wurde, und kuschelte sich an ihn. Wie jeden Abend drehte er sich zu ihr und legte seine Nase an ihren Hals. Sie schloss die Augen. Sein Atem kitzelte sie. Sie legte ihr Kinn vorsichtig auf sein weiches Haar. Eine Weile lagen sie so da, bis sich der kleine Körper entspannte und sein Atem gleichmäßig ging. Sie betrachtete ihn nachdenklich. *Er ist so perfekt, so wertvoll. Ich habe ihn nicht verdient. Ich habe kein Recht auf ihn.* Dieser Gedanke war ihr ständiger Begleiter. Sie wusste gar nicht mehr, wie sich ein Leben ohne schlechtes Gewissen anfühlte.

Die Gewissensbisse sprangen sie jedes Mal an, wenn sie in Ivos blaue Augen blickte, wenn sie ihn hochhob und auf ihre Hüfte setzte, wenn sie ihn im Hof an die Hand nahm, damit er nicht fortrannte. Am schlimmsten war es, wenn jemand im Dorf stehen blieb, dem Kleinen lächelnd übers Haar strich und sagte: »Er sieht dir ähnlich.« Dann wollte sie jedes Mal schreien, dass das Kind weder ihr noch Horst ähnlich sehen konnte. Denn sie hatte dieses Kind gestohlen.

Dann ging sie jedes Mal schnell weiter. Sie sagte sich in diesen Augenblicken, dass sie Ivo etwas Gutes getan hatte. Immerhin wäre er ohne ihr Eingreifen entweder bei seinem Großvater oder bei seinem schrecklichen Vater in Worms aufgewachsen.

Doch wer war sie, dass sie einfach über ein Schicksal entscheiden durfte? Wenn sie beim Letzten Gericht vor dem heiligen Gott stehen würde und ihm erklärte, dass sie Ivo hatte retten wollen, was würde Gott dann sagen? Vielleicht, dass *Er* immer noch derjenige war, der entschied, wem ein Kind geboren wurde und zu wem es gehörte? Vielleicht, dass man zwar eine tote Mutter nicht berauben konnte, wohl aber einen lebenden Vater?

Lena drückte sich die Handballen in die Augenhöhlen, bis sie Sternchen sah. *Ich bin hier, mit Ivo. Alles andere zählt nicht.* Selbst wenn sie Tag für Tag bedrückter wurde und Nacht für Nacht weniger schlief.

KAPITEL 20

Worms

Heinrich stand singend in der Reihe seiner Ordensbrüder. Die Kapelle war dunkel, erhellt von ein paar Kerzen auf dem Altar. Schräg hinter ihm lag Bruder Andreas mit dem Gesicht auf dem kalten Boden. Er tat Buße dafür, dass er den letzten Gottesdienst verschlafen hatte.

In Gedanken war Heinrich weit weg. Eine seltsame Schwere hatte sich auf seine Schultern gelegt.

Er hatte alle Schriften von Bruder Martinus studiert und nächtelang darüber diskutiert – sowohl mit seinen Brüdern als auch mit Balthasar Weber und Peter Schöffer. So viele neue Gedanken! Es war schwierig, sie zu sortieren, aber er glaubte, die Essenz verstanden zu haben.

Gott nimmt den Menschen, wie er ist.

Obwohl der Mensch in Sünde vor ihm steht, spricht Gott den Menschen gerecht.

Heinrichs Lippen artikulierten den Gesang, während er weiter nachdachte. *Grund für diese Rechtfertigung ist allein Jesus Christus, sagte Martinus. Denn Jesus hat die Sünden der Menschen ans Kreuz getragen. Dem Menschen bleibt nur, dieser Tat Gottes zu glauben und ihm zu vertrauen.*

Allein durch Gnade, allein durch Glaube, allein durch Christus. Sonst nichts.

Die seltsame Last auf Heinrichs Schultern wurde noch schwerer. Was genau war es, das ihn an Luthers Ideen störte? Theoretisch könnte Martinus schließlich recht haben, er behauptete ja, dass es so im Wort Gottes stand. Vielleicht bedurfte es wirklich keiner Werke, auch keiner Buß-Werke. Immerhin konnte man das Griechische »Tut Buße« auch mit »Denkt um« übersetzen, wie es Erasmus getan hatte. Ein einzelnes Wort konnte so viel verändern.

Trotzdem gefiel Heinrich der Gedanke nicht, dass er selbst nichts tun konnte für Gott.

Denn wenn der Mensch für Gott nichts tun kann, außer ihm zu vertrauen, bleibt ihm nichts. Nicht die Befriedigung, etwas geleistet zu haben, nicht das Bewusstsein, direkt sein eigenes Schicksal zu beeinflussen. Nicht die Gewissheit, sein bisheriges Leben nicht verschwendet zu haben.

Das ist es, was mich zerreißt: Mir bleibt nichts. Will ich mit diesem Gedanken leben oder nicht?

Er schloss die Augen und konzentrierte sich auf Gott. Den einzig Heiligen. Vor dem er nichts anderes tun konnte, als sich zu beugen.

Neben ihm kam Bewegung in die Mönche. Der Gottesdienst war zu Ende. In geordneten Bahnen schritten die Männer auf den Ausgang zu. Die Mönche machten alle einen großen Schritt über Bruder Andreas. Heinrich blieb vor ihm stehen. Er bückte sich und fasste Andreas am Arm. Der Bruder hob verwundert den Kopf.

Heinrich machte eine auffordernde Kopfbewegung. »Steh auf«, sagte er.

Bruder Andreas blickte sich einen Moment lang fragend um, dann sagte er: »Es sind noch nicht alle über mich gestiegen.«

»Steh auf!«, wiederholte Bruder Heinrich.

Von hinten fasste ihn jemand an der Schulter. Der Prior. »Was tust du da?«, fragte er streng.

»Was ich hier tue? Fragt lieber, was *wir* hier tun!«, entgegnete Heinrich.

Der Prior blickte ihn verständnislos an. »Was soll das, Bruder Heinrich?«

»Erklärt mir, was wir hier tun!«, wiederholte Heinrich.

Alle Augen waren auf ihn gerichtet.

»Wer hat die Buße für einen verpassten Gottesdienst festgelegt?

Wer hat beschlossen, dass wir *überhaupt* etwas tun müssen, um wieder mit Gott im Reinen zu sein?«

Der Prior sah ihn kopfschüttelnd an. »Deine Lektüre ist dir zu Kopfe gestiegen. Du bist nicht bei Sinnen!«

»Wir alle sind nicht bei Sinnen!«, sagte Heinrich und ging mit langen Schritten davon.

Der Prior rief hinter ihm her: »Du kommst morgen früh zu mir, Heinrich!«

Heinrich tat, als hörte er ihn nicht.

Laubenheim, Februar 1521

Lena rannte das letzte Stück. Bruder Heinrich blickte auf und ein Strahlen ging über sein Gesicht, als er sie erkannte. Er erhob sich von seinem Baumstamm, wartete, bis sie ihn erreicht hatte, und nahm ihre Hände in seine.

Atemlos stand sie vor ihm. Ohne Gruß, ihre Hände immer noch in seinen, begann sie: »Bruder Heinrich. Ich habe gesündigt. Ich muss unbedingt zu einem Wallfahrtsort pilgern. Wo ist dieses Wittenberg, wo es diese Tausende Reliquien gibt? Meine Mutter hat mir davon erzählt. Sie sagt, sie weiß es von Euch. Oder sollte ich doch lieber nach Rom? Wo bekomme ich mehr Erlass?«

Bruder Heinrich hielt eine Hand in die Höhe und sagte lächelnd: »Jetzt mal langsam.«

Lena atmete tief aus. Dann wandte sie den Blick ab und rieb sich mit dem Ärmel, den sie über den Handballen gezogen hatte, über die Nase. Sie drehte sich wieder zu Heinrich, der immer noch stand. »Ich kann seit Monaten nicht mehr schlafen!«

Bruder Heinrich blickte sie freundlich an. »Ja, man sieht es dir an. Dir scheint es wirklich nicht gut zu gehen.«

»Was hat es also auf sich mit diesem Wittenberg? Hat es etwas mit Doktor Luther zu tun? Muss ich zu ihm? Bekomme ich durch ihn einen Erlass?«

»Komm, setz dich hier neben mich auf den Baumstamm. Ich bin ein alter Mann. Ich hab's gern gemütlich.« Er ließ sich nieder und klopfte mit der Hand auf die freie Stelle neben ihm. »Und dann beginnst du von vorne.«

Lena setzte sich neben ihn auf den kalten Stamm. Sie warf die Hände in die Höhe, als ärgerte sie sich, dann schwieg sie. Schließlich sagte sie: »Jetzt finde ich den Anfang nicht mehr! Wenn Ihr mich nur nicht unterbrochen hättet! Ich hatte allen meinen Mut zusammengenommen. Seit Monaten will ich schon beichten.« Sie atmete frustriert aus. »Ich weiß, Ihr könnt nichts dafür. Aber es fällt mir so schwer, darüber zu reden.«

Er seufzte. »Also gut. Vielleicht fange ich einfach an und du sammelst währenddessen wieder Mut. Wenn ich fertig bin, bist du dran. – Wittenberg, sagtest du. Es gibt dort tatsächlich eine Pilgerstätte. Der Kurfürst Friedrich hat in der Burgkapelle neunzehntausend Reliquien zusammengetragen. Man sollte es nicht glauben: Er hat Teile des Felsens, auf dem Jesus stand, als er für Jerusalem betete; einen Nagel und fünfunddreißig Splitter vom Kreuz.« Er schüttelte den Kopf. »Unter uns: Das Kreuz auf Golgatha muss eine Höhe von hier unten bis hoch zur Burg gehabt haben – nach der großen Anzahl von Splittern zu urteilen, die es auf der ganzen Welt gibt! Außerdem hat Kurfürst Friedrich Haare und Kleiderfetzen von Maria, sogar Milch aus ihrer Brust, Stroh von der Krippe, eine Strähne des Bartes Jesu, ein Stück Brot vom letzten Abendmahl, einen Zweig vom brennenden Busch und ein komplettes Kinderskelett eines der Kinder, die Herodes umbringen ließ. Für die Bewunderung eines jeden Stückes bekommst du hundert Tage im Fegefeuer erlassen. Das wären dann eine Million neunhunderttausend Tage.«

»So viel?«

»Jetzt habe ich dir alles über Wittenberg erzählt, was ich weiß. Du kannst gerne dorthin pilgern, wenn du möchtest, aber ich bezweifle, dass es dir irgendetwas nützen wird.«

Sie blickte ihn verständnislos an. »Warum denn nicht?«

»Weil nirgendwo in der Bibel steht, dass wir Gott durch Pilgerreisen beeindrucken können. Es wird uns an der Himmelspforte nicht weiterbringen.«

»Aber das habt Ihr mir doch immer erzählt! Ihr und der Priester und meine Mutter.«

Bruder Heinrich seufzte. »Ja, und es tut mir leid. Ich habe dir etwas Falsches beigebracht.«

Sie stand auf und stellte sich direkt vor ihn. »Und was soll ich dann tun?«

»Vielleicht fängst du damit an, mir zu erzählen, was dich bedrückt?« Er sah erwartungsvoll zu ihr auf.

Sie kämpfte mit sich. Dann holte sie tief Luft. »Ich habe etwas sehr Schlimmes getan.« Bruder Heinrichs blaue Augen warteten. Sie schwieg. Schließlich hielt sie die Spannung nicht mehr länger aus. »Ich war schon zehnmal drauf und dran, hierherzukommen. Jedes Mal bin ich wieder umgekehrt. Aber jetzt werde ich es Euch sagen. Ich werde alles tun, was Ihr als Buße verlangt. Ich krieche nach Wittenberg – oder nach Rom. Was auch immer. Aber ich werde Ivo nicht hergeben.«

Bruder Heinrich ließ sie nicht aus den Augen. Sie blickte lange nach links, dann auf ihre Schuhe, dann nach rechts. Die Zeit verstrich.

»Damals, bei der Geburtsfeier«, sagte er langsam, »hast du gesagt, er sei nicht dein Sohn.«

Sie drehte den Kopf zu ihm und fixierte ihn mit ihrem Blick. »Ihr erinnert Euch«, sagte sie bedeutungsschwer.

Bruder Heinrich sagte: »Das war eine Beichte.«

Lena nickte. »Das war eine Beichte.«

»Und ich habe es nicht verstanden.«

Lena blickte auf ihre Stiefelspitzen.

»Aber wessen …? Wie …? Oh!«, Bruder Heinrich schluckte. »Ivo ist Sibillas Sohn«, sagte er dann.

Lena nickte.

»Und Peters Sohn«, schob er nach.

Lena schluckte und betrachtete wieder die Spitzen ihrer Stiefel.

»Und mein Großneffe!«

Sie wechselten einen langen Blick.

»Meine Güte«, Bruder Heinrich atmete langsam aus. Es war das erste Mal, dass Lena ihn so ratlos sah. »Was machen wir denn jetzt?«, fragte er.

»Alles, was nötig ist. Ich krieche nach Rom. Ich will frei sein von der Schuld. Aber ich werde Ivo nicht hergeben.«

»Ja, das sagtest du bereits.« Er atmete tief aus und wieder ein. »Komm, setz dich wieder.«

Lena setzte sich. Sie schwiegen eine Weile, während Lena nervös ihre Finger knetete, erst das eine Bein anzog, dann das andere, sich vorbeugte und wieder aufrichtete.

»Jetzt gehen wir die Sache Schritt für Schritt an, Lena. Zunächst einmal geht es um deine Schuld vor Gott. Du bist hier, um deine Schuld vor Gott loszuwerden, richtig?«

Lena nickte.

Heinrich fuhr fort: »Bereue deine Tat, bitte Gott aufrichtig um Vergebung, und vertraue ihm von ganzem Herzen.«

»Welche Übungen muss ich genau tun?«

»Keine.«

»Keine?«

»Nein, Gott um Vergebung bitten reicht vollkommen aus. Es muss nur ehrlich gemeint sein. Er hat den Weg zu sich in den Himmel für dich möglich gemacht, ohne dass du selbst etwas dafür tun kannst.«

»Was? Trotz meiner Sünde?«

»Trotz deiner Sünde.«

»Und ich muss nichts dafür tun?«

»Nein, Lena. Allein aus Gnade bist du für die Ewigkeit gerettet. Du musst Gott nur vertrauen.«

Lena schüttelte verwundert den Kopf. »Das kann doch nicht sein!«

»Doch, es ist so. Es steht so in der Bibel. An vielen Stellen. Wir haben uns die ganze Zeit geirrt.«

»Und ich muss wirklich nichts tun?«

Bruder Heinrich bückte sich nach seinem Beutel, den er ins Moos gelegt hatte, und entnahm ihm ein dickes Buch.

»Was ist das?«, fragte Lena.

»Eine Bibel.«

»Ihr tragt eine Bibel mit Euch herum?«, fragte Lena verblüfft.

Bruder Heinrich nickte, rieb sich die kalten Hände und begann, die Seiten vorsichtig umzublättern. »Sie ist auf Lateinisch. Ich übersetze es für dich.«

Er streckte das Buch um Armeslänge von sich, um besser sehen zu können, und übersetzte:

»Wenn wir unsere Sünden bekennen, ist Gott treu und gerecht, sodass er uns die Sünden vergibt und uns von aller Ungerechtigkeit reinigt.«

Er blätterte weiter. »Und hier steht:

›Wenn du mit deiner Zunge bekennst, dass Jesus der Herr ist, und wenn du in deinem Herzen glaubst, dass Gott ihn von den Toten auferweckt hat, wirst du gerettet werden.‹

Gerettet werden heißt *aus der Hölle gerettet werden*. Hier steht nichts davon, dass wir uns durch Ablass oder Bußwerke den Eintritt in den Himmel erkaufen oder erarbeiten können.«

»Was ist mit dem Fegefeuer? Ins Fegefeuer müssen wir aber schon noch?«

»Ich bin mir nicht so sicher, dass es das Fegefeuer wirklich gibt.«

Lena öffnete den Mund und schloss ihn wieder.

Bruder Heinrich klappte die Bibel wieder zu: »Das war der eine Punkt: Deine Schuld vor Gott. Es gibt aber noch eine andere Frage zu klären. Welche Verantwortung hast du den Menschen gegenüber, denen du Schaden zugefügt hast?« Er wandte den Kopf zu ihr. »Lena, Peter Schöffer ist Ivos Vater. Er weiß nicht, dass sein Sohn noch lebt. Du musst es ihm sagen!«

»Nein!«, Lena schüttelte den Kopf. »Niemals! Und Ihr werdet es ihm auch nicht sagen, oder?« Sie blickte ihn an.

Heinrich schüttelte den Kopf. »Das ist nicht meine Aufgabe. Es ist deine.«

»Aber er wird mir Ivo wegnehmen.«

»Vielleicht. Aber vielleicht auch nicht. Frage Gott, was du tun sollst.«

Lena beugte sich vor und vergrub ihr Gesicht in den Händen. »Ist es das, was Gott von mir als Buße verlangt?«

»Gott verlangt keine Werke! Hier geht es um etwas anderes: Hier geht es darum, das Richtige zu tun vor den Menschen, gegen die du gesündigt hast.«

Lena schüttelte den Kopf.

»Frag Gott. Bitte ihn um Hilfe.«

Lena schüttelte immer noch den Kopf. »Ich kann es diesem Schöffer nicht sagen.«

»Ich kenne ihn. Er ist ein guter Mann.«

»Das sagt Ihr, weil er Euer Freund ist.«

»Lena, bitte Gott um Weisheit.«

Lena erhob sich. Auch Heinrich stand auf. Lena hob an: »Das war jetzt alles etwas unerwartet. Ich hatte mir das anders vorgestellt. Ich bin gekommen, um zu hören, was ich als Buße tun soll. Stattdessen erzählt Ihr mir, dass Gott den Weg in den Himmel schon frei gemacht hat und ich es mit ihm nur ehrlich meinen muss, statt ihn durch Werke zu beeindrucken. Aber dann soll ich doch wieder Werke tun, nämlich meinen Sohn hergeben!«

»Das sind zwei verschiedene Dinge.«

»Für Euch vielleicht! Für mich nicht! Es geht hier um meinen Sohn!« Sie hob die Hand. Ob zum Abschied oder um anzudeuten, dass sie nichts mit Bruder Heinrich und Gottes Weisheit zu tun haben wollte, wusste sie selbst nicht. »Ich gehe. Ich muss nachdenken.« Sie wandte sich um und rannte davon.

Lena hatte Angst. Jede einzelne Nacht. Angst vor Peter Schöffer, Angst vor dem Tod, Angst vor der Hölle. Während sie auf ihrem Bett lag und Ivos Atem ihren Hals kitzelte, tropften ihre Tränen ins Kissen. Bruder Heinrich hatte sie verwirrt mit seinen theologischen Spitzfindigkeiten.

Sie musste ihr Vergehen von Herzen bereuen, wie er es ihr erklärt hatte – und sie musste Buße tun. Die Buße bestand darin, Peter Schöffer die Wahrheit zu sagen und dann zu hoffen, dass er Ivo bei ihr lassen würde. Doch das war wahrscheinlich zu naiv gedacht. *Jeder normale Vater würde mir Ivo wegnehmen.*

Letztendlich läuft es auf diese Entscheidung hinaus: Ivo oder die Hölle.

Doch Ivo herzugeben, war ebenso die Hölle.

Sie musste sich für eine entscheiden.

Sie schloss die Augen. Sie würde irgendwann vor Gott stehen. Asche zu Asche, Staub zu Staub. Vor ihrem Inneren sah sie den Staub auf ihrem Hof und sie dachte daran, wie sie als kleines Mädchen eines Nachmittags einen langen Strich in den sandigen Boden geritzt hatte. »Von hier bis hier geht mein Leben«, hatte sie zu Phillip gesagt und einen kleinen Strich an den Anfang gezeichnet.

Phillip hörte ihr nicht richtig zu, denn er war nur gekommen, um sich den Stock, den Lena achtlos auf den Boden gelegt hatte, zu holen, damit er mit den Hunden spielen konnte. »Und woher willst du wissen, wann es endet?«, fragte er, während er sich nach dem Stock bückte.

»Das weiß ich natürlich nicht.«

Phillip warf ihr einen abschätzigen Blick zu und rannte davon, die Hunde im Gefolge. Lena betrachtete weiterhin den kleinen Strich. Ihr Leben. Die lange Linie ging weiter, bis zum Zaun, und von dort bis ans Ende der Welt und darüber hinaus. Diese Linie war ihr Leben in Ewigkeit. Und diese klitzekleine, kurze begrenzte Strecke, die der Linie voranging, war das Leben auf Erden.

Himmel oder Hölle. Dieser kleine Strich entschied alles.

Sie drehte sich auf die Seite zu ihrem schlafenden Sohn und streichelte ihm übers Haar. Als der Hahn krähte, hatte sie mit Gott eine Abmachung getroffen.

TEIL III

KAPITEL 21

Worms, März 1521

Um ihre Stiefel zu schonen, ging Lena auf Zehenspitzen. Sie hielt sich im Schatten der Mauern der hohen Häuser, so weit weg wie möglich von dem stinkenden Rinnsal, das die Gasse in der Mitte teilte. Graubärtige Räte mit wehenden Roben, Mägde mit zugedeckten Körben, Handwerkergesellen und zwei Edelmänner auf hohen Rössern kamen ihr entgegen. Hinter den Pferden trieb jemand einen Eselskarren an, auf dem ein totes Schwein und ein toter Hund übereinanderlagen. Die beiden Frauen vor ihr machten kehrt, als sie den Wagen erblickten, und eilten in die entgegengesetzte Richtung, ein paar kleine Kinder drückten sich mit dem Rücken an die Hauswände. Wie die anderen wich Lena dem Karren des Schinders aus. Nicht einmal in die Augen des Mannes schaute sie, denn seine Ehrlosigkeit färbte ab. Sie stellte sich an eine Hauswand und senkte den Kopf, bis der Mann mit seiner Ladung vorbeigezogen war.

Sie versuchte sich zu erinnern, was der Torwärter gesagt hatte – musste sie am Ende der Gasse rechts oder links gehen? Als sie die Kreuzung erreichte, öffnete sich der Blick auf eine breite gepflasterte Straße. Von rechts näherten sich vier Soldaten mit Brustpanzern. Drei Frauen mit glänzenden Lippen lehnten an einer Hauswand, stießen sich ab und scharwenzelten vor den Soldaten die Straße hinunter. Lena starrte ihnen eine Weile hinterher, bis ihr in den Sinn kam, dass sie heute noch etwas zu erledigen hatte. Sie musste sich beeilen, denn es war wichtig, dass sie den Fassbinder aus Laubenheim, der sie mit nach Worms genommen hatte, für den Rückweg wieder am Neutor abpasste.

Ihr Blick wanderte von rechts nach links, verfolgte einen Mann mit zwei Dolchen am Gürtel, blieb an einer weiteren Gruppe von Soldaten hängen und sprang dann unruhig umher. Sie wartete darauf, dass eine Frau vorbeikam, die sie nach dem Haus von Peter Schöffer fragen konnte. Doch abgesehen von den drei bunten Frauen schienen nur Männer unterwegs zu sein. Lena entschied sich, nach links zu gehen. Sie hielt den Blick nach oben gerichtet, auf die Zeichnungen, die über den Türen der Häuser prangten. *Welches davon weist wohl auf einen Druckermeister hin?*

Sie näherte sich einem kleinen, dicken Mann, der am Straßenrand auf einer Kiste stand und mit erhobenen Händen rief: »Jetzt ist die Zeit, den Klerus gänzlich zu vertilgen, denn er zieht den Pfennig von den Laien ab!« Sie eilte weiter. An der nächsten Kreuzung erhob schon wieder jemand seine Stimme, diesmal jedoch in einer eigenartigen Sprache voll kehliger Laute.

Ein Mann stand mitten auf der Straße drohend vor einem anderen. Alles an ihm war schwarz: Das glänzende Haar, die Augen, das Barett auf seinem Kopf, selbst seine Gürteltasche und seine Schwertscheide waren aus schwarzem Leder – als hätte er sich in Pech gewälzt und sich danach nur das Gesicht abgerieben. Der andere trug einen langen, spitzen Bart.

Der Dunkle schrie etwas. Der Bärtige unterbrach den Wortschwall mit rotem Kopf und schubste seinen Gegner. Die Faust des Schwarzen flog in sein Gesicht. Keiner der Passanten schien sich an den beiden zu stören, man machte lediglich einen Bogen um sie. Während der Schwarze einen Faustschlag mit dem Ellenbogen abwehrte, fiel Lena sein ausgestopfter Schritt auf. *Sibilla.* Wegen ihr und ihrem Sohn war sie eigentlich hier.

Dem Dunklen strömte ein Schwall Blut aus der Nase, er schwankte, sprang dann jedoch unvermittelt nach vorn, nahm seinen Gegner in den Schwitzkasten, und beide wankten auf ein breites Haus zu. Der Bärtige klemmte zwar immer noch unter dem Arm seines Gegners, schien jedoch kräftige Beine zu haben, denn nun drehte er sich und den Schwarzen aus gebeugter Haltung heraus wie bei einem Tanz. Der Schwarze krachte mit dem Rücken an ein Fenster. Die Haustür flog auf und ein gut aussehender Mann Mitte dreißig trat heraus. Er humpelte mit einem steifen Bein auf die beiden zu und schrie mit rotem Kopf: »Fort von hier, sofort! Tobt euch draußen vor der Stadtmauer aus.«

Der Schwarzgekleidete nutzte den Augenblick der Verwirrung und rammte seinen Ellenbogen in die Seite des anderen. Dieser schrie vor Schmerz auf, taumelte nach hinten und stieß mit dem Ellenbogen in die Fensterscheibe. Tausend weiße Risse durchzogen das Butzenfenster. Blut rann an seinem Unterarm herab. Der Hausbesitzer packte den taumelnden Bärtigen am Kragen und schleuderte ihn weg. Der Mann stolperte auf die Straße und fiel auf Knie und Hände. Laut schimpfend schubste der Hausbesitzer auch den Schwarzgekleideten weg vom Haus, verschwand dann im Eingang und knallte die Tür zu. Lena blies sich ein paar Strähnen aus dem Gesicht. *Diese Stadt ist ein Irrenhaus.*

Direkt vor ihr huschte ein altes Weib vorbei.

»Verzeihung«, rief Lena, rückte ihr Kopftuch zurecht und rannte der Frau ein paar Schritte hinterher. »Ich suche das Haus von Peter Schöffer.«

Das Weib blieb stehen und wandte Lena das runzlige Gesicht zu, das mit Leberflecken übersät war. »Der Druckermeister?«

Lena nickte. Das Weib zeigte auf die andere Straßenseite.

»*Dieses* Haus? Bei dem die Fensterscheibe gerade zu Bruch gegangen ist?«.

Das Weib nickte und hastete weiter.

Lena ging langsam zurück, wich dabei ein paar Reitern aus und blieb eine Weile auf der anderen Straßenseite stehen. Die beiden Kampfhähne waren verschwunden. *Jetzt ist bestimmt kein guter Zeitpunkt, bei Peter Schöffer anzuklopfen. Außerdem hatte Sibilla recht: Der Mann ist wirklich nicht besonders sympathisch, er hat einen blutenden Mann auf die Straße geworfen.*

Jemand rempelte sie an, lachte und lief weiter. Ein Hund streifte um ihre Beine. Ein Soldat grinste sie an. *Nein, hier auf der Straße bleibe ich nicht länger. Ich habe eine Abmachung mit Gott.* Direkt mit dem Herrn, nicht mit der heiligen Anna, nicht mit Maria. Sie musste sich jetzt zusammenreißen.

Sie würde bei Peter Schöffer klopfen und sehen, was geschehen würde. Wenn er sie hereinbitten würde, würde sie ihm sagen, dass sie seinen Sohn gestohlen hatte. Vielleicht würde sie nicht sofort mit der Sprache herausrücken, aber früher oder später würde sie ihm alles beichten. Wenn er sie *nicht* hereinbitten würde, wäre sie aus ihrer Verantwortung entlassen. So lautete ihre Abmachung.

Sie rückte erneut ihr Kopftuch zurecht, holte tief Luft, lief zwischen Pferden und Eselskarren über die Straße und klopfte schnell mit dem Metallklopfer an die Tür, bevor sie Zeit hatte, es sich anders zu überlegen.

Einen Augenblick später wurde die Tür aufgerissen. Der Mann füllte den Türrahmen aus.

»Was wollt Ihr?«, fragte er unfreundlich. Seine Augen waren zu feindseligen Schlitzen zusammengekniffen, Lena konnte im Schatten der Häuser nicht einmal die Augenfarbe erkennen.

Zwei verschiedene Erkenntnisse trafen Lena gleichzeitig. *Dieser Kerl ist grimmiger, als Sibilla ihn beschrieben hat. Ivo. Er sieht aus wie Ivo.* Derselbe Mund, dieselbe Augenpartie, was auch immer seine Augenfarbe sein mochte. Die Ähnlichkeit war verstörend.

»Bringt Ihr endlich das Bleipulver?«, fragte er schroff, den Blick auf ihren Beutel gerichtet.

Sie schüttelte den Kopf. »Ich … nein, ich bin nicht in Diensten. Ich …«

Er blickte sie ungeduldig an.

Sie atmete tief durch. »Ich bin eine Freundin von Sibilla.«

Schöffer ließ seinen Blick von oben nach unten über sie wandern. Sie konnte seine Gedanken lesen. *Wie kann eine Bäuerin die Freundin von Sibilla von Laubenstein sein?*

»Ich heiße Magdalena Strom und komme aus Laubenheim. Ich war Küchenmagd auf der Burg. – Hat Sibilla mich nie erwähnt?«

Schöffer verschränkte die Arme und schüttelte den Kopf. *Meine Güte, das Ganze ist ein Albtraum, ich hätte mich nie darauf einlassen sollen. Aber die Hölle ist schlimmer, Lena, denk daran*, sagte sie sich, um sich weiter anzutreiben. Schöffer bedachte sie wieder mit seinem abwartenden, finsteren Blick.

»Ich bin gerade in Worms und ich ... wollte ... Euch kurz sehen. In Gedenken an Sibilla, sozusagen.« Sie fühlte sich wie eine Närrin.

Schöffer stand vor ihr, verschränkte die Arme und schwieg. Offenbar fand er Lenas Anliegen seltsam. Was eigentlich gut war. Sehr gut sogar.

Lena wandte sich zum Gehen. »Gott befohlen«, sagte sie und strahlte dabei fast. Sie hatte ihre Seite des Abkommens mit Gott erfüllt. Sie hatte bei Schöffer vorgesprochen. Er hatte sie nicht hereingebeten.

Sie jubelte innerlich. Jetzt war es höchste Zeit, wieder aus dieser Stadt und ihrem Reichstagssumpf zu fliehen!

»Wartet!«, rief Schöffer unwirsch.

Lena drehte sich um.

»Ihr habt keine Anstellung, sagtet Ihr?« Seine Stimme war tief, mit einem überraschend angenehmen Grundton.

Sie blickte ihn unsicher an. »Na ja, ich ... doch schon. Ich arbeite auf dem Hof meiner Eltern.«

»Hört zu«, sagte Schöffer, während er nach rechts und links sah und einen Schritt aus der Tür herauskam. »Dieser Reichstag ist schlimmer als ein römischer Jahrmarkt. Jedes Bett in der gesamten Stadt ist belegt, selbst Abstellkammern und Dachböden sind vermietet. Es gibt zu viele Gäste und zu wenig Gesinde. Meine Magd ist krank. Ich habe auch zahlende Gäste einquartiert und brauche dringend Hilfe.«

»Ich bin nicht gekommen, um eine Stelle als Magd zu suchen.« Gott hatte sie doch schon aus ihrer Abmachung entlassen, oder etwa nicht? Schöffer würde sie doch jetzt nicht hereinbitten?

»Ich bezahle gut. Zwei Gulden im Monat«, sprach Schöffer weiter und nahm die Arme aus der Verschränkung.

Zwei Gulden? Im Monat? Geiz kann man ihm jedenfalls nicht vorwerfen.

Lena schwieg.

»Drei«, sagte Schöffer.

Lenas Gedanken überschlugen sich. Das entwickelte sich alles nicht, wie sie es sich vorgestellt hatte. Sie hätte gerne kurz die Augen geschlossen. Stattdessen starrte sie ihn an wie eine Närrin.

Andererseits, dachte sie, *ist Schöffers Reaktion auch kein gastfreundliches Willkommen. Er will mich anstellen – für ein paar Monate. Das ist nicht dasselbe wie ›jemanden hereinbitten‹.* So wie die Dinge standen, war also alles unklar.

»Wie lange dauert der Reichstag?«, fragte sie.

»Das kommt darauf an, wie sie mit den Verhandlungen vorankommen. Vielleicht noch zwei Monate.«

Sie überlegte. *Das wären sechs Gulden. Von sechs Gulden könnte ich drei Kälber kaufen.* Vielleicht könnten sie wieder anfangen zu züchten. *Ivo ist bei meinen Eltern gut aufgehoben. Er liebt sie und sie lieben ihn. Außerdem könnte ich mir Schöffer eine Weile ganz aus der Nähe ansehen. Denn auf keinen Fall werde ich Ivo einem unzuverlässigen Mann anvertrauen.* Falls sich Schöffer also als unwürdig erwies – was sogar wahrscheinlich war, so wie er sich bisher benommen hatte –, tat sich hier vor ihr ein weiteres Schlupfloch auf. Sie holte tief Luft und sagte: »Gut.« Als ihr klar wurde, worauf sie sich gerade eingelassen hatte, musste sie husten. Sie räusperte sich.

»Würdet Ihr auch in der Küche schlafen?«, brummte Schöffer. »Alle Kammern sind belegt.«

Lena zuckte mit den Schultern. »Es ist ja nur für zwei Monate.«

Schöffer trat zur Seite. Sie schluckte und schob sich an ihm vorbei in den engen Flur des Hauses.

»Ich zeige Euch die Küche«, murmelte er. Diesmal war er es, der sich dicht an ihr vorbeischob. Lena wich aus, so gut es ging. Humpelnd durchquerte er den Flur und öffnete die rechte Tür am Flurende. Sie betraten die kleine, menschenleere Küche und Lena schaute sich prüfend um.

»Euer Bett.« Er deutete auf eine Banktruhe an der Wand. »Ich versuche, bis heute Abend eine Matratze für Euch aufzutreiben – obwohl ich befürchte, dass das zurzeit schwierig ist. Die Besucher des Reichstages schlafen schon auf Strohsäcken.« Als er sie ansah, konnte Lena erkennen, dass er leuchtend blaue Augen hatte, die sie an die ihres Vaters erinnerten. »Geht nach oben in die linke Dachkammer, dort findet Ihr Els. Sie wird Euch alles erklären«, brummte er.

Lena nickte. Peter Schöffer verließ die Küche. Sie nahm den Raum genauer in Augenschein. Auf die Kochstellen passten höchstens drei Töpfe gleichzeitig. In der Ecke befand sich ein Vorhang. Sie schob ihn beiseite und stand vor vier Fässern und mehreren Körben Kohle. Auf Regalen darüber reihten sich Krüge mit Deckeln, daneben lagerten getrocknete Äpfel und ein paar Büschel Kräuter.

Sie nahm einen Krug vom Regal und öffnete den Deckel. *Salz.* Vorsichtig stellte sie den Krug zurück. Zu Hause hatten sie nur selten Salz. Sie fragte sich einen Moment lang, was ihre Mutter wohl heute für Ivo und die Familie kochen würde. Sie alle würden sich Sorgen machen, wenn sie nicht zurückkehrte. Ob sie einfach wieder das Haus verlassen konnte, um den Fassbinder abzupassen und ihm eine Nachricht mitzugeben?

Sie wandte sich um und trat in den Flur. »Hallo?«, rief sie. Niemand antwortete. Wenn sie keine Nachricht schickte, würde ihr Vater womöglich nach ihr suchen. Er wusste, dass sie zu Sibillas Witwer wollte. Wenn ihr Vater auf Schöffer traf, würde er dessen Ähnlichkeit mit Ivo erkennen.

Sie ließ ihren Beutel auf die Bank in der Küche plumpsen, ging durch den Flur und öffnete die Haustür. Sie rannte den kurzen Weg zum Stadttor zurück, Pferden und Passanten ausweichend. Am Stadttor fragte sie die Wache: »Kam hier ein Fassbinder mit seinem Wagen vorbei?«

Der Mann, der jünger war als sie, antwortete grinsend: »Welchen genau von den zwanzig Fassbindern, die hier in der Stunde vorbeikommen, meint Ihr?«

Lena ließ die Schultern hängen und wartete eine Weile. Als die unzähligen Kirchturmglocken gleichzeitig läuteten, entschied sie, dass sie lange genug gewartet hatte. Sie musste sich etwas anderes einfallen lassen. Schnell rannte sie zurück zu Schöffers Haus. Die Tür war unverriegelt. Sie schlüpfte in den dunklen Flur und fühlte sich wie ein Eindringling. Zögernd stieg sie die knarzende Treppe hinauf bis in den dritten Stock. Am Ende der Treppe stieß sie auf fünf niedrige Türen. »Hallo?«, fragte Lena laut. »Els?«

Lena hörte Schritte, dann hantierte jemand an einer Tür herum. Eine blasse Frau um die dreißig mit einem fein geschnittenen Gesicht erschien, ihr Kopftuch berührte den oberen Türrahmen. Mit seltsam durchdringendem Blick musterte sie Lena.

»Seid Ihr Els?«, fragte Lena.

Die Frau nickte langsam. Lena war es, als schaue sie direkt in ihr Innerstes.

Lena spürte, wie Gänsehaut von ihrem Unterarm nach oben kroch. »Ich bin Lena, die Aushilfsmagd. Der Herr sagte mir, ich solle mich an Euch wenden.«

»Die Aushilfsmagd?«, wiederholte Els. Ihre Augen verengten sich.

»Äh, ja.«

Els schnaubte.

Halb erwartete Lena, dass diese hexenartige Frau nun einen Wortschwall von Verwünschungen über ihr aussprach. Sie wusste nicht, was sie von alldem halten sollte. Am liebsten wollte sie Worms auf der Stelle wieder verlassen.

»*Ich* bin hier die Magd«, sagte Els kalt.

Lena zögerte. Fühlte sich Els von ihr bedroht? »Ich bin auch nur vorübergehend hier«, sagte sie.

Els nickte. »Mach das Abendessen. Grete soll dir helfen.«

»Was soll ich kochen?«

»Backe vier große Brote und serviere die Wurst, die neben dem Schinken hinter dem Vorhang hängt. Dazu stellst du Wein auf den Tisch. Grete soll dir das richtige Fass zeigen.«

»Für wie viele Personen?«

»Für den Herrn und die vier Gäste, die hier wohnen. Vielleicht kommt auch noch ein fünfter dazu.«

»Wie viel Gesinde gibt es im Haus?«

»Wendling, den Gesellen, Johannes, den Setzer, Grete und mich. Wir essen zur gleichen Zeit in der Küche.«

Hatte sie Lena absichtlich nicht mitgezählt? »Bekommt das Gesinde das Gleiche zu essen?«

»Grete zeigt dir die billigere Wurst.«

»Ist gut«, sagte Lena, nickte ihr zu und lief schnell die Treppe herunter, um dem Blick der unheimlichen Frau zu entfliehen.

Lena suchte in der Küche nach Mehl und fand dabei einen Krug mit Sauerteig. Sie öffnete die Hintertür, die auf einen eingemauerten Hof mit einem Kräutergarten und drei kleinen Schuppen hinausführte, und stellte fest, dass am Ende des Hofes zwischen den Grundstücken zwar eine gepflasterte Abwasserrinne entlangführte, es aber keinen Hausbrunnen gab. Seufzend schnappte sie sich einen Eimer, verließ das Haus und ging auf gut Glück nach rechts. Sie wollte niemanden ansehen und niemanden ansprechen, zu verrückt waren ihr die Wormser. *Andererseits lohnt es sich aber vielleicht doch, die Augen offen zu halten*, dachte Lena, denn wäre es nicht allerhand, wenn sie dem Kaiser begegnen würde? Wer aus Laubenheim hatte schon mal einen echten Kaiser gesehen?

Sie fand einen Brunnen, ließ den Eimer hinab, schleppte ihn zum Haus zurück und knetete einen Teig.

Eine dünne, blasse Magd erschien in der Küche. Ihre Augen wurden groß, als sie Lena erblickte. Sie senkte ihr Kinn. »Wer bist du?«, fragte sie leise wie ein scheues Reh.

»Ich bin die Aushilfsmagd. Ich heiße Lena. – Und du musst Grete sein.«

Das Mädchen, das Lena auf etwa vierzehn Jahre schätzte, sah sie von unten an und nickte, dann fasste sie sich mit der Handfläche an die Wange und verzog das Gesicht.

»Hast du Zahnweh?«, fragte Lena.

Das Mädchen nickte. Dann sagte sie: »Erschütterung tut weh. Ich sollte den Kopf nicht so schnell bewegen.«

»Bist du schon lange hier?«, fragte Lena.

»Seit einem Jahr.«

Grete zeigte Lena alle Vorräte, Messer, Röstgabeln, Töpfe und Pfannen. Sie führte Lena in die Stube, die klein, eng und vollgestellt mit Tischen, Schemeln, Truhen, Regalen und einem Ofen war. Grete zeigte Lena, auf welchen Regalen das Geschirr für den Herrn und seine Gäste stand, und gemeinsam breiteten sie ein grünes Tischtuch auf dem großen Tisch aus.

»Der Herr hat oft Gäste, nicht nur während des Reichstages«, erklärte Grete.

»Wurden ihm die Übernachtungsgäste zugeteilt?«

Grete nickte und fasste sich dann wieder an die schmerzende Wange. »Ja, letztes Jahr wurde jedes Haus von den Stadtknechten begutachtet. Anschließend wurde festgesetzt, wie viele Zimmer vermietet werden müssen.«

In der Küche erklärte Grete Lena, welcher Wein in welchem Fass lagerte.

»Falls ich mal etwas durcheinanderbringe: Ist der Herr sehr streng?« Sie beobachtete Gretes Reaktion aus den Augenwinkeln. Die Rehaugen sprangen einen kurzen Moment suchend umher. Dann zuckte Grete wieder mit der linken Schulter.

Eine Stunde später trat Els mit erhobenem Kopf in die Küche. Ihr folgte ein Mann mit langem Haar, den Lena auf Ende dreißig schätzte. Als sein Blick auf sie fiel, musterte er sie von oben bis unten und ein

Lächeln umspielte seine Lippen. Der Mann kam direkt auf sie zu. »Ich bin Wendling, der Geselle.«

Sie nestelte kurz an ihrem Kopftuch herum, während sie sich mit knappen Worten vorstellte und sich dann setzte. Ein jüngerer Mann mit Halbglatze kam auf sie zu und stellte sich als Johannes vor. Sie nickte ihm zu. Johannes setzte sich neben sie. Els saß ihr gegenüber. Als Els die Hände nach dem gemeinsamen Dankgebet über die Tischkante hob, fielen Lena ihre stark geschwollenen Fingergelenke auf. Sie waren doppelt so dick wie Lenas. Außerdem war die Hand seltsam verkrümmt. Els musste Gicht haben.

Lenas Vermutung wurde bestätigt, als Grete einen Brocken von Els' Brot abriss, ihn in die Grütze tunkte und ihn Els in den Mund steckte. Lena hatte keine Zeit, sich zu wundern, dass Els gefüttert werden musste, denn draußen im Flur näherten sich Schritte, dann öffnete sich die Tür. Schöffer stand da, einen leeren Weinkrug in der Hand.

Grete sprang sofort auf. Lena erhob sich ebenfalls. »Ich mach das schon, iss weiter«, sagte sie zu Grete, ging auf den Herrn zu und nahm den Krug entgegen. »Ich bringe Euch zwei neue Krüge«, sagte sie.

Schöffer humpelte davon. »Ich kann doch sowieso nichts essen. Mein Zahn«, flüsterte Grete. Lena suchte Gretes Blick, als sie den leeren Weinkrug am Fass auffüllte. Grete widersprach nicht, also war es wohl das richtige Fass.

Lena trug die zwei vollen Krüge zu Schöffer und seinen Gästen in die Stube. Die Luft war schwer. Am Tisch saßen sechs Personen: der Herr, vier Männer mittleren Alters und – Bruder Heinrich.

Lena strahlte ihn an, als sie die beiden Krüge auf dem Tisch abstellte. Sie wusste nicht, ob es sich ziemte, Bruder Heinrich zu begrüßen. Doch er nahm ihr die Entscheidung ab. Er schob seinen Schemel zurück und ging lächelnd auf sie zu. Er nahm kurz ihre Hand und sah sie fragend an. Lena blickte eindringlich zurück. Er schien zu verstehen. »Du hier als Magd?«, fragte er dann.

»Das hat sich heute Nachmittag spontan so ergeben«, sagte sie und blickte dabei zu Peter Schöffer.

Dieser sah die beiden neugierig an. »Ihr kennt euch?«

Bruder Heinrich nickte. »Ja, aus Laubenheim.«

Lena fiel ein, dass er die Lösung ihres Problems war. »Könnt Ihr meinen Eltern und Ivo ausrichten, dass ich länger in Worms bleiben werde?«

Er nickte. »Vielleicht sehe ich deine Familie schon übermorgen. Wenn nicht, schreibe ich einen Brief an den Schultheißen.«

»Wer ist Ivo?«, fragte Schöffer.

Lenas und Heinrichs Köpfe fuhren gleichzeitig zu Schöffer herum. Lena zögerte einen kurzen Moment und sagte dann: »Mein kleiner Sohn.«

»Du hast einen Sohn?«, fragte Schöffer.

Lena blickte in seine, in Ivos Augen. Sie nickte. Und senkte schnell den Kopf. Heinrich beobachtete sie. Sie wechselte das Thema: »Kann ich Euch noch etwas bringen, Herr?« Dabei blickte sie prüfend auf den Tisch.

Bruder Heinrich unterbrach sie. »Was ist mit dem Leibherrn?«

Lena strich sich über die Stirn. »Ja, ich weiß, dass das ein Problem sein könnte«, sagte sie leise. »Aber ich bin ja nicht lange weg.«

Schöffer hob den Kopf. »Bist du etwa leibeigen?«

Lena nickte betreten.

Schöffer hob verärgert die Hände mit den Handflächen nach oben. »Na wunderbar, dann kannst du gleich morgen früh wieder gehen! Ich habe schon genügend Sorgen, da brauche ich nicht noch eine Auseinandersetzung mit deinem Leibherrn. Warum hast du das nicht gleich gesagt?«

Bruder Heinrich, der immer noch vor Lena stand, drehte sich zu Schöffer. »Lass sie eine Weile hier, Peter. Ihr Leibherr ist Gerold. Ich werde mit ihm reden. Er wird sicher nichts dagegen haben, dass sie sich ein paar Monate bei dir in Worms aufhält.«

Schöffer blickte ihn skeptisch an, erwiderte jedoch nichts. Bruder Heinrich setzte sich wieder. Schöffer probierte von dem Wein und setzte den Becher wieder auf dem Tisch ab. »Das ist der Falsche«, sagte er, ohne aufzusehen. »Wie schwer kann es sein, denselben Wein nachzuschenken?« Er hielt den Kopf gesenkt, dann hob er den Blick und starrte sie an.

»Es tut mir leid, ich werde es noch lernen.«

Schöffer fuhr fort: »Da du schon hier bist, gerade wurde ein Becher umgestoßen, der Wein ist auf den Dielenboden getropft. Am besten, du machst das jetzt gleich sauber, bevor sich das Holz vollsaugt.« Er machte eine Handbewegung zum anderen Ende des Tisches.

Sie nickte, eilte in die Küche, holte einen Lumpen und kehrte in die Stube zurück. Stühle wurden zurückgeschoben, um ihr Platz zu machen, als sie auf den Knien unter den Tisch krabbelte. Die Männer setzten ihre Unterhaltung fort. Lena wusste ungefähr, worum es ging. Seit ihr Vater im Wirtshaus auch den neuesten Klatsch erfuhr – der neue Pflug hatte das Wohlwollen der Leute im Dorf gefunden –, hatte er immer wieder von diesem Luther erzählt, der aufrührerische Schriften verbreitete und dafür mit dem Kirchenbann belegt worden war. Lena schauderte innerlich, als sie an diesen armen Doktor dachte, der nun in die Hölle kam. Das war die höchste Strafe: Per Beschluss verwehrte ihm die Kirche den Zugang zu den Sakramenten und dadurch den Zugang zum Himmel.

Sie krabbelte wieder unter dem Tisch hervor, strich ihr Kleid glatt und zog im Treppenhaus die Tür hinter sich zu.

Sie würde sich nun von der wunderlichen Gesellschaft in der Stube zu der merkwürdigen Gruppe in der Küche begeben. *Worms – was für eine seltsame Welt. Hier werde ich Ivo ganz sicher nicht aufwachsen lassen. Das muss Gott verstehen.*

Wendling schmatzte und rülpste und verschwand nach dem Mahl sofort aus der Küche. Els saß beim Essen aufrecht wie eine Königin. *Eine Königin, die gefüttert wird*, dachte Lena. Die Frau war ihr unheimlich. Wie konnte sie so gerade sitzen, wenn ihre Gelenke schmerzten?

Mehrmals richtete Els ihren leeren Blick auf Lena. Womöglich hatte Els übernatürliche Fähigkeiten und wusste, warum sie hier war?

Lena wollte nicht aufdringlich erscheinen, deshalb hielt sie sich mit Fragen zurück, während sie und Grete nach dem Essen zusammen im dampfenden Bottich das Geschirr spülten. Sie wusste auch gar nicht, ob sie noch mehr über diesen Haushalt erfahren wollte. *Ein Tag reicht eigentlich.* Als hätte ihr neuer Herr vom anderen Raum aus ihre Gedanken lesen können, hörte sie ihn in der Stube schimpfen.

Eigentlich war sie erleichtert, dass Schöffer so ein unangenehmer Bursche war. *So ist es leichter, die richtige Entscheidung für Ivo zu treffen.*

Als sie mit dem Spülen fertig waren, schickte Lena Grete zu Bett. »Ich kümmere mich um alles. Geh, wenn du Schmerzen hast«, flüsterte sie. Sie wischte den Tisch ab, schob die Kohlen auf der Kochstelle zusammen, fegte den Boden, jagte eine Maus mit dem Besen zur Hintertür hinaus und ging dann in den Flur, um zu sehen, ob noch jemand wach war. Nirgends brannte Licht. Es waren keine Stimmen zu hören.

Sie kehrte in die leere Küche zurück und setzte sich verloren auf die Holzbank, die ihr heute Nacht als Bett dienen sollte. Sie würde auf dem harten Holz schlafen müssen, ohne Decke – Schöffer hatte vergessen, sein Versprechen einzuhalten. Es würde eine kalte Nacht werden. Sie legte sich auf die Bank, stopfte sich ihren Kleidersack als Kissen unter den Kopf, zog die Beine an und schlang die Arme um ihren Körper. Sie vermisste Ivos Atem an ihrem Hals, sein weiches Haar, seine Wärme. Sie drehte sich auf die andere Seite und versuchte den kalten Windhauch zu ignorieren, der durch den Raum wehte.

War sie eingeschlafen? Von draußen schimmerte Mondlicht herein. Sie vernahm ein Raunen. Jemand war im Hof. Eine Frau redete, monoton, beschwörend. Lena setzte sich auf, strich sich das Haar zurück und verharrte dann. Sie setzte leise ihre Füße auf den kalten Boden und schlich zur Hintertür. Die Tür zum Hof stand einen Spaltbreit offen. Lena spähte hinaus und erblickte zwei Gestalten im Mondlicht.

Es waren Grete und Els. Grete stand mit dem Rücken zum halb vollen Mond, ihr Körper unnatürlich zurückgebogen, sodass sie rückwärts im Stehen den Mond betrachten konnte. Els stand vor ihr und flüsterte ihr Worte zu, die Grete wiederholte.

Was tun die beiden da bloß?

Els war ihr von Anfang an unheilvoll vorgekommen, als richte sie ihren Blick direkt in eine andere Welt. Aber Lena traute sich nicht, die beiden zu unterbrechen. Zu gespenstisch war Els' Beschwörung. Die Dielen hinter ihr knarrten. Was ging noch alles in der Nacht in diesem Haus vor sich? Sie schlich sich in den Flur, hielt den Atem an und lauschte. Jemand ging in ihre Richtung. Lena hielt sich am Türrahmen fest. Sie riss sich zusammen. »Hallo?«, rief sie gedämpft.

Ein Schatten trat aus der Dunkelheit. Er humpelte. *Es muss Schöffer sein.* Lena versuchte sein Gesicht zu erkennen. Doch alles, was sie erkennen konnte, war das Bündel, das Schöffer im Arm trug – *ein Kleinkind, das sich an ihn schmiegt.* »Ist etwas passiert?«, fragte der Schatten.

Lena schluckte. Sie zwang sich, etwas zu sagen. »Ich bin aufgewacht.«

»Kein Wunder, du hast bestimmt gefroren«, sagte er leise.

Lena blickte angestrengt auf das Bündel. Selbst der Kopf war eingewickelt. War das Kind tot?

Schöffer merkte offenbar, dass sie auf das Bündel starrte. »Deine Decken«, sagte er.

Lena atmete aus, ein leises Keuchen.

»Was ist los?«, fragte Schöffer stirnrunzelnd.

Lena zögerte. *Ich sehe Gespenster. Vielleicht habe ich mir Grete und Els im Hof auch nur eingebildet.* Nein, sie war doch nicht von Sinnen. Schöffer betrachtete sie aufmerksam.

»Ist etwas geschehen?«, fragte er noch einmal.

Wenn sie jetzt schwieg, würde sie Grete einfach Els' Hexenwerk überlassen. Womöglich würde Grete ihr Leben lang unter einem dunklen Einfluss stehen. *Es ist manchmal so schwierig, das Richtige zu tun.*

»Grete und Els sind im Hof.«

»Was machen Grete und Els denn um diese Zeit im Hof?«

»Ich weiß es nicht.«

Der Herr zog die Augenbrauen zusammen. Ohne Kommentar schob er sich mit seinem Bündel an ihr vorbei und betrat die Küche. Er legte das geschnürte Paket auf dem Tisch ab und trat in den Hof. »Was macht ihr da?«, sagte er streng.

Grete schnellte in eine aufrechte Haltung zurück. Die beiden Frauen blickten ihn erschrocken an. Niemand sprach ein Wort.

»Hört sofort auf mit eurem abergläubischen Zeug! Grete, wenn du Zahnschmerzen hast, dann lass dir den Zahn ziehen!« Schöffer blickte Els vorwurfsvoll an.

Els starrte zurück.

»Geht schlafen. Ich brauche waches Gesinde! Wenn so etwas noch einmal vorkommt, schicke ich euch beide fort!«

Wie deine Frau damals, dachte Lena bitter.

Die beiden Frauen schlichen mit gesenkten Köpfen ins Haus. Ohne Lena anzusehen, gingen sie an ihr vorbei in den Flur. Schöffer blieb im Garten zurück und blickte ihnen nach. Er hatte es offenbar nicht eilig. Vielleicht wollte er einen Moment die Ruhe genießen. Lena trat ans Fenster.

Wie das Gemälde, das bei der Burgherrin im Gemach hing, dachte Lena. *Da steht er, im Dunkeln, nachdenklich, alleine, eingeschlossen von Mauern, in der Kälte der Nacht.*

Als er sich umdrehte und zur Hintertür schritt, eilte sie zu ihrer Bank zurück. Er betrat die Küche. »Gut, dass du mich geholt hast, Lena. Ich mag es nicht, wenn Els mit ihren Beschwörungen anfängt.«

Er griff nach dem Bündel auf dem Tisch, löste die Schnur und rollte eine dünne Matratze aus.

»Manchmal habe ich das Gefühl, diese Stadt und dieses Haus sind ein Irrenhaus«, sagte er leise.

Lena hob vor Überraschung den Kopf. Schöffer legte die Matratze auf die Bank und breitete die Wolldecke darauf aus. »Tut mir leid, dass es so lange gedauert hat. Ich habe bis jetzt gebraucht, um beides aufzutreiben, und bin eben erst wieder nach Hause gekommen.« Der Anflug von einem Lächeln erschien auf seinem Gesicht.

»Danke«, sagte Lena leise. Sie betrachtete ihn nachdenklich. Sie wünschte, er hätte nicht gelächelt.

Am nächsten Tag spielte Lena mindestens zehn Mal mit dem Gedanken, ihren Sack zu schultern und diese überfüllte, dampfende Stadt hinter sich zu lassen. Doch dann dachte sie wieder an die Gulden, die Schöffer ihr für einen Monat zahlen würde, und sie stellte sich die breitschultrigen Kälber vor, die ihre Eltern von dem Geld kaufen könnten. Außerdem würde das gesamte Dorf staunen, wenn eine Frau so viele Münzen nach Hause brachte.

Der Hauptgrund jedoch, warum Lena nicht zur Tür hinausrannte, war Angst. Am Ende aller Tage würden Gulden keine Rolle mehr spielen. Schuld aber sehr wohl. Vor allem diejenige, die nicht abgebüßt war.

Grete betrat die Küche. Ihre Augen waren stumpf vor Schmerzen. »Els hat gesagt, du sollst Fisch kaufen. Für alle. Hol dir das Geld dafür vom Herrn.«

Lena nickte, wischte sich die Hände an der Schürze ab, eilte aus der Küche und klopfte an die Tür zur Werkstatt. Niemand schien sie gehört zu haben, also öffnete sie die Tür und trat ein. Schöffer lehnte zusammen mit Johannes über ein riesiges Gerät, dessen oberer Teil neben ihren Köpfen schwebte. Beide hatten ihr den Rücken zugewandt. Schöffer schüttelte den Kopf. Als er Lena neben sich bemerkte, drehte er sich zu ihr herum.

»Herr, ich soll auf dem Markt Fische kaufen und mir das Geld von Euch holen.« Ihr Blick ging an ihm vorbei zu einem Punkt an der Wand. Zu verstörend fand sie die Augen.

Wortlos griff er in seine Gürteltasche und holte ein paar Münzen hervor. »Hier«, brummte er und drückte sie Lena in die Hand. Dann wandte er seine Aufmerksamkeit wieder dem Druckergesellen zu. Er hatte nicht einmal genau nachgesehen, wie viel Geld er ihr gegeben hatte. *Ist er so reich, dass er so sorglos mit den Pfennigen umgehen kann? Oder bin ich ihm so lästig, dass er mich möglichst schnell abfertigen will?*

Sie schob sich durch das Treiben auf der Straße. Sie erstickte fast im Staub und Stein der Stadt und dachte wehmütig an die Weite des Himmels und die Knospen der Büsche in Laubenheim.

Auf dem Markt beäugte sie alle Fischstände, merkte schnell, dass sie besser nur durch den Mund atmete, und entschied sich dann für den Stand, an dem am wenigsten Andrang herrschte.

Sie erreichte Schöffers Haus gleichzeitig mit einer jungen Frau. »Möchtet Ihr zu Peter Schöffer?«, fragte Lena.

Die hübsche Frau nickte und errötete.

Lena öffnete die Haustür. »Ich werde ihm sagen, dass er Besuch hat«, sagte sie zu ihr und winkte sie in den Flur hinein. »Wartet hier.« Lena steckte den Kopf in die Werkstatt. Wendling stand an der Presse und nahm gerade einen Bogen heraus. »Der Herr hat Besuch«, sagte Lena.

Wendling grinste sie an und ließ wieder seinen Blick über sie gleiten. »Er ist mit Johannes ausgegangen. Sie verhandeln mit dem Fernhändler über eine Papierlieferung.«

Lena wandte sich um und trat zu der jungen Frau in den Flur. »Er ist nicht da. Kann ich ihm etwas ausrichten?«

Die Frau streckte Lena ein in Leder gebundenes Büchlein hin. »Ich wollte ihm das vorbeibringen. Ein Gedichtband.«

»Ich werde es ihm geben.«

»Danke.«

»Wie ist Euer Name?«, fragte Lena.

»Theres Weber.« Die junge Frau lächelte schüchtern und schlüpfte aus der Tür hinaus.

KAPITEL 22

Ebernburg, April 1521

Müssen es ausgerechnet Gedichte sein? Gerold gähnte. *Reichen die endlosen Diskussionen über neue Ideen nicht? Ich habe schon fast vergessen, wie sich ein Pferdehintern anfühlt.*

Gelangweilt ließ er seinen Blick über die sechs anderen Ritter im Lesezimmer der Ebernburg gleiten und wandte sich dann wieder Ulrich von Hutten zu. Der stand selbstbewusst vor ihnen und deklamierte Selbstgeschriebenes. Gerold verstand so viel, dass er gerade den Klerus verspottete. Der Rest war ihm gleichgültig. *Hoffentlich ist er mit dem Gesäusel bald fertig.* Er richtete den Blick auf Huttens Nase. Nach einer Weile besah er sich dessen blonden Bart. Die vielen rötlichen Stoppeln sprossen und blühten von einem Ohr zum andern, seilten sich in Kringeln von seinen Unterlippen ab und schlängelten sich vor seiner Brust ineinander, als hätte er sie vor dem Zubettgehen geflochten und am Morgen wieder ausgekämmt.

Gerold schreckte hoch – die Männer klatschten und er fiel in den Applaus mit ein. *Und dafür habe ich so hart gearbeitet.* Er hatte Briefe geschrieben und Banketts abgehalten. Er hatte seinem Freund Ulrich von Hahn, einem Reichsritter, ein Angebot unterbreitet: Hahn sollte ihn gemeinsam mit anderen Reichsrittern einladen, im Gegenzug versprach er, dass Otto, Gerolds Sohn, eine von Hahns hässlichen Töchtern heiraten würde. Hahn hatte sofort reagiert. Er hatte Gerold an der Tafel sogar den Platz neben Franz von Sickingen zugewiesen. Beim Essen hatte Gerold seinen Sitznachbarn geschickt über seine Städtebelagerungen ausgefragt, wobei er das Wort ›Fehden‹ absichtlich vermieden hatte. Sickingen hatte geschmeichelt geplaudert. *Die Mühe beginnt sich auszuzahlen, ich als Lehensmann eines Fürsten sitze hier unter den Reichsrittern. Auch wenn diese schreckliche Poeten sind.* Er richtete sein Augenmerk jetzt auf die Haarbüschel, die aus Huttens Ohren sprossen.

Während er seinen Gedanken nachhing, trat ein Knecht ein. Hutten unterbrach seine Lesung.

»Der kaiserliche Rat Paul von Amsdorf und der kaiserliche Beichtvater Glapion sind hier«, sagte der Knecht.

Sickingen erhob sich von seiner Bank. »Was wollen sie?«

»Ich weiß es nicht.«

»Führ sie herein.«

Während sie warteten, sagte Sickingen in die Runde: »Ihr Anliegen muss irgendetwas mit dem Reichstag zu tun haben.«

»Ob sie wohl wissen, dass Ihr auf Luthers Seite steht?«, fragte Wilhelm von Enchingen.

Sickingen grinste. »Als hätte ich irgendetwas vom Kaiser zu befürchten.«

Zwei prunkvoll gekleidete Männer betraten mit erhobenen Häuptern den Raum, gefolgt von zwei Knechten. Alle im Raum standen auf. Sickingen begrüßte die Männer und stellte sich und seine Gäste vor.

Der kaiserliche Rat sagte: »Seid gegrüßt. Wir sind einen Tag lang geritten und die Angelegenheit eilt. Darf ich sofort vortragen?«

Sickingen machte eine gewährende Handbewegung. »Wenn Ihr gleich zur Sache kommen möchtet, bitte. Es ist zwar normalerweise nicht meine Art, meine Gäste ohne Erfrischung zu lassen, aber wie Ihr wünscht.«

»Es ist allgemein bekannt, dass Ihr und Eurer Freund Ulrich von Hutten …«, der Rat verbeugte sich leicht in Huttens Richtung, »… Luther unterstützt.«

Sickingen stand breitbeinig da und nickte. *Faszinierend, er drückt mit seinem ganzen Körper aus, dass er den Kaiser und seine Gesandten nicht fürchtet,* dachte Gerold.

Der Rat fuhr fort: »Wie Ihr wisst, ist Luther vom Kaiser nach Worms vorgeladen worden.«

Wieder nickte Sickingen lässig.

»Nun, der Kaiser ist nicht abgeneigt, Luther sein Wohlwollen zu zeigen. Allerdings muss Luther vorher – vor der Verhandlung seines Falles auf dem Reichstag –, Signale setzen, die zeigen, dass er bereit ist, sich mit dem Kaiser zu verständigen.«

»Was genau wollt Ihr von mir?«, fragte Sickingen unbeeindruckt.

»Luther soll sich hierher auf die Ebernburg begeben und von hier aus seine Schriften widerrufen. Um sein Gesicht zu wahren, kann Luther ja behaupten, dass ihm die neuen Schriften untergeschoben worden seien.«

»Und welche Rolle spielen wir dabei?«, fragte Sickingen.

»Ihr sollt ihm diese Nachricht überbringen.«

»Und wo finden wir Luther?«

Der kaiserliche Rat übergab Sickingen eine Karte. Sickingen rollte sie auseinander. »Woher habt Ihr seine Reiseroute?«, fragte Sickingen.

»Der Kaiser hat Luther freies Geleit zugesichert. Dazu muss er seinen Weg kennen.«

»Und wir sollen ihn abpassen?«

Der Rat nickte. »Reitet ihm entgegen. Ihr werdet ihn schon finden.«

»Ich werde darüber nachdenken«, sagte Sickingen kühl. Er tauschte einen Blick mit Hutten aus. Dann wandte er sich wieder an seine neuen Gäste: »Ich lasse Euch Gemächer richten und ein Mahl servieren.« Die beiden Männer verbeugten sich zum Dank. Sickingen rief seinen Knecht herbei und beauftragte ihn, die beiden in den Gästeflügel zu führen.

Als sie gegangen waren, redeten alle im Raum durcheinander. »So oft schon hast du Luther eingeladen, nie hat er Zeit gefunden zu kommen. Endlich ist es so weit«, sagte Hutten.

»Wenn wir ihn jetzt hierherbringen, können wir Luther vor dem Kaiser und der Reichsacht schützen und ihn gleichzeitig beeinflussen«, warf Enchingen ein.

»Ich reite ihm entgegen«, sagte Martin Bucer.

»Ich komme mit«, beeilte sich Gerold zu sagen.

Sickingen nickte. »Gut, brecht morgen vor Sonnenaufgang auf.«

Worms

Lena schob den Eimer mit dem schwarzen Pulver mit dem Fuß unter dem Tisch hervor, um mit dem Besen besser die Ecken zu erreichen. Die Sonne war gerade aufgegangen, gleich würde die Arbeit in der Werkstatt beginnen. Vom oberen Stockwerk hörte sie Schritte, wahrscheinlich waren es der Herr und seine beiden Gehilfen, die sich gerade für die Arbeit fertig machten. Mit dem Besen schob sie den Dreck zu dem Haufen in der Mitte des großen Raumes und lehnte den Stiel kurz an ihre Brust, um sich das Kopftuch fester zu binden. Sie legte den Besen auf den Boden, holte den Federwedel aus ihrer Schürze und fuhr mit ausladenden Schwüngen über das polierte Holz der beiden Pressen und dann über die Bücher, die auf dem Regal über dem Tisch standen. Zu spät bemerkte sie, dass die Reihe keine Seitenstützen hatte. Die Bücher kippten um, das Buch links außen fiel herab, streifte die Tischkante und landete im Eimer. Eine kleine schwarze Staubwolke stieg auf.

»Oh nein«, flüsterte Lena. Sie wusste nicht, wen sie lieber ohrfeigen würde: sich selbst – sie hätte den Eimer nicht neben dem Tisch stehen lassen dürfen – oder den Herrn, weil der Eimer keinen Deckel hatte. Sie legte den Wedel auf den Tisch und fischte das Buch mit spitzen Fingern aus dem Pulver.

In diesem Moment hörte sie, wie jemand die Tür zur Werkstatt öffnete. Sie fuhr herum. Schöffer stand da und blickte mit großen Augen auf das Buch in ihren Händen.

»Ist das Erasmus' Übersetzung?«, fragte er ungläubig.

Lena blickte ihn schuldbewusst an und hob die Augenbrauen, um ihm anzudeuten, dass sie es nicht wusste. Mit schnellen Schritten war er an ihrer Seite, griff nach einem Tuch, das an einem Brett hing, und nahm ihr das Buch aus der Hand. »Ausgerechnet dieser Band!« Mit finsterem Blick wischte er den Buchrücken ab. »Hättest du nicht ein anderes Buch in die Farbe werfen können?«

Sie wich unmerklich zurück.

»Warum hast du den Eimer nicht dort gelassen, wo er war?«

»Warum hat der Eimer keinen Deckel?«

Wütend fuhr er zu ihr herum. »Weil er zerbrochen ist und ich nicht ahnen konnte, dass eine Magd ihn verschiebt und dann wertvolle Bücher hineinwirft!«

»Das war keine Absicht.«

»Davon gehe ich aus«, sagte er, immer noch verärgert.

Er hielt das Buch am Rücken in die Höhe, sodass die Seiten leicht auseinanderfielen. »Oh nein. Das Pulver ist auch auf den einzelnen Seiten.«

»Ist es sehr wertvoll?«, fragte Lena.

»Davon verstehst du nichts.«

»Dann erklärt es mir, vielleicht verstehe ich es ja dann.«

Er drehte sich zu ihr, sodass er direkt vor ihr stand. Mit einem bedrohlichen Funkeln in den Augen sagte er: »Ich weiß nicht, für welche Herren du in der Vergangenheit gearbeitet hast und welche Zustände dort herrschten, aber dein Ton ist der Falsche. Zumindest in diesem Haus.«

»Zieht mir den Wert des Buches vom Lohn ab«, sagte sie und knirschte dabei innerlich mit den Zähnen. Hoffentlich war das Buch nicht so viel wert, dass sie monatelang an diesen Mann gebunden war.

»Ich werde darüber nachdenken«, sagte er und klopfte das Buch mehrmals gegen den Tisch. Schwarzer Staub rieselte auf den Ziegelboden. »Mach das sauber!«

Lena holte wortlos den Besen und die Kehrschaufel und fegte die Farbe zusammen.

Schöffer legte das schwarz verfleckte Buch auf den Tisch und wischte sich die Hände am Tuch ab.

»Es tut mir leid, dass das passiert ist«, sagte Lena, als sie sich wieder vom Boden aufrichtete.

Er nickte nur.

»Was für ein Buch ist es denn nun?«, fragte sie.

»Eine lateinische Übersetzung der Bibel von Erasmus von Rotterdam.«

»Die neue Übersetzung, der er den griechischen Originaltext beigefügt hat!«, sagte sie und freute sich, dass sie sich an die Worte der Burgherrin erinnerte.

»Was für eine Magd habe ich mir da nur geholt?« Er trat an das Setzpult neben dem Tisch. »Vergräbt Bücher in Druckerschwärze und weiß auch noch, was darin steht«, murmelte er halb zu sich selbst, halb an Lena gewandt. Während er Lettern aus dem Setzkasten nahm, schüttelte er den Kopf.

»Ich kann auch wieder nach Hause gehen.«

»Nein, ich brauche jede Hand«, sagte er, ohne aufzusehen. »Sogar deine.« Er schien sich wieder etwas beruhigt zu haben, denn in seinem rügenden Ton schwang ein Hauch von Humor.

Auch Lena schüttelte den Kopf, aber erst als sie sicher war, dass er nicht in ihre Richtung sah. Sie griff nach der Kehrschaufel, dem Besen und dem Wedel und schloss die Tür hinter sich.

Bei Oppenheim

Gerold bestellte sich ein zweites Bier und trommelte mit den Fingern auf den klebrigen Wirtshaustisch. Es ärgerte ihn, dass er von Luther und seiner Leibwache nicht auch in den Nebenraum gebeten worden war, schließlich hatten er und Martin Bucer den Ritt allein wegen dieser einen Unterredung auf sich genommen. Er fühlte sich wie ein Knappe.

Er ballte seine Hände zu Fäusten und legte sie rechts und links neben seinen Bierkrug. *Dieser eitle Reichsherold kommt sich besonders wichtig vor, er setzt einfach die Regeln fest und lässt nur einen Mann zu der Besprechung zu.* Bucer hatte nicht lange gezögert und Gerold einfach in der Wirtstube stehen gelassen. Nun gut, Bucer bewegte sich auch schon länger als er in Sickingens Kreisen. Nur leider würde Bucer dadurch auch allein die Anerkennung zuteil. Gerold griff nach dem Krug und trank einen großen Schluck.

Nun trennt mich eine läppische Holzwand vom Erfolg, dabei war ich so nahe davorgestanden, mir einen Namen unter den Reichsrittern zu machen. Und das alles nur wegen einer Leibwache.

Gerold nahm einen weiteren Schluck und fragte sich, ob er die Leibwachen loswerden konnte. *Wenn Luther sich auf das Angebot einlässt, seine Route ändert und auf die Ebernburg weiterreist, könnte man die Leibwachen ja eigentlich von ihrer Aufgabe entbinden. Ich selbst könnte Luther schützen.* Zumal die Leibwachen ursprünglich nur damit beauftragt waren, Luther freies Geleit *nach Worms* zu sichern, nicht auf die Ebernburg.

Er lächelte über seine Findigkeit. Doch dann hielt er plötzlich inne.

Genau das ist es! Die Zusage des freien Geleits gilt für den Weg nach Worms, nicht für den Weg zur Ebernburg. Der ganze Plan ist eine Falle! Eingefädelt von den Beratern des Kaisers und den Handlangern des Papstes. Man will Luther seinen Feinden zuspielen.

Er schob seinen Krug weg und stand auf. Er musste Bucer und Luther warnen; Luther durfte seinen Weg nach Worms auf keinen Fall abbrechen.

Nun werde ich doch den Lauf der Dinge beeinflussen. Er als Einziger aus einer Gruppe hochgebildeter Männer hatte diese raffinierte Falle durchschaut.

Während er auf den Nebenraum zuschritt, wurde die Tür von innen geöffnet. Bucer kam heraus. Enttäuschung stand in sein Gesicht geschrieben. Hinter Bucer sah Gerold in dem Raum einen Mann in Mönchskutte am Fenster stehen. Dann versperrte Bucer ihm die Sicht auf Luther.

Gerold flüsterte eindringlich: »Es ist alles hinterlistig eingefädelt. Luther darf auf keinen Fall mitkommen.«

Bucer schien ihm gar nicht zuzuhören. »Dieser Dickschädel«, murmelte er.

»Hat Luther die Falle durchschaut?«, fragte Gerold.

»Wovon redest du? Dieser Mann ist ein Sturkopf! Rennt hocherhobenen Hauptes in sein Verderben! Vor Kaiser und Reich wolle er Rede und Antwort stehen! Die Vorladung sei Gottes Ruf, er wähne sich in Seiner Hand.« Bucer schüttelte den Kopf. »Der Kaiser wird ihn in Worms für vogelfrei erklären. Dann hat er nicht einmal mehr Zeit zu blinzeln, bevor er von einem seiner tausend Feinde umgebracht wird.«

Gerold überlegte. Dann schwieg er.

Bucer hatte seine Mission nicht erfüllt. Und er hatte mit dem Misserfolg nichts zu tun.

Er würde zu einem günstigen Zeitpunkt auf der Ebernburg einfließen lassen, dass er die Falle durchschaut hatte. Er – und nicht Bucer.

Worms

Nachdem Gretes Zahnschmerzen kamen und gingen und schließlich unerträglich wurden, verließ sie eines Morgens zitternd das Haus, um sich den Zahn vom Schmied ziehen zu lassen. Später erschien sie in der Küche mit dicker Backe und verheulten Augen. Lena schickte sie in ihre Kammer und brachte ihr nasse Lappen zum Kühlen. Am nächsten Tag zeichneten sich auf Gretes Gesicht blaue Flecken ab, die sich bis zum Hals zogen. Sie zitterte, ließ mehrere Teller fallen und weinte, während sie die Erbsensuppe umrührte. Lena schickte sie wieder ins Bett, versuchte sie zu trösten und brachte ihr regelmäßig Wein, den sie ausnahmsweise nur zu zwei gleichen Teilen verdünnte. »Jetzt erholst du dich erst mal richtig von dieser Tortur. Ich kümmere mich um alles.«

Am späten Vormittag rief der Herr sie in die Werkstatt. Sie trat ein und blieb stehen. Es war ein seltsamer Anblick: Von der Decke hingen Papierbogen auf Leinen wie Girlanden. Darunter sah sie drei Männer, auf Trittschemeln stehend, die Köpfe von den Bogen verdeckt. Obwohl alle ungefähr gleich groß waren, erkannte Lena Schöffer sofort. Seine Brust war so breit wie Wendlings, doch ihm fehlte Wendlings runder Bauch. Während sie auf ihn zuschritt, fragte sie sich, warum Sibilla nicht wenigstens sein Äußeres attraktiv gefunden hatte.

Sie stellte sich an die Seite des Schemels und sah zu ihm auf.

»Ah, Lena, gut, dass du da bist.« Er ließ den Bogen los und sah sie an. »Ich brauche für heute Abend ein Vier-Gänge-Menü für vier Personen. Balthasar Weber kommt mit seiner Tochter, außerdem wird noch einer der logierenden Gäste dabei sein. Koche uns etwas besonders Gutes.«

Theres Weber also. Lena seufzte innerlich, weil sie keine Hilfe hatte. Sie nickte. »Ich brauche Geld zum Einkaufen.«

Er kletterte von seinem Trittschemel, griff in seine Gürteltasche und gab ihr einige Münzen. Zwei Pfennige rollten auf den Boden. Ehe Lena reagieren konnte, bückte er sich und hob sie auf. »Hier«, sagte er und legte sie vorsichtig in ihre Hand. Sie knickste und verließ die Werkstatt.

Auf dem Markt boxte sie sich mit den Ellenbogen durch zu den guten Ständen – sie wusste mittlerweile, welcher Händler mit richtigen Gewichten wog und Mehl ohne Steinchen feilbot –, und kaufte Brot, Fasane, Eier, Hühnchen, Mandelmilch und Aniskuchen. Zu Hause erntete sie im Gemüsegarten die ersten Frühlingszwiebeln und begann mit den Vorbereitungen. Gegen Abend zwackte sie vier Portionen von dem Hühnerfleisch in Mandelmilch ab und stellte sie für

Els, Grete, Johannes und Wendling mit etwas Brot bereit. Sie selbst hatte keine Zeit zum Essen.

Mit verschwitztem Gesicht trug sie die Eiersuppe in die Stube und war überrascht, dass sie nur drei Personen antraf. Theres Weber war ohne ihren Vater gekommen – er war angeblich krank. Lena konnte sich schon denken, warum er plötzlich unpässlich war. In der Küche half sie Els beim Essen und servierte dann in der Stube den Fasan mit Winterbirnen. Sie kehrte in die Küche zurück, räumte den Gesindetisch ab und brachte dem Herrn und seinen Gästen das Hühnerfleisch in Mandelmilch mit Speck und Honig. Als sie den Aniskuchen auftrug, saßen nur noch Schöffer und Theres Weber in der Stube. Der logierende Gast hatte sich schon zurückgezogen. Unauffällig musterte Lena die hübsche junge Frau mit den hohen Wangenknochen und dem vollen Haar. Für die Flechtfrisur hatte sie sicherlich eine Stunde gebraucht.

Lena hätte gerne gehört, worüber die beiden sich unterhielten. Doch jedes Mal, wenn sie im Raum war, schwiegen sie. Entweder waren ihre Gesprächsthemen so intim, dass sie aus Anstand vor ihr schwiegen, oder sie hatten sich nichts zu sagen.

Lenas Magen knurrte, als sie das Geschirr spülte. Ihr Blick fiel auf die Reste, die sie auf dem langen Tisch in der Küche abgestellt hatte. Sie wollte nur noch schnell fertig spülen, dann würde sie endlich etwas essen.

Schöffer betrat die Küche. »Lena, darf ich dich um Hilfe bitten? Theres Weber geht es nicht gut.«

Lena strich sich mit dem Ärmel über die Stirn. »Was ist mir ihr?«

»Sie sagt, ihr sei übel. Vermutlich hat sie dasselbe wie ihr Vater.«

Dass der Vater krank ist, ist also doch keine Ausrede gewesen, dachte Lena. Sie nickte und folgte Schöffer. Auf der Bank in der Stube saß die junge Frau, blass, mit grauen Lippen. »Kann ich etwas für Euch tun?«, fragte Lena, während sie besorgt auf Theres zuging.

»Ich fürchte, ich muss mich gleich übergeben«, flüsterte Theres.

Lena wandte sich um, eilte in die Küche und holte einen Topf. Sie stellte ihn neben sie auf die Bank. »Hier, für alle Fälle. – Soll ich Euch nach Hause bringen?«

Theres nickte dankbar. »Es tut mir leid«, sagte sie entschuldigend zu Schöffer, der neben ihr stand.

Lena half ihr auf. Die Hände der jungen Frau waren eiskalt. »Ist es weit?«, fragte Lena und sah Schöffer an.

»Nein. Ich komme mit.«

Lena stützte Theres auf der einen Seite, Schöffer auf der anderen.

»War mein Essen so schlecht?«, fragte Lena schmunzelnd.

Theres antwortete nicht.

»Das Essen war sehr gut, Lena.« Schöffer lächelte sie an, während er die Lampe nahm. Wieder fiel ihr das intensive Blau seiner Augen auf.

Sie führten Theres die Treppe hinab und auf die Straße hinaus. Obwohl die Nacht sich über die Stadt gesenkt hatte, waren die Straßen voll. Sogar Wagen wurden um diese Uhrzeit noch durch die Gassen gezogen. Theres ging langsam. Lena und Schöffer führten sie geduldig die Straße hinab bis zum Dom und bogen dann links ab.

»Da vorne rechts ist es gleich«, sagte Schöffer zu Lena.

Lena merkte plötzlich, dass Theres sich verkrampfte. Schnell führte Lena sie in eine dunkle Ecke und stützte sie, als sie das Essen erbrach. Sie tat ihr leid. Die junge Frau hatte sich so Mühe gegeben, Schöffer zu beeindrucken. Wie demütigend es für sie sein musste, sich in seiner Anwesenheit zu übergeben. Bewusst schirmte sie die junge Frau etwas von Schöffer ab, der hinter ihnen stand. Theres zitterte.

»Wir haben es gleich geschafft«, flüsterte Lena ihr zu.

Endlich erreichten sie das Haus. Eine Magd öffnete. »Eurer Herrin geht es nicht gut«, sagte Lena.

Die Magd nickte, fasste nach dem Arm von Theres und führte sie langsam ins Haus. Theres konnte nicht einmal Auf Wiedersehen sagen. Schöffer und Lena traten auf die dunkle Straße.

»Die Arme«, sagte Lena.

»Es lag jedenfalls nicht am Essen, Lena.«

Lena lächelte verhalten.

»Wo hast du das Kochen gelernt?«

»Bei meinem Mann. Er war der Koch auf der Burg.«

»Ist er schon lange tot?«

»Drei Jahre.«

»Warum arbeitest du nicht mehr auf der Burg?«

»Mein Vater wollte es nicht mehr. Außerdem könnte ich meinen Sohn auf der Burg nicht bei mir haben. Und ich möchte nicht von ihm getrennt sein.« Als sie merkte, welche Worte sie gerade aussprach, begannen ihre Wangen zu glühen.

»Wie alt ist dein Sohn?«

Lena schluckte. »Fast drei.«

»Sicherlich vermisst du ihn – und er dich. Ist er jetzt bei deinen Eltern?«

Lena nickte.

»Ich kann mir ein Leben auf dem Land gar nicht recht vorstellen. Ich habe immer in einer Stadt gewohnt.«

Lena lächelte versonnen. »Auf dem Land zeigen die Wolken und die Vögel, wie das Wetter wird. Aber trotzdem gibt es abends auf dem Feld immer Diskussionen über das morgige Wetter. Jeder weiß immer alles besser. Und jeder scheint alles über seine Nachbarn zu wissen. Wir lassen unsere Haustüren offen stehen, also hört man auch alles Gezänk. Mein Vater …«

Sie hielt inne, denn ihr Blick fiel auf zwei junge Männer – ihrer Kleidung nach waren es Gesellen –, die sich über einen Betrunkenen beugten. Der Mann lehnte zusammengesunken an einer Hauswand. Einer der beiden machte sich am Gürtel des Mannes zu schaffen. Lena lief auf die Männer zu. »Lasst den Mann in Frieden!«, rief sie. Der Geselle richtete sich auf und blickte sie grimmig an. Er kam auf sie zu und beugte sich über sie. »Du hältst dich da raus, Weib!«

Sie bereute ihren Mut und wäre gerne weggelaufen, aber trotzdem straffte sie ihren Rücken und blickte ihn herausfordernd an. Im nächsten Moment taumelte sie zurück. Der Mann hatte ihr ins Gesicht geschlagen. Sie keuchte und fand ihr Gleichgewicht wieder. Plötzlich war Schöffer an ihrer Seite. »Finger weg von meiner Magd!« Sie spürte, wie er sie bei sich unterhakte und sie wortlos weiterzog.

Der Geselle rief ihm Verwünschungen hinterher.

Schöffer ignorierte ihn. »Alles in Ordnung?«, fragte er und sah sie von der Seite an.

Lena rieb sich die Wange und nickte benommen.

»Das war keine gute Idee, Lena.«

»Sollte ich etwa zusehen, wie sie einen hilflosen Mann ausrauben?«

»Der Mann ist selbst schuld, wenn er sich bis zur Besinnungslosigkeit betrinkt.« Er änderte die Richtung und zog sie mit zu einem Büttel. »Da hinten sitzt ein Betrunkener«, sagte er zu ihm. »Er ist in Schwierigkeiten.«

Der Büttel nickte, fluchte leise und setzte sich in Bewegung.

Schöffer ließ Lena los und sah sie prüfend an.

»Es geht schon«, sagte sie leise.

Schöffer nickte und ging dann langsam weiter. Lena blieb an seiner Seite. Sie hörte ihn sagen: »Misch dich nur im äußersten Notfall ein. Zumindest während des Reichstages. Jede Nacht gibt es irgendwo Tote.«

Lena nickte benommen. »Ehrlich gesagt, finde ich diese Stadt ganz grässlich«, sagte sie.

Schöffer ging langsamer. »Ja, das kann ich verstehen. Der Trubel zerrt auch an meinen Nerven.«

Sie erreichten das Haus und er öffnete die Tür. »Gute Nacht, Lena. Danke für deine Hilfe.« Er sah sie wieder aufmerksam an, als wollte er sich vergewissern, dass sie sich von dem Schrecken erholt hatte. Sie rang sich ein Lächeln ab.

»Jetzt solltest du endlich etwas essen. Dein Magen knurrt schon die ganze Zeit.« Er lächelte und stieg dann die Treppe hinauf, seinen steifen Fuß nachziehend, bevor er den nächsten Schritt setzte. *Er hat ein hübsches Lächeln, wie Ivo,* dachte Lena, als sie ihm nachblickte. Sie ging in die Küche, sank auf einen Schemel am langen Tisch, wischte sich eine Träne aus dem Auge und aß endlich etwas.

KAPITEL 23

Worms, 17. April 1521

Nach dem vierzehnten Gast zählte Lena nicht mehr mit. Zu viele Freunde des Herrn – sogar Ratsmitglieder – hatte sie schon hereingelassen. Lena wunderte sich, dass sich die beiden Ratsherren nicht zu fein für solch ein Unternehmen waren. Sie führte die Männer mit ihren Frauen und Kindern alle in die große Werkstatt, weil der Herr sich gerade dort aufhielt und außerdem kein anderer Raum die vielen Menschen aufnehmen konnte. Der Herr begrüßte jeden freundlich, sogar die Kinder. Obwohl der Plan der Besucher recht dreist war, wie Lena fand, strahlten Schöffers Augen.

Nach einer Weile polterten die Gäste die Treppe hoch und verteilten sich laut plappernd in den Räumen zur Kämmererstraße. Theres Weber wich die ganze Zeit nicht von Schöffers Seite. Sie stand auch jetzt direkt neben ihm am offenen Fenster in der Stube.

Jede Fensterluke im Haus war belegt. Grete, Els, Wendling und Johannes hatten zwar im Obergeschoss Position bezogen, aber ihnen versperrten die breiten Rücken einiger Männer die Sicht. Sie würden die Straße nicht sehen können.

Lena stieg die Treppe hinab und öffnete kurz die Haustür, um herauszufinden, ob man vom Straßenrand aus etwas sehen konnte. Doch direkt vor der Tür standen Schaulustige in mehreren Reihen. Da es für sie nirgends mehr Platz gab, setzte sie sich auf die Bank in der Küche und genoss die Stille. Nach einer Weile erhob sie sich, öffnete die Tür zum Hof und ließ sich im Türrahmen die Sonne ins Gesicht scheinen, die am späten Nachmittag genau zwischen den gegenüberliegenden Dächern stand. Jemand betrat den Raum. Sie drehte sich um. Es war Wendling. Als er sie sah, trat ein Ausdruck von Selbstgefälligkeit in sein Gesicht. Lena presste die Lippen aufeinander.

»Willst du Luther auf seinem Weg zum Kaiser nicht sehen?«, fragte er.

»Es gibt keinen Platz mehr.«

»Wenn du willst, schlage ich mich mit dir da draußen durch die Menschenmassen. Wir klettern zusammen auf irgendein Dach, das noch nicht besetzt ist.«

Lena schüttelte den Kopf. »Ich riskiere mein Leben weder für dich noch für Luther. Ich habe ein Kind zu Hause.«

»Du bist Witwe?«

Lena nickte. Hoffentlich würde er ihr ab jetzt beim Essen nicht mehr so auffordernde Blicke zuwerfen. Sie war versucht, ihm weiszumachen, dass sie außerdem noch sieben hungrige Kinder aus erster Ehe ihres Mannes zu versorgen hatte. Aber sie schwieg.

Er wechselte das Thema. »Gibt es etwas zu essen?«

Lena ging zum Tisch, auf dem ein frischer Laib Brot lag, und schnitt ihm eine Scheibe ab. Durch die offene Tür nahm sie aus den Augenwinkeln eine Bewegung im Garten wahr. Auch Wendling hatte etwas bemerkt. Neugierig sah er zur Tür. Lena trat in den Garten, gefolgt von Wendling. Sie blinzelte ein paarmal gegen die Sonne. Sie blinzelte noch einmal: In der Abwasserrinne am Ende des Hofes standen zwei Trabanten in prunkvoller Kleidung. Auf dem rechten Nachbargrundstück, das durch eine Mauer von ihrem Hof getrennt war, schien irgendetwas vor sich zu gehen. Leise Stimmen waren zu hören, rechts an der Abwasserrinne bewegte sich ein Schatten. Ein weiterer Trabant erschien, dann ein prächtig gekleideter Herold mit einer Fahne in der Hand, deren Stange er jedoch waagerecht hielt. Am vorderen Ende baumelte ein doppelköpfiges Adlerwappen wie ein Wegweiser. Ihm folgte ein Mönch, flankiert von drei weiteren Wachen mit Schwertern.

»Luther?«, flüsterte Lena ungläubig.

Wendling erwiderte nichts, er starrte nur. Die Gruppe huschte leise am Rinnsal entlang. Der Mönch wandte den Kopf in ihre Richtung. Lenas und sein Blick trafen sich einen Moment. Dann konzentrierte sich Luther wieder auf den Weg. Einen Augenblick später hatte die seltsame Gruppe das Grundstück verlassen und verschwand hinter der Mauer.

»Ich fasse es nicht«, flüsterte Lena und eilte zum Ende des Gartens. Sie stellte sich breitbeinig über die Abwasserrinne und blickte der Gruppe nach, die mittlerweile schon das übernächste Grundstück erreicht hatte. Die Wache in der Nachhut wandte sich um, sah sie kurz an, aber entschied dann wohl, dass von ihr keine Gefahr ausging.

Als die Gruppe aus ihrem Blickfeld verschwunden war, merkte Lena, dass Wendling neben ihr stand.

»Und da stehen die ganzen Leute im Haus am Fenster und warten«, sagte Wendling spöttisch. Dann lachte er.

»Warum führen sie Luther auf solchen Wegen durch Worms?«, fragte Lena.

»Der Kaiser hat ihm sicheres Geleit zugesagt. Vielleicht wollen sie ihn schützen.«

»Oder sie wollen vermeiden, dass er auf der Straße als Held gefeiert wird«, sagte Lena nachdenklich.

Wendling lachte. »Die stehen da drinnen immer noch aufgeregt am Fenster. – Wollen wir sie darüber aufklären, dass sie ihn verpasst haben? Ich würde zu gerne ihre Gesichter sehen!«

»Arme Grete, sie wollte unbedingt einmal im Leben jemand Berühmtes sehen.«

»Els jedenfalls hätte ihn sowieso nicht gesehen.«

»Naja, wenn sich einer der Herren etwas zur Seite bewegt hätte, vielleicht ja schon.«

»Els ist halb blind – aber sie gibt es nicht zu.«

»Els ist blind?«

Wendling nickte. »Außerdem hat sie die Gicht, das sieht man ja. Dahinter kann sie ihre fortschreitende Blindheit verstecken.«

»Weiß der Herr das?«

»Natürlich.«

»Kann er eine arbeitsunfähige Magd nicht einfach zu ihrer Familie schicken?«

Wendling zuckte mit den Schultern. »Els hat niemanden mehr. Sie müsste ins Siechhaus.«

»Und deshalb behält und bezahlt der Herr sie weiterhin?«

Wendling nickte.

Lena schob sich nachdenklich ihr Kopftuch zurecht.

Am nächsten Abend kniete Lena auf dem Boden der Werkstatt und schrubbte die dunkel verfärbten Ziegel unter der Druckerpresse, als es klopfte. Die Abenddämmerung hatte eingesetzt und die Helfer hatten sich zurückgezogen. Nur Peter Schöffer saß konzentriert am Setzpult neben dem Fenster.

Grete erschien. »An der Tür ist ein Gast. Ein Herr Cochläus aus Frankfurt.« Peter Schöffer stand auf, verließ den Raum und kam mit einem schmächtigen Mann zurück. Der Mann nahm sein teures Barett vom Kopf. Seine Glatze glänzte, in seiner rechten Hand hielt er zusammengerollte Papiere. Als Lena Schöffers Blick auffing, deutete sie kurz auf sich und dann zur Tür, doch Schöffer gab ihr ein Handzeichen, dass sie bleiben sollte. Sie tauchte die Bürste in den Eimer und schrubbte weiter. Der Gast schien sie sowieso nicht wahrzunehmen.

»Mein Name ist Johann Cochläus. Aus Frankfurt. Könntet Ihr dieses Manuskript für mich drucken?«

»Sind das Noten?«, fragte Schöffer.

»Nein, es ist Text. Auf Deutsch.« Er streckte Schöffer die Papiere hin.

Schöffer nahm sie und rollte sie auseinander. Er überflog die erste Seite und runzelte die Stirn. »Tut mir leid, ich kann keine Aufträge annehmen.«

»Habt Ihr denn so viel zu tun?« Der Glatzköpfige sah sich in der Werkstatt um.

»Ich kann Euren Auftrag nicht annehmen.« Schöffer gab dem Mann die Papiere zurück.

»Dann warte ich eben, bis Ihr Euren jetzigen Auftrag fertiggestellt habt.«

»Nach meinem jetzigen Auftrag kommt ein neuer Auftrag, und danach wieder ein neuer.«

Cochläus sah Schöffer verärgert an. Er deutete mit dem eingerollten Papier auf Schöffers Brust. »Ihr Drucker haltet Euch alle für neunmalklug! Als würde die Welt Euch gehören! Das nächste Mal gebe ich mich als Anhänger der neuen Gelehrsamkeit aus und warte erst die Zusage ab!«

Schöffer unterdrückte ein Lächeln. »Ich bin also nicht der Erste, den Ihr fragt?«

Der Mann schnaubte und ging zur Tür. Als er verschwunden war, sahen sich Schöffer und Lena an.

»Wovon handelte sein Text denn?«

»Es war eine Schrift gegen Luther und die evangelische Lehre.«

»Und das wolltet Ihr nicht drucken?«

»Nein.«

»Könnt Ihr es Euch denn leisten, Aufträge abzulehnen?«

Schöffer lachte und schüttelte dann den Kopf. »Du bist die Neugier in Person! Soll ich dir als Bettlektüre für heute Nacht meine Auftrags- und Finanzbücher ausleihen?«

Lena errötete.

Er machte ein paar Schritte auf sie zu und stand dann eine Weile vor ihr. Sie hörte auf zu schrubben, setzte sich auf die Fersen und sah abwartend zu ihm auf. Zum ersten Mal fielen ihr braune Sprenkel in seinen tiefblauen Augen auf. *Die hat Ivo nicht. Sie sind wunderschön.* Er zog sich mit dem Fuß einen Fußschemel heran und setzte sich darauf, ihr zugewandt. »Na gut, ich schätze, es ist recht und billig, dass du weißt, für was für einen Herrn du arbeitest.« Er legte locker die Handflächen ineinander. »Ich hatte Schulden. Hohe Schulden. Doch ich habe sie mittlerweile abbezahlt. Mit Sibillas Mitgift.«

Lena runzelte die Stirn. *Er hat Sibilla also nur wegen ihres Geldes geheiratet, wie ich es vermutet habe. Andererseits*, dachte sie, *ist das ja auch der Sinn von Ehe: Versorgung, Vernunft, Nachkommen. Jeder heiratet aus diesen Gründen. Dass Horst und ich uns geliebt haben, war etwas Besonderes.*

Sie konzentrierte sich wieder auf seine Worte.

»Ich musste mein Haus in Mainz verkaufen, habe mir von dem kleinen Anteil, der mir davon noch zustand, dieses Haus hier gekauft und versuche nun, mir einen Namen zu machen. Viele Aufträge habe ich nicht. Zumindest keine lukrativen. Keine dicken Bücher, wie mein Vater sie druckte. Hauptsächlich drucke ich Gedichte und Musiknoten, die zwar in der Herstellung sehr aufwendig sind, aber nicht viel einbringen. Nichts wirklich Weltbewegendes.« Er legte die Unterarme auf seine Knie. »Manchmal muss ich in Vorlage treten und die Bücher dann selbst weiterverkaufen. Das ist ein hohes Risiko. Manchmal tritt der Auftraggeber in Vorlage oder Balthasar Weber, der Buchführer. Eine Zeit lang habe ich versucht, mich auf den hochwertigen Musiknotendruck zu spezialisieren, aber die venezianischen und Pariser Druckermeister haben mich abgehängt.« Er lächelte sie traurig an. »Jetzt drucke ich Noten, die so aussehen.« Er stand auf, ging zum Trockenregal, auf dem bedruckte, ungebundene Bogen lagerten, und zog einen Bogen hervor.

Lena erhob sich und trat zu ihm.

»Für diese Notation brauche ich keine Linien. Dafür wirkt das Ganze aber auch sehr simpel.«

Lena betrachtete die Reihen von frei stehenden senkrechten Strichen mit Häkchen, unter denen Buchstaben tanzten. Sie zuckte mit den Schultern. »Ich finde, es sieht schön aus.«

Schöffer lächelte. Er sah sie kurz an und blickte dann wieder auf den Bogen. Der Ausdruck seiner Augen war sanft gewesen. Als hätte sich einen Augenblick lang ein Fenster geöffnet, durch das die Sonne strahlte, bevor es sich wieder schloss. Schöffer legte den Bogen wieder zurück.

Lena wechselte das Thema. »Was hat Luther denn heute geantwortet?«

»Dass er nicht widerruft. Dass er das seinem Gewissen schuldig ist.«

»Und jetzt? Was passiert mit ihm?«

»Der Kaiser hat sich nun ebenfalls einen Tag Bedenkzeit erbeten. Es heißt, dass viele Berater auf den Kaiser einreden und ihm nahelegen, er solle Luther hier und jetzt als Ketzer verbrennen lassen. Meiner Einschätzung nach wird er jedoch bei seinem Versprechen bleiben, Luther nichts anzutun, gleichzeitig jedoch die Reichsacht über ihn verhängen. Und dann …« Schöffer ließ den Satz unheilvoll im Raum schweben.

Wieder erschien Grete in der Tür. »Balthasar Weber ist hier.«

»Ja, ich komme. Führe ihn in die Stube. Lena, bring uns bitte Wein dorthin.«

»Seine Tochter ist auch dabei. Sie ist wieder gesund«, fügte Grete hinzu.

Lena wandte den Kopf zu Schöffer und beobachtete seine Reaktion genau. Er nickte nur. Das Fenster in ihm schien verschlossen zu bleiben. Ohne ein weiteres Wort ging er aus dem Raum.

Laubenheim, Mai 1521

»Ich übernehme das«, sagte Phillip zu seiner Mutter. Überrascht sah sie ihn an, lächelte dann dankbar und überreichte ihm das Brett mit dem ungebackenen Laib Brot. Er wollte ihr lieber nicht zu lange in die Augen schauen, klemmte das Brett unter seinen angewinkelten Arm, zog draußen ein sauberes Tuch von der Wäscheleine und bedeckte damit den Teig. Er rannte den Weg zum Backhaus, denn er wollte nicht mit einem Brot gesehen werden. Von Weitem sah er den Rauch aufsteigen. Als er das Gebäude erreichte, kämpfte er sich mit hohen Schritten an der Hauswand entlang durchs Gestrüpp zur Rückseite und lauschte. Er hörte keine Stimmen. Schnell kehrte er zum Weg zurück und betrat das Backhaus.

Anna war alleine. Sie saß an dem kleinen Tisch, auf dem vier fertige Brote auskühlten, und schälte Mairüben.

Sie blickte kurz auf, lächelte und senkte den Blick wieder, während ihr ein Strahlen im Gesicht stand. Er trat nahe an sie heran und stellte den Laib Brot ab.

»Meine Mutter bittet dich, den hier zu backen.«

Sie blickte herausfordernd zu ihm auf. »So, deshalb bist du also hier?«

»Na klar, was dachtest du?« Er deutete ihr an, dass sie ihm auf der Bank Platz machen sollte.

»Du willst dich hier neben mich setzen?«

»Ich helfe dir bei deiner Arbeit.«

»Du kannst dich hier nicht häuslich einrichten! Es kann jederzeit jemand hereinkommen.«

Er drückte sie spielerisch zur Seite und rutschte nahe an sie heran. Sein rechter Schenkel berührte ihren Rock. Er sah ihre spitzen Knie, die sich unter den Stofffalten abzeichneten. Er richtete sein Augenmerk wieder auf den Tisch, griff nach einem Messer und einer Mairübe.

»Wir haben gestern Schlagball gespielt, draußen vor der Mauer. Thomas, Seyfridt, Matthes und ich«, sagte er.

»Ich weiß.«

»Warum bist du nicht vorbeigekommen?«

Sie warf eine geschälte Rübe in den Korb auf dem Tisch. »Vielleicht weil ich arbeiten musste?«

»Wärst du denn gekommen, wenn du Zeit gehabt hättest?«

»Wieso willst du das wissen?«, fragte sie, vor sich hinlächelnd.

»Weil die anderen Mädchen auch da waren.«

»Na, dann kann es ja egal sein, wenn ein Mädchen weniger da ist. Das fällt ja nicht weiter auf.«

Wie beiläufig streifte seine Hand die ihre, als sie beide nach einer Rübe griffen. Aus den Augenwinkeln sah er, dass sie errötete.

»Mir fällt es immer auf, ob du da bist oder nicht«, sagte er.

Sie antwortete nicht, sondern griff nach einer weiteren Rübe. Er tat so, als konzentriere er sich auf die Arbeit vor ihm, und hoffte, dass Anna irgendetwas sagen würde.

Draußen näherten sich Schritte. Anna gab Phillip einen harten Schubs und stemmte sich gegen den Tisch, um besser aufstehen zu können. Ohne zu überlegen, machte Phillip ein paar Schritte auf den Ofen zu, als gäbe es in der Glut etwas Interessantes zu beobachten. Er fragte sich, was er da tat. Er war nur deshalb aufgesprungen, weil Anna ihn weggeschubst hatte.

Käthe Eberlein stand in der Tür. »Guten Tag, Anna«, sagte die ältere Frau, während ihr Blick von Phillip zu Anna ging und wieder zurück zu Phillip. »Was machst du denn hier?«, fragte sie Phillip.

»Ich habe unseren Laib vorbeigebracht.«

Käthe nickte. »Deine Mutter war schon immer eine seltsame Person! Heiratet diesen Gotteslästerer, der sich den Hof erschlichen hat. Schickt ihre einzige Tochter auf die Burg. Und dich lässt sie die Weiberarbeit verrichten.«

»Was wisst Ihr schon über meine Mutter!«, sagte er schneidend, wandte sich ab und starrte wütend ins Feuer.

Anna stellte sich wortlos vor sie und hielt ihr einen fertig gebackenen Laib Brot hin. Phillip rechnete es ihr hoch an, dass sie so mutig war und die ältere Frau nicht gegrüßt hatte. Käthe beugte sich missbilligend über den Laib, der immer noch in Annas Händen ruhte. »Wie oft hast du die Kruste bestrichen? Die Farbe ist zu blass. Das gefällt mir nicht.«

»Dann kommt montags und freitags. Da bin ich nicht hier«, sagte Anna knapp und ließ den Laib in Käthes Hände fallen. Die ältere Frau kniff die Lippen zusammen, drehte sich um und ging ohne einen Gruß davon.

Als Käthe gegangen war, durchmaß Phillip den kleinen Raum mit langen Schritten und schloss die Tür hinter ihr. »Dieses Miststück«, sagte er.

»Ich mag sie nicht«, sagte Anna.

Phillip ging auf Anna zu. Anna machte einen Schritt zurück.

»Was ist?«, Phillip blieb stehen.

»Die Tür!«

»Was ist mit der Tür?«

»Du hast sie geschlossen.«

»Ich weiß«, sagte er lächelnd.

»Was sollen denn die Leute denken?«

»Das ist mir doch egal«, sagte er grinsend.

»Ich bin nicht so eine!«

Phillip blickte sie verständnislos an. »Meinst du, ich halte dich für ›so eine‹?«

Sie machte einen weiteren Schritt zurück. »Jetzt hat uns dieses Weibsstück zusammen gesehen. Und du hast auch noch die Tür geschlossen! Meinst du, sie hat das nicht gemerkt? Jetzt denken alle im Dorf schlecht über mich!«

Phillip drehte sich wortlos um und öffnete die Tür. Dann kam er wieder zu ihr. »Was soll ich tun? Soll ich meine Eltern mit einem Heiratsantrag vorbeischicken? Das mache ich sofort. Komm schon, wofür hältst du mich?«

Als sie ihn länger still musterte, wurde ihm mit Schrecken klar, dass sie ihn beim Wort nahm.

»Phillip, meine Eltern werden nie zulassen, dass ich dich heirate.«

Er lächelte erleichtert. Dann sagte er: »So eine schlechte Partie bin ich auch wieder nicht. Ich bin gesund und meine Eltern haben einen großen Hof. Und wir sind nicht verwandt.«

»Das ist es nicht.« Anna blickte auf ihre Fußspitzen. »Es ist wegen deinem Vater.«

»Wegen meinem Vater? Was soll mit ihm sein?«

»Er ist bestimmt ein entlaufener Räuber. Vielleicht ein Hexer.«

»Unsinn, mein Vater ist kein Verbrecher. Und ein Hexer schon gar nicht.« Phillip machte eine wegwischende Handbewegung, doch in Wirklichkeit hätte er Anna am liebsten an den Schultern durchgeschüttelt.

Anna blickte ihm direkt in die Augen. »Ich würde niemals mit deinem Vater unter einem Dach wohnen, Phillip. Dafür ist er mir viel zu unheimlich. Und ich würde auch nicht seinen Hof übernehmen wollen. Er ist verflucht.«

»Aber du kennst meinen Vater doch. Was hat er dir denn jemals getan? Und was habe ich mit den Gerüchten zu schaffen?«

»Ich mag dich wirklich, aber du darfst nicht mehr kommen.«

Phillip blickte sie ungläubig an.

»Geh jetzt bitte. Du hast schon genug Unheil angerichtet.«

Er versuchte zu lachen. »Das meinst du doch nicht ernst, oder?«

Sie schwieg. Einen Lidschlag lang versuchte sie ihm in die Augen zu schauen, doch dann sprang ihr Blick weg und tanzte über die Wand hinter ihm.

Phillip konnte sich nicht bewegen. Nach einer Ewigkeit fragte er noch einmal: »Du meinst das nicht ernst, oder?«

Als sie weiterhin schwieg, schwankte er zum Tisch, griff nach seinem ungebackenen Brot und verließ wortlos das Backhaus. Er ging nach links hinters Haus, ließ das Brot in die Brombeeren fallen, kletterte über die Dorfmauer und lief querfeldein über die Wiese, weg vom Dorf, damit niemand seine Tränen sah.

Worms

Lena und Grete spülten das Geschirr vom Abendessen, als der Herr in der Tür erschien. Beide hatten seine Schritte gehört und wandten sich zu ihm um. Lena wartete auf eine Anweisung, doch er blieb wortlos stehen. Lena sah ihm an, dass etwas nicht stimmte. Sie und Grete wechselten Blicke.

»Herr, kann ich Euch etwas bringen?«, fragte Lena.

»Wir haben doch vor einiger Zeit über Luther geredet. Ich dachte, es interessiert dich zu erfahren, dass er tot ist.«

Lena wischte sich die Hände an ihrem Kleid trocken und ging langsam zu ihm.

»Was ist passiert?«, fragte sie.

»Es heißt, er wurde entführt. Es ist ja klar, was das bedeutet.«

Lena biss sich auf die Lippen. Grete blickte vom Spülbottich aus unsicher von Schöffer zu Lena. Als niemand etwas sagte, drehte sie sich wieder um und schrubbte den Kessel weiter.

Lena sagte leise: »Ich habe ihn gesehen, damals, als er vorgeladen war. Er wurde an der Abwasserrinne entlanggeleitet. Er hat mir kurz in die Augen geschaut.«

Schöffer lächelte traurig. »Wirklich? Ich habe Wendling nicht geglaubt, als er behauptet hat, Luther sei durch unseren Garten gekommen.«

»Er war ein mutiger Mann«, sagte Lena bekümmert. »Er hat einfach die päpstliche Bulle verbrannt. Das weiß ich von meinem Vater. Wer traut sich so etwas?«

Sie sahen sich einen Moment lang an. Der Sohn sah dem Vater so ähnlich, dass es fast wehtat. Es erinnerte Lena daran, dass ihre Abmachung mit Gott noch offen war. Was sollte sie tun? Einfach sagen: Ach übrigens, Herr, bei mir zu Hause wohnt Euer Sohn? Niemals.

Dieser Mann raubte ihr alle Kraft. Sie wusste nicht genau, ob es nur an ihrem Betrug lag. Sie wusste nur eines – sie wollte nach Hause zu Ivo.

»Herr, ich weiß, es ist jetzt kein guter Zeitpunkt. Aber es gibt etwas, über das ich mit Euch reden muss.«

»Noch mehr schlechte Nachrichten?«

»Ich muss nach Hause. Meine Eltern brauchen mich«, sie richtete ihren Blick an ihm vorbei, als sie hinzufügte, »und mein Sohn ebenso.«

»Natürlich«, sagte er mit rauer Stimme. »Sie haben dich wochenlang nicht gesehen. Für ein Kind ist das eine Ewigkeit.«

Hier stand der Vater und redete über seinen Sohn. Sie hätte sich am liebsten vor seinen Augen in Staub aufgelöst. Sie atmete aus und zwang sich, vor ihm stehen zu bleiben.

»Ich schaffe es nicht ohne dich, Lena. Bitte bleib noch. Nur noch eine kurze Zeit. Bis alle Gäste abgereist sind.«

Lena betrachtete ihn. Die Fältchen um seine Augen herum, die müden Augen. Sie nickte. »Zwei bis drei Wochen noch.«

KAPITEL 24

Ende Mai 1521

»Sie zünden jetzt das Feuer an!«, rief Grete, als sie mit rotem Kopf in der Küche erschien.

Lena sah von dem Huhn auf, das sie gerade rupfte. Die beiden Frauen tauschten einen stummen Blick. »Ich geh protestieren«, sagte Lena, legte das Hühnchen auf den Tisch und schritt auf Grete zu, die immer noch in der Tür stand.

Gretes Augen blitzten auf. »Ich komme mit!« Auf dem Weg durch den Flur flüsterte sie: »Wir müssen den Herrn um Erlaubnis bitten.«

Lena winkte ab. »Wir sind ja gleich wieder zurück.«

Sie rannten die Kämmererstraße hinab zum Domplatz. Über den Köpfen der versammelten Menschen quoll Rauch in den Himmel. »Was für eine Holzverschwendung!«, sagte Lena zu Grete. »Und dann nehmen sie auch noch nasse Scheite, damit der Rauch auch schön beißt und alle Wormser mitbekommen, wer hier das Sagen hat!« Sie wedelte mit der Hand vor dem Gesicht herum, als könnte sie den Qualm dadurch vertreiben.

Die Menschenmenge brodelte. Hinter ihnen erschallten Trompeten, ein Wagen, gezogen von einem Pferd mit Scheuklappen, bahnte sich einen Weg durch die Menge. Der Wagen war beladen mit einem Berg voller Hefte, über die ein dicker Dominikanermönch wachte, den Blick starr über die Menschen gerichtet. Zwei kaiserliche Soldaten führten das Pferd zum Feuer. Zwei weitere Wachen folgten dem Wagen mit gefällten Spießen.

Die Leute schimpften. Neben Lena schleuderte jemand ein Ei auf den Mönch. Es wurde von den Falten seiner Kutte verschluckt und kullerte dann auf den Wagen. Eiweiß und Dotter rannen langsam an der Holzplanke hinab.

»Was habt Ihr mit Luther gemacht?«, schrie der Mann neben ihr.

Finger griffen nach den Papieren auf dem Wagen. Die Wachen schlugen mit ihren Spießen nach den Händen.

»Nicht Luthers Schriften, sondern Ihr seid derjenige, der verbrannt gehört!«, rief jemand hinter ihr.

Der Wagen erreichte das Feuer. Lena lächelte schadenfroh, als der Wind drehte und dem Mönch den Rauch direkt ins Gesicht blies. Lachen erhob sich. Der Mönch gab den Soldaten ein Zeichen und der Wagen fuhr weiter, aus dem Qualm heraus.

Einer der Soldaten kletterte auf den Wagen und warf die Bücher haufenweise neben das Feuer.

»Ihr Männer und Frauen, getreue Bürger von Worms!«, rief der Mönch mit lauter Stimme über den Protest hinweg. »Nachdem Martinus Luther keinen Gehorsam getan und diese ketzerischen Schriften nicht widerrufen hat, müssen die Ordnungen Gottes …« Weiter kam er nicht. Rufe übertönten seine Rede.

Lena hielt sich die Ohren zu. Der Mönch blickte sich missmutig um und sagte dann etwas zu den Wachen. Ein Soldat stützte ihn, als er umständlich vom Wagen stieg. Entschlossen nahm er je ein Heft in die linke und rechte Hand und warf sie theatralisch ins Feuer. Der Soldat neben ihm nahm einen ganzen Haufen auf einmal auf. Zwei Schriften breiteten ihre Blätter aus wie Vögel, flatterten durch die Luft und landeten neben dem Feuer in der Menschenmenge. Sofort bückten sich Männer und Frauen danach. Ein Mann streckte sein Exemplar wie ein Schlachtbanner in die Luft. Rufe ertönten. Die Menschen schoben sich näher ans Feuer heran. Sie sah, wie ein junger Bursche den Mönch von hinten packte und ihm die Arme festhielt. Währenddessen drängten die Umstehenden auf den Berg von Büchern zu und stopften sich die Taschen voll. Lena überlegte, ob sie auch um eines der Bücher kämpfen sollte. Luther hatte sie angeschaut. Sie fühlte sich, als schuldete sie ihm etwas.

Während sich die Menschen um die Hefte rissen, kam eine der kaiserlichen Wachen dem Mönch zu Hilfe. Lena sah seinen Dolch aufblitzen. Der Mann, der den Dominikaner umklammerte, ließ los und schob sich durch die Menge davon. Der Soldat wurde zurückgedrängt von den Menschen um ihn herum, die den Dolch im Trubel offensichtlich nicht bemerkt hatten. Schon waren zwei andere Männer zur Stelle und hielten den Mönch erneut fest. Lena schob sich zwischen den Schultern der Menschen weg von dem bewaffneten Soldaten, spürte Papier unter ihrem Fuß, ging einen kurzen Moment in die Hocke und stopfte das Heft in ihren Ausschnitt.

Um sie herum schrien Menschen, drängten und schubsten. Ihre Augen tränten. Sie wurde in Richtung Wagen gedrängt. Lena drehte den Kopf nach links, dann nach rechts. Überall waren auf einmal neue Soldaten, Polizeidiener und Stadtknechte. Ihr Blick ging zum Mönch, der von zwei Stadtknechten aus der Menschenmenge eskortiert wurde. Jemand packte sie am Arm und zog sie zum Wagen. Es war einer der vielen Soldaten.

»Lasst mich los!«, zischte sie, während sie sich umwandte.

Der Soldat hatte sein Schwert gezogen. »Auf den Wagen, sofort!«, befahl er nervös.

Sie kletterte auf den Wagen, auf dem schon andere Leute standen. Schnell zog sie das Heft aus ihrem Ausschnitt und schleuderte es davon.

Sie blickte von einem verunsicherten Gesicht auf dem Wagen zum anderen. Sie kannte niemanden von den Frauen und Männern hier oben. Sie hielt Ausschau nach Grete, konnte sie jedoch nirgends entdecken. Hoffentlich war Grete schlau genug gewesen, sich in Sicherheit zu bringen. Gleichzeitig hoffte Lena, dass Grete doch noch hier irgendwo in der Masse war und sie jetzt sah. Denn sonst würde niemand im Haus wissen, was mit ihr geschehen war.

Noch mehr Frauen und Männer wurden auf den Wagen gehoben und gezogen. Die Auswahl schien willkürlich. Sie sollten vermutlich hier oben als Abschreckung dienen.

Lena verlor fast das Gleichgewicht, als der Wagen losfuhr. Soldaten trieben die Menge vor dem Wagen auseinander. Lena ging in die Hocke und hielt sich an den Holzplanken fest. Während sie langsam durch die Menschenmenge ruckelten, überlegte sie, ob sie es wohl riskieren konnte, einfach hinunterzuspringen und in die Menge zu tauchen. Aber mittlerweile waren zu viele Soldaten um den Wagen verteilt.

Der Wagen bog um die Ecke und steuerte auf einen der Türme der Stadtmauer zu. Eine Frau hinter Lenas Rücken begann zu weinen. Das junge Mädchen, das neben Lena ebenfalls in der Hocke saß, rief einem Passanten zu, dass er ihren Vater holen solle.

»Wohin bringen sie uns?«, fragte Lena das Mädchen.

»Sicherlich in den Kerker.«

»Und was dann?«, fragte Lena.

Das Mädchen antwortete nicht.

Nach einer Weile kam der Wagen in den Arkaden unter der Stadtmauer zum Stehen. Ein Soldat zog sie am Arm und Lena sprang auf die Pflastersteine. Zusammen mit den anderen wurde sie in einen dunklen Eingang getrieben, wo sie in einer Reihe eine Wendeltreppe hinaufstiegen. Sie folgte den anderen Frauen in einen dunklen, leeren Raum. Der Steinboden mutete zwar nicht sauber an, aber wenigstens schienen nirgends menschliche Ausscheidungen oder größere Tiere zu lauern. Hinter ihnen schloss sich die Tür. Man hörte den Schlüssel im Schloss. Lena nahm die anderen Gefangenen in Augenschein. Es waren außer ihr sieben Frauen.

Zwei ältere Frauen schimpften, drei jüngere standen beieinander. Eine Frau mit breiten Hüften murmelte: »Wenn sie uns nur nicht in den Folterturm bringen.« Das Mädchen, neben dem sie auf dem Wagen gehockt hatte, kauerte sich an die Wand und zog die Beine an. Lena setzte sich neben sie. Sie verschränkte die Arme und schloss die Augen, als könnte sie so die Angst aus ihrem Körper sperren.

Mit der Zeit verstummten die Frauen – bis auf eine, die immer wiederholte, dass ihr Bruder sie gleich auslösen würde.

»Sei still«, fauchte eine andere.

Lena versuchte sich abzulenken, indem sie an Ivo dachte. An seinen Atem an ihrer Haut, den weichen Flaum auf seinem Kopf, wie er rannte – indem er erst den Oberkörper vorfallen ließ und dann erst die Beine in Bewegung setzte.

Sie hörte, wie das Mädchen neben ihr leise weinte. Sollte sie etwas Ermutigendes zu ihr sagen? Sie wusste nicht, was. Die Ungewissheit war das Schlimmste. Während es draußen dunkel wurde, flüsterten zwei Frauen miteinander. Lena schnappte das Wort »Landfriedensbruch« auf. Sie hob den Kopf. Hatten sie Landfriedensbruch begangen?

Ihr Magen knurrte. Draußen war es Nacht geworden. Sie versuchte, ihre Beine auszustrecken. Das Mädchen neben ihr zog die Nase hoch. Eine der Frauen schnarchte.

»Wie kann sie hier schlafen?«, fragte eine heisere Stimme.

Nach einer Ewigkeit tat sich vor der Tür etwas. Die Frauen hoben die Köpfe. Ein Soldat und eine Wache erschienen mit einer Lampe.

»Franziska Brecht, Enndlin Koler, Clar Kriesheimer, Käthe Krumstat, Kungund Mischler, Jonata Willich, seid ihr hier?«

Zwei Frauen waren aufgestanden – auch das Mädchen –, eine stand schon seit Stunden an der Wand, zwei andere blickten die Wache ängstlich von unten an. Das weinende Mädchen trat zu der schlafenden Frau, ging in die Hocke und rüttelte an ihr. »Clar, wach auf!«

»Eure Männer und Väter haben das Lösegeld für Euch bezahlt. Ihr könnt gehen«, sagte der Mann.

Sofort sahen sich die drei sitzenden Frauen erleichtert an, stützten ihre Hände auf den Boden, standen auf und eilten hinaus. Der Soldat machte ihnen Platz und verschloss die Tür wieder von außen.

Lena blieb mit einer älteren Frau alleine. Verwundert fragte sie: »Woher wussten die Ehemänner, Väter und der Soldat, wer hier drinnen war? Wir wurden doch nie nach unseren Namen gefragt.«

»Das ist Worms, Schätzchen«, sagte die Ältere und lächelte bitter. »Die ganze Stadt weiß, wer hier drinnen sitzt.«

Lena schluckte. »Und was ist mit Euch? Gibt es jemanden, der Euch auslösen wird?«

»Vielleicht morgen, wenn er nüchtern ist und merkt, dass ich fehle.«

»Euer Mann?«, fragte Lena.

Die Ältere nickte. »Und was ist mit Euch?«

Lena schwieg eine Weile. Dann sagte sie: »Ich bin nur Magd.«

»Oh weh«, antwortete die Frau leise. »Falls Euer Herr sich überhaupt die Mühe macht, nach Euch zu suchen und das Geld zu bezahlen, werdet Ihr ewig bei ihm Schulden haben.«

»Warum hat mir das vorher niemand gesagt?«, sagte Lena halb zu der Frau, halb zu sich selbst.

»Wer ist denn Euer Herr?«

»Peter Schöffer. – Kennt Ihr ihn?«

»Natürlich. Jeder kennt ihn. Vor allem die unverheirateten Töchter. Sie rennen ihm das Haus ein. Aber ich glaube, er hat sich endlich für eine entschieden. Die Tochter des Nachbarn meiner Schwägerin.«

Lena setzte sich aufrecht hin. »So? – Wer ist denn die Tochter des Nachbarn Eurer Schwägerin?«

»Theres Weber.«

Lena schnaubte leise.

Im Mondlicht sah Lena, wie die Frau sie tadelnd anblickte. »Er ist ein stattlicher Mann. Ihr seid nur seine Magd, vergesst das nicht.«

»Was? Natürlich. Was redet Ihr da?« Lena schüttelte den Kopf. Nach einer Weile fügte sie hinzu: »Wenn ich denn überhaupt noch seine Magd bin.«

»Das werdet Ihr bald wissen.«

»Was passiert denn, wenn mich niemand auslöst?«

Die Frau zuckte mit den Schultern.

Lena barg ihr Gesicht in den Händen. Sie schreckte auf, als sie wieder Schritte und dann einen Schlüssel im Schloss hörten. »Walter Schlör sucht seine Schwiegermutter«, sagte die Wache von vorhin.

»Das bin ich.« Die Frau stand auf.

Sie ist flink für ihr Alter, dachte Lena.

»Kommt mit!«, brummte die Wache.

Ohne sich noch einmal nach Lena umzuschauen, tapste die Frau schnell aus dem Raum.

Lena saß im Dunkeln. Sie seufzte und kauerte sich dann so klein wie möglich zusammen. *Das ist alles meine Schuld.* Am liebsten würde sie sich selbst gegen das Schienbein treten. Sie seufzte und schloss die Augen. *Wie spät ist es wohl?* Von draußen war schon seit Langem kein Laut mehr in den Turm gedrungen. *Wenn man bedenkt, dass Worms bis in die Nacht hinein voller Lärm ist, muss es früher Morgen sein.*

Sie wachte auf, als sie zur Seite sackte. Benommen überlegte sie sich, ob sie sich auf dem kalten Boden ausstrecken sollte. Sie entschied sich dagegen und lehnte sich fest gegen die Wand. Sie konzentrierte sich auf ihr Rückgrat, versuchte zu fühlen, wie jeder einzelne Wirbel die Wand berührte, fühlte den Druck. Sie brauchte irgendetwas, das sie spüren konnte, etwas anderes als die Angst.

Sie hörte Schritte. Ängstlich behielt sie die Tür im Auge. Die Wache erschien – und Peter Schöffer!

»Ist sie das?«, fragte der Wachmann.

Schöffer nickte.

Die Wache sagte: »Ich gebe Euch etwas Zeit, um alles zu klären. Die Tür lasse ich offen stehen. Ich halte unten Wache, falls es ein Problem gibt.« Er verschwand.

Schöffer trat in den dunklen Raum ohne ein Licht. Lena blickte vom Boden zu ihm auf. Ein schwacher Schein fiel durch die Tür, sodass sie sein Gesicht erkennen konnte. Er verschränkte die Arme vor der Brust. Niemand sagte ein Wort. Sein Blick ruhte auf ihr. Seine Miene war nicht tadelnd, nicht enttäuscht. Eher neugierig.

»Du wirst allmählich zur teuersten Magd, die ich je hatte«, sagte er schließlich. Ein jungenhaftes Lächeln erschien auf seinem Gesicht.

Sie antwortete nicht, sondern seufzte.

»Und das alles wegen Luther?«, fragte er.

Sie saß immer noch am Boden. Trotzig hob sie den Kopf. »Warum soll ich nicht für seine Sache sein? Etwa weil ich nur eine Magd bin? Noch dazu eine, die nicht lesen kann?«

Er schien sich ein Lächeln zu verkneifen.

»Was ist so lustig?«

»Nichts, Lena.«

»Dass ich hier vor Euch auf dem Boden in einem Kerker kauere? Oder dass ich nicht lesen kann – und trotzdem Bücher klaue?«

»Das kann man alles ändern«, sagte er.

»Das Bücherklauen?«

»Dass du nicht lesen kannst – und dass du hier drin sitzt.«

»Und was schulde ich Euch, wenn Ihr mich herausholt?«

Er lächelte wieder jungenhaft. »Gute Frage. Ein ganzes Leben als Magd?«

»Ich habe ja auch noch die Schuld für die verschmierte Bibel abzutragen.«

Er hielt die Arme immer noch vor der Brust verschränkt. »Das hätte ich fast vergessen. – Wie wäre es damit: Du wirst mir zusätzlich noch abends beim Waschen der Lettern helfen, um deine Schuld abzutragen.«

»Ihr wollt ein Weib in der Werkstatt?«

»Aber nur eines, das lesen kann.« Er lächelte herausfordernd.

»Lesen. Das würde mir gefallen.«

»Ich würde es dir ja gerne beibringen – damit sich das Bücherstehlen auch lohnt.« Er wurde wieder ernst. »Aber ich fürchte, dafür haben wir keine Zeit mehr. Du musst nach Hause zu deiner Familie.«

»Und zu meinem Leibherrn.«

»Und zu deinem Leibherrn«, wiederholte er, als wäre das ein bitterer Gedanke, den er verdrängt hatte. Er machte einen Schritt auf sie zu. »Gehen wir.« Er hielt ihr die Hand hin, um ihr aufzuhelfen. Sie konnte ihm nicht ins Gesicht sehen, als sie seine Hand ergriff. Er zog sie hoch. Sein Griff war sanft und zielstrebig zugleich. Als sie vor ihm stand, ließ er sie zögernd los. Alles in ihr zitterte.

Mit weichen Knien stieg sie hinter ihm die Treppe hinab. Er gab dem Knecht zwei Münzen, an einem Mauervorsprung unterschrieben beide Männer im Schein der Lampe zwei Papiere, er rollte seines zusammen und steckte es in sein Wams. Sie traten hinaus in die Dunkelheit.

Obwohl er humpelte, ging er schnell. Lena hatte Mühe mitzuhalten. »Habt Ihr kein Licht dabei?«, fragte Lena.

»Nein, ich habe mich gleich nach dem Abendessen auf die Suche nach dir gemacht und hatte nicht damit gerechnet, dass ich dich erst mitten in der Nacht finden würde.«

»Ihr habt mich den ganzen Abend lang gesucht? Hat Grete also doch nicht gesehen, dass ich festgenommen wurde?«

»Nein, Grete kam nach dem Abendessen zu mir und sagte, dass du nicht da seist und ob ich nicht nach dir suchen könne. Ich hätte nie daran gedacht, dass du unter den Festgenommenen sein könntest. Auf die Idee hat mich erst jemand im Wirtshaus gebracht.«

»Hat Grete denn nicht gesagt, dass wir … dass ich zur Verbrennung der Schriften gegangen bin?«

»Nein. – War sie also auch dabei?«

Als Lena nicht antwortete, fuhr er fort: »Ich hätte dich viel schneller gefunden, wenn sie mir den Hinweis gegeben hätte. – Sie scheint wohl Angst vor mir zu haben.«

»Hat sie denn Grund dazu, Angst zu haben?«

Verwundert fragte er zurück: »Behandle ich das Gesinde denn schlecht?«

Lena dachte daran, wie gereizt er reagiert hatte, als sie den falschen Wein eingeschenkt hatte. Und er hatte Els und Grete gedroht, sie zu entlassen. Andererseits hatte er Els bis jetzt behalten.

»Ob Ihr das Gesinde schlecht behandelt, kann ich nicht sagen, ich habe zu wenig Erfahrung und kaum einen Vergleich.«

Er lachte. »Du bist ehrlich. Jede andere hätte jetzt etwas Versöhnliches gesagt.« Sie gingen weiter. »Aber du warst doch schon mal Magd, oder? Bei Sibilla.«

Lena wand sich innerlich. »Ja, Küchenmagd.«

»Und Sibilla war mit dir befreundet?«

»Ich war bei ihr, als sie starb.«

Er blieb abrupt stehen. »Wirklich? Du warst bei ihr? Wie … war sie bei Bewusstsein, als sie starb?«

Lena war ebenfalls stehen geblieben und hatte sich ihm halb zugewandt. Sie schüttelte den Kopf.

»Und du hast meinen Sohn gesehen, als er noch lebte? Wie sah er aus?«

Lena entfuhr ein Laut, halb Husten, halb Räuspern. Ihr Blick tanzte umher, als sie antwortete: »Naja, er war … sehr süß. Ein hübsches Kind.« Unsicher sah sie ihn an.

»Er wäre jetzt drei Jahre alt.«

Lena blickte auf ihre Fußspitzen. Er ging langsam weiter. Lena ließ ihn ein paar Schritte vorausgehen, folgte ihm dann. »Warum habt Ihr Eure Frau fortgeschickt, als sie Hilfe nötig hatte?«

Er blieb wieder stehen. Verwunderung stand in seine Augen geschrieben. »Ich habe sie fortgeschickt, um sie und das Kind zu schützen – vor der Pest!«

»Nein, Ihr habt sie krank fortgeschickt. Sie wurde auf der Burg wegen Pest unter Quarantäne gestellt.«

Er blickte sie entgeistert an. »Sibilla war nicht krank, als ich sie wegschickte. Ich wollte sie nur in Sicherheit bringen. Nur deshalb habe ich sie zu ihren Eltern geschickt.«

Lena sah ihn lange an. Dann nickte sie nachdenklich.

»Du dachtest, ich hätte sie loswerden wollen?«, fragte er.

Lena zuckte mit den Schultern.

»Hat sie das etwa auch gedacht?«

»Wenn ich so darüber nachdenke … ehrlich gesagt, weiß ich es nicht.«

»Hoffentlich nicht«, sagte er heiser.

Schweigend gingen sie nebeneinander her. An der Kreuzung bei der Sankt-Johannis-Kirche blickte Schöffer nach rechts und links, um sicherzugehen, dass sie keinem Nachtwächter begegneten. Lena kannte die Strafe für nächtliches Gehen ohne Licht nicht, aber sie war sicherlich nicht gering. Sie näherten sich dem Haus. Schöffer schloss die Tür auf und ließ sie zuerst eintreten. Sie tastete sich in den Flur hinein, bis sich ihre Augen an die Finsternis gewöhnten. Sie wandte sich zu ihm, um ihm eine gute Nacht zu wünschen. Oder was auch immer davon übrig blieb.

Ehe sie etwas sagen konnte, fragte er sanft: »Haben sie dich gut behandelt?«

»Es hätte viel schlimmer kommen können.«

»Ich bin froh, dass dir nichts passiert ist. Hol dir noch etwas zu essen und einen Becher starken Wein. Das wirst du brauchen nach …«

Beide erschraken, als sich die Küchentür am Ende des Flures öffnete. Ein Schatten trat aus der Küche in den Flur und tastete sich an der Wand entlang. Als der Schatten die beiden wahrnahm, blieb er stehen. Dann kam er langsam auf sie zu.

»Els! Was machst du denn hier unten um diese Uhrzeit?«, fragte Schöffer verärgert.

»Ich war im Hof«, sagte Els und starrte Lena in der Dunkelheit an. Dann bedachte sie Schöffer mit einem wissenden Ausdruck.

Lena wollte sagen, dass zwischen ihr und dem Herrn alles seine Ordnung hatte, doch sie biss sich auf die Zunge. Wenn hier jemand etwas erklären musste, dann kam diese Aufgabe dem Herrn zu. Doch er sagte nichts.

Stattdessen fuhr er Els an: »Du hast unten nichts verloren, Els. Nicht um diese Uhrzeit!«

Els nickte langsam. »Ihr habt recht, es ist eine unpassende Uhrzeit«, sagte sie bedeutungsschwer, blickte vielsagend zu Lena und tastete sich dann langsam die Treppe hinauf.

Sie warteten betreten, bis Els die zweite Treppe erreicht hatte. Dann sagte er müde: »Du hast heute viel durchgemacht. Geh zu Bett. Bald bricht der Tag an.«

Auch er wirkte erschöpft. Und das alles wegen ihr.

»Gute Nacht, Herr«, presste sie hervor und wandte sich um. Sie spürte, dass er ihr nachblickte, bis sie in der Küche verschwunden war.

Sie lag den Rest der Nacht wach.

Als Lena zwei Tage später die Werkstatt betrat, sah Schöffer, der gerade mit Balthasar und Theres Weber sprach, zu ihr herüber. Sie blieb neben der Tür stehen und wartete. Er redete weiter, sein Blick ruhte dabei auf Lena. Theres stand bei den Männern, in einem eng anliegenden Kleid, mit rosigen Wangen. Lena betrachtete sie. *Ich wünschte, ich wäre so schön wie sie.* Schöffer rief Wendling zu sich und ließ ihn mit Weber und Theres und dem Manuskript alleine. Neugierig kam er auf Lena zu.

»Darf ich Euch kurz stören?«, fragte sie.

Er nickte.

Lena rang die Hände. »Der Fassbinder aus Laubenheim ist in der Stadt. Er war gerade hier, um mir Bescheid zu geben. Er kann mich heute Mittag mitnehmen.«

Schöffers blaue Augen schienen auf einmal dunkler als vorher. Er sah sie einen Moment lang an und nickte dann. Er griff in seine Gürteltasche und holte alle Münzen hervor. In seine Handfläche zählte er neun Gulden ab. »Dein Lohn.« Er streckte ihr das Geld hin.

Lena schüttelte den Kopf. »Nein, den Lohn kann ich nicht annehmen. Zumindest nicht alles. Ich schulde Euch Geld für die zerstörte Bibelübersetzung und für das Lösegeld.«

»Du schuldest mir kein Geld«, sagte er, »ich hätte es ohne dich nicht geschafft.«

Ich schulde Euch alles in der Welt! Sie sah ihm in die Augen und schüttelte den Kopf.

»Wie viel Geld hast du denn?«

Sie blickte ihn überrascht an.

»Du hast mich gefragt, wie reich ich bin. Also darf ich dich das auch fragen.«

»Ich habe nicht viel«, sagte sie. »Ein paar Gulden von meinem verstorbenen Mann. Das meiste habe ich für den Arzt ausgegeben, als mein Mann krank war.«

»Was, wenn dein Kind krank wird? Dann wirst du wieder Geld brauchen.«

Lena stöhnte. Sie konnte diesem Mann keinen Augenblick mehr in die Augen sehen. Sie wandte sich um und eilte aus dem Zimmer. Sie stürmte in die Küche, nahm ihren Kleidersack, der neben der Bank stand, und überlegte, ob sie das Grundstück über den Hof verlassen könnte. Sie wollte ihm nicht noch einmal gegenübertreten. Sie bückte sich nach dem Beutel und wandte sich zur Hintertür. Doch er trat schon in die Küche.

»Langsam, Lena«, sagte er herausfordernd. »Noch stehst du in meinen Diensten. Und tust, was ich sage.« Ein ironisches Funkeln flackerte in seinen Augen auf. Er kam langsam auf sie zu. »Setz dich hier hin.«

Ihre Knie waren weich und sie sank vor ihm auf die Bank. Er stand direkt vor ihr. Sie starrte auf sein Hemd. Er griff nach ihrem Sack, lockerte das Band und warf die Gulden hinein. »Niemand arbeitet umsonst für mich.«

»Und meine Schulden?«, fragte Lena, während sie versuchte, durch sein Hemd hindurch ins Leere zu starren.

»Komme irgendwann wieder und arbeite eine Zeit lang für mich. Gegen Bezahlung. Sagen wir, gegen geringere Bezahlung.«

Lena sah misstrauisch zu ihm auf.

»Warum ich? Ihr könnt doch irgendeine andere Magd einstellen.«

»Du arbeitest gut«, sagte er. »Wenn du nicht gerade Landfriedensbruch begehst.«

Lena musste lächeln.

Dann schien ihm etwas einzufallen. »Warte hier!«

Während er durch den Flur ging, vergrub Lena ihr Gesicht in den Händen. Als er wieder hereinkam, hielt er ihr ein Büchlein hin. »Hier. Suche dir jemanden, der dir das Lesen beibringt.«

Voller Staunen betrachtete Lena das Buch in seiner Hand.

»Und jetzt geh, sonst verpasst du den Fassbinder. Ich entlasse dich hiermit aus meinen Diensten.«

Ihre Blicke trafen sich.

Sie merkte, dass sie schwitzte, obwohl in der Küche gar kein Feuer brannte. Schnell griff sie nach dem Buch und achtete darauf, dass ihre Hand die seine nicht berührte. Sie stand auf, nahm ihren Sack und ging aus der Küche. Sie konnte ihn nicht anschauen. Nicht einmal zum Abschied.

Laubenheim

Lena schlich sich ins Zimmer ihrer Eltern, wo Ivo im Ehebett schlief. Er lag auf der Seite, den Mund leicht geöffnet, seine Wangen gerötet vom Schlaf. Er atmete gleichmäßig. Tiefes Glück breitete sich wie Sonnenstrahlen in ihr aus. Still legte sie sich neben ihn und wandte ihr Gesicht dem seinen zu. Ihr Blick glitt über seine langen, dunklen Wimpern und sie wünschte sich, er schlüge einen Moment lang die Augen auf. Doch gleichzeitig fürchtete sie sich davor. *Schöffers Augen.*

Ihr Atem fühlte sich für einen Augenblick an wie ein innerer Schluchzer, als hätte sie stundenlang geweint. Sie strich Ivo über die Wange. Ihr war, als würde sie Schöffer berühren.

Sie würde ihn vergessen. Sie wusste, dass Erinnerungen flüchtig waren, das tröstete sie. Es war nur eine Frage der Zeit, bis sich sein Bild verflüchtigen würde – das Bild der kleinen braunen Sprenkel in seinen Augen, die Erinnerung an sein Lächeln, das manchmal sanft, manchmal herausfordernd sein konnte –, bis alles nur noch als vager Eindruck an ihr haftete und nichts weiter als einen schwachen Tumult in ihr zurücklassen würde.

Sie schluckte, erhob sich müde, schloss leise die Tür hinter sich und trat hinaus in die Abenddämmerung. Sie fand ihren Vater auf der Bank an der Hauswand. Mit einem Becher verdünntem Wein in der Hand betrachtete er nachdenklich die Sonne, die sich langsam hinter ein graues Wolkenband schob.

Lucas hörte ihre Schritte. Er wandte den Kopf und lächelte seine Tochter an, als sie auf ihn zukam. Er hatte sie vermisst. Wortlos setzte sie sich zu ihm und ließ ihren Kopf auf seine Schulter sinken.

»Erzähl mir von dir«, sagte er.

Ohne ihren Kopf zu heben, sagte sie: »Haben wir noch Schulden bei Velten? Ich habe nämlich viel Geld verdient.«

Lucas schüttelte den Kopf. »Nein, wir haben alles abbezahlt.«

»Sibillas Mann war sehr großzügig. Er ist Druckermeister.« Sie hörte sich müde an. Und traurig.

»Hat er dich gut behandelt?«

»Ja«, flüsterte sie. Sie beugte sich vor, stützte die Ellbogen auf ihre Knie und presste ihre Handballen in die Augenhöhlen. War sie müde oder weinte sie? Er beobachtete sie. Tränen rannen an ihrem Handgelenk entlang und tropften auf ihr Kleid. Er legte seine Hand auf ihren Rücken.

»Was ist passiert, Lena?«, fragte er liebevoll.

»Nichts«, presste sie hervor.

Er seufzte. »Weinst du wegen ihm?«

»Nein! … Ja.«

Am liebsten hätte er ihren Kopf in die Hände genommen, ihr tief in die Augen geschaut und ihr geboten, nie wieder an irgendeinen Mann zu denken. Er seufzte. »Ach, Lena. Er ist Bürger, du bist Leibeigene – warst seine Magd. Du musst ihn dir aus dem Kopf schlagen.«

»Das ist es nicht.«

»Was dann?«

Sie richtete sich wieder auf. »Irgendwann werde ich es dir sagen. Nicht jetzt.«

Es schmerzte ihn, dass sie ihm nicht erzählen wollte, was sie betrübte. Er schwieg und wartete. Sie wechselte das Thema. »Wie ist es euch ergangen?«

»Die Ernte gedeiht gut. Dein Bruder arbeitet wie besessen. Irgendetwas ist mit ihm.« Lucas hatte sich in letzter Zeit jeden Abend den Kopf darüber zerbrochen, warum Phillip sich so seltsam benahm. Er war verschlossen und aggressiv. Seit dem traumatischen Erlebnis vor neun Jahren hatte Phillip jeden Hund ignoriert – doch gestern hatte Lucas ihn dabei beobachtet, wie er dem Hund des Nachbarn im Vorbeigehen einen Tritt verpasst hatte.

Er erzählte weiter: »Mein Wendepflug ist die Sensation. Wenn ich Holz hätte, könnte ich damit ein Vermögen machen! Jeder würde mir einen abkaufen!«

Lena lächelte.

Er nahm einen Schluck. »Wie ist es denn in Worms?«

»Verrückt. Ich weiß nur nicht, ob diese Stadt immer so spinnt oder nur während des Reichstags.«

»Hast du den Kaiser gesehen?«

Lena schüttelte den Kopf. »Aber ich habe Luther gesehen! Ach, und stell dir vor, ich habe ein Buch.«

»Was denn für ein Buch?«

»Ich weiß es nicht, ich kann ja nicht lesen, was auf dem Titelblatt steht.«

Lucas nahm lächelnd einen weiteren Schluck.

»Würdest du mir das Lesen beibringen?«, fragte Lena.

Er lachte. »Ich bin nicht sehr gut im Lesen und Schreiben. Und meine Augen sind schlechter geworden. Aber ich kann's versuchen.«

»Wie hast du lesen gelernt?«

Diese Frage hatte er noch nie beantwortet. *Vielleicht sollte ich mehr von mir preisgeben,* dachte er. *Vor allem Phillip gegenüber.* Er sagte: »Mein Vater hat es mir beigebracht.«

»Was war er für ein Mensch?«

»Ein einsamer Mann. Der sich mit Alkohol betäubte.« Sein Herz schlug schnell. Er wechselte das Thema. »Hol das Buch, solange wir noch einen Rest Licht haben.«

Lena sprang auf und huschte ins Haus. Er sah ihr nach. Und dann geschah es wieder: Sein Herz stolperte. Eine vertraute Beklemmung erfasste ihn. Er legte sich die Hand auf die Brust, als könnte er sein Herz dadurch irgendwie beruhigen. Es half nichts, wie auch die letzten

Male, als er diese Enge gespürt hatte. Manchmal wurde ihm dabei schwarz vor Augen. Er atmete tief durch. Versuchte sich auf seinen Herzschlag zu konzentrieren. Früher hatte es ihm immer geholfen, seinem Herzen zu lauschen, wenn er sich beruhigen musste. Doch nun war es ironischerweise sein Herzschlag, der ihn beunruhigte. Er hatte noch niemandem davon erzählt. Aber es wurde Zeit, dass er Vorsorge traf. Doch er wusste nicht, wie.

Wenn er nicht mehr hier war, würde Phillip alle versorgen müssen. Er hätte dann die Muntgewalt über den ganzen Hausstand. Als er daran dachte, wie unberechenbar sich Phillip in letzter Zeit benahm, schlug sein Herz noch unruhiger.

KAPITEL 25

Worms, Februar 1522

Es klopfte an der Tür zu Heinrichs Zelle. Er wusste, wer draußen stand. Beklommen schritt er zur Tür und öffnete sie. Heinrich versuchte, einen Hinweis in Andreas' Miene zu entdecken, aber Andreas sah nur nervös aus. »Komm rein«, sagte Heinrich und schloss die Tür.

»Hast du gefastet und gebetet?«, fragte Andreas.

Heinrich nickte. »Und du?«

Andreas nickte. Keiner traute sich, die Frage zu stellen. Dann sprachen beide gleichzeitig. »Ich mach's.« – »Ich werde es tun.«

»Franziskus kommt auch mit«, sagte Andreas. Sie sahen sich an, dann lächelten sie. »In einer halben Stunde, wenn die anderen die Messe beginnen«, sagte Andreas, ging aus dem Raum und schloss die Tür.

Heinrich blickte auf die Tür. Seit Wochen unterhielten Andreas, Franziskus und er sich abends hinter verschlossener Tür. So viele Gerüchte mussten besprochen werden: von Reichsstädten, die evangelische Gemeinden erlaubten; von den Kanonikern des Andreasstifts hier in der Stadt, die verkündeten, dass sie jetzt evangelische Pfarrer seien. Vor ein paar Tagen, als Heinrich auf seiner Wanderung in einem Gasthaus seine Morgensuppe löffelte, hatte eine Gruppe von Kaufleuten berichtet, dass sich das Wittenberger Augustiner-Eremiten-Kloster aufgelöst habe. Er hatte am Abend den Prior gefragt. »Davon weiß ich nichts«, hatte dieser geantwortet.

»Vielleicht stimmt es, vielleicht nicht«, hatte Andreas leise gesagt.

»Selbst wenn das Kloster in Wittenberg noch besteht, was ändert das für uns? Wir sind für uns selbst verantwortlich«, hatte Heinrich gesagt.

»Wir tun, was *wir* für richtig halten, nicht was Luther oder die Wittenberger oder die Kanoniker des Andreasstiftes für richtig halten«, hatte Franziskus bestätigt.

Heinrich erwachte aus seinen Gedanken. Er streifte seine Mönchskutte über den Kopf. Sechsundzwanzig Jahre lang hatte er nichts anderes getragen. Er faltete den Stoff andächtig zusammen, wusch sich, trocknete sich ab und schlüpfte in das Hemd, die Hose und das Wams, die er sich besorgt hatte. Er packte seine wenigen persönlichen Besitztümer in einen Sack: eine Bibel von Erasmus, ein altes Legendenbuch seines Vaters, Unterwäsche, sein Messer und dreizehn Flugblätter, die er gesammelt hatte, indem er Reisende gezielt danach gefragt hatte. Er öffnete die Tür und spähte hinaus. Er kam sich vor wie damals zu seiner Studentenzeit, als er und seine Freunde heimlich die Burse verlassen hatten.

Als er mit Andreas und Franziskus durch das Tor auf die Hangasse trat, durchflutete ihn Wärme, als schiene die Sonne hier draußen lichter als im Hof des Klosters. »Wir tun das Richtige«, sagte er zu den beiden, als sie gemeinsam die Straße hinabgingen, drei Männer, gekleidet wie Bürger, frisiert wie Mönche mit Tonsur. Befangen blieben sie am Marktplatz stehen. Franziskus wollte zur Familie seiner Schwester nach Speyer, Andreas zu den Kanonikern des Andreasstiftes. Sie sahen sich an und wussten nicht recht, wie sie sich verabschieden sollten. Schließlich umarmten sie sich.

Heinrich ging langsam die Kämmererstraße hinab zum Haus seines Freundes Peter, der ihn erwartete.

Laubenheim, März 1522

Heinrichs Herz klopfte, als er sich dem Haus der Stroms näherte. Er wischte sich den Schweiß von der Stirn und betete, dass Lisbeth zu

Hause war. Der Lehrer, den er in Worms bis jetzt vertreten hatte, war wieder zurückgekehrt, und nun befand sich Heinrich mit seinen restlichen ersparten Pfennigen auf Wanderschaft. Sein erstes Ziel war Laubenheim, anschließend wollte er seinen Bruder auf der Burg besuchen.

Die Scheune stand offen. Er klopfte. Lena und Lisbeth traten um die Ecke, hinter der sich die Kochstelle verbarg. »Darf ich reinkommen?«, fragte er. Die beiden starrten ihn ungläubig an. Er verkniff sich ein amüsiertes Lächeln und betrachtete die beiden Frauen. Lisbeth war nach all den Jahren immer noch eine Schönheit. Er wischte den Gedanken beiseite. »Ich bin auf dem Weg zu meinem Bruder und wollte es mir nicht nehmen lassen, vorher bei euch vorbeizuschauen.«

»Was habt Ihr denn für Kleider an?«, fragte Lisbeth mit großen Augen.

»Ja, da staunt Ihr, nicht wahr?« Er lachte und schaute dabei an sich herunter. »Ich habe das Kloster verlassen.«

»Darf man das?«, fragte Lena.

»Wenn man sich entscheidet, kein Mönch mehr zu sein – wer sollte es einem verbieten?«

»Habt Ihr Gott auch verlassen?«, fragte Lisbeth.

Er lachte. »Das will ich doch nicht hoffen! Wisst ihr überhaupt schon, dass Luther lebt?«

»Nein!«, rief Lena.

»Er hatte sich die ganze Zeit über auf der Burg seines Landesherrn versteckt gehalten. Er ist wieder nach Wittenberg zurückgekehrt, um Ordnung in das Chaos zu bringen, das dort herrscht.«

»Ist auch er kein Mönch mehr?«, fragte Lisbeth.

»Doch, er trägt seine Mönchskleidung. Aber das tut er wahrscheinlich nur, um die Verwirrung dort nicht noch weiter zu befeuern.«

Er nahm einen Stapel Papiere aus seiner Umhängetasche. »Hier sind ein paar Flugblätter. Ihr könnt sie im Dorf verteilen, wenn Ihr wollt. Die Städte sind gepflastert damit.«

Lena nahm den Stapel. Auf das Papier war ein Holzschnitt gedruckt: Kaiser, Könige und Fürsten fielen in andächtiger Haltung vor dem Papst auf die Knie und küssten ihm die Füße, während auf der anderen Seite Jesus die Füße seiner Jünger wusch. »Hat Schöffer das gedruckt?«, fragte sie.

Heinrich nickte und wunderte sich über das stille Strahlen, das bei seiner Antwort in Lenas Augen aufleuchtete.

Auf einmal starrte sie ihn an, als hätte sie ein schrecklicher Gedanke getroffen. »Wenn Ihr jetzt kein Mönch mehr seid – wie ist das dann mit dem Beichtgeheimnis?«

Er erwiderte ihren Blick. »Ich glaube, wir beide sollten reden«, sagte er ernst. Aus den Augenwinkeln sah er Lisbeths überraschtes Gesicht. »Vielleicht wäre es gut, wenn Lena und ich kurz unter vier Augen reden könnten. Gehen wir nach draußen?«

Lena drückte ihrer verdutzten Mutter den Stapel mit den Flugschriften in die Hand und eilte voraus aus der Scheune. Vor der Tür wartete sie ungeduldig auf ihn. Er trat in den Hof und Lena bedeutete ihm, dass sie sich vom Haus entfernen sollten. Vor dem Hühnerstall platzte sie heraus: »Ihr sagt es ihm nicht, oder?«

»Nein, Lena. Ich werde es ihm nicht sagen. Das musst du tun.«

»Ich kann nicht!«

»Aber du warst doch schon so nahe dran! Du warst doch bei ihm.«

Lenas Augen funkelten bedrohlich. »Wie Ihr schon sagtet: *Ich* muss es tun. Es ist *meine* Sache.«

»Lena«, sagte er in beschwichtigendem Tonfall.

»Was?«, fauchte sie.

»Ich bin *für* dich, nicht gegen dich.«

»Gut, dann lasst mich einfach in Frieden.«

Sie war zu aufgewühlt. Es hatte keinen Sinn, weiter über das Thema zu reden. Er würde für sie beten. »Ich hoffe, wir sehen uns wieder«, sagte er ruhig.

Lena kreuzte die Arme schützend vor ihrem bebenden Brustkorb.

»Richte deiner Mutter einen Gruß von mir aus.« Er lächelte sie an und ging. Als er den Hof verließ, hörte er sie hinter sich herrennen. »Wartet!«

Er drehte sich zu ihr um.

»Wie geht es ihm?« In ihrem Blick lag eine Verletzlichkeit, die er noch nie an ihr gesehen hatte. Er stutzte.

»Du meinst Peter Schöffer?«

Sie nickte.

»Er kommt zurecht.«

»Ist er … hat er …«, sie brach ab.

»Hat er was?«, fragte er freundlich.

Sie strich sich über die Stirn. »Hat er Theres Weber geheiratet?«

Also doch. Er runzelte die Stirn. »Warum interessiert dich das?«

»Hat er oder hat er nicht?«

»Du willst das natürlich nur wegen Ivo wissen«, sagte er warnend.

Sie sah ihm direkt in die Augen. »So ist es. Es macht schon einen Unterschied, ob Theres Weber da ist oder nicht, wenn Ivo bei ihm wohnen soll.«

»Nein, Lena, er hat sie nicht geheiratet. Aber ich kenne seine weiteren Pläne nicht.« Er beobachtete sie genau. In ihre Augen trat eine Regung, Freude oder Kummer, er konnte es nicht sagen. Ihre Miene blieb unbeweglich. Vielleicht hatte er sich ja doch getäuscht. Er fuhr fort: »Ich wohne fürs Erste bei ihm. Ich werde ihn also bald wiedersehen. Soll ich ihm etwas ausrichten?«

Lenas Mund öffnete sich und schloss sich wieder. Sie presste leicht die Lippen aufeinander und schüttelte den Kopf. Traurig sagte sie: »Gott befohlen. Ich hoffe, wir sehen uns wieder.« Sie hob die Hand zum Gruß und rannte in die Scheune zurück.

Worms, Sommer 1522

Peter Schöffer arbeitete mehr denn je. Zwischen Gedichtbänden druckte er für Heinrich evangelische Schriften und Flugblätter, die dieser teilweise verschenkte und teilweise verkaufte, sodass Peter zumindest die Papierkosten ersetzt bekam. Obwohl er versuchte, Geld anzusparen, fraßen die Ausgaben der Druckerei alles auf. Aber er tröstete sich damit, dass er zumindest keine Schulden machte. Als Els dünner und blasser wurde und sich täglich übergab, stellte er eine weitere Magd ein, weil Grete neben ihrer täglichen Arbeit nicht auch noch Els pflegen konnte. Er spielte kurz mit dem Gedanken, seine Ankündigung wahr zu machen und Lena zu fragen, ob sie wieder für ihn arbeiten wollte, aber er verwarf den Gedanken wieder. Lena war zu Hause, und ihre Familie brauchte sie. Womöglich war sie in der Zwischenzeit schon verheiratet. Die neue Magd war Mitte zwanzig, lachte laut, benutzte grobe Worte, würzte mit zu viel Salz und bekam die Flecken nicht aus der Wäsche. Doch er war sich nicht sicher, ob seine Wahrnehmung verzerrt war, weil er jede Magd mit Lena verglich.

Nach ein paar Monaten war Els nur noch ein Schatten. Grete sammelte Würmer im Garten, verbrannte sie und mischte die Asche in Els' Essen. Im Sommer bekam Els eine Erkältung und fieberte. Peter ließ den Arzt kommen.

Eine Woche späte kam Grete bleich in die Werkstatt. »Els ist tot«, flüsterte sie.

Johannes, Wendling und er hielten inne, sahen sich an und gingen hinauf in die Stube der Mägde. Die Arbeit ließen sie bis zum nächsten Tag ruhen.

Als im September 1522 Luthers *Newe Testament Deutzch* erschien, kaufte Peter ein Exemplar und verbrachte die Nächte mit Lesen. Er strich über die Seiten und stellte fest, dass das Papier mancher Seiten dicker war, entdeckte im Druck einzelne Buchstaben, die um Haaresbreite zu hoch standen und die er schon längst aussortiert hätte, und überlegte sich, wie man die Zeilen noch eleganter hätte anordnen können. Nachts träumte er von Bibeln, die sich vor der Presse stapelten, zerrissenen Bogen, die an Leinen hingen, den Boden bedeckten und vor den Fenstern wehten. Morgens wachte er auf und fühlte sich, als ob er Nadeln gegessen hätte.

Als der Wormser Rat ein Mandat mit der Mahnung zu brüderlicher Liebe und Einigkeit erließ – »gemäß dem Evangelium und dem Wort Gottes« –, begannen die Kanoniker des Andreasstifts, öffentliche, deutsche Messen zu feiern. Peter saß in der halb vollen Magnuskirche, seinen Blick an die leere Wand gerichtet, an der bis vor Kurzem noch Heiligenfiguren gehangen hatten. Seine Brüder im Herrn ergriffen nacheinander das Wort, beteten laut und klar auf Deutsch, lobten und dankten Gott. Auch Peter erhob seine Stimme zu einem kurzen Gebet. Danach predigte Ulrich Preu in normaler Alltagskleidung über eine Stelle aus dem ersten Korintherbrief: Sie alle waren ein Leib mit Christus als Haupt.

Während Peter zuhörte, nahm er aus den Augenwinkeln eine Bewegung wahr. Er wandte den Kopf. Theres Weber lächelte ihn an. Er nickte ihr zu und konzentrierte sich wieder auf Preus Worte. Gleichzeitig war er sich ihrer Nähe bewusst. Ihre Anwesenheit machte ihn nervös, sie setzte ihn unter Druck. Er hatte schon einmal eine Ehe geführt, bei der er und seine Frau sich nichts zu sagen wussten. Damals hatte er das hingenommen, doch etwas in ihm hatte sich seitdem verändert.

Er würde heute Abend mit Theres sprechen.

Laubenheim

Wenn Lena Flachs bläute, schlug sie so hart mit dem Hammer auf die Bündel ein, dass alle im Raum den Kopf hoben und sich gegenseitig ansahen. Abends, als ihre Eltern und das Gesinde zu Bett gegangen waren, saß sie am Spinnrad, bis das Öl der Lampe aufgebraucht war. Und wenn sie Ivo die Haare kämmte oder Kräutersud auf seine aufgeschlagenen Knie träufelte, nahm sie ihn hinterher in den Arm und wiegte ihn liebevoll, vermied es aber, ihm in die Augen zu sehen. Ihr Vater beobachtete sie sorgenvoll.

Wann immer er Zeit hatte, bat sie ihn, ihr Satz für Satz aus dem Buch vorzulesen. Sie prägte sich die Sätze gut ein und verglich sie am nächsten Tag mit den Buchstaben, während sie mit einer Hand die Grütze über dem Feuer rührte.

Vor dem Einschlafen sagte sie Ivo jeden Abend die Sätze vor, damit er sie auswendig lernte. Sie wollte, dass er den Text lernte, denn dann würde er sich jederzeit die entsprechenden Buchstaben selbst beibringen können. Sein Vater würde auch wollen, dass er lesen lernte.

Sein Vater. Sie wollte nicht an ihn denken.

Sie spürte ein Ziehen im Herzen und erklärte es sich mit ihrem schlechten Gewissen. Im Gebet zu den Heiligen sprach sie nicht darüber. Sie betete sowieso fast kaum noch. Heilige waren nur tote Menschen.

Lena wusste, dass es nur einen gab, der heilig war. Aber sie traute sich nicht, sich an ihn zu wenden.

Nach seinen Besuchen im Wirtshaus erzählte ihr Vater immer häufiger von Aufständen in den Reichstädten. Auch in Worms gebe es Aufruhr, weil der Rat evangelische Pfarrer in die Stadt holen wolle und sich der Bischof und ein paar einflussreiche Bürger dagegen sperrten. Sogar der Pfalzgraf war gebeten worden, zu vermitteln. Wenn Lena an Worms dachte, sah sie immer nur *ein* Haus vor sich – und *einen* Menschen.

Burg Stolten, Mai 1523

Gerold hatte kein Gefühl mehr in den Beinen, als er den Saal in der Burg seines Freundes Ulrich von Hahn betrat. Er spürte sein Alter. Mit fünfzig verkraftete man einen fünfstündigen Ritt nicht mehr so gut wie früher. Doch die Schmerzen zählten alle nicht im Angesicht seiner wirklichen Sorge.

Ulrich begrüßte ihn. »Du siehst blass aus, mein Freund. Ich lasse dir etwas zu essen und zu trinken bringen.« Er rief nach einer Magd und deutete Gerold an, an der langen Tafel Platz zu nehmen. Vorsichtig ließ sich Gerold auf sein taubes Hinterteil sinken.

»Wie war die Reise?«, fragte Ulrich leichthin.

»Ulrich, ich bin nicht hier, um zu plaudern.«

Ulrich blickte ihn neugierig an, zwängte sich in den Lehnstuhl und rutschte damit an den Tisch, sodass sein dicker Bauch die Tischkante berührte. »Geht es um die Heirat unserer Kinder?«, fragte er erfreut.

Irritiert schüttelte Gerold den Kopf. Er hatte jetzt wirklich andere Sorgen als Ulrichs hässliche Töchter. »Darüber können wir später reden«, sagte er angespannt. Er beugte sich nervös vor. »Was weißt du über den Feldzug des Kurfürsten gegen Franz von Sickingen?«

Ulrich lehnte sich zurück. »Sickingens Burg Nanstein wurde geschleift. Er starb dabei.«

»Sickingen ist tot? – Welche Landesherren waren daran beteiligt?«

»Der Kurfürst von der Pfalz, der Erzbischof von Trier und der Landgraf von Hessen.« Ulrich beugte sich wieder vor. »Aber warum weißt du denn davon nichts? Hättest du nicht eigentlich im Heer des Kurfürsten kämpfen müssen?«

Gerold schlug mit der Hand auf den Tisch. »Das ist es ja! Ich habe einen Einberufungsbefehl erhalten, ihn aber erst gestern gelesen. Ich wusste nichts von den Plänen des Kurfürsten.«

»Warum hast du das Schreiben denn nicht gelesen? Es wird doch persönlich überstellt.«

»Ich war nicht da! Mein dämliches Weib hat es entgegengenommen und auf meinen Tisch gelegt.«

»Und du hast es nicht gesehen?«

Als Antwort schlug Gerold wieder auf den Tisch.

Ulrich sagte: »Hm, das hört sich aber nicht gut an.«

»Nein, das tut es nicht! Vor allem, da der Kurfürst mich mit Sickingen verbündet wähnt. Jetzt denkt er, ich hätte absichtlich nicht gegen Sickingen mitgekämpft.«

»Warst du denn tatsächlich mit ihm verbündet?«

»Ich war ein paarmal auf die Ebernburg eingeladen, zusammen mit Hutten und anderen. Hutten hat polemische Schriften über den Klerus vorgetragen. Anstelle wie üblich jeden Abend die Messe zu feiern, haben wir evangelische Gottesdienste abgehalten. – Aber mit Sickingens verrückten Fehden hatte das alles nichts zu tun!«

»Hm, und jetzt musst du dem Kurfürsten klarmachen, dass du nicht auf der Seite des bösen Sickingen standest.«

Gerold antwortete nicht, stattdessen fluchte er.

Die Magd, die mit einem gefüllten Tablett den Saal betrat, zuckte zusammen.

Laubenheim

Verschwitzt von der Feldarbeit betrat Phillip den Hof. Durch das offen stehende Tor sah er seine Schwester, seine Mutter und Hate drinnen ausmisten. Ivo spielte im Hof. Phillip ging zu seinem fünfjährigen Neffen, zupfte ein paar lange Gräser von seiner Hose ab und kitzelte Ivo damit im Nacken.

»He!«, rief der Junge und sprang auf. Herausfordernd funkelten seine Kinderaugen ihn an. »Das mache ich auch mit dir!«

»Nur zu!«, sagte Phillip und setzte sich.

»Das ist ungerecht. Ich habe hier im Hof gar kein Heu!«

»Dann nimm doch die Blätter«, sagte Phillip und deutete auf das Laub, mit dem Ivo gespielt hatte.

Ivo nahm sich fünf Blätter und stopfte sie Phillip hinten in den Kragen. Phillip sprang auf, gab einen wilden Laut von sich und breitete die Arme aus, als wollte er Ivo einfangen. Ivo kreischte vor Wonne, seine Augen leuchteten. Aus den Augenwinkeln sah Phillip Lena den Kopf aus der Wohnscheune stecken, um nach dem Rechten zu sehen.

Er hielt inne und wandte sich ab. Den Rücken zur Scheune gekehrt, setzte er sich wieder auf den Boden.

Seit sie aus Worms zurückgekehrt war, hielt sie sich für etwas Besseres. Zuerst hatte sie sich melancholisch zurückgezogen und dann jeden Abend mit Vater neben der Öllampe über Buchstaben gesessen. Jeden Abend hatte sich Phillip heimlich über die beiden geärgert, ohne genau benennen zu können, was ihn störte. Wenn sein Vater ihn gebeten hatte, sich zu ihnen zu setzen, hatte er abgelehnt. Zu sehr waren die beiden eine Einheit geworden.

Ivo ließ sich grinsend neben ihn auf die Erde plumpsen.

»Was hast du gerade gespielt?«, fragte Phillip.

»Das ist mein Haus«, sagte Ivo und zeigte auf den Grundriss, den er mit Steinen auf den Boden gelegt hatte. »Hier ist die Stube, das ist die Scheune. Es ist Abend. Wir gehen jetzt ins Bett.« Er nahm zwei Lindenblätter in die Hand. »Das ist mein Buch. Ich lese noch etwas.«

»Soso«, sagte Phillip, setzte die Hände hinter sich auf der Erde ab und lehnte sich etwas zurück.

Ivo hielt sich das Blatt vors Gesicht und zitierte stockend: »Ein Christenmensch ist ein freier Herr über alle Dinge und niemandem untertan.«

»Was?«

Ivo sah ihn an. »Wie was?«

»Was hast du da gerade gelesen?«

»Ein Christenmensch ist ein freier Herr über alle Dinge und niemandem untertan.«

»Woher hast du das?«

»Das steht in Mamas Buch. Sie übt jeden Abend das Lesen.«

»Und du kannst das Buch auswendig?«

Ivo schüttelte den Kopf. »Nein, nur diesen Satz. Danach kommen noch ganz viele Sätze.«

Phillip klopfte ihm auf die Schulter. »Du bist ein schlauer Bursche, Ivo. Aus dir wird mal ein guter Bauer.«

Ivo lächelte stolz.

Die Kirchglocken begannen zu läuten. Phillip erhob sich zögernd. Seine Schwester und seine Mutter kamen aus der Scheune. »Was ist passiert?«, fragte seine Mutter.

Phillip zuckte mit den Schultern.

»Gehst du nachsehen?«, fragte sie.

Er nickte. »Ich geh schon.«

Auf dem Dorfplatz fanden sich immer mehr Leute ein. Viele kamen mit lehmigen Händen direkt vom Feld. Als sie den neuen Burgvogt erkannten, einen großen, jungen Burschen mit spitzer Nase, sahen sie sich mit böser Vorahnung an.

Der junge Velten sagte etwas zu dem neuen Burgvogt, worauf dieser auf einen der Steine unter der Linde stieg. Die Leute verstummten. Der Burgvogt, dessen Stimme viel zu hoch für seine Statur war, rief: »Ich habe eine Botschaft für euch.« Er blickte sich lächelnd um, als versuchte er, ihr Wohlwollen zu gewinnen. »Es gibt einige Änderungen. Die erste ist leider nicht angenehm: Ab sofort müssen nicht zehn Prozent, sondern zwanzig Prozent Steuern auf Wein, Bier und Mehl bezahlt werden.«

»Was? Noch mehr Abgaben?«, riefen Stimmen durcheinander. »An wen soll das Geld denn bitte gehen, an den Grundherrn oder an den Kurfürsten?«

»Die Steuer geht an Gerold von Laubenstein. Er wiederum muss selbst Steuern an den Kurfürsten abführen.«

Die Bauern murrten.

»Die zweite Änderung ist eine gute: Gerold von Laubenstein hatte mit dem Kloster Dornheim einige Güter getauscht, sodass sein Besitz nun zusammenhängt. In den umliegenden Nachbarschaften sind nun einige seiner Hintersassen zu Leibeigenen des Klosters geworden. In Laubenheim ist es umgekehrt: Die acht Lehensnehmer, die zum Kloster gehörten, sind ab sofort Leibeigene von Laubenstein.«

Die Leute blickten ihn mit großen Augen an. Der Lehensherr hatte sich nicht einmal bequemt, diesen Kuhhandel vorher mit ihnen zu besprechen? Phillip spuckte aus.

Bewegung kam in die Menge. »Wer denkt er, wer wir sind? Tiere?« – »Wie würde er sich fühlen, wenn der Kurfürst ihn verkaufte?« Die Gruppe umringte den Burgvogt. Der Vogt hob abwehrend die Hände und versuchte zu seinem Pferd zu gelangen.

»Wir rotten uns zusammen und steigen zur Burg auf. Wir werden ihm beweisen, dass wir Menschen sind und kein Vieh!«, rief Matthes. Ein paar junge Männer scharten sich um ihn.

Phillip spuckte wieder aus. Er beobachtete die anderen. Sollte er sich ihnen anschließen? Er hätte große Lust, dem Leibherrn so ins Gesicht zu schlagen, dass er alle seine Zähne ausspuckte.

Er kickte einen Stein weg. Es ist doch vergeblich, wenn wir jetzt zur Burg stürmen. Wir stehen am Ende als Narren vor dem Burgtor.

Aber wir sind keine Narren. Wir sind freie Herren über alle Dinge und niemandem untertan.

Er spuckte wieder aus und machte sich auf den Heimweg.

Lisbeth verstand ihre Kinder nicht mehr. Phillip war verschlossener denn je. Wenn sie ihn ansprach, erhielt sie nur knappe Antworten. Auch Lena war stiller als früher, leicht reizbar und ging bei der leisesten Kritik einfach wortlos aus dem Raum. Zu Ivo war sie jedoch liebevoll. *Zu* liebevoll, wie Lisbeth fand. Sie verwöhnte den Jungen, tadelte ihn nicht, wenn er den ganzen Krug Honigbuttermilch alleine trank, sagte kein Wort, wenn er beim Garbenbinden statt zu helfen mit den anderen Kindern spielte, sie ließ ihn abends zu lange aufbleiben und schimpfte nicht, wenn er nicht alle Eier aufsammelte. Wenn Lisbeth ihn dann zurechtwies, nahm Lena ihn in Schutz.

Als die acht Höfe des Klosters an Laubenstein übergingen und somit die Heiratsbeschränkungen aufgehoben waren, standen nach und nach vier Mütter in ihrer Scheune und fragten, ob Lena an ihren Söhnen interessiert sei. Drei der Kandidaten waren stattliche junge Männer mit tadellosem Leumund.

Doch als Lucas und Lisbeth Lena darauf ansprachen, verschränkte sie die Arme vor der Brust. »Bitte nicht«, sagte sie und verschwand im Schweinestall, um auszumisten.

Doch Lisbeth gab nicht so leicht auf. Sie konnte nicht verstehen, warum eine junge, gesunde Frau wie Lena keine eigene Familie haben wollte. Noch dazu mit einem Mann, der sogar ein fremdes Kind in Kauf nahm. Als Antwort sah Lena sie nur bittend an.

»Ist es wegen Horst?«, fragte Lisbeth.

Lena schien nachdenklich. »Ich glaube, ich habe mich daran gewöhnt, dass er nicht mehr hier ist.«

»Was ist es dann? Dich bedrückt doch etwas … seit du damals aus Worms zurückkamst. Was ist dort passiert, Lena?«

Lena hob den Blick. »Nichts ist passiert, Mutter. Gar nichts. Ich wünschte, es *wäre* etwas passiert!« Sie stand auf und verschwand in ihrer Kammer.

Lisbeth blickte ihr hinterher und fragte sich, was Lena damit gemeint haben könnte.

Nachdenklich klappte sie das Buch auf, das Lena auf dem Tisch hatte liegen lassen. Darin lagen neue Flugschriften, die Bruder Heinrich – nein, er hieß ja nur noch Heinrich – vorbeigebracht hatte. Manchmal las Lena ihr stockend daraus vor und Lisbeth dachte beim Zubettgehen jedes Mal lange über das Gehörte nach. Heute Abend würde wohl nichts daraus werden.

September 1524

Es war lange her, dass Heinrich durch Laubenheim gekommen war. Er betrat das Gasthaus, setzte sich zu ein paar Männern an den Tisch, bestellte einen Becher Pfeddersheimer Wein und hörte konzentriert der Unterhaltung zu. Nachdem er eine Weile gelauscht hatte, kam er zu dem Schluss, dass auch in diesem Dorf ein neuer Wind wehte. Nicht nur im Süden, auch hier schienen die Bauern selbstbewusster als früher. Sie *beklagten* sich nicht mehr über seinen Bruder, sondern *verspotteten* ihn. Er bezahlte und machte sich auf die Suche nach Lena. Der Gedanke an sie und Ivo begleitete ihn auf seinen Reisen seit Monaten.

Er erkundigte sich auf dem Hof nach ihr und erfuhr, dass sie gerade die Ziegen zum Dorfhirten brachte. Er wartete vor der Dorfmauer, sah sie schließlich am Ende des Weges auftauchen und ging ihr entgegen. Sie benötigte eine Weile, bis sie ihn erkannte, dann hob sie die Hand zum Gruß und rieb sich mit dem dreckigen Handrücken übers Gesicht. Auf halber Höhe zwischen Wald und Dorf trafen sie aufeinander. Sie begrüßte Heinrich zwar herzlich, aber dennoch spürte er eine gewisse Zurückhaltung. *Wahrscheinlich sieht sie in mir die Verkörperung ihres schlechten Gewissens,* dachte er.

Er fragte sie nach ihrer Familie und erfuhr, dass alle wohlauf waren. »Wollen wir uns an den Waldrand setzen – wie früher?«, fragte er.

Lena lächelte und schlug den Weg zum Wald ein. Während sie die Wiese überquerten, erzählte er ihr von seiner Reise an den Hochrhein. »Ich war nicht zum ersten Mal in dieser Gegend, ich habe den Bauern schon vor ein paar Jahren Schriften gebracht. Dieses Mal gab es in einem Dorf einen Aufstand. Die Dörfler wollten ihren Pfarrer selbst wählen – einen, der das reine Evangelium predigt. Eines kam zum anderen, der Streit schaukelte sich hoch und endete damit, dass die Dörfler in die Kirche stürmten, die Altäre abschlugen und alle Heiligenbildnisse verbrannten. Außerdem verkündeten sie, dass sie ab sofort keine Abgaben mehr an ihren Grundherrn, das Kloster Petershausen, zahlen würden.«

Als er sah, wie aufmerksam Lena zuhörte, fuhr er fort. »In einem anderen Dorf wurde der evangelische Pfarrer vom Landvogt verhaftet, weil es diesem nicht passte, dass die Dörfler ihn eigenmächtig berufen hatten. Wahrscheinlich wollte der Landvogt dadurch ein Zeichen setzen – nach dem Aufstand in Thayngen. Alle regten sich furchtbar auf.

Von allen Kirchtürmen hallten die Glocken. Ich war gerade in der Nähe, also ging ich hin. Ich sage dir, es waren sicherlich an die fünftausend Bauern, die sich versammelt hatten. Ich habe in meinem ganzen Leben noch nie so viele Menschen auf einmal gesehen. Sie alle zogen gemeinsam los, um den Pfarrer aus der Gefangenschaft zu befreien. Doch er war zu gut bewacht. Auf dem Rückweg waren sie voller Wut und hungrig, plünderten eine Klosterküche, und das Kloster ging in Flammen auf. Ich glaube aber, dass der Brand nur ein Versehen war.«

Sie erreichten den Wald und setzten sich ins Moos.

»Seid Ihr auch mitgezogen?«, fragte Lena.

Die Frage war ihm unangenehm. »Nein«, sagte er ausweichend. Dann wechselte er unvermittelt das Thema: »Wie geht es meinem Großneffen?«

»Großneffen nennt Ihr ihn, ja?« Lena blickte ihn verärgert von der Seite an, sah dann wieder weg und antwortete knapp: »Gut.«

Sie schwiegen. Das war ihr Spiel: Wer die Spannung als Erster nicht mehr aushielt, hatte verloren. Hinter ihnen im Wald sang eine Dohle.

»Es ist jetzt mehr als drei Jahre her, seit du in Worms warst«, sagte Heinrich schließlich.

»Ich weiß. Denn seit drei Jahren vergeht kein Tag, an dem ich nicht an Peter Schöffer denke.«

Er antwortete nicht.

»Und außerdem bete ich seitdem nicht mehr«, sagte Lena unvermittelt.

»Warum nicht?«

Sie hob einen Tannenzapfen auf, knetete ihn in ihrer Faust und warf ihn dann in hohem Bogen weg. »Ich kann nicht. Die Schuld steht im Weg. – Und die Heiligen können mir ja nicht mehr helfen«, schob sie bissig hinterher.

»Wenn du in aufrichtiger Beziehung mit Jesus Christus stehst, trennt dich deine Schuld nicht von ihm.«

»Es fühlt sich aber so an«, sagte sie leise.

»Das bist nur du selbst. Bringe endlich alles ins Reine.«

Sie schwieg. Nach einer Weile bemerkte Heinrich, dass Tränen auf ihr Kleid tropften. Er zögerte, legte dann aber väterlich seinen Arm um ihre Schultern.

Sie flüsterte: »Ivos Haar wird jedes Jahr dunkler. Er sieht immer mehr aus wie sein Vater. Ich träume jede Nacht von Schöffer.« Sie zog die Nase hoch. »Ich würde ihm so gerne alles gestehen. Aber ich kann nicht.«

Heinrich wusste nicht, was er sagen sollte. Er ließ seinen Arm auf ihrer Schulter ruhen und saß still da.

»Wie geht es ihm?«, fragte Lena leise.

»Ich weiß nicht. Ich war monatelang am Hochrhein und komme über das Elsass gerade wieder zurück. Morgen will ich in Worms sein.«

Schweigend saßen sie da, während Lena die Nase hochzog. Heinrich blickte nachdenklich in die Ferne. Nach einer Weile begann er still zu beten. Für Lena, Ivo, Peter Schöffer und die Bauern im Land.

Im Wirtshaus setzte sich Lucas neben Phillip. Ein paar Männer am Tisch nickten ihm zu, er erwiderte ihren Gruß und hörte dann schweigend ihrer Unterhaltung zu. Es waren immer dieselben Männer, die Reden schwangen, während die ruhigen Gemüter in ihre Becher starrten und ein paar andere mit glasigen Augen und schweren Zungen der Unterhaltung zu folgen versuchten. Lucas sprach nie viel, eine alte Gewohnheit.

Er konnte nicht genau sagen, wann es angefangen hatte, aber seit einiger Zeit wohnte ein neuer Geist in den Männern. Sie sprachen davon, dass nicht nur Krieg über einem ermordeten Priester geführt werden sollte, sondern auch über einem ermordeten Bauern. So sagte es Luther.

Als hätten sie Flügel bekommen. Sie wissen nun, dass Gott keinen Unterschied macht, dachte Lucas.

Seit dem Spätsommer tauchte regelmäßig ein neuer Gast im Wirtshaus auf: Jacob Krummacker, ein ehemaliger Landsknecht, dem der rechte Arm fehlte. Er war vor einigen Wochen zu seinem Onkel nach Laubenheim gezogen. Während er einen Becher Wein nach dem anderen leerte, erzählte er von der weiten Welt jenseits der Alpen, wo das Sonnenlicht eine weichere Farbe habe.

Lucas blickte bitter auf den Armstumpf und hätte am liebsten gefragt, ob auch das Blut jenseits der Alpen anders glänzte. Doch er schwieg und hörte zu, wie Krummacker von Unruhen erzählte.

»Was für Unruhen?«, fragte der Bauer Mesel.

»Im Sommer hat die Frau des Grafen von Lupfen von den Bauern als Frondienst verlangt, Schneckenhäuser zu sammeln, damit sie ihr Garn darauf aufwickeln konnte. Und das während der Erntezeit.«

»Das glaub ich nicht!«, sagte Phillip.

Der Landsknecht nickte und nahm einen Schluck. »Die Bauern ließen sich das nicht gefallen. Sie organisierten sich zum Widerstand und wählten einen Landsknecht zum Hauptmann. Gleichzeitig fachte ein evangelischer Pfarrer im nahe gelegenen Waldshut einen Aufstand an. Jetzt verweigern die Bauern ihre Abgaben, ziehen umher und zünden die grundherrlichen Klöster an.«

Phillips Augen wurden groß. Lucas überkam ein ungutes Gefühl.

TEIL IV

KAPITEL 26

Worms, März 1525

Peter Schöffer betrat die Stube und setzte sich zu Heinrich, der allein vor einem Becher Wein brütete. Er sah müde aus. »Schön, dass du wieder hier bist!«, sagte Peter.

»Ich hätte im Januar nicht noch einmal losziehen sollen. Das war ein Fehler.« Heinrich blickte ihn mit leeren Augen an. »Da draußen braut sich der Weltuntergang zusammen.« Er leerte seinen Becher und setzte ihn scheppernd wieder ab. »Dieses ganze Gerede über den bevorstehenden Weltuntergang, das ich schon als Student gehört habe – jetzt wird es wahr. Und ich bin mit schuld!«

»Jetzt mal langsam. Woran sollst du mit schuld sein?«

»Am Unmut der Bauern. Sie rotten sich zusammen. Ihre Wut breitet sich wie ein Lauffeuer aus.«

»Ich weiß. Aber was hast du damit zu tun?«

»Ich habe sie aufgewiegelt.«

»Du hast doch nicht jeden einzelnen Bauern im Land aufgewiegelt, Heinrich. Du hast Schriften verteilt, nichts weiter. Außerdem liegt es bestimmt nicht allein am Evangelium, dass sie sich zusammenschließen, oder?«

Heinrich starrte auf seinen Becher. »Die Bauern wollen Anteil haben am Evangelium. Und sie haben weitere Forderungen. Im Hegau, im Allgäu, in Württemberg, im Schwarzwald, überall bewaffnen sie sich und ziehen in Haufen durch die Lande, um Anhänger zu sammeln.« Er fasste neben sich auf die Bank und klatschte mit der flachen Hand ein Flugblatt auf den Tisch.

Peter zog es zu sich.

»Das sind ihre Forderungen, die ›Zwölf Artikel‹«, sagte Heinrich. Peter überflog den Text.

Jede Gemeinde soll das Recht haben, ihren Pfarrer zu wählen. Der Pfarrer soll das Evangelium lauter und klar ohne allen menschlichen Zusatz predigen, da in der Schrift steht, dass wir allein durch den wahren Glauben zu Gott kommen können.

Von der Zehnt-Abgabe sollen die Pfarrer besoldet werden. Ein etwaiger Überschuss soll für die Dorfarmut und die Kriegssteuer verwandt werden. Der kleine Zehnt soll aufgegeben werden, da er nicht biblisch, sondern von Menschen erdichtet ist.

Bisher war der Brauch, dass man uns für Leibeigene gehalten hat. Doch Christus hat uns alle mit seinem Blutvergießen erlöst und erkauft, keinen ausgenommen. Darum ergibt sich aus der Schrift, dass wir frei sind.

Es ist dem Wort Gottes nicht gemäß, dass wir kein Wildbret, Geflügel und keine Fische fangen dürfen. Denn als Gott der Herr den Menschen erschuf, hat er ihm Gewalt über alle Tiere, den Vogel in der Luft und den Fisch im Wasser gegeben.

Die Herrschaften haben sich Gemeindewälder angeeignet. Wenn wir Holz bedürfen, müssen wir er es für das doppelte Geld kaufen. Es sollen daher alle ehemaligen Gemeindewälder der Gemeinde wieder zurückgegeben werden, damit jeder seinen Bedarf an Bau- und Brennholz daraus decken kann.

Die stetig zunehmenden Dienste sollen reduziert werden auf das Maß, wie unsere Eltern gedient haben.

Die Herren sollen sich an die im Vertrag vereinbarte Fron halten und sie nicht ohne Vereinbarung erhöhen.

Die Pachtabgaben sind zu hoch. Ehrbare Leute sollen die Güter besichtigen und die Abgaben neu festsetzen.

Bei Gericht straft man nicht nach Gestalt der Sache, sondern nach Belieben. Wir fordern, dass wieder nach alter geschriebener Gemeindeordnung geurteilt wird, nicht willkürlich.

Wir fordern die ursprünglichen Wiesen und Äcker, die einer Gemeinde zugehörten, wieder zurück.

Die Todfallabgabe soll abgeschafft werden, und nimmermehr sollen Witwen und Waisen wider Gott und Ehre beraubt werden.

Soweit diese Artikel nicht mit der Bibel übereinstimmen, wollen wir sie fallen lassen. Falls sich aus der Schrift neue Artikel ergeben, wollen wir sie aufnehmen.

Als Peter die Forderungen gelesen hatte, sagte Heinrich: »Die Bauern wollen, dass Luther und Melanchthon über die Rechtmäßigkeit ihrer Forderungen urteilen. Ich kenne ihre Entscheidung noch nicht. – Gibt es noch Wein?«

Peter schüttelte den Kopf.

Heinrich lachte bitter. »Du bist ein guter Freund, beschützt mich vor mir selbst.« Nach einer Weile sagte er brütend: »Der schwäbische Bund hat den Bauern gedroht, ihre Dörfer zu verwüsten, sobald die Söldner aus Pavia zurück sind. Genauso wie die Bauern die Burgen verwüsten. Ich reite morgen zu meinem Bruder, um ihn zu warnen. Es sind seine Dörfer, die von den Heeren der Landesfürsten bedroht sind – und seine Burg, die von den Bauern verwüstet werden könnte.«

»Die Bauern brandschatzen schon seit Monaten Burgen und Klöster. Der Ernst der Lage wird ihm bewusst sein«, sagte Peter.

»Ich muss einfach zu ihm. Ich schulde es ihm.« Heinrich sah auf und blickte Peter direkt in die Augen.

Peter sagte entschlossen: »Nein, Heinrich, du hast genug erlebt in den letzten Wochen. Du ruhst dich aus. *Ich* reite zu Sibillas Eltern – und zu Lena. Gleich morgen.«

Laubenheim

Lena hörte in der Scheune, dass Ivo im Hof mit jemandem sprach. Sie stellte die Mistgabel an die Wand und ging zum Tor. Im Hof stand ein Mann. Ihr knapp siebenjähriger Sohn hatte den Kopf leicht in den Nacken gelegt, um zu ihm aufzuschauen.

Lena wusste nicht, ob sie lachen oder weinen sollte. Mit der rechten Hand umklammerte sie die Kante des Tors. So oft hatte sie diese Szene schon im Traum erlebt, sein Profil gesehen, gespiegelt von Ivos. Es konnte auf keinen Fall Wirklichkeit sein. Sie wollte sich kneifen, schlagen, an den Haaren ziehen, damit sie aufwachte. Stattdessen starrte sie nur, unfähig sich zu bewegen.

Innerlich verfluchte sie Heinrich. Dieser musste geplaudert haben – denn warum sonst sollte er hierherkommen, nach all den Jahren.

Die beiden hatten sie bemerkt. Zwei gleiche Augenpaare richteten sich auf sie.

Vier Jahre war es her, seit sie ihn zum letzten Mal gesehen hatte. Er sah immer noch genauso aus wie damals.

Lena handelte, ohne nachzudenken. Wortlos eilte sie aus dem Tor heraus, stellte sich hinter Ivo und legte die Hände besitzergreifend auf seine kleine Brust. »Was wollt Ihr?«, fragte sie.

In Schöffers Gesicht spiegelte sich eine Mischung aus Freude und Unverständnis.

Lena zögerte. Hatte Heinrich doch geschwiegen?

»Ich freue mich ebenso, dich zu sehen!«, sagte er mit einem ironischen Lächeln.

»Ivo, geh ins Haus.« Lena gab ihm einen sanften Schubs. Ivo blickte verwundert von Lena zu ihm und ging dann ins Haus.

Lena verschränkte die Arme vor der Brust. Jeder Muskel ihres Körpers war angespannt. Sie wollte ihn fortschicken – doch gleichzeitig wünschte sie sich, dass er blieb.

»Wie geht es dir?«, fragte er.

»Warum seid Ihr hier in Laubenheim?«, fragte sie wieder.

Er hob lachend die Hände. »Bitte verzeih mir, dass ich es gewagt habe, deinen Hof zu betreten.«

Sie schwieg.

»Ich bin auf dem Weg zu Ottilia. Ich muss sie vor etwas warnen. Außerdem wollte ich mal wieder das Grab von Sibilla und meinem Sohn besuchen.«

Der Gedanke an ihr totes Kind in Sibillas Grab versetzte Lena einen Stich. Gleichzeitig durchflutete sie Erleichterung. Sie nahm die Arme aus der Verschränkung und strich sich eine Strähne hinters Ohr. »Ich freue mich, Euch zu sehen. Wirklich.« Ein gelöstes Lächeln breitete sich auf ihrem Gesicht aus.

Jetzt fiel ihr auch die Wärme in seinen Augen auf, die schon die ganze Zeit aus ihm gesprochen hatte, sie hatte nur keinen Blick dafür gehabt.

Sie musterten sich schweigend. Dann blickte Lena in Richtung Straße. Sie wusste, sie sollte ihn fortschicken, ehe ihn jemand sah. Es tat ihr leid, dass sie ihn so unwirsch empfangen hatte, und sie konnte den Gedanken nicht ertragen, dass er gleich wieder ging. Sie überlegte, wann ihre Familie von der Feldarbeit zurückkehren würde. Zögernd sagte sie: »Bestimmt habt Ihr Hunger und Durst von der langen Reise.«

»Ich nehme gerne etwas. – Und ich brauche auch Wasser für mein Pferd.« Er deutete zur Straße, wo ein Pferd angebunden war.

»Da vorne steht ein Eimer Wasser. Gießt davon etwas in die Tränke«, sagte Lena. »Ich bereite in der Zwischenzeit das Essen vor.«

Schöffer betrat die Wohnscheune, als Ivo geräucherten Schinken und Fladen auf den Tisch stellte und sich dann auf einen Schemel setzte. Der Vater nahm neben dem Sohn Platz. Lena trat mit zwei Bechern an den Tisch, stellte Ivo die Buttermilch hin und reichte ihm den Becher mit Wein. Es war ihr peinlich, dass sie nur sauren Wein anbieten konnte.

»Wie ist es Euch ergangen?«, fragte Lena, als sie sich an den Tisch setzte und die Fladen in seine Richtung schob.

»Sicherlich weißt du noch gar nicht, dass Els vor zwei Jahren gestorben ist.« Nach einer kurzen Pause fuhr er fort: »Und Grete heiratet bald.«

»Das tut mir leid zu hören.« Sie schwiegen einen Moment lang. »Wen wird Grete heiraten?«

»Einen Pferdeknecht aus den Mietstallungen vor der Stadt. Sie werden sich irgendwo auf dem Land als Häusler niederlassen.«

»Habt Ihr wichtige Aufträge?«, fragte sie, während ein feines Lächeln ihre Lippen umspielte.

Er sah sie sanft an. »Es geht.«

Ivo trank still seine Buttermilch.

Und dann hörte sie von draußen die Stimmen ihrer Eltern. *Das habe ich nun von meiner Dummheit. Und was mache ich jetzt? Ihn in eine Truhe sperren?,* dachte sie.

Ihre Eltern traten ein, mit Gerteln und Harken über den Schultern. Er erhob sich. Auch Lena stand auf. Nur Ivo blieb vor seinem Becher sitzen. Ihre Eltern bemerkten verwundert den unbekannten Gast und setzten das Werkzeug ab.

Lena sagte: »Das sind meine Eltern. – Mutter, Vater, das ist der Herr, für den ich in Worms gearbeitet habe. Peter Schöffer.«

Ihr Vater kam zögernd näher und blickte irritiert von ihm zu Ivo und wieder zurück. Dann sagte er stirnrunzelnd: »Verzeiht, unsere Hände sind dreckig. Wir waschen uns rasch und kommen sofort wieder.«

Ihre Mutter sagte nichts. Sie starrte ihn nur an.

Lena ließ sich wieder auf den Schemel fallen und barg das Gesicht in den Händen. Sie hörte, wie Schöffer sich wieder setzte und ihre Eltern in der Stube verschwanden. Lena war klar, was ihre Eltern nun dachten: dass er der Vater von Ivo war – und sie die leibliche Mutter.

Müde blickte sie auf. »Verzeiht«, sagte sie und setzte sich so aufrecht wie möglich hin, »ich bin erschöpft.«

»Lena«, begann er zögernd, »ich bin nicht nur wegen Ottilia hier.«

Unsicher sah sie ihn an.

»Ich bin hier, um dich zu bitten, mit mir zurück nach Worms zu kommen. – Nachdem du all die Jahre nicht von selbst gekommen bist«, fügte er mit einem schrägen Lächeln hinzu.

»Als Magd?« Als sie die Frage stellte, fiel ihr auf, wie dumm sie klang. Sie wurde rot.

»Ich bezahle dich wieder gut.«

»Habt Ihr keine zweite Magd neben Grete?«

»Ich hatte eine. Aber darum geht es nicht. Ich würde auch eine andere finden. Ich bin hier wegen dir.«

Lena atmete tief ein. »Ich weiß nicht, ob ich meine Eltern einfach so im Stich lassen kann.«

»Können wir kurz ungestört reden?«, fragte er und erhob sich.

Gemeinsam gingen sie in den Hof.

»Ich weiß, ich schulde Euch noch Arbeit«, begann Lena.

Er schüttelte den Kopf. »Vergiss die Schulden. Lena, hör zu: Die Bauern spielen verrückt. Die Truppen des schwäbischen Bundes haben gedroht, sich an den Dörfern zu rächen. Vielleicht werden sich ihnen andere Landesherren anschließen. Sie werden brandschatzen und je nachdem, was für Männer sie als Söldner beschäftigen, noch Schlimmeres tun. Es ist nur eine Frage der Zeit, bis die Unruhen hier ankommen.«

»Woher wisst Ihr das alles?«

»Aus Worms. Aber hauptsächlich von Heinrich.« Er hielt kurz inne, dann fuhr er fort: »Worms ist zwar auch nicht der sicherste Ort, aber es ist immer noch geschützter als hier.«

»Deshalb seid Ihr gekommen?«, fragte Lena verwundert.

Er schien es ernst zu meinen, denn in seinem Blick lagen Sorge und Anspannung. »Ich will dir Schutz in meinem Haus anbieten. Und weil ich in Heinrichs Auftrag meine Schwiegereltern warnen will.«

»Und ich soll mein Kind und meine Familie hier zurücklassen und mich selbst in Sicherheit begeben?«

»Bring deinen Sohn mit. Ich komme morgen um die Mittagszeit wieder vorbei.«

»Ich weiß nicht.« Lena schüttelte skeptisch den Kopf.

Er sah sie eindringlich an. »Ich komme morgen wieder. – Ich gehe jetzt besser.«

Sie blickte ihm nachdenklich hinterher, als er zu seinem Pferd humpelte.

Lisbeth war es ganz recht, dass Lena sie den Rest des Tages mied, denn sie brauchte Zeit, um ihre Gedanken zu ordnen. Sie konnte immer noch nicht fassen, was sie gesehen hatte.

Phillip verschwand ins Wirtshaus und Lisbeth nutzte das restliche Tageslicht, um am offenen Fenster seine Hose zu stopfen. Auch Lucas war nachdenklich und schweigsam. Er saß am Tisch und schnitzte Bolzen. Als Lena aus ihrer Kammer schlich, sah Lucas kurz zu Lisbeth herüber, ließ seine Schnitzarbeit sinken und sagte: »Lena, setz dich zu uns. Und erkläre uns, wer Peter Schöffer ist.«

Er bedeutete seiner Tochter, Platz zu nehmen. Sie setzte sich zögernd. Lisbeth legte ihre Nadel beiseite und kam zu ihnen an den Tisch.

Lena atmete tief durch. »Ich möchte morgen mit ihm für ein paar Monate nach Worms gehen. Er sagt, es sei hier nicht mehr sicher für uns.«

Lucas lachte bitter. »Du glaubst doch nicht im Ernst, dass ich das erlauben werde! – Ich hätte es dir schon vor vier Jahren verbieten sollen.«

Lena blickte schweigend auf die Maserung des Tisches. Nach einer Weile sagte sie leise: »Es ist nicht, wie ihr denkt.«

»Für wie dumm hältst du uns, Lena!«, entfuhr es Lisbeth. »Ivo ist ihm wie aus dem Gesicht geschnitten. Ich dachte, ich sehe nicht recht, als ich euch wie eine Familie am Tisch sitzen sah.«

Ihre Tochter blickte ihr direkt ins Gesicht. »Ich sage dir, wie es ist, Mutter. Ivo ist sein Sohn. Ja! Aber ich bin nicht seine Mutter!«

»Was erzählst du da?«, fragte Lisbeth.

»Mein Sohn liegt in Sibillas Grab.«

Lisbeths Mund klappte auf. Lucas lehnte sich verblüfft zurück. »Du hast die Kinder vertauscht?«, fragte er.

Lena antwortete nicht.

Lucas krächzte: »Unser Ivo ist der rechtmäßige Enkel von Gerold von Laubenstein?« Er lachte. »Wir ziehen einen Laubenstein auf!« Sein Lachen klang hohl.

Lisbeth sah ihre Tochter an und wusste nicht, welcher der beiden Gedanken schlimmer war: dass schon wieder jemand aus ihrer Familie gegen die Ordnungen Gottes verstoßen hatte – oder sie Ivo womöglich verlieren würden. Endlich fand sie die Sprache wieder. »Warum hast du das getan?«

Lena hob den Blick. »Warum? Warum?«, sagte sie gereizt. »Die Frage ist: Was soll ich *jetzt* tun?«

Lisbeth konnte nicht länger sitzen bleiben. Sie stand auf und begann, durch den Raum zu gehen. Sie hörte Lucas sagen: »Du fährst morgen mit Schöffer nach Worms. Du nimmst Ivo mit. Wenn Ivo sich eingewöhnt hat, erklärst du Schöffer alles. Und lässt Ivo bei ihm. Er hat ein Recht auf sein Kind. Er wird Ivo alles beibringen, damit er sein Nachfolger werden kann. Ivo wird es bei ihm besser haben als bei uns als Leibeigener.«

Lisbeth blieb hinter Lena stehen. »Aber wir können Ivo doch nicht einfach hergeben!«

Lucas sah sie nicht an.

»Lucas?«

Er blickte auf. »Ihr habt meine Entscheidung gehört.« Seine entschlossene Stimme passte nicht zu dem Schmerz in seinen Augen.

»Gut, ich gehe«, sagte Lena. »Und ich nehme Ivo mit. Mutter, Schöffer würde dich bestimmt auch unterbringen. Hier ist es nicht mehr sicher.«

Lisbeth ließ sich Zeit. Sie heftete ihren Blick auf Lucas. Gedehnt sagte sie: »Hier war es noch nie sicher. – Ich bleibe bei deinem Vater.«

Lena drehte sich zu ihr um. »Was meinst du damit?«

Über ihre Tochter hinweg sahen Lucas und sie sich an. Eine Brücke aus unausgesprochenen Worten.

Während Ivo Tannenzapfen im Hof umherkickte, ging Lena nervös auf und ab. Draußen stand die Sonne am Mittagshimmel. Schöffer würde jeden Moment kommen, um sie abzuholen. Ihr Vater betrat die Scheune und ging mit schnellen Schritten auf sie zu, als hätte er noch etwas Wichtiges mit ihr zu besprechen. Lena runzelte die Stirn.

»Lena.« Er sah entschlossen aus. Fast erwartete sie, dass er ihr nun doch seine Erlaubnis verweigern würde. »Ich habe noch einmal nachgedacht. Mir ist noch etwas eingefallen.«

Sie hob die Augenbrauen.

Er sagte: »Wenn du Schöffer alles sagst, musst du unbedingt klarstellen, dass die Verwechslung der Kinder ein Versehen war. Verstehst du, das ist wichtig!«

»Weil er mich sonst anklagen kann?«

Ihr Vater nickte. »Und wenn *er* dich nicht anklagt, dann kann es Gerold von Laubenstein tun. Du würdest schlimm bestraft werden.«

Sie sah ihn unsicher an. »Und wie sollte ich ihm eine solche Geschichte glaubhaft machen?«

»Sag Schöffer, dass dir die Ähnlichkeit zwischen ihm und Ivo aufgefallen ist. Dass du dir sie nur so erklären kannst, dass dir damals beim Stillen eine Verwechslung unterlaufen ist. Du warst krank, Sibilla lag im Sterben. Es war eine extreme Situation, du hattest nicht alle Sinne beisammen.«

Lena blickte ihn zweifelnd an. *Den Betrug durch eine Lüge rechtfertigen? Würde Gott das gutheißen?*

Draußen im Hof hörten sie Hufgeklapper. Lena umarmte ihren Vater. »Pass auf dich auf, Vater. Und zieh nicht in die Schlacht.«

»Das werde ich sicher nicht.«

Als sie in den Hof trat, saß Schöffer von seinem Pferd ab. Er sagte etwas zu Ivo und fuhr zu ihr herum, als er sie bemerkte. Nervös lächelte er sie an, sein Blick war dunkler als gestern. »Kommt ihr beide mit?«, fragte er.

Sie nickte.

»Gut.« Er lächelte.

»Ich kann nicht reiten«, sagte Lena mit Blick auf das zweite Pferd.

»Oh«, sagte Schöffer. »Dann muss der alte Gaul eben uns drei tragen. Wir führen das zweite Pferd mit und wechseln unterwegs.«

»Konntet Ihr Sibillas Eltern warnen?«

Schöffer wirkte zerstreut. »Ja, das konnte ich. Ich hätte Ottilia auch gerne mit nach Worms genommen, aber ihr Mann hat es nicht erlaubt. Er meint, das würde ihm als Feigheit ausgelegt. Jetzt lässt er seine Frau alleine auf der Burg zurück, wenn er im Heer des Kurfürsten kämpft.« Er schüttelte missbilligend den Kopf.

Lena winkte Ivo herbei. Aus den Augenwinkeln sah sie, dass Schöffer Ivo einen Moment zu lange anblickte – oder hatte sie sich das nur eingebildet? Er hob Ivo aufs Pferd, hielt ihr seine Hände als Steigbügel hin und half ihr hinauf. Als er sich selbst hinaufschwang, tänzelte das Pferd. Er saß direkt hinter ihr, sie spürte seine Berührung am ganzen Körper. Sie rutschte einen Daumenbreit nach vorne und umklammerte Ivo Hilfe suchend, während Schöffer das Pferd in Bewegung setzte. Sie ritten aus Laubenheim hinaus und bogen auf den Weg nach Osten. Nach einer Weile wurde Ivos kleiner Körper immer schwerer. Lena spannte ihre Muskeln an und setzte sich aufrecht hin, damit sie nicht auf Schöffers Brust gedrängt würde. Nach einer Weile wurde ihr schwindlig. Sie schickte ein Stoßgebet zum Himmel, dass sie so schnell wie möglich ankommen würden.

April 1525

Lucas wollte gerade zu Bett gehen, als Phillip mit einem triumphierenden Grinsen die Stube betrat. »Du bist noch wach!«, sagte Phillip und kam auf ihn zu. »Stell dir vor, die Bauern haben Bruchsal besetzt, der Bischof hat als Antwort eine Militäreinheit geschickt – und die Soldaten sind zum Bauernheer übergelaufen!« Er lachte laut. »Wir werden es schaffen, unsere Forderungen durchzusetzen, Vater. Du wirst noch sehen!«

Lucas runzelte die Stirn. »Ach ja? Und was ist mit den ganzen anderen Nachrichten? – Mit dem Gemetzel von Leipheim, wo ein Bauer nach dem anderen erstochen wurde? Mistgabeln gegen Katzbalger, pah!«

»Rückschläge gehören zum Krieg dazu«, sagte Phillip herausfordernd.

»Krieg? So nennst du es also? Wollten sich die Bauern nicht nur zur Verteidigung zusammenrotten?«

»Wir müssen angreifen, sonst haben wir keine Chance.«

»So? Und angreifen heißt auch, ein Hospital zu verwüsten, wie es der Altdorfer Haufe im Elsass getan hat? Phillip, ein Spital! Keine Burg! Die Bauern gehören alle eingesperrt.«

»Das war der Haufe im Elsass! Was weiß denn ich, was denen durch den Kopf ging! Vermutlich war es das Spital der Grundbesitzer!«

Lucas' Augen glühten. »Soll ich dir weitere Beispiele nennen?«

»Jetzt fang nicht von Weinsberg an. Sie mussten das tun!«

Lucas lachte spöttisch. »Oh natürlich. Sie haben zur Besatzung der Burg gesagt: Tut uns leid, wir *müssen* Euch leider wie bei einer Hinrichtung durchbohren!«

»Vor ihnen lag eine Übermacht, die ihre Dörfer verbrennen wollte! Da muss man zeigen, wo der Hammer hängt.«

»So geht das nicht, Phillip. Wenn wir Bauern etwas durchsetzen wollen, dann muss das mit einem kühlen Kopf geschehen. Geplant und gut organisiert. Ohne Gewalt.«

»Ja, dann geh du doch und übernimm die Führung! Geplant und gut organisiert. Lass sie sich verteidigen. Dann können sie den Grundbesitzern ihre kühlen Köpfe entgegenstrecken, damit sie gut organisiert abgeschlagen werden!«

Lucas' Hand klatschte auf Phillips Wange. Überraschung flammte in dessen Augen auf. Auch Lucas starrte benommen auf den roten Abdruck im Gesicht seines erwachsenen Sohnes.

Phillip wandte sich um und ging hinaus.

KAPITEL 27

Worms

Lena und Ivo zogen in Els' ehemalige Stube unterm Dach. Als sie ihren Kleidersack auf dem Boden absetzte, betete Lena ein Stoßgebet, um alle Geister zu verscheuchen. Weil sie der Ritt in Schöffers Armen so angestrengt hatte, ging sie ihm nun aus dem Weg. Sie bat Grete, die Mahlzeiten zu servieren, während sie selbst in der Küche blieb und aufräumte. Jedes Mal, bevor sie ein Zimmer putzen wollte, versuchte sie abzuschätzen, wo er sich in der nächsten Stunde nicht aufhalten würde.

Sie beschäftige Ivo, indem sie ihm zeigte, wie man im Hof Färberdisteln und Kalmuswurzeln anpflanzte, sie nahm ihn mit auf den Fischmarkt, schickte ihn nachmittags mit einer Wachstafel in die Kammer, damit er Buchstaben aus ihrem Buch abschrieb. Sie ließ ihn Hühnchen rupfen und die Federn waschen. Aus Lumpen nähte sie ihm einen Ball, den er mit Hühnerfedern und Erde ausstopfte.

Eines Vormittags nahm sie ihn mit in den Garten, wo er den Ball in die Luft warf und ihn wieder fing. Lena kniete vor dem Beet, die Frühlingssonne brannte auf ihren Rücken. Sie winkte ihn herbei. »Mach mit dieser Reihe weiter, zupf das Unkraut bis dort drüben.« Sie erhob sich und klopfte die Erde von ihrem Rock ab. Ivo seufzte und kickte seinen Ball in einem Bogen gegen die Mauer, wo er herabsackte und liegen blieb. Er ließ sich am Beet auf die Knie fallen und begann mit der Arbeit. Während sich Lena die Hände abklopfte, wanderte ihr Blick an der Hauswand empor. Fast erschrak sie, als sie plötzlich Schöffer in die Augen blickte. Er stand im ersten Stock am offenen Fenster, als hätte er sie schon länger beobachtet, sein Blick unerwartet offen. Sie schenkte ihm ein scheues Lächeln zum Gruß. *Wenn er wüsste, dass sein Sohn gerade Gesindearbeiten verrichtete.* Schnell sah sie wieder zu Boden und eilte zum Hintereingang, nervös die Hände reibend, damit sich der Dreck aus den Handflächen löste. Der Schmutz blieb kleben.

Am Abend kam Grete mit dem Geschirr des Herrn in die Küche. »Der Herr verlangt nach dir.« Lena stieg die Stufen zum ersten Stock empor. Sie klopfte und betrat zögernd die Stube.

»Setz dich einen Augenblick zu mir«, sagte er.

Sie zog sich einen Schemel heran und ließ sich darauf nieder, ihn unsicher im Auge behaltend.

»Dein Sohn sollte etwas lernen, Lena.«

»Ich versuche ihm das Lesen und Schreiben beizubringen.«

»Du kannst lesen?«, fragte er interessiert.

»Ein bisschen. Ich habe geübt – wie Ihr mir es aufgetragen habt.«

»Fabelhaft!«

Lena lächelte nervös.

»Schick deinen Sohn zur Schule.«

»Was kostet das denn?«

»Einen Gulden im Monat. Ich stocke dir dein Gehalt um den Betrag auf. Melde ihn gleich morgen an.« Er holte vier Gulden aus seiner Gürteltasche und legte sie vor ihr auf den Tisch. »Und lass dich nicht von ihren Blicken irritieren, nur weil du eine Magd bist.«

Lena fand es unerträglich, noch mehr Geld von ihm anzunehmen, andererseits konnte sie sein Anliegen wohl kaum ausschlagen, ohne sich noch schuldiger zu machen. Sie sah ihn scheu an. Er deutete auf die Münzen. »Gib ihnen das als Anzahlung. Tritt selbstbewusst auf.« Er lächelte herausfordernd, als er hinterherschob: »Sei einfach du selbst.«

Sie hielt seine Freundlichkeit nicht aus. Am liebsten wäre sie aufgesprungen und aus dem Zimmer gestürmt, zwang sich aber, sitzen zu bleiben. Er schien etwas sagen zu wollen, zögerte dann aber, als er Schritte von mehreren Personen vernahm, die die Treppe hinaufkamen. Grete öffnete die Tür, und hinter ihr betrat eine teuer gekleidete Dame den Raum. Lena erhob sich. Sie konnte nicht sagen, ob das aufgetürmte Haar der Frau grau oder hellblond war. Es dauerte einen Augenblick, bis ihr klar wurde, wer vor ihr stand.

Schöffer stand auf. »Ottilia!« Er ging auf sie zu, um sie zu begrüßen. Als Ottilias Blick auf Lena fiel, senkte Lena kurz den Kopf, wie es sich ziemte.

»Lena, du bist also tatsächlich hier!«, sagte die Burgherrin überrascht.

»Bring uns Wein und eine Mahlzeit für Ottilia«, sagte er zu Lena und führte Ottilia zum Tisch. »Grete, richte ein Zimmer her!«

Als Lena die Stube verließ, hörte sie Ottilia sagen: »Gerold ist zwar noch nicht weg, aber ich bin trotzdem einfach gegangen. Wahrscheinlich hat er es noch gar nicht gemerkt. Und jetzt kann er mich nicht mehr holen, weil er bald kämpfen muss.« Ottilia winkelte beim Sprechen theatralisch die Hände an. Wie ähnlich sie Sibilla war.

Als Lena die Stube wieder betrat und die Mahlzeit servierte, sprachen die beiden über Sibillas Bruder. Sein Vater wollte ihn ins Heer mitnehmen, obwohl Otto noch gar nicht in den Dienst des Kurfürsten berufen war. *Die Burgherrin sieht traurig aus*, fand Lena. Sie konnte sie verstehen. Ottilia hatte schon Sibilla verloren, und jetzt zog ihr Sohn in die Schlacht. Als Lena aus dem Raum ging, dachte sie bei sich: *Muttersein ist ungerecht.*

Spät am Abend legte sie sich vorsichtig zu Ivo ins Bett. Er wachte auf und kuschelte sich an sie. Sie streichelte seinen Rücken.

»Mama, ich vermisse die Großeltern und Phillip. Wann gehen wir wieder zurück?«

Lena räusperte sich. »Ich weiß es nicht, Ivo. Ich weiß nicht, ob wir … ob du … ob wir jemals wieder zurückgehen werden. Aber der Herr hat gesagt, dass du zur Schule gehen darfst.«

»Zur Schule? Wo die Kinder von frühmorgens bis spätabends lernen?«

Lena nickte.

»Wird es mir dort gefallen?«, fragte er.

»Sicher. Du lernst doch gerne, oder?«

Statt zu antworten, fragte er: »Hat der Herr das bestimmt, dass ich zur Schule soll?«

»Ja.« Sie schwieg. Dann flüsterte sie: »Weißt du, Peter Schöffer ist gut zu denen, die zu ihm gehören. Du kannst ihm vertrauen.«

Laubenheim, Anfang Mai 1525

Lucas saß mit gerunzelter Stirn auf der Bank hinterm Haus, seine Sense in den Händen. Er drückte mit dem Handballen fest gegen das Blatt, es drehte sich gegen den Sensengriff. Das Werkzeug war nicht mehr zu gebrauchen – das Holz war morsch. Er seufzte. Es war schwierig gewesen, damals ein Stück Holz zu finden, das zu seiner Körpergröße passte, und es hatte Tage gedauert, es für das Sensenblatt zurechtzuschnitzen. Er wollte sich erheben, um die Sense an die Hauswand zu lehnen, als ihm Schweiß auf die Stirn trat. Er ließ sich wieder auf die Bank fallen. *Nicht schon wieder*, fuhr es ihm durch den Kopf. Ihm wurde schlecht. Die Sense fiel direkt vor ihm auf die Erde. Er klammerte sich an die Bank, sagte sich, dass er es diesmal aushalten würde. Dass sein Herz sich gleich wieder beruhigen würde. Er atmete, konzentrierte sich. Sein Herz hämmerte in seiner Brust, in seinem Kopf rauschte es. Die Sense lag neben seinen Beinen. Er zwang sich, tiefer einzuatmen. Das Schwitzen hörte auf. Das Erste, was er wahrnahm, als er wieder richtig denken konnte, war Veit, der vor ihm stand.

»Herr, geht es Euch gut?«, fragte Veit nervös.

Lucas brauchte eine Weile, um zu antworten. Sein Herz schlug nur langsam wieder gleichmäßiger. »Es geht mir gut«, sagte er und setzte sich aufrecht hin. »Alles in Ordnung.«

Veit beobachtete ihn mit großen Augen, offenbar unschlüssig, ob er helfen sollte. Lucas beugte sich vor und stützte den Kopf auf die Hände. Als sein Herz wieder einigermaßen normal schlug, sah er auf. »Kein Wort zu meiner Familie. Hast du verstanden?«

Veit nickte. Er fasste sich in den Nacken. Dann fragte er: »Was soll ich tun?«

»Du kannst die Sense aufräumen.«

Veit bückte sich und hob das Werkzeug auf. Er verharrte kurz vor Lucas. »Habt Ihr es schon gehört? Das mit dem Bauernheer?«

Lucas fuhr sich über die Augen. »Nein. Was?«

»Bischof Georg vom Hochstift Speyer und Markgraf Philipp von Baden haben die Zwölf Artikel angenommen.«

»Wirklich?« Lucas versuchte sich zu konzentrieren. »Na dann hoffe ich mal, dass sie es sich nicht wieder anders überlegen«, sagte er langsam. »Vor allem, wenn die anderen Landesherren die Artikel nicht annehmen.«

Angst lag in der Luft, Männer und Frauen eilten durch das Dorf, aufgeregte Rufe schallten, sie holten ihre Kinder in die Häuser und sprachen Gebete. Phillip hatte eigentlich die Werkzeuge säubern und schleifen wollen, aber niemand arbeitete mehr. Er hatte alles Werkzeug in die Scheune zurückgestellt. Bei der Mistgabel hatte er kurz gezögert und sie dann wieder mit hinausgenommen. Jetzt saß er hinter der Scheune, mit dem Rücken an die Wand gelehnt, das Ende der Mistgabel auf seinen Beinen. Er fuhr mit dem Finger über die Zinken.

Als die beiden Reiter – der Schultheiß und der Dorfknecht – an seinem Hof vorbei in Richtung Linde galoppierten, erhob er sich. Vor ihm und hinter ihm rannten Menschen den Pferden hinterher, um die Nachricht vom Grundherrn nicht zu verpassen. Phillip ging ohne Eile. Von Weitem sah er Velten absitzen. Der Schultheiß stellte sich auf einen Stein und rief: »Hier ist die Antwort von Gerold von Laubenstein: Wir müssen mit dem Bockenheimer Haufen selbst verhandeln. Der Grundherr verweigert uns seine Hilfe und die Burg als Zufluchtsort.« Als die Menschen laut wurden, gebot ihnen der junge Schultheiß Ruhe. »Seid still. Der Bockenheimer Haufe ist schon auf dem Weg zu uns! Wir müssen Entscheidungen treffen. Die Burg ist verschlossen, wir brauchen einen Plan. Was machen wir, wenn sie von uns Leute fordern? Gibt es jemanden, der sich ihnen freiwillig anschließen würde?«

Phillip hob langsam die Hand. Seine Hand war noch nicht über seinem Kopf, als Hufgetrappel zu hören war. Vier Männer auf Pferden preschten auf die Versammlung zu. Rücksichtslos ritten sie durch die Menge zur Mitte des Platzes.

»Ich bin der Hauptmann des Bockenheimer Haufens, Wolf Scheurer aus Pfeddersheim«, rief einer der vier, dessen Gesicht von einem zerzausten, langen Bart bedeckt war. »Ruhe!«, rief er, als alle durcheinanderredeten.

Der Schultheiß hob beschwichtigend die Hände. »Hört, was er zu sagen hat!«

Der Hauptmann erhob die Stimme erneut: »Wir verlangen von euch zwanzig Männer für unseren Haufen. Ansonsten werden wir das Dorf plündern. Wir geben euch kurz Zeit und reiten so lange nach Ottersfeld. Dann kommen wir wieder!« Ehe jemand reagieren konnte, gab der Hauptmann seinem Pferd die Sporen und sprengte davon, die anderen drei im Gefolge.

Niemand sagte etwas. Velten hob die Stimme. »Gibt es Freiwillige?«

Phillip blickte sich um und sah Männer mit gesenkten Köpfen und Frauen, die sich besorgt nach ihren Männern und Söhnen umsahen. Er hob die Hand.

»Phillip Strom!«, rief Velten. »Gut, wer noch?«

Eine tiefe Stimme rief: »Nein, ich verbiete es ihm!« Sein Vater trat aus der Menge hervor und stellte sich vor den Schultheißen. Phillip fluchte innerlich.

»Klärt das unter euch!«, sagte Velten angespannt und blickte weiter in die Menge. Zwei weitere Männer meldeten sich. Dann noch einmal drei. Eine Frau begann zu weinen. Velten wartete, nichts geschah. Phillip sah absichtlich in die andere Richtung, aber er wusste, dass sein Vater immer noch neben Velten stand. Nach einer Weile drehte er den Kopf und sah ihm direkt in die Augen. Seine blaugrünen Augen glühten. Schnell sah Phillip wieder weg.

Velten atmete tief durch. »Wie ihr wollt. Dann setze ich hiermit Thomes Ringfeld, Matthes Brecht und Phillip Strom ein, zwanzig Männer zu bestimmen …« Weiter kam er nicht, denn die Menge schimpfte und klagte. »Ich kann nicht anders!«, rief Velten.

Männer und Frauen redeten aufgeregt durcheinander, während sich Phillip zu Thomes und Matthes durchkämpfte. Mit roten Ohren und Schweißflecken unter den Armen bahnten sie sich einen Weg aus der Menge. Die beiden Dorfknechte hatten Mühe, die drei abzuschirmen.

»Wir nehmen die ohne Kinder«, sagte Phillip. Velten trat zu ihnen und ritzte die Namen in den Boden, die Thomes und Matthes ihm diktierten. Phillip trug nichts bei. Als sich die beiden darüber stritten, ob sie bei der Familie Herweg den erwachsenen Sohn oder den Vater nehmen sollten, sagte Phillip: »Wir nehmen nur die Stärksten. Wir wollen schließlich gewinnen und keine Schwachen opfern. Schreib den Sohn auf.«

Phillip zählte die Namen im Sand. Es waren neunzehn. »Hast du mich schon aufgeschrieben?«, fragte er Velten.

»Dein Vater erlaubt es nicht.«

»Die anderen Väter werden schließlich auch nicht gefragt. Schreib mich auf!«

Velten nickte und ritzte Phillips Namen in den Sand. Dann erhob er sich, stieg auf den Stein und las laut, aber mit zitternder Stimme die zwanzig Namen vor. Als alle Namen verkündet waren und der Tumult wieder ausbrach, blieb Phillip ruhig neben Velten stehen. Um ihn herum Geschrei, in ihm Stille.

Nach einer Weile wurde ihm klar, dass er nach Hause musste, um seine Waffe zu holen – was immer er dafür finden würde. Er rannte an den Menschen vorbei, die vertraute Straße entlang. In einigem Abstand vor ihm erkannte er den breiten Rücken seines Vaters. Als Phillip in den Hof trat, sah er, wie sein Vater hinterm Haus verschwand. Phillip äugte kurz um die Ecke. Sein Vater ging mit großen Schritten auf die Pfähle des Zauns zu, den Hammer in der Hand. Mit beiden Armen hob er den Hammer an und ließ ihn auf den dicksten Pfahl niedersausen, ihn tiefer in den harten Boden treibend. Er arbeitete schnell, konzentriert und schien alle seine Kraft in die Schläge zu legen.

Plötzlich hielt er mitten im Ausholen inne. Er hatte Phillip entdeckt. Er ließ den Hammer fallen und kam in großen Schritten auf ihn zu. Phillip blieb stehen, sah ihn aber nicht an, sondern konzentrierte sich auf die alte Hütte hinter den breiten Schultern seines Vaters. »Meinst du, wir haben dir das Leben geschenkt, auf dich aufgepasst und dich großgezogen, damit du dein Leben im Bauernheer wegwirfst? Weißt du, wie gut die Söldner ausgebildet sind? Womit wollt ihr kämpfen, mit Harken?«

Phillip schnaubte. »Und was ist dein Beitrag?«

»Einer muss auf die Familie aufpassen! Ich hätte mir gewünscht, dass du so viel Verstand besitzt, um zu merken, dass *du* derjenige sein solltest, der sie schützt und versorgt. Ich bin alt, Phillip. Was meinst du, wie lange ich noch für sie da sein kann?«

»Genau darum geht es doch hier. Um unsere Mütter, unsere Schwestern, um uns alle! Wir sind alle Menschen mit Wert, mit Rechten; Menschen, die Gott für die Freiheit geschaffen hat. Und du stehst einfach tatenlos herum und versteckst dich! Wie du es dein Leben lang getan hast.«

Sein Vater trat bedrohlich an ihn heran. Mit eisiger Kälte sagte er: »Ich habe dir und deiner Schwester alle Freiheiten zugestanden. Habe euch nie gezüchtigt, euch nie eingesperrt. Ich war ein Narr. Welcher Sohn im ganzen Land redet so mit seinem Vater? Du solltest dich schämen! Und ich sollte mich ebenfalls schämen. Ich hätte dich von klein auf härter züchtigen sollen. Ich hätte dich einsperren sollen, damit du nicht auf dumme Ideen kommst.«

Phillips Augen wurden zu Schlitzen. »Oh, sei beruhigt: Du hast mich gezüchtigt, ohne zu schlagen, und mich von allen anderen weggesperrt! Du hast keine Ahnung, wie es sich anfühlt, ausgegrenzt zu sein.«

Sein Vater zischte: »Nein, *du* hast keine Ahnung, was Ausgrenzung bedeutet! Du denkst, du hast die Weisheit mit Löffeln gefressen, meinst, die Welt steht dir und deinen Träumen offen und du könntest sie verändern. Du kannst diese Welt nicht verändern. Du wirst dabei untergehen. Und deine Mutter wird mit untergehen.«

»*Ich* nehme meine Verantwortung wahr! Ich *kämpfe* für meine Mutter, für uns Bauern, für alle Männer und Frauen im Land.«

»Ja, dann geh und kämpfe für die Mütter und lass deine im Stich! Nur schade, dass du nie alt genug werden wirst, um deine Entscheidung zu bereuen.«

Sie sahen sich eine Weile an, angriffsbereit und auf der Hut. Schließlich wandte sich Phillip um und ging wortlos ins Haus.

Worms, Juni 1525

Seit Grete weggezogen war, war Lena immer müde, auch an diesem Abend. Sie trug wie immer für das Gesinde das Abendessen auf, schlang schnell etwas hinunter, während sie den Spieß für den Herrn und seine Gäste über dem Feuer drehte. Währenddessen versuchte sie zu vergessen, was sie über die umherziehenden Haufen der Bauern gehört hatte. Schimpfend rief sie den völlig übermüdeten Ivo vom Hof herein, wo er wild mit seinem Ball gespielt hatte, als wäre er gestochen worden. Sie gab ihm einen Kuss und schickte ihn ins Bett. Seit er jeden Tag von sechs Uhr morgens bis sechs Uhr abends zur Schule ging, vermisste sie ihn tagsüber, andererseits war sie froh darüber, dass er aus dem Haus war, denn so bekam Frau Ottilia ihn seltener zu Gesicht. Immer wenn Ottilia in den Hof trat, eilte Lena zu Ivo hinaus und verwickelte ihn in ein Gespräch oder zeigte ihm Pflanzen im Beet. Auch sonntags hatte sie ihn bis jetzt von seiner Großmutter fernhalten können. *Manchmal ist es doch von Vorteil, dass sich hohe Herrschaften nicht fürs Gesinde interessieren,* dachte Lena.

Ihre Augen brannten vor Erschöpfung, während sie das Geschirr des Tages abspülte. Als sie endlich fertig war, stieg sie mit einer Lampe in der einen Hand und einem Tablett voll Teller und Becher in der anderen die Stufen hinauf zur Stube. Mit dem Fuß stieß sie die Tür auf und betrat den dunklen Raum. Als sie ein paar Schritte in den Raum hineingegangen war, überkam sie das Gefühl, dass sie nicht alleine war. Sie zögerte und lauschte.

»Nicht erschrecken. Ich bin hier, Lena.«

Sie bog langsam um die Ecke, in die der Kachelofen eingemauert war. Ihr Licht fiel auf sein Gesicht. Er saß auf dem Stuhl in der Nische. Vor ihm auf dem Tisch lag ein Buch, daneben stand eine abgebrannte Kerze.

Er blinzelte sie müde gegen das Licht an. »Ich hoffe, ich habe dich nicht geängstigt«, sagte er.

Sie blieb mit ihrem Tablett im Raum stehen. »Geht es Euch nicht gut?« Sie widerstand dem Impuls, zu ihm zu treten und die Hand auf seine Stirn zu legen. »Warum sitzt Ihr im Dunkeln? Hier, nehmt meine Lampe.« Sie stellte das Licht auf den Tisch, daneben platzierte sie das Tablett. Dann betrachtete sie ihn im fahlen Schein. »Ihr seht schrecklich aus«, sagte sie.

»So?« Trotz seiner Müdigkeit huschte ein belustigtes Lächeln über seine Lippen.

Sie biss sich auf die Lippen.

Er betrachtete sie. »Du bist bestimmt auch erschöpft. Es tut mir leid, dass ich noch keine zweite Magd gefunden habe. In den Wirtshäusern habe ich schon vor drei Wochen Bescheid gesagt. Ich hoffe, dass sich bald jemand meldet. Du solltest nicht allein die ganze Arbeit tun müssen.« Er sah an ihr herunter, sein Blick blieb an ihren Händen hängen. Er stand auf und ging zu einem Regal, auf dem mehrere Gefäße standen. Er nahm einen Tiegel heraus und hielt ihn ihr hin. »Hier, für dich. Das ist eine Salbe, die gut gegen aufgerissene Hände hilft. Und bring die Wäsche ab sofort zur Waschfrau.«

»Danke.« Lena nahm vorsichtig den Tiegel aus seinen Händen, aber sie konzentrierte sich dabei auf ihn. Es war offensichtlich, dass er nicht nur müde war, sondern auch niedergeschlagen. Sie hätte ihn gerne gefragt, was ihn bedrückte, doch sie zögerte, diese Grenze zu überschreiten. Sie wandte sich um und ging. An der Tür drehte sie sich noch einmal zu ihm um, hielt inne und kam dann ein paar Schritte zurück. »Ich weiß, es geht mich nichts an …« Sie brach ab.

Sie sahen sich einen Moment lang schweigend an. Lena schalt sich dafür, dass sie so aufdringlich war. Sie wollte sich wieder abwenden, als er sprach. »Ich bekomme Konkurrenz, Lena. Ein zweiter Drucker lässt sich in Worms nieder. Ich glaube nicht, dass hier Platz für uns beide ist. Und damit nicht genug. Wendling verlässt meine Werkstatt und wechselt zu meinem Konkurrenten.«

»Oh«, sagte Lena verblüfft. »Darf Wendling das denn?«

»Da ich keiner Zunft angehöre, darf er das.«

»Warum schließt Ihr Euch keiner Zunft an?«

»Weil … das andere Nachteile mit sich bringen würde.«

Lena wartete darauf, dass er weitersprach, doch er schwieg. Sie fragte: »Welche Nachteile?«

Er lächelte fast jungenhaft. Sein Lächeln berührte sie. Nach einer Weile sagte er: »Heiratsbeschränkungen.«

»Ihr wollt heiraten?« Die Frage war etwas zu schnell gekommen.

»Früher oder später.«

»Wen denn?«

Er antwortete nicht, sondern lachte über ihre Neugier.

Sie öffnete den Mund, schloss ihn dann aber wieder.

»Nur zu. Frag mich, was du fragen wolltest. Frag mich nur nicht, wen.«

»Warum habt Ihr Theres Weber nicht geheiratet?«

»Ich war nicht der Richtige für sie.«

Sie atmete tief durch. So leise, dass er es nicht hörte. Doch ihre Reaktion war ihm offensichtlich nicht entgangen. Er fragte: »Stört dich das?«

Lena zuckte die Achseln. »Nein, wieso sollte es?«

Er ließ sie nicht aus den Augen. »Irgendetwas stört dich aber.«

Sie ärgerte sich, dass sie so leicht zu durchschauen war. Was sollte sie sagen? Sie konnte ihm ja wohl kaum antworten, dass es sie in der Tat interessierte, bei welcher Frau Ivo aufwachsen würde. Aber er war ehrlich mit ihr gewesen, also wollte auch sie ihm von ihren Sorgen erzählen. Sie hatte schließlich mehr als eine. Zögernd begann sie: »Ich habe gehört, dass der Bockenheimer Haufe und der Neustadter Haufe durch die Gegend ziehen und Kämpfer anwerben. Ich habe Angst, dass mein Bruder sich ihnen angeschlossen haben könnte. Es würde zu ihm passen. Und man hört so Schreckliches über die Schlachten.«

»Die Welt da draußen spielt verrückt.«

Nicht nur die Welt da draußen, dachte Lena.

»Ich kann verstehen, dass du dir Sorgen machst«, sprach er weiter. »Ich schätze, manchmal kann es sogar ein Segen sein, keine Angehörigen mehr zu haben.«

»Das klingt, als wäre Familie ein Fluch.«

»Nein, aber sie war es einmal für mich.« Er zögerte und sagte dann: »Ich hatte fünf ältere Geschwister. Sie sind alle tot. Der Älteste starb mit Anfang zwanzig, als ich noch nicht geboren war. Er war ein sehr begabter Drucker, der Stolz meines Vaters. Und weißt du, wie er hieß? – Peter Schöffer.«

Lena ließ sich ihre Verblüffung nicht anmerken. Sie sah ihm direkt in die Augen. *Die Last des Auserwähltseins. Und die Erwartungen an einen Peter Schöffer, ganz gleich, welche Seele sich hinter dem Namen verbarg.* Sie lächelte ihn an. »Ich sage Euch etwas.« Sie trat einen Schritt an ihn heran. »Ihr seid nichts Besonderes, Peter Schöffer. Ein ganz gewöhnlicher Mann. Nicht besser und nicht schlechter als jeder Mann, der da draußen herumläuft.«

Ein seltsam warmer Ausdruck trat in seine Augen. Dann schüttelte er den Kopf. »Du bist immer für eine Überraschung gut, nicht, Lena?«

Sie schmunzelte.

»Es wird mir bestimmt helfen, zu wissen, dass ich nichts Besonderes bin.«

Sie wandte sich lächelnd um und trat in den dunklen Flur.

Laubenheim

Rastlos schritt Lucas über den Lehmboden in der Scheune. Endlich ging die Sonne unter. Er brauchte die Dunkelheit, um klar denken zu können. Seit seine Kinder gegangen waren, schlief er nachts nicht mehr, sondern grübelte. Als Junge hätte er sich nie träumen lassen, dass er einmal eine Familie haben würde. Eine ganz normale Familie, die Teil der Dorfgemeinschaft war, die auf der Straße grüßte und zu deren Festen die Nachbarn kamen. Und was hatte ihm das alles eingebracht? Seine Kinder waren in alle Richtungen verstreut, ins Unheil verstrickt, und er hatte dabei zugesehen, weil er die Gefahr von Beziehungen und Einflüssen nicht erkannt hatte.

In der Kammer lag Lisbeth und schlief. Lisbeth, die ihn aus seiner Einsamkeit gerettet hatte und der er immer noch nicht gesagt hatte, wer er wirklich war. Die nächtelang in seinen Armen um ihre toten Kinder geweint hatte.

Und nun hatte er seine einzige Tochter nach Worms geschickt und damit womöglich direkt zum Henker.

Und seinen einzigen Sohn hatte er ins Verderben ziehen lassen. Er hatte ihm einfach hinterhergeblickt, als er aus dem Dorf gerannt war, die Mistgabel in der Hand, als wäre er zehn Jahre alt und träfe sich mit Freunden zum Spielen.

Seine Schläfen pochten. Er durchmaß die Scheune, immer wieder, wie ein Gefangener. Er dachte zurück an den Tag, als er mit Joest zum ersten Mal diesen Raum betreten hatte. Warum war er geblieben? Er hätte weiterziehen sollen, hätte Lisbeth nicht in all dies hineinziehen dürfen. Sie hatte das alles nicht verdient. *Er* hatte sie nicht verdient. Er erinnerte sich, wie sie wie ein ängstliches Kind im Regen am Tor gestanden hatte. Wie er mit sich gekämpft hatte. Er hatte gewusst, dass er ihr Unheil bringen würde.

Er sah sie mit der kleinen Lena, nachdem das Mädchen einen Tag lang verschwunden gewesen war und er vor Sorge fast den Verstand verloren hatte. Erinnerte sich an Phillip, der am Tisch aufgestanden war und verkündet hatte, dass er den Grundherr eines Tages töten würde. In seinen Augen Feuer, gleichzeitig auch so viel kindliche Verletzlichkeit, ohne dass sein Sohn sich dessen bewusst gewesen war.

Er ging zurück, öffnete die Tür zur Stube und schlich sich durch die Dunkelheit in die Schlafkammer. Vorsichtig setzte er sich aufs Bett zu seiner schlafenden Frau. Er streckte seine Hand aus, um ihre Wange zu berühren. Doch er hielt mitten in der Bewegung inne, weil er sie nicht wecken wollte. In den letzten Jahren war sie fröhlicher geworden, hatte das Leben mit mehr Leichtigkeit genommen, als hätte jemand eine große Last von ihren Schultern genommen. In den letzten Wochen, nachdem Lena, Phillip und Ivo gegangen waren, hatte sich jedoch tiefe Traurigkeit auf sie gelegt. Er stellte sich vor, wie sie ihn suchen würde, wenn er morgen früh nicht mehr hier wäre. Konnte er ihr das zumuten?

Wenn das der Preis ist, unseren Sohn zu retten. Mit Phillip wird sie nicht allein sein.

Er küsste sie aufs Haar, erhob sich, stopfte frische Kleider in einen Sack, griff in die Truhe und verließ das Haus.

KAPITEL 28

Auf einem Feld bei Dalsheim, 22. Juni 1525

Phillip saß in der Dunkelheit am Lagerfeuer. Um ihn herum brannten unzählige weitere Feuer, als hätte sich der Himmel mit seinen leuchtenden Sternen flach auf dem großen Feld ausgestreckt, auf dem die siebentausend Männer schon seit gestern lagerten, gut organisiert und fest am Firmament stehend wie die Sternbilder. Es gab Hauptleute, Leutnants, Fähnriche und Weibel. Proviantmeister, Futtermeister, Pfennigmeister. Die Profes waren für die Disziplin zuständig, die Beutemeister verhinderten wildes Plündern. Am liebsten hätte er es seinem Vater ins Gesicht geschrien: »Gut organisiert! Mit kühlem Kopf!«

Wilhelm, sein Kamerad neben ihm, reichte ihm den Krug mit Wein. Er nahm einen großen Schluck und gab ihn weiter. So satt und zufrieden war er schon lange nicht mehr gewesen. Die Vorräte des Klosters zu plündern, hatte sich gelohnt. Schwer ließ er sich nach hinten plumpsen und blickte gedankenverloren in den Sternenhimmel. Gestern Nacht war er von dem vielen Wein am Feuer eingeschlafen. Er hatte davon geträumt, wie sein Haufe die Burg Laubenstein schleifte. Im Traum hatte er das Fischhaus mit allen Reusen, Körben und Angeln zerschlagen und dann die Waffenkammer geplündert. Er schloss die Augen und tastete nach seiner erbeuteten Helmbarte, die neben ihm im Gras lag. Seine Finger glitten sachte über das kalte Metall des Griffes. Er legte seine Handfläche auf die scharfe Axt. Seine Finger tasteten über den Schaft nach links zur Spitzaxt, fuhren die gezackten Einkerbungen und Widerhaken an der Klinge nach, die sich wie ein Kunstwerk einschnörkelten und spitz herausragten. Sein Haufe hatte noch keine Schlacht gekämpft, bis jetzt waren sie nur umhergezogen, um Mitstreiter zu finden. Er stellte sich vor, wie sich diese Spitzaxt in einen Körper bohrte. Fleischfetzen.

Er versuchte, an etwas anderes zu denken.

In der Ferne blies jemand eine Trompete. Phillip richtete sich benommen auf. Der Weibel seines Fähnleins erhob sich umständlich und eilte davon.

»Was zum Teufel ist los?«, murmelte sein Kamerad Wilhelm neben ihm mit schwerer Zunge. Er reichte ihm den Krug erneut.

Phillip war der Wein plötzlich zuwider. Ohne zu trinken, gab er ihn weiter. Der Weibel kehrte schwer atmend zurück. »Aufbrechen. Jetzt. Der Kurfürst überquert den Rhein mit tausend Reitern und dreitausend Mann Fußvolk. Er zieht in unsere Richtung.«

Phillip war auf einmal wieder völlig klar. Sein Herz schien in seinen Hals gerutscht zu sein, denn dort spürte er es pochen. *Beieinander zu sterben und zu genesen bei dem heiligen Evangelium*, so hatte der Schwur gelautet.

23. Juni 1525

Im Gleichschritt marschierten sie durch die Dunkelheit, je einundvierzig Männer in einer Reihe. Phillips Lederschuhe sanken in die weiche Erde. Ihre Spur würde das Heer des Kurfürsten mit Leichtigkeit verfolgen. Phillip wusste nicht, wohin sie flohen, er konzentrierte sich nur auf den Augenblick, das Keuchen der Männer um ihn herum, den dumpfen Druck seiner Waffe, die er mit der rechten Hand halb aufwärts gerichtet an den Körper presste. Vor dem Nachthimmel zeichneten sich die Umrisse einer Befestigung ab. Eine Stadt, vielleicht Pfeddersheim. Der Weibel seines Fähnleins drei Reihen vor ihm, Endres Baier, gab das Zeichen zum Stillstehen. Niemand gab einen Laut von sich, das Keuchen verstummte, alle Männer horchten. Weit vorne erklang eine Stimme, erhob sich aufgeregt, ebbte ab. Jemand diskutierte. Dann kam Bewegung in das vordere Fähnlein. Wie ein hungriger Schlund verschluckte das Stadttor die Reihen von Bauern vor ihm. Als seine Reihe durchs Tor trat, kam es ihm vor, als wäre die Luft innerhalb der Mauern stickig wie eine Wand. Sie marschierten zum Kirchplatz. Der Weibel gab ihnen ein Zeichen, sich leise zu formieren. In den Fenstern der Häuser flammten Lampen auf, Bürger traten auf die Straße, verwirrt, alarmiert. Ein wichtigtuender Mann, vielleicht der Bürgermeister, eilte umher und bedeutete den Bürgern, leise zu sein. Der Hauptmann rief alle Leutnants und Weibel zu sich.

Phillip sah sie an der Pforte der Kirche stehen, die Köpfe zusammengesteckt. Endres Baier, ihr Weibel, bahnte sich einen Weg zu Phillip und seiner Gruppe. Mit gedämpfter Stimme wies er sie an, hier zu bleiben und leise zu sein. Die Bürger von Pfeddersheim, größtenteils Ackerbürger, seien auf ihrer Seite. Auch die kurpfälzische Abordnung aus Alzey, die die Stadt eigentlich sichern sollte, sei zu ihnen übergelaufen. Die Stadt würde ihnen Schutz bieten vor dem Kurfürsten und seinem Heer. Sie sollten sich setzen und ihre Kräfte sammeln. Sie würden sie bald brauchen.

Siebentausend Bauern setzten sich auf den Boden. Der Platz war eng. Er und Wilhelm lehnten ihre Rücken aneinander und zogen die Beine an. Phillip hatte Mühe, seine lange Waffe neben sich und den anderen Männern zu platzieren. Er schloss die Augen und wartete.

Er schreckte auf, als Wilhelm aufstand. Es war hell geworden. Die Bauern um ihn herum waren in Aufregung. »Verteilt euch mit den Alzeyern auf die Türme!«, rief der Weibel. »Ich schicke euch Leute aus der Stadt, die euch zeigen, wie ihr mit den Geschossen umgeht!«

Alle schienen durcheinanderzulaufen. Phillip stolperte hinter Wilhelm her. Sie schoben sich in einen engen Turmeingang in der Stadtmauer. Der Mann hinter ihm wurde auf ihn gedrängt, als sie die Wendeltreppe hinaufeilten. Phillip stolperte ins Freie, suchte hinter einer Zinne Schutz und spähte mit angehaltenem Atem hervor. Auf der Anhöhe, die er erblickte, geschah etwas Unheimliches. Ein schwarzer

Wald wuchs in die Höhe. Ein Wald von Reitern, der sich immer mehr verdichtete. Daneben erschienen Soldaten zu Fuß, Hunderte von Wagen, große und kleine, flankiert von Reitern mit blauen Fahnen. Wie viel Tausende waren es? Wie viele waren sie, die Bauern? Er konnte nicht mehr klar denken. Er nahm seine Waffe in die Hand. Sie war nass und glitschig.

Das Heer blieb auf der Anhöhe stehen. Eine Gruppe löste sich und ritt nach Südosten, um die Stadt herum. Fußvolk mit leichtem Geschütz folgte ihnen. Phillips Blick verfolgte sie, bis er sie nicht mehr sehen konnte. Das Heer auf der Anhöhe bewegte sich wieder. Kanonenwagen wurden zwischen den Reitern vorgeschoben. Phillip starrte auf die mächtigen Rohre. Waren das Kartaunen? Direkt hinter ihm schrie jemand nervöse Befehle. Schusswaffen wurden herumgereicht. Sechs Alzeyer rollten eine Kanone heran und bedeuteten Phillip Platz zu machen. Ein schwitzender Stadtknecht stellte sich vor ihm und seinen Kameraden auf, übergab jedem eine Büchse und eine Lunte.

Phillip starrte ihn an. »Ihr wollt uns jetzt zeigen, wie man mit einer Arkebuse schießt? Warum habt Ihr uns das nicht heute Nacht erklärt?«, fragte er.

Niemand antwortete.

Der Stadtknecht legte einen Berg von kleinen Schwarzpulversäckchen vor ihnen auf den Boden. »Reißt ein Säckchen auf, schüttet das Pulver in dieses Pfännchen.« Er zeigte auf ein daumengroßes Loch am Griff des langen Gewehres. »Schließt die Klappe über dem Loch und pustet das restliche Pulver weg. Das ist wichtig, sonst explodiert das Pulver in euer Gesicht.« Phillip und Wilhelm sahen sich an.

Der Knecht stellte das Gewehr auf den Boden mit dem Lauf nach oben, schüttete etwas Pulver in den Lauf und ließ eine Kugel hinterherfallen. Dann riss er den langen Stock aus der Halterung am Lauf des Gewehrs, steckte ihn in den Lauf und stopfte damit die Kugel bis ans Ende. »Den Stock müsst ihr immer wieder außen anklemmen, vor jedem Schuss! Wenn ihr ihn wegschießt, könnt ihr die Arkebuse nicht mehr stopfen! – Eure Lunte muss immer glühen. Sie brennt nicht schnell ab, sie wird euch lange genug halten. Ihr führt die glimmende Lunte durch diese Halterung.« Der Knecht nahm das Gewehr wieder hoch, hielt es waagerecht und zeigte auf den Abzugshaken, der in der Nähe des Pfännchens aus dem Gewehr nach oben in Richtung Stirn ragte. Mit großen Augen sah Phillip zu, wie der Knecht die Lunte am Abzugshaken befestigte. Das glimmende Ende stand so weit über, dass es, wenn man den Haken mit der Lunte nach hinten bewegte, genau in das Pfännchen getaucht wurde. Phillip verstand: Die Glut würde das Pulver zünden und die Kugel würde aus dem Lauf herausexplodieren. »Passt bloß auf mit euren brennenden Lunten! Wenn ihr versehentlich etwas Pulver daran bringt, fliegt euch alles um die Ohren.« Der Knecht schmiss die frischen Schnüre, die als Lunten dienen sollten, neben die Pulversäckchen und stellte eine brennende Laterne etwas weiter entfernt ab. Phillip äugte misstrauisch auf das Pulver und wusste nicht, wovon mehr Gefahr ausging: vom Heer auf der Anhöhe oder von diesem Schwarzpulver vor ihm. Er rieb sich mit dem Ärmel den Schweiß vom Gesicht.

Ein Knall durchbrach die Stille. Phillip fuhr herum. In der Ferne stieg Rauch auf. Ein weiterer Knall und unter ihnen bebte die Stadtmauer. Die Alzeyer stopften ihre Kanone. »Deckung!«, schrien sie.

Phillip ging in die Hocke und drückte sich an die Mauer. Explosionen, Erschütterungen, der beißende Geruch von verbranntem Pulver. Er konnte einen Augenblick vor Rauch nichts mehr sehen. Wilhelm begann neben ihm mit zitternden Händen ein Säckchen Pulver aufzureißen. »Lass es sein! Das ist zu gefährlich!«, schrie Phillip. Er zuckte zusammen, als wieder ein Geschoss unter ihnen einschlug.

»Spinnst du? Schnapp dir das Ding und schieß zurück!«, gellte Wilhelms Stimme viel zu schrill über die Kanonenschüsse.

Phillip betrachtete die Arkebuse. Er hatte schon einmal gesehen, wie lebendiges Fleisch von einer Kugel zerrissen wurde.

Der Gedanke gab ihm seltsamerweise Kraft.

»Deckung!«, rief einer der Alzeyer neben ihm. Wilhelm und er kauerten sich wieder an die Wand. Phillip hustete. Als der Rauch verflogen war, nahm er ein Säckchen und riss es mit den Zähnen auf. Nervös schüttete er das Pulver in das Pfännchen, während Schüsse in der Nähe und der Ferne explodierten. *Die Sterne fallen vom Himmel*, dachte er. Wie sollte man sich in diesem Chaos auf das Laden einer Waffe konzentrieren? Schweiß tropfte direkt neben das Pulverpfännchen auf den Griff des Gewehres. Phillip fluchte. Weil seine Hände so zitterten, bekam er den Stock nicht aus der Halterung. Wieder mussten sie in Deckung gehen. Endlich hatte er die Waffe gestopft. Er pustete auf die glimmende Lunte, führte sie mit verschwitzten Händen durch die Öse am Abzugshaken, versuchte abzuschätzen, ob das Ende auch das Pfännchen mit dem Pulver berühren würde, legte die Büchse auf die Vertiefung der Zinnen und führte den Haken zurück. Alles in ihm erbebte. Er wurde zurückgeschleudert und hatte keine Ahnung, wohin er geschossen hatte. Mit leerem Kopf und zitternden Händen griff er nach einem neuen Säckchen. Wertvolle Zeit verging, bis er das Pulver ins Pfännchen geschüttet hatte. Er vergaß die Kugel und zündete umsonst.

Um ihn herum ging die Welt unter, erzitterte, bebte, hallte mit Schüssen und Schreien. Phillip konzentrierte sich auf seine Waffe, nichts anderes. Er riss Pulversäckchen auf, lud, stopfte Kugeln in den Lauf, sammelte seine Gedanken, konzentrierte sich, schätzte neu die Länge der Lunte ab und zog den Haken nach hinten. Riss wieder Säckchen auf. Nahm den Stock aus der Halterung. Hörte keine Schreie mehr. Sah keinen Rauch. Nach einer Ewigkeit drang in sein Bewusstsein, dass es stiller geworden war, dass die Abstände zwischen den Kanonenschüssen länger wurden. Dann erst erfasste Phillip, dass das Heer nicht mehr schoss.

Er war sich sicher, dass ein ganzer Tag vergangen war. Er blickte in den Himmel und stellte fest, dass es erst später am Morgen war. Oder hatten sie einen Tag und eine ganze Nacht lang geschossen? Als sein Herz nach einer Weile etwas langsamer schlug, merkte er, wie durstig er war. Er hatte seit dem Wein am Lagerfeuer nichts mehr getrunken.

Sein Blick sprang umher. Ein Alzeyer lag tot am Boden. Er entdeckte seinen Weibel, kauernd auf dem anderen Mauerabschnitt. Er bedeutete ihnen, sich still zu verhalten. Phillip spähte zwischen den Zinnen hindurch. Ein Fähnlein von ungefähr hundertfünfzig Reitern zog aus den Reihen des Heeres und hielt auf eine niedrigere Anhöhe rechts von ihnen zu. Wahrscheinlich war die Stadt umstellt.

Als die Sonne hoch am Nachmittagshimmel stand, sie alle seit Stunden im Schatten der Zinnen kauerten und Phillip vor Durst nicht mehr klar denken konnte, kam wieder Bewegung in das Heer auf der Anhöhe. Die Reiter, Kanonen und Wagen zogen nach Westen. Phillip beobachtete ihren Zug. Er versuchte einzuschätzen, mit wie vielen Gegnern sie es zu tun hatten.

Er kam zu dem Schluss, dass sie, die Bauern, sogar in der Überzahl sein könnten.

Der Leutnant befahl ihnen, sich am Kirchplatz einzufinden. Gebeugt stiegen sie die Wendeltreppe hinab, marschierten benommen zum Kirchplatz. Phillip lachte vor Dankbarkeit, als er die vielen Weinfässer sah, die von Bürgern herangetragen wurden. In ordentlichen Reihen aufgestellt, reichten sie sich Krüge mit stark verdünntem Wein durch. Als der Krug Phillip erreichte, war nur noch ein kleiner Rest übrig. Er leerte ihn in einem Zug und hätte gerne noch mehr gehabt.

Der Waibel ließ sie in der Kirchgasse antreten. »Das Heer hat offensichtlich Lager im Westen bezogen. Es scheint, als stellten sie sich auf eine längere Belagerung ein. Wir würden eine Belagerung nicht lange durchhalten, vor allem, wenn der Mühlbach abgegraben wird. Wir werden deshalb einen Ausfall wagen. Erst ein Ablenkungsmanöver mit drei Fähnlein. Die ersten Fähnlein sollen zur Oberen Pforte hinaus. Kurz darauf fallen wir mit allen siebentausend Mann aus allen drei Toren aus.«

Phillips Herz klopfte wieder in seinem Hals, als sich sein Fähnlein hinter den anderen formierte. In Zehnerreihen zogen sie zur Oberen Pforte im Westen. Er beobachtete, wie die ersten drei Gruppen aus dem Tor stürmten, und umklammerte seine Helmbarte. Niemand sprach. Dann der Pfiff. Er setzte sich in Bewegung, starrte wie blind auf den Rücken des Vordermannes, spürte seinen Atem, versuchte an nichts zu denken. Er passierte das Tor und rannte im Tross geradeaus auf eine Wiese. Ein paar Steinwürfe vor ihnen standen die Berittenen des Kurfürsten in Reih und Glied. Er sah zwei Reiter vor dem Heer hin und her reiten, offenbar Befehle brüllend. Er rannte weiter. Als sie über den kleinen Bach sprangen und die Reihen sich danach wieder neu formierten, tauchten plötzlich rechts und links des Heeres neue Reiter mit grünen Fahnen auf, die er zuvor noch nicht gesehen hatte. Verwirrt blickte er zur Anhöhe im Norden. Dort stand ein weiteres Heer in der gleichen Größe! Wo kam denn das her? War es die ganze Zeit hinter der Anhöhe gestanden und sie hatten es von unten nicht sehen können?

Auf einmal ging alles schnell. Weiter rechts von ihm schlug eine riesige Kugel ein und hinterließ einen Krater im Gras. Zwei Männer lagen tot daneben. Er wandte schnell den Blick ab. Reiter preschten heran. Die Befehlshaber der Bauern schrien, dass sich alle in die Weinberge zurückziehen sollten. Ihre Reihen hatten sich schon lange aufgelöst. Phillip rannte, keuchte, sprang über Tote, behielt die ausladenden Reihen von Reben im Blick, in die die Reiter nicht würden eindringen können. Wieder ein Einschlag in einiger Entfernung. Er hörte Hufe hinter sich, warf seine Helmbarte in die Reben und sprang hinterher, rollte sich auf dem Boden ab, tastete nach seiner Waffe. Ein Reiter drang in die Reihe von Reben ein, doch sein Pferd scheute. Er hieb dem Pferd brutal mit den Stiefeln in die Seiten und trieb es durch das Laub.

Der Reiter näherte sich einem Bauern, der versuchte, sich durch die dichten Reben auf die andere Seite zu zwängen. Der Bauer sank in die Knie. Der Reiter steckte sein blutiges Schwert in die Scheide und ritt weiter. Phillip drehte sich um, sein Blick ging durch die Reihe von Reben entlang zum freien Feld. Überall lagen Gefallene, Arme und Beine verdreht, zitternd. Zwischen ihnen trieben Reiter ihre Pferde umher, wendeten, hieben mit ihren Katzbalgern auf flüchtende Männer ein. *Das ist ein Massaker, kein Kampf*, dachte Phillip. Er robbte durch die Reben, hörte sein Keuchen und seinen Herzschlag. Sah durch die Blätter hindurch Füße und Hufe, hörte Todesschreie und Befehle. Ein weiteres unerschrockenes Pferd mit Soldat bahnte sich einen Weg durch die Reben, kam auf ihn zu. Phillip rollte sich in die nächste Reihe. Er stand auf und stolperte dabei über zwei Körper. Einer bewegte sich noch. Er sah das Stadttor, dessen Flügel sich bewegten wie die Flügel eines Käfers. Wie blind rannte er halb geduckt die Reihe von Reben entlang, spürte nicht die Kratzer der Äste, hatte nur das untere Stadttor vor Augen, das die flüchtenden Bauern aufnahm. Er erreichte das Ende des Weinbergs, vor sich das freie Feld. Er spie keuchend aus, dann rannte er um sein Leben. Neben ihm stürmten andere Bauern auf das Stadttor zu. Reiter galoppierten heran. Einer jagte von links auf ihn zu. Phillip rannte, blieb abrupt stehen, hob seine Helmbarte und stieß zu. Er traf den Schenkel des Reiters. Der schrie auf, sein Schwert sauste auf Phillip herab. Phillip zog den Arm weg, doch der Katzbalger streifte seinen Ärmel. Sein Arm wurde heiß.

Neben ihm erschienen immer mehr Flüchtende. Phillip rannte weiter. Sprang über Leichen. Trat fast auf einen Kopf. Ein anderer Reiter stellte sich ihm in den Weg. Phillip stieß seine Helmbarte abrupt nach oben, doch der Reiter parierte mit dem Katzbalger. Phillips Herz blieb stehen, als ihm seine Waffe aus der Hand glitt. Er trat dem Pferd ans Bein. Das Tier machte einen Satz und das herabsausende Schwert des Reiters verfehlte ihn. Links und rechts drängten sich nun die Bauern.

Direkt vor ihm schloss sich das Tor. »Nein«, schrie er. Die beiden Flügel trafen sich in dem Moment, als Phillip das Tor erreichte. Er schob seine Finger dazwischen und umklammerte die Kante. Seine Finger wurden gequetscht. Eine andere Hand fasste über ihm in die Lücke und gemeinsam zogen sie den Flügel wieder auf. Als Phillip sich hineinschob, sackte die fremde Hand auf ihn. Er spürte das Gewicht des Mannes, dann glitt der Körper zu Boden. Phillip schlüpfte durchs Tor. Die Wachen zogen den gefallenen Mann hinein und schlossen es wieder.

Phillip rannte zum Kirchplatz. Überall eilten Menschen umher, ein Haus stand in Flammen, Bürger bildeten eine Kette und reichten Eimer weiter. Phillip ging zum Schatten der Kirche und ließ sich auf den Boden sinken. Er riss seinen Ärmel auf. Der Schnitt war lang und blutete stark, schien aber nicht tief zu sein. Er schloss die Augen. Männer fluchten, Befehle gellten, Kinder heulten.

Ein blasser Kamerad setzte sich neben ihn. »Diejenigen, die Richtung Worms geflohen sind, kamen nicht weit«, sagte er tonlos.

Phillip antwortete nicht.

Die Nacht war ruhig. Die Kanonen schwiegen. Das Wort machte die Runde, dass zweitausendfünfhundert Reiter die Stadt umstellt hatten. Auf dem Kirchplatz lagen die verletzten Bauern, die sich noch in die Stadt hatten schleppen können. Phillip hörte ein paar von ihnen im Delirium reden. Dreiundzwanzig starben im Laufe der Nacht. Man legte die Leichen in eine Reihe neben den Eingang der Kirche. Zwei Frauen versorgten die Verletzten und verbanden auch Phillips Wunde notdürftig. Ein alter Mann ging mit einem Sack herum und drückte jedem einen Kanten Brot in die Hand. Phillips Magen knurrte nach der Mahlzeit immer noch, aber er hätte sowieso nichts mehr herunterbekommen.

Er legte sich auf die Erde. Jetzt hatten alle Platz genug, sich auszustrecken, denn es war nur noch die Hälfte von ihnen übrig. Trotzdem kauerten sich die meisten von ihnen zusammen, als müssten sie sich klein machen. Ihm fiel auf, dass der Hauptmann nicht mehr da war. Phillip schloss die Augen und träumte von seiner Familie, trank im Traum Fässer von verdünntem Wein, kickte abgetrennte Köpfe auf dem Kirchplatz umher und ekelte sich nicht einmal davor.

Am Morgen brannte seine Wunde, seine Glieder waren schwer wie Blei, sein Kopf dröhnte. Als die erste Kanonenkugel einschlug, zuckten alle zusammen. Die Männer um ihn herum sprangen auf und formierten sich. Doch Phillip blieb sitzen, wo er war, denn mit seinem verletzten Arm konnte er keine Waffen bedienen. Die Bauern verteilten sich auf die Mauern und schossen. Eine Scheune und ein Haus gingen in Flammen auf. Phillip erhob sich, stellte sich in die Eimerkette und half mit seinem gesunden Arm, das Wasser weiterzureichen. Direkt neben Phillips Löschtrupp hatte sich eine Gruppe von Pfeddersheimer Bürgern versammelt und redete aufgebracht und klagend auf fünf Männer ein – wahrscheinlich Ratsmitglieder.

Später am Tag stürzte im Westen die Stadtmauer ein. Da verkündete der Bürgermeister, dass sich die Stadt auf Gnade und Ungnade ergeben würde.

Phillip sah einige Bauern verschwinden. Sie kamen nicht wieder. Er überlegte, ob auch er sich im Heu irgendeiner Scheune verstecken sollte. Aber er hatte solchen Durst.

Zwei Stunden später gab es immer noch nichts zu trinken. Er gab die Hoffnung auf verdünnten Wein auf, erhob sich und ging zum Steg, der über den Mühlbach führte. An einer Stelle kletterte er an das trübe Wasser. Er zögerte kurz, dann kniete er sich hin und schöpfte mit seinen Händen Wasser. Plötzlich ertönten von außerhalb der Stadt Trompeten. Er richtete sich auf, stieg hoch zur Gasse und sah, wie die Wachen am Ende der Straße das Tor öffneten. Eine bewaffnete Abordnung des Kurfürsten ritt herein. Phillip ging zum Kirchplatz zurück und stellte sich zu den Bürgern und Bauern. Sie alle wussten, dass es um Leben und Tod ging. Angespannte Stille legte sich über den Platz. Der Fähnrich des Kurfürsten erhob die Stimme. »Alle nichtpfälzischen Bauern verlassen die Stadt ohne Waffen und ziehen auf die Anhöhe zum Georgskreuz. Vor der Stadt warten dreihundert berittene Soldaten auf sie, um sie hinaufzuführen.«

Phillip blickte sich um. Seine Kameraden sahen sich angespannt an. Phillip konnte sich denken, was ihnen durch den Kopf ging: Sie würden auf der Anhöhe hingerichtet werden. Oder sie durften fliehen. Als der erste Schock überwunden war, redeten alle durcheinander. Die Leutnants der Bauern versuchten, Ordnung in das Chaos zu bringen. Es dauerte Stunden, bis alle nichtpfälzischen Bauern ermittelt waren. Es waren fast dreitausend Männer – drei Viertel aller Überlebenden.

Phillips Weibel und sein Kamerad Wilhelm waren auch unter ihnen. Unbewaffnet traten sie durch die Obere Pforte hinaus, wo sie von den Reitern erwartet wurden. Man zeigte ihnen den Weg und ermahnte sie, keinen Fluchtversuch zu unternehmen.

Vom Beobachtungsturm der Stadt aus verfolgten die Stadtknechte, was sich vor den Toren abspielte. Phillip und die anderen Überlebenden versammelten sich dort, sahen bleich zu den Stadtknechten auf und lauschten dem Bericht: Die Nichtpfälzischen konnten nur zu zweit nebeneinandergehend zum Georgskreuz aufsteigen. Auf halbem Wege schien plötzlich Bewegung in den Zug zu kommen.

»Irgendetwas Ungutes passiert gerade«, rief der Stadtknecht herab. »Die hintersten Reihen versuchen zu flüchten!« Der andere Stadtknecht rief: »Nein, es sind die Reiter des Kurfürsten, die sie angreifen.«

Die Bauern tauschten Blicke, dann senkten sie die Köpfe. Die Knechte auf dem Turm sagten nichts mehr. Alle wussten, was das bedeutete. Nach einer halben Stunde kam einer der Knechte herab und gab beklommen seinen Bericht ab: Von der Stadt aus war es unklar, ob die Hintersten tatsächlich einen Fluchtversuch unternommen hatten oder ob die Reiter des kurfürstlichen Heeres zu nervös gewesen waren. Etwa achthundert Bauern waren auf dem Weg zum Georgskreuz erstochen worden. Man hatte ihre Leichen neben den Weg geschmissen, damit die Reiter, die sie getötet hatten, weiterreiten konnten. Schweigend ging Phillip mit den anderen zurück zum Kirchplatz.

Sie warteten. Am Nachmittag flüsterte man sich Gerüchte zu: Bis jetzt seien fünfzig Nichtpfälzische oben am Kreuz enthauptet worden. Phillip ließ den Kopf sinken. Ihm war schwindlig.

Schwere senkte sich über die gesamte Stadt. Phillip legte sich auf die Erde und versuchte die Schmerzen in seinem Arm zu ignorieren. Dann drang plötzlich ein Ruf durch die Gassen. Eine Trompete ertönte. Jemand ritt heran. Phillip hob den Kopf. Es war ein Marschall mit einer Rennfahne. Mit seinem Gefolge blieb er auf dem Kirchhof stehen und rief laut: »Alle Bauern versammeln sich vor der Kirche!«

Der Marschall wandte sich an den schwitzenden Bürgermeister.

»Ihr Bürger von Pfeddersheim werdet alle Namen der Bauern aufschreiben und sie anschließend in die Kirche sperren. Zählt sie genau ab, nehmt ein Kerbholz dazu. Wenn morgen einer von ihnen fehlt, werden alle hingerichtet! Und zwar von den Bürgern!«

Phillip wartete in einer Reihe, konnte kaum seine Zunge vom Gaumen lösen, als er seinen Namen nennen musste, und wurde dann in die Kirche geführt. Er sah zu dem gekreuzigten Jesus auf, legte sich auf den kühlen Steinboden und schloss die Augen.

Worms

Lucas hämmerte an die Tür von Schöffers Haus. Um diese Uhrzeit in die Reichsstadt eingelassen zu werden, war teuer gewesen. Gott sei Dank hatte er die Hälfte ihres Geldes von zu Hause mitgenommen. Dass Lisbeth nun nur noch wenig hatte, verursachte ihm allerdings körperliche Schmerzen.

Er hörte Schritte, jemand hantierte am Schloss. Schöffer stand in der Tür. Misstrauisch musterte er Lucas. »Was wollt Ihr?«, fragte er.

»Ich bin Lucas Strom. Der Vater Eurer Magd Lena. Ihr erinnert Euch?«

Schöffer ließ seinen Blick an ihm herunterwandern. »Tretet ein.« Er machte Lucas Platz.

»Geht es Lena und Ivo gut?«, fragte Lucas mit belegter Stimme.

Der Druckermeister nickte. Er wirkte bei der Erwähnung der beiden Namen nicht angespannt. Lucas schloss daraus, dass er von Lenas Geheimnis noch nichts wusste. Er war erleichtert. Doch jetzt hatte er erst einmal andere Sorgen. »Ich muss mit Heinrich sprechen. Lena sagte, dass er hier wohnt.«

»Ihr habt Glück. Er ist da. – Ich gebe Euch eine Kammer, dann könnt Ihr morgen früh mit ihm sprechen.«

»Nein, jetzt.«

Schöffer blickte Lucas skeptisch an.

»Es ist wichtig. Sonst würde ich nicht zu dieser Stunde vor Eurer Tür stehen«, sagte Lucas.

»Also gut, ich wecke ihn auf. Ihr könnt solange in der Stube auf ihn warten.«

Schöffer gab Lucas ein Licht, führte ihn in die Stube und ließ ihn alleine. Ungeduldig schritt Lucas auf und ab. Endlich öffnete sich die Tür und Heinrich trat ein. Er wirkte verschlafen. »Lucas Strom? Was macht Ihr denn hier um diese Uhrzeit? Ist etwas passiert?«

Lucas ging mit großen Schritten auf ihn zu. »Heinrich, ich brauche Eure Hilfe. Können wir uns kurz setzen und reden?«

Heinrich nickte benommen, setzte sich an den Tisch und faltete die Hände. Lucas ließ sich schwer auf den Schemel sinken. Er atmete tief durch. »Es geht um meine Frau.«

Heinrich horchte auf.

»Ich weiß, dass Ihr meine Frau mögt … besonders mögt.«

Heinrich zog die Brauen hoch und hob abwehrend die Hände. »Nein, nein, nein, ich …«

»Ich mache Euch keine Vorwürfe. Aber ich bin nicht dumm, ich sehe, wie Ihr sie anseht. Ich habe ein besonderes Anliegen.« Er atmete tief durch. »Ich bin hier, um Euch zu bitten, dass Ihr Euch um sie kümmert, wenn mir und Phillip etwas zustößt. Nehmt sie zur Frau, versorgt sie. Würdet Ihr das tun?«

Heinrich blickte ihn mit großen Augen an.

»Ich weiß, sie ist Leibeigene. Beschwatzt Euren Bruder, dass er sie entlässt. Das könnt Ihr doch, oder?«

Heinrich benötigte eine Weile, um sich zu sammeln. Er fragte: »Wovon redet Ihr da? Warum sollte Euch etwas zustoßen?«

»Ich habe mir von Velten in Laubenheim ein Pferd geliehen und war die letzten Tage unterwegs, um etwas über die Bauernhaufen zu erfahren. Ich hatte gehört, dass der Kurfürst bei Oppenheim den Rhein überquert hat.«

»Wolltet Ihr Euch dem Bauernheer anschließen?«

»Nein, ich wollte meinen Sohn finden!«, sagte Lucas gereizt. Er hatte lauter als beabsichtigt gesprochen. Leiser fuhr er fort: »Ich hatte beschlossen, an seiner Seite zu kämpfen, was auch immer es kosten würde. Ich kann besser mit Waffen umgehen als er. Wahrscheinlich besser als jeder Bauer. Obwohl ich mir geschworen hatte, niemals wieder Gewalt anzuwenden.«

Heinrich hörte ihm aufmerksam zu.

»Als ich dann gestern Phillips Haufen endlich fand, war es zu spät. Heute habe ich alles genau erfahren: Die Bauern hatten sich in Pfeddersheim verschanzt. Sie fielen aus und wurden niedergemetzelt. Einige flüchteten sich wieder in die Stadt. Doch das Heer des Kurfürsten beschoss die Stadt, bis sie sich ergab. Anschließend wurden einige tausend Bauern aus der Stadt geführt. Ungefähr tausend wurden vor der Stadt erstochen. Von den Restlichen wurden etliche enthauptet, darunter auch ein evangelischer Pfarrer.«

Heinrich stöhnte leise.

Lucas fuhr fort: »Die restlichen Nichtpfälzischen wurden begnadigt. Ich habe einige von ihnen gefunden, und sie haben mir bestätigt, dass Phillip am Leben ist und in Pfeddersheim eingeschlossen.« Lucas schwieg, um sich zu sammeln. Er fühlte sich unendlich erschöpft und gleichzeitig unter Spannung. »Wenn der Kurfürst so viele Nichtpfälzische enthaupten ließ, was wird er dann erst mit seinen eigenen Untertanen tun? – Mein Plan ist folgender.« Leise sprach er weiter: »Der Kurfürst und ich, wir kennen uns. Wir sind uns mehrmals als Halbwüchsige in Heidelberg begegnet. Ich weiß etwas über ihn, das ihn in Schwierigkeiten bringen wird. Ich kann ihn damit erpressen.«

Heinrich lehnte sich verblüfft zurück. »Will ich das wissen?«, fragte er mehr sich selbst als Lucas.

»Ihr müsst es wissen, um mir zu helfen. Bitte hört mir zu.« Lucas sprach leise weiter. »Der Kurfürst hatte schon als junger Mann eine Schwäche für die Medizin. Wollte alles genau verstehen, fertigte Zeichnungen über den Körperbau des Menschen an. Vor allem interessierte ihn, woher das Blut kommt und wo es im Körper versickert. Er schlich sich mit seinem Tutor zu den Leichen der Gehängten. Er öffnete sie.«

Heinrich zog scharf die Luft ein. »Ihr meint, dass der Kurfürst persönlich Leichen geöffnet hat?«

Lucas nickte. »Bevor er Kurfürst wurde. Er war noch jung. Er kam in der Nacht und trug die Kleider eines armen Bürgers, damit ihn niemand erkannte.«

»Und woher wisst Ihr das alles? Wart Ihr dabei?«

Lucas nickte. Heinrich zog unmerklich die Augenbrauen hoch, fand aber schnell die Fassung wieder. Offensichtlich war er es gewohnt, mit schockierenden Geständnissen umzugehen.

»Der Kurfürst hat seine Ehre verloren, weil er mit dem Henker Umgang hatte. Und er hat gegen die Ordnungen Gottes verstoßen, indem er Menschenkörper geöffnet hat. Mit diesem Wissen will ich ihn erpressen.«

»Er würde Euch sofort töten lassen.«

»Das kann er nicht. Denn wenn er mich tötet, schickt Ihr einen Brief an den Heidelberger Rat. Darin werde ich detailliert beschreiben, was der Kurfürst getan hat. Mit ein paar Informationen, die nur Eingeweihte wissen können, um meine Glaubwürdigkeit zu belegen.«

»Und wenn Euer Plan funktioniert, kehrt Ihr mit Phillip zurück.«

»Nein. Weil der Kurfürst niemanden einfach so begnadigen kann. Es wäre zu verdächtig. Jeder wüsste dann, dass er erpresst wird. Auf einen Gefangenentausch kann er jedoch eingehen, ohne dass er sein Gesicht verliert.«

Heinrich schnaubte. »Das ist Wahnsinn, Lucas. Warum wollt Ihr so etwas Verrücktes tun? Ins Gefängnis gehen, nachdem Ihr den Kurfürsten erpresst habt?«

Lucas lehnte sich leicht vor und sagte leise: »Ich habe in den letzten Monaten dreimal das Bewusstsein verloren, weil mein Herz seltsam unregelmäßig geschlagen hat. Zweimal passierte es auf dem Feld, einmal wäre es fast auf dem Hof geschehen. Dann wachte ich in der

Nacht auf und dachte, es geht zu Ende. Niemand weiß davon, nur mein Knecht.«

»Ihr meint, Ihr habt nichts mehr zu verlieren?«

»Ich habe meinen Sohn zu verlieren, wenn ich nichts unternehme.«

Heinrich seufzte. »Ich sollte Euch das ausreden und es nicht noch unterstützen.«

Als Antwort sah Lucas ihn herausfordernd an.

Heinrich sagte: »Ihr könnt Lisbeth nicht im Stich lassen. Sie braucht Euch.«

»Ich würde sie im Stich lassen, wenn Phillip hingerichtet wird und kurz darauf mein Herz stehen bleibt.«

»Ich weiß nicht«, fuhr Heinrich fort, »ich habe schon genug Unheil angerichtet.«

»Dann macht es wieder gut, indem Ihr mir helft, Phillip freizubekommen!«

»Lasst es bleiben, Lucas. Ihr setzt zu viel aufs Spiel. Außerdem ist Phillip kein Kind mehr.«

»Er ist verdammt noch mal mein Sohn! Mein Fleisch und Blut«, sagte Lucas schneidend.

Heinrich hob die Hand.

»Verzeiht«, sagte Lucas etwas leiser, aber immer noch erregt.

Heinrich rieb sich die Schläfen. Dann atmete er tief durch. »Also gut, diktiert mir den Brief. Danach gebe ich Euch saubere Kleidung, damit Ihr nicht wie ein entlaufener Rädelsführer ausseht. – Und dann erklärt Ihr mir, wie es kommt, dass Ihr bei der Leichenöffnung dabei wart.«

Lucas schlief ein paar Stunden auf dem Boden der Stube und brach dann bei Sonnenaufgang auf, bevor Lena merkte, dass er im Haus war. Er ließ Veltens Pferd in den Mietstallungen in Worms zurück und ging zu Fuß nach Pfeddersheim. Damit er sich dem Lager von hinten nähern konnte, musste er einen Umweg machen. Als das Lager in Sichtweite kam, hielt er an, um sich das weiße Handtuch, das Heinrich ihm gegeben hatte, um den linken Oberarm zu binden, sodass ein Ende herunterhing – als Zeichen, dass er mit friedlicher Absicht und unbewaffnet erschien.

Wie Heinrich es ihm empfohlen hatte, hielt er nach dem Kochwagen und dem Proviantwagen Ausschau, denn diese standen immer in letzter Reihe, damit die Anlieferungen reibungslos abliefen. Außerdem war es nichts Ungewöhnliches, dass sich dem Proviantmeister jemand näherte. Zwei Soldaten, offenbar Wachen, ritten langsam auf ihn zu. In einiger Entfernung vom Lager erreichten sie ihn, saßen ab und durchsuchten ihn nach Waffen.

»Was wollt Ihr?«, fragte der eine.

»Mit dem Proviantmeister reden«, antwortete Lucas, während er die Arme von sich streckte, damit sie ihn abtasten konnten.

»Folgt uns«, sagte die Wache und ritt im Schritt voraus. »Da ist jemand für Euch!«, riefen sie einem hageren Mann mit grauem, abstehendem Haar zu, der mit drei Helfern Säcke stapelte.

Der Mann, der seinen Oberkörper nach vorn gebeugt hielt, ging auf Lucas zu. »Was wollt Ihr?«, fragte er.

»Ich komme als Gesandter der Bauern von Laubenheim. Wir möchten Euch Rinder und Schweine verkaufen. Gut gemästet, beste Qualität, und das zu einem guten Preis. Wir wissen, dass die meisten Bauern der Umgebung sich weigern, an das Heer zu verkaufen. Weil unser Leibherr aber auch hier im Heer kämpft, versprechen wir uns Vorteile bei ihm. Allerdings müssen wir ihn erst um Erlaubnis bitten. Ich wäre Euch dankbar, wenn Ihr nach ihm schicken lassen könntet. Sein Name ist Gerold von Laubenstein. Er untersteht dem Kurfürsten direkt. Ich bespreche die Angelegenheit mit ihm persönlich und unterbreite Euch anschließend ein sehr gutes Angebot.«

Der Proviantmeister überlegte kurz. Dann sagte er: »Ich werde ihn fragen lassen.«

»Nein, schickt ihn her. Ich will persönlich mit ihm reden. Sonst ziehen wir unser Angebot zurück. Wir wollen, dass ihm klar ist, dass wir das Heer unterstützen.«

Der Mann grinste ob der Verschlagenheit der Laubenheimer Bauern, wandte sich um und rief einen jungen Burschen herbei. »Suche …« Der Mann drehte sich um, »wie hieß er noch?«

»Gerold von Laubenstein. Er kämpft unter der Flagge des Kurfürsten«, sagte Lucas.

»Geh zum kurfürstlichen Fähnlein, such ihn und bring ihn her, wenn es die militärische Lage erlaubt«, sagte der Proviantmeister. Der Junge verschwand. »Wartet hier«, brummte der Mann und ließ Lucas stehen.

Die Zeit verging. Die Sonne rückte in den Nachmittagshimmel. Lucas wurde nervös. Wenn Laubenstein nicht kam, würde sein Plan nicht aufgehen. Er setzte sich unter einen Baum, versuchte ruhig zu bleiben und nicht an Lisbeth zu denken. In Gedanken ging er seinen Plan durch, immer wieder. Als ein Reiter im Schritt auf ihn zugeritten kam, sprang er nervös auf. Durch das Gesicht des Reiters zog sich eine hässliche Narbe vom Mund bis zum Ohr. Lucas straffte seine Muskeln, während er wartete, bis Laubenstein ihn erreicht hatte.

Laubenstein saß nicht ab. »Was höre ich da? Die Laubenheimer wollen Handel mit dem Heer treiben?«

»Viel besser«, sagte Lucas.

»Besser für wen?«, fragte Laubenstein.

»Für Euch. Vergesst die Schweine. Ich biete Euch etwas an, mit dem Ihr Euch einen Vorteil beim Kurfürsten verschaffen könnt. Vielleicht springt Geld für Euch dabei heraus. Auf jeden Fall aber Gunst.«

Laubenstein sah einen Moment lang verwirrt aus. »Es geht also nicht um Schweine?«

Lucas schüttelte den Kopf.

»Um was dann?«, fragte Laubenstein gereizt.

»Zuerst muss ich wissen, was mit den eingeschlossenen Bauern in Pfeddersheim geschehen ist. Sind sie noch am Leben?«

»Dein Sohn ist unter ihnen, richtig?«, fragte Laubenstein zurück.

Lucas nickte.

Laubenstein grinste breit.

Lucas sagte: »Meine Informationen sind wertvoll für Euch. Dafür will ich aber auch von Euch etwas über die Bauern erfahren.«

Laubenstein kostete den Moment der Überlegenheit eine Weile aus, dann sagte er: »Sie sind in der Kirche eingesperrt. Noch leben sie – wenn sie nicht verdurstet sind.«

Lucas atmete tief ein und langsam wieder aus. »Verschafft mir eine Audienz beim Kurfürsten.«

Laubenstein lachte spöttisch. »Nur ein Bauer kann so etwas Dummes verlangen!«

»Mir ist klar, dass nicht jeder zum Kurfürsten spazieren kann. Aber ich habe etwas, das ihn interessieren dürfte. Und Euch ebenso.«

Laubensteins argwöhnischer Blick durchdrang Lucas bis ins Mark. *Jetzt oder nie*, dachte Lucas. Er schob den Gedanken an Lisbeth beiseite. »Nehmt mich als Euren Gefangenen und bringt mich zu ihm. Er sucht mich. Ich bin ein Geächteter. Wenn Ihr mich ausliefert, wird er Euch das hoch anrechnen.«

Gerold von Laubenstein schnaubte. »An Einfallsreichtum hat es dir und deiner Brut noch nie gefehlt. Denkst du wirklich, auf so etwas würde ich hereinfallen?«

»Es ist die Wahrheit. Wenn Ihr mir nicht glaubt, bitte.« Lucas hielt ihm den Achtbrief entgegen. »Zeigt ihm diesen Brief hier. Der Kurfürst weiß genau, wer ich bin. Gebt ihm dieses Schreiben hier dazu.« Lucas streckte ihm das versiegelte Schreiben entgegen. »Ich warte hier.«

Gerold von Laubenstein nahm die beiden Briefe entgegen. Sein Pferd tänzelte, als er den Achtbrief überflog. »Lucas Heller?« Er runzelte die Stirn. »Dein Name ist Lucas Heller?«

Lucas nickte. Laubenstein blickte auf den zweiten Brief. Offenbar traute er sich nicht, das Siegel zu brechen. Er sah Lucas direkt in die Augen. »Du bist geächtet?«

»Ich bin Lucas Heller aus Heidelberg, ein Geächteter. Das erklärt, warum ich damals plötzlich aus dem Nichts aufgetaucht bin und unbedingt den Hof von Joest Wirt wollte. Ich war auf der Flucht.«

»Warum wurdest du geächtet?«

Lucas schüttelte langsam den Kopf. »Das tut nichts zur Sache.«

»Und was bezweckst du mit diesem Spiel? Du lieferst dich mir aus. Du musst doch irgendetwas im Schilde führen.«

»Ich will den Kurfürsten überreden, *mich* statt meines Sohnes zu behalten. Der Rest ist uninteressant für Euch.«

Laubenstein schien zu zögern.

Lucas sagte: »Wenn ich richtig informiert bin, ist ein Kopfgeld auf mich ausgesetzt. Fünfhundert Gulden.« Er sah ihn erwartungsvoll an. »Ich warte hier.«

Laubenstein schüttelte verächtlich den Kopf. »Ihr Bauern seid doch wirklich dämlich! Lieferst dich aus und begehst damit Selbstmord. Deine süße Frau wird Witwe. Sie tut mir in der ganzen Sache besonders leid.« Er setzte ein spöttisches Lächeln auf, wendete sein Pferd und ritt ins Lager. Lucas' Herz pochte, als er ihm nachblickte.

Er wartete. Es wurde Abend, die Bäume warfen lange Schatten. Der Proviantmeister schickte mehrmals seinen Burschen zu ihm. »Was ist jetzt mit den Schweinen?«

»Ich warte noch auf eine Antwort«, sagte Lucas jedes Mal.

KAPITEL 29

Worms

Schon seit Sonnenaufgang war Peter Schöffer unterwegs. Ohne Frühstück und ohne nach Lenas Vater zu sehen, hatte er das Haus verlassen. Er vertraute Lena; sie würde den Haushalt gut leiten. Nachdem er in den Ställen vor der Stadt eines der schnellsten Pferde gemietet hatte, machte er sich auf den Weg nach Gernsheim, der Geburtsstadt seines Vaters. Er brauchte neue Geschäftskontakte. Wenn er schon nicht genügend Aufträge bekam, würde er vielleicht gutes Geld machen, indem er Patrizen oder fertige Lettern an andere Drucker verkaufte. Er wusste, dass er gute Stempel herstellte – seine Legierungen waren beständiger als die der anderen Meister.

In Gernsheim fragte er sich zum Drucker durch und klopfte an der Werkstatt an. Der Gernsheimer Drucker, ein unerfahrener Bursche mit wilden blonden Locken, zeigte Interesse, gab jedoch keine konkrete Bestellung auf. Er wolle es sich noch einmal überlegen, sagte er mit einem entschuldigenden Lächeln zum Abschied. Am Stadttor fragte Peter, ob es in der Gegend noch andere Druckermeister gebe, aber der Wachmann erwiderte, dass er sich in den umliegenden Flecken und Städten mit Handwerkern nicht auskenne.

Peter machte sich auf den Rückweg. Als er auf halber Strecke in einem Wirtshaus einkehrte, wusste man dort auch nichts von anderen Druckermeistern.

Die ganze Schankstube schwirrte mit Berichten einer großen Schlacht. Während Peter aß, hörte er aufmerksam zu, konnte sich aber kein schlüssiges Bild machen, weil jeder etwas anderes gehört hatte: Alle Bauern seien erstochen worden, behauptete ein Gast. Jeder zweite sei an Ort und Stelle vom Kurfürsten persönlich hingerichtet worden, sagte die Wirtin. Die Pfeddersheimer befänden sich in der Gewalt der Bauern und würden nun als Geiseln benutzt, gab ein anderer von sich.

Während Peter seine Mahlzeit beendete, fragte er sich, ob das Auftauchen von Lucas Strom letzte Nacht etwas mit der Schlacht zu tun hatte. Hatte er mitgekämpft und versteckte sich nun in seinem, Peters, Haus? Peter leerte seinen Becher, schob sich an der jungen Wirtstochter vorbei, die ihm schon die ganze Zeit Blicke zugeworfen hatte, bezahlte und ritt weiter.

Pfeddersheim

Kurfürst Ludwig V. hatte Mühe, seine Wut zu kontrollieren. Denn er war müde und erschöpft. Seit Wochen zog er im Lande umher, schlug Bauern nieder und verletzte dadurch die Lebensader seines Reiches. Er hatte wochenlang kein Bad genommen, schlief auf einer feuchten Matratze, traf am Tag tausend schwierige Entscheidungen und wog nebenbei bei diplomatischen Besprechungen mit Territorialherren, Bauernhauptmännern und Reichsstädten jedes verdammte Wort ab. In einer Minute musste er freundlich erscheinen, in der nächsten Männer exekutieren lassen. Er wollte niemanden sehen. Und nun das. Die Katastrophe aller Katastrophen.

Wenn Heller sein Wissen über ihn, Ludwig, verbreitete, würde ihn das sein Ansehen kosten. Und das ausgerechnet jetzt, wo es darauf ankam, das Land zu lenken und Macht zu demonstrieren.

Er überlegte einen Augenblick, ob er Heller direkt hier im Zelt töten sollte. Aber dieser hintertriebene Kerl hatte ja Vorsorge getroffen. Ludwig knüllte die Kopie des Briefes, den Heller an den Heidelberger Rat schicken wollte, zusammen.

Der Knecht teilte den Vorhang. Ein Riese wurde von zwei Soldaten hereingeführt. Ludwig atmete tief durch. Er presste die Handflächen auf die Armlehnen seines Lehnstuhls. *Heller ist älter geworden. Natürlich. Aber er ist es, keine Frage.* Er musste jetzt Anfang fünfzig sein. Hätte er ihn damals in Heidelberg auf der Straße doch nur schneller erkannt. Dann hätte er Heller sofort einsperren lassen, dann wäre es nicht so weit gekommen.

Heller baute sich in seiner vollen Größe vor ihm auf und verbeugte sich. Als er den Kopf wieder hob, erkannte Ludwig die Augen wieder. Grün wie ein Alpensee. Ein See, aus dem abgetrennte Hände auftauchten, aufgeschnittenes Fleisch, endlose Därme. Er schloss die Augen, um sich zu konzentrieren. Um sich zu beruhigen. Er durfte jetzt nicht laut werden. Zu viele Menschen waren anwesend.

»Du lebst also tatsächlich noch«, sagte Ludwig. Es sollte beherrscht klingen, aber seine Stimme bebte.

Heller antwortete nicht, sah ihn nur an.

»Und du wagst es, mir unter die Augen zu treten«, flüsterte Ludwig.

Dass Heller nichts sagte, machte ihn wahnsinnig.

»Raus hier! Alle!«, schrie Ludwig seine Knechte und Räte an. Verwirrt blickten die Männer ihn an und eilten dann wortlos aus dem Zelt.

»Ich hätte große Lust, dich auf der Stelle zu töten«, sagte Ludwig leise, als er mit Heller alleine war. »Warum hast du dich ausgeliefert?«

»Ich bin hier für meinen Sohn. Er ist einer Eurer Gefangenen in der Stadt.«

»Du willst, dass ich ihn freilasse. Und erpresst mich?«, flüsterte Ludwig.

Lucas nickte. »Mir ist klar, dass Ihr ihn nicht so einfach laufen lassen könnt. Aber wenn Ihr mich an seiner statt einsperrt, hättet Ihr nichts verloren.«

»Du gehörst in jedem Fall mir, Heller. Fortgelaufen bei Nacht und Nebel, nachdem du einen Verbrecher hast laufen lassen! Hast du das schon vergessen?«

Lucas flüsterte kaum hörbar: »Habt *Ihr* schon vergessen, dass Ihr gegen die Ordnungen Gottes verstoßen habt?«

»Du, ausgerechnet du, wagst es, dieses Wort in den Mund zu nehmen! Lässt einen Verbrecher laufen, dessen Strafe du hättest vollstrecken müssen! Verlässt den Platz, den Gott dir durch deine Geburt zugeteilt hat! Und nimmst allen um dich herum durch deine bloße Anwesenheit die Ehre!«

»Ja, dass der Zeuge Eurer Übertretungen seinen ihm zugewiesenen Platz in der Welt verlässt, dass er sich unter die Menschen mischt und sein Schicksal nicht akzeptiert – damit habt Ihr nicht gerechnet ...« Lucas ließ den Halbsatz eine Weile in der Luft schweben, »als Ihr mit Eurem Tutor Leichen aufgeschnitten habt.« Als Ludwig nicht antwortete, fuhr Heller genauso leise fort: »Des Nachts, damit kein Heidelberger sieht, wie Ihr mein Haus betretet. Das Haus des Henkers.«

Kaum hörbar zischte Ludwig: »Du bist und bleibst mein Untertan, Heller! Du kannst mich nicht erpressen!«

Lucas sagte mit gedämpfter Stimme: »Wenn mein Freund herausfindet, dass Ihr mich oder meinen Sohn habt töten lassen, wird er eine Kopie dieses Briefes an den Heidelberger Rat schicken. Und machen wir uns nichts vor – wir beide kennen die Stadt. Wenn die Ratsherren die Wahrheit wissen, dann wissen sie auch ihre Frauen und Freunde. Dann weiß es die ganze Stadt.«

»Verdammt noch mal, so redest du nicht mit mir!«, zischte der Kurfürst leise. »Ehrloser Hund! Geh mir aus den Augen!«

Lucas flüsterte: »Ihr habt Euch damals selbst die Ehre genommen. Und Ihr macht Euch jetzt gerade ehrlos, indem Ihr erneut mit mir Umgang habt! Ich gehe Euch aus den Augen, wenn Ihr meinen Sohn freilasst.«

Der Kurfürst blickte ihn hasserfüllt an. »Ich lasse dich jetzt abführen!«, wiederholte er flüsternd.

»Das könnt Ihr gerne tun. Wenn Ihr mich zu den Gefangenen führt und meinen Sohn dafür gehen lasst.«

»Du verfluchter Henkershund!«, wisperte Ludwig. Wieder sah Heller ihn nur an. Dieser Mann machte ihn wahnsinnig mit seiner Ruhe. Bis jetzt hatte Heller seine Stimme nicht erhoben. Und Ludwig war intelligent genug, um zu wissen, dass die größte Gefahr von ihm selbst ausging, denn er stand kurz davor, die Kontrolle zu verlieren und zu laut etwas Unbedachtes herauszuschreien.

»Wache!«, rief der Kurfürst. Sofort griffen zwei Hände in den Eingang des Zelts, zogen die Stoffbahnen auseinander und zwei Wachmänner erschienen. »Führt diesen Mann ab. Ich werde Euch später sagen, was mit ihm geschehen soll. Ich muss nachdenken. Und bringt mir starken Wein!«

Die Wachen griffen nach Lucas. Ludwig stand auf und wandte ihm den Rücken zu.

Worms

Nach dem Abendessen, als die Werkstatthelfer sich zurückgezogen hatten, trat Heinrich zu Lena in die Küche. »Lena, setz dich einen Moment zu mir. Ich muss mit dir reden.«

Lena stellte die gebackenen Brote ab und setzte sich neugierig an den Tisch. Er hatte sich den ganzen Tag lang überlegt, ob er es ihr sagen sollte oder nicht. Er hoffte, dass er das Richtige tat, und holte tief Luft: »Es ist etwas passiert, Lena. Es hat mit deinem Vater zu tun. Ich denke, du solltest es wissen.«

Lena blickte ihn alarmiert an.

»Dein Vater war heute Nacht hier. Er konnte nicht lange bleiben, schickt dir aber seine ganze Liebe. Er hat mich um Rat gebeten.« Heinrich holte noch einmal tief Luft: »Es gab eine Schlacht in Pfeddersheim. Dein Bruder war beteiligt. Er lebt – wahrscheinlich –, aber er ist unter den Gefangenen.«

Lena wurde blass.

»Dein Vater will deinen Bruder befreien.«

Sie blinzelte. »Wie will er das machen?«

»Er will sich selbst ausliefern.«

»Wieso denn ausliefern? Wofür sollte er sich denn ausliefern lassen?«

Heinrich atmete tief durch.

»Lena, dein Vater ist ein Geächteter. Das war er schon vor deiner Geburt. Schon bevor er deine Mutter heiratete.«

Lenas Augen wurden groß. Alles Blut wich aus ihrem Gesicht.

»Was hat er denn getan?«, flüsterte sie.

»Er ist kein Verbrecher, Lena. Er war der Henker von Heidelberg.«

Lena öffnete die Lippen, sagte aber nichts.

Heinrich sprach weiter. »Er hat mir gestern alles erzählt. Er übernahm das Amt von seinem Vater – wie es den Ordnungen entspricht. Er hasste seinen Beruf. Er sollte einem Zwölfjährigen die Augen ausstechen. Doch er entschloss sich, den Jungen laufen zu lassen. Das war Landfriedensbruch.«

Lena starrte ihn an.

»Und nun hat er sich einen Plan überlegt, wie er deinen Bruder aus der Gefangenschaft befreien kann.«

»Wartet, wartet«, unterbrach sie ihn. »Mein Vater war der Henker von Heidelberg?«

Heinrich nickte.

Sie blickte ihn aufgelöst an.

Heinrich holte wieder Luft. »Dein Vater hat einen Plan. Er ist riskant. Es kann sein, dass er nicht wiederkommen wird. Aber es könnte auch sein, dass er Phillip tatsächlich freibekommt und selbst irgendwie überlebt.«

Lena starrte nur.

»Sein Plan ist, den Kurfürsten unter Druck zu setzen. Ihn zu erpressen. Vielleicht bleibt dein Vater so am Leben.«

»Womit will er ihn erpressen?«, fragte Lena tonlos.

»Es ist besser, wenn das außer ihm niemand weiß.«

Lena starrte immer noch. Ihr Atem ging flach. »Und meine Mutter?«

»Sie ist alleine zu Hause. Sie weiß von nichts. Auch nicht von Lucas' Vergangenheit.«

Lena starrte eine Weile benommen ins Leere. Dann richtete sie sich wieder an Heinrich. »Ich muss zu meiner Mutter.«

»Nein, bleib du hier. Das ist sicherer. Ich reite morgen zu deiner Mutter«, sagte er sanft.

Sie brauchte eine Weile, bis sie nickte. Dann erhob sie sich langsam. »Ich muss allein sein.«

»Warte, Lena, es gibt noch etwas, das ich dir sagen muss. Dein Vater hat mich gebeten, dir auszurichten, dass du dein Geheimnis doch für dich behalten sollst. Alles andere wäre zu gefährlich.«

Lena sah ihn mit abwesendem Blick an. Heinrich bereute, dass er ihr alles so schonungslos beigebracht hatte. Es war ein Fehler gewesen. Sie nickte mechanisch und ging langsam aus dem Raum.

Als Peter endlich mit steifen Knochen die Gasse zu seinem Haus entlangschritt, war es schon spät, obwohl die Sonne noch nicht untergegangen war. Er betrat sein Haus, wusch sich in seiner Kammer, zog sich frische Kleider an und humpelte in die Küche, um sich einen Becher verdünnten Wein aus dem Fass zu lassen. Sein Blick fiel durch die offene Hoftür auf Ivo, der draußen seinen Stoffball umherkickte. Peter trat mit dem Becher in der Hand zu ihm. Der Junge lächelte ihn an.

»Ivo, hatten wir heute Gäste?«, fragte er vorsichtig. Er wollte den Jungen nicht direkt auf seinen Großvater ansprechen, solange er nicht wusste, was sich letzte Nacht abgespielt hatte.

»Ich habe nur Frau Ottilia gesehen, sonst niemanden.«

Peter nickte, blickte auf den Ball und sagte: »Kick ihn mal zu mir. Mal sehen, ob ich noch treten kann.«

Ivo spielte ihm den Ball zu. Peter kickte ihn mit seinem gesunden Bein in hohem Bogen zurück. »Klappt doch!«, sagte er lächelnd. »Ist Ottilia noch wach?«

»Ich glaube, sie hat sich schon zurückgezogen.«

»Und Heinrich?«

»Er hat gesagt, dass er in seiner Kammer beten möchte«, sagte der Junge und kickte den Ball wieder in Peters Richtung. »Er war ein bisschen seltsam.«

»Warum bist du eigentlich um diese Zeit noch nicht im Bett?«, fragte Peter, als er Ivo erneut den Ball zuspielte.

Ivo stoppte den Ball und blickte Peter dann schulterzuckend an. »Mama hat mit Heinrich geredet. Danach hat sie gesagt, ich soll noch im Hof spielen. Irgendwie war sie auch komisch.«

Peter horchte auf. »Wo ist sie?«

Ivo zuckte mit den Schultern.

»Ich werde mal nach ihr sehen«, sagte Peter und ging ins Haus zurück.

Lena saß auf dem Fußboden. Sie presste ihren Rücken gegen den Pfosten des Bettgestells, damit sie etwas anderes als die Schwere ihres Körpers spürte. Verzweifelt legte sie den Kopf in den Nacken. Ihr Kopftuch rutschte, sie riss es mit einer fahrigen Bewegung herunter, knüllte es zusammen und warf es in die Ecke. Sie lehnte den Hinterkopf an, blickte an die Balken der Decke, ohne sie wahrzunehmen, und ließ die Tränen laufen.

Sie stellte sich ihren Vater vor, den gebeugten Riesen, mit gefesselten Händen. Sie spürte einen physischen Schmerz, ein inneres Ziehen, eine Sehnsucht, ihm nahe zu sein. Nur die Hand ausstrecken zu müssen. Ihm zu sagen, dass alles gut werden würde.

Doch in Wirklichkeit war nichts gut. Alles brach auseinander. Ihr Bruder war in Gefangenschaft, vielleicht auch tot. Ihre Mutter saß alleine und ahnungslos in Laubenheim. Sie war hier in Worms, um Ivo zu verlieren. Sie stützte die Ellbogen auf die angezogenen Knie und barg ihr nasses Gesicht in den Händen. Eine Zeit lang versuchte sie, das Schluchzen zu kontrollieren, doch sie hatte keine Kraft mehr.

»Lena«, erklang seine Stimme direkt vor ihr. Sie blickte mit verschwollenen Augen auf. Wahrscheinlich hatte sie vor Heulen sein Klopfen nicht gehört. Es war ihr peinlich, dass er sie so sah. Elend, rot, mit offenem Haar. Er sah müde aus, nichtsdestotrotz sah er sie aufmerksam an, fast liebevoll. Ihr Magen verkrampfte sich. Sie fasste mit den Händen hinter sich, stützte sich auf der Bettkante ab und erhob sich umständlich. Sie stand dicht vor ihm. Verstörend dicht. Sie hätte gerne einen Schritt zurück gemacht, aber ihre Waden berührten das Bett.

»Was ist passiert?«, fragte er, während er einen kleinen Schritt zurück trat.

Sie sah ihn einen kurzen Augenblick direkt an und versuchte, die Tränen zurückzuhalten. Sie konzentrierte sich aufs Atmen und legte gleichzeitig die gespreizten Finger über die Nasenwurzel an die Innenseite der Augen. Als sie sich wieder etwas unter Kontrolle hatte, schluckte sie und sagte: »Mein Vater versucht, Phillip aus der Gefangenschaft des Kurfürsten zu befreien. Er hat geplant, dem Kurfürsten zu sagen, dass er ein Geächteter ist. Ich weiß nicht, was jetzt mit ihm ist. Und wo Phillip ist. Wenn er noch lebt.« Ihre Lippen fühlten sich vom Weinen seltsam taub an.

»Ist dein Vater tatsächlich ein Geächteter?«, fragte er leise.

Sie nickte, die Hand immer noch über die Augen gelegt. Sie nahm die Hand weg und hob den Kopf. »Mein Vater ist ein Henker.«

Überraschung flammte in seinem Blick auf, doch er schwieg.

Sie flüsterte: »Ich bin die Tochter eines Henkers. Ich bin eine Ehrlose. Niemand wird mehr mit mir sprechen wollen. Niemand wird mich anfassen. – Und es ist mir gleichgültig! Ich will nur meinen Vater zurück …«

Sie hielt inne, als er seine Hand sanft an ihren Arm legte. Sie spürte nichts mehr außer seiner Berührung. Sie hielt die Luft an, blickte ihn entschuldigend an und konnte die Tränen nicht länger zurückhalten.

»Komm her, Lena.«

Sie ließ es geschehen, als er sie sanft zu sich zog. Sie lehnte sich an ihn und schluchzte leise. Ihr Ohr ruhte an seiner Brust. Seine Hand lag auf ihrer Wange. Sie hörte sein Herz pochen, ganz nah, als wäre es ihr eigenes, regelmäßig, stark, zuverlässig. Sie schloss die Augen, atmete vorsichtig ein und aus, konzentrierte sich auf die Berührung seiner Finger, fühlte seine Wärme durch den weichen Stoff seines Hemdes. Sie war hier, in seinen Armen, geborgen in seinem Schutz. Ihre Trauer, ihre Sorgen schwelten noch in ihr, waren aber sanft zugedeckt von seiner Umarmung. Er streichelte ihr Haar.

Als ihr Schluchzen abebbte, ließ er sie los. Sie blickte unsicher zu ihm auf, bis ihr bewusst wurde, dass sein Blick über sie hinweg zur Tür ging. Langsam drehte sie sich um. In der Tür stand ihr Sohn – sein Sohn – und sah sie neugierig an.

»Ich lasse euch alleine«, sagte Schöffer leise, schenkte ihr ein Lächeln und ging zur Tür. Im Vorbeigehen strich er Ivo über den Kopf.

Sie rieb sich die Wangen ab und versuchte, Ivo tapfer anzulächeln. Ihr Sohn trat ein und schloss die Tür. Er richtete seinen leuchtenden Blick auf sie. »Liebst du den Herrn?«, fragte er. Sein kindlicher Gesichtsausdruck war ohne Vorwürfe, unschuldig, neugierig.

Lena entfuhr ein schluchzendes Lachen. *Nein. Ja.* Sie musste endlich ehrlich mit sich sein. Schöffer hatte sie schon bei ihrem ersten Aufenthalt durcheinandergebracht. Jetzt war es anders. Jetzt tat es weh.

Ivo sah sie aufmerksam an.

Sie griff nach einem Tuch und schnäuzte. »Der Herr hat mich getröstet, weil ich mir Sorgen gemacht habe. Das war alles. – Geh jetzt ins Bett, Ivo.« Sie goss ihm Wasser aus dem Krug in die Waschschüssel und zog ihm das Hemd aus.

Sie wiederholte die Sätze in ihren Gedanken. *Er hat mich getröstet. Das ist alles.*

Alles in ihr schmerzte. Schlimmer denn je.

Pfeddersheim

»Phillip Strom!« Die Stimme hallte durch die Kirche. Phillip schlug die Augen auf. Sein Kopf dröhnte. Hatte er geträumt oder hatte tatsächlich jemand seinen Namen gerufen? Die Männer um ihn herum hoben die Köpfe und sahen sich beunruhigt an.

Er hatte also nicht geträumt. Sein Herz setzte einen Schlag aus. Panik pulsierte durch seinen Körper. Hastig sah er sich um. Konnte er sich verstecken?

»Phillip Strom!«, hallte die Stimme erneut durchs Kirchenschiff.

Phillip wartete, dass weitere Namen vorgelesen würden, doch nichts geschah. Sollte er der Einzige sein, der hingerichtet würde? Warum er? Er war kein Anführer gewesen.

Die beiden Wachen bahnten sich einen Weg durch die sitzenden Bauern in seine Richtung. Offensichtlich hatte ihnen jemand einen Wink gegeben.

Suchend blickten sie sich um. »Wenn sich Phillip Strom jetzt nicht sofort zu erkennen gibt, nehme ich einen andern!«, sagte die Wache.

Phillip schluckte. Seine Zunge klebte am Gaumen. *Wenn sie mich jetzt hinrichten, dann hat das ein Gutes*, dachte er bitter. *Dieser schreckliche Durst hört endlich auf.* Er erhob sich mit wackeligen Beinen. »Ich bin Phillip Strom.« Seine Stimme war nur ein Krächzen.

Mit entschlossenen Gesichtern kamen die Wachen auf ihn zu und packten ihn an den Armen. Die sitzenden Bauern zogen die Beine ein, als Phillip an ihnen vorbeigeführt wurde.

Er versuchte, alle Eindrücke auf einmal in sich aufzusaugen, die Weitläufigkeit des düsteren Raumes, in dem die verbrauchte Luft stand, die Erschütterung seines Körpers bei jedem Schritt, die verhärmten Gesichter der Kameraden, die ihn mit geduckten Köpfen mitfühlend ansahen. Er versuchte sich an all die Gespräche übers Sterben und den Himmel zu erinnern, die die Männer im Wirtshaus in Diskussionen über die neue Lehre geführt hatten.

Die Wachen schoben ihn aus dem Kirchenportal. Die Dämmerung hatte eingesetzt, der Kirchhof lag in Schatten getaucht. Weiter links, vor der anderen Tür der Kirche, standen zwei weitere Wachen mit einem großen, breitschultrigen Bauern. Würde er auch hingerichtet werden? Phillip strauchelte und wäre fast gestürzt, wenn die Wachen ihn nicht gehalten hätten. Halb gehend, halb stolpernd wurde er die Gasse hinabgeschoben in Richtung Tor. Natürlich. Sie würden sie nicht innerhalb der Stadt töten.

»Öffne das Tor«, sagte die Wache zum Torwächter.

Phillips Blick fiel auf schwarze Flecken auf der Erde. Getrocknetes Blut. Als das Tor hochgezogen wurde, erblickte er vier Soldaten, zwei davon saßen auf Pferden.

»Das ist er«, sagte einer der beiden Wachen, die ihn geführt hatten. Sie ließen ihn los. Phillip knickten fast die Knie ein. Die Wachen machten kehrt und gingen durch das offene Tor zurück in die Stadt. Hinter ihnen wurde das Tor wieder herabgelassen.

Einer der Reiter brummte: »Folge mir«, und setzte sein Pferd in Bewegung.

Phillip sah von einem zum anderen und stolperte dann hinter dem wackelnden Schweif des Pferdes her. Er traute sich nicht, sich umzudrehen. War er alleine mit dem Reiter? Warum waren die anderen drei Soldaten nicht mitgekommen? Aus den Augenwinkeln erblickte er rechts die dunklen Umrisse des Lagers des kurfürstlichen Heeres. Phillip konzentrierte sich darauf, einen Fuß vor den anderen zu setzen. Wenn er jetzt stolperte, würde ihm das womöglich als Fluchtversuch ausgelegt werden. Wo war die Hinrichtungsstätte?

Mittlerweile war es dunkel geworden. Sie gelangten an einen kleinen Bach. Der Reiter hielt an.

»Lauf«, sagte er.

Phillip rührte sich nicht, sah den Ritter nur verständnislos an.

»Lauf! Ich habe auch nicht die ganze Nacht Zeit!«

War das ein Spiel? Wollten sie ihn auf der Flucht erstechen? Als Übung? »Wohin?«, fragte Phillip.

»Geh nach Hause.« Der Reiter wendete sein Pferd und trabte davon.

Hinter Phillip plätscherte ein Bach. Ein Nachtvogel sang in der Ferne. Das hohe Gras streichelte seine Beine. Er ließ sich langsam auf die Knie sinken. Dann kroch er zum Bach und trank.

Worms

Als die Sonne aufging, setzte Lena sich benommen in ihrem Bett auf, stellte die Füße auf den Boden und zwang sich aufzustehen. Ihre Augen waren fast zugeschwollen, ihr Kopf schmerzte. Sie hatte die ganze Nacht wach gelegen, zumindest fühlte es sich so an. Sie trat zur Waschschüssel und tauchte ihr Gesicht hinein, doch sie fühlte sich dadurch nicht besser. Sie weckte Ivo, goss das gebrauchte Wasser aus der Waschschüssel in den Nachttopf, kippte frisches Wasser in die Schüssel und schlich sich hinunter, darauf hoffend, dass niemand außer ihr wach war.

Sie wollte niemanden sehen. Vor allem nicht Peter Schöffer. Gleichzeitig war ihr seine Anwesenheit im Haus mit jeder Faser ihres Körpers bewusst. In der Küche band sie sich ihr Kopftuch fester, als könnte sie dadurch ihre Gedanken zusammenschnüren. Sie würde das Frühstück auf den Tisch bringen, bevor der Herr aufstand, so würde sie ihm nicht begegnen. Mit zitternden Händen fachte sie ein Feuer an und kochte eingeweichte Getreideflocken mit Mandelmilch zu Brei.

Ivo kam müde in die Küche geschlichen. Sie streichelte ihm über sein braunes Haar, stellte ihm eine Schale Brei hin und setzte sich still zu ihm. Sie sah ihm beim Essen zu. Sie selbst hatte das Gefühl, dass sie nie mehr irgendetwas essen wollte.

Nachdem sie Ivo seinen Tornister gereicht hatte, küsste sie ihn auf die Stirn, segnete ihn mit einem Gebet und ließ ihn aus dem Haus. Aus den oberen Stockwerken drangen Geräusche. Schnell kehrte sie in die Küche zurück, setzte sich auf die Banktruhe und versuchte an das zu denken, was sie heute zu erledigen hatte. Es gelang ihr nicht. Vor ihr tauchte das Gesicht ihrer Mutter auf. Sie versuchte, für sie zu beten. Für Phillip, für ihren Vater. Sie schloss die Augen. Doch Gott war nicht nahe genug. Sie öffnete die Augen wieder und seufzte.

Sie stand auf, trug Platten und Brettchen ziellos umher und verschob ein paar Krüge im Regal. Als sie Schritte in der Werkstatt hörte, besann sie sich endlich, formte schnell vier Laibe aus dem Teig vom Vorabend und trug sie auf einem Brett hinaus zum Backhaus. Sie redete sich ein, dass das Feuer heute zu heiß brannte und sie deshalb die ganze Zeit danebenstehen musste. Mit Schweißperlen auf der Stirn lehnte sie sich an den Türrahmen und schloss die Augen.

Als es Zeit fürs Mittagsmahl wurde, bereitete sie mit geübten Griffen Dörrfleisch mit Senfsoße zu und stellte alles in der Stube bereit. Langsam schritt sie auf die Werkstatttür zu, nahm allen Mut zusammen, drückte die Klinke herab, blieb in der Tür stehen und sagte laut: »Das Essen steht bereit.« Einen kurzen Moment streifte ihr Blick über ihn. Er stand mit Johannes am Setzpult, hielt inne und sah sie unverwandt an. Schnell wandte sie den Kopf zu Wendling, obwohl sie in Wirklichkeit nur ein einziger Mensch im Raum interessierte. Sie drehte sich um, eilte in die Küche und wartete am Gesindetisch auf die beiden Gesellen.

Als sie nichts aß, fragte Wendling: »Bist du krank?«

Sie antwortete nicht, sondern stand auf und begann, die Asche auf der Kochstelle zusammenzuschieben.

»Was ist? Redest du nicht mehr mit mir?«, fragte Wendling.

Sie richtete sich auf, drehte sich zu ihm um und funkelte ihn angriffslustig an. »Wann habe ich das letzte Mal mit dir geredet, Wendling?«

Er lehnte sich zurück, überlegte und antwortete: »Ich weiß nicht.«

»Was denkst du wohl, warum?«, fragte Lena und schaufelte die kalte Asche in den Sack. »Geh endlich!«

»Wohin denn?«

Sie sah auf. »Zum neuen Druckermeister!«

»Was ist in dich gefahren? Bist du enttäuscht? Wünschst du dir etwa, dass ich bleibe?« Er grinste.

»Nein, ich werde dich persönlich vor die Tür setzen!«

»Ach ja?« Wendling wandte sich an Johannes: »Sie meint, sie könnte mich rausschmeißen!«

Johannes sah nicht auf, sondern konzentrierte sich aufs Essen.

Wütend stellte sich Lena vor den Tisch. »Wann hat der Herr dich schlecht behandelt? Verdient er das, dass du einfach zum neuen Druckermeister wechselst? Wie steht er jetzt da? Ohne einen zweiten Gesellen! Ganz Worms wird sich fragen, warum du gehst. Wehe, du setzt Gerüchte über ihn in die Welt. Wehe, du sagst irgendetwas Schlechtes über ihn.«

Wendling hob die Hände. »Was willst du von mir, Lena! Ich werde kein Wort über ihn sagen. Ich gehe, weil ich nicht wie alle anderen Gesellen mein Leben lang ohne irgendwelche Chancen auf Verbesserung bei einem einzigen Meister bleiben will, bis ich uralt bin.«

»Ja, dann geh doch und lass ihn im Stich!«, rief sie und schmiss die eiserne Schaufel neben die Asche, dass es staubte. Sie rauschte aus der Küche, rannte die Stiege hinauf, öffnete die Tür zu ihrer Kammer und setzte sich aufs Bett. Sie wischte sich die Tränen aus dem Gesicht, stand auf und suchte nach einem Tuch, in das sie schnäuzen konnte.

Sie brauchte Ablenkung, sonst würde sie den Verstand verlieren. Ihr Blick fiel auf die Truhe. Sie öffnete den schweren Deckel, griff unter ihre Wäsche und holte ihr Buch hervor. Sie zog die Nase hoch und begann zu lesen. Kein einziges Wort ergab Sinn. Trotzdem las sie weiter, blätterte um, begann, die Worte laut auszusprechen, damit sie endlich ihr Denken füllten. Die Gesichter ihrer Familie tauchten hinter den Buchstaben auf, Wendlings Grinsen überlagerte die Schrift und dann sah sie immer wieder Schöffer vor sich. Sie starrte auf die

Buchstaben, verscheuchte alle Gedanken. Nach einer Weile fühlte sie sich ruhiger, die Worte lullten sie ein. Sie las Satz für Satz und zwang sich über sie nachzudenken. Glauben vereinigt die Seele mit Christus. Wie eine Braut mit ihrem Bräutigam. Das war ein schönes Bild, fand sie. Sie las weiter. Als es an der Tür klopfte, schreckte sie auf und erhob sich. Vor ihr stand eine Frau, etwa in ihrem Alter. Sie hatte ein schönes Lächeln, offen und herzlich, mit einem vorstehenden Schneidezahn. »Bist du Lena?«, fragte sie.

Lena nickte.

»Ich bin Ännlin, die neue Magd.«

»Oh«, sagte Lena überrascht. »Willkommen.«

Die neue Magd sah sie verlegen an.

Lena versuchte, ihre Gedanken zu sammeln. »Weißt du, dass dich der Himmel schickt?« Sie bemühte sich zu lächeln. »Ich brauche dringend Hilfe. Normalerweise habe ich keine Zeit, in der Kammer zu sein. – Es geht mir heute nicht so gut. Aber egal.« Sie atmete tief durch. »Komm, ich zeige dir alles.«

Als Lena die Tür schloss, sagte sie: »Als ich das erste Mal in dieses Haus kam, stand ich wie du vor dieser Tür.« Plappern tat gut.

KAPITEL 30

Laubenheim

Lisbeth war es, als stünde sie neben sich, als wäre kein Leben in ihr. Vor einer Stunde war Heinrich wieder gegangen. Er sagte, er wolle Lucas suchen. Wenn ihr Mann überhaupt noch am Leben war. Sie schloss die Augen. Die Stille tat weh.

Lucas hatte ihr einmal von einer Verbrecherin erzählt, die zur Strafe mit dem Henker tanzen musste, ein Makel, der für immer an ihr hängen blieb. Nun wusste sie, warum er sie damals so ungläubig angeschaut hatte, als sie ihn zum Tanz aufgefordert hatte.

Sie hätte alles gegeben, um ihn jetzt berühren zu können. Sie fühlte sich ihm näher denn je, obwohl er nicht bei ihr war. Denn nun kannte sie ihn endlich. Und doch blieb er ein Fremder, weil sie nie gedacht hätte, dass er einfach gehen würde.

Wenn er jetzt vor ihr stünde, würde sie ihn schlagen und treten, auf seine Brust trommeln und ihn anschreien.

Sie erkannte sich nicht wieder. Sie war nicht mehr Lisbeth Strom, sondern jemand anderes, jemand Halbes.

Und Phillip ist schuld an alldem. Ich werde ihm nie mehr in die Augen blicken können. Aber womöglich würde sie auch nie mehr die Gelegenheit dazu haben. Sechs Tage waren vergangen, seit Lucas aufgebrochen war. Sechs Tage, in denen sie nichts gegessen und kaum geschlafen hatte. Wenn Phillip tatsächlich freigekommen wäre, müsste er jetzt schon hier sein. Sie musste der Wahrheit ins Auge sehen: Es war unwahrscheinlich, dass ihr Sohn noch am Leben war.

Sie legte sich die Hand über die Augen und versuchte den Schmerz zu ignorieren, der sie in alle Richtungen riss. *Wie eine Vierteilung,* dachte sie bitter. *Ob Lucas schon einmal jemanden auf diese Weise hingerichtet hat?* Sie stöhnte, beugte sich vor, kauerte sich zusammen. Nach einer Weile ebbte der Schmerz ab, alle Energie verließ sie, sie spürte nur noch eine bedrückende Schwere, eine Traurigkeit, die ihr die Luft nahm. Sie kroch in Kleidern auf ihr Bett und schloss die Augen.

Als sie aus einem unruhigen Schlaf erwachte, spürte sie, dass sich etwas verändert hatte. Ob gut oder schlecht, konnte sie nicht sagen. Sie atmete flach, stellte die Beine auf den Boden und setzte sich eine Weile auf die Bettkante. Schließlich stand sie auf. Auch in der Stube war es dunkel. Trotzdem konnte sie erkennen, dass etwas auf dem Tisch lag. Sie wusste sofort, wem das zerschlissene Wams gehörte. Ihr Herz setzte einen Moment aus. Barfuß tapste sie aus der Stube in die Wohnscheune und öffnete die Tür zu Phillips Kammer. Er lag schlafend auf seinem Lager. Sie trat zu ihm, sah den Verband an seinem Arm, von frischem Blut durchtränkt, und rüttelte an seiner gesunden Schulter. Er schlug benommen die Augen auf, blinzelte und setzte sich auf. Seine Augen waren blutunterlaufen, seine Haut mit Sommersprossen übersät. Lange Bartstoppeln sprossen ungleichmäßig in seinem jungen Gesicht.

»Hast du deinen Vater gesehen?«, fragte sie ohne Begrüßung.

»Nein. Warum?«

Sie legte den Kopf in den Nacken und schloss einen Moment lang die Augen. Dann öffnete sie die Augen wieder, senkte den Kopf und sagte tonlos: »Weil er dich gesucht hat!«

»Er wollte sich dem Heer anschließen?«, fragte Phillip verwundert.

»Nein, dich befreien! Aus der Gefangenschaft!«

»Was?« Phillip kratzte sich am Kopf.

»Er wollte sich an deiner statt gefangen nehmen lassen. Ich habe keine Ahnung, was mit ihm passiert ist.«

Phillips Augen wurden groß. Gleichzeitig wurde er blass. »Warum macht Vater denn so etwas Verrücktes?«, flüsterte er.

Sie gab ihm eine Ohrfeige. Phillip wurde noch weißer im Gesicht. »Nie wieder«, flüsterte Lisbeth, »nie wieder wirst du etwas Schlechtes über deinen Vater sagen!« Sie drehte sich um, ging mit langen Schritten aus dem Zimmer und kehrte mit zwei sauberen Tüchern und einem Tiegel mit Lucas' Kräutersud zurück. Wortlos stellte sie alles auf dem Boden ab, kniete sich neben das Bett und riss den Verband von seinem Arm. Phillip zuckte zusammen. Die Wunde war lang, verkrustet und an einigen Stellen neu aufgebrochen. Lisbeth kippte die braune Flüssigkeit auf eines der sauberen Tücher und klatschte es auf die blutenden Stellen. Phillip schien die Zähne zusammenzubeißen, rührte sich jedoch nicht. Sie nahm das andere saubere Tuch, wickelte es grob um die Wunde und zurrte es fest.

»Au«, entfuhr es Phillip.

Sie sah ihn an und ließ seinen Arm abrupt los. »Wann kamst du frei?«

»Vorletzte Nacht«, sagte er mit belegter Stimme.

»Und warum hast du bis Laubenheim so lange gebraucht?«

»Ich war verletzt, hungrig und müde.« Er konnte ihr nicht in die Augen blicken.

Er hat sich nicht getraut, nach Hause zu kommen, dachte sie. Sie ließ den dreckigen Verband neben seinem Bett liegen und ging aus dem Raum.

Worms

Ännlin ist genau zum richtigen Zeitpunkt gekommen, dachte Lena, *denn nun kann ich sie vorschicken, wenn es etwas mit dem Herrn zu klären gibt.* »Es ist gut, wenn du ihn gleich richtig kennenlernst«, sagte sie am Morgen in der Küche, »dann gibt es weniger Missverständnisse. Geh zu ihm in die Werkstatt und bitte ihn um Geld für den Einkauf.«

Am Mittag aß sie zwei Bissen und war dann satt. Mechanisch säuberte sie die Feuerstellen und fegte die Kammern. In der Nacht lag sie so lange wach, dass sie das Lied des Nachtwächters hörte. Am Abend des zweiten Tages hatte sie das Gefühl, dass sie Ännlin eine Erklärung für ihr Schweigen schuldig war. »Ich mache mir Sorgen um meinen Vater und meinen Bruder«, sagte sie, während sie gemeinsam das Spülwasser in die Rinne im Hof kippten. »Sie sind in Gefangenschaft – oder Schlimmeres.« Ännlin verstand und stellte keine Fragen.

Lena kannte Schöffers Gewohnheiten inzwischen genau. Dass auch er ihr aus dem Weg zu gehen schien, versetzte ihr einen Stich, obwohl sie ihm gleichzeitig dankbar war. Er war ihr zu nahegekommen und war feinfühlig genug, sich zurückzuziehen.

Eine Woche nachdem ihr Vater in der Nacht da gewesen war, kehrte Heinrich nach Worms zurück. Als Lena seine Stimme hörte, ließ sie den Topf zurück in den Spülbottich sinken und rannte in den Flur. Es war ihr gleichgültig, ob sie Schöffer treffen würde oder nicht.

Im Flur standen nur Heinrich und Ännlin. Heinrich hatte sich einen Bart wachsen lassen und sah müde aus. »Lena«, sagte er, »bring mir bitte Wein mit Wasser in die Stube. Ich komme gleich nach und erzähle dir alles.«

Lena hastete in die Küche. Wenn Heinrich etwas Gutes zu berichten hätte, wäre er sicherlich gleich damit herausgeplatzt. Mit zitternden Händen zapfte sie Wein aus dem Fass und trug das Tablett hinauf. Die Tür stand offen. Heinrich und Schöffer saßen zusammen am Tisch. In Schöffers Ausdruck lag keine Reue, keine Zurückhaltung, wie sie eigentlich erwartet hatte, sondern er sah sie nur aufmerksam an, als versuchte er herauszufinden, wie es ihr ging. »Setz dich zu uns, Lena«, sagte er.

Sie setzte sich, die Hände gefaltet. Frau Ottilia erschien und ließ sich neben dem Herrn nieder.

Heinrich leerte seinen Becher, stellte ihn behutsam ab und sagte: »Ich war in Laubenheim bei deiner Mutter, Lena.« Sein Ton verhieß nichts Gutes. »Sie hat keine Nachricht von deinem Vater. Phillip war auch nicht zu Hause. Ich bin dann nach Pfeddersheim geritten, doch die Stadt war noch belagert. Niemand wurde hineingelassen. Also wartete ich, sprach jeden an, den ich traf. Heute Morgen zog das kurfürstliche Heer endlich weiter in Richtung Weißenburg. Ich ging sofort nach Pfeddersheim hinein und habe mich umgehört. Folgendes ist dort geschehen: Nach der Schlacht wurden fünfhundert Bauern in die Kirche gesperrt, am nächsten Morgen noch einmal dreihundert weitere Bauern, die sich versteckt gehalten hatten und von den Bürgern aufgespürt worden waren. Am nächsten Tag ließ Marschall Wilhelm von Habern alle Namen verlesen, wählte zunächst vierundzwanzig von ihnen aus und ließ sie vor den Augen aller enthaupten. Danach ließ er vier Bürger hinrichten. Am nächsten Tag wurden noch einmal Bauern und Bürger hingerichtet, insgesamt sechzig Personen. Ich habe gefragt, ob Phillip oder Lucas darunter waren, aber keiner konnte es mir sagen.« Er hielt inne und blickte auf den Tisch. Dann sagte er schwerfällig: »Unter den aufgereihten Köpfen konnte ich ihre nicht entdecken. Aber ein paar der Leichen waren schon vor die Stadt gebracht und vergraben worden.« Er hob den Blick.

Lena schloss die Augen.

»Was ist mit den anderen Gefangenen passiert?«, fragte Schöffer.

»Sie wurden begnadigt.«

Lena wusste nicht, ob sie lachen oder weinen sollte. Einerseits standen die Chancen, dass ihr Vater und ihr Bruder zu den Begnadigten gehörten, nicht schlecht. Womöglich hätte sich ihr Vater gar nicht auf all das einlassen müssen. Vielleicht wäre Phillip auch so davongekommen. Aber vielleicht auch nicht.

»Lucas hat mir einen Brief gegeben«, fuhr Heinrich fort. »Als Druckmittel. Falls er vom Kurfürsten getötet wird, soll ich den Brief an den Rat in Heidelberg schicken. Da ich nichts übers Lucas' Verbleib weiß, werde ich ihn noch nicht abschicken. Vielleicht lebt Lucas ja noch. Dann wäre das Druckmittel dahin.«

»Wir müssen ihn suchen«, sagte der Herr. »Was macht ein Kurfürst normalerweise mit einem Gefangenen?«

Alle Blicke richteten sich auf Ottilia, die bis jetzt schweigend zugehört hatte.

»Ich weiß es nicht«, sagte sie nachdenklich.

Heinrich sagte: »Wir müssen bedenken, dass gerade Ausnahmezustand herrscht. Der Kurfürst befindet sich im Krieg.«

»Könnte er meinen Vater mitgenommen haben?«, fragte Lena.

»Das ist unwahrscheinlich. Warum sollte er einen Gefangenen mitschleppen?«, fragte Heinrich.

Niemand sprach.

Heinrich erhob sich. »Vielleicht sind Lucas und Phillip ja in der Zwischenzeit nach Hause zurückgekehrt. Lisbeth hat versprochen, mir über den Schultheißen eine Nachricht zu schicken. Ich ziehe mich um und ruhe mich aus. Die Reise war anstrengend.« Er verließ den Raum. Lena hielt den Blick gesenkt. Sie zwang sich, den Herrn nicht anzusehen, erhob sich und folgte Heinrich.

Lena knotete ihr Kopftuch fester, stieg die Treppe empor und sammelte die Dreckwäsche ein. Sie öffnete die Tür zu Schöffers leerer Kammer, ging zur Truhe und nahm langsam sein Hemd auf. Unten im Flur kniete sie sich neben den Wäschestapel, den sie neben den Eingang zur Küche geworfen hatte, rollte die Kleidungsstücke zusammen und schlug ein Tuch darum, um später alles zur Wäscherin zu bringen. Die Tür zur Werkstatt stand einen Spaltbreit offen. Lena horchte auf, als sie seine Stimme hörte und dann Kinderlachen. Sie erhob sich, ging langsam zur Tür und stieß sie zaghaft auf.

Vater und Sohn standen an der Druckerpresse, Schöffer hatte ihr den Rücken zugewandt, Ivo stand seitlich, sodass sie sein Profil sah. Sie blieb stehen und beobachtete die beiden. Johannes sah kurz von seiner Arbeit am Setzpult auf, als er sie bemerkte, konzentrierte sich dann aber wieder auf die Lettern. Lena beobachtete, wie Schöffer mit Keilen und Hölzern das Setzschiff in die Presse einspannte. Er gab einen Keil an Ivo weiter, ihr Sohn setzte ihn ein. Ein stiller Seufzer löste sich in ihrem Inneren.

Ich muss es ihm sagen. Auch zu Ivos Wohl.

Rasch blickte sie sich um, als sich hinter ihr etwas bewegte. Frau Ottilia kam auf sie zu. Lena nickte ihr zu, Ottilia lächelte zurück. Schweigend standen beide Frauen in der Tür, Schöffer und Ivo betrachtend. Lena überlegte, wie sie sie von den beiden weglocken konnte. Da sprach Frau Ottilia plötzlich. »Ich habe einen Brief erhalten. Mein Sohn hat die Schlacht gut überstanden.«

Lena wunderte sich, dass die Burgherrin – die Gemahlin ihres eigenen Leibherrn – sie überhaupt der Nachricht für würdig befand. »Das freut mich zu hören«, sagte sie sanft.

Frau Ottilia schwieg einen Augenblick. Dann sagte sie: »Ich habe nachgedacht. Über deinen Vater.«

Schöffer und Ivo hatten sie offensichtlich gehört, denn sie drehten sich zu ihnen um. Lena erschauerte innerlich, als sich Vater und Sohn nebeneinander Ottilia zuwandten. Sie entschied sich, der Burgherrin ihre volle Aufmerksamkeit zu schenken – auch weil diese dann vielleicht in ihre Richtung schauen würde. Frau Ottilia wandte sich ihr tatsächlich zu und sprach weiter. »Falls er sich in Gefangenschaft des Kurfürsten befindet, ist die einzige Möglichkeit, ihn auszulösen, ihn freizukaufen. Mein Gemahl könnte das, als sein Leibherr. – Aber er wird es nicht tun.« Frau Ottilia seufzte. »Ich wünschte, *ich* hätte die Vollmacht dazu. Ich würde es machen, Lena.« Sie sah Lena direkt an.

»Danke«, sagte Lena nach einigem Zögern. »Das ist sehr freundlich von Euch.«

»Ich wollte dir das nur sagen. Damit du weißt, dass ich nicht bin wie er.«

Lena sah sie verlegen an.

Ottilia zögerte, dann sprach sie weiter. »Lena, damals, als Sibilla bei der Geburt verstarb …« Sie brach ab und schien sich plötzlich unsicher, ob sie fortfahren sollte. Lena senkte argwöhnisch das Kinn. »Du hast beide Kinder gestillt, oder nicht?«

Lena wich unmerklich einen Schritt zurück. Nur einen Daumenbreit, aber Ottilia schien es bemerkt zu haben. Lena versuchte, entspannt zu wirken. »Ja«, sagte sie. »Warum?«

»Ich weiß nicht. Ich dachte nur … Gab es da vielleicht einen Moment, in dem beide Kinder nebeneinanderlagen? Vielleicht, als die Hebamme nach ihnen schaute?«

Lena konzentrierte sich darauf, zu atmen und zu blinzeln. »Warum fragt Ihr das?«

Frau Ottilia sah sie an, als überlegte sie. Dann schüttelte sie langsam den Kopf, hob die Hand und winkte ab. »Ach nichts.« Sie lächelte.

Lena versuchte, das Lächeln zu erwidern, aber sie merkte, dass sie den Mund nur zu einem dünnen Strich verzog.

Die ältere Frau sagte: »Ich gehe wieder nach oben.«

Lena blickte ihr mit pochendem Herzen hinterher.

Laubenheim, Juli 1525

Mutter sieht alt aus, dachte Phillip, als er sich schwitzend neben ihr auf den gemähten Teil der Wiese setzte. *Als wäre sie in den letzten zwei Wochen um zehn Jahre gealtert.* Sie reichte ihm wortlos den Lederbeutel, der ihnen auf dem Feld als Flasche diente. Durstig trank er, wischte sich mit dem Unterarm den Mund ab und reichte ihn seiner Mutter zurück. Sein Blick schweifte über das Gras, das bis zum Rand des Gewanns stand und ihn und seine Mutter hier in Laubenheim festhielt. Er sollte sich über die Heuernte freuen, aber er konnte nicht. Er sollte jetzt woanders sein. Er sollte seinen Vater suchen.

Veit und Hate arbeiteten auf dem anderen Feld. Sie waren mittlerweile alt – er rechnete aus, dass sie Anfang vierzig sein mussten – und arbeiteten langsamer. Und auch er und seine Mutter kamen nur schwer voran: Seine Mutter war abgemagert und schwach und er selbst beeinträchtigt durch seine Wunde.

Er schloss die Augen, stützte sich mit seinen Händen ins stoppelige Feld und legte sich dann der Länge nach hin. Er musste Kraft tanken, damit er anschließend schneller vorankam. Die Sonne leuchtete grell durch seine geschlossenen Lider. Er legte sich die Hand über die Augen, es wurde dunkel. Er blinzelte unter der Hand hervor.

Seine Mutter rieb sich den Nacken, dann reckte sie die Arme empor, fasste sich über dem Kopf an den Händen und zog ihre Schulterblätter auseinander. Sie sackte wieder in sich zusammen.

Er setzte sich hin, pflückte einen halb gemähten Halm ab und wartete, dass seine Mutter irgendetwas sagen würde. Eigentlich schätzte er es, wenn man ihm seine Ruhe ließ, aber das Schweigen seiner Mutter war schwer zu ertragen.

»Wenn wir die Heuernte eingebracht haben …«, er brach ab.

Sie drehte sich zu ihm. Ihre Augen lagen in Höhlen, umrahmt von unzähligen Falten, die die Haut zu Splittern trennten. Er wandte den Blick wieder ab und starrte auf die sich wiegenden Gräser. »Wenn wir die Ernte eingebracht haben, geh ich ihn suchen.«

Sie erwiderte nichts.

»Ich fange da an, wo er das letzte Mal gesehen worden ist. In Pfeddersheim.«

»Woher willst du wissen, dass er je in Pfeddersheim war?«

»Ich glaube, ich habe ihn gesehen«, sagte er kaum hörbar.

»Was?« Ihr Blick hing an ihm.

»Als ich aus der Kirche geführt wurde, sah ich weiter weg einen Mann. Erst im Nachhinein ist mir klar geworden, dass er es gewesen sein könnte.«

»Hast du auch gesehen, wie sie ihn in die Kirche geführt haben?«

Phillip schüttelte den Kopf. »Nein«, sagte er mit belegter Stimme.

»Stand er, ging er, wer war bei ihm?«, fragte Lisbeth.

»Zwei Wachen, glaube ich. Sie standen etwas abseits. Mehr konnte ich nicht erkennen – wenn er es überhaupt war.«

Lisbeth erhob sich. »Machen wir weiter«, sagte sie, holte den Wetzstein hervor und schwang ihn über das Blatt der Sense. Sie warf ihm den Wetzstein zu. »Wir haben nicht ewig Zeit. Sobald wir hier fertig sind, gehen wir beide nach Pfeddersheim.«

Worms

Lena schloss die Läden ihrer Kammer. Draußen war es noch hell, aber es war längst Zeit, dass Ivo ins Bett ging. Sie gab ihm einen Gutenachtkuss und schlich sich dann hinaus. Obwohl sie müde war, würde sie jetzt noch nicht schlafen können. Durch die Küche ging sie in den Garten und setzte sich auf den Boden an der Mauer. Zwei Vögel pickten im Kräuterbeet. Sie verscheuchte sie nicht, sondern beobachtete, wie sie umherhüpften, sich einander näherten und voreinander flohen.

Als ihr kühl wurde und sich Dunkelheit über den Hof senkte, erhob sie sich und trat in die Küche. Erst als sie schon in der Tür stand, sah sie ihn. Er saß ganz allein auf der Banktruhe und sah sie an.

Sie blieb in der Tür stehen.

»Ich habe dich im Garten gesehen und wollte dich nicht stören.« Er lächelte unbeholfen. »Deshalb habe ich hier auf dich gewartet.«

Sie trat ein und schloss die Tür.

»Wie geht es dir?«, fragte er.

Sie brachte ein vages Schulterzucken zustande.

»Können wir reden?«

»Äh, ich … ich dachte … ich wollte gerade nach Ivo schauen.« Sie konnte ihm nicht in die Augen sehen.

»Lena«, seine Stimme klang belegt, »es tut mir leid, dass ich dir zu nahe gekommen bin. Ich hätte deine Kammer nicht betreten dürfen. Bitte verzeih mir, ich wollte dir keine Angst einjagen.«

»Ihr habt mir keine Angst eingejagt.« Es war nur ein Flüstern.

»Das freut mich zu hören. So wie du dich in der letzten Zeit vor mir versteckt hast, hatte ich schon befürchtet, du würdest jeden Augenblick mein Haus verlassen.« Er lächelte verhalten. »Es steht nichts zwischen uns, oder?«

Sie wollte sich räuspern, heraus kam ein Krächzen. Sie sah ihn an. Sie schloss die Augen. *Jetzt. Sag es ihm. Bevor Ottilia es tut.* Sie öffnete die Augen. »Doch. Es gibt etwas, das zwischen uns steht.«

Er antwortete nicht, sondern betrachtete sie aufmerksam.

Sie sprach weiter, kaum hörbar: »Wenn Ihr erfahrt, was es ist, werdet Ihr mich hassen. Dann werdet Ihr froh sein, wenn ich gehe.«

Er sah sie zweifelnd an. Als sie nicht weitersprach, fragte er: »Was ist es?«

Sie atmete tief ein und blickte durch seine Brust hindurch in die Ferne. »Als Sibilla starb …« Sie brach ab. »Als sie starb …«

»Du bist nicht schuld an Sibillas Tod, Lena. Du konntest nichts dafür, dass sie verblutete. Und ich bezweifle, dass irgendjemand sie hätte retten können, selbst wenn ihr Vater sie nicht unter Quarantäne gestellt hätte.«

Sie hielt die Luft an. Dann nickte sie langsam. Stille senkte sich herab. Schließlich hörte sie sich selbst sagen: »Ich muss zu Ivo.« Sie setzte einen Schritt vor den anderen, erreichte den Flur, zog sich am Geländer die Treppe hinauf, öffnete die Tür zur ihrer Kammer, schloss sie und lehnte sich von innen dagegen.

Pfeddersheim, August 1525

Ihr Sohn hielt den Kopf gesenkt. *Die Stadt ist ihm unangenehm – kein Wunder*, dachte Lisbeth. Ihr Blick glitt an der inneren Stadtmauer entlang, dann drehte sie sich um und besah sich die dreistöckigen, aneinandergeschmiegten Fachwerkhäuser.

»Wo wollen wir anfangen?«, fragte Phillip.

»Wir können niemanden bestechen«, sagte Lisbeth. »Wir brauchen jemanden, der uns freiwillig weiterhilft. Ich habe auch schon eine Idee.« Sie ging die breite Straße entlang, den Blick nach oben gerichtet, auf der Suche nach einem bestimmten Wappen.

Pfeddersheim war nur ein kleines bisschen größer als Laubenheim, stellte sie fest, als sie das Ende der Straße erreicht hatten. Sie bog ab und fand zwischen den Häuserzügen, was sie suchte.

Das Gasthaus »Zum Wilden Mann« war menschenleer. Offenbar waren die Pfeddersheimer damit beschäftigt, ihre Ernte einzufahren. Oder sie blieben zu Hause, weil die Stadt noch unter Schock stand.

Sie setzten sich an einen langen Tisch neben grünlich schimmernde Butzenfenster. Eine junge, schwangere Frau erschien in der Tür des angrenzenden Raums. »Was wünscht Ihr?«, rief sie schroff.

»Einen Krug verdünnten Wein, bitte«, sagte Phillip.

»Pfeddersheimer?«

»Ja, bitte«, sagte Lisbeth.

»Nichts zu essen?«

Lisbeth schüttelte den Kopf. Ihr Magen knurrte zwar, aber sie konnten es sich nicht leisten, im Wirtshaus zu speisen. Nach einer Weile erschien die Frau, deren Gesicht mit Sommersprossen gesprenkelt war, mit einem Krug und zwei Bechern. Klappernd stellte sie alles ab und wandte sich zum Gehen.

»Verzeiht bitte«, sagte Lisbeth. »Seid Ihr die Wirtin?«

Die Frau wischte sich mit ihrem Ärmel über die Stirn und schob einen Augenblick lang ihr Kinn vor, als brächte die Antwort eine unangenehme Entscheidung mit sich. Sie nickte.

»Seid Ihr verwandt mit Veit und Hate Vogelsack?«

Misstrauisch antwortete sie: »Mein Mann war ihr jüngster Bruder – Halbbruder. Warum?«

»Die beiden gehören zu unserem Haus.«

»Sind sie Euer Gesinde?«

Lisbeth nickte.

»Mein Mann hat sie nie kennengelernt.«

»Führt Ihr das Wirtshaus alleine?«, fragte Lisbeth freundlich.

Die Frau nickte schroff. »Ich habe gerade fünf kleine Kinder im Waschzuber in der Küche sitzen. Oder auch nicht mehr. Keine Zeit für Geplauder.«

Lisbeth nickte. »Wir wollen Euch nicht aufhalten. Wir bezahlen gleich. Was schulden wir Euch?«

»Zwei Pfennig.«

Lisbeth legte zwei Münzen auf den Tisch. »Mein Mann wurde vom Kurfürsten im Lager bei Pfeddersheim festgenommen. Seitdem ist er verschwunden. Habt Ihr eine Ahnung, wo wir nach ihm suchen könnten?«

Die Frau hob die Hände. »Nie wieder will ich etwas davon hören! Kein Wort über die Schlacht! Kein Wort!« Sie rauschte davon.

Lisbeth und Phillip tranken still ihren Wein. Lisbeth schaute an Phillip vorbei auf die gekalkte Wand, die übersät war von schwarzen Stockflecken. Phillip richtete seinen Blick auf die blinden Butzenscheiben hinter ihr. In der Küche hörte man Kinder weinen und die Mutter schimpfen. Lisbeth füllte den Rest des Kruges in ihre Reiseflasche. Als sie sich erhob, stand auch Phillip wortlos auf. Bei der Tür hörte Lisbeth, dass die Frau hinter ihr wieder in den Raum trat, und wandte sich um. »Gott befohlen«, sagte sie zum Abschied.

Die Frau stand im Türrahmen, mit zwei nackten, nassen Kindern auf den Hüften. Anstelle den Gruß zu erwidern, reckte sie das Kinn vor und sagte bitter: »Euren Mann könnt Ihr vergessen! Ein Menschenleben zählt für den Kurfürsten nichts. Wie Schweine wurden sie abgestochen. Wenn Euer Mann seitdem nicht mehr aufgetaucht ist, ist er tot.«

Lisbeth schluckte. Dann fragte sie: »Wurde Euer Mann auch bei der Schlacht getötet?«

Die Frau zog die Nase hoch. Sie nickte. Hinter ihr aus der Küche hörte man wieder ein Kind weinen.

Lisbeth presste die Lippen zusammen. »Das tut mir leid.«

»Nach der Schlacht haben sie ihn geköpft. Er war Pfeddersheimer Bürger und hatte nicht einmal mitgekämpft.« Das Kind auf ihrer rechten Hüfte begann zu zappeln. Sie schaukelte es auf und ab, um es zu beruhigen. »Die restlichen Bauern haben sie laufen lassen.«

»Gibt es noch irgendwo Gefangene?«

»Ich glaube nicht. Aber Ihr könnt den Wachmann Gerlach Schlachter fragen. Er ist mein Vetter. Sagt ihm, dass ich Euch geschickt habe.«

»Wo finden wir ihn?«

»An der Oberen Pforte.«

»Danke«, sagte Lisbeth und lächelte die Frau an. Sie lächelte nicht zurück.

Phillip führte sie wortlos zur Oberen Pforte. Als sie sich den beiden Wachen näherten, flüsterte Lisbeth: »Ich glaube, es ist besser, wenn du als Mann mit ihnen redest.«

»Seid Ihr Gerlach Schlachter?«, fragte Phillip, als sie bei den Wachen angekommen waren.

Der Kleinere nickte und sah ihn fragend an.

»Ich soll Euch von der Wirtin vom Wilden Mann grüßen.«

Schlachter zog argwöhnisch die Brauen zusammen.

»Mein Name ist Phillip Strom. Ich habe bei der Schlacht mitgekämpft.« Die Augen der beiden Männer verdüsterten sich. Ihr Sohn sprach weiter. »Wir vermissen meinen Vater. Er wurde wahrscheinlich im Lager gefangen genommen, nicht in der Stadt. Sein Name ist Lucas Strom aus Laubenheim. Gibt es noch irgendwelche Gefangene hier in der Stadt? Oder wisst Ihr, wohin man meinen Vater gebracht haben könnte?«

Gerlach Schlachter antwortete: »Es sind drei Gefangene im Turm.«

»Wie heißen sie?«, fragte Lisbeth, obwohl sie sich vorgenommen hatte, nichts zu sagen.

Gerlach Schlachter richtete seine dunklen Augen auf sie. »Der Ammann ist der Einzige, der ihre Namen kennt.«

»Warum?«, fragte Lisbeth.

»Es könnte ja sein, dass sie uns um den Finger wickeln, wenn wir Vertraulichkeiten mit ihnen austauschen.« Sarkasmus schwang in seinem Ton mit.

»Können wir den Ammann sprechen?«, fragte Phillip.

Schlachter schüttelte den Kopf. »Er ist in Alzey. Verhandelt dort wegen Entschädigungen.«

»Wann kommt er wieder?«, fragte Lisbeth.

»Vielleicht in zwei Wochen.«

»Und wer kümmert sich so lange um die Gefangenen?«, fragte Phillip.

»Wir tun das.«

»Wie sehen die Gefangenen aus?«, fragte Phillip.

Schlachter schien abzuwägen, wie viel er preisgeben durfte. »Einer ist zu jung, um Euer Vater zu sein. Er ist sowieso aus Pfeddersheim. Die zwei anderen sind schon älter.«

»Ist einer davon groß und hat dunkelgrünblaue Augen?«, fragte Lisbeth.

Schlachter und der andere Wächter sahen sich zögernd an. »Ich weiß es nicht«, sagte Schlachter. »Ehrlich nicht. Ich habe sie nur liegend gesehen. Die Augenfarbe weiß ich auch nicht, es ist zu düster da drinnen. Sie sind alle drei krank. Durchfall. Ich weiß nicht, ob sie es noch lange machen werden.« Er spuckte aus. »An Eurer Stelle würde ich mir keine zu großen Hoffnungen machen.«

»Könnt Ihr nicht kurz nach ihnen sehen?«, fragte Phillip.

Schlachter schüttelte den Kopf. »Nein, heute sind die Wachen der anderen Pforte dran. Außerdem dürfen wir nicht mit den Gefangenen reden.« Als er Phillips und Lisbeths Gesichtsausdruck sah, hob er entschuldigend die Hand. »Ich muss mich an die Vorschriften halten! Ich werde wegen ein paar Gefangenen nichts riskieren. Und die anderen Wachen ganz sicher auch nicht.«

»Was passiert denn mit den drei Gefangenen?«, fragte Phillip.

Schlachter zuckte mit den Schultern. »Bin ich der Richter?«

»Wo genau sind sie denn?«, fragte Lisbeth.

»Im Knüttelberger Turm hier hinten«, er zeigte rechts an der Stadtmauer entlang.

»Danke«, sagte Lisbeth und zog Phillip weg. Als sie außer Hörweite waren, flüsterte sie: »Sie sind zu nervös. Sie werden nichts riskieren. Wir suchen jetzt eine Apotheke.«

Sie irrten eine Weile durch die fast menschenleeren Straßen, bis sie eine Apotheke fanden. Lisbeth war noch nie in einem Laden gewesen. Regale reichten bis unter die Decke. Mit großen Augen musterte sie die Tiegel, Säckchen und Schalen, die darin aneinandergereiht waren. Auf einem Tisch türmten sich Schüsseln mit seltsamem Inhalt: dunkelrote Scheiben, glibberig wie Sülze, die süßlich dufteten, daneben Berge von klebrigem, hellbraunem Sand. Sie sah sich weiter um. Sogar Papier stapelte sich zum Verkauf in einer Ecke. Sie fragten den schlaksigen jungen Mann, der im Laden stand, nach einem Mittel gegen Durchfall.

»Silberpulver hilft.« Über seine Nasenspitze sah er von oben auf sie herab.

Lisbeth schüttelte den Kopf. »Gibt es nichts Billigeres?«

Der Mann griff nach einem Säckchen und hielt es Lisbeth hin. »Getrocknete Heidelbeeren. Drei Pfennig«, sagte er. Lisbeth suchte in ihrer Gürteltasche nach drei Münzen, drückte sie dem Mann in die Hand, nahm das Säckchen und verließ die Apotheke. Schnellen Schrittes kehrten sie zur Oberen Pforte zurück. Langsam ging sie zu Schlachter und hielt ihm das Säckchen vorsichtig hin. »Das sind getrocknete Heidelbeeren«, sagte sie. Er zögerte, sie wechselten einen Blick, dann nahm er den Beutel und nickte. Lisbeth nickte ihm dankbar zu und sie und Phillip passierten das Stadttor.

Vor der Stadt verließ Lisbeth den Weg und ging durch das hohe Gras an der Stadtmauer entlang. Phillip blickte ihr zögernd nach, folgte ihr dann aber. Sie erreichte den Turm, auf den Schlachter vorhin gezeigt hatte.

»Was machst du denn da?«, fragte Phillip, als sie sich nach Steinen bückte.

»Das wirst du gleich sehen«, sagte sie, stellte sich vor den Turm und begann, Steine an die Mauer zu werfen.

»Meinst du, er hört das? Meinst du, er weiß, dass du das bist?«, fragte Phillip verärgert.

Lisbeth hielt inne und sah ihren Sohn an. »Warum regst du dich auf? Vielleicht sitzt er wirklich nicht da drinnen, vielleicht ist er schon längst tot. Aber vielleicht hält ihn die Hoffnung am Leben, dass da draußen jemand für ihn da ist!« Sie schmiss den letzten Stein. »Ich kann auch nichts tun, Phillip! Außer zum Herrn beten – und Steine schmeißen.«

Ihr Sohn stand vor ihr. Wut und Enttäuschung glommen in seinen Augen. Sein Adamsapfel bewegte sich. Sie nahm sein Gesicht in ihre Hände. Eine Weile sagte sie nichts. Schließlich flüsterte sie: »Es war seine Entscheidung. Nicht deine. Er hätte auch zu Hause bleiben können, dieser Narr.«

Tränen fluteten die Augen ihres Sohnes. Es war ihm peinlich, und sie ließ ihn los, damit er den Kopf zur Seite drehen konnte. Sie wartete und nahm ihn dann in den Arm. Doch er war einen Kopf größer als sie, und in Wirklichkeit war er es, der sie in den Armen hielt.

Er löste sich von ihr. Mit fester Stimme sagte er: »Worms ist nur anderthalb Stunden von hier entfernt. Lass uns zu Heinrich gehen. Er hat zuletzt mit Vater gesprochen.«

Am späten Nachmittag erreichten sie Worms und fragten sich zum Haus von Peter Schöffer durch. Als sie mit dem Metallring gegen die Tür klopften, polterten drinnen Holzschuhe. Die Tür öffnete sich, Lena sah sie einen Augenblick verblüfft und freudig an, dann sagte sie ängstlich: »Was ist passiert?« Ohne auf die Antwort zu warten, nahm sie ihre Mutter in den Arm, während sie dabei Phillip ansah.

»Wir haben Vater noch nicht gefunden«, sagte Phillip resigniert. »Ist Heinrich hier?«

Lena ließ ihre Mutter los und nickte. »Kommt herein.«

Lena ging voraus und führte sie in die Küche. »Wascht euch die Hände dort drüben. Ich hole ihn.«

Sie wuschen sich die Hände mit Asche und Wasser und setzten sich. Lisbeth vernahm ungleichmäßige Schritte, dann trat Peter Schöffer ein. Sie und Phillip erhoben sich gleichzeitig.

»Ihr seid Lenas Mutter, nicht wahr?«, sagte Schöffer freundlich und neigte den Kopf zur Begrüßung.

Lisbeth nickte. »Das ist mein Sohn Phillip.«

Die beiden Männer nickten sich zu.

Hinter ihm betraten Heinrich und Lena den Raum. Lisbeths Augen wurden groß, als sie die Burgherrin erkannte, die den beiden folgte. Phillip wich merklich zurück.

Lisbeth verbeugte sich leicht vor ihrer Grundherrin. Als sie aufsah, fing sie Heinrichs Blick auf. Sie lächelten sich an. Alle setzten sich an den langen Tisch.

Lisbeths Handflächen waren feucht. Es war ihr unangenehm, mit der Burgherrin an einem Tisch zu sitzen.

Phillip berichtete von den Gefangenen in Pfeddersheim. »Er könnte unter ihnen sein, aber vielleicht auch nicht«, schloss er seinen Bericht.

Lisbeth ließ den Blick über die Gesichter wandern. *Dieser Schöffer sieht Ivo so ähnlich.* Lena saß am Kopf der Tafel. Sie kam ihr angespannt vor. Sie sah ihren Herrn kein einziges Mal an. Ihre Hände hielt sie zwar im Schoß unter dem Tisch, aber Lisbeth konnte von ihrem Platz aus erkennen, dass sie die ganze Zeit ihre Finger knetete. Vielleicht hatte sie ihm alles über Ivo erzählt, wie Lucas ihr es geboten hatte, und dieser Schöffer übte nun Druck auf sie aus? Vielleicht sollte sie ihre Tochter wieder mit nach Laubenheim nehmen.

»Ich werde nach Heidelberg gehen«, verkündete Heinrich.

»Meinst du, du bekommst einfach so eine Audienz beim Kurfürsten?«, fragte Peter Schöffer.

Heinrich schüttelte den Kopf. »Ich werde es schriftlich versuchen.

Ich werde an seiner Residenz einen Brief an ihn abgeben und darin die Frage stellen, ob Lucas noch lebt. Dem Kurfürsten wird dann schon klar sein, warum das jemand wissen will.«

»Ich komme mit«, sagte Ottilia. Alle blickten sie überrascht an. »Als Heinrichs Schutzengel. – Oder wie stellt Ihr Euch das vor? Der Kurfürst könnte Heinrich festnehmen lassen. Wer schickt dann den Brief ab? Heinrich braucht einen Komplizen.«

Lisbeth musterte sie verblüfft. Frau Ottilias Augen leuchteten wie die eines kleinen Mädchens, das endlich draußen spielen darf. *Wie unterschiedlich unsere Welten sind,* dachte Lisbeth. *Ich wäre froh, wenn mir alle weitere Aufregung erspart bliebe.*

Heinrich betrachtete seine Schwägerin überrascht und lächelte dann. »Ich werde einen Stapel Schriften von Balthasar Weber mitnehmen und mich damit auf den Markt stellen. So habe ich einen Grund, dort zu sein. Immerhin bin ich ja streng genommen ein Konspirator bei einer Erpressung.« Er verzog das Gesicht.

»Ich muss wieder an die Arbeit«, sagte Schöffer. Das war das Zeichen, dass sich alle erhoben. Phillip, Lena und Lisbeth blieben zurück. Phillip trank seinen Wein aus, trat in den Hof und schaute sich um. Lisbeth setzte sich direkt neben Lena.

»Hast du es Schöffer schon gesagt?«, wisperte sie.

Lena schüttelte den Kopf.

»Gut. Du und Ivo, ihr müsst mit uns mit nach Laubenheim kommen.«

Lenas Augen wurden groß. Sie schüttelte den Kopf. »Nein, Mutter.«

»Warum nicht?«

»Ich … ich kann nicht weg.«

»Was ist zwischen dir und deinem Herrn?«

»Nichts! Was denkst du denn?«

»Setzt er dich unter Druck?«

Lena schüttelte den Kopf. »Nein. – Ich will einfach hierbleiben. Ich bin noch nicht fertig. Ich muss noch das Problem mit Ivo lösen.«

»Wie geht es ihm?«

Lena lächelte traurig. »Sehr gut. Er geht zur Schule. Er ist schon ein richtig schlauer Bursche.«

»Komm mit nach Hause, Lena.«

»Nein, Mutter.«

Lisbeth betrachtete ihre hübsche, widerspenstige Tochter. Es ging ihr nicht gut, das konnte sie deutlich sehen. Aber sie konnte ihr nicht helfen. »Umarme Ivo von mir«, flüsterte sie, erhob sich und küsste Lena zum Abschied auf die Stirn.

KAPITEL 31

August 1525

Da Ottilia mit prall gefülltem Geldbeutel reiste, nahmen sie und Heinrich das Schiff nach Heidelberg. Heinrich merkte schnell, dass es nicht nur Vorteile mit sich brachte, mit einer edlen Dame zu reisen: Sie konnten nicht einfach in einer beliebigen Spelunke übernachten. Doch der Schiffer wusste von einem vornehmen Gemach im Gasthaus zur Goldenen Krone in Ladenburg und ging dort vor Anker. Heinrich war froh, dass es für ihn keinen Platz mehr gab und er im Gasthaus nebenan schlafen konnte. Zwar teilte er sich den winzigen Raum mit fünf schnarchenden Reisenden, aber immerhin sparte er Geld.

Am nächsten Morgen, als sie das Boot wieder bestiegen und die Treidelpferde eingespannt wurden, musste Heinrich Ottilia diskret darauf hinweisen, dass der Schiffer für den Halt ein Trinkgeld erwartete. Als er sah, wie freimütig Ottilia vor den Knechten mit ihrem Geldbeutel hantierte, stellte er sich schnell schützend vor sie. Gegen Mittag erreichten sie Heidelberg. Der grobschlächtige Schiffer streckte Ottilia die Hand hin, um ihr von Bord zu helfen. Sie starrte auf die Schwielen und den Dreck, dann blickte sie Hilfe suchend zu Heinrich. Da er und der Bootsknecht gerade den Handkarren mit den Schriften vom Kahn hievten, entschied sie sich, die Hand zu ergreifen.

Am Stadttor mussten sie sich beide in ein Buch eintragen und den Wert der eingeführten Waren angeben. Heinrich unterschrieb mit seinem richtigen Namen; aus den Augenwinkeln beobachtete er, dass Ottilia etwas Unleserliches in das Buch kritzelte. Er beschloss, sie nicht danach zu fragen. Die Wachen kassierten den Zoll und ließen sie passieren. Leichtfüßig eilte Ottilia die Gassen hinab, sich umsehend, als hätte sie Angst, etwas zu verpassen. Beim Frauenhaus blieb sie stehen. Vermutlich überlegte sie, ob ihr Mann hier wohl schon zu Gast gewesen war. Aus Gewohnheit machte Heinrich einen Bogen um das Haus des Henkers, das dem Frauenhaus gegenüberstand, bis ihm plötzlich einfiel, wer darin einmal gewohnt hatte.

Als Student hatte Heinrich den Henker einmal auf dem Weg zu einer Hinrichtung gesehen, versteckt hinter der eisernen Maske, die den Ehrlosen vor dem bösen Blick des Sterbenden schützen sollte. *Seltsam,* dachte Heinrich, *ich kann diesen Henker in Gedanken nicht Lucas nennen.*

Sie mieteten zwei Zimmer im goldenen Schwan. Heinrich erklärte Ottilia, dass er mit seinem Brief warten wolle, damit sein Name im Torbuch nicht sofort damit in Verbindung gebracht würde. Ottilia trank ihr Bier und beobachtete die Menschen in der Gaststube. Heinrich lächelte in sich hinein. *Ob mein Bruder jemals diese Wärme in ihren Augen gesehen hat?*

Am nächsten Tag gingen sie getrennte Wege. Während er auf dem Markt und vor den Kirchen seine Schriften feilbot, durchstreifte Ottilia die Stadt, erstand eine Staffelei, Farben und Pinsel und malte in der Nachmittagssonne in ihrer Kammer die Gesichter, die ihr begegnet waren.

Am nächsten Morgen besprachen sie seinen Plan. »Ich weiß, er ist nicht besonders raffiniert. Aber etwas Besseres fällt mir nicht ein«, sagte er, nachdem er ihr alles erklärt hatte.

»Kommt gar nicht infrage«, sagte sie und hob dabei ihre beringten Hände. »*Ich* werde diejenige sein, die vor der Residenz auf die Antwort wartet.«

Er stellte sein Dünnbier ab und schüttelte den Kopf. »Das ist viel zu riskant.«

Mit halb geschlossenen Lidern redete sie auf ihn ein. Er sah sie eine Weile an und sagte dann: »Nein. Du bleibst in der Stadt und wartest dort auf mich. Das ist mein letztes Wort.«

Am Abend schrieb er den Brief.

Hochwürden, durchlauchter Kurfürst.
Als Euer Getreuer erkundige ich mich in aller Demut nach dem Verbleib des Lucas Heller, dessen Brief mir aufgetragen wurde, nach bestem Gewissen zu verwalten. Ich verharre treu, in der Hoffnung auf Eure kurfürstlich durchlauchte Antwort an mich, zur siebten Stunde am Abend gehorsamst wartend vor Eurer kurfürstlichen Residenz.

Er nahm ein neues Papier und schrieb den Brief noch einmal, diesmal aber ohne den Hinweis auf den Erpressungsbrief. So war es sicherer. Notfalls könnte er behaupten, dass er sich einfach nach einem Freund erkundigte und von einem Komplott nichts wisse. Gleichzeitig würde das Schreiben dem Kurfürsten genügend Hinweise geben.

Er legte die Feder beiseite. Er wusste, dass sein Vorgehen unbeholfen war, aber welche Alternativen hatte er? Am Morgen brach er zur kurfürstlichen Residenz auf. Er keuchte die Steigung hinauf und näherte sich durch den Nieselregen den Wachen am Tor. Unaufdringlich bat er darum, dass man das Schreiben dem Kurfürsten persönlich überbringen möge. Der Soldat nahm das Schreiben an sich und übergab es einem hergerufenen jungen Pagen. Am Abend ging Heinrich vor dem Tor auf und ab, während Ottilia unten vor der Stadtmauer wartete. Sein Herz schlug ihm bis zum Hals. Er malte sich aus, wie die Wachen auf ihn zugingen, ihn packten und abführten. Doch nichts geschah.

Er kehrte zur Stadt zurück, suchte Ottilias Blick und passierte das Stadttor. Etwas später trafen sie sich in der Herberge. Am nächsten Tag wartete er wieder vor dem Tor. Auch am Tag darauf spazierte er zwei Mal am Tor vorbei, während Ottilia weiter unten wartete. Als Heinrich nach sechs Tagen nicht angesprochen worden war, verfasste er eine neue Abschrift des Briefes und gab sie am nächsten Morgen ab.

Jeden Abend tupfte sich Ottilia mit einem Tuch die glänzende Stirn ab, wenn sie in der Nähe des Tores Blickkontakt suchten. Auf getrennten Wegen gingen sie zu ihrer Herberge. Er drehte sich alle paar Steinwürfe um. Einmal hatte er den Eindruck, dass ihm jemand folgte. Doch der Mann verschwand in einem Hauseingang. Mit glühenden Wangen sagte Ottilia jeden Abend: »Jeder dieser Tage könnte unser letzter sein.«

Heinrich erwiderte nie etwas darauf.

Dann endlich, nach zehn zermürbenden Tagen, eilte ein Weibel aus der Residenz.

Heinrich erstarrte, als er ihn kommen sah, und blickte sich nervös um. Er zwang sich, Blickkontakt mit dem Weibel zu halten.

»Seid Ihr hier wegen Lucas Heller?«, fragte der Mann.

Heinrich nickte.

Der Weibel streckte ihm einen versiegelten Brief entgegen. Heinrich griff mit zitternden Händen nach dem Schreiben, steckte es in die Innentasche seines Wamses, nickte dem Weibel zu und ging davon. Aus den Augenwinkeln sah er ihn wieder zurück zum Tor eilen. Heinrich wollte den Hügel hinabrennen, doch er befahl sich, in normalem Tempo zu gehen. Alle paar Steinwürfe drehte er sich im Gehen um. Ottilia stand etwas entfernt vom Tor unter einem Baum. Sie musste an seinen nervösen Bewegungen schon von Weitem gemerkt haben, dass etwas geschehen war. Sie sahen sich nicht an, als Heinrich die Stadt betrat.

Worms, September 1525

Lena legte den Brief mit dem Siegel von Gerold von Laubenstein zu den anderen beiden Briefen auf Ottilias Bett. Von Ottilia und Heinrich war noch keine Nachricht gekommen.

Über das Haus hatte sich Anspannung und Schwere gesenkt.

Weil Ännlin damit beschäftigt war, im Garten Kohl zu ernten, entschloss sich Lena, selbst zum Weinhändler zu gehen, um die neue Bestellung aufzugeben. Sie hatte den Zettel selbst geschrieben und war stolz darauf – obwohl die Buchstaben eher gemalt wirkten als flüssig geschrieben.

Sie betrat das dunkle Wirtshaus, in dem zu dieser Morgenstunde noch keine Gäste saßen, und hielt Ausschau nach dem Wirt oder seiner Frau. Sie wollte gerade die Stube zur Hintertür verlassen, um im angrenzenden Weinlager zu suchen, als sie durch die halb offene Tür Schritte und Stimmen vernahm. Sie erkannte die Stimme der Wirtin und eine Männerstimme. Sie schienen gerade die Treppe vom oberen Stockwerk herabzusteigen.

»Es gibt zwei in der Stadt«, hörte sie die Wirtin sagen.

»Wir versuchen es bei dem Näheren – wir haben viel Gepäck.« Die Stimme des Mannes hatte einen seltsamen ausländischen Akzent, den Lena noch nie gehört hatte.

»Gut, dann müsst Ihr links die Straße runter, die erste Gasse rechts, dann wieder links. Gleich das erste Haus auf der linken Seite. Er heißt Grothbaum«, sagte die Wirtin.

Lena horchte auf. *Grothbaum*. Die Wirtin stieß die Tür auf und betrat die Wirtsstube, zwei Männer folgten ihr. Der größere hatte einen langen hellbraunen Bart und war Anfang dreißig. Der kleinere war gedrungen, ohne Hals, und seine buschigen schwarzen Haare standen in alle Richtungen.

Die Wirtin nickte Lena zum Gruß zu und kassierte von den beiden Gästen das Übernachtungsgeld.

»Wir lassen einen Teil unseres Gepäcks hier«, sagte der Bärtige. »Wir schlafen heute Nacht wieder hier.«

Die Wirtin nickte und die beiden verließen die Gaststube mit schweren Ledertaschen über den Schultern. Lena legte den Bestellzettel auf den Tresen. »Hier ist eine neue Bestellung für Peter Schöffer. Es steht alles auf dem Zettel. Ich muss los.« Sie lächelte der Wirtin kurz zu und rannte den beiden Männern hinterher. Sie holte sie schnell ein.

»Verzeiht bitte!«, sagte sie.

Die beiden blieben stehen.

»Ich habe zufällig gehört, dass Ihr auf dem Weg zu einem Druckermeister seid. Ich bin die Magd. Ich muss sowieso nach Hause und kann Euch den Weg zeigen.«

Der Bärtige lächelte. »Das wäre wunderbar«, sagte er. »Der Weg klang ein bisschen kompliziert.«

Lena atmete tief durch und lächelte die beiden an. *Ich habe nicht gelogen*, sagte sie sich. *Ich habe nur gesagt, dass ich für einen Drucker arbeite. Schließlich kann es dem Ausländer und seinem Begleiter doch gleichgültig sein, an welchen Meister sie geraten.*

Sie rückte ihr Kopftuch zurecht und sagte: »Es geht eigentlich hier lang.« Sie zeigte in die andere Richtung. Zusammen gingen sie die Straße hinab. Lena schielte auf die bauchigen Umhängetaschen. »Seid Ihr auf der Durchreise?«, fragte sie.

Wieder antwortete der Bärtige. »So kann man sagen, ja.«

Da er nichts weiter von sich preisgab, schwieg Lena.

Nach einer Weile hörte sie ihn fragen: »Welche Art von Texten druckt der Meister?«

»Alles Mögliche«, antwortete Lena.

»Hat er auch schon evangelische Schriften gedruckt?«

Lena nickte.

Der Fremde schien zufrieden, und die beiden wechselten ein paar Worte in ihrer Sprache. Sie erreichten das Haus, Lena bat die beiden, im Flur kurz zu warten, und betrat die Werkstatt. Johannes wusch Lettern in einem Eimer und Schöffer falzte am großen Tisch bedruckte Bogen. Er blickte kurz auf.

»Ich habe zwei Ausländer getroffen, die einen Drucker suchen. Sie waren eigentlich auf dem Weg zu Grothbaum. Aber jetzt sind sie hier.«

»Führ sie herein«, sagte er.

Als er die beiden begrüßte und sie zum kleinen Besprechungstisch in der Ecke führte, suchte er Lenas Blick, als wollte er ihr danken. Sie zog lächelnd die Tür hinter sich zu.

»Mein Name ist Peter Schöffer. Ich bin der Meister.« Peter gab den beiden Männern nacheinander die Hand und sie setzten sich.

»Ihr seid nicht Meister Grothbaum?«, fragte der Bärtige.

»Das war wohl ein Missverständnis. Aber vielleicht kann ich Euch auch weiterhelfen.«

Der Bärtige räusperte sich. »Ist es sehr unfreundlich, wenn ich Euch bitte, Euren Gesellen hinauszuschicken?«

Peter bedeutete Johannes, den Raum zu verlassen. Johannes trocknete sich die Hände ab und ging.

»Wäre es auch sehr unfreundlich, wenn ich fragen würde, wie Ihr zur evangelischen Lehre steht?«, fragte der Ausländer.

»Ich gehöre zur evangelischen Gemeinde hier in Worms.«

»Gut. Ich habe ein Manuskript. Es ist sehr – wie sagt man – umfangreich.«

»Würdet Ihr es mir zeigen?«, fragte Peter.

Der Gedrungene öffnete seine riesige Tasche, die er neben sich auf die Bank gestellt hatte, und zog einen dicken Stapel Papier heraus. Wortlos schob er ihn über den Tisch. Der Bärtige holte ebenfalls Seiten hervor und legte sie darauf.

Peter zog den hohen Stapel heran. Er benötigte eine Weile, um die Schrift zu entziffern. »Das Neue Testament«, sagte er. »Das ist keine Spielart des Deutschen, auch nicht Holländisch. Was ist es – Englisch?«

Beide Männer nickten gleichzeitig. Peter merkte, wie sich sein Herzschlag beschleunigte. Er lehnte sich zurück, um seine Aufregung zu verbergen. »Warum seid Ihr in unserem Land?«, fragte er.

Der Bärtige sah ihm direkt in die Augen. »Weil es in England illegal ist, die Bibel ohne Erlaubnis eines Bischofs zu übersetzen«, sagte er langsam.

Peter atmete tief ein und wieder aus.

Der Bärtige sagte: »Wir sind vorgestern aus Köln geflohen. Dort hat Peter Quentel mit dem Druck begonnen, aber wir mussten Kopf über Ferse fliehen. Sagt man das so?«

»Hals über Kopf«, korrigierte Peter. »Warum habt Ihr das Neue Testament ausgerechnet in Köln drucken lassen – in der Hochburg der Altgläubigen?«

»Quentel wurde mir empfohlen. Deshalb Köln. Letzte Woche kam ein Kunde in Quentels Druckerei. Wahrscheinlich hat er dabei etwas von unserer Bibel gesehen. Am Abend tauchte er im Gasthaus auf und spendierte Quentels Gesellen ein Bier. Sie haben ihm von uns erzählt. ›Ganz England wird bald lutherisch sein‹, sagten sie ihm. Der Mann ging zu Rinck, einem Ratsherrn, der sogar persönlich bekannt ist mit unserem englischen König, und erzählte ihm von dem Druck. Der Rat ordnete die Beschlagnahmung der Seiten an – und unsere Verhaftung. Doch der Geselle, der geplaudert hatte, bereute seine Worte und warnte uns. Er half uns, die fertigen Bogen einzupacken, und setzte uns mit unserem Gepäck in ein Boot. ›Fahrt flussaufwärts‹, sagte er. ›Dort gibt es Städte, in denen der lutherische Geist weht.‹ Wir sind vorletzte Nacht hier in Worms von Bord gegangen. Die gedruckten Bogen haben wir bei unserer Wirtin gelassen.«

»Warum habt Ihr Euch nicht in England um eine Erlaubnis bemüht?«

»Oh, das habe ich«, sagte der Mann. »Ohne Erfolg.«

»Gibt es denn schon eine Bibel auf Englisch?«

»Nein, das ist die erste. Abgesehen von handschriftlichen Exemplaren, die nicht im Umlauf sind.«

»Wie weit ist der Druck von Quentel vorangeschritten?«

»Bis Sektion K, mitten im Markusevangelium.«

»Und Ihr wollt von dieser Stelle aus weiterdrucken?«

»Wir sind uns unsicher. Denn das Format ist ziemlich groß. Das wurde uns vor allem auf unserer Flucht klar.«

»Ihr meint, es ist zu groß zum Schmuggeln«, sagte Peter.

Die beiden Männer nickten.

»Wie wollt Ihr den Druck finanzieren?« Peter hielt die Luft an. Von der Antwort hing alles ab.

Die beiden Männer sahen sich an. »Nun, wir haben Geldgeber«, sagte der Bärtige. »Kaufleute, deren Name nichts zur Sache tut. Engländer und auch ein paar Norddeutsche, die in London zur ansässigen deutschen Kaufmannsgesellschaft im Stapelhof gehören.«

»Wie groß soll die Auflage sein?«

»Sechstausend Stück.«

Hatte der Engländer sich versprochen? Peter räusperte sich. »Sechstausend?«, fragte er betont ruhig.

Die beiden nickten.

Peter rechnete und überschlug. Er sah den Bärtigen an. Mit fester Stimme sagte er: »Ich würde mich freuen, wenn wir ins Geschäft kämen.«

Die beiden Männer blickten sich an. Dann streckte der Bärtige Peter die Hand hin. »William Tyndale«, sagte er.

Als die beiden wieder gegangen waren, ging Lena in die Werkstatt. Ihr Herr stand mitten im Raum, eine Unruhe umgab ihn, als wüsste er nicht, wohin mit seiner Energie. Er sah sie an und lachte. Sie schloss die Tür.

»Sie wollen die Bibel drucken! Das Neue Testament. Auf Englisch.«

Lena durchströmte eine seltsame Wärme, als sie das Leuchten in seinen Augen sah.

»Könnt Ihr denn Englisch?«, fragte sie mit großen Augen.

»Nein. Oh, Lena, ich werde Hilfe benötigen«, sagte er, als würde ihm erst jetzt klar, worauf er sich eingelassen hatte. »Ein ganzes Buch in einer fremden Sprache zu setzen! Und dann auch noch eine Auflage von sechstausend Stück! Allein die körperliche Kraft, die man braucht, um die Presse so oft herabzudrücken! Außerdem müssen all die Bogen getrocknet werden. In Mainz hätte ich dafür genügend Platz gehabt.«

Lena trat näher zu ihm. »Wir räumen ein paar Kammern aus. Und bauen darin Regale auf.«

»Ja, wir brauchen Platz. Viel Platz. Und ich benötige mindestens drei weitere Gesellen.«

»Ihr müsst irgendwo welche abwerben.«

Er nickte.

»Dann zieht los und sucht Helfer. Ich kümmere mich so lange um die Regale«, sagte sie.

»Wir brauchen eine neue Lieferung Papier. Am besten aus Norditalien. Johannes kann schon mal mit dem Satz beginnen, soweit die Lettern reichen. Außerdem müssen wir sofort Holzschnitte in Auftrag geben. – Und Balthasar Weber soll den Druck von Quentel binden!«, sagte er zu sich selbst. Lena blickte ihn fragend an. »Ein abgebrochener Druck von einem Kölner Drucker«, erklärte er ihr. »Es wäre schade, die Bogen nicht zu benutzen – selbst wenn das Markusevangelium nicht vollständig ist. Besser ein bisschen Bibel in Umlauf bringen als gar nichts.«

Lena nickte. »Ich könnte doch beim Setzen helfen!«, sagte sie strahlend, »Johannes versteht doch auch nicht, was er setzt. Da macht es doch keinen Unterschied, wer das übernimmt. Man muss doch einfach nur Buchstaben erkennen können.«

Er lächelte sie liebevoll an. »So einfach, wie du dir das vorstellst, ist es nicht. Kannst du denn Handschriften lesen?«

Sie schürzte die Lippen.

»Du kannst Papier befeuchten und pressen«, sagte er lächelnd. »Lettern waschen, Farbe anrühren, die Bogen aufhängen und falten und schneiden.«

Die Tür ging auf und Johannes betrat den Raum. »Johannes, wir bekommen Arbeit«, sagte Schöffer. »Unglaublich viel Arbeit.«

Gleich am Morgen nach dem Besuch der beiden Engländer brach Schöffer auf, um in den umliegenden Städten Gesellen anzuwerben. Er verabschiedete sich nicht von ihr, vermutlich, um seinen versprochenen Abstand zu wahren. Lena ärgerte sich, dass der Gedanke sie schmerzte.

Sie holte ein Wollknäuel aus der Kammer, ging damit zum Trockenregal in der Werkstatt, legte Fäden an, schnitt jeweils einen Faden für Höhe, Tiefe und Breite ab, wickelte sie zusammen und band sie sich an ihren Gürtel. Sie verließ das Haus und gab beim Zimmermann fünf neue Regale in Auftrag.

Zu Hause richtete sie zwei Schlafstätten in einer Kammer her. »Johannes, wir werden noch jemanden in deiner Kammer einquartieren müssen«, eröffnete sie ihm entschuldigend. »Wir brauchen die übrigen Räume als Lagerraum.«

Er half ihr, ein Bett über den Flur zu tragen und in seine Kammer zu manövrieren.

Ännlin blickte missmutig drein, als Lena ihr eröffnete, dass sie ihr Zimmer für die nächsten Monate würde räumen müssen. »In anderen Häusern ist es normal, dass Mägde neben dem Herd schlafen«, sagte Lena in verteidigendem Tonfall. »Ich habe auch schon in der Küche gewohnt.«

»Kann ich nicht in meinem Zimmer zwischen den Regalen auf dem Boden liegen?«, fragte Ännlin.

»Nein, dort wird ständig jemand hinein- und hinausgehen.«

»Du benimmst dich, als wärst du die Meisterin.«

Lena lächelte Ännlin an. »Wusstest du, dass früher auch Frauen Meisterinnen sein durften? Das hat mir mein Vater mal erzählt.«

»Wirklich?«, fragte Ännlin. »Warum jetzt nicht mehr?«

Lena zuckte mit den Schultern. Ihr kam ein Gedanke: »Könntest du mir einen Gefallen tun, zum Wirtshaus laufen und die beiden Engländer zum Essen einladen? Nicht dass sie es sich noch anders überlegen und weiterziehen oder zu Grothbaum gehen.«

Ännlin knickste grinsend vor ihr. »Wird erledigt, Herrin.«

Am Abend kamen die beiden Fremden. Wieder hatten sie ihre großen Ledertaschen dabei. Lena begrüßte sie freundlich und erklärte ihnen, dass der Herr nicht da war. »Bitte verzeiht, dass ich Euch das Essen deshalb in der Küche serviere.«

Die beiden neigten ihre Häupter. »Danke, trotzdem«, sagten sie. Still verspeisten sie das Wildschweinfleisch, während Lena den Schinken für den nächsten Gang aufschnitt. Sie rief Ivo herbei und stellte ihm einen Teller mit Schinken und Zwiebeln hin. Die Männer unterhielten sich eine Weile auf Englisch, dann wandte sich Herr Tyndale dem Jungen zu. »Gehst du zur Schule?«

Ivo sah ihn mit großen runden Augen an und nickte.

»Lernst du Latein?«

Wieder nickte Ivo.

»Ich habe einige Jahre lang Kinder in deinem Alter unterrichtet. Mal sehen, was du alles schon gelernt hast. Wie viele verschiedene Arten von regelmäßigen Beugungen gibt es denn?«

»A, e, konsonantische«, Ivo zögerte.

Der Engländer sah ihn aufmunternd an.

»I und gemischte Beugung«, sagte Ivo langsam.

»Sehr gut, Junge!«

Lena lächelte stolz in sich hinein. *Es war die richtige Entscheidung, Ivo mit nach Worms zu nehmen*, sagte sie sich. Bevor sie weiter über den wahren Grund nachdenken konnte, wandte sich Herr Tyndale an sie. »Ihr habt uns absichtlich getäuscht, als Ihr uns auf der Straße angehalten habt, nicht wahr?«

Konnte der Fremde Gedanken lesen? Als sie ihn genau ansah, entdeckte Lena ein wohlwollendes Funkeln in seinen Augen.

»Ich weiß nicht, warum ich das getan habe«, sagte sie betreten.

»Aber *ich* weiß es. Ihr glaubt an Euren Herrn. Das ist gut. Wir sind an den richtigen Mann geraten.«

Lena sagte scheu: »Ihr werdet es nicht bereuen.«

»Am Hafen wurden offenbar Fragen nach zwei Engländern gestellt«, wechselte Herr Tyndale unvermittelt das Thema.

»Von wem?«, fragte Lena.

»Das wissen wir auch nicht genau. Aber wir müssen auf der Hut sein.«

»Hat ihnen jemand Auskunft über Euch gegeben?«

»Das wissen wir auch nicht. Aber offenbar sind diejenigen, die Fragen gestellt haben, weiter den Rhein hinaufgereist.«

»Ich werde die Ohren offen halten. Vertraut mir, ich bin eingeweiht und weiß, was Ihr drucken möchtet.«

»Es wäre uns recht, wenn Ihr das für Euch behaltet.«

Lena nickte. »Warum tut Ihr das? Warum nehmt Ihr all die Arbeit auf Euch und setzt Euch dieser Gefahr aus?«

Der kleinere Mann ergriff zum ersten Mal das Wort: »In unserem Land wurden Männer und Frauen hingerichtet, weil sie ihren Kindern das Vaterunser auf Englisch beigebracht haben.« Sein Akzent war noch schwieriger zu verstehen als der des Bärtigen.

»Oh nein«, sagte Lena leise. »Deshalb kamt Ihr also in unser Land.«

Herr Tyndale wirkte auf einmal wie ein blutjunger Mann. »Ich sage Euch, warum ich das mache.« Er beugte sich einen Deut vor. »Ich möchte, dass in meinem Land jeder Bauer am Pflug das Wort Gottes kennt.«

Lena bedachte ihn mit einem nachdenklichen Blick. »Habt Ihr diesen Gedanken bei Luther gehört?«

Er lächelte milde. »Luther ist nicht der Einzige auf der Welt, der so denkt.«

»Kennt Ihr Luther persönlich?«

»Ich habe ihn in Wittenberg getroffen. Ich habe dort eine Zeit lang studiert.«

Herr Roye fragte: »Wann kommt der Meister wieder?«

»Morgen oder übermorgen. Er leitet gerade alles für den Druck in die Wege. Der Auftrag ist sehr wichtig für ihn.«

Es klopfte laut an der Haustür. Lena und die Männer wechselten einen verunsicherten Blick. »Bleibt hier, rührt Euch nicht«, sagte sie und schritt in den Flur. Sie öffnete die Tür einen Spaltbreit, stieß einen kleinen Schrei aus und riss dann die Tür ganz auf.

»Endlich!«, sagte Lena. »Wo wart Ihr denn so lange?«

Ottilia und Heinrich traten in den Flur. »Es hat sich alles etwas hingezogen«, sagte Heinrich müde.

»Habt Ihr etwas herausgefunden?«, fragte Lena.

Ottilia ergriff das Wort. »Angeblich lebt er noch. Zumindest nach dem Wissensstand des Kurfürsten. Oder zumindest behauptet er das. Sie haben ihn damals in Pfeddersheim zurückgelassen. Dort sitzt er im Turm.«

Lena wurde blass. »Also doch. Oh Gott, bitte steh ihm bei. Der Wächter in Pfeddersheim sagte, dass die Gefangenen sehr krank seien.«

Ottilia und Heinrich nickten ernst.

Lena winkte sie herein. »Kommt, es gibt noch Essen. Wir haben übrigens Gäste. Sie sitzen gerade in der Küche.«

Heinrich sagte: »Wir essen ebenfalls schnell einen Bissen dort. Ich würde mich nämlich gerne so schnell wie möglich zurückziehen.«

Da die Burgherrin nicht widersprach, sagte Lena zögernd: »Natürlich. Kommt mit.« Sie ging voraus. Als die drei die Küche betraten, sahen sich die Engländer verunsichert an. Sie erhoben sich. »Danke für das Mahl. Richtet Eurem Herrn unsere besten Grüße aus. Er soll sich melden, sobald er bereit ist. Ich hoffe, es dauert nicht mehr lange.«

Lena zögerte kurz. Sie fürchtete immer noch, dass die beiden sich für einen anderen Drucker entscheiden könnten. Sie sagte: »Kommt morgen wieder. Bringt Euer Manuskript.« *Das war überflüssig*, schoss es Lena durch den Kopf, *schließlich tragen die beiden das Manuskript sowieso immer mit sich herum.* Sie wollte etwas Fachkundiges sagen. »Johannes wird dann schon mal mit dem Setzen beginnen.« Hoffentlich hatte der Herr nichts dagegen, dass sie hier einfach Entscheidungen traf.

Die beiden warfen sich ihre Taschen über die Schultern und eilten aus dem Haus. Heinrich und Ottilia blickten ihnen verwundert nach. »Das sind neue Auftraggeber«, erklärte Lena. »Der Herr ist unterwegs, um Gesellen zu finden. Er wird Euch alles selbst erklären, sobald er wieder hier ist.«

Lena gab Ivo ein Zeichen, dass er zu Bett gehen sollte. Als er nicht sofort aufstand, gab sie ihm einen kleinen Schubs, damit er schnell aus

Ottilias Blickfeld verschwand. Doch Ottilia beobachtete ihn schon längst.

Lena deckte den Tisch für die beiden und stand dann unschlüssig im Raum.

»Setz dich zu uns«, sagte Ottilia. »Bestimmt hast du auch noch nichts gegessen.«

Zögernd ließ sich Lena nieder. Sie war froh, dass Ottilia beim Essen lebhaft von Heidelberg berichtete. Mit großen Gesten erzählte sie, wie lange sie auf eine Antwort gewartet hatten. Und wie erleichtert sie waren, als man sie ohne weitere Fragen wieder aus der Stadt hatte ziehen lassen. Heinrich aß still und zog sich schon nach dem ersten Gang in seine Kammer zurück.

Lena und Ottilia blieben zurück. Lena war noch nie alleine mit ihrer Grundherrin in einem Raum gewesen. Einerseits empfand sie Bewunderung für diese Frau, aber andererseits war sie ihr unheimlich – mit ihren ausladenden Bewegungen, ihrer Entschlossenheit und ihren Launen. Jetzt saß sie ihr gegenüber, trank ihren Wein und plapperte von ihrer Reise, als wäre Lena eine lang vermisste Freundin.

Als sie fertig berichtet hatte, sagte Lena: »Ihr habt drei Briefe bekommen – von Eurem Gemahl.«

Der Blick der Burgherrin verdunkelte sich. »Er wird mir befehlen zurückzukehren.«

Lena wusste nichts zu antworten. Das Knacken des herunterbrennenden Feuers war der einzige Laut im Raum. »Werdet Ihr seiner Aufforderung nachkommen?«, fragte sie nach einer Weile.

Ottilia zuckte mit den Schultern. »Früher oder später muss ich das wohl.«

Lena versuchte sich vorzustellen, wie das Wiedersehen der beiden ausfallen würde. Womöglich mit Schlägen? Sie dachte an den Abend vor vielen Jahren, als sie gehört hatte, wie sie sich gestritten hatten.

Ihr kam ein Gedanke. Sie verwarf ihn wieder. Doch er kam zurück, uneingeladen und aufdringlich. Er ließ ihr Herz schneller schlagen. Sie überlegte. »Frau Ottilia«, begann sie zögernd, ihren Blick direkt auf die ältere Frau gerichtet. »Ihr sagtet, dass der Einzige, der meinen Vater loskaufen könne, Euer Gemahl sei.«

Ottilia nickte.

»Ich frage mich …« Sie konnte es nicht aussprechen. Sie sah beiseite, fühlte aber, wie Ottilia sie neugierig musterte.

Nach einer Weile sagte die ältere Frau mit überraschender Sanftheit: »Mein ganzes Leben lang habe ich getan, was mir gesagt wurde. Damit hat es ein Ende. Ich treffe eigene Entscheidungen. Ich bin nicht wie er. Ich habe Achtung vor dir, Lena. Ich bin mir bewusst, was du für Sibilla getan hast.« Sie griff nach ihrem Becher, zog ihn zu sich und sagte, während sie ihn langsam zum Mund führte: »… und für ihr Neugeborenes.«

Lena befahl sich, ganz still zu bleiben. Sie durfte jetzt den Blick nicht senken.

Ottilia nahm einen Schluck. »Was ist es, das du mich fragen wolltest?« Es klang fast beiläufig.

Lena rang mit sich. Schließlich sagte sie in einem Tonfall, der nicht so entschlossen klang, wie sie es beabsichtigt hatte: »Als ich auf der Burg gearbeitet habe, da … also, eines Tages habe ich zufällig ein Gespräch gehört«, sie räusperte sich und ärgerte sich im selben Atemzug über ihre Unsicherheit.

»So?« Ottilia zog die Augenbrauen hoch. Nicht missbilligend, eher neugierig.

Lena zwang sich weiterzureden: »Womöglich habe ich etwas falsch verstanden. Aber … ich glaube, Euer Gemahl hat angedeutet, dass er im Krieg viel Geld verdient hat. Mehr als andere. Auf unlautere Art und Weise.« Nun war es heraus.

Ottilia gab ein überraschtes Lachen von sich. »Ich hatte dich unterschätzt.« Scharf musterte sie Lena. »Das ging mir schon vor ein paar Wochen durch den Kopf.« Sie nahm wieder einen Schluck Wein, ließ Lena aber dabei nicht aus den Augen. »Worauf willst du hinaus?«, fragte sie, als sie den Becher wieder abstellte.

»Ich will Euren Gemahl unter Druck setzen«, erwiderte Lena.

»Dein Vater scheint dich inspiriert zu haben.«

»Möglich. Ich habe Respekt vor ihm. Er ist und bleibt mein Vater, egal welche Vergangenheit er hat.«

»Und mein Gemahl ist und bleibt ein kleiner Junge. Ein Narr, der mit seinen Spionagegeschäften vor der Dienerschaft prahlt.«

Die beiden Frauen sahen sich eine Weile an. Dann lächelten sie.

Als alle zu Bett gegangen waren, setzte sich Lena im Bett auf, schlich sich zur Tür und öffnete sie einen Spaltbreit, damit sie alle Laute im Haus hören konnte. Vorsichtig legte sie sich wieder neben Ivo. Eine Weile horchte sie auf seinen gleichmäßigen Atem.

Unten fiel leise die Tür ins Schloss.

Sie starrte an die dunkle Zimmerdecke und lauschte. Die Schritte waren ungleichmäßig. Sie schlüpfte unter der Decke hervor, vergewisserte sich, dass Ivo gut zugedeckt war, und tapste die Treppe hinab. Ein Lichtschein aus der Küche tauchte alles in kantige Schattengebilde. Als sie im Erdgeschoss die kurze Strecke vom Treppenabsatz zur Küchentür zurücklegte, achtete sie darauf, dass ihre Schritte lauter wurden.

Er stand in der Küche, ihr seitlich zugewandt, mit einem Becher in der Hand. Lena betrachtete seinen Umriss im schwachen Schein der Laterne. Er wandte sich zu ihr um.

»Was ist passiert?«, fragte sie entgeistert, als sie der blutenden Wunde an seiner Schläfe gewahr wurde. Die Verletzung war nicht mehr ganz frisch, am Rand war das Blut schon getrocknet, aber die roten Spuren auf der Haut zeugten davon, dass er immer wieder frisches Blut abgewischt hatte.

»Du solltest mal den anderen sehen!«, sagte er trocken und lächelte sie an.

Sie trat besorgt an ihn heran. »Setzt Euch, ich versorge die Wunde.« Er ging langsam zur Banktruhe und ließ sich darauf nieder. Sie eilte in den Hof. Im Dunkeln zupfte sie Wegerichblätter ab, trat wieder ein und nahm am anderen Ende des Raumes ein Fläschchen aus dem Regal. Sie legte sich einen Stapel frische Tücher über den Unterarm und ging zum Tisch. Er beobachtete sie. Sie legte alles ab und trat langsam an ihn heran. Als sie direkt vor ihm stand, legte er langsam den Kopf zur Seite, damit sie sich die Wunde besehen konnte. Die Lampe in der Hand tat sie so, als untersuchte sie die Wunde, aber alles, was sie wirklich wahrnahm, war seine Nähe.

»Was ist geschehen?«

»Das war der Dank eines Druckermeisters aus Speyer«, sagte er, »dafür, dass ich zwei Gesellen aus der Stadt abgeworben habe. Streng genommen nur einen aus seiner Werkstatt. Der andere gehörte seinem Konkurrenten.«

»Es freut mich, dass Ihr Leute gefunden habt! – Haltet die Lampe so.« Sie übergab ihm das Licht, legte ihre Hand auf die seine und hob sie in die richtige Höhe. Seine Haut war warm.

Sie griff nach den Wegerichblättern auf dem Tisch und presste sie über der Wunde aus. Nur zwei Tropfen landeten richtig, die anderen beiden rannen in sein Haar. Sie strich die Tropfen sanft zurück. Dann wandte sie sich um, goss Johanniskrautöl aus dem Fläschchen auf das Tuch und tupfte die Wunde behutsam ab. »Das war ein übler Schlag.«

»Ja, ich glaube, ich war sogar bewusstlos. Keine Ahnung, womit er mir auf den Kopf geschlagen hat. Dabei habe ich gar nicht alle seine Gesellen genommen. Die wollten nämlich alle drei auf der Stelle mit mir mitkommen. Der Meister muss ziemlich unangenehm sein.«

»Ja, das sieht man«, sagte Lena, während sie vorsichtig tupfte. »Wie viele kommen denn nun? Und wann?«

»Zwei Männer aus zwei verschiedenen Werkstätten. Sie wollen schon morgen aufbrechen.«

»Ich kann den Ärger des Meisters verstehen.« Sie wischte vorsichtig frisches Blut ab. »Und seid Ihr sicher, dass sie ihr Wort halten und auch wirklich erscheinen werden?«

»Wir haben einen Vertrag unterzeichnet. Wenn sie ihr Wort nicht halten, will ich sie nicht haben. Ich brauche Männer, auf die ich mich verlassen kann.«

»Vor allem bei diesem Auftrag.«

»Au«, flüsterte er, als sie zu fest auf die Verletzung drückte. Ohne nachzudenken, legte sie ihre linke Hand an seine Wange, um ihn zu trösten. Als sie merkte, was sie tat, zog sie sich schnell zurück, wandte sich ab und goss mehr von der Tinktur auf das Tuch. Ihre Hände zitterten. »Wie seid Ihr bei Nacht in die Stadt gekommen?«, fragte sie.

»Die Wachen haben mich hineingelassen, ohne weitere Fragen. Sie kennen mich, und sie haben die Wunde gesehen.«

Lena drückte das frisch getränkte Tuch wieder fest auf die Wunde. Er fuhr unmerklich zurück, hielt dem Druck dann aber stand. Eine Weile hielten sie so voreinander inne.

»Ich hoffe, Tyndale und Roye sind immer noch in Worms«, sagte Schöffer.

Lena nickte. »Ich habe sie gestern zum Essen eingeladen und sie heute einbestellt, um sie bei Laune zu halten. Johannes hat schon mal mit der Berechnung der Seiten begonnen. Und nächste Woche werden die Regale geliefert.«

Ohne sie anschauen zu können, sagte er kaum hörbar: »Danke, Lena. Für alles.«

Sie lächelte. »Wisst Ihr schon, dass Ottilia und Heinrich aus Heidelberg zurück sind?« Sie erzählte ihm, was der Kurfürst über den Verbleib ihres Vaters behauptet hatte. »Ich bete zu Gott, dass mein Vater noch lebt und dass es ihm einigermaßen gut geht.«

»Das tue ich auch, jeden Tag«, sagte er leise.

»Ich frage mich, warum er das getan hat … warum er sich in diese Lage begeben hat.«

»Schwer zu sagen. Vielleicht hat er nicht mehr viel zu verlieren?«

Frustriert sagte sie: »Aber *wir* haben *ihn* zu verlieren. Wie kann er nicht daran gedacht haben?« Sie nahm das Tuch von der Wunde.

»Vielleicht gibt es noch einen anderen Grund, warum ihr ihn früher oder später sowieso verlieren würdet.«

Sie trat zurück und sah ihn an. »Ihr meint, er könnte krank sein?«

Schöffer erwiderte ihren Blick. »Das war nur geraten. Ich habe doch auch keine Ahnung, Lena.«

Sie trat wieder an ihn heran und strich vorsichtig das Blut weg. Er hatte Dreckspritzer unter den Augen. Mit dem Daumen wischte sie sie sanft ab. Leise sagte sie: »Das reicht fürs Erste. Wenn Ihr Hunger habt – hier gibt es noch Fladen und Schinken.«

»Nein danke. Ich trinke nur etwas und gehe gleich zu Bett.«

»Hier, nehmt ein paar Tücher mit und legt sie auf Euer Kissen. Es ist schwierig, Blut aus einem Kissen zu waschen.« Sie hielt ihm den Stapel Tücher hin. Es fühlte sich sicher an, auf Armeslänge von ihm entfernt zu stehen. »Gute Nacht«, flüsterte sie und suchte ein letztes Mal scheu seinen Blick.

»Gute Nacht. Danke noch einmal.«

Sie sah beiseite und huschte hinaus.

Am nächsten Morgen flirrte das Haus vor Geschäftigkeit. Ännlin weichte die blutverschmierte Kleidung des Herrn und die Tücher in einem Bottich ein und schleppte körbeweise Mehl, Brot und Fisch vom Markt in die Küche. Die Engländer saßen mit Johannes und dem Herrn in der Werkstatt und besprachen den Auftrag. Da der Raum bald mit Papier, Druckerfarbe und Regalen vollgestellt sein würde, war jetzt die letzte Gelegenheit für einen Großputz, fand Lena, und trug einen Eimer Wasser und eine Bürste in die Werkstatt. Während sie auf den Knien den Ziegelboden schrubbte, galt ihre Aufmerksamkeit allein dem Gespräch.

Tyndale und der Meister einigten sich schnell auf die Motive der Bilder, die den jeweiligen biblischen Büchern vorangestellt werden sollten. Schöffer wollte sie am gleichen Tag noch in Auftrag geben. Sie besprachen das Format, der Herr zeigte ihnen die Schrifttypen und rechnete aus, wie viele Zeichen auf eine Seite gedruckt werden würden. Die Männer befühlten verschiedene Papierqualitäten und verglichen Preise. Schließlich teilten Johannes und die beiden Engländer die vielen Manuskriptseiten untereinander auf und begannen, die Buchstaben und Leerzeichen zu zählen. Sie notierten alles auf Wachstafeln, die Schöffer bereitgelegt hatte.

Der Herr maß einen Bogen Papier aus, stand auf, ging zur vorderen Presse und nahm das Passepartout heraus, das die Ränder des Papiers vor Druckerfarbe schützte. Als er aufsah, trafen sich ihre Blicke einen Moment lang wie ein stiller Zuspruch. Sie lächelte und widmete sich wieder ihrer Arbeit.

Am Nachmittag des nächsten Tages klopfte es an der Tür. Lena öffnete. Vor ihr standen zwei Gestalten. Einer der beiden war sicherlich älter als ihr Vater, klein, drahtig, mit wirrem grauem Haar und tiefen Furchen im Gesicht. Der andere war fast noch ein Junge, Lena schätzte ihn auf fünfzehn. Ein weicher, dunkler Flaum spross auf seiner Oberlippe.

Lena sah sich auf der Straße um, entdeckte jedoch keinen Wagen mit Brettern. »Bringt Ihr die Regale?«, fragte sie.

Der Ältere schüttelte den Kopf. »Wir kommen aus Speyer.«

»Ihr seid die neuen Gesellen?« Sie starrte sie einen Augenblick lang an. *Wie wollen ein Greis und ein kleiner Junge eine so hohe Auflage drucken – zumal die Zeit ausgekauft werden muss, da die beiden Engländer offenbar gesucht werden?*

Lena zeigte den beiden ihre Kammer, die sie sich mit Johannes teilten. Dann führte sie die beiden zum stillen Gemach im Hof, erklärte ihnen, wo der nächste Brunnen war, ließ sie in ihrer Kammer zurück und deckte den Tisch in der Stube. Als sie die Werkstatt betrat, waren die vier Männer über eine Wachstafel gebeugt. Sie hörte Schöffer sagen: »Wir drucken acht Seiten auf einen Bogen, mit der Rückseite sind das sechzehn Seiten pro Bogen. Wenn es bei unserer Schätzung von siebenhundert Seiten bleibt, dann brauchen wir pro Bibel großzügig gerechnet fünfzig Bogen Papier. Bei sechstausend Bibeln sind das dreihunderttausend Bogen.« Schöffer lehnte sich zurück. Er sah nicht überrascht aus, sicherlich hatte er diese Rechnung schon gleich zu Anfang im Kopf überschlagen. In seinen Augen stand eine Mischung aus Triumph und Aufregung.

Lena sagte in die Stille hinein: »Das Essen ist fertig.«

»Danke, Lena.« Seine blauen Augen tauchten in ihre.

Als die Männer an ihr vorbei zur Küche gingen, wandte sie sich an Schöffer: »Herr«, flüsterte sie, als er auf ihrer Höhe war. »Dreihunderttausend Bogen? Wo sollen wir die lagern?«

»Meine größte Sorge ist erst einmal der Einkauf von so viel Papier.«

»Und, Herr, die beiden Gesellen sind da.«

Sein Gesicht hellte sich auf. »Sehr gut. Ist für sie alles bereit?«

Lena nickte. Sie flüsterte: »Aber sie sind alt – und jung! Ich dachte immer, jemand, der die Presse bedient, hat die Statur eines Schmiedes. Was habt Ihr Euch dabei gedacht, ausgerechnet diese beiden auszuwählen?«

Er verschränkte die Arme und sah sie herausfordernd an. »Frau Meisterin, vielleicht hätte ich zunächst Euch konsultieren sollen?«

»Ihr braucht mehr Helfer.«

»Lass das mal meine Sorge sein, Lena. Ich habe Gott gebeten, dass ich die richtigen Männer finde. Und ich hatte den Eindruck, dass es diese beiden sind.«

Sie sah ihn skeptisch an.

»Vertraue auf Gott. Dieser Druck ist zu seiner Ehre. Er wird uns helfen.« Ein schiefes Lächeln erschien in seinem Gesicht. Sie sah ihm zweifelnd nach, als er ging. Gleichzeitig rechnete sie: *Das Doppelte von drei ist sechs. Also ist das Doppelte von dreihundert sechshundert. Bei dreihunderttausend Bogen muss man sechshunderttausend Mal die Presse herabdrücken.*

Die drei Zimmermannsgesellen trugen polternd Bretter die Treppen hinauf. Als sie am Abend endlich alle Regale aufgebaut hatten, verabschiedeten sie sich in der Küche.

»Wartet«, sagte Lena. »Erst muss der Herr alles begutachten.«

Sie holte Schöffer und gemeinsam besahen sie sich die Regale in allen sechs Kammern, während die drei Gesellen im Flur warteten.

»Was meint Ihr?«, fragte sie ihn.

»Wir brauchen noch einmal so viele«, sagte der Herr zu dem ältesten Gesellen.

»Wo sollen wir die aufstellen?«, fragte Lena mit großen Augen.

»In der Stube, in meinem Gemach, in Ottilias Zimmer, wo auch immer es noch Platz gibt.«

Am nächsten Tag blieb Lena neugierig in der offenen Tür zur Werkstatt stehen, wann immer sie konnte. Am Vormittag stand Johannes konzentriert am Setzkasten und die Herren Tyndale und Roye saßen am Tisch und überprüften den ersten gedruckten Bogen. Herr Tyndale erhob sich, ging zu Schöffer an die Presse, deutete mit dem Finger auf eine Stelle und sagte etwas. Der Meister nickte und beugte sich über die Druckform, die auf dem Tisch der Presse lag, spiegelverkehrt und teilweise auf dem Kopf stehend – wie Lena mittlerweile wusste. Er klaubte mit einem spitzen Haken eine Letter aus dem Setzschiff und rief Johannes mit einer anderen herbei. Als sie eingesetzt war, nahm Leonhard, der junge neue Geselle, zwei Lederballen in die Hände, tunkte den rechten in eine Schüssel mit Farbe, rieb die beiden Ballen gegeneinander und färbte, halb tupfend, halb streichend, die Druckform ein. Schöffer spannte mit sicheren Handgriffen mehrere Bogen Papier in den Klappdeckel, setzte das Passepartout darum und klappte den Deckel von oben auf die Lettern herab, sodass das Papier passgenau auflag. Er schob die Druckform mit dem Papierdeckel auf Schienen unter das schwebende Pressbrett und kurbelte es herab. Lena wandte den Blick ab, als sie merkte, dass sie auf das Spiel seiner Muskeln starrte, die sich durch sein weißes Hemd abzeichneten. Schnell ging sie weiter, öffnete die Tür zur Straße und fegte schwungvoll den Dreck vor die Tür.

Die Herren Tyndale und Roye kamen jeden Morgen um sieben Uhr zum Frühstück in die Küche – alle anderen im Haus hatten um diese Uhrzeit bereits gegessen. Beim Essen berichteten sie Lena Einzelheiten: Johannes machte recht viele Fehler beim Setzen, der Meister und der ganz junge Geselle dagegen nur wenige. Sie erzählten, dass Schöffer für einen Druckvorgang jeweils acht Seiten auf einer Druckform anordnete. »Die oberen vier Seiten der Druckform stehen auf dem Kopf. Die Seiten sind nach einem bestimmten System angeordnet, nicht fortlaufend – neben der ersten Seite steht die siebte, oder so ähnlich, ich habe es noch nicht ganz durchschaut. Wenn man die Bogen dann beidseitig bedruckt, faltet und schneidet, stimmt es am Ende wieder. – Was für ein kompliziertes Handwerk!«, seufzte Tyndale, bevor er einen Löffel Honiggrütze nahm.

Nach dem Frühstück setzten sich die beiden stets an den großen Tisch der Werkstatt und überprüften die Andrucke der neu gesetzten Seiten. Mit Einbruch der Dunkelheit zogen sich alle aus der Werkstatt zurück, nur Schöffer blieb und goss bei Kerzenschein neue Lettern. Obwohl Lena müde war, horchte sie jede Nacht auf seine Schritte. Als hätte sich die Geschäftigkeit der Werkstatt auf sie übertragen, war sie innerlich aufgewühlt, ihre Gedanken drehten sich im Kreis, buhlten um ihre Aufmerksamkeit, doch sie bekam sie nicht zu fassen. Sie huschten an ihr vorbei, als Gesicht ihres Vaters oder als Silhouette Peter Schöffers.

Dann betrachtete sie im Mondschein Ivos hübsches Gesicht, die gerade Nase, die geschwungenen Wangenknochen und die gleichmäßige Form seines Mundes.

Wenige Tage später lag sie nachts wach. Der Mond war schon lange am Fenster vorbeigewandert. Die letzten Nächte war der Herr um diese Zeit bereits zu Bett gegangen. *Wenn er weiterhin so viel arbeitet, wird er krank werden.* Sie küsste Ivos Haar, stand auf und wickelte sich in ein warmes Tuch. Barfuß schlich sie die Treppe hinab.

Sie klopfte leise an die Tür zur Werkstatt und streckte den Kopf hinein. Zwischen zwei Kerzen erkannte sie ihn am Setzpult, den Rücken zur Tür gewandt, den Kopf auf die Arme gelegt.

»Herr?«, fragte sie leise, während sie sich näherte.

Sein muskulöser Rücken hob und senkte sich sanft. Erleichtert blies sie sich ein Haar aus dem Gesicht und trat vorsichtig neben ihn, sein Gesicht mit den geschlossenen Lidern betrachtend. *Die gerade Nase, die Wangenknochen wie Ivos. Mein Sohn wird einmal ein attraktiver Mann werden.*

Sie streckte zaghaft die Hand aus, hielt inne, wagte nicht, ihn zu berühren. »Herr?«, fragte sie leise.

Er öffnete die Augen und blinzelte. Er richtete sich auf und sah sie an. »Bin ich eingeschlafen?«

Sie lächelte unbeholfen. Am liebsten hätte sie ihm das Haar glatt gestrichen. Als hätte er ihren Blick verfolgt, fuhr er sich durchs Haar. »Wie spät ist es?«, fragte er.

»Ich weiß es nicht.«

Er stand auf. Als sie zusah, wie er sich zu seiner vollen Größe aufrichtete, Stärke und Geborgenheit ausstrahlend, raubte es ihr einen Augenblick den Atem.

»Ich habe Durst«, sagte er.

»Ich bringe Euch etwas«, sagte Lena.

»Nein, ich komme mit in die Küche.« Er blies die eine Kerze aus, griff nach der anderen und leuchtete den Weg in die Küche. Sie folgte dicht hinter ihm.

In der Küche stellte er die Kerze auf den Tisch, nahm zwei Becher vom Regal und füllte sie am Fass mit Wein. »Hier, für dich«, sagte er und hielt ihr einen Becher hin. Vorsichtig nahm sie ihn.

»Wie kommt Ihr voran?«, fragte sie.

»Gut«, sagte er, »gut. Ich habe Nachricht bekommen, dass das restliche Papier mittlerweile auch auf dem Weg ist. Tyndale und Roye haben mir auch schon eine recht hohe Anzahlung gegeben, sodass ich die Lieferung gleich bezahlen kann.« Er nahm einen Schluck. »Beim Setzen kommen wir nur langsam voran. Jeden einzelnen Buchstaben müssen wir mit dem Manuskript abgleichen, aber mittlerweile kennen wir auch schon einige englische Wörter, sodass wir allmählich zügiger arbeiten können. Außerdem werden wir für die folgenden Seiten mehr Zeit haben, weil wir sowieso warten müssen, bis die vorherige Druckform sechstausend Mal gedruckt worden ist. Das Betätigen der Presse wird harte Arbeit werden. Schade, dass Wendling fort ist. Er hatte Muskeln.«

»Wie machen sich die neuen Gesellen?«

Er lächelte triumphierend. »Der alte Caspar hat uns alle überrascht. Er stellt sich neben die Presse, zieht den Hebel zu sich und die Muskeln an seinen Unterarmen treten wie Gebirge hervor.« Er lachte. »Gleichzeitig schwingt er sich hinauf wie ein Gaukler, stemmt die Beine gegen den unteren Teil der Presse, dreht den Hebel bis zum Anschlag und ruckelt zweimal daran.« Er schüttelte schmunzelnd den Kopf. »So eine Technik habe ich noch nie gesehen. – Wahrscheinlich funktioniert es auch nur bei seiner Größe. Ich könnte diese Technik nie anwenden, mein Fuß würde nie mitmachen.«

Lena lächelte. »Dann ist er also wirklich der richtige Mann.«

Ein tiefes Leuchten sprach aus Schöffers Blick. »Ich hoffe es. Wir wechseln uns jede Stunde mit dem Pressen ab. Ich will nicht, dass einer meiner Leute durch Überanstrengung auf der Strecke bleibt.«

»Ihr seid ein guter Herr«, sagte Lena leise und wich seinem Blick aus. »Aber Ihr müsst auf Euch selbst genauso achtgeben.« Sie hob den Blick.

»Ja, du hast recht. Es war leichtfertig von mir, so lange in der Werkstatt zu bleiben. Und dann auch noch vor brennenden Kerzen einzuschlafen.«

Sie sahen sich an. Sie hoffte, dass er ihr nicht anmerkte, welche Wirkung er auf sie hatte. Sie hob den Becher und trank einen Schluck. Der pure Wein brannte in ihrer Kehle. Sie hustete.

»Alles in Ordnung?«, fragte er.

Sie nickte schnell.

»Von deinem Vater gibt es kein weiteres Lebenszeichen, oder?«

Sie schüttelte den Kopf. »Aber ich habe eine Idee. Frau Ottilia hat mich darauf gebracht.«

Er sah sie neugierig an.

»Sie meinte, dass Gerold von Laubenstein als sein Leibherr«, sie machte eine Pause, »... als sein Leibherr ... ihn freikaufen könnte. Und ich habe eine Idee, wie ich Gerold von Laubenstein dazu bewegen könnte.«

Er sah auf einmal wachsam aus.

»Ich weiß etwas über ihn, das ihn bei wichtigen Personen in Misskredit bringen könnte«, fuhr sie fort. »Er hat im Krieg mit beiden Seiten zusammengearbeitet.«

»Er hat spioniert?«

»Naja, Genaues weiß ich auch nicht.«

Schöffer runzelte die Stirn. »Lena, das ist keine gute Idee. Lass die Finger davon. Zumal du gar nichts Genaues weißt.«

»Es geht um meinen Vater. Ihr versteht das nicht.«

»Woher willst du wissen, ob ich das verstehe oder nicht? Aber du kannst nicht einfach deinen Leibherrn denunzieren. Kein Ritter wird sich das gefallen lassen.«

»Mein Entschluss steht aber schon fest. Das Risiko nehme ich auf mich.« Sie sah ihn trotzig an.

Er schüttelte den Kopf. »Es ist zu gefährlich. Er könnte dich wegen deiner Behauptung vor Gericht bringen.«

Sie schob das Kinn vor wie ein kleines Mädchen.

»Das kannst du nicht riskieren. Du hast ein Kind.«

Der Satz traf sie wie eine Ohrfeige. Nach einer Weile sagte sie: »Ich lasse Ivo bei Euch.« Ihre Stimme klang wie die einer Fremden.

»Das kannst du gerne tun. Wenn ich dich gehen lasse. Das werde ich aber nicht.«

»Ich habe keinen Vertrag mit Euch. Ich kann gehen, wann ich will.«

»So?« Er stellte seinen Becher auf den Tisch und machte einen Schritt auf sie zu. »Dann erkläre mir, was dich noch hier hält.« Seine Augen durchdrangen sie.

»Was wollt Ihr? Ich habe einen Weg gefunden, wie ich meinen Vater aus der Gefangenschaft bekomme. Und Ihr seid der Letzte, der mir diesen Weg verstellen wird.«

»Der Letzte? Der Letzte, der dich hält, oder der Letzte deiner Prioritäten?«

Sie senkte den Blick. »Ich weiß nicht, was das heißt.« Doch sie wollte nicht aufgeben. »Warum macht Ihr mir das Leben so schwer? Ich verstehe nicht einmal die Worte, die Ihr benutzt. Ich bin eine Leibeigene. Lasst mich einfach gehen. Und behaltet Ivo. Bitte.« Sie stellte den Becher vorsichtig auf den Tisch und sah zu ihm auf.

Sie musste weg von ihm. Jetzt. Für immer. Sie versuchte, an ihm vorbei zur Tür zu gehen.

Doch er war schneller. Er versperrte ihr den Durchgang, trat direkt vor sie.

»Ich verbiete dir, dich auf diese Weise in Gefahr zu begeben«, sagte er.

»Ihr könnt mir nichts verbieten.« Sie starrte auf sein zerknittertes Hemd.

»Dann bitte ich dich darum«, sagte er in sanfterem Tonfall.

Tränen brannten in ihren Augen. »Nein. Ihr versteht nicht!« Ihre Stimme klang rau. »Es geht um meinen Vater, um nichts anderes«, flüsterte sie. Sie hob das Kinn.

»Wirklich?«, sagte er herausfordernd.

Sie blickte ihn trotzig an. Er erwiderte ihren Blick, unerbittlich und verletzlich zugleich. Sie hatte das Gefühl, als könnte er direkt in sie hineinsehen.

Er hatte recht. Es ging schon lange um mehr als ihren Vater.

»Komm her, Lena«, sagte er sanft. Sie konnte nicht anders und ließ ihren Kopf langsam an seine Brust sinken. Er legte seine Arme um sie, umhüllte sie, barg sie. Sie schloss die Augen, spürte, wie er seine Hände an ihre Wangen legte und ihr Kinn zu ihm hob. Er hielt ihr Gesicht in seinen Händen, legte seine Stirn an ihre, verharrte. Sie wagte nicht zu atmen, sog statt Luft seine Berührung in sich auf. Er hatte die Augen geschlossen. Jeder Atemzug übertrug sich sanft auf ihre Stirn. Als wären sie eins.

»Lena«, flüsterte er rau, während er die Augen geschlossen hielt und seine Stirn immer noch an ihrer lag, »bleib bei mir. Für immer. Ich brauche dich.«

»Ich bin eine Leibeigene«, wisperte sie.

»Ich werde dich freikaufen.«

Sie schloss die Augen. »Es geht nicht«, flüsterte sie. »Ihr seid Handwerker, ich bin Magd.«

»Und?«

»Ihr könnt keine Magd heiraten.«

»Die Handwerkerehre ist mir gleichgültig. Wir gehen in eine neue Stadt, fangen gemeinsam neu an.«

Sie öffnete die Augen und zog ihren Kopf zurück. Zaghaft schüttelte sie den Kopf. »Nein.«

»Warum nicht?«, fragte er, während er sie losließ.

»Weil … Ihr Eure Werkstatt nicht um meinetwillen aufgeben dürft. Weil ich eine Magd bin, eine Henkerstochter … und Ihr Euer Ansehen, Eure Ehre verlieren würdet. Und weil … Ihr mich nicht kennt … Ihr wisst nicht, was ich getan habe.« Sie machte einen Schritt zurück, konnte nicht länger in seine Augen sehen.

»Lena. Ich meine es ernst.«

»Ich kann nicht.«

Er seufzte, suchte nach Worten. »Wärst du denn gerne meine Frau?«

»Was denkst du denn?«, flüsterte sie.

Er erwiderte nichts.

Rau flüsterte sie: »Ich liebe dich, Peter Schöffer, falls du es noch nicht gemerkt hast. Aber das ist das einzige Mal, dass ich es sagen werde.«

Sie ging um ihn herum, trat in den Flur und rannte im Dunkeln nach oben.

KAPITEL 32

Am nächsten Morgen schüttete Lena in ihrer Kammer aus Versehen die Wasserkanne um, stolperte auf der Treppe fast über ihr Kleid und zerbröselte in der Küche den Zunderschwamm, als sie das Feuer anzünden wollte. Als Ännlin in die Küche kam, murmelte Lena nur einen kurzen Gruß, drehte sich aber nicht zu ihr um. Sie wollte nicht, dass Ännlin ihr verquollenes Gesicht sah und sie fragte, was geschehen war. Als das Feuer endlich brannte, weckte sie Ivo, vergewisserte sich, dass er sich auch hinter den Ohren und unter den Achseln wusch, legte ihm saubere Kleider auf der Truhe bereit und richtete dann das Frühstück für das Gesinde. Sie selbst konnte nichts essen.

Sie wartete, bis die Arbeit in der Werkstatt begonnen hatte, dann räumte sie den Tisch in der Stube ab, türmte alles Geschirr neben dem Spülbottich auf den Boden und sagte wie beiläufig zu Ännlin: »Wäre es in Ordnung, wenn *ich* heute zur Wäscherin und auf den Markt gehe?«

Die andere Magd sah vom Fegen auf. »So wie du aussiehst, willst du auf die Straße gehen? Wenn du meinst, dass das eine gute Idee ist, bitte.«

Lena warf ihr einen gespielt tadelnden Blick zu, murmelte ein Dankeschön und eilte aus der Küche. Müde stopfte sie die Bettwäsche, die gewaschen werden musste, in einen Sack und packte auch noch Ivos Hemd und Hose dazu. Als sie gerade das Haus verlassen wollte, hörte sie Ännlin rufen: »Lena? Bist du noch da?« Sie wandte sich um. Ännlin trat aus der Werkstatt. »Du sollst hierbleiben. Der Herr braucht deine Hilfe. *Ich* soll stattdessen die Besorgungen machen.«

Lena bedachte Ännlin mit einem Seufzen und ließ den Sack auf den Boden gleiten. Wortlos ging sie in die Werkstatt. Er stand an der

Presse, einen bedruckten Bogen in der Hand. Er drehte den Kopf, als sie eintrat.

Sie ging an den anderen Helfern vorbei auf ihn zu.

»Wie geht es dir?«, fragte er leise.

»Ich schätze, so wie ich aussehe.«

Ein Lächeln umspielte seine Lippen. Nach einer Weile schien er sich zu erinnern, dass er ein Anliegen hatte. »Könntest du uns hier helfen? Wir müssen die frisch gedruckten Bogen auf die Leinen hängen. Ich reiche dir die Bogen, du stehst auf dem Schemel und hängst sie auf. Wenn alle Leinen voll sind, sind die ersten Bogen getrocknet. Wir nehmen sie wieder herab und geben sie in die zweite Presse. Dort wird dann die Rückseite bedruckt.«

Lena fragte sich, ob er sie damit von ihren Plänen abhalten wollte. Sie rückte sich ihr Kopftuch zurecht und nickte. Er zog einen Leiterschemel für sie heran und stellte ihn unter die erste Leine. »Es ist wichtig, dass du den frischen Druck nicht berührst und die Bogen genau in der Mitte aufhängst. Sonst bekommen wir später Probleme beim Falzen.« Als wäre es das Selbstverständlichste der Welt, hielt er ihr die Hand hin, um ihr auf den Schemel zu helfen. Ihre Blicke trafen sich und sie zögerte. Sein Daumen streifte sanft über ihren Handrücken, während er ihr hinaufhalf.

Der junge Leonhard war mit dem ersten Bogen fertig und wartete darauf, dass ihn der Meister aus dem Deckel nahm. Schöffer zog das Papier heraus und reichte es Lena. Sie nahm es vorsichtig in beide Hände und hängte es mit zitternden Händen auf die Leine. Als sie fertig war, wartete der Herr schon mit dem nächsten Bogen. Wieder übernahm sie ihn so, dass ihre Hände sich nicht streiften. Sie legte gerade den dritten Bogen über die Leine, als eine Frauenstimme nach Schöffer rief. Lena drehte sich kurz um. Ottilia stand in ihrem Reiseumhang in der Tür. »Kann ich dich kurz sprechen?«, fragte sie.

Er nickte und ging zur Tür. Lena kletterte herab, verschob den Schemel zur nächsten freien Stelle und sah den beiden nach, als sie im Flur verschwanden. Als Leonhard mit dem nächsten Bogen vor ihr stand, kletterte sie wieder hinauf und nahm den Bogen zwischen ihre spitzen Finger, die noch immer zitterten.

Peter trat in den Flur. Als er so vor ihr stand, verspürte Ottilia Bedauern, dass sie nicht länger in seiner Nähe sein würde. »Ich möchte dir danken für deine großzügige Gastfreundschaft. Es ist Zeit, dass ich nach Hause gehe. Vor der Stadt wartet ein Wagen auf mich.«

Er blickte sie überrascht an. »Du gehst? So plötzlich? Ist etwas geschehen?«

Sie lächelte in sich hinein. *Gerold würde nicht nachfragen. Nicht so Peter. Er ist schon immer aufmerksam gewesen. Schade, dass Sibilla ihn nie zu schätzen wusste.* Sie seufzte leise. »Nein, es ist nichts geschehen. Mein Mann gebietet mir, zurückzukehren. Außerdem habe ich ein Anliegen, das ich mit ihm klären möchte.«

Auf Peters Stirn bildeten sich Furchen. Er schien nachzudenken. »Könnte ich noch etwas mit dir besprechen, bevor du gehst? Unter vier Augen?«

Sie nickte.

»Gehen wir in die Stube«, sagte er und stieg die Treppe hinauf. Sie hob ihren schweren Brokatrock, folgte ihm in den vollgestellten Raum und setzte sich ihm gegenüber an den Tisch. Er faltete die Hände, zog die Augenbrauen zusammen und sagte angespannt: »Ich habe ein Anliegen. Es geht um Lena.«

Sie horchte auf.

»Ich möchte sie aus der Leibeigenschaft freikaufen. Würdest du mich dabei unterstützen?«

Sie konnte nicht anders, sie musste lachen. »Lena. Freikaufen.« Sie hörte auf zu lächeln und sah ihm herausfordernd in die Augen. Schließlich sagte sie: »Wie lange ist sie schon deine Gespielin?«

Er hielt ihrem Blick stand. »Sie ist nicht meine Gespielin.«

»Und das war sie auch nie? Auch nicht, während du mit Sibilla verheiratet warst?«

»Was soll das? Nein. Ich war Sibilla immer treu.«

Sie schwieg und musterte ihn. *Er könnte tatsächlich die Wahrheit sagen. Vielleicht hat Peter Sibilla tatsächlich nicht betrogen. Und vielleicht gibt es etwas auf dieser Welt, das mir von Sibilla geblieben ist.* Ihr Herz tanzte.

Sie nahm die Hände aus dem Schoß und legte sie auf den Tisch. *Wenn Ivo tatsächlich mein Enkel ist, was soll ich tun? Lena konfrontieren? Ich habe keine Beweise und werde auch nie welche erhalten. Lena wird sich von mir zurückziehen, und ich verliere Ivo.*

Eigentlich ist eine Verbindung zwischen Peter und Lena gar keine unelegante Lösung.

Sie sagte: »Du verlangst viel von mir, Peter. Erstens weiß ich nicht, wie viel es kosten würde, eine Leibeigene auszulösen. Zweitens beabsichtige ich, meinen Gemahl dazu zu bewegen, sich für einen anderen Leibeigenen einzusetzen: Lucas Strom. Ich befürchte, ich würde Gerolds Wohlwollen überstrapazieren, wenn ich ihn bitte, Vater und Tochter zu helfen.«

»Warum willst dich für Lucas Strom einsetzen?«

Sie hob die Hände. »Weil ich schon so viel für ihn riskiert habe in Heidelberg.« Das war die Wahrheit. Aber es gab noch mehr Wahrheiten. Ihr Leben kam ihr unwichtig vor. Vergeudet. Ohne Spuren. Das würde sich ändern. Und Peter Schöffer müsste das von allen doch am besten verstehen. Er, der ihr als kleiner Junge verkündet hatte, dass er etwas auf der Welt bewegen wollte.

Er sagte verblüfft: »Du stellst mich also vor die Wahl: Lenas Freiheit oder die ihres Vaters?«

»Das klingt furchtbar, so wie du das sagst.«

»Wenn ich wählen könnte, würde ich Lena wählen.« Seine Augen kamen ihr auf einmal eisig vor.

»Du liebst sie wirklich«, sagte Ottilia.

Er schwieg.

»Wie viel ist sie dir denn wert?«, fragte Ottilia.

»Alles«, sagte er. »Von mir aus meine Werkstatt. Nach diesem Auftrag.«

Ottilia sah ihn nachdenklich an. *Wie es sich wohl anfühlt, wenn ein Mensch alles für einen anderen gibt?* Sie erhob sich und reichte ihm zum Abschied die Hand. »Ich werde darüber nachdenken.«

Im Flur kam ihr ein Gedanke. Ihr Herz schlug schneller. »Ich muss noch einmal zu Heinrich! Er muss mitkommen«, sagte sie und eilte die Treppe hinauf.

Burg Laubenstein

Unten im Hof erklang eine Frauenstimme. Gerold schob seinen Stuhl zurück, erhob sich vom Tisch, auf dem eine Gans dampfte, und trat ans Fenster. Durch die Scheibe sah er Ottilia – er erkannte sie an ihrem weißblonden Haar unter dem grotesk verbogenen Hut. Ihr Kleid war ein lang gezogener, gekrümmter Kokon, ihre Arme verzerrt wie Spinnenbeine. Er bewegte seinen Kopf – Ottilia wuchs in die Breite und verwandelte sich in einen verbeulten Ball. Sie redete mit jemandem. Er öffnete die Holzluke neben der Scheibe, damit er besser sehen konnte.

Vor Ottilia saß sein Sohn auf seinem Rappen; eine Armbrust über der Schulter. Sein Sohn stieg vom Pferd und ging auf Ottilia zu. Er nahm ihre Hand in seine. Dann stieg er auf, setzte das Pferd in Bewegung und ritt auf das Tor zu. Sie sah ihm nach, bis sich das Tor wieder geschlossen hatte. Ihr Blick wanderte an der Hausfront entlang und blieb schließlich an seinem Fenster hängen. Still sahen sie sich an. Dann ging Ottilia auf den Eingang zu.

Er schluckte überrascht einen Bissen hinunter, als sie kurz darauf in den Raum trat. Er wartete, dass sie etwas sagte, doch sie ging schweigend zur Nische und setzte sich auf das Polster unter dem Fenster. Das Essen schmeckte ihm sowieso nicht, deshalb schob er den Teller von sich, lehnte sich zurück und sah sie unschlüssig an. Eine Weile blickte sie durch die Scheibe hinaus. Das Licht fiel auf ihre blasse Haut und sie wirkte einen Moment lang jünger als Mitte vierzig. Unter ihnen in der Waffenkammer polterte etwas, über ihnen schritt eine Magd über den Holzboden.

Als wieder Stille eingetreten war, sagte Ottilia: »Ich bin froh, dass Otto unversehrt zurückgekehrt ist.« Sie sah ihn dabei nicht an.

»Du warst zu lange weg«, sagte er missgelaunt. »Weißt du, was das für einen Eindruck macht? Das Gesinde lästert schon.«

Sie drehte den Kopf zu ihm. Im Schatten wirkte sie alt. »Dem Gesinde können wir sowieso nichts vorspielen. Wir können froh sein, wenn *sie uns* nichts vormachen.«

Er hob mit gespielter Leichtigkeit die Hände. »Wenn sie nicht spuren, gehen sie. So einfach ist das. Ich habe drei Mägde entlassen.«

»Warum?«

»Ich habe gehört, dass sie sich abfällig über uns geäußert haben. Schon am selben Tag standen sie im Wald.«

»Du weißt doch aber, dass sie Geheimnisse über uns mitnehmen?« Sie sah ihn vielsagend an.

Ein Schauer kroch langsam über seine Wirbel. »Sprich weiter.«

»Es gibt Hintersassen, die von deiner besonderen Rolle im Erbfolgekrieg wissen.«

»Wer?«

»Die Angehörigen des Lucas Strom.«

Er schlug mit der flachen Hand auf den Tisch, das Brett mit den roten Rüben hüpfte. »Warum immer dieser Kerl? Er verfolgt mich wie ein Fluch!«

»Die Familie verlangt, dass du ihn aus der Gefangenschaft freikaufst.«

Er benötigte einen kurzen Moment, um die Information zu verarbeiten. »Und damit kamen sie zu dir nach Worms«, sagte er tonlos.

Sie nickte.

»Wenn sie mich nur einen Lidschlag lang verleumden, schleppe ich sie vors Halsgericht. So schnell können sie gar nicht den Mund aufmachen, wie ihnen die Zunge herausgeschnitten wird«, sagte er.

Sie seufzte und erhob sich raschelnd. »Du hast ganz recht, wir dürfen uns auf keinen Fall erpressen lassen. Sollen sie behaupten, was sie wollen. Beweisen können sie sowieso nichts.« Sie kam ein paar Schritte auf ihn zu und stellte sich vor ihn. »Tatsächlich ist es so, dass sie ihren Erpressungsplan gar nicht direkt an mich herangetragen haben. Ich habe es nur in einer Unterhaltung gehört. Sie wissen also gar nicht, dass du weißt, dass sie wissen ...« Sie schien sich über ihren Satz zu amüsieren und winkte ab. »Interessant ist der Gedanke des Freikaufens allerdings schon. In anderer Hinsicht.«

»So?«, sagte er schlecht gelaunt und griff nach seinem Weinbecher.

»Immerhin ist er unser Leibeigener. Wenn wir ihn freikauften, wäre das ein starkes Zeichen an deine Hintersassen. Du könntest dich damit ihrer Loyalität versichern.«

»Dieses Bauernpack hat gezeigt, wie loyal es ist. Warum soll ich loyal sein?«

»Nun, ihnen einen Schritt entgegengehen, ohne dass es dich Geld kosten würde ...«

Er schob den Becher von sich, starrte auf die Tischplatte und sagte: »Wie das?«

»Peter will Stroms Tochter aus der Leibeigenschaft auslösen.«

Überrascht wandte er den Kopf. »Warum? Will er sie etwa zum Weib nehmen?« Er lachte spöttisch.

»Genau das hat er gesagt.«

Gerold hörte auf zu lachen und stand auf. »Unser Schwiegersohn will eine unserer Leibeigenen heiraten?« Mit schweren Schritten ging er zum Fenster. »Für wen hält er sich?« Er drehte sich zu Ottilia um. »Und du hast ihm nichts entgegengehalten? Er soll sie sich als Gespielin halten, wie alle anderen es auch tun!« Er kratzte sich am Ellenbogen. »Bestelle ihn her! Damit ich ihn zurechtstutzen kann! Eine unserer Leibeigenen als Ersatz für unsere eigene Tochter!«

»Er ist eben ein Mann. Er will eine Frau.«

»Aber doch nicht diese Hündin!«

»Sieh es doch mal so«, sagte Ottilia, »wir könnten von ihm den gleichen Betrag verlangen, für den der Kurfürst Lucas Strom gehen lässt. Dann ist es letztendlich Peter, der für Strom bezahlt.«

»Dann soll er doch gleich für ihn bezahlen!«

»Das kann er nicht. Er ist nicht Stroms Leibherr.«

»Nie im Leben werde ich einen Finger krümmen für diesen Strom. Und schon gar nicht für seine Tochter!«

»Und warum nicht?«

Er fuhr wütend zu ihr herum. »Was für eine dämliche Frage. Wir hätten nichts gewonnen und Autorität verloren. Dieser Familie gebe ich nichts mehr!« Er blickte sie verächtlich an. Warum hatte Gott die Weiber nur so dumm gemacht? »Lass mich alleine«, brummte er.

Sie ging ein paar Schritte um ihn herum. »Also gut, Gerold von Laubenstein, dann eben nach deinen Spielregeln«, sagte sie leise.

Sie wirkte auf einmal selbstsicher wie nie.

»Ich will, dass du Lena Strom aus der Leibeigenschaft entlässt. Und ich will, dass du Lucas Strom freikaufst«, sagte sie leise. Ihre Augen verengten sich. »Ich biete dir dafür etwas an. Einen Handel ganz nach deinem Geschmack. Und ich biete etwas, nach dem du dir die Finger leckst. Überlege es dir.« Sie drehte sich um und rauschte hinaus.

Er blickte auf die zugefallene Tür.

Worms

Mit einer Kerze in der Hand trat Lena in die Werkstatt. Die an Leinen hängenden Bogen tanzten als Schatten an der Decke und schienen ihr den Weg zu weisen. Er saß alleine mit einer Kerze am Setzpult.

»Herr?«

Er fuhr herum und stand auf, als er sie sah. Er kam ein paar Schritte auf sie zu und runzelte dann die Stirn, als er ihren Gesichtsausdruck bemerkte.

»Was ist geschehen?«, fragte er.

»Ich möchte mich verabschieden. Ich werde morgen früh aufbrechen.«

Er trat näher und sah sie eine Weile an. »Ich habe heute mit Ottilia geredet. Sie hat versprochen, sich für deinen Vater einzusetzen. Warte ab. Lass es erst sie versuchen.«

»Nein, ich kann nicht länger hier herumsitzen.«

Er schüttelte den Kopf. »Wie stellst du dir das vor? Willst du einfach zu Gerold von Laubenstein spazieren und sagen: Übrigens, ich weiß, dass Ihr in Machenschaften im Krieg verwickelt wart. Raus mit meinem Vater?«

»Mir wird schon etwas einfallen.«

»Das ist Wahnsinn, Lena!«

»Das ist mein Problem.«

»Nein, das ist es nicht!«

Sie wandte sich um und ging auf die Tür zu. Er riss sie am Ellenbogen zu sich herum. Ihre Kerze wackelte. Sie versuchte, ihren Arm zurückzuziehen. Kerze und Halter fielen zu Boden, Wachs spritzte auf die gebrannten Ziegel, die erloschene Kerze kullerte unter den Tisch. »Wollt Ihr mir Gewalt antun?«, fragte sie, während sie sich mit beiden Händen aus seinem Griff zu befreien suchte.

Er ließ von ihr ab.

Sie sah ihn trotzig an.

Er sagte: »Bitte sei vernünftig. Warte darauf, was Ottilia bewirken kann.«

Sie stieß die Luft aus. »Ich muss aber trotzdem weg.«

»Warum?«

»Das habe ich Euch schon gesagt«, funkelte sie ihn an. Leiser fügte sie hinzu: »Und ich habe auch gesagt, dass es das einzige Mal ist, dass ich es ausspreche.« Sie wandte sich von ihm ab.

»Das ist es also. Du willst vor mir flüchten.«

Sie wandte den Blick ab.

»Gut. Dann geh.«

Sie sah ihn an.

»Aber lass uns vorher reden«, sagte er.

Sie tauschten einen langen Blick. Dann nickte sie. Er deutete zum Tisch. Sie ließ sich schweigend nieder. Als sie Platz genommen hatte, setzte er sich mit einer Handbreit Abstand neben sie. Sie stützte die Ellenbogen auf den Tisch und vergrub ihr Gesicht in den Händen.

»Bevor du gehst, will ich den wahren Grund für deine Flucht wissen. Dass du deinen Vater auf diese Art befreien kannst, glaubst du selbst nicht. Das sehe ich dir an. Und dass du vor mir flüchten willst, kann es auch nicht sein – denn du brauchst dich vor mir nicht zu fürchten, egal, wie wir zueinander stehen.«

Jetzt ist es also so weit, dachte sie. Sie nahm die Hände vom Mund, aber nicht von den Augen. »Ich sage Euch den Grund«, flüsterte sie. Alles in ihr wollte aufspringen und weglaufen.

»Damals, als Ihr Sibilla auf die Burg Laubenstein geschickt habt, kam sie krank an.« Sie räusperte sich. »Ihr Vater sperrte sie in ein Turmzimmer, verriegelte alles, räucherte das Treppenhaus.«

Sie nahm die Hände vom Gesicht, weil sie nass vor Tränen waren.

Sie zog die Nase hoch und starrte auf den Tisch. Ihre Stimme war kaum hörbar. »Er lockte mich mit einem falschen Brief in Sibillas Zimmer und sperrte mich dort ein. Er brauchte jemanden, der sie pflegte. Wir standen damals beide kurz vor der Niederkunft. Nach ein paar Tagen setzten bei Sibilla die Wehen ein, eine Medicina kam in der Nacht und entband das Kind. Vor Aufregung bekam ich ebenfalls Wehen, obwohl die Zeit noch nicht reif war. Ich gebar mein Kind alleine im Nebenzimmer. Bei Tagesanbruch flüchtete die Hebamme und ich blieb mit den beiden Neugeborenen und Sibilla zurück.«

Er saß schweigend zu ihrer Rechten und hörte zu. Lena blieb nach vorne gebeugt sitzen und zog mit der linken Hand, die von ihm abgewandt war, einen Zipfel ihrer Schürze über die Tischkante. Sie fuhr sich damit unter der Nase entlang. »Sibilla verlor Blut. Viel Blut. Ich rief nach Hilfe, aber es kam niemand. Mein kleiner Sohn atmete schlecht und trank nichts. Sibilla fiel in einen Dämmerzustand. Ich sah zu, wie das Leben aus ihr floss.« Sie hielt inne und schirmte mit den Händen ihr Gesicht von ihm ab. »Ich wusste, dass mein Sohn nicht überleben würde. Nur Sibillas Sohn schien stark zu sein.« Sie spürte, dass er sich neben ihr aufrecht hinsetzte. »Ich stillte ihn und er wurde kräftiger. Aber in Wirklichkeit war er es, der mir Kraft gab.« Sie machte eine Pause. »Mein Sohn starb.«

Schöffer rührte sich nicht. Sie nahm die Hand vom Gesicht. Die Tränen tropften aufs Holz. Er stand auf. Lena vergrub ihr Gesicht wieder in den Händen. Sie hörte, wie er ein paar Schritte auf die Wand zuging. »Barmherziger Gott, Lena«, sagte er, blieb stehen, wandte sich zu ihr. Durch ihre Finger hindurch nahm sie wahr, dass er sich durchs Haar fuhr, dann stemmte er die Hand in die Hüfte und starrte eine Weile in ihre Richtung.

»Du erzählst mir, dass mein eigener Sohn da oben in der Kammer schläft?« Er hob beide Hände, die Handflächen nach oben. »Und das sagst du mir erst jetzt?« Er durchmaß die Werkstatt. Machte kehrt, ging wieder zurück, blieb wieder stehen und sah sie an. »Du hast mich nicht nur um mein Neugeborenes betrogen, du hast mir acht wertvolle Jahre gestohlen! Acht Jahre, die ich mit ihm hätte leben können.« Wieder hörte Lena, dass er auf und ab schritt. »Dass du ihn an dich genommen hast, ist eine Sache. Das hätte ich verstanden, schließlich hast du ihn gestillt. Vielleicht müsste ich dir sogar danken, er hat dich damals gebraucht. Aber dass du jahrelang um mich herumschleichst und mich im Dunkeln lässt!« Er schnaubte. »Deshalb standest du damals vor meiner Tür! Du hast mich die ganze Zeit beobachtet. Und all die Jahre zum Narren gehalten.« Er fuhr sich erneut durch sein zerzaustes Haar. »Du hast nur an dich gedacht!«

Sie wusste, dass er recht hatte. In allem, was er sagte. Die Luft über ihr wog Tonnen, Lena konnte sich kaum aufrecht halten. Sie nahm die Hände vom Gesicht: »Jetzt wisst Ihr, warum ich nicht Eure Frau werden kann.«

Er stand am dunklen Fenster. Seine Arme hatte er verschränkt, eine Hand über den Mund gelegt. Lena wischte sich über die Augen und erhob sich. Gepresst sagte sie: »Ich kann Euch nicht um Verzeihung bitten, denn für das, was ich getan habe, gibt es keine Vergebung. Eine bloße Entschuldigung wäre wie Hohn, nach all den Jahren.«

Sie ging ein paar Schritte in Richtung Tür. Dann drehte sie sich noch einmal um. »Ich warte, bis die Sonne aufgeht, verabschiede mich von Ivo und gehe für immer.« Sie wischte sich wieder die Tränen weg. »Wenn Ihr mich vorher zum Gewaltrichter bringen möchtet … ich werde in meinem Zimmer sein.«

Sie ging langsam aus dem Raum in die Dunkelheit. Fast wünschte sie sich, er würde ihr folgen, sie packen und sie an den Haaren zum Gericht zerren. Sie hatte es verdient.

Burg Laubenstein

Ottilia schreckte aus dem Schlaf auf. Der Mond schien von der falschen Seite ins Zimmer. Sie benötigte einen Augenblick, bis ihr aufging, dass sie nicht mehr in Worms war, sondern auf der Burg, in ihrem Gemach, in ihrem Himmelbett mit den vielen Kissen. Eine Gestalt stand im Raum. Ottilia blinzelte. Die Gestalt war immer noch da.

»Was ist es?«, drang Gerolds heisere Stimme zu ihr, während sein Schatten langsam auf sie zukam.

Sie setzte sich aufrecht hin. »Wie spät ist es?«, fragte sie.

Gerold trat aus dem Schatten, den der Himmel des Bettes auf ihn geworfen hatte. Das Mondlicht spiegelte sich in seinen Augen. »Warum ist das wichtig? Du bist mein Eheweib. Ich kann zu dir kommen, wann ich will.«

Sie presste die Lippen aufeinander. »Was hast du gerade gefragt?«

Er setzte sich zu ihr auf die Bettkante, federte absichtlich ein paar Mal auf und ab. »Was ist es?«, fragte er erneut.

»Lass uns morgen darüber reden.«

»Nein, jetzt. Du wirst es mir jetzt und hier sagen!«

Sie sah ihn eine Weile an, dann sagte sie langsam: »Lucas Strom weiß etwas über den Kurfürsten, mit dem er ihn unter Druck setzen kann. Er hat diese Informationen in einem Schreiben festgehalten, das – im Falle seiner Hinrichtung – an den Heidelberger Rat übergeben werden soll. Es scheint ein äußerst wirksames Druckmittel zu sein.«

Sein Gesicht wirkte grau. Mit seinem glasigen Blick fixierte er sie. »Was steht in dem Schreiben?«

»Das weiß ich nicht. Aber es macht dem Kurfürsten solch große Angst, dass er Lucas Strom bis jetzt am Leben gelassen und sogar Heinrichs Anfrage über Stroms Verbleib ernst genommen hat. – Ich habe Zugang zu diesem Schreiben«, sagte sie. »Ich kann es dir beschaffen.«

»Du bist gerissener, als ich dachte. Wo ist es?« Er stand auf, schwankte zu ihrer Truhe, klappte sie auf und durchwühlte sie.

»Hör auf, es ist nicht hier.«

Er kam zurück. »Wenn du mich an der Nase herumführst, dann gnade dir Gott«, zischte er.

Sie hielt seinem Blick stand und nickte. »Ich weiß, Gerold. Ich spiele nicht mit dir.« Leise sagte sie: »Morgen, spätestens übermorgen bekommst du das Schreiben – im Gegenzug schreibst du morgen einen Brief an den Kurfürsten und veranlasst die Freilassung deines Leibeigenen Lucas Strom. Zusätzlich unterschreibst du die Löse-Urkunde für Lena, ohne dass Peter bezahlen muss. Stell dir einfach vor, sie wäre tot. Wenn sie aus der Leibeigenschaft entlassen ist, gilt das auch für ihren minderjährigen Sohn.«

Sie sahen sich eine Weile an. »Ich werde es mir überlegen.«

»Was wirst du mit dem Schreiben machen?«, fragte sie.

»Es ist immer gut, einen Trumpf im Ärmel zu haben. Für schlechte Zeiten. – Aber, wer weiß, vielleicht will ich es ja auch gar nicht?« Er stand auf, kratzte sich dabei am Ellbogen und schwankte aus dem Zimmer. Er ließ die Tür offen und Ottilia hörte, wie sich seine Schritte entfernten.

Worms

In ihrer Kammer war es kalt. Sie lauschte auf Ivos Atem, legte sich dann auf den Boden, rollte sich auf die Seite und weinte. Sie hasste sich selbst, betete, dass Gerold von Laubenstein sie zum Tode verurteilen lassen würde für den Raub seines Enkels. Als Ivo sich bewegte, stopfte sie sich die Faust in den Mund.

Die Kälte kroch in ihre Glieder. Sie lauschte auf Schritte, doch es kamen keine und sie glaubte auch nicht wirklich daran, dass er sie zum Gewaltrichter bringen würde. So war er nicht. Dazu war er zu gut. Und sie hatte diesen Mann, den besten Mann der Welt, verletzt. Sie hatte ihn geliebt und ihn trotzdem weiterhin hintergangen. Aus Selbstsucht. Weil sie seine Freundschaft nicht hatte verlieren wollen. Jetzt hatte sie beide verloren, Peter und Ivo. Es geschah ihr recht.

Nach einer Ewigkeit zog sie sich an und stopfte die beiden anderen Kleider, die Unterwäsche und das Nachthemd, in ihren Sack. Ivos Hemd faltete sie langsam zusammen und strich es mit nie gekannter Sorgfalt glatt. Behutsam legte sie alle seine Kleider auf einen Stapel und setzte ihn langsam in die Truhe. Ihr Blick fiel auf einen rechteckigen Schatten, der ganz links auf dem Boden der Truhe lag. Es war das Buch, das er ihr geschenkt hatte. Sie nahm es heraus und strich darüber.

Sie hatte den Abschnitt, der sie so gefangen genommen hatte, auswendig gelernt. Sie schob das Buch in ihre Schürzentasche, bettete ihren Kopf auf ihren Kleidersack und rollte sich wieder auf die Seite.

Als sie mit steifen Gliedern erwachte, ging draußen die Sonne auf. Sofort stand ihr wieder alles vor Augen. Sie erhob sich, trat an den schlafenden Ivo und küsste ihn auf die Stirn. Wie damals, als sie ihn gestillt hatte, tropften ihre Tränen auf sein Gesicht. Schnell wischte sie ihm die Wange trocken. »Ivo«, flüsterte sie. »Ivo, wach auf. Ich muss dir etwas sagen, mein Schatz.«

Er drehte sich auf den Rücken und öffnete verschlafen die Augen. »Muss ich schon zur Schule?«

»Nein, heute ist Sonntag. Keine Schule. Aber ich muss weg. Du darfst noch im Bett liegen bleiben und ausschlafen. Du bleibst beim Herrn.«

Er sah sie schweigend an.

»Schöffer wird dir alles Weitere erklären. Er wird sich um dich kümmern. Vertraue ihm.«

»Warum weinst du?«, fragte Ivo.

»Ich bin traurig, weil ich von dir wegmuss. Ich hab dich lieb, vergiss das nie. Nie. Hörst du?«

»Warte, ich komme mit«, sagte er.

Sie schüttelte den Kopf. »Nein, morgen ist doch wieder Schule.«

Er sah sie eine Weile an. »Wer passt so lange auf mich auf?«

»Der Herr. Er weiß, dass ich gehe, und hat gesagt, dass er gerne auf dich aufpasst.«

»Wann kommst du wieder?«

»Das kann ich nicht sagen. Aber ich werde dir Briefe schreiben. Das verspreche ich dir.«

Ivo setzte sich auf. »Ich will aber mit.«

Sie schüttelte den Kopf. »Es ist besser, wenn du bleibst.« Wieder tropften ihre Tränen auf sein Haar. Sie drückte ihn sanft wieder zurück ins Kissen, küsste ihn auf die Wange, sah dann beiseite, um nicht laut loszuweinen, nahm ihren Sack und öffnete die Tür. »Schlaf noch ein bisschen.«

Er sah sie müde an.

»Ich hab dich lieb!« Sie rang sich ein Lächeln ab und schlüpfte aus der Tür. Eine Weile lehnte sie sich schwer atmend von außen dagegen. Sobald sie auf die Straße getreten war, würde sie laut weinen können.

Mit schnellen Schritten ging sie den Flur entlang zum Treppenabgang. Sie blieb stehen, als sie ihn erblickte. Er saß auf der obersten Stufe, hatte sie gehört und erhob sich. Er sah aus, als hätte er die ganze Nacht gewacht.

Sie legte sich die Hand auf den Mund, um nicht laut loszuweinen. Er stand auf der Treppe und versperrte ihr den Weg. Sie blickte an ihm vorbei und versuchte, sich seitlich an ihm vorbeizuschieben. Er ergriff ihren Ellenbogen. Den Rücken ihm zugewandt, schob sie sich weiter. Seine Hände umfingen ihre Taille. So standen sie da. In seltsamer Umarmung, schweigend, verharrend. Der einzige Laut war ihr Atem. Er umfasste ihre Hand und führte sie die Treppe hinab. Er öffnete die Tür zu Ottilias leer stehender Kammer und bedeutete ihr, einzutreten. Als er die Tür geschlossen hatte, stellte er sich vor sie.

Sie sah zu ihm auf. »Ich wollte Euch nicht wehtun. Dir wehzutun, tut mir selbst weh. Ich weiß nicht, warum ich so war … so bin. Du hasst mich und ich habe es verdient. Du wirst mich hinauswerfen und mich Ivo nie mehr sehen lassen und ihm schreckliche Dinge über mich erzählen …« Sie kam nicht weiter, denn er legte ihr sanft einen Finger auf den Mund. Mit verschwommenem Blick sah sie in seine müden, doch wachsamen Augen.

»Ich habe mir die ganze Nacht vorgestellt, wie es wäre, ohne dich zu leben«, flüsterte er. Er strich mit dem Daumen über ihre Wangen. Sie merkte, wie sie zitterte, sich nicht mehr auf den Beinen halten konnte. »Und mir ist klar geworden, dass ich dich will. Mit all deinen Fehlern, mit allem, was du getan hast. Du wolltest ihn nicht verlieren.«

Sie schluchzte, lachte, schniefte, wusste nicht, wie ihr geschah. Dann spürte sie seine Lippen auf ihren Augen, auf den Wangen, auf dem Mund. Die Welt drehte sich.

Als er sie wieder losließ, legte sie ihre Stirn an seine Schulter. »Ich schäme mich so.«

Er hob sanft ihr Kinn. »Schau mich an, Lena.«

Sie hob den Blick, senkte ihn wieder, zwang sich dann, ihm in die Augen zu sehen.

»Es ist gut, Lena«, sagte er. »Es ist gut.« Er nahm sie in den Arm.

Sie hatte diesen Mann nicht verdient. Sie hatte nichts verdient.

Als Ivo eine Stunde später zur Morgensuppe in die Küche kam, sah er sie mit großen Augen an. »Ich dachte, du bist weg«, sagte er und setzte sich an den Tisch.

»Meine Pläne haben sich geändert.« Sie legte ihm glücklich die Hand auf den Kopf. »Wir gehen heute alle zusammen nach Laubenheim.«

Er horchte auf. »Für immer?«

»Nur für heute. Gemeinsam mit dem Herrn. Es war seine Idee. Wir mieten ein Pferd und kommen heute Abend wieder zurück.«

Ivo schob sich einen Löffel Suppe in den Mund. Seine Augen strahlten.

Lena holte ihre Jacken aus der Kammer und betrat mit Ivo zusammen die Werkstatt. Peter saß am Tisch und las in der Bibel. Er erhob sich und kam auf sie zu. Sein Blick ruhte auf dem Jungen, warm und stolz. »Guten Morgen, Ivo«, sagte er lächelnd und legte ihm die Hand auf die Schulter.

»Guten Morgen«, grüßte Ivo zurück.

»Seid ihr fertig?«, fragte er lächelnd.

Lena nickte.

Kurz darauf brachen sie zu dritt auf. Gemeinsam liefen sie die Straße hinab, Lena in der Mitte, die beiden Menschen, die sie liebte, rechts und links von ihr. Eine vornehme Familie kam ihnen entgegen, gemeinsam auf dem Weg zum Gottesdienst. Der Großvater nickte zum Gruß und Peter grüßte zurück. Eine erwachsene Tochter warf Peter Seitenblicke zu. Auch die andere Tochter, die zwei kleinere Kinder an den Händen hielt, nickte ihm zu. Lena senkte beschämt den Blick. Sie wollte nicht darüber nachdenken, ob sie ihn immer noch grüßen würden, wenn sie erfuhren, dass er seine Magd zur Frau nehmen wollte.

Sie passierten das Tor und betraten die windschiefen Stallungen, die sich außen an die Stadtmauer lehnten. Drinnen verlief ein schmaler Gang, beidseitig flankiert von Verschlägen, hinter denen Pferde schnaubten. Peter wandte sich an den Stallknecht: »Wir brauchen zwei starke, große Tiere, auf die wir zu dritt passen. Bis heute Abend.«

Der Stallknecht ließ seinen Blick über Lena und Ivo gleiten. »Ich habe zwei große, lange Gäule, die wenig Temperament haben. Ihr könnt sie aneinanderbinden. Ich gebe Euch einen geeigneten Sattel mit einer Schlaufe, an der sich Euer Sohn festhalten kann. Euer Weib müsst Ihr selbst sichern.«

Peter korrigierte ihn nicht. Kurz darauf kam der Knecht mit einem Braunen und einem Schimmel zurück und schnallte beiden Tieren lang gezogene Sättel um. Peter zahlte und hob seinen Sohn auf das Pferd, während der Stallknecht den Schimmel an den Braunen band. Lena ergriff Peters Hand und stieg auf den Steigschemel. Ihre Blicke trafen sich, als Peter seine Hände um ihre Taille legte, um ihr hinaufzuhelfen. Er schwang sich hinter ihr hinauf, ergriff die Zügel und lenkte den Braunen mit dem Schimmel im Gefolge aus den Stallungen. Als sie auf die Straße nach Westen bogen, nahm er die Zügel in die linke Hand und umfing Lena mit seinem rechten Arm. »Ich muss dich sichern. Das hat der Stallknecht gesagt«, flüsterte er ihr ins Ohr. Sie schmiegte sich an seine Brust.

Laubenheim

Heinrich war nervös. Seit Stunden schon las er Lisbeth laut aus der Bibel vor, halb auswendig zitierend, erst aus dem Römerbrief, seinem Lieblingsbuch, dann aus dem ersten Korintherbrief. Es war Luthers Übersetzung, die er mit ausgestreckten Armen vor sich hielt, denn sein Augenlicht trübte von Jahr zu Jahr mehr ein. In der Ecke saßen Phillip und eine junge rothaarige Frau – sie hieß Maria –, die beiden redeten leise und ernst.

Ab und zu wurde Heinrich von Lisbeth unterbrochen; sie stellte Fragen zum Text, wollte wissen, wie Gottes Geist in einem unheiligen Menschen leben konnte und warum die Apostel als Narren erschienen. Sie schien sich zumindest zeitweise auf den Text zu konzentrieren. Er war sich jedoch sicher, dass ihre Gedanken die meiste Zeit abschweiften. Denn obwohl die Stube solche Ruhe ausstrahlte, waren sie alle angespannt. Seit er gestern angekommen war, warteten und beteten sie. Ob Gerold und Ottilia tatsächlich erscheinen würden, lag nicht in ihrer Macht.

Sie erstarrten, als gedämpfte Stimmen aus der Wohnscheune in die Stube drangen. Einen kurzen Augenblick legte er seine Hand auf Lisbeths, dann erhob sie sich, strich ihr Kleid glatt und schritt zur Tür. Auch Phillip und die junge Frau hatten aufgehört zu reden und blickten auf.

Dann hörte Heinrich eine freudige, junge Frauenstimme. Er erkannte sie sofort. Warum war Lena hier? Er betrat die Scheune und erblickte Mutter und Tochter in einer Umarmung. Daneben standen Peter und Ivo. Lena hielt die Augen geschlossen; unter ihnen klafften dunkle Ringe, aber sie strahlte eine ungekannte Energie aus. Sie öffnete die Augen wieder. Alles an ihrem Gesicht schien zu strahlen. Auch Peter sah erschöpft aus, doch auch in seinen Augen lag ein unbekannter Glanz.

»Was ist mit Vater?«, fragte Lena, als sie ihre Mutter wieder losgelassen hatte.

Lisbeth zog die Stirn in Falten. »Wir haben nichts gehört.«

Lena nickte traurig. Ivo trat zu Lisbeth, sie beugte sich herab und schloss ihn in ihre dünnen Arme.

Lena umarmte ihren Bruder und wechselte dann ein paar Worte mit Maria. Die beiden schienen sich zu kennen. Auch Veit und Hate kamen aus ihren Kammern. Hate wärmte Grütze mit Honig auf und stellte Krüge mit verdünntem Wein und Buttermilch auf den großen

Tisch in der Scheune. Als sie alle Platz nahmen, setzte sich Peter neben Lena. Ihre Knie berührten sich. Heinrich lächelte.

Ivo schmiegte sich auf der Bank an seine Großmutter, und sie legte den Arm um seine Schulter. Nachdem Phillip das Dankgebet gesprochen hatte, begann Ivo aus dem großen Topf in der Mitte zu löffeln. Peters Blick ruhte auf dem Jungen, er schien jede Bewegung seiner Hände, jedes Mienenspiel genau zu studieren. Ein seltsamer Ausdruck stand dabei in seinen Augen, eine Mischung aus Vorsicht und Stolz. Heinrich nahm einen Löffel Grütze. Er war sich sicher, dass Peter wusste, wer Ivo war.

Alle hielten plötzlich inne, als von draußen Hufgeklapper zu ihnen drang. Lisbeth und ihr Sohn sahen sich in stillem Einvernehmen an, und Phillip erhob sich. Als stellvertretender Herr des Hauses schritt er durch den langen, breiten Gang zum Tor und öffnete es. Vom Tisch aus konnte man den Kopf eines Pferdes und ein vornehmes Damenkleid erkennen. Zögernd erhoben sich alle, auch Maria, Veit und Hate, und gingen zum Tor.

Im Hof standen drei Pferde mit Reitern: Ottilia, Gerold und sein Burgvogt. Phillip wartete, dass der Leibherr als Erster sprach.

»Ihr wisst, warum ich hier bin«, sagte Gerold von oben herab. Heinrich verkniff sich ein triumphierendes Grinsen. Ottilias Miene war undurchsichtig, aber Heinrich war sich sicher, dass sie innerlich jubelte.

»Wir geben Euch das Schreiben erst, wenn mein Vater frei ist«, sagte Phillip.

»Oh nein, für so dumm lasse ich mich nicht verkaufen«, sagte Gerold lächelnd. »Ich lege die Spielregeln fest.« Er sah zu seinem Burgvogt. »Hier ist mein Burgvogt, der gleich jetzt nach Heidelberg reiten wird – mit einem Entlassungsgesuch für meinen Leibeigenen Lucas Strom-Heller«, er ließ den Namen eine Weile in der Luft schweben. »Mein Burgvogt hat einen Schuldbrief bei sich, den er direkt in Heidelberg ausfüllen wird. Der Rest liegt in der Hand des Kurfürsten. Das ist mein Angebot. Mehr gibt es nicht.«

»Was ist, wenn Euer Burgvogt nicht in Heidelberg ankommt? Oder der Kurfürst zu viel verlangt?«

»Pech«, sagte Gerold.

Phillip lachte hämisch. »Wisst Ihr was? Ich kann es mir selbst nicht erklären, aber ich traue Euch nicht.«

»Ich Euch auch nicht«, sagte Gerold lässig.

»Ich reite mit«, sprang Heinrich ein. »Wenn ich mit eigenen Augen gesehen habe, dass der Kurfürst das Geld empfangen hat, übergebe ich deinem Burgvogt im Anschluss das Schreiben.«

»Von mir aus. Ist doch schön, wenn sich der eigene Bruder so einsetzt«, sagte Gerold mit zusammengekniffenen Augen.

»Ich brauche ein Pferd«, sagte Heinrich.

Gerold nickte. »Ich lasse dir eines aus meinen Ställen schicken. In einer Stunde wird mein Burgvogt hier sein. Halte dich bereit.«

Heinrich nickte.

Gerold griff in seine Tasche, holte einen versiegelten Brief hervor, sah seine Frau an und ließ den Brief auf die Erde segeln. Dann wendete er sein Pferd, Ottilia und Heinrich wechselten einen Lidschlag lang einen Blick des Triumphes, und die drei ritten davon.

Peter hatte sich nach dem Brief gebückt, brach nervös das Siegel und überflog das Schreiben. Ein Staunen flog auf sein Gesicht. Er ging auf Lena zu und flüsterte ihr etwas zu. Ihre Augen wurden groß. Er fasste liebevoll die Ränder des Wolltuches auf ihren Schultern, zog sie daran zu sich und hüllte sie wärmer ein.

Plötzlich stand Lisbeth vor Heinrich. »Danke, Heinrich«, sagte sie leise und umarmte ihn.

Er war zu überrascht, als dass er das Gefühl hätte auskosten können. Lisbeth hatte ihn schon wieder losgelassen.

Nun redeten alle gleichzeitig auf ihn ein, forderten ihn auf, zu essen und zu trinken.

»Die Reise ist weit«, sagte Lisbeth.

Peter bot ihm seine Jacke für den Ritt und die Übernachtung an.

Er lehnte ab und lächelte still.

Als Hate abräumte, fragte Peter nach Pferdefutter. »Vielleicht könnte Ivo mir ja den Weg zu ein paar Pferdebauern zeigen, bei denen ich Futter kaufen kann?«

Ivo stellte sich vor ihn. »Kommt mit«, sagte er.

Als die beiden die Straße hinabgingen, stand Lena lange im Hof und sah ihnen nach. Dann schlenderte sie gedankenverloren zur Bank hinterm Haus, wischte mit der Hand Hobel und Späne auf den Boden, schob ein paar halb geschnitzte Holzschuhe zur Seite und setzte sich. Aus ihrer Schürzentasche zog sie ein Büchlein hervor. Heinrich beobachtete ihr Mienenspiel, während sie konzentriert las. Sie lächelte. Er war fasziniert. Die Worte schienen sie noch glücklicher zu machen, als sie ohnehin schon war. Seine Neugier war erwacht. Er trat zu ihr.

»Das scheint ein gutes Buch zu sein«, sagte er.

Ihre Augen strahlten. »Oh ja«, sagte sie verschmitzt.

»Wirst du mir daraus vorlesen?«

Sie wischte mit ihrer Hand auf der anderen Seite die Späne von der Bank und bedeutete ihm, sich zu setzen.

»*Ist nun das nicht eine fröhliche Wirtschaft* …«, begann sie.

Heinrich schmunzelte. Er lehnte sich an die Hauswand an und schloss die Augen.

»… da der reiche, edle, fromme Bräutigam Christus das arme, verachtete, böse Mädchen zur Ehe nimmt und sie entledigt von allem Übel, zieret mit allen Gütern. So ist es nicht möglich, dass die Sünden sie verdammen, denn sie liegen nun auf Christus und sind in ihm verschlungen.«

Sie hielt inne und lehnte sich ebenfalls zurück. In stiller Freundschaft saßen sie da, bis sie das Pferd des Burgvogts hörten.

Pfeddersheim

Schon seit Stunden war Heinrichs Blick starr auf das auf- und abhüpfende Hinterteil des kurfürstlichen Rosses vor ihm gerichtet. Die Zipfel der prunkvollen Satteldecke flatterten leicht im Wind, mit einer Stetigkeit, die seinen Nerven wohltat. In der Ferne erhob sich endlich die Stadtmauer von Pfeddersheim aus dem grauen Dunst. Heinrich schickte sein hundertstes Gebet zum Herrn.

Vor dem Tor schloss Heinrich dicht auf. Der Wärter erkannte den Boten und ließ sie beide passieren. Kaum waren sie unter dem Bogen hindurchgeritten, hielt der Bote, saß ab und betrat leichtfüßig die Wärterstube. Heinrich ließ sich vorsichtig vom Pferd hinabrutschen. Er belastete erst das rechte, dann das linke Bein, in seinem Rücken knackte es.

Aus dem Wärterhaus drangen Stimmen, man schien sich geeinigt zu haben, denn der kurfürstliche Bote erschien im Eingang und winkte Heinrich herein. Er betrat den Raum. Zwei Wachen hatten sich von ihrer Bank am Tisch erhoben. Er wartete darauf, dass die Männer den Kopf schüttelten und ihm mitteilten, dass es zu spät sei. Doch der Gesichtsausdruck der beiden war undurchdringlich. War das ein gutes oder ein schlechtes Zeichen?

»Folgt mir«, sagte der dickere der beiden Wachmänner. Mit einem langen Schlüssel machte er sich an einer niedrigen Holztür mit Eisengitter zu schaffen und öffnete sie. Er zog den Kopf ein und verschwand in einem schummrigen Gang.

Heinrich folgte ihm; hinter sich hörte er die Schritte des kurfürstlichen Gesandten. Sie erklommen die steinerne Wendeltreppe bis zu einer zweiten Tür mit Eisenbeschlag. Der Wärter schloss auf und trat beiseite. Heinrich wappnete sich.

Der Raum war hoch und rund, durch eine kleine offene Luke im oberen Viertel der Wand fiel ein fahler Lichtstrahl auf den Boden. Rechts an der Mauer kauerte eine Gestalt im Stroh. Das war nicht Lucas. Heinrichs Mut sank.

Der Kurfürst hatte entweder in der Schlacht den Überblick verloren oder er hatte Gerold und ihn absichtlich zum Narren gehalten.

Die Gestalt bewegte sich und sagte etwas. Heinrich meinte seinen Namen gehört zu haben. Der Mann erhob sich, seine Bewegungen wirkten vertraut. Ein grauer Bart bedeckte sein Gesicht. Er richtete sich zu seiner vollen Größe auf. Heinrich hielt vor Freude den Atem an, als er im trüben Licht die blaugrünen Augen erkannte.

Laubenheim

Lisbeth trat wie jeden Abend aus der Scheune in die Dunkelheit. Die Luft war kühl und frisch. Sie schloss die Augen, betete und atmete tief ein. In der Ferne hörte sie Pferde. Sie öffnete die Augen und sah auf der Höhe des Hauses des Schmiedes zwei Reiter. Der eine war groß und hager, der andere hatte ungefähr Phillips Größe. Sie schienen nicht aus Laubenheim zu stammen, denn beide kamen ihr unbekannt vor. Sie ging langsam bis zur Straße, aus Neugier oder einer Ahnung. Ihre Schritte beschleunigten sich, strebten auf die Pferde zu, die sich immer deutlicher von dem dunklen Hintergrund abhoben. Ihr Atem ging schnell. Sie rannte. Das eine Pferd scheute und blieb stehen. Sie hielt inne. Atmete. Wartete.

Sie hatte keinen Blick übrig für Heinrich, den treuen Freund. Sie hatte nur Augen für Lucas. Jetzt konnte sie seine Augen erkennen. Etwas in ihr sagte ihr, dass sie sich an seine Augen halten sollte. Alles andere hatte sich zu sehr verändert. Er hielt und ließ sich langsam vom Pferd rutschen. Heinrich übernahm die Zügel und sagte: »Ich reite voraus.«

Lisbeth hatte keine Zeit, sich bei Heinrich zu bedanken. Sie drückte Lucas an sich, fühlte die spitzen Wirbel seines Rückgrates, schmiegte sich an seine Brust. Sie löste sich von ihm, legte die Hände auf seine dünnen Oberarme und betrachtete ihn im Mondschein. Er sah alt aus mit seinen eingefallenen Wangen und seinem sehnigen Körper, gleichzeitig wirkte er fast jungenhaft, wie ein Halbwüchsiger, dem die Arme und Beine zu lang geraten waren. Ihr fiel auf, dass er frisch rasiert war.

»Du bist wunderschön«, flüsterte er.

Sie lächelte und weinte gleichzeitig. »Und du bist ein Narr, Lucas Strom. Das hättest du nicht tun dürfen. Ich hätte dich für weiser gehalten.«

Er wischte ihr sanft die Tränen ab und lehnte seine Stirn an ihre, wie er es so oft getan hatte. Er schwieg lange. Dann seufzte er. »Es tut mir leid, Lisbeth. Ich wollte dir nicht wehtun. Ich war die ganze Nacht wach, bevor ich ging. Es war keine leichtfertige Entscheidung. Aber vielleicht hilft es dir, wenn ich dir sage, dass ich es für dich getan habe. Du brauchtest Phillip.«

»Ich brauche vor allem dich«, flüsterte sie. Sie löste sich von ihm, streichelte sein kantiges Gesicht. »Jeden Augenblick habe ich an dich gedacht«, sagte sie. »Jeden Tag habe ich versucht mir zu merken, was ich wann tue, ob ich Garben binde, ausmiste, fege, die Ziegen melke. Denn wenn mich irgendwann die Nachricht erreicht hätte, dass du an einem bestimmten Tag gestorben bist, dann hätte ich gewusst, was ich gerade machte, als mein Mann starb.« Sie lachte. »Und jetzt bist du hier. Bei mir.«

»Ich bin alt. Und ich bin krank. Ich war es schon, bevor ich ging. Ich wollte, dass du versorgt bist. Und ich konnte den Gedanken nicht ertragen, dass Phillip sterben könnte.«

Sie legte ihre Hände auf seine schmalen Schultern. »Was hast du?«, fragte sie mit großen Augen.

»Ich weiß es nicht genau. Ich verliere ab und zu das Bewusstsein.«

»Warum hast du nichts davon erzählt? Glaubst du, das interessiert mich nicht, dass es dir schlecht geht? Genauso wie mich dein verrückter Plan interessiert hätte?«

»Du hättest nicht gewollt, dass ich gehe.«

»So gut kennst du mich. Aber weißt du was? Ist es nicht ein bisschen ungerecht, dass du mich kennst und ich dich nicht?« Sie sah ihn eine Weile an. Da stand er vor ihr, ihr Ehemann. Genau an der Stelle, an dem sie ihn das erste Mal in ihrem Leben gesehen hatte, damals, neben Joest, als dunkle Silhouette. Er war immer eine dunkle Silhouette geblieben.

»Seit ich weiß, dass du der Henker von Heidelberg warst, habe ich mir vorgestellt, wie du aufgewachsen bist, wie die Menschen um den kleinen Jungen einen Bogen gemacht haben, niemand mit dir redete. Und ich verstehe, wie du dich später hinter deiner Henkersmaske gefühlt hast. Alle hatten Angst vor dir, aber du konntest dich vor ihnen verstecken. Ich verstehe jetzt, warum du dich sicher fühlst, wenn du nichts von dir preisgibst. Und weil ich das alles weiß, fühle ich mich dir nahe. Und ich liebe dich noch mehr. Wir hätten das schon die ganzen Jahre haben können!«

»Du hättest nicht mit einem Henker verheiratet sein wollen«, flüsterte er.

»Niemand will mit einem Henker verheiratet sein. Aber wenn ich es mir hätte aussuchen dürfen, hätte ich es gerne gewusst. Damals in Heidelberg hast du mich gefragt, ob ich dich weiterhin lieben würde, gleichgültig, was geschieht. Und ich habe dir versprochen, dass ich dir in allem beistehen würde. Trotzdem hast du deine Vergangenheit weiter verschwiegen. Weil du meine Liebe nicht aufs Spiel setzen wolltest. Und dadurch hast du die wahre Liebe verpasst.«

In seinen Augen glänzten Tränen. Liebevoll sah sie ihn an und legte ihre Hand an seine raue Wange. »Du bist mager geworden. Aber du konntest reiten.«

»Du hast die getrockneten Heidelbeeren geschickt, nicht wahr? Und die Steine geworfen.«

Sie nickte lächelnd.

»Das hat mir Mut gemacht. Ich habe Tag und Nacht an dich gedacht. Mir vorgestellt, wie du schläfst, wie du arbeitest, wie du lächelst. Als ich wieder gesund wurde, habe ich begonnen, mich jeden Tag zu bewegen. Das hat mir Kraft gegeben.«

Sie betrachtete ihn. »Komm, gehen wir nach Hause.«

Er legte wieder seine Stirn an ihre. »Ja. Gehen wir nach Hause. Dann werde ich dir alles erzählen.«

Sie nahm ihren Kopf zurück und sah ihn herausfordernd an. »Gut, aber halte dein Versprechen. Ich will alles hören. Wer du bist, was du denkst, was du fühlst.«

Er lächelte. »Ich verspreche dir, dass ich dir alles erzählen werde. Von den Gesprächen mit den beiden Männern, die mit mir im Turm saßen. Der Ältere starb am Durchfall, der Jüngere wurde hingerichtet. Lisbeth, ich hatte vergessen, was es mit den Menschen macht, wenn sie wissen, dass sie bald abgeholt werden. Er hat fast den Verstand verloren. Und ich habe zusammen mit ihm gebetet. Kannst du dir das vorstellen?« Er ergriff ihre Hand und sie gingen gemeinsam die Straße hinab. »Und ich werde dir erzählen, wie lange ich darüber nachgedacht habe, wie absurd es ist zu glauben, ein Henker könne die Ordnungen Gottes wiederherstellen.« Er legte den Arm um ihre Schulter. »Heinrich hat mir erzählt, dass Phillip heil von Pfeddersheim nach Hause kam. Und wie es kommt, dass ich frei bin. Und dass Lena glücklich ist.«

EPILOG

Worms, Herbst 1526

Ivo setzte die letzten vier Bibeln in das mit wasserdichtem Walkstoff ausgekleidete Fass, während Peter einen Sack Sägespäne aufriss und darüber ausschüttete. Seine ausladenden Bewegungen wirkten fast feierlich. Er beobachtete seinen Sohn.

Ivo verfolgte die Späne mit den Augen, wie sie von der Herbstsonne angeleuchtet aus dem Sack ins Fass rieselten. Als Peter alle Späne aus dem Sack geschüttelt hatte, beugte Ivo sich konzentriert über den Rand des Fasses und drückte sie in die tiefen Spalten zwischen den vier Bücherstapeln, die im Fass wie hohe Türme nebeneinandersaßen. Sein Arm verschwand dabei bis zu den Schultern.

Peter lachte, als sein Sohn schließlich quer über dem Fass lag und seine Beine in der Luft baumelten. Er hob ihn amüsiert herunter.

»So, das war's«, sagte Peter, als alle Bücher bedeckt waren.

Ivo hob den Deckel vom Boden auf und legte ihn auf die Öffnung.

»Ich halte die Nägel, du hämmerst«, sagte Peter.

Ivos Augen wurden groß.

»Komm schon, du kannst das. Ich vertraue dir. Konzentriere dich einfach, dann wirst du mir schon nicht auf die Finger hauen.«

Ivo nahm den Hammer vom Tisch und hielt ihn direkt über den Nagel. Peter lächelte in sich hinein, als sich Ivos Zungenspitze zwischen den Lippen hervorschob. Mit einem kurzen Schlag hieb sein Sohn auf den langen Nagel. Der Nagel steckte und Peter ließ los. Ivo versenkte den Nagel im Holz.

Stolz sah er auf. »Was passiert jetzt mit den Fässern?«, fragte er.

»Sie werden morgen abgeholt, nach Hamburg gebracht und von

dort mit Ladungen voller Getreide nach England geschmuggelt. Dort werden sie dann heimlich verkauft.«

»Gibt es in England keine Bauern? Oder warum kaufen sie Getreide von uns?«

»Normalerweise haben sie schon ihr eigenes Getreide. Aber diesen Sommer war die Ernte so schlecht, dass sie in anderen Ländern kaufen müssen. Gut für Herrn Tyndale und seine Freunde.«

Nachdem Ivo und er das Fass zugenagelt hatten, klopfte sich Ivo zufrieden die Hände an den Hosen ab. »Was machen wir als Nächstes?«, fragte er und sah sich in der Werkstatt um.

Peter lächelte. »Jetzt schauen wir erst einmal nach deiner Mutter und deiner kleinen Schwester. Meinst du, die beiden sind schon aufgewacht?«

Ivo zuckte mit den Schultern. »Und danach?«

»Danach«, Peter machte eine Pause und wuschelte seinem Sohn durchs Haar, »drucken wir noch mal eine Bibel. Eine ganze. Mit Neuem und Altem Testament. Diesmal auf Deutsch.«

NACHWORT DER AUTORIN UND DANKSAGUNG

Bevor ich diesen Roman zu schreiben begann, recherchierte ich sechs Monate lang. Vielen Fakten begegnete ich immer wieder – vor allem Luthers Leben und Wirken sind in der Fachliteratur gut dokumentiert. Alles, was ich in dem Roman über Luther erwähne, habe ich dieser entnommen. (Bis auf die Antwort, die Luther in der Heidelberger Disputation dem jungen Doktor gibt. Die habe ich ihm in den Mund gelegt.)

Je mehr ich mich mit Details beschäftigte, desto mehr faszinierten und schockierten mich die sozialen und wirtschaftlichen Bedingungen, mit denen die Menschen am Ende des Mittelalters zu kämpfen hatten. Die Orte Laubenheim und Laubenstein habe ich zwar erfunden, dennoch könnten sich die Auseinandersetzungen zwischen Leibherren und Leibeigenen tatsächlich wie im Roman zugetragen haben. Es gab sogar Grundherren, die ihre Hintersassen in den Kerker warfen, bis diese ihre Leibeigenschaftsurkunde unterschrieben. Überhaupt waren die Sitten rau: Raubritter belagerten Städte, kleinste Vergehen wurden mit drakonischen Strafen geahndet, Bürger stürmten die Häuser von Ratsherren und warfen deren Möbel aus den Häusern, Rechtssicherheit existierte nicht.

Vor allem aber hat mich die Tatsache beschäftigt, dass die Menschen mit ständiger Angst vor dem Fegefeuer und der Hölle lebten, und die Frage, wie sie mit dem Tod geliebter Menschen umgingen. Der vorzeitige Tod begegnete ihnen überall: Wer mit dreißig noch am Leben war, gehörte zum überlebenden Drittel seines Jahrgangs, mit vierzig zählte man zum überlebenden Viertel. Kaum ein Bauer wurde fünfzig. Ich habe mich entschieden, in meinem Roman nicht ganz so viele Figuren sterben zu lassen, wie es der damaligen Statistik eigentlich entsprechen würde.

Am spannendsten bei meiner Recherche fand ich Randnotizen über Personen, die in der Geschichtsschreibung kaum Beachtung gefunden haben, jedoch mehr als eine Erwähnung verdient hätten. Eine dieser Personen ist der Druckermeister Peter Schöffer der Jüngere. Er war tatsächlich der Sohn von Gutenbergs Helfer, Peter Schöffer dem Älteren, welcher im fünfzehnten Jahrhundert Gutenbergs Erfindung vervollkommnete. Peter Schöffer der Jüngere wuchs in Mainz im Schöfferhof auf. (Der Käufer seines Hauses errichtete dort übrigens ein Brauhaus, auf das die heutige Marke »Schöfferhofer« zurückgeht.)

Nach dem Verkauf seines Hauses in Mainz zog Schöffer nach Worms und lebte später auch in Straßburg, Venedig und Basel. Als Anhänger der neuen Lehre, die sich damals schon *evangelisch* nannte, sympathisierte er auch mit der Täuferbewegung, der die Reformation nicht radikal genug war. In seiner Wormser Offizin druckte er 1526 die erste englische Übersetzung des Neuen Testaments. *Das Gesetz verlangt, das Evangelium vergibt*, so brachte Tyndale die neue Lehre in seiner Anrede an den Leser prägnant auf den Punkt. Drei Jahre später, noch bevor die Lutherbibel mit Neuem und Altem Testament erschien, gab Peter Schöffer die erste vollständige Bibel auf Deutsch heraus, die *Biblia beyder Allt vnd Newen Testaments Teutsch* oder auch *Wormser Bibel*, die er wahrscheinlich mit Jakob Kautz, einem Prediger der Täufergemeinde, aus verschiedenen Übersetzungen zusammensetzte.

Da über Peter Schöffer nur Eckdaten bekannt sind und sich diese in der Literatur auch teilweise widersprechen, habe ich die Details seiner Figur im Roman frei erfunden. Auch bei der Darstellung seiner Ehefrauen habe ich mir schriftstellerische Freiheit genommen: Sibilla und Lena habe ich mir ausgedacht. Im wahren Leben war Peter Schöffer wahrscheinlich zweimal verwitwet und heiratete ein drittes Mal. Aber einen Sohn namens Ivo hatte er tatsächlich. Ivo Schöffer arbeitete später als Drucker in Mainz.

Außer Peter Schöffer habe ich noch weitere historische Personen als Figuren im Roman auftreten lassen: Johannes Brenz und Martin Bucer nahmen tatsächlich an der Heidelberger Disputation teil und wurden im Anschluss zu wichtigen Wegbereitern der Reformation.

Auch Franz von Sickingen existierte. Er kämpfte auch im wahren Leben seine vielen Fehden – obwohl diese damals bereits verboten waren – und zeigte dabei Einfallsreichtum: Zum Beispiel ließ er einmal die Eisen verkehrt herum auf die Pferdehufe schlagen, um falsche Spuren zu legen. Neben seinen vielen Machenschaften unterstützte er Luther und wollte den Reformator auf dem Weg zum Reichstag mithilfe von Martin Bucer auf seine Ebernburg holen, nachdem Gesandte des Kaisers bei ihm vorgesprochen hatten. Als Martin Bucer Luther das Anliegen vortrug, soll dieser gesagt haben: »Nach Worms will ich, wenngleich so viele Teufel darin säßen wie Ziegel auf den Dächern!«

Kurfürst Ludwig V. von der Pfalz ist ebenfalls eine historische Person. Die Landesherren der damaligen Zeit zeigten erstaunlich viel Präsenz in ihren Kriegen, und es war nicht ungewöhnlich, dass sie im Heereslager Untertanen und Gesandte zu Verhandlungen empfingen. Während der Bauernaufstände, anderthalb Monate vor der Schlacht in Pfeddersheim, traf sich Ludwig V. persönlich mit den Hauptleuten der Bauern auf freiem Feld und lud sie anschließend sogar nach guter Pfälzer Art zum Essen ein. Er stellte ihnen einen Landtag zur Verhandlung ihrer Forderungen in Aussicht, berief diesen jedoch nie ein, weil sich das Blatt zwischenzeitlich in verschiedenen Schlachten landesweit gegen die Bauern gewendet hatte.

Da der Kurfürst sich wirklich für Medizin interessierte und ein zwölfbändiges Werk über die Heilkunst verfasste, ist es nicht abwegig, dass er sich als Jugendlicher in seiner Heimatstadt Heidelberg mit seinem Privatlehrer zum Henker geschlichen habe könnte, um Leichen zu sezieren – obwohl das nirgendwo erwähnt ist.

Durch die direkten Folgen des Bauernaufstandes kamen in Süddeutschland, Thüringen, Tirol und der Schweiz fünfundsiebzigtausend Menschen zu Tode. Die Forderungen, für die sie kämpften, fassten die Bauern in den »Zwölf Artikeln« zusammen, die ich im Roman zitiert habe, wobei ich die Artikel stilistisch leicht abgeändert habe, um sie besser lesbar zu machen. Die verzweifelten Bauern waren unzureichend bewaffnet, nicht zum Kämpfen ausgebildet und wollten sich nur verteidigen. Dies zeigte sich auch daran, dass sie bei Plünderungen der grundherrlichen Klöster und Burgen die Besatzung und Bewohner in der Regel am Leben ließen. Gegen die gut ausgebildeten Heere der Landesherren hatten sie keine Chance. Die Schlacht bei Pfeddersheim fand wie im Roman beschrieben statt (siehe Willi Alter, *Der Aufstand der Bauern und Bürger im Jahre 1525 in der Pfalz*, Speyer, 1998), ebenso die anschließende Bestrafung.

Nach ihrer Niederschlagung waren die Bauern enttäuscht, auch von der Reformation, zumal sich Luther offiziell mit polemischen Worten gegen sie gewandt hatte – er war frustriert darüber, dass sie ihn falsch verstanden hatten. So kam die reformatorische Bewegung auf dem Lande in den folgenden Jahrzehnten zum Erliegen.

Immerhin wurden die Beschwerden der Bauern 1526 auf dem Speyerer Reichstag behandelt, nachdem zuvor ein Ausschuss gebildet worden war, der den Bauern in vielen Punkten entgegenkam. Gebilligt wurde letztendlich aber nur ein Bruchteil des ausgearbeiteten Vorschlags, den der jeweilige Grundherr wiederum nach Belieben interpretieren konnte.

Es ist belegt, dass William Tyndale und sein Begleiter William Roye, den er in Deutschland kennengelernt hatte, im September 1525 mit einem angefangenen Druck aus Köln fliehen mussten – Johannes Cochläus, einer der erbittertsten Gegner der Reformation, hatte einen Haftbefehl vom Kölner Rat gegen Tyndale und Roye erwirkt. Den Bericht, den sie im Roman über ihre Flucht abgeben, habe ich der Tyndale-Biografie von Brian H. Edwards entnommen (Brian H. Edwards, *God's Outlaw – The Story of William Tyndale and the English Bible*, Welwyn, 2. Aufl. 1988). Aus dieser Biografie stammt auch der Hinweis, dass in England Menschen hingerichtet wurden, weil sie ihren Kindern das Vaterunser auf Englisch beigebracht hatten.

Tyndale und Roye trennten sich wieder, Tyndale reiste weiter und war ständig auf der Flucht. Doch als er sich 1535 in Antwerpen aufhielt, wurde er verraten, gefangen genommen und 1536 zum Tod auf dem Scheiterhaufen verurteilt. Bevor der Henker das Feuer entzündete, erdrosselte er den gefesselten Tyndale – als Akt der Gnade. Doch brennen musste Tyndale, denn von jemandem, der gegen die Ordnungen Gottes verstoßen hatte, durfte nichts mehr übrig bleiben.

Die Spuren, die Tyndale hinterließ, blieben bestehen: Die Drucke aus Schöffers Werkstatt wurden 1526 wahrscheinlich mit Getreideimporten nach England geschmuggelt. Als die Bibel im Sommer 1526 in die Hände der englischen Bischöfe fiel, wurde ein Gesetz erlassen, in dem ihr Verkauf und die Benutzung unter Strafe gestellt wurden. Trotzdem folgten weitere Auflagen, hergestellt in verschiedenen Druckereien auf dem Kontinent – teils als von Tyndale autorisierte und verbesserte Neuauflagen, teils als Raubdrucke. Christopher van Endhoven, ein Drucker in Antwerpen, brachte Ende 1526 Nachdrucke auf den Markt und wurde auf Betreiben der englischen Botschafter festgenommen, man zerstörte sogar seine Werkstatt.

Der englische Erzbischof Warham verlangte sogar Geld von seinen Bischöfen, damit er alle Exemplare der Tyndale-Bibel aufkaufen und vernichten konnte. Tyndale freute sich über diese Geldquelle, denn so konnte er den Druck weiterer Auflagen auf dem Kontinent finanzieren. John Hackett, einer der englischen Botschafter in den Niederlanden, der in Europa auf die Jagd nach der Tyndale-Bibel ging, musste 1527 auf der Buchmesse in Frankfurt (die gab es schon damals!) wütend feststellen, dass dort mehr als zweitausend Tyndale-Bibeln zum Verkauf standen.

In England blieb das unautorisierte Übersetzen der Bibel weiterhin unter Todesstrafe verboten. 1604 gab König Jacob I. (englisch: *King James*) eine offizielle englische Bibelübersetzung in Auftrag, die sogenannte *Authorised Version* oder *King James Version*. Die Übersetzer schrieben dabei fleißig aus Tyndales Werk ab: Fünfundsiebzig Prozent des Textes der King-James-Bibel sind eigentlich Tyndales Feder entsprungen. Da die King-James-Bibel in den folgenden Generationen die einflussreichste englische Bibelübersetzung wurde, gingen viele von Tyndales Ausdrücken in die englische Sprache ein.

Manche Quellen geben an, dass Schöffer eine Auflage von dreitausend Exemplaren druckte, andere Quellen sprechen von sechstausend. Heute existieren noch drei Exemplare dieser Erstauflage. Eines befindet sich im Besitz der St. Paul's Cathedral in London, es ist allerdings nicht vollständig erhalten. Ein weiteres Exemplar erwarb die British Library 1994 aus einem alten Bestand in Großbritannien – für eine Million Pfund, obwohl dem Exemplar die Titelseite fehlt.

Wahrscheinlich hätte man den Preis heruntergehandelt, wenn man gewusst hätte, dass es noch ein weiteres Exemplar gab, noch dazu ein vollständiges, das seit Jahren unentdeckt einen Dornröschenschlaf hielt. 1996 stieß eine Bibliothekarin beim Katalogisieren auf das Buch und stellte Ungereimtheiten zwischen Inhalt und Einband fest. Der Fachreferent für Theologie forschte nach und setzte sich mit London in Verbindung. Es stellte sich heraus, dass seine Kollegin einen Schatz geborgen hatte – einen Erstdruck der Tyndale-Bibel, im Wert von ungefähr einer Million Pfund. Die Bücherei war ironischerweise eine deutsche: die Landesbibliothek Stuttgart.

Im Roman sind die Stuttgarter Angestellten jedoch frei erfunden. Der Achtbrief und die handschriftliche Eintragung in der Tyndale-Bibel sind ebenfalls meiner Fantasie entsprungen. Auch waren die Umstände der Entdeckung der Tyndale-Bibel in Stuttgart etwas anders als im Roman beschrieben. Sie können sie genau nachlesen im Artikel »Verwirrspiel um eine Bibel« von Dr. Eberhard Zwink, Leiter der Bibelsammlung der Württembergischen Landesbibliothek.*

---

* Falls Sie sich fragen, wie so etwas passieren konnte: Das Exemplar steckte in einem Einband von 1550 und innen fehlte der Verweis auf das Erscheinungsjahr 1526. So landete es Anfang des zwanzigsten Jahrhunderts in Stuttgart im falschen Regal. http://www.wlb-stuttgart.de/fileadmin/user_upload/sammlungen/bibeln/Tyndale__NT_1526_WLB.pdf (abgerufen am 18.12.2014).

Das wiederentdeckte Stuttgarter Exemplar reiste im Folgejahr als Leihgabe mit der Tyndale-Ausstellung durch die USA und befindet sich seitdem wieder in der Bibelsammlung der Württembergischen Landesbibliothek. Es ist auch als Digitalisat im Internet abrufbar und zeigt, wie schön Peter Schöffer die erste englische Bibel gestaltet hat.*

Mein besonderer Dank gilt Sandra Binder von SCM Hänssler, die mich eines Tages anrief und fragte, ob ich eine Familiensaga vor dem Hintergrund der Reformation schreiben könnte. Sie hat meine Ideen in Bahnen gelenkt, wichtige Anregungen gegeben und dem Manuskript den endgültigen Schliff verpasst.

Ich danke meinem Mann, der mich inspirierte und mich immer wieder anspornte weiterzumachen, und meinen Kindern für ihre Geduld.

Vor allem danke ich Damaris Rieger, die mir Bücher lieh und wertvolles Feedback zum Manuskript gab; und meiner Mutter, die das Manuskript Probe las.

Danke auch an Dilek Nazir, Steffen Hornung, Uta Müller von SCM Hänssler, Maria Rupp-Sporrer, Nick Martin-Smith, Dr. Steffen Rupp, Jörg Dohnicht, Esther Käser, Stephanie Brandt, Karin Windischmann, das Team der Stadtbibliothek Schriesheim (das mir exotische Artikel besorgte wie »Blätter für pfälzische Kirchengeschichte und religiöse Volkskunde Bd. 68 [2001] S. 219-251« oder Bücher über die Reichsacht aus dem Jahre 1911) und Luitgard Nuß von der Landesbibliothek Stuttgart. Sie alle versorgten mich mit Informationen, Literatur und wichtigen Hinweisen.

Stephanie Rapp
Schriesheim, Oktober 2014

---

* http://digital.wlb-stuttgart.de/digitale-sammlungen/seitenansicht/?no_cache=1&tx_dlf[id]=1565&tx_dlf[page]=5&tx_dlf[pointer]=0&Seite=&cHash=19f83bbb36f3736767f7e60ce2c334d7 (abgerufen am 18.12.2014).

Ingrid Kretz

Die Rose von Florenz

Paperback, 13,5 x 20,5 cm, 384 S.
Nr. 395.437, ISBN 978-3-7751-5437-6

Venedig 1563: Die schöne Bianca ist geblendet vom Glanz der Medici und lässt sich in einen Strudel von Liebe, Macht und Intrigen ziehen. Ihre gläubige Hofdame Mafalda steht ihr zur Seite. Doch welchen Einfluss hat sie auf die junge Frau? Nach wahren Begebenheiten.

Eleonore Dehnerdt

Das Gelübde der Kaiserin

Paperback, 13,5 x 20,5 cm, 304 S.
Nr. 395.479, ISBN 978-3-7751-5479-6

Bayern, um 1000: Grafentochter Kunigunde heiratet Herzog Heinrich. Bald werden sie zum Kaiserpaar. Die kinderlose Herrscherin unterstützt ihren Gatten aktiv. Bald sieht sie sich gezwungen, ein Gelübde abzulegen … Eine Herrscherin, die den Schritt ins Unbekannte wagt.

Bitte fragen Sie in Ihrer Buchhandlung nach diesen Titeln!
Oder schreiben Sie an: SCM Verlag, D-71087 Holzgerlingen;
E-Mail: info@scm-verlag.de; Internet: www.scmedien.de

Nicola Vollkommer

Wie Möwen im Wind

Paperback, 14 x 21,5 cm, 288 S.
Nr. 395.583, ISBN 978-3-7751-5583-0

Lady Charlotte hat keine Wahl: Sie muss standesgemäß heiraten, damit die Macht der Familie erhalten bleibt. Doch dann öffnet sich die Tür eines alten Klosterturms und dunkle Geheimnisse reißen ihren Heimatort in den Abgrund. Ein Cornwall-Roman von Nicola Vollkommer.

Andreas Malessa

Hier stehe ich, es war ganz anders
Irrtümer über Luther

Gebunden, 14 x 21,5 cm, 192 S.
Nr. 395.610, ISBN 978-3-7751-5610-3

Hämmerte Luther seine 95 Thesen an die Kirchentür? Pflanzte er ein Apfelbäumchen? Irrtum. Nicht einmal »Hier stehe ich ...« sagte er wörtlich. Das erzählt Andreas Malessa in solide recherchierten Fakten. Unterhaltsam, kenntnisreich, voll Respekt vor Luthers Lebensleistung.